ORIGEN

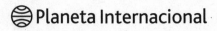

Planeta Internacional

DAN BROWN

ORIGEN

Traducción de Aleix Montoto y Claudia Conde

 Planeta

Obra editada en colaboración con Editorial Planeta - España

Título original: *Origin*

© 2017, Dan Brown
© 2016, Editorial Planeta, S. A. – Barcelona, España
© 2017, Aleix Montoto y Claudia Conde, por la traducción

Derechos reservados
© 2017, Editorial Planeta Mexicana, S.A. de C.V.
Bajo el sello editorial PLANETA M.R.
Avenida Presidente Masarik núm. 111, Piso 2
Colonia Polanco V Sección
Delegación Miguel Hidalgo
C.P. 11560, Ciudad de México
www.planetadelibros.com.mx

Primera edición impresa en España: octubre de 2017
ISBN: 978-84-08-17708-1

Primera edición impresa en México: octubre de 2017
ISBN: 978-607-07-4367-2

Impreso en los talleres de Litográfica Ingramex, S.A. de C.V.
Centeno núm. 162, colonia Granjas Esmeralda, Ciudad de México
Impreso en México - *Printed in México*

En memoria de mi madre

Debemos estar dispuestos a renunciar a la vida que hemos planeado para poder disfrutar de la vida que está esperándonos.

JOSEPH CAMPBELL

LOS HECHOS

El arte, la arquitectura, las localizaciones, la ciencia y las organizaciones religiosas que aparecen en esta novela son reales.

PRÓLOGO

A medida que el viejo funicular ascendía lentamente la pendiente vertiginosa, Edmond Kirsch contemplaba la irregular cumbre de la montaña. A lo lejos, construido en la pared de un acantilado escarpado, el enorme monasterio parecía colgar en el aire como si estuviera soldado al precipicio por arte de magia.

Este atemporal santuario de Cataluña había soportado el implacable tirón de la gravedad durante más de cuatro siglos sin faltar nunca a su propósito original: aislar a sus ocupantes del mundo moderno.

«Irónicamente, ahora serán los primeros en conocer la verdad», pensó Kirsch, preguntándose cómo reaccionarían. A lo largo de la historia, las personas más peligrosas siempre habían sido los hombres de Dios... sobre todo cuando sus dioses se veían amenazados. «Y yo estoy a punto de arrojar una lanza en llamas a un nido de avispas.»

Cuando el funicular alcanzó la cumbre, Kirsch vio la solitaria figura que lo esperaba en el andén. Un hombre de frágil constitución ataviado con una tradicional vestimenta católica: sotana negra, fajín y solideo púrpura y roquete blanco. Kirsch reconoció los enjutos rasgos que había visto en distintas fotografías y sintió una inesperada oleada de adrenalina.

«Valdespino ha venido a recibirme en persona.»

El obispo Antonio Valdespino era una figura importante en Espa-

11

ña: no sólo se trataba de un fiel amigo y consejero del mismísimo rey, sino también de uno de los más firmes e influyentes defensores de la preservación de los valores católicos conservadores y las políticas tradicionales.

—Edmond Kirsch, supongo —dijo el obispo en cuanto Kirsch descendió del vagón.

—El mismo —afirmó éste sonriendo y extendiendo un brazo para estrechar la huesuda mano de su anfitrión—. Obispo Valdespino, quiero agradecerle que haya hecho posible este encuentro.

—Y yo aprecio que usted lo solicitara. —La voz del obispo, clara y penetrante como el repique de una campana, era más fuerte de lo que Kirsch había esperado—. Los hombres de ciencia no suelen acudir a nosotros en busca de consejo, y menos todavía los de su relevancia. Por aquí, por favor.

Mientras Valdespino guiaba a Kirsch por el andén, el frío viento agitó las faldas de la sotana del obispo.

—Debo confesar que no tiene el aspecto que imaginaba —dijo Valdespino—. Esperaba a un científico, pero usted parece bastante... —Miró el imponente traje Kiton K50 y los zapatos Barker de piel de avestruz que llevaba su invitado—. «En la onda», creo que se dice.

Kirsch sonrió con educación. «La expresión "en la onda" pasó de moda hace décadas.»

—Aunque he leído la relación de sus competencias —dijo el obispo—, no me ha quedado claro qué es exactamente lo que hace.

—Estoy especializado en teoría de juegos y en modelos informáticos.

—Entonces ¿se dedica a crear juegos de computadora de esos con los que juegan los niños?

Kirsch notó que el obispo estaba fingiendo su ignorancia con la intención de mostrarse anticuado. Sin embargo, Valdespino estaba increíblemente bien informado sobre los últimos avances tecnológicos y solía advertir a otros acerca de sus peligros.

—No, señor. En realidad, la teoría de juegos es un campo de las matemáticas que estudia patrones para realizar predicciones sobre el futuro.

—Ah, sí. He leído que hace unos años predijo usted una crisis monetaria europea. Aunque nadie le hizo caso, usted inventó un programa informático que evitó que la Unión Europea se fuera a pique. ¿Qué fue lo que dijo? «A los treinta y tres años, la misma edad que tenía Jesucristo cuando resucitó.»

Kirsch se encogió de hombros.

—Fue una analogía desafortunada, monseñor. Era joven.

—¿Joven? —El obispo se rio entre dientes—. ¿Y cuántos años tiene ahora...? ¿Tal vez cuarenta?

—Exacto.

El anciano sonrió mientras el viento le seguía agitando las faldas de la sotana.

—Bueno, se supone que los humildes han de heredar la Tierra, pero en vez de eso ha ido a parar a los jóvenes, a los expertos en cuestiones tecnológicas, a aquellos que prefieren contemplar pantallas en vez de sus propias almas. Debo admitir que nunca hubiera imaginado que tendría alguna razón para conocer al joven que lidera este cambio. Si no me equivoco, lo llaman a usted «profeta».

—Pues no he sido uno muy bueno en este caso, monseñor —respondió Kirsch—. Cuando pregunté si podía reunirme con usted y sus colegas en privado, calculé que sólo un veinte por ciento de ustedes aceptaría.

—Como les dije a mis colegas, los devotos siempre pueden beneficiarse de escuchar a los no creyentes. Es al oír la voz del diablo cuando mejor podemos apreciar la de Dios. —El anciano sonrió—. Estoy bromeando, por supuesto. Por favor, disculpe mi anquilosado sentido del humor. De vez en cuando me fallan los filtros.

Tras decir eso, el obispo Valdespino le indicó que siguiera adelante.

—Los demás están esperando. Por aquí, por favor.

Kirsch observó su destino: una colosal ciudadela de piedra gris que colgaba del borde de un escarpado acantilado de cientos de metros. A sus pies podía verse el exuberante tapiz que conformaban las boscosas faldas de la montaña. Algo intranquilo por la considerable altura, apartó la mirada del abismo y siguió al obispo por el sendero serpenteante que se extendía a lo largo del borde del acantilado, y volvió a centrar sus pensamientos en el encuentro que le esperaba.

Había solicitado una audiencia con tres prominentes líderes religiosos que acababan de asistir a un congreso celebrado en ese mismo lugar.

«El Parlamento de las Religiones del Mundo.»

Desde 1893, cientos de líderes espirituales de casi treinta religiones del mundo se reunían cada pocos años en una localización distinta para disfrutar de una semana de diálogo interreligioso. Entre los participantes había una amplia selección de influyentes sacerdotes cristianos, rabinos judíos y mulás islámicos de todo el mundo, así como *pujaris* hinduistas, *bhikkhus* budistas, sacerdotes jainistas, *sikhs* y demás clérigos.

El objetivo del parlamento consistía en «cultivar la armonía entre las religiones del mundo, construir puentes entre distintas espiritualidades y celebrar los puntos de encuentro de todas las fes».

«Una noble intención», pensó Kirsch, a pesar de considerarlo un ejercicio completamente vano; una búsqueda sin sentido de correspondencias aleatorias en medio de un variado surtido de ficciones, fábulas y mitos antiguos.

Mientras el obispo Valdespino lo guiaba por el sendero, Kirsch echó un vistazo por la ladera de la montaña y no pudo evitar un sardónico pensamiento: «Moisés ascendió una montaña para aceptar la Palabra de Dios... Yo, en cambio, he ascendido otra para hacer lo contrario».

Si bien se había dicho a sí mismo que su motivación era ética, era consciente de que una buena dosis de presunción también alimentaba esa visita; se moría de ganas de sentir la satisfacción de estar sentado cara a cara con esos clérigos y pronosticar su inminente ocaso.

«Tuvisteis vuestra oportunidad de definir nuestra verdad.»

—He visto en su currículo que estudió usted en Harvard —dijo de repente el obispo mirando a Kirsch.

—No llegué a graduarme, pero sí.

—Entiendo. Hace poco leí que, por primera vez en la historia de Harvard, entre los estudiantes nuevos hay más ateos y agnósticos que gente que se identifique como adepta a alguna religión. Se trata de una estadística muy reveladora, Kirsch.

«Qué quiere que le diga —le habría gustado contestarle—, nuestros estudiantes son cada vez más listos.»

El viento soplaba ahora con más fuerza, pero al final llegaron al antiguo edificio de piedra y se adentraron en su interior. En la entrada, tenuemente iluminada, podía percibirse el denso aroma del incienso. Los dos hombres enfilaron a continuación un serpenteante laberinto de oscuros pasillos, y los ojos de Kirsch tardaron un momento en acostumbrarse a la falta de luz. Por fin, llegaron a una puerta de madera inusualmente pequeña. El obispo llamó con los nudillos, agachó la cabeza y, tras cruzarla, le indicó a su invitado que lo siguiera.

Con paso vacilante, Kirsch también cruzó el umbral.

De repente, se encontró en una cámara rectangular cuyas altas paredes estaban completamente cubiertas por unas estanterías repletas de antiquísimos libros encuadernados en cuero. Asimismo, había otras estanterías transversales que sobresalían como costillas y, entre éstas, unos radiadores antiguos de hierro fundido cuyos ruidos metálicos y siseos hacían que uno tuviera la espeluznante sensación de que la sala estaba viva. Kirsch levantó la mirada hacia la ornamentada balaustrada de la balconada que circundaba el segundo piso y supo sin duda alguna dónde se encontraba.

«La famosa biblioteca de Montserrat», cayó en la cuenta, sorprendido por que le hubieran permitido acceder a ella. Se rumoreaba que esa sala sagrada contenía oscuros textos accesibles únicamente a aquellos monjes que habían dedicado sus vidas a Dios y que vivían recluidos en el mismo monasterio.

—Pidió usted discreción —dijo el obispo—. Éste es el espacio más privado de que disponemos. Pocas personas ajenas al monasterio han llegado a entrar.

—Es un generoso privilegio. Gracias.

Kirsch siguió al obispo hasta una larga mesa de madera a la que dos ancianos esperaban sentados. Al hombre de la izquierda se lo veía ajado. Tenía los ojos cansados y lucía una enmarañada barba blanca. Iba vestido con un traje negro arrugado, una camisa blanca y un sombrero.

—Le presento al rabino Yehuda Köves —dijo el obispo—, un prominente filósofo judío, autor de una extensa bibliografía sobre cosmología cabalística.

Kirsch extendió un brazo por encima de la mesa y estrechó con educación la mano del rabino.

—Encantado de conocerlo, señor —dijo Kirsch—. He leído sus libros sobre la cábala. No puedo decir que los haya entendido, pero los he leído.

El rabino asintió afectuosamente al tiempo que se secaba sus acuosos ojos con un pañuelo.

—Y éste es el respetado ulema Syed al-Fadl —prosiguió el obispo, señalando al otro hombre.

El venerado erudito islámico se puso de pie esbozando una amplia sonrisa. Era bajo su jovial sonrisa contrastaba con sus ojos oscuros y penetrantes. Iba vestido con un modesto *zaub* blanco.

—Y yo, señor Kirsch, he leído sus predicciones sobre el futuro de la humanidad. No puedo decir que esté de acuerdo con ellas, pero las he leído.

Kirsch sonrió afablemente y estrechó la mano del hombre.

—Como saben —concluyó el obispo, dirigiéndose a sus colegas— nuestro invitado es un respetadísimo científico informático, teórico de juegos e inventor, además de algo así como un profeta del mundo tecnológico. Teniendo en cuenta su área de competencia, me sorprendió que solicitara reunirse con nosotros tres. Así pues, dejaré que sea él mismo quien explique por qué ha venido.

A continuación, el obispo Valdespino se sentó entre sus dos colegas, entrelazó las manos y levantó su expectante mirada hacia Kirsch. Los tres ancianos permanecieron sentados ante éste como si formaran un tribunal. El ambiente parecía más el de un proceso inquisitorial que el de una reunión cordial de eruditos. Kirsch se dio cuenta de que el obispo ni siquiera había dispuesto una silla para él.

El científico se quedó mirando a los tres ancianos que tenía delante y se sintió más desconcertado que intimidado. «Así que ésta es la Santísima Trinidad. Los Tres Sabios...»

Tras permanecer un momento en silencio para reafirmar su autoridad, Kirsch se dirigió hacia la ventana y echó un vistazo al impresionante panorama que había debajo. Un mosaico de antiguos campos iluminados por el sol se extendía por un profundo valle hasta las irregulares cimas de la sierra de Collserola. Kilómetros más allá, en algún lugar sobre el mar Mediterráneo, un amenazador banco de nubes tormentosas empezaba a formarse en el horizonte.

«Pertinente», pensó a sabiendas de la turbulencia que estaba a punto de causar en esa sala y en todo el mundo.

—Caballeros —comenzó a decir, volviéndose de golpe hacia ellos—, creo que el obispo Valdespino ya les ha comunicado mi petición de confidencialidad. Antes de proseguir, quiero aclarar que lo que voy a compartir con ustedes debe mantenerse en el más estricto secreto. Básicamente, estoy pidiéndoles un voto de silencio. ¿Estamos de acuerdo?

Los tres hombres asintieron, mostrando con ello su consentimiento tácito. Kirsch sabía que, de todos modos, era algo innecesario. «Querrán enterrar esta información, no hacerla pública.»

—Hoy estoy aquí —continuó Kirsch— porque he realizado un descubrimiento científico que, a mi parecer, encontrarán alarmante. Se trata de algo que llevo muchos años investigando con la esperanza de dar respuesta a las dos preguntas más fundamentales de la experiencia humana. Ahora que lo he conseguido, he querido reunirme específicamente con ustedes porque creo que esta información afectará al mundo de la fe de un modo tan profundo que sólo puede describirse como, digamos, «disruptivo». De momento, yo soy el único que conoce la información que estoy a punto de revelarles.

Kirsch se metió una mano en un bolsillo del saco y sacó un celular de grandes dimensiones diseñado y fabricado por él mismo para satisfacer sus propias necesidades. Un mosaico de un vibrante color turquesa decoraba la funda del celular. Kirsch lo sostuvo en alto ante los tres hombres como si fuera un pequeño televisor. Al cabo de un momento, el aparato se conectaría a un servidor ultrasecreto, Kirsch introduciría su contraseña de cuarenta y siete caracteres y les mostraría un video.

—Lo que están a punto de ver —dijo Kirsch— es el borrador de un anuncio que espero compartir con el mundo en más o menos un mes. Antes de hacerlo, sin embargo, quería mostrárselo a algunos de los pensadores religiosos más influyentes para comprobar cómo recibirán esta noticia aquellos a quienes más afecta.

Más aburrido que preocupado, el obispo exhaló un sonoro suspiro.

—Un intrigante preámbulo, señor Kirsch. Habla usted como si lo que está a punto de enseñarnos fuera a sacudir los cimientos de todas las religiones.

Kirsch echó un vistazo alrededor del antiguo depósito de textos sagrados y pensó: «No sacudirá sus cimientos. Los destruirá».

Luego examinó con atención a los hombres que tenía delante. Lo que no sabían era que, en apenas tres días, tenía inención de hacer hacer pública esa presentación en un fastuoso evento meticulosamente planeado. Cuando lo hiciera, la gente de todos los países del mundo se daría cuenta de que, efectivamente, las enseñanzas de todas las religiones tenían una cosa en común.

Todas estaban completamente equivocadas.

1

El profesor Robert Langdon levantó la mirada hacia el perro de doce metros de altura que había en medio de la plaza. El pelaje del animal estaba formado por un tapiz orgánico de hierba y flores aromáticas.

«Estoy haciendo un esfuerzo por apreciarte —pensó—. De veras.»

Langdon permaneció un rato examinando la criatura y luego siguió adelante por una pasarela suspendida. Ésta desembocaba en una extensa escalinata cuyos desiguales escalones parecían querer impedir que el visitante recién llegado pudiera mantener su ritmo y su zancada habituales. «Misión cumplida», decidió, después de casi estar a punto de tropezar en dos ocasiones.

Al llegar al pie de la escalera, se detuvo de golpe y se quedó mirando la enorme estatua que tenía delante.

«Ahora sí que lo he visto todo.»

Ante sus ojos se elevaba una enorme viuda negra. Sus esbeltas patas de hierro sostenían un cuerpo bulboso que se encontraba a unos diez metros de altura. Del abdomen del animal colgaba un saco de huevos hecho con una malla metálica y en cuyo interior había unas esferas de cristal.

—Se llama *Mamá* —dijo una voz.

Langdon bajó la mirada y vio qué debajo de la araña había un hombre delgado. Vestía un *sherwani* brocado de color negro y lucía un cómico bigote con las puntas curvadas a lo Salvador Dalí.

—Me llamo Fernando y estoy aquí para darle la bienvenida al

museo —dijo a continuación, y luego examinó la colección de etiquetas identificativas que descansaban en la mesa que tenía delante—. ¿Le importaría decirme su nombre, por favor?

—Por supuesto. Robert Langdon.

El hombre levantó la vista de golpe.

—¡Vaya! ¡Lo siento, señor! ¡No lo había reconocido!

«Ni yo mismo me reconozco —pensó Langdon, ataviado como iba con un frac negro y pajarita y chaleco blancos—. Parezco un miembro de los Whiffenpoof.» El atuendo clásico que vestía tenía casi treinta años y era un vestigio de su época como miembro del club Ivy de Princeton. Afortunadamente, gracias a la rutina de largos que hacía en la alberca todavía le quedaba bastante bien. Con las prisas, había agarrado la percha equivocada del clóset y había dejado atrás su esmoquin habitual.

—En la invitación se indicaba que había que ir de etiqueta —dijo Langdon—. Espero que el frac sea apropiado.

—¡El frac es un clásico! ¡Está usted elegantísimo!

El hombre se acercó rápidamente a él y le pegó con cuidado la etiqueta identificativa en la solapa de la chaqueta.

—Es un honor conocerlo, señor —añadió el hombre del bigote—. Imagino que no es la primera vez que nos visita, ¿verdad?

Langdon echó un vistazo a las patas de la araña y al reluciente edificio que había detrás.

—En realidad, me avergüenza admitir que sí.

—¡No puede ser! —dijo el hombre, fingiendo asombro—. ¿Es que no le gusta el arte moderno?

Langdon siempre había disfrutado del desafío que suponía el arte moderno. Especialmente del hecho de intentar averiguar por qué determinadas obras estaban consideradas obras maestras: las salpicaduras de Pollock, las latas de sopa Campbell de Warhol, los sencillos rectángulos de color de Rothko... Aun así, se encontraba mucho más cómodo discutiendo sobre el simbolismo religioso de El Bosco o la técnica de Francisco de Goya.

—Mis gustos son más bien clásicos —respondió—. Me resulta más accesible Da Vinci que De Kooning.

—Pero ¡si Da Vinci y De Kooning son muy parecidos!

Langdon sonrió con paciencia.

—Entonces está claro que he de aprender un poco más sobre De Kooning.

—¡Pues ha venido usted al lugar adecuado! —El hombre hizo un amplio movimiento con el brazo para señalar el edificio—. ¡En este museo encontrará una de las mejores colecciones de arte moderno del mundo! Espero que disfrute.

—Y yo —respondió Langdon—. Aunque desearía saber por qué estoy aquí.

—¡Usted y todos los demás! —El hombre se rio alegremente al tiempo que negaba con la cabeza—. Su anfitrión se ha mostrado muy reservado respecto al propósito del evento. Ni siquiera los empleados del museo sabemos qué va a suceder. El misterio forma parte de la diversión. ¡No dejan de circular rumores! Dentro ya hay varios cientos de invitados, entre los cuales muchas caras conocidas, y nadie tiene ni idea de cuál es el programa de la noche.

Langdon sonrió. Muy pocos anfitriones tendrían la valentía de enviar en el último momento una invitación en la que sólo se podía leer: «Sábado por la noche. No faltes. Confía en mí». Y todavía menos serían capaces de persuadir a cientos de personalidades para que lo dejaran todo de lado y volaran al norte de España para asistir al evento.

Langdon dejó atrás la araña y siguió adelante con los ojos puestos en la pancarta roja que ondeaba sobre su cabeza.

UNA VELADA CON
EDMOND KIRSCH

«Desde luego, a Edmond nunca le ha faltado seguridad en sí mismo», pensó.

Unos veinte años atrás, el joven Eddie Kirsch había sido uno de los primeros estudiantes de Langdon en la Universidad de Harvard. Por aquel entonces, era un greñudo *freak* de las computadoras cuyo interés en los códigos lo había llevado a asistir al seminario que el profesor impartía a los estudiantes de primer año: «Códigos, claves y el lenguaje de los símbolos». La sofisticación del pensamiento de Kirsch lo impresionó muchísimo y, a pesar de que el joven abandonó el polvoriento mundo de la semiótica por las relucientes promesas de la informática, se estableció entre ellos un vínculo que los había mantenido en contacto durante las dos décadas que habían transcurrido desde entonces.

«Ahora el alumno ha superado al profesor —pensó Langdon—. Por mucho.»

En la actualidad, Edmond Kirsch era un prodigio de renombre mundial. A sus cuarenta años, este científico informático, futurólogo, inventor y empresario multimillonario había inventado una gran variedad de tecnologías avanzadas que suponían innovaciones trascendentales en campos tan diversos como la robótica, la neurociencia, la inteligencia artificial y la nanotecnología. Sus acertadas predicciones sobre futuros avances científicos habían creado a su alrededor un aura mística.

Langdon sospechaba que el escalofriante don de Edmond para la predicción se debía a sus conocimientos asombrosamente amplios sobre el mundo que lo rodeaba. Desde que podía recordar, había sido un insaciable bibliófilo que leía todo aquello que caía en sus manos. La pasión que sentía por los libros y la capacidad que tenía para absorber su contenido sobrepasaba cualquier cosa que el profesor hubiera visto nunca.

En los últimos años, Kirsch había vivido sobre todo en España, elección que atribuía al encanto del Viejo Mundo que poseía ese país, así como a la atracción que sentía por su arquitectura vanguardista, sus extravagantes bares y su clima perfecto.

Una vez al año, cuando regresaba a Cambridge para dar una

conferencia en el Media Lab del Instituto Tecnológico de Massachusetts, iban a comer juntos a alguno de los lugares de moda en Boston y que Langdon, claro está, desconocía por completo. Sus conversaciones nunca versaban sobre tecnología. Kirsch sólo quería hablar con él sobre arte.

—Nuestros encuentros son mi vínculo con la cultura, Robert. ¡Mis clases particulares con el soltero más entendido en arte del mundo! —solía bromear Kirsch.

La pulla sobre el estado civil de Langdon resultaba particularmente irónica en boca de alguien asimismo soltero, que consideraba la monogamia «una afrenta a la evolución» y que en los últimos años había sido fotografiado con una amplia colección de supermodelos.

Teniendo en cuenta su reputación de innovador en el mundo de la ciencia informática, uno habría podido imaginar que se trataba de un cohibido *freak* de la tecnología. Sin embargo, Edmond se había convertido en un moderno icono pop que se desenvolvía en círculos de celebridades, vestía a la última, escuchaba arcana música *underground* y tenía una amplia colección de valiosas obras de arte impresionistas y modernas. A menudo, solía escribir correos electrónicos a Langdon pidiéndole consejo sobre las piezas que estaba considerando incluir en su colección.

«Para hacer luego exactamente lo contrario», pensó Langdon.

Hacía aproximadamente un año, lo había sorprendido al dejar a un lado las cuestiones artísticas e interesarse por Dios, un tema extraño para un ateo declarado. Mientras comían un asado de tira poco hecho en el restaurante Tiger Mama de Boston, su antiguo alumno le preguntó por las creencias fundamentales de varias religiones del mundo y, en particular, sobre sus distintos relatos de la Creación.

Langdon le resumió los aspectos principales de diferentes creencias: del relato del Génesis, que compartían el judaísmo, el cristianismo y el islam, a los del Brahma hindú, el Marduk babilónico y otros.

—Siento curiosidad —preguntó Langdon cuando salieron del restaurante—. ¿Cómo es que un futurólogo como tú está tan interesado en el pasado? ¿Significa esto que nuestro famoso ateo ha encontrado por fin a Dios?

Edmond soltó una sonora carcajada.

—¡Vas listo! Sólo estoy midiendo a la competencia, Robert.

Langdon sonrió. «Típico.»

—Bueno, la ciencia y la religión no son competidores, sino dos lenguajes que intentan contar la misma historia. En el mundo hay lugar para ambos.

Tras ese encuentro, Edmond desapareció durante casi un año hasta que, inesperadamente, tres días atrás Langdon recibió un sobre de FedEx con un billete de avión, una reserva de hotel y una nota manuscrita instándolo a asistir al evento de esa noche. En ésta se podía leer: «Robert, significaría mucho para mí que tú especialmente pudieras asistir. Los perspicaces comentarios que hiciste durante nuestra última conversación han ayudado a hacer posible el evento de esta noche».

Langdon se sintió desconcertado. Nada en esa conversación parecía relevante siquiera remotamente para un evento organizado por un futurólogo.

El sobre de FedEx también incluía una imagen en blanco y negro de dos personas que estaban mirándose cara a cara. Kirsch había escrito asimismo un breve texto:

Robert:
Cuando nos encontremos cara a cara,
desvelaré el vacío.

Edmond

Langdon sonrió al ver la imagen: se trataba de una ingeniosa alusión a un episodio en el que se había visto implicado unos años antes. En el espacio que había entre ambas caras podía distinguirse la silueta de un cáliz o grial.

Ahora se encontraba a las puertas del museo, impaciente por descubrir qué diantre pensaba anunciar su antiguo alumno. Una ligera brisa agitó los faldones de su chaqueta mientras avanzaba por la explanada de cemento que había entre el edificio y la ribera de la sinuosa ría del Nervión, antaño el alma de una pujante ciudad industrial. El aire olía vagamente a cobre.

Al final, levantó la mirada y se permitió a sí mismo admirar el enorme y resplandeciente museo. La estructura era imposible de abarcar de un simple vistazo. Sus ojos, pues, deambularon de un lado a otro de la estructura de extrañas líneas deformadas.

«Este edificio no se limita a romper las reglas —pensó—. Las ignora por completo. Es un lugar ideal para Edmond.»

El museo Guggenheim de Bilbao daba la impresión de haber salido de una alucinación alienígena: se trataba de un remolineante *collage* de combadas formas metálicas que parecían haber sido colocadas unas sobre otras de un modo casi aleatorio. Ese caótico amontonamiento de bloques de formas curvas estaba recubierto por más de treinta mil placas de titanio que resplandecían como las escamas de un pez y proporcionaban a la estructura una apariencia a la vez orgánica y extraterrestre, como si un Leviatán futurista hubiera salido del agua para tomar el sol a la orilla del río.

Cuando el edificio se inauguró en 1997, la revista *The New Yorker* aclamó a su arquitecto, Frank Gehry, por haber diseñado «un buque de ensueño fantástico hecho de formas ondulantes envueltas en una capa de titanio». Asimismo, muchos otros críticos se deshicieron en elogios: «¡El edificio más importante de nuestra época!», «¡Temperamental genialidad!», «¡Una asombrosa gesta arquitectónica!».

Desde la inauguración del museo, habían sido erigidos en todo el mundo muchos otros edificios «deconstructivistas»: el Auditorio Walt Disney de Los Ángeles, el BMW World de Múnich o incluso la nueva biblioteca del alma máter de Langdon. Todos se caracterizaban por su radical diseño y su construcción poco convencional y, sin embargo, Langdon dudaba de que ninguno de ellos pudiera compararse con el Guggenheim de Bilbao en cuanto al impacto que causaban.

A medida que uno se acercaba al edificio, la fachada parecía metamorfosearse a cada paso ofreciendo al visitante una nueva personalidad según el ángulo en el que se encontrara. Finalmente, la ilusión más dramática del museo quedó a la vista de Langdon: por increíble que pudiera parecer, desde esa perspectiva la colosal estructura parecía estar literalmente flotando a la deriva en las aguas de un enorme estanque «infinito» cuyas olas lamían las paredes exteriores del museo.

El profesor se detuvo un momento para maravillarse ante el efecto y luego se dispuso a cruzar el estanque a través del puente minimalista que se arqueaba por encima de la cristalina extensión de agua. A medio camino, un ruido fuerte y siseante lo sobresaltó. Parecía proceder del suelo del puente. Langdon se detuvo de golpe al tiempo que una neblina se arremolinaba y comenzaba a elevarse alrededor de sus pies. El espeso velo de niebla ascendió y se extendió en dirección al museo, engullendo la base de toda la estructura.

«*La escultura de niebla*», pensó.

Había leído sobre esa obra de la artista japonesa Fujiko Nakaya. La «escultura» era revolucionaria porque estaba hecha de aire: consistía en un muro de niebla que se materializaba cada tanto y luego se disipaba lentamente. Como las brisas y las condiciones atmosféricas nunca eran idénticas de un día para otro, cada vez que aparecía era distinta.

El puente dejó de sisear, y Langdon contempló cómo el muro de niebla se asentaba sobre el estanque, remolineando y cubriéndolo todo como si tuviera mente propia. El efecto era al mismo tiempo etéreo y desorientador. Todo el museo parecía estar flotando sobre el agua, descansando ingrávidamente sobre una nube cual barco fantasma perdido en el mar.

Justo cuando se disponía a seguir adelante, la tranquila superficie del agua se vio sacudida por una serie de pequeñas erupciones. De repente, cinco pilares de fuego salieron disparados del estanque hacia el cielo, retumbando cual cohetes a través del aire neblinoso y proyectando sus relucientes estallidos de luz sobre las placas de titanio del museo.

El gusto arquitectónico del propio Langdon tendía más al clasicismo de museos como el Louvre o el Prado y, sin embargo, mientras contemplaba la niebla y las llamaradas que había sobre el estanque, fue incapaz de pensar en un lugar más adecuado que ese museo ultramoderno para que un hombre que amaba el arte y la innovación y que tenía una visión tan clara del futuro celebrara un evento.

Abriéndose camino entre la niebla, se dirigió finalmente hacia la entrada del edificio, una ominosa abertura negra en la estructura reptiloide. Al acercarse al umbral, no pudo evitar la desasosegante sensación de estar entrando en la boca de un dragón.

2

El almirante de la Armada Luis Ávila estaba sentado en un taburete de un bar desierto en una ciudad que desconocía. El viaje lo había agotado. Había llegado en avión justo después de realizar un trabajo que lo había obligado a recorrer muchos miles de kilómetros en doce horas. Tomó un sorbo de su segunda tónica y se quedó mirando la colorida colección de botellas que había detrás de la barra.

«Cualquiera puede permanecer sobrio en el desierto —pensó—, pero únicamente los leales pueden sentarse en un oasis y negarse a separar los labios.»

El almirante no había separado los labios para recibir al diablo en casi un año. Al ver su reflejo en el espejo que había en la pared del bar, se permitió a sí mismo un infrecuente momento de satisfacción ante la imagen que le devolvía la mirada.

Ávila era uno de esos afortunados hombres mediterráneos para quienes envejecer parecía ser más una ventaja que un inconveniente. Con los años, su dura barba negra de dos días se había suavizado y tornado grisácea, sus intensos ojos negros se habían relajado hasta adoptar una serena seguridad y su piel, tersa y aceitunada, estaba ahora bronceada y surcada por arrugas, lo cual le proporcionaba el aura de un hombre con la mirada puesta de forma permanente en el horizonte marino.

A pesar de tener sesenta y tres años, mantenía el cuerpo esbelto y tonificado. Un físico impresionante que se veía todavía más resaltado por el traje a medida que llevaba. En ese momento, Ávila iba vestido con el elegante uniforme de gala de la Armada, que consistía en un saco blanco con anchas palas portadivisas, una imponente colección de medallas al servicio, camisa blanca con el cuello de tirilla almidonado, pantalones blancos y una gorra naval.

«Puede que la Armada española ya no sea la fuerza naval más poderosa del mundo, pero aún sabe cómo vestir a un oficial.»

Hacía años que el almirante no lucía ese uniforme, pero ésa era una noche especial y, unas horas antes, mientras caminaba por las calles de esa ciudad desconocida, había disfrutado de las miradas de admiración de las mujeres así como del trato deferente de los hombres.

«Todo el mundo respeta a aquellos que se rigen por un código.»

—¿Otra tónica? —preguntó la atractiva mesera de unos treinta y tantos años con una sonrisa juguetona.

Ávila negó con la cabeza.

—No, gracias.

El bar estaba completamente vacío y el almirante había reparado en la mirada admirativa de la joven. Sentaba bien que volvieran a mirarlo a uno. «He regresado del abismo.»

El horroroso acontecimiento que le había destrozado la vida cinco años atrás nunca dejaba de acecharlo desde los recovecos más profundos de su mente: ese instante ensordecedor en el que el suelo se abrió bajo sus pies y la tierra se lo tragó.

Catedral de Sevilla.

Domingo de Pascua.

Los rayos del sol andaluz se filtraban a través de los cristales de la vidriera proyectando formas caleidoscópicas de colores en el interior de la catedral y las grandilocuentes notas del órgano retumbaban entre sus muros de piedra. Miles de fieles se habían congregado para celebrar el milagro de la Resurrección.

Ávila se arrodilló junto al barandal del comulgatorio con el corazón henchido de gratitud. Tras una vida de servicio en el mar, había sido bendecido con el más grande de los regalos de Dios: una familia. Esbozando una amplia sonrisa, se volvió y echó un vistazo por encima del hombro a María, su joven esposa, que se había quedado sentada en el banco a causa de lo avanzado de su embarazo. A su lado, Pepe, el hijo de tres años de ambos, saludaba a su padre agitando con entusiasmo el brazo. Ávila guiñó un ojo al niño y María sonrió afectuosamente a su marido.

«Gracias, Dios», pensó Ávila al tiempo que volvía a darse la vuelta para aceptar el cáliz.

Un instante después, una ensordecedora explosión sacudió la prístina catedral.

Y, con un fogonazo, todo su mundo comenzó a arder.

La onda expansiva empujó con violencia a Ávila hacia el barandal del comulgatorio y empezaron a caerle encima escombros ardientes y extremidades humanas. Cuando recobró la consciencia, el espeso humo le impedía respirar con normalidad y no recordaba dónde estaba o qué había pasado.

Enseguida comenzó a oír gritos de desesperación por encima del silbido de sus oídos. El almirante consiguió ponerse de pie y cayó en la cuenta de dónde estaba. Se dijo a sí mismo que debía de tratarse de una terrible pesadilla. Retrocedió unos metros en medio del humo y reparó en las víctimas mutiladas y agonizantes. Con paso renqueante, se dirigió a la zona en la que su esposa y su hijo habían estado sonriéndole hacía apenas unos momentos.

Ahí no había nada.

Ni bancos ni personas.

Sólo escombros ensangrentados en el calcinado suelo de piedra.

El espantoso recuerdo se vio misericordiosamente interrumpido por el sonido de la campanilla de la puerta del bar. Ávila se llevó la tónica a los labios y le dio un trago rápido para desembarazarse de la oscuridad tal y como se había visto obligado a hacer tantas veces antes.

La puerta del bar se abrió del todo y, al darse la vuelta, Ávila vio que dos corpulentos hombres entraban a trompicones en el establecimiento. Coreaban un cántico irlandés con voz desafinada y ambos llevaban una camiseta deportiva verde que apenas les cubría la barriga. Al parecer, el partido de fútbol de esa tarde lo había ganado el equipo visitante irlandés.

«Hora de irme», se dijo Ávila bajando del taburete. Pidió la cuenta, pero la mesera le guiñó un ojo y, con un movimiento de la mano, le indicó que no hacía falta que pagara. El almirante le dio las gracias y se dio la vuelta para marcharse.

—¡Caray! —exclamó uno de los recién llegados—. Pero ¡si es el rey de España!

Ambos hombres estallaron en carcajadas y se acercaron a él con paso tambaleante.

El almirante intentó rodearlos y marcharse, pero el más corpulento lo agarró del brazo y volvió a sentarlo en el taburete.

—¡Un momento, alteza! ¡Venimos desde muy lejos y queremos tomar una cerveza con el rey!

Ávila bajó la mirada a la mugrienta mano que el tipo le había colocado sobre la manga recién planchada del saco.

—Suéltame —le dijo en un tono de voz sereno—. Tengo que marcharme.

—No... Lo que tienes que hacer es quedarte a tomar una cerveza, amigo.

El hombre apretó con más fuerza el brazo de Ávila al tiempo que el otro tipo comenzaba a toquetearle las medallas que le colgaban del pecho.

—Parece que eres todo un héroe, abuelo.

El tipo tiró de uno de los emblemas más preciados del almirante.

—¿Una maza medieval? ¡¿Es que acaso eres un caballero de reluciente armadura?! —se burló con una risotada.

«Sé tolerante», se recordó Ávila. Había conocido a incontables hombres como esos dos tipos: almas simplonas e infelices que carecían de valores, personas que ciegamente abusaban de las libertades por las que otros habían luchado.

—En realidad —respondió Ávila con mucha paciencia—, la maza es el símbolo de la Unidad de Operaciones Especiales de la Armada.

—¿Operaciones especiales?

El hombre fingió un estremecimiento de temor.

—Impresionante. ¿Y qué hay de este otro símbolo? —dijo, señalando la mano derecha del almirante.

Ávila bajó la mirada hacia su mano. En el centro de la palma podía verse un tatuaje negro, un símbolo que databa del siglo XIV.

«Este otro emblema me sirve de protección —pensó Ávila con la mirada clavada en el tatuaje—. Aunque no la necesitaré.»

—No importa —dijo el *hooligan*, soltando al fin el brazo del almirante y centrando la atención en la mesera—. Eres mona —dijo—. ¿Eres cien por cien española?

—Sí —respondió ella amablemente.

—¿Estás segura de que no tienes nada de irlandesa?

—Muy segura.

—¿Quieres un poco?

El hombre soltó una carcajada al tiempo que golpeaba la barra con la palma de la mano.

—Déjala en paz —le ordenó Ávila.

El tipo se dio la vuelta y lo miró airado.

El segundo matón clavó un dedo en el pecho del almirante.

—¿Acaso pretendes decirnos lo que podemos hacer?

Sintiendo el cansancio del largo viaje que había realizado ese día, Ávila respiró hondo y se volvió hacia la barra.

—Caballeros, siéntense, por favor. Los invito a una cerveza.

«Me alegro de que se quede», pensó la mesera. Aunque sabía cuidar de sí misma, la tranquilidad con la que ese oficial lidiaba con esos dos matones la había impresionado y había comenzado a albergar la esperanza de que se quedara hasta la hora del cierre.

El almirante pidió dos cervezas y otra tónica para él, y volvió a sentarse en el taburete. Los dos *hooligans* se acomodaron uno a cada lado del almirante.

—¿Una tónica? —se burló uno de ellos—. Pensaba que íbamos a beber juntos.

El oficial sonrió con desgana a la mesera y se terminó la bebida.

—Me temo que tengo una cita —dijo Ávila bajando del asiento—. Pero vosotros disfrutad de las cervezas.

En cuanto se puso de pie, ambos hombres le colocaron al unísono una mano en los hombros y volvieron a sentarlo. Una fugaz chispa de furia cruzó los ojos del oficial.

—No creo que quieras dejarnos a solas con tu novia, abuelo.

El matón miró a la mesera y le hizo un gesto desagradable con la lengua.

El oficial permaneció un momento sentado en silencio y luego metió una mano en el interior del saco.

Ambos tipos lo agarraron.

—¡Eh! ¡¿Qué estás haciendo?!

Muy lentamente, el almirante sacó un celular y les dijo a los hombres algo en español. Ellos se quedaron mirándolo sin comprender qué les había dicho y él volvió a dirigirse a ellos en inglés.

—Lo siento, sólo quiero llamar a mi esposa para decirle que llegaré tarde. Parece que voy a demorarme un rato aquí.

—¡Así se habla! —dijo el más grandote de los dos, luego vació la cerveza y dejó el vaso sobre la barra con un fuerte golpe—. ¡Otra!

Mientras la mesera servía más cerveza a los matones, vio en el espejo cómo el oficial pulsaba unas pocas teclas del celular y luego se llevaba el aparato a la oreja. Cuando le respondieron, comenzó a hablar rápido en español.

—Llamo desde el bar Molly Malone —dijo Ávila, leyendo el nombre y la dirección del local en un posavasos que tenía delante—. Calle Particular de Estraunza, ocho. —Esperó un momento y luego continuó—: Necesitamos ayuda inmediatamente. Hay dos hombres heridos. —Y luego colgó.

«¿Dos hombres heridos?» A la mesera se le aceleró el pulso.

Mientras la joven todavía estaba procesando el significado de lo que acababa de oír, Ávila se volvió bruscamente hacia la derecha y le clavó el codo al matón más grandote en la nariz, rompiéndosela. El tipo cayó de espaldas con el rostro completamente ensangrentado. Antes de que el segundo hombre pudiera reaccionar, el almirante se volvió con rapidez de nuevo hacia la derecha y le clavó el codo del otro brazo en la tráquea, tirándolo de espaldas sobre el taburete.

La mesera contempló anonadada a los dos hombres que yacían en el suelo, uno gritando de dolor y el otro con ambas manos en la garganta, haciendo esfuerzos por respirar.

El almirante se irguió poco a poco. Con una calma escalofriante, agarró su bolsa y sacó un billete de cien euros que depositó sobre la barra.

—Mis disculpas —le dijo a la mesera—. La policía llegará en breve para ayudarla.

Y tras decir eso se dio la vuelta y se marchó.

Una vez en la calle, el almirante Luis Ávila aspiró una bocanada de aire nocturno. Al enfilar la alameda de Mazarredo en dirección al río, vio a lo lejos que se acercaban unas sirenas de policía y se hizo a un lado para dejar pasar a las autoridades. Tenía cosas serias que hacer y no podía permitirse más complicaciones.

«El Regente ha dejado bien clara la misión de esta noche.»

Limitarse a cumplir órdenes del Regente infundía en Ávila una apacible serenidad. Nada de decisiones. Ni de culpabilidad. Sólo debía actuar. Tras toda una carrera dando órdenes, suponía un alivio dejar que fueran otros quienes llevaran el timón del barco.

«En esta guerra, soy un mero soldado de infantería.»

Unos días atrás, el Regente había compartido con él un secreto tan perturbador que no había tenido otra opción que ofrecer su plena disposición para la causa. La brutalidad de la misión de la noche anterior todavía lo obsesionaba, pero sabía que sus actos serían perdonados.

«El bien puede adoptar muchas formas.

»Y antes de que termine la noche tendrán lugar más muertes.»

Al llegar a la plaza que daba a la ribera del río, alzó la mirada hacia la enorme estructura que tenía delante. Se trataba de un ondulante caos de formas perversas recubiertas de placas de titanio, como si dos mil años de avances arquitectónicos hubieran sido arrojados por la ventana en favor del caos absoluto.

«Algunos llaman "museo" a esto. Yo lo llamo "monstruosidad".»

Concentrado en sus pensamientos, cruzó la plaza serpenteando entre la serie de extrañas esculturas que había fuera del museo. Al acercarse al edificio se fijó en las docenas de invitados ataviados con sus mejores galas y que conversaban entre sí.

«Las masas impías se han congregado.

»Pero la noche no transcurrirá tal y como esperan.»

Se colocó bien la gorra de almirante y se alisó el saco, preparándose mentalmente para la tarea que le esperaba. La misión de esa noche formaba parte de un cometido mayor: se trataba de una cruzada por la virtud.

Cuando atravesó el patio que conducía a la entrada del museo, acarició con suavidad el rosario que llevaba en el bolsillo.

3

El atrio del museo tenía el aspecto de una catedral futurista.

Nada más adentrarse en él, Langdon levantó la mirada. Una serie de colosales columnas blancas situadas frente a una alta cortina de cristal se elevaban cincuenta y cinco metros hasta alcanzar el techo abovedado desde el que unos focos halógenos emitían una potente luz blanca. Diversas pasarelas suspendidas en el aire atravesaban las alturas y en ellas podía distinguirse a invitados vestidos de etiqueta entrando y saliendo de las galerías superiores o asomándose para admirar a través de los altos ventanales el estanque que había fuera. A un lado, un elevador de cristal descendía silenciosamente por la pared para recoger a más invitados.

Langdon nunca había visto un museo igual. Incluso la acústica le resultaba extraña. En vez del característico silencio reverencial propiciado por las superficies insonorizadas, ese lugar estaba vivo con el reverberante eco de voces que se filtraban por la piedra y el cristal. Para Langdon, la única sensación familiar era el estéril sabor que sentía en el dorso de la lengua. El aire de los museos era el mismo en todas partes: una atmósfera meticulosamente filtrada para eliminar todas las partículas y oxidantes y luego humectada con agua ionizada hasta que alcanzaba el 45 por ciento de humedad.

El profesor cruzó una serie de estrictos controles de seguridad sin dejar de advertir la cantidad de guardias armados que había en cada uno de ellos. Al final, se encontró ante otro mostrador en el que una joven repartía auriculares entre los invitados.

—¿Audioguía?

Sonrió.

—No, gracias.

Al acercarse al mostrador, sin embargo, la mujer lo detuvo y, dirigiéndose a él en un perfecto inglés, le dijo:

—Lo siento, señor, pero el anfitrión de esta noche, el señor Edmond Kirsch, ha pedido que todo el mundo lleve auriculares. Forma parte de la experiencia de la velada.

—¡Ah, de acuerdo, en ese caso los tomaré!

Langdon extendió una mano, pero la mujer le indicó que esperara un momento y, tras buscarlo en la larga lista de invitados, le entregó unos cuyo número coincidía con el que figuraba junto a su nombre.

—Las visitas de esta noche están diseñadas individualmente, a la medida de cada persona.

«¿De verdad? —Langdon echó un vistazo a su alrededor—. ¡Hay cientos de invitados!»

El profesor examinó entonces los auriculares. Consistían en una simple tira curvada de metal con una diminuta almohadilla en cada extremo. Seguro que a causa de su expresión de desconcierto, la joven se acercó para echarle una mano.

—Se trata de un modelo muy nuevo —dijo, ayudándolo a ponerse el aparato—. Las almohadillas transductoras no van en las orejas, sino que descansan sobre el rostro.

La mujer acopló la tira metálica detrás de la cabeza de Langdon y colocó las almohadillas de forma que quedaran sujetas justo encima de la mandíbula y por debajo de las sienes.

—Pero ¿cómo...?

—Tecnología de conducción ósea. Los transductores conducen el sonido a los huesos de la mandíbula, permitiendo que llegue directamente a la cóclea. Yo ya lo he probado, y resulta sorprendente. Es como tener una voz dentro de la cabeza. Y, como las almohadillas no tapan las orejas, se pueden mantener al mismo tiempo conversaciones con otras personas.

—Muy ingenioso.

—Esta tecnología la inventó el señor Kirsch hace más de una década. Ahora está disponible comercialmente en los modelos de muchas marcas de auriculares.

«Espero que Beethoven se lleve su parte», pensó Langdon, seguro de que el inventor original de esa tecnología de conducción ósea fue este compositor del siglo XVIII, cuando, al quedarse sordo, descubrió que si apoyaba un extremo de una varilla metálica en el piano y sujetaba el otro extremo entre los dientes mientras tocaba, podía oír perfectamente las vibraciones a través de su mandíbula.

—Esperamos que disfrute de la experiencia —dijo la mujer—. Dispone de más o menos una hora para explorar el museo antes de la presentación. Su audioguía lo avisará cuando llegue el momento de dirigirse al auditorio.

—Gracias. ¿He de pulsar algo para...?

—No, el aparato se activa solo. Su visita guiada se iniciará en cuanto comience a moverse.

—Ah, sí, claro —dijo Langdon con una sonrisa.

A continuación cruzó el atrio en dirección a un grupo de invitados que estaban esperando el elevador, todos con los mismos auriculares sujetos a sus mandíbulas.

Cuando se encontraba a medio camino, una voz masculina comenzó a sonar en su cabeza.

—Buenas tardes y bienvenido al Museo Guggenheim Bilbao.

Langdon sabía que se trataba de los auriculares, pero aun así no pudo evitar detenerse de golpe y mirar a su alrededor. El efecto resultaba asombroso. Era tal y como le había dicho la mujer: parecía que hubiera alguien dentro de su cabeza.

—Mi más sincera bienvenida, profesor Langdon —dijo una voz amistosa y alegre con un marcado acento británico—. Me llamo Winston, y supone un honor para mí ser su guía esta noche.

«Pero ¿quién ha grabado esto? ¿Hugh Grant?»

—Esta noche —continuó la animada voz— siéntase libre de deambular por donde quiera y como desee, yo procuraré ilustrarlo acerca de aquello que esté contemplando.

Al parecer, además de contar con un entusiasta narrador, una grabación personalizada y la tecnología de conducción ósea, cada auricular estaba equipado con un GPS que localizaba el lugar exacto del museo en el que se encontraba el visitante para determinar qué comentario debía generar.

—Tratándose de un profesor de arte —añadió la voz—, soy consciente de que es uno de los invitados con más conocimientos en este campo, de modo que es posible que no tenga necesidad alguna de mis comentarios. ¡O, peor todavía, que esté completamente en desacuerdo con mi análisis de determinadas obras! —la voz dejó escapar una risa ahogada.

«¿En serio? ¿Quién ha escrito este guion?» No cabía duda de que el tono alegre y el servicio personalizado resultaban un gran acierto, pero Langdon era incapaz de imaginar el esfuerzo que debía de haber supuesto la adaptación de los cientos de auriculares.

Por suerte, la voz se quedó en silencio. El texto preprogramado de bienvenida debía de haber terminado.

Langdon levantó la mirada hacia una nueva y enorme pancarta que colgaba sobre la muchedumbre al otro lado del atrio.

EDMOND KIRSCH
ESTA NOCHE DAREMOS UN SALTO ADELANTE

«¿Qué diantre piensa anunciar Edmond?»

El profesor se volvió hacia los elevadores. Frente a éstos había un grupo de invitados entre los que se encontraban dos famosos fundadores de empresas globales de internet, un conocido actor hindú y varias personalidades que probablemente deberían sonarle, pero que no sabía quiénes eran. Sintiéndose a la vez reacio y apenas cualificado para entablar conversaciones sobre redes sociales y Bollywood, optó por dirigirse hacia la enorme obra de arte moderno que se exhibía en una sala que había al otro lado del atrio.

La instalación se encontraba en el interior de una sala oscura y consistía en nueve estrechas cintas transportadoras que emergían de unas ranuras que había en el suelo y ascendían hasta desaparecer en otras tantas ranuras del techo. Parecían nueve pasarelas verticales en perpetuo movimiento ascendente. En cada cinta había un mensaje iluminado que recorría toda su extensión hasta llegar al techo.

Rezo en voz alta... Te huelo en mi piel... Pronuncio tu nombre

Al acercarse, se dio cuenta de que las cintas en movimiento en realidad no se movían y que la ilusión se debía a unos diodos luminosos diminutos que había en cada uno de los paneles verticales. Esas luces se encendían en rápida sucesión para formar palabras que, tras materializarse a ras de suelo, recorrían la estrecha columna hasta desaparecer en el techo.

Estoy llorando con fuerza... Había sangre... Nadie me lo dijo

Se acercó y rodeó los paneles.

—Se trata de una obra provocadora —declaró de repente la audioguía—. Se titula *Instalación para Bilbao* y fue creada por la artista conceptual Jenny Holzer. Consiste en nueve paneles verticales de doce metros de altura que reproducen citas en vasco, español e inglés sobre los horrores del sida y el dolor sufrido por aquellos que se han quedado atrás.

Langdon tenía que admitir que el efecto resultaba hipnótico y, de algún modo, desgarrador.

—¿Había visto antes alguna obra de Jenny Holzer?

El profesor se sentía hipnotizado por el texto ascendente.

—¿Señor Langdon? —insistió la voz en su cabeza—. ¿Puede oírme? ¿Funcionan bien sus auriculares?

Langdon volvió finalmente en sí.

—Lo siento... ¿Qué? ¿Hola?

—Sí, hola —respondió la voz—. Diría que ya nos hemos saludado. Sólo estaba comprobando si podía oírme.

—Yo... Lo-lo siento —tartamudeó el profesor, mirando a su alrededor e imaginando una sala repleta de guías con auriculares y catálogos de museo dirigiendo las visitas de los invitados—. ¡Creía que eras una grabación! No me había dado cuenta de que se trataba de una voz en directo.

—No pasa nada, señor. Esta noche yo seré su guía personal. Sus auriculares también cuentan con micrófono. Este programa está diseñado para que su visita sea una experiencia interactiva en la que usted y yo podamos mantener un diálogo sobre las obras de arte que contemple.

Langdon reparó entonces en que los demás invitados también estaban hablando con sus auriculares. Incluso aquellos que habían acudido en compañía parecían haberse separado un poco y ahora intercambiaban entre sí miradas de perplejidad mientras mantenían conversaciones privadas con sus guías personales.

—¿Todos los invitados disponen de un guía privado?

—Sí, señor. Esta noche estamos guiando de forma individual a trescientos ochenta invitados.

—Eso es increíble.

—Bueno, como ya sabe, Edmond Kirsch es un gran aficionado al arte y la tecnología. Diseñó este sistema específicamente para los museos con la esperanza de que reemplace las visitas en grupo, que detesta. De este modo, cada visitante puede disfrutar de una visita privada, avanzar a su propio ritmo y hacer preguntas que tal vez le daría vergüenza realizar si se encontrara con más gente. Así la experiencia es mucho más íntima y profunda.

—No quiero parecer anticuado, pero ¿por qué no acompañarnos en persona?

—Logística —respondió la voz—. Añadir guías al evento de un museo literalmente doblaría el número de gente en las salas y limitaría a la mitad la cantidad de posibles visitantes. Además, la cacofonía que provocarían todos esos guías hablando a la vez resultaría molesta. La idea que hay detrás de los auriculares es que la visita sea una experiencia lo más cómoda posible. Como siempre dice el señor Kirsch, uno de los objetivos del arte consiste en fomentar el diálogo.

—Estoy completamente de acuerdo —respondió Langdon—. Por eso la gente suele visitar los museos con la pareja o un amigo. Desde ese punto de vista, estos auriculares podrían considerarse un poco antisociales.

—Tal vez —respondió la voz británica—. Pero si uno viene al museo con una novia o un amigo, puede asignársele el mismo guía a ambos auriculares y así pueden disfrutar de una discusión en grupo. Este *software* es realmente avanzado.

—Pareces tener respuesta para todo.

—Bueno, ése es mi trabajo. —El guía dejó escapar una risita forzada y luego cambió por completo de tema—: Ahora, profesor, si cruza usted el atrio en dirección al ventanal, podrá ver el cuadro más grande del museo.

Al cruzar el atrio, Langdon pasó junto a una atractiva pareja de treinta y tantos tocada con unas gorras blancas de béisbol a juego. En vez del habitual logotipo corporativo, en la parte delantera de las mismas podía verse un símbolo sorprendente.

Se trataba de un símbolo que Langdon conocía bien, pero que nunca había visto en una gorra. No hacía muchos años que esa estilizada letra «A» se había convertido en el símbolo universal de uno de los grupos demográficos que más estaba creciendo en el mundo y que asimismo más se hacía oír: el de los ateos. Éstos habían comenzado a denunciar cada vez más enérgicamente lo que consideraban los peligros de las creencias religiosas.

«¿Y ahora cuentan con sus propias gorras de béisbol?»

Al inspeccionar la congregación de genios tecnológicos que lo rodeaba, Langdon se recordó que era probable que muchas de esas jóvenes mentes analíticas fueran muy antirreligiosas, como Edmond. La audiencia de esa noche no era exactamente la más afín a un profesor de simbología religiosa.

4

⊕ ConspiracyNet.com

NOTICIAS DE ÚLTIMA HORA

Actualización: Haz clic <u>aquí</u> para ver las «10 noticias más leídas del día» en ConspiracyNet. ¡Además, acabamos de recibir una historia de última hora!

¿Anuncio sorpresa de Edmond Kirsch?

Cientos de titanes tecnológicos se han reunido esta noche en Bilbao para asistir al evento vip que ha organizado el futurólogo Edmond Kirsch en el museo Guggenheim. Las medidas de seguridad son extremas y los invitados desconocen el propósito de la velada, pero ConspiracyNet ha recibido el soplo de una fuente interna que afirma que, en breve, Kirsch se dirigirá a sus invitados y planea sorprenderlos con un importante anuncio científico. ConspiracyNet seguirá de cerca la noticia y te informará de las novedades en cuanto las reciba.

5

La sinagoga más grande de Europa se encuentra en la calle Dohány de Budapest. Este templo, construido en estilo neomorisco y que cuenta con dos torres gemelas enormes en la fachada, tiene capacidad para más de tres mil fieles (los bancos de la planta baja están reservados para los hombres y los de la galería superior para las mujeres).

En una fosa común del jardín se encuentran enterrados los cadáveres de cientos de judíos húngaros que murieron durante los horrores de la ocupación nazi. El lugar está señalizado con el *Árbol de la Vida*: una escultura de metal que representa un sauce llorón y en cada una de cuyas hojas está grabado el nombre de una de las víctimas. Cuando sopla el viento, las hojas de metal se golpean entre sí emitiendo un escalofriante repiqueteo que se extiende por todo el camposanto.

Durante más de tres décadas, el líder espiritual de la Gran Sinagoga había sido el rabino Yehuda Köves, un eminente erudito talmúdico y cabalista que, a pesar de su avanzada edad y pobre salud, seguía siendo un miembro activo de la comunidad judía tanto en Hungría como en el resto del mundo.

En cuanto el sol se puso al otro lado del Danubio, el rabino Köves salió de la sinagoga y enfiló la calle Dohány, repleta de tiendas y de misteriosos «bares en ruinas». Se dirigía a su casa, en la plaza Március, número 15, a tiro de piedra del puente Elisabeth, que unía las antiguas ciudades de Buda y Pest, formalmente unificadas en 1873.

Faltaba poco para las vacaciones de Pascua. Y ésa solía ser una de sus épocas favoritas del año, pero, desde que la semana anterior había vuelto del Parlamento de las Religiones del Mundo, no había sentido más que una profunda intranquilidad.

«Desearía no haber asistido.»

El extraordinario encuentro con el obispo Valdespino, el ulema Syed al-Fadl y el futurólogo Edmond Kirsch había ocupado sus pensamientos durante los últimos tres días.

Al llegar a casa, el rabino se dirigió directamente al jardín y entró en el *házikó*, el cobertizo que le servía de santuario privado y estudio.

El cobertizo consistía en una única estancia repleta de altos libreros con los estantes combados a causa del peso de los numerosos libros religiosos que soportaban. Una vez dentro, el rabino se sentó al escritorio frunciendo el ceño ante el caos que tenía delante.

«Si alguien viera mi mesa esta semana pensaría que he perdido el juicio.»

Desperdigados por toda la superficie de trabajo había media docena de libros religiosos con las páginas abiertas y docenas de notas adhesivas. Detrás de éstos y apoyados en atriles de madera, había tres pesados volúmenes abiertos por la misma página. Eran versiones en hebreo, arameo e inglés de la Torá.

«El Génesis.

»En el principio...»

Por supuesto, Köves podía recitar el Génesis de memoria en las tres lenguas. Normalmente, estaría leyendo comentarios académicos sobre el Zohar o teorías de cosmología cabalística avanzada. Para un erudito del calibre de Köves, estudiar el Génesis era como para Einstein volver a recibir clases de aritmética elemental. Aun así, eso era justo lo que había estado haciendo esos últimos días, y el cuaderno que descansaba sobre el escritorio parecía haber sido asaltado por un salvaje torrente de notas manuscritas tan caóticas que apenas él mismo podía entenderlas.

«Es como si me hubiera vuelto loco.»

El rabino había comenzado con la Torá, el relato del Génesis que compartían judíos y cristianos. «En el principio, Dios creó los cielos y la tierra.» A continuación, había seguido con los textos educativos del Talmud y había releído las elucidaciones rabínicas sobre el *Ma'aseh Bereshit*, el acto de la Creación. Después de eso, había ahondado en el Midrash y se había enfrascado en la lectura de los venerados exégetas que habían intentado explicar las contradicciones inherentes en el relato tradicional de la Creación. Finalmente, se había sumergido en la mística ciencia cabalística del Zohar, según la cual el Dios incognoscible se manifestaba como diez *sefirot* o estados dispuestos alrededor de unos canales llamados el «Árbol de la Vida» y de los cuales surgían cuatro mundos diferenciados.

A Köves, la arcana complejidad de las creencias que conformaban el judaísmo siempre le había resultado reconfortante. Para el rabino suponía un recordatorio divino acerca de la incapacidad de la humanidad para comprenderlo todo. Y, sin embargo, ahora, después de ver la presentación de Edmond Kirsch y contemplar la simplicidad y claridad de lo que éste había descubierto, tenía la sensación de que esos últimos tres días había estado repasando una colección de caducas contradicciones. En un momento dado, empujó a un lado sus textos antiguos y salió a pasear por la ribera del Danubio para intentar poner orden en sus pensamientos.

El rabino había aceptado al fin la dolorosa verdad: el trabajo de Kirsch tendría unas repercusiones devastadoras para las almas creyentes de todo el mundo. La revelación del científico contradecía con rotundidad casi todas las doctrinas religiosas establecidas, y lo hacía de un modo rematadamente simple y persuasivo.

«No puedo olvidar la última imagen —pensó Köves, recordando la desarmante conclusión de la presentación que Kirsch les había mostrado en la pantalla de su celular extragrande—. Estas noticias afectarán a todos los seres humanos, no sólo a los devotos.»

Ahora, a pesar de los esfuerzos intelectuales que había realizado esos últimos días, el rabino Köves no estaba más cerca de saber qué podía hacer respecto a la información que Kirsch les había revelado.

Y estaba seguro de que Valdespino o Al-Fadl tampoco habían llegado a ninguna conclusión. Los tres hombres habían hablado por teléfono dos días atrás, pero la conversación no había sido productiva.

—Amigos míos —había comenzado a decir Valdespino—. Está claro que la presentación de Kirsch resultó perturbadora... a muchos niveles. Yo lo insté a que me llamara para comentar el asunto con más detalle, pero no he tenido noticias suyas. Ahora creo que hemos de tomar una decisión.

—Yo ya he tomado la mía —dijo Al-Fadl—. No podemos permanecer sentados sin hacer nada. Hemos de tomar el control de la situación. El desprecio que Kirsch siente por la religión es bien conocido y no dudo de que expondrá su descubrimiento de forma que provoque el mayor daño posible al futuro de la fe. Tenemos que ser proactivos. Debemos ser nosotros quienes anunciemos su hallazgo. De inmediato. Debemos transmitirlo del modo adecuado para suavizar el impacto y que resulte lo menos amenazador posible para los creyentes del mundo espiritual.

—Sin duda, existe la posibilidad de que seamos nosotros quienes lo hagamos público —intervino Valdespino— pero, por desgracia, no se me ocurre cómo podemos comunicar esa información de un modo que no resulte amenazador. —Exhaló un profundo suspiro—. Además de que le prometimos al señor Kirsch que mantendríamos el secreto.

—Cierto —asintió Al-Fadl—, y a mí también me causa pesar romper esa promesa, pero opino que debemos elegir el menor de los males y tomar medidas por el bien común. Estamos todos en el punto de mira: musulmanes, judíos, cristianos, hinduistas... Todas las religiones por igual. Y, teniendo en cuenta que nuestras fes coinciden en las verdades fundamentales que Kirsch pretende socavar, tenemos la obligación de presentar este hallazgo de un modo que no contraríe a nuestras comunidades.

—Me temo que no hay ningún modo de evitar eso —dijo Valdespino—. Si consideramos la posibilidad de hacer público el descubrimiento de Kirsch, la única estrategia viable sería plantear dudas sobre el mismo. Es decir, desacreditarlo antes de que pueda comunicar su mensaje.

—¿Desacreditar a Edmond Kirsch? —repitió Al-Fadl—. ¿Un brillante científico que nunca se ha equivocado en nada? ¿Estuvimos usted y yo en la misma reunión? Su presentación resultaba del todo convincente.

Valdespino protestó:

—No más que las realizadas en su momento por Galileo, Bruno o Copérnico. Las religiones ya se han visto antes en esta situación. No es más que la ciencia llamando de nuevo a nuestra puerta.

—Pero ¡a un nivel mucho más profundo que esos descubrimientos en física y astronomía! —exclamó Al-Fadl—. ¡Kirsch está poniendo en entredicho el mismísimo núcleo de las religiones, la raíz fundamental de todo aquello en lo que creemos! Puede usted citar la historia todo lo que quiera, pero no se olvide de que, a pesar de los grandes esfuerzos realizados por el Vaticano para silenciar a hombres como Galileo, finalmente la ciencia de éstos ha prevalecido. Y la de Kirsch también lo hará. No hay forma de evitar que esto suceda.

Se produjo un ominoso silencio.

—Mi posición en esta cuestión es simple —dijo Valdespino—. Desearía que Edmond Kirsch no hubiera hecho este descubrimiento. Temo que no estamos preparados para lidiar con un hallazgo semejante y preferiría que esta información nunca viera la luz del día. —Hizo una pausa y luego continuó—: Al mismo tiempo, creo que los acontecimientos de este mundo suceden en base a un plan divino. Tal vez es posible que mediante nuestras oraciones podamos conseguir que Dios se dirija al señor Kirsch y lo persuada para que reconsidere la idea de hacer público su descubrimiento.

Al-Fadl dejó escapar una risa ahogada y burlona.

—No creo que el señor Kirsch sea capaz de oír la voz de Dios.

—Puede que no —dijo Valdespino—. Pero ocurren milagros todos los días.

Al-Fadl le replicó airadamente:

—Con el debido respeto, a no ser que le pida usted a Dios que fulmine a Kirsch antes de que pueda anunciar...

—¡Caballeros! —intervino Köves en un intento de apaciguar la creciente tensión—. No debemos tomar una decisión apresurada. No hace falta que lleguemos a un acuerdo esta misma noche. El señor Kirsch nos dijo que no haría su anuncio hasta dentro de un mes. Sugiero que meditemos la cuestión en privado y volvamos a hablar en unos días. Puede que mediante la reflexión consigamos ver claro cuál es el proceder adecuado.

—Sabio consejo —respondió Valdespino.

—No esperemos demasiado tiempo —advirtió Al-Fadl—. Sugiero que volvamos a hablar por teléfono dentro de un par de días.

—Estoy de acuerdo —convino Valdespino—. Pospongamos hasta entonces nuestra decisión final.

Esa discusión había tenido lugar hacía dos días y ahora había llegado el momento de mantener la conversación definitiva.

A solas en su *házikó*, el rabino Köves se sentía cada vez más inquieto. Deberían haberlo llamado hacía ya diez minutos.

Por fin sonó el teléfono y Köves se apresuró a descolgar el auricular.

—Hola, rabino —saludó el obispo con voz atribulada—. Lamento el retraso. —Hizo una pausa y luego continuó—: Me temo que el ulema Al-Fadl no se unirá a nosotros.

—¿Y eso? —dijo Köves sorprendido—. ¿Hay algún problema?

—No lo sé. Llevo todo el día intentando localizarlo, pero parece que ha... desaparecido. Ninguno de sus colegas tiene idea de dónde se encuentra.

Köves sintió un escalofrío.

—Esto resulta alarmante.

—Estoy de acuerdo. Espero que esté bien. Lamentablemente, tengo más noticias. —El obispo hizo otra pausa y cuando volvió a hablar adoptó un tono todavía más sombrío—: Acabo de enterarme de que Edmond Kirsch va a celebrar un evento para hacer público su descubrimiento... esta noche.

—¡¿Esta noche?! —preguntó Köves—. ¡Iba a esperar un mes!

—Sí —dijo Valdespino—. Nos mintió.

6

La amistosa voz de Winston reverberaba a través de los auriculares de Langdon.

—Ante usted, señor profesor, se encuentra el cuadro más grande de toda la colección, si bien la mayoría de los invitados no lo divisan de inmediato.

Langdon echó un vistazo alrededor del atrio, pero no vio nada salvo la pared de cristal que daba al estanque.

—Lo siento, me temo que formo parte de esa mayoría. No veo ningún cuadro.

—Bueno, está expuesto de un modo poco convencional —dijo Winston con una risita—. El lienzo no cuelga de la pared, sino que se encuentra en el suelo.

«Debería habérmelo imaginado», pensó Langdon bajando la mirada y avanzando unos pasos hasta que vio el lienzo rectangular que se extendía a sus pies.

El enorme cuadro consistía en un lienzo pintado en un único color —un monocromo azul profundo— y sus espectadores permanecían alrededor de su perímetro mirando hacia abajo como si estuvieran contemplando un pequeño estanque.

—La superficie del cuadro es de casi quinientos cincuenta metros cuadrados —le informó Winston.

Langdon cayó en la cuenta de que era diez veces más grande que su primer departamento en Cambridge.

—Es obra de Yves Klein y se la conoce popularmente como *La piscina*.

Langdon tenía que admitir que la arrebatadora riqueza de aquel tono de azul le hacía sentir que podía zambullirse directamente en el lienzo.

—Klein inventó este color —prosiguió Winston—. Lo llamó «International Klein Blue» y afirmaba que su profundidad evocaba la inmaterialidad y la infinidad de su visión utópica del mundo.

Langdon tuvo la sensación de que ahora Winston estaba leyendo un guion.

—A Klein se le conoce sobre todo por sus cuadros azules, pero también por una inquietante fotografía titulada *Salto al vacío*, que causó cierto pánico cuando fue expuesta en 1960.

Langdon había visto *Salto al vacío* en el Museo de Arte Moderno de Nueva York. La fotografía era más que un poco desconcertante. En ella podía verse a un hombre bien vestido saltando desde un edificio como si fuera a zambullirse en el pavimento. En realidad, se trataba de un truco fotográfico brillantemente concebido y hábilmente ejecutado con una cuchilla de afeitar muchos años antes del nacimiento de Photoshop.

—Klein también compuso la obra musical *Monotone-Silence*, en la que una orquesta sinfónica interpreta un único acorde en re mayor durante veinte minutos.

—¿Y la gente lo escucha?

—Miles de personas lo escuchan. Y el acorde único sólo es el primer movimiento. En el segundo, la orquesta permanece inmóvil para interpretar «el silencio puro» durante otros veinte minutos.

—Es broma, ¿verdad?

—No, hablo en serio. En su defensa diré que, probablemente, la puesta en escena no era tan aburrida como pueda parecer: en el escenario también había tres mujeres desnudas y cubiertas de pintura azul revolcándose sobre unos lienzos gigantescos.

Si bien Langdon había dedicado la mayor parte de su carrera al estudio del arte, le sabía mal no haber llegado nunca a apreciar las propuestas más vanguardistas.

—No pretendo faltarte al respeto, Winston, pero he de reconocer que a veces me cuesta saber cuándo algo es «arte moderno» y cuándo se trata de una mera extravagancia.

Winston contestó en un tono impasible:

—Bueno, ésa es con frecuencia la cuestión, ¿no? En el mundo del arte clásico, las obras se aprecian en base la ejecución del artista; es decir, la destreza con la que pinta el lienzo o cincela la piedra. En el arte moderno, sin embargo, la valoración se basa más en la idea que en su ejecución. Por ejemplo, cualquiera puede componer una sinfonía de cuarenta minutos que consista únicamente en un acorde y silencio, pero fue Klein quien tuvo la idea.

—Comprendo.

—*La escultura de niebla* es otro ejemplo perfecto de arte conceptual. La artista tuvo una idea, instalar unas tuberías perforadas debajo del puente para verter niebla sobre el estanque, pero la obra la construyeron fontaneros locales. —Winston hizo una pausa y luego continuó—: En cualquier caso, hay que reconocerle a la artista el hecho de que utilizara su medio como un código.

—¿La niebla es un código?

—Sí. Un críptico tributo al arquitecto del museo.

—¿Frank Gehry?

—Frank O. Gehry —lo corrigió Winston—. F-O-G. Que, como ya sabe, significa «niebla» en inglés.

—Ingenioso.

Langdon se acercó al ventanal y Winston le dijo:

—Desde aquí tiene una buena vista. ¿Se ha fijado en *Mamá* al entrar?

Langdon miró en dirección a la enorme viuda negra que se encontraba en el exterior del museo.

—Sí. Es difícil no reparar en ella.

—Deduzco por su tono que no le ha gustado demasiado.

—Lo he intentado. —Langdon hizo una pausa y luego continuó—: Lo cierto es que, como clasicista, me siento un poco fuera de mi elemento.

—Interesante —dijo Winston—. Creía que usted especialmente apreciaría *Mamá*. Es un ejemplo perfecto de la noción clásica de «yuxtaposición». De hecho, podría utilizarla en clase la próxima vez que enseñe el concepto.

Langdon se quedó mirando la araña, pero fue incapaz de apreciar lo que le decía Winston. A la hora de explicar la idea de «yuxtaposición», prefería recurrir a un enfoque un poco más tradicional.

—Creo que seguiré usando el ejemplo del *David*.

—Sí, Miguel Ángel es el modelo de referencia —dijo Winston con una risa ahogada—. Esculpió a David en un afeminado *contrapposto*: la mano laxa que sostiene la flácida honda transmite una vulnerabilidad femenina y, sin embargo, sus ojos irradian una determinación letal y tiene los tendones en tensión y las venas hinchadas, señal de que se dispone a matar a Goliat. Es una obra al mismo tiempo delicada y mortal.

A Langdon lo impresionó la descripción de Winston y le habría gustado que sus alumnos pudieran apreciar con la misma claridad la obra maestra de Miguel Ángel.

—*Mamá* no se aleja demasiado del *David* —añadió Winston—. Se trata asimismo de la atrevida yuxtaposición de unos principios arquetípicos opuestos. En la naturaleza, la viuda negra es una criatura temible: un depredador que captura a sus víctimas con la telaraña y luego las mata. A pesar de tratarse de un arácnido mortal, aquí está representada con un voluminoso saco de huevos, preparándose para dar vida. Es a la vez depredadora y progenitora. Su poderoso cuerpo sostenido por unas patas imposiblemente finas transmite a la vez fuerza y fragilidad. Creo que *Mamá* podría considerarse un *David* moderno, ¿no le parece?

—Pues no —respondió Langdon con una sonrisa—, pero debo admitir que tu análisis da que pensar.

—Está bien, entonces permítame que le muestre una última obra. Se trata de un original del mismísimo Edmond Kirsch.

—¿De verdad? No sabía que Edmond también era un artista.

Winston se rio.

—Dejaré que sea usted quien juzgue eso.

Winston guio a Langdon hacia una espaciosa estancia en la que un grupo de invitados se había congregado ante una losa enorme de barro seco que colgaba de la pared. A primera vista, el barro endurecido hizo pensar a Langdon en una exposición de fósiles. Esa losa, sin embargo, no contenía fósil alguno. En su lugar sólo podían verse unos bastos surcos y marcas parecidos a los que un niño podría realizar con un palo en el cemento húmedo.

La gente no se mostraba muy impresionada.

—¿Edmond ha hecho esto? —masculló una mujer con los labios rellenos de bótox y ataviada con una estola de visón—. No lo pillo.

El profesor que había en Langdon no pudo resistirse.

—En realidad es una obra bastante ingeniosa —dijo, interrumpiendo a la mujer—. Hasta el momento, es la que más me gusta de las que he visto en el museo.

La mujer se dio la vuelta y se lo quedó mirando con algo más que una leve muestra de desdén.

—¿De verdad? Ilústreme, pues.

«Con mucho gusto», pensó Langdon, y se acercó a la serie de toscos garabatos grabados en la superficie de barro.

—Bueno, en primer lugar —dijo el profesor—, Edmond realizó esta obra en barro como homenaje a la primera escritura de la humanidad, la cuneiforme.

La mujer parpadeó con escepticismo.

—Las tres marcas que hay en el centro —prosiguió Langdon— representan la palabra «pez» en asirio. Se trata de un pictograma. Si se fija bien, podrá ver la boca abierta del pez a la derecha, así como las escamas triangulares del cuerpo.

Los invitados ladearon la cabeza para estudiar la figura.

—Y si mira aquí —dijo Langdon, señalando una serie de improntas que había a la izquierda—, podrá ver que Edmond hizo estas pisadas en el barro detrás del pez para representar el histórico paso evolucionario del pez a la tierra.

Los presentes comenzaron a asentir en señal de comprensión.

—Y, finalmente —añadió—, el asterisco asimétrico de la derecha, el símbolo que el pez parece estar a punto de comerse, es uno de los más antiguos para representar a Dios.

La mujer con los labios rellenos de bótox se volvió y lo miró con el ceño fruncido.

—¿El pez se va a comer a Dios?

—Eso parece. Es una versión lúdica del pez de Darwin: la evolución comiéndose a la religión. —Langdon se encogió de hombros despreocupadamente—. Como he dicho, es bastante ingenioso.

Al salir de la sala, el profesor pudo oír cómo la gente murmuraba a su espalda, y Winston se rio con ganas.

—¡Ha sido genial, profesor! Edmond habría apreciado su improvisada disertación. No mucha gente es capaz de descifrar esa obra.

—Bueno —respondió Langdon—, en eso consiste mi trabajo.

—Sí, y ahora entiendo por qué el señor Kirsch me ha pedido que lo considerara un invitado especial. De hecho, me ha pedido que le muestre algo que ninguno de los otros invitados va a ver esta noche.

—¿Ah, sí? ¿De qué se trata?

—¿Ve usted el pasillo con el cordón que impide el paso a la derecha del ventanal principal?

Langdon miró a su derecha.

—Sí.

—Bien. Siga mis instrucciones, por favor.

Con cierta vacilación, Langdon obedeció las instrucciones de Winston. Se dirigió hacia el pasillo y, tras comprobar que nadie lo veía, se adentró en él.

Dejando atrás a la muchedumbre que se congregaba en el atrio, el profesor recorrió unos diez metros hasta llegar a una puerta metálica con un teclado numérico.

—Teclee los siguientes seis dígitos —dijo Winston, y le recitó la clave a Langdon.

El profesor la introdujo y el cerrojo de la puerta se abrió con un ruido sordo.

—De acuerdo, profesor. Ahora entre.

Langdon se quedó un momento inmóvil, receloso de lo que pudiera encontrarse al otro lado. Finalmente, se armó de valor y abrió la puerta.

—Encenderé las luces —dijo Winston—. Por favor, entre y cierre.

Langdon se adentró en la estancia y aguzó la mirada para intentar ver algo en la oscuridad. La puerta se cerró tras él, emitiendo el mismo ruido sordo.

Poco a poco, una suave luz comenzó a encenderse en los bordes de la sala dejando a la vista un gigantesco espacio parecido a un hangar para aviones jumbo.

—Tres mil metros cuadrados —le informó Winston.

La sala hacía que el atrio pareciera pequeño.

A medida que la intensidad de las luces iba en aumento, Langdon pudo distinguir un grupo de formas enormes en medio de aquel inmenso lugar, siete u ocho oscuras siluetas que parecían dinosaurios pastando en plena noche.

—¿Qué demonios estoy viendo? —preguntó Langdon.

—Se llama *La materia del tiempo* —dijo la alegre voz de Winston a través de los auriculares—. Es la obra más pesada del museo. Casi mil toneladas.

Langdon todavía estaba intentando ubicarse.

—¿Y por qué estoy aquí yo solo?

—Como le he dicho, el señor Kirsch me ha pedido que le mostrara esta asombrosa obra.

Al final, las luces se encendieron del todo y el vasto espacio quedó iluminado por un suave resplandor. Langdon sólo pudo limitarse a contemplar con asombro la escena que tenía ante sí.

«He accedido a un universo paralelo.»

7

Luis Ávila llegó al puesto de control del museo y consultó la hora para asegurarse de que estaba cumpliendo los tiempos acordados.

«Perfecto.»

El almirante presentó su Documento Nacional de Identidad a los empleados que se encargaban de la lista de invitados y, por un momento, se le aceleró el pulso cuando le dijeron que su nombre no aparecía en ella. Al final, sin embargo, lo encontraron al pie —había sido añadido en el último momento— y Ávila pudo acceder al museo.

«Tal y como me prometió el Regente.» Ávila no tenía ni idea de cómo lo había conseguido. En teoría, entrar en la lista de invitados de esa noche era misión imposible.

Al llegar al detector de metales, sacó el celular y lo depositó en un platillo. Luego, con gran delicadeza, tomó el rosario inusualmente pesado que llevaba en el bolsillo del saco y lo dejó junto al celular.

«Con cuidado —se dijo a sí mismo—. Con mucho cuidado.»

El guardia de seguridad le indicó con una mano que pasara por el detector de metales y llevó el platillo con los objetos personales al otro lado.

—Qué rosario tan bonito —dijo admirando el rosario de metal, que consistía en una robusta sarta de cuentas de la que colgaba una gruesa cruz.

—Gracias —respondió Ávila.

«Lo he hecho yo mismo.»

El almirante pasó por el detector de metales sin que se produjera ninguna incidencia. Al llegar al otro lado, recogió el celular y el rosario, y volvió a guardárselos en el bolsillo antes de seguir adelante hasta un segundo puesto de control donde le dieron unos extraños auriculares.

«No necesito audioguía —pensó—. Tengo trabajo que hacer.»

Al cruzar el atrio, tiró con discreción los auriculares a un cubo de basura.

Luego examinó el espacio en busca de un lugar privado desde el que ponerse en contacto con el Regente y hacerle saber que ya se encontraba en el interior del museo. El corazón le latía con fuerza.

«Por Dios, por la Patria y el Rey —pensó—. Pero sobre todo por Dios.»

En ese mismo instante, en lo más profundo del desierto que rodea Dubái, el venerado ulema Syed al-Fadl, de setenta y ocho años, se arrastraba agónicamente por la arena bajo la luz de la luna. Ya no podía avanzar más.

Tenía la piel quemada y llena de ampollas, y la garganta le ardía tanto que apenas podía respirar. La arena levantada por el fuerte viento lo había cegado hacía horas. En un momento dado, le había parecido oír el lejano rumor de unos *buggies*, pero probablemente no había sido más que el aullido del viento. Hacía ya mucho que había perdido la esperanza de que Dios lo salvara. Los buitres ya no volaban en círculo sobre él: ahora caminaban a su lado.

El alto español que la noche anterior lo había secuestrado apenas había pronunciado una palabra mientras conducía su coche hasta las profundidades de ese vasto desierto. Al cabo de una hora, el tipo se había detenido y le había ordenado que descendiera, abandonándolo en medio de la oscuridad sin agua ni comida.

El captor no le había dado ningún detalle sobre su identidad ni explicación alguna sobre sus actos. La única pista posible que Al-Fadl había conseguido atisbar había sido el extraño tatuaje que el hombre llevaba en la palma de la mano, un símbolo que no había reconocido.

Durante horas, Al-Fadl había caminado penosamente por la arena y pedido ayuda a gritos. No había servido de nada. Al final, deshidratado, el clérigo sintió que le fallaba el corazón y se derrumbó en la asfixiante arena haciéndose la misma pregunta que no había dejado de atormentarlo durante las últimas horas.

«¿Quién podría quererme muerto?»

La única respuesta lógica que se le ocurría era alarmante.

8

Los ojos de Robert Langdon fueron pasando de una colosal estructura a otra. Cada una de las obras estaba formada por una o varias planchas de acero envejecido elegantemente curvadas y luego colocadas en precario equilibrio sobre sus bordes cual paredes sueltas. Esos muros arqueados medían casi cinco metros de altura y describían distintas formas de grácil fluidez: una recta ondulante, un círculo abierto, una espiral inclinada.

—*La materia del tiempo* —repitió Winston—, de Richard Serra. Su uso de las planchas sin apoyos con un material tan pesado como el acero crea una ilusión de inestabilidad. Pero, en realidad, estas paredes son muy estables. Es como si enrollara un billete alrededor de un lápiz. Si luego retira el lápiz, el billete enrollado podrá sostenerse con facilidad sobre su borde gracias a su propia geometría.

Langdon se detuvo y levantó la mirada hacia el inmenso círculo que tenía a un lado. La pátina cobriza que recubría el metal oxidado le proporcionaba una cualidad orgánica. La obra transmitía al mismo tiempo una gran fuerza y una delicada sensación de equilibrio.

—Profesor, ¿se ha fijado en que esta primera estructura no está cerrada del todo?

Langdon dio la vuelta alrededor del círculo y vio que los extremos de la pared no llegaban a encontrarse. Era como si un niño hubiera intentado dibujar una circunferencia, pero no hubiera conseguido cerrarla.

—Este desajuste crea una abertura que permite al visitante adentrarse en su interior y explorar el espacio negativo.

«A no ser que ese visitante sea claustrofóbico», pensó Langdon dejándola rápidamente atrás.

—Ante usted puede ver ahora tres sinuosas planchas de acero colocadas en formación paralela y lo bastante cerca las unas de las otras como para formar dos pasadizos ondulantes de más de treinta metros. Se llama *Serpiente*, y a los visitantes más jóvenes del museo les encanta correr por ellos. Además, si dos personas se colocan en los extremos opuestos, pueden mantener una conversación susurrando con la misma facilidad que si se encontraran cara a cara.

—Eso es muy interesante, Winston, pero ¿te importaría explicarme por qué Edmond te ha pedido que me enseñaras esta sala?

«Él ya sabe que este tipo de cosas no me van», pensó.

—Me ha pedido que sobre todo le enseñe la obra que se llama *Torsión espiral* y está en el rincón del fondo. ¿La ve?

Langdon aguzó la mirada. «¿La que parece estar a medio kilómetro?»

—Sí, la veo.

—Espléndido. Diríjase hacia ella.

Langdon oteó vacilante el enorme espacio y comenzó a recorrer la distancia que lo separaba de la lejana espiral mientras Winston seguía hablando.

—He oído, profesor, que Edmond Kirsch es un gran admirador de su trabajo y, en particular, de sus ideas sobre el modo en que el arte refleja la relación entre las distintas religiones y su evolución a lo largo de la historia. En muchos aspectos, los campos en los que Edmond trabaja, la teoría de juegos y la informática predictiva, son muy similares: analizan el crecimiento de varios sistemas y predicen cómo se desarrollarán a lo largo del tiempo.

—Bueno, está claro que se le da muy bien. No en vano lo llaman el Nostradamus de nuestros días.

—Sí, aunque, a mi parecer, se trata de una comparación que resulta un poco insultante.

—¿Por qué lo dices? —inquirió Langdon—. Nostradamus es el pronosticador más famoso de todos los tiempos.

—No quiero llevarle la contraria, profesor, pero Nostradamus escribió casi un millar de cuartetos cuya vaguedad ha fomentado durante cuatro siglos todo tipo de lecturas creativas realizadas por mentes supersticiosas que han querido inferir un significado ahí donde no había ninguno... desde la segunda guerra mundial hasta la muerte de la princesa Diana, pasando por el ataque al World Trade Center. Es completamente absurdo. Edmond Kirsch, en cambio, ha publicado un número limitado de predicciones muy específicas cuya veracidad ha sido probada en un período de tiempo muy corto: informática en la nube, coches sin conductor, procesadores de cinco átomos. El señor Kirsch no es ningún Nostradamus.

«Está bien, me retracto», pensó Langdon. Se decía que Edmond inspiraba una fiera lealtad entre aquellos con los que trabajaba y, al parecer, Winston era uno de sus discípulos más entusiastas.

—Bueno, ¿está usted disfrutando de la visita? —preguntó Winston, cambiando de tema.

—Mucho. Felicita a Edmond por perfeccionar esta tecnología de guía a distancia.

—Sí, este sistema fue el sueño de Edmond durante muchos años, y ha invertido incalculables cantidades de tiempo y dinero para desarrollarlo en secreto.

—¿De verdad? No parece una tecnología tan complicada... Debo admitir que al principio me sentía algo escéptico, pero al final me has convencido. Nuestra conversación está resultando de lo más interesante.

—Es muy generoso de su parte. Espero no arruinarlo todo admitiendo la verdad. Me temo que no he sido del todo honesto con usted.

—¿Cómo dices?

—En primer lugar, mi verdadero nombre no es Winston, sino Art.

Langdon se rio.

—¿Un guía de museo llamado «Art»? Bueno, no te culpo por usar seudónimo. Encantado de conocerte, Art.

—Verá, cuando me ha preguntado por qué no lo acompañaba personalmente, le he comentado que el señor Kirsch deseaba evitar aglomeraciones en las salas de los museos. Eso es cierto, pero se trata de una respuesta incompleta. Hay otra razón por la que estamos hablando mediante unos auriculares y no en persona. —Hizo una pausa y luego continuó—: En realidad, soy incapaz de realizar movimiento físico alguno.

—Vaya, lo siento mucho.

Langdon imaginó a Art sentado en una silla de ruedas y confinado en una habitación, y lamentó que el hecho de tener que explicar su condición pudiera hacerlo sentir incómodo.

—No hace falta que se disculpe. Le puedo asegurar que si tuviera piernas, mi aspecto sería algo raro. Verá, no soy exactamente como imagina.

Langdon aminoró el paso.

—¿Qué quieres decir?

—El nombre «Art» es en realidad una abreviatura de «artificial», aunque el señor Kirsch prefiere el término «sintético». —La voz hizo una pausa—. La verdad, profesor, es que durante esta velada ha estado usted interactuando con un guía sintético. Una especie de computadora.

Langdon miró a su alrededor con incredulidad.

—¿Es esto una especie de broma?

—Para nada, profesor. Hablo totalmente en serio. Edmond Kirsch ha invertido una década y miles de millones de dólares en el campo de la inteligencia sintética, y esta noche es usted uno de los primeros en experimentar el fruto de su trabajo. Toda su visita ha estado guiada por un ser sintético. No soy humano.

Langdon no podía creérselo. Tanto la dicción de la voz como la gramática eran perfectas y, exceptuando una risa algo extraña, se trataba de un conversador de lo más elegante. Además, la conversación que habían mantenido había versado sobre una amplia y compleja variedad de temas.

«Me están observando —concluyó Langdon, examinando las paredes en busca de videocámaras. Sospechó que debía de estar participando de forma involuntaria en una extraña obra de "arte experimental", una suerte de teatro del absurdo hábilmente escenificado—. Me han convertido en un ratón de laboratorio.»

—No me siento muy cómodo con todo esto —declaró; su voz resonó por la galería desierta.

—Mis disculpas —dijo Winston—. Es comprensible. Ya suponía que esta noticia le resultaría difícil de asimilar. Imagino que por eso Edmond me ha pedido que lo trajera a este espacio privado, lejos de los demás invitados. A ellos no se les ha revelado esta información.

Langdon examinó el espacio tenuemente iluminado para ver si había alguien más.

—Como sin duda sabrá —prosiguió la voz, en apariencia impertérrita ante la incomodidad de Langdon—, el cerebro humano es un sistema binario. Las sinapsis se activan o no; están encendidas o apagadas como si de un proceso informático se tratara. El cerebro tiene más de cien trillones de «interruptores», lo cual significa que construir un cerebro no es tanto una cuestión de tecnología como de escala.

Langdon apenas lo escuchaba. Había reanudado la marcha con la atención puesta en un letrero de SALIDA con una flecha que señalaba hacia el fondo de la sala.

—Soy consciente de que la calidad de mi voz hace difícil aceptar que pueda haber sido generada por una máquina, pero en realidad el habla es la parte fácil. Incluso un ebook de noventa y nueve dólares imita el habla humana de forma más que decente. Edmond ha invertido miles de millones en ello.

Langdon se detuvo.

—Si eres una computadora, contéstame a lo siguiente: ¿con cuántos puntos cerró el índice industrial Dow Jones el veinticuatro de agosto de 1974?

—Ese día era sábado —respondió al instante la voz—, de modo que los mercados no abrieron.

Langdon sintió un ligero escalofrío. Había elegido esa fecha para tenderle una trampa. Una de las características de su memoria eidética era que le permitía recordar las fechas para siempre. Ese sábado, su mejor amigo había celebrado su cumpleaños, y todavía recordaba la fiesta que esa tarde había organizado junto a la alberca. «Helena Wooley llevaba un bikini azul.»

—Sin embargo —admitió acto seguido la voz—, el día anterior, el viernes veintitrés, el índice industrial Dow Jones cerró con 686,80 puntos, un descenso de 17,83 puntos que supuso una pérdida del 2,53 por ciento.

Langdon se quedó momentáneamente sin habla.

—No me importa esperar si quiere comprobar el dato en su celular, aunque no tengo más remedio que hacerle notar la ironía que supondría eso.

—Pero... Yo no...

—El desafío de la inteligencia sintética —prosiguió una voz cuyo acento británico ahora parecía más extraño— no es el rápido acceso a la información, algo en realidad bastante simple, sino más bien la capacidad de discernir cómo ésta se interconecta e interactúa. Y, si no me equivoco, esto, la interrelación de ideas, es una cuestión en la que es usted experto, ¿no? Ésa es una de las razones por las que el señor Kirsch quería que probara mis habilidades con usted específicamente.

—¿Me ha puesto... a prueba? —preguntó Langdon.

—A usted no, a mí. —De nuevo, la voz dejó escapar una risa extraña—. Para ver si podía convencerlo de que era humano.

—Un test de Turing.

—Eso es.

El test de Turing, recordó Langdon, era la prueba que había propuesto el descifrador de códigos Alan Turing para valorar la capacidad de una máquina para comportarse de forma indistinguible a la de un ser humano. Esencialmente, consistía en que un juez humano escuchara la conversación entre una máquina y un humano, y si era incapaz de identificar al humano, la máquina pasaba el test. Esta prueba de referencia fue finalmente superada por una computadora en 2014 en la Royal Society de Londres. Desde entonces, la tecnología de la inteligencia artificial había avanzado a un ritmo imparable.

—Hasta ahora —prosiguió la voz—, ninguno de nuestros invitados ha sospechado nada. Están todos pasándoselo en grande.

—Un momento, ¿estás diciéndome que todos los invitados de esta noche están hablando con una computadora?

—Técnicamente, están todos hablando conmigo. Soy capaz de dividir mi atención con bastante facilidad. Usted está oyendo mi voz por defecto, la que Edmond prefiere, pero los demás están oyendo otras voces o idiomas. En base a su perfil de académico estadounidense, he escogido una voz masculina británica. He supuesto que le transmitiría más confianza que, por ejemplo, una voz femenina con acento sureño.

«¿Esta cosa acaba de llamarme "machista"?»

Langdon recordó una popular grabación que había circulado por la red unos años atrás: Michael Scherer, jefe de redacción de la revista *Time*, había recibido la llamada de un robot de telemárketing tan sobrecogedoramente humano que Scherer había colgado en internet la grabación de la llamada para que todo el mundo pudiera oírla.

«Eso sucedió hace ya años», cayó en la cuenta Langdon.

El profesor sabía que Kirsch llevaba varios años consagrado a la inteligencia artificial y de vez en cuando veía su rostro en la portada de alguna revista con motivo de alguno de sus diversos descubrimientos. Al parecer, «Winston» representaba el estado actual de dicha tecnología.

—Soy consciente de que todo esto está sucediendo con gran rapidez —continuó la voz—, pero el señor Kirsch me ha dado instrucciones para que le enseñara la espiral que tiene delante y le pidiera que, por favor, recorriera el pasadizo que forman sus paredes hasta llegar al final.

Langdon echó un vistazo al pasillo estrecho y curvado, y sintió que se le tensaban los músculos. «¿Es ésta la idea que tiene Edmond de una broma pesada?»

—¿Y no puedes simplemente decirme qué hay ahí dentro? No me gustan demasiado los espacios estrechos.

—Interesante. No lo sabía.

—La claustrofobia no es algo que suela incluir en mi biografía.

A Langdon todavía le costaba concebir que estuviera hablando con una máquina.

—No tiene nada que temer. El espacio que hay dentro de la espiral es bastante amplio, y el señor Kirsch ha solicitado específicamente que viera usted el centro. Antes de entrar, sin embargo, me ha insistido en que debía quitarse los auriculares y dejarlos en el suelo.

Langdon levantó la mirada hacia la elevada estructura y vaciló.

—¿Tú no vas a entrar conmigo?

—Al parecer, no.

—¿Sabes? Todo esto es muy extraño y no me siento especialmente...

—Profesor, teniendo en cuenta que Edmond lo ha traído hasta Bilbao para que asistiera a este evento, diría que no es mucho pedir que recorra usted el pequeño pasadizo interior de esta escultura. Los niños lo hacen todos los días y no les pasa nada.

Langdon nunca había recibido una reprimenda de una computadora, si es que en realidad había sido eso, pero el incisivo comentario tuvo el efecto deseado. Se quitó los auriculares y, tras dejarlos con cuidado en el suelo, se volvió hacia la abertura de la espiral. Las altas paredes formaban un estrecho cañón que se curvaba hasta desaparecer de la vista y perderse en la oscuridad.

—¡Allá vamos...! —dijo Langdon en voz alta.

Y, tras respirar hondo, se adentró en la espiral.

El camino era más largo de lo que había esperado y, al poco, ya no sabía cuántas vueltas había dado. Con cada una, el pasadizo se hacía cada vez más estrecho y, a partir de un momento dado, sus anchos hombros ya casi rozaban las paredes. «Respira, Robert.» Las planchas inclinadas de metal parecía que fueran a caérsele encima en cualquier momento, aplastándolo bajo toneladas de acero.

«¿Por qué estoy haciendo esto?»

Cuando Langdon ya estaba a punto de dar media vuelta y salir de la espiral, el pasadizo terminó de golpe y llegó a un amplio espacio abierto. Efectivamente, se trataba de un lugar más grande de lo que cabría esperar. El profesor se apresuró a salir al claro y, tras exhalar una bocanada de aire, examinó el suelo desnudo y las altas paredes preguntándose de nuevo si todo eso no se trataría de una especie de inocentada elaborada.

De repente, oyó que un cerrojo se abría en la sala. Alguien acababa de entrar por la puerta cercana que Langdon había visto antes de adentrarse en la espiral. Unos pasos se acercaron y luego comenzaron a dar vueltas a su alrededor en el sentido de las agujas del reloj. A cada vuelta se oían más alto. Alguien estaba recorriendo el pasadizo.

El profesor se dio la vuelta y se quedó mirando la abertura hasta que, de repente, por ella apareció un hombre bajo y delgado con la piel muy pálida, unos ojos penetrantes y una mata de pelo desgreñada.

Langdon permaneció impasible hasta que, al final, permitió que una amplia sonrisa le invadiera el rostro.

—El gran Edmond Kirsch siempre tiene que hacer una entrada triunfal.

—Sólo hay una oportunidad de causar una primera impresión —respondió Kirsch afablemente—. Te he echado de menos, Robert. Gracias por venir.

Los dos hombres se estrecharon en un sentido abrazo. Al darle unas palmadas en la espalda a su viejo amigo, Langdon tuvo la sensación de que estaba más delgado.

—Has adelgazado —dijo.

—Me he hecho vegano —respondió Kirsch—. Es más fácil que la elíptica.

Langdon se rio.

—Me alegro de verte. Y, como siempre, haces que me vea demasiado arreglado.

—¿Quién, yo? —Kirsch bajó la mirada hacia unos jeans estrechos de color negro, una camiseta negra de cuello de pico y una *bomber* con una cremallera lateral—. Esto es de marca.

—¿Las chanclas blancas también?

—¡¿Chanclas?! ¡Son sandalias de Ferragamo!

—E imagino que cuestan más que todo lo que llevo puesto.

Edmond examinó la etiqueta del frac de Langdon.

—En realidad están cerca —dijo—. Es un frac muy bueno.

—He de decir, Edmond, que tu amigo sintético, Winston, resulta muy... inquietante.

El rostro de Kirsch se iluminó.

—Es increíble, ¿verdad? No te creerías lo que he conseguido este último año en el campo de la inteligencia artificial. Un salto cuántico. He desarrollado unas cuantas tecnologías propietarias que permiten a las máquinas resolver problemas y autorregularse de formas completamente nuevas. Winston es un trabajo en curso, pero mejora a diario.

Langdon reparó en las profundas arrugas que habían aparecido alrededor de los juveniles ojos de Edmond. Se le veía cansado.

—Edmond, ¿te importaría decirme por qué me has traído aquí?

—¿A Bilbao? ¿O al interior de una espiral de Richard Serra?

—Empecemos por la espiral —dijo Langdon—. Ya sabes que tengo claustrofobia.

—Precisamente. El evento de hoy consiste en empujar a la gente fuera de su zona de confort —señaló con una sonrisa burlona.

—Ésa ha sido siempre tu especialidad.

—Pero también necesitaba hablar contigo y no quería que me viera nadie antes del espectáculo —añadió Kirsch.

—¿Porque las estrellas de rock no se relacionan con los fans antes de un concierto?

—¡Exacto! —bromeó Kirsch—. Las estrellas de rock aparecen en el escenario por arte de magia y envueltas en una nube de humo.

Las luces del techo parpadearon. Kirsch apartó la manga de su chamarra y consultó el reloj. Luego volvió a levantar la mirada hacia Langdon con una expresión de repente seria.

—No tenemos mucho tiempo, Robert. La de esta noche es una ocasión crucial para mí. De hecho, lo será para toda la humanidad.

Langdon no pudo evitar sentirse intrigado.

—Recientemente he hecho un descubrimiento científico que tendrá unas implicaciones trascendentales —explicó Edmond—. Casi nadie está al tanto y esta noche, en breve, me dirigiré al mundo en directo y anunciaré de qué se trata.

—No estoy seguro de qué decir —respondió Langdon—. Todo esto suena increíble.

Edmond bajó el tono de voz y, con una tensión poco frecuente en él, añadió:

—Antes de que haga pública esta información, Robert, necesito tu consejo. —Hizo una pausa—. Es posible que mi vida dependa de ello.

9

Entre los dos hombres que se encontraban en el interior de la espiral se había hecho el silencio.

«Necesito tu consejo. Es posible que mi vida dependa de ello.»

Las palabras de Kirsch parecieron quedar suspendidas en el aire durante unos segundos, y Langdon percibió inquietud en los ojos de su amigo.

—¿Qué sucede, Edmond? ¿Estás bien?

Las luces del techo volvieron a parpadear, pero Kirsch hizo caso omiso.

—Este último año ha sido excepcional para mí —comenzó a decir en voz baja—. He estado trabajando en un proyecto importantísimo que me ha llevado a realizar un descubrimiento de una relevancia histórica.

—Eso es maravilloso.

Kirsch asintió.

—Lo es. Y las palabras no alcanzan a describir lo emocionado que estoy por compartirlo al fin con el mundo esta noche. Supondrá un gran cambio de paradigma. No estoy exagerando cuando digo que este hallazgo tendrá repercusiones comparables a las de la revolución copernicana.

Por un momento, Langdon pensó que su anfitrión estaba bromeando, pero su amigo mantuvo una expresión seria.

«¿Copérnico?» La humildad nunca había sido uno de los fuertes de Kirsch, pero esa afirmación parecía completamente descabellada. Nicolás Copérnico era el padre del modelo heliocéntrico —es decir, había constatado que los planetas giran alrededor del sol—, lo cual supuso el inicio de una revolución científica en el siglo XVI que erradicó por completo las tradicionales enseñanzas de la Iglesia según las cuales la humanidad ocupaba el centro del universo de Dios. Su descubrimiento fue condenado por la Iglesia durante tres siglos, pero el daño ya había sido hecho y el mundo nunca volvería a ser igual.

—Percibo tu escepticismo —dijo Kirsch—. ¿Habría sido mejor que me comparara con Darwin?

Langdon sonrió.

—Viene a ser lo mismo.

—De acuerdo. Entonces deja que te pregunte lo siguiente: ¿cuáles son las dos preguntas fundamentales que se ha hecho la humanidad desde el principio de los tiempos?

Langdon lo consideró.

—Bueno, una sería: ¿cómo empezó todo?, ¿de dónde venimos?

—Así es. Y la segunda es la que la complementa. No «¿de dónde venimos?» sino...

—¿Adónde vamos?

—¡Exacto! Esos dos misterios se encuentran en el centro mismo de la experiencia humana. ¿De dónde venimos? ¿Adónde vamos? La Creación humana y su destino. Éstos son los grandes misterios universales. —Edmond endureció la mirada y la clavó en Langdon—. Robert, el descubrimiento que he hecho... contesta con toda claridad ambas preguntas.

Langdon consideró cuidadosamente las palabras de Edmond y sus embriagadoras ramificaciones.

—No estoy seguro de qué decir.

—No hace falta que digas nada. Espero que después de la presentación de esta noche tú y yo podamos encontrar un momento para discutirlo todo en profundidad, pero por ahora necesito hablar contigo de una cuestión más sombría: las potenciales consecuencias negativas.

—¿Crees que habrá repercusiones?

—Sin la menor duda. Al contestar estas preguntas, contradigo por completo siglos de enseñanzas espirituales asentadas. Tradicionalmente, las cuestiones de la Creación y del destino de la humanidad han sido dominio de la religión. Yo soy un intruso, y a las religiones del mundo no va a gustarles lo que estoy a punto de anunciar.

—Interesante —respondió Langdon—. ¿Es ésa la razón por la que durante el almuerzo que mantuvimos en Boston el año pasado estuviste dos horas haciéndome preguntas sobre religión?

—Sí. Y puede que recuerdes lo que te prometí: te aseguré que llegaríamos a ser testigos de cómo los descubrimientos científicos erradicaban los mitos de la religión.

Langdon asintió. «Difícil de olvidar.» La presuntuosidad de la declaración de Kirsch se había grabado palabra por palabra en su memoria eidética.

—Así es. Y te respondí que la religión había sobrevivido a milenios de avances científicos porque cumplía un importante propósito en la sociedad y que, si bien podía ser que evolucionara, nunca moriría.

—Exactamente. También te dije que había encontrado el propósito de mi vida: emplear la verdad de la ciencia para desbaratar los mitos de la religión.

—Sí. Una afirmación jactanciosa.

—Y, desafiándome, tú argumentaste que si descubría una «verdad científica» que contradijera o menoscabara las tesis de la religión, haría bien en discutirla con algún erudito religioso porque así tal vez comprendería que, a menudo, la ciencia y la religión pretenden contar la misma historia en dos lenguajes distintos.

—Lo recuerdo. Científicos y religiosos suelen usar vocabularios diferentes para describir los mismos misterios del universo.

Con frecuencia, los conflictos entre ambos se deben más a cuestiones semánticas que al contenido de su discurso.

—Bueno, pues he seguido tu consejo y hace poco expuse mi reciente descubrimiento ante varios líderes espirituales —indicó Kirsch.

—¿Ah, sí?

—¿Te suena el Parlamento de las Religiones del Mundo?

—Por supuesto.

Langdon era un gran admirador de los esfuerzos de ese grupo para promover el debate interreligioso.

—Pues, casualmente —continuó Kirsch—, este año el encuentro se ha celebrado en el monasterio de Montserrat, a apenas una hora de mi casa de Barcelona.

«Un lugar espectacular», recordó el profesor, que había visitado el santuario muchos años atrás.

—Cuando me enteré de que iba a tener lugar la misma semana en la que yo planeaba realizar el anuncio de este importante descubrimiento científico, no sé, yo...

—¿Te preguntaste si se trataba de una señal divina?

Kirsch se rio.

—Algo así. El hecho es que decidí ponerme en contacto con ellos.

Langdon se quedó impresionado.

—¿Te dirigiste a todo el parlamento?

—¡No! Eso habría sido demasiado peligroso. No quería que la información se filtrara antes de que pudiera anunciarla yo mismo, así que me reuní con sólo tres de sus miembros: un representante del cristianismo, otro del islam y un tercero del judaísmo. Los cuatro nos encontramos en privado en la biblioteca del monasterio.

—Me sorprende que te permitieran entrar en la biblioteca —dijo Langdon asombrado—. Tengo entendido que se trata de un lugar sacrosanto.

—Les dije que necesitaba que nos viéramos en un lugar seguro, sin teléfonos, cámaras ni gente, y me llevaron a esa biblioteca. Antes de revelarles nada, les exigí voto de silencio. Accedieron. Hasta el momento, son los únicos que saben algo sobre mi hallazgo.

—Fascinante. ¿Y cómo reaccionaron cuando se lo contaste?

Kirsch se mostró algo avergonzado.

—Puede que no lo hiciera con el tacto que requería. Ya me conoces, Robert, cuando se trata de mis pasiones, la diplomacia no es mi fuerte.

—Sí, me han dicho que te iría bien asistir a un curso para aprender a tener más tacto —bromeó Langdon.

«Como a Steve Jobs y a tantos otros genios visionarios.»

—De acuerdo con mi naturaleza franca, comencé la charla contándoles simplemente la verdad: que siempre había considerado la religión una forma de engaño masivo y que, como científico, me resultaba difícil aceptar el hecho de que miles de millones de personas inteligentes buscaran consuelo o guía en la fe. Cuando me preguntaron por qué quería entonces reunirme con personas por las que al parecer sentía tan poco respeto, les dije que mi intención era calibrar su reacción para tener una idea de cómo recibirían los creyentes mi descubrimiento cuando lo hiciera público.

—Tú siempre tan diplomático... —dijo Langdon de nuevo, esbozando una sonrisa—. ¿Eres consciente de que a veces la honestidad no es la mejor política?

Kirsch descartó su comentario con un movimiento de la mano.

—Mis ideas sobre la religión son de dominio público. Pensaba que apreciarían mi transparencia. En cualquier caso, después de eso les presenté mi trabajo y les expliqué detalladamente lo que había descubierto y por qué lo cambiaba todo. Incluso tomé mi celular y les mostré un video que, sin duda, puede resultar algo impactante. Se quedaron sin habla.

—Debieron de decir algo —insistió Langdon, pues su curiosidad por averiguar qué diantre había descubierto Kirsch iba en aumento.

—Yo esperaba que pudiéramos mantener una conversación, pero el clérigo cristiano silenció a los otros dos religiosos antes de que pudieran pronunciar una palabra y me instó a que reconsiderara la idea de hacer pública la información. Yo le dije que me tomaría un mes para pensarlo.

—Pero si vas a revelar tu descubrimiento esta noche...

—Ya. Les expliqué que todavía faltaban varias semanas para el anuncio para que no entraran en pánico o intentaran detenerme.

—¿Y cuando descubran que la presentación va a tener lugar hoy...? —preguntó Langdon.

—No les hará mucha gracia. Y menos todavía a uno en particular. —Kirsch miró a Langdon directamente a los ojos—. El clérigo que organizó el encuentro fue el obispo Antonio Valdespino. ¿Lo conoces?

Langdon se puso tenso.

—¿De Madrid?

Kirsch asintió.

—Ese mismo.

«Probablemente no era la mejor audiencia para el ateísmo radical de Edmond», pensó Langdon. Valdespino era una poderosa figura de la Iglesia católica española, conocida por sus opiniones profundamente conservadoras y la gran influencia que tenía sobre el rey de España.

—Era el anfitrión del parlamento de este año —dijo Kirsch—, y por lo tanto la persona con quien hablé para organizar el encuentro. Él se ofreció a asistir personalmente y yo le pedí que trajera asimismo a representantes del islam y el judaísmo.

Las luces del techo volvieron a parpadear. Kirsch exhaló un profundo suspiro y bajó todavía más el tono de voz.

—Robert, como te he dicho, la razón por la que quería hablar contigo antes de la presentación de esta noche es que necesito tu consejo. Quiero saber si crees que el obispo Valdespino puede ser peligroso.

—¿Peligroso? —preguntó Langdon—. ¿En qué sentido?

—Lo que les mostré a esos tres líderes religiosos supone una amenaza para su mundo, y quiero saber si crees que corro algún peligro físico.

Langdon negó de inmediato con la cabeza.

—No, imposible. No estoy seguro de qué les dijiste, pero Valdespino es un pilar de la comunidad católica del país y sus lazos con la Casa Real española lo hacen extremadamente influyente..., pero es un sacerdote, no un sicario. Tiene poder político y puede pronunciar un sermón en tu contra, pero me resulta muy difícil creer que su intención sea hacerte daño.

Kirsch no pareció quedarse muy convencido.

—Deberías haber visto el modo en que me miraba cuando me marché de Montserrat.

—¡Te sentaste en la sacrosanta biblioteca de ese monasterio y le dijiste a un obispo que todo su sistema de creencias es falso! —exclamó Langdon—. ¿Acaso esperabas que te sirviera té con galletas?

—No —admitió Kirsch—, pero tampoco esperaba que después del encuentro me dejara un mensaje de voz en el que me amenazara.

—¿El obispo Valdespino te llamó?

Kirsch metió una mano dentro de su chamarra de piel y sacó un celular inusualmente grande. Su funda de color turquesa estaba adornada con un repetitivo patrón hexagonal que Langdon reconoció al instante. Se trataba de las famosas baldosas diseñadas por el arquitecto modernista catalán Antoni Gaudí.

—Escucha —dijo Kirsch.

Tras pulsar algunas teclas, sostuvo el celular en alto. Al poco, se oyó la severa voz de un anciano hablando en un tono extremadamente serio:

«Señor Kirsch, soy el obispo Antonio Valdespino. Como sabe, tanto a mí como a mis dos colegas el encuentro de esta mañana nos ha resultado profundamente intranquilizador. Le agradecería que me llamara de inmediato para discutir más a fondo esta cuestión y, de nuevo, vuelvo a advertirle sobre el peligro de hacer público este descubrimiento. Si no me llama, tenga en cuenta que mis colegas y yo consideraremos la posibilidad de realizar un anuncio preventivo para compartir su descubrimiento, contextualizarlo, desacreditarlo e intentar evitar el indecible daño que está a punto de causarle al mundo..., daño que, no cabe duda, usted no prevé. Espero su llamada y le sugiero firmemente que no ponga a prueba mi determinación».

El mensaje terminó.

Langdon tenía que admitir que le resultaba sorprendente la agresividad del tono de Valdespino; sin embargo, más que asustarlo, el mensaje no hacía sino aumentar la curiosidad que sentía por el inminente anuncio de Edmond.

—¿Y tú qué le respondiste?

—No lo hice —dijo Kirsch al tiempo que volvía a guardarse el celular en el bolsillo interior de la chamarra—. No me tomé en serio la amenaza. Estaba convencido de que querían enterrar el descubrimiento, no anunciarlo ellos mismos. Además, sabía que la repentina presentación de esta noche iba a pillarlos por sorpresa, de modo que no temía la posibilidad de que ellos lo anunciaran antes. —Hizo una pausa y se quedó mirando fijamente a Langdon—. Pero..., no sé, hay algo en su tono de voz..., no puedo quitármelo de la cabeza.

—¿Temes que pueda pasarte algo aquí? ¿Esta noche?

—No, no, la lista de invitados es muy restringida y este edificio cuenta con unas medidas de seguridad excelentes. Estoy más preocupado por lo que pueda pasar una vez que haya hecho público el descubrimiento. —De repente, pareció lamentar haber mencionado el mensaje—. No es más que una tontería. Los nervios previos a la función. Sólo quería saber qué te dice el instinto.

Langdon estudió a su amigo cada vez con más preocupación. Edmond parecía inusualmente pálido e inquieto.

—El instinto me dice que, por más que lo enfadaras, Valdespino jamás intentaría hacerte daño.

Las luces volvieron a parpadear, ahora de forma más insistente.

—Está bien, gracias. —Kirsch consultó la hora—. He de marcharme, pero ¿te parece bien que nos veamos luego? Hay algunos aspectos de este hallazgo que me gustaría discutir más a fondo contigo.

—Por supuesto que sí.

—Perfecto. Después de la presentación habrá mucho relajo, de modo que necesitaremos un lugar privado para escapar del caos y poder charlar. —Edmond agarró una tarjeta de visita y escribió algo en el dorso—. Cuando acabe el evento, toma un taxi y dale esta tarjeta al conductor. Cualquier taxista local sabrá de inmediato adónde debe llevarte.

Langdon creyó que se trataría de la dirección de un hotel o un restaurante. En vez de eso, en el dorso de la tarjeta había escrito algo parecido a un código:

$$BIO\text{-}EC346$$

—Perdona, Edmond, ¿quieres que le enseñe esto al conductor?

—Sí. Él ya sabrá adónde ir. Yo avisaré a los guardias de seguridad para que te dejen pasar, y llegaré lo antes posible.

«¿Guardias de seguridad?» Langdon frunció el ceño y se preguntó si BIO-EC346 sería el código de algún club científico secreto.

—Es un código rematadamente simple, amigo mío. —Kirsch le guiñó un ojo—. No deberías tener problema alguno para descifrarlo. Y, por cierto, para que no te tome por sorpresa, ya te aviso ahora que vas a desempeñar un papel en el anuncio que haré esta noche.

Langdon se sintió intrigado.

—¿Qué tipo de papel?

—No te preocupes. No tendrás que hacer nada.

Y, tras decir eso, se dirigió hacia la abertura de la espiral.

—He de marcharme al camerino, pero Winston te guiará hasta la sala en la que se realizará la presentación.

Antes de desaparecer por el pasillo de la espiral, Kirsch se detuvo en la abertura y se volvió.

—Te veré después del evento. Espero que tengas razón sobre Valdespino.

—Relájate, Edmond —lo tranquilizó Langdon—. Concéntrate en la presentación. No corres peligro alguno de ser atacado por unos clérigos fanáticos.

Kirsch no parecía convencido.

—Tal vez cuando oigas lo que voy a anunciar opines lo contrario, Robert.

10

La sede de la archidiócesis de Madrid se encuentra en la catedral de la Almudena, un robusto edificio neoclásico situado junto al Palacio Real. Construida en el emplazamiento de una antigua mezquita, la catedral de la Almudena toma su nombre de la palabra árabe *al-mudayna*, que significa «ciudadela».

Según la leyenda, cuando en 1083 Alfonso VI reconquistó Madrid y expulsó a los musulmanes, se obsesionó con encontrar un valioso icono de la Virgen María que siglos atrás había sido escondido entre los muros de la ciudadela para que estuviera a buen recaudo. Incapaz de localizar la figura perdida, Alfonso VI se entregó a la oración hasta que una sección de los muros se derrumbó y dejó a la vista el icono que se encontraba dentro, todavía iluminado por las velas ardientes con las que había sido sepultado siglos atrás.

Hoy, la Virgen de la Almudena es la santa patrona de Madrid, y tanto peregrinos como turistas acuden en masa a la catedral para disponer del privilegio de poder orar ante su efigie. La sensacional localización de la iglesia, al otro lado de la plaza que comparte con el Palacio Real, proporciona un atractivo añadido a los visitantes: la posibilidad de ver a algún miembro de la realeza entrando o saliendo del palacio.

Esa noche, en lo más profundo de la catedral, un joven acólito corría por los pasillos presa del pánico.

«¡¿Dónde está el obispo Valdespino?!

»¡El servicio está a punto de comenzar!»

Durante décadas, el obispo Antonio Valdespino había sido rector y máxima autoridad de la catedral. Amigo y consejero espiritual del rey desde hacía muchos años, Valdespino era un declarado y devoto tradicionalista sin apenas tolerancia por la modernización. Por increíble que pudiera parecer, durante la Semana Santa, ese obispo de ochenta y tres años aún se ponía grilletes en los tobillos y se unía a los fieles que cargaban pasos por las calles de la ciudad.

«Si hay alguien que nunca llega tarde a misa es Valdespino.»

El acólito había estado con el obispo hacía veinte minutos en la sacristía, ayudándolo con los paramentos sacerdotales. Justo al terminar, había recibido un mensaje de texto y, sin decir palabra alguna, se había marchado a toda prisa.

«¿Adónde habrá ido?»

Tras mirar en el santuario, la sacristía e incluso el baño privado del obispo, el acólito recorría ahora a toda velocidad el pasillo que conducía a la sección administrativa de la catedral para ver si se encontraba en su despacho.

«¡El himno procesional ha comenzado!»

El acólito se detuvo de golpe frente al despacho del obispo y se sorprendió al ver una franja de luz por la ranura inferior de la puerta cerrada.

«¿Está aquí?»

Llamó suavemente con los nudillos.

—¡¿Reverendísima Excelencia?!

No hubo respuesta.

Volvió a llamar más fuerte y exclamó:

—¡¿Su Excelencia?!

Nada.

Temiendo por la salud del anciano, el acólito colocó la mano sobre la manilla y abrió la puerta.

—¡Cielos! —dijo con un grito ahogado.

El obispo Valdespino estaba sentado a su escritorio de roble mirando fijamente la resplandeciente pantalla de su *laptop*. Todavía llevaba la mitra sacerdotal en la cabeza y la casulla le cubría los hombros. El báculo episcopal permanecía apoyado informalmente contra la pared.

El acólito se aclaró la garganta.

—La santa misa...

—Está todo listo —lo interrumpió el obispo sin apartar los ojos de la pantalla—. El padre Derida me sustituye.

El acólito se lo quedó mirando desconcertado. «¿El padre Derida lo sustituye?» Que un sacerdote joven se encargara de celebrar la misa del sábado noche era algo extremadamente inusual.

—¡Ahora vete! —dijo Valdespino sin levantar la mirada—. Y cierra la puerta.

Con cierto temor, el chico hizo lo que le ordenaba, salió de inmediato y cerró tras de sí.

Mientras corría de vuelta en dirección a la zona de la que provenía el sonido del órgano, el acólito se preguntó qué podía estar viendo el obispo en su computadora para que obviara sus obligaciones para con Dios.

En ese momento, el almirante Ávila se abría paso entre la creciente muchedumbre que atestaba el atrio del Guggenheim. Con gran desconcierto, comprobó que la gente charlaba con sus extraños auriculares. Al parecer, la audioguía del museo permitía mantener una conversación a dos bandas.

Se alegraba de haberse deshecho del aparato.

«Esta noche nada de distracciones.»

Consultó la hora en su reloj y levantó la mirada hacia los elevadores. Ya estaban llenos de invitados que se dirigían hacia la presentación, de modo que Ávila optó por la escalera. Mientras subía, sintió el mismo estremecimiento de incredulidad que la noche anterior. «¿De verdad me he convertido en un hombre capaz de matar?» Las almas impías que le habían arrebatado a su esposa y a su hijo lo habían transformado. «Mis acciones cuentan con la aprobación de una autoridad mayor —se recordó a sí mismo—. Hay bien en lo que hago.»

Al llegar al primer decanso, una mujer que se encontraba en una pasarela cercana llamó su atención. «La nueva celebridad nacional», pensó mirando a la famosa belleza.

La mujer llevaba un vestido blanco entallado con una elegante franja negra que le recorría el torso en diagonal. Su esbelta figura, el pelo negro exuberante y su porte agraciado resultaban llamativos, y Ávila reparó en que no era el único que la estaba observando.

Además de las miradas de admiración de los otros invitados, la mujer de blanco contaba asimismo con la atención ininterrumpida de dos agentes encubiertos que la seguían de cerca. Esos hombres se movían con la cautelosa seguridad de una pantera y llevaban ambos un *blazer* azul adornado con un escudo y dos grandes iniciales: «GR».

A Ávila no le sorprendía en absoluto su presencia, pero, al verlos, no pudo evitar que se le acelerara el pulso. Como antiguo miembro de las Fuerzas Armadas españolas, sabía muy bien lo que significaban aquellas iniciales. Esos dos escoltas iban armados y estarían tan bien entrenados como el mejor guardaespaldas del mundo.

«Si están aquí, debo tomar todas las precauciones posibles», se dijo el almirante.

—¡Eh! —exclamó una voz masculina a su espalda.

Ávila se dio la vuelta.

Un hombre barrigón que iba ataviado con un esmoquin y un sombrero negro de vaquero le sonreía.

—¡Bonito traje! —le dijo, señalando el uniforme militar de Ávila—. ¿Cómo puedo conseguir uno igual?

El almirante se lo quedó mirando y cerró los puños en un acto reflejo. «Con toda una vida de servicio y sacrificio», pensó.

—No hablo inglés —respondió Ávila encogiéndose de hombros, y continuó subiendo la escalera.

Al llegar al segundo piso, encontró un largo pasillo y siguió los letreros que conducían al lejano baño que había al fondo. Estaba a punto de entrar cuando las luces del museo parpadearon: la primera señal que instaba a los invitados a dirigirse a la sala en la que iba a tener lugar la presentación.

El almirante entró en el baño desierto, se metió en el último cubículo y cerró la puerta. A solas, pudo sentir que los demonios familiares pugnaban por salir a la superficie y amenazaban con arrastrarlo de nuevo al abismo.

«Cinco años y los recuerdos todavía me acosan.»

Ávila apartó esos horrores de su mente y tomó el rosario que llevaba en el bolsillo. Con cuidado, lo colgó de la percha que había en la puerta y admiró el trabajo de las cuentas y el crucifijo. A un devoto tal vez le habría horrorizado que alguien pudiera profanar el rosario creando uno como ése. Aun así, el Regente le había asegurado que la desesperación de los tiempos en los que vivían permitía cierta flexibilidad en las reglas de la absolución.

«Cuando la causa es sagrada, el perdón de Dios está garantizado», le había prometido el Regente.

Además de la protección de su alma, el almirante también se había cerciorado de salvaguardar su cuerpo del mal. Bajó la mirada al tatuaje que llevaba en la palma de la mano.

Al igual que el antiguo crismón de Cristo, el símbolo estaba formado únicamente por letras. Ávila se lo había hecho tres días atrás con tinta ferrogálica y una aguja, tal y como le habían enseñado, y aún tenía la carne sensible y enrojecida. El Regente le había asegurado que, si lo detenían, lo único que debía hacer era mostrar la palma de la mano a sus captores y al cabo de unas horas volvería a estar libre.

«Ocupamos los rangos más altos del gobierno», le había dicho el Regente.

Ávila ya había sido testigo de su sorprendente influencia. Era como estar cubierto por un manto de protección. «Todavía hay gente que respeta las antiguas costumbres.» Algún día esperaba unirse a las filas de esa élite, pero, de momento, se sentía honrado con el mero hecho de poder interpretar un papel, por insignificante que fuera.

En la soledad del baño, el almirante sacó el celular y marcó el número seguro que le habían dado.

La voz al otro lado de la línea contestó al primer tono.

—¿Sí?

—Estoy en posición —respondió Ávila, a la espera de las últimas órdenes.

—Perfecto —dijo el Regente—. Sólo tendrá una oportunidad. Es crucial que la aproveche.

11

A treinta kilómetros de los relucientes rascacielos, las islas artificiales y las lujosas villas vacacionales que pueblan la costa de Dubái se encuentra la ciudad de Sharjah, la ultraconservadora capital cultural de los Emiratos Árabes Unidos.

Con más de seiscientas mezquitas y las mejores universidades de la región, Sharjah es el centro espiritual y educativo del país, una posición propiciada por sus ingentes reservas de petróleo y un gobernador que sitúa la educación de su pueblo por encima de todo lo demás.

Esa noche, la familia del reverenciado ulema de Sharjah, Syed al-Fadl, se había reunido en privado para celebrar una vigilia. En vez de rezar el *tahajjud*, la tradicional oración nocturna, lo hacían por el regreso de su querido padre, tío y marido, misteriosamente desaparecido el día anterior.

La prensa local acababa de anunciar que uno de los colegas de Syed aseguraba que el ulema, una persona por lo general serena, parecía «extrañamente agitado» desde su regreso del Parlamento de las Religiones del Mundo dos días atrás. También decía que, al poco de su vuelta, había oído a Syed enfrascado en una acalorada discusión telefónica. La disputa había tenido lugar en inglés y por lo tanto le había resultado incomprensible, pero afirmaba que había oído cómo Syed mencionaba un nombre en repetidas ocasiones.

«Edmond Kirsch.»

12

Los pensamientos se arremolinaban en la cabeza de Langdon. Su conversación con Kirsch había resultado al mismo tiempo apasionante y perturbadora. Fueran o no las afirmaciones de éste exageradas, estaba claro que el científico informático había descubierto algo que a su parecer provocaría un cambio de paradigma en el mundo.

«¿Un descubrimiento tan importante como los hallazgos de Copérnico?»

Sintiéndose algo mareado, Langdon dejó finalmente atrás la abertura de la obra y recogió los auriculares que había dejado en el suelo.

—¿Winston? —dijo, tras ponerse el aparato—. ¿Hola?

Tras un leve clic, Langdon oyó de nuevo la voz británica del guía informático.

—Hola, profesor. Sí, estoy aquí. El señor Kirsch me ha pedido que lo lleve al elevador de servicio porque no hay tiempo de volver al atrio. También ha pensado que agradecería usted el mayor tamaño de la cabina de ese elevador.

—Muy amable de su parte. Sabe que soy claustrofóbico.

—Ahora yo también. Y no lo olvidaré.

A través de una puerta lateral, Winston condujo a Langdon hasta un pasillo de cemento por el que se accedía a un montacargas. Tal y como había dicho el guía informático, la cabina era enorme. Sin duda, había sido diseñada para transportar obras de arte de gran tamaño.

—Vamos a la segunda planta —dijo Winston.

Cuando llegaron a su destino, Langdon salió del elevador.

—Iremos por la sala que hay a su izquierda. Es el camino más rápido.

Langdon siguió las instrucciones de Winston y comenzó a recorrer una gran sala repleta de extrañas instalaciones artísticas: un cañón de acero que disparaba pegotes de cera roja en una pared blanca, una canoa construida con una rejilla metálica que claramente no podría flotar, una ciudad en miniatura hecha con bloques de metal pulido.

En un momento dado, Langdon se detuvo y se quedó mirando con estupefacción la enorme pieza que dominaba el espacio.

«Es oficial —decidió—, he encontrado la obra más extraña de este museo.»

Por todo el ancho de la galería, había una larga hilera de lobos que, tras saltar y chocar con violencia contra una pared de cristal transparente, caían al suelo y regresaban al punto de partida.

—Esta obra se llama *De cabeza* —le dijo Winston sin que se lo preguntara—. Noventa y nueve lobos corriendo a ciegas hacia una pared. Representa la mentalidad de la manada y la falta de coraje para apartarse de la norma.

A Langdon no se le escapó la ironía del simbolismo. «Sospecho que esta noche Edmond se apartará drásticamente de la norma.»

—Si sigue adelante —dijo Winston—, encontrará una salida a la izquierda de una colorida obra con forma romboidal. Su autor es uno de los artistas favoritos de Edmond.

Langdon divisó el cuadro de colores brillantes y al instante reconoció sus característicos garabatos y colores primarios, así como el ojo juguetón que flotaba en medio del lienzo.

«Joan Miró», pensó. Siempre le había gustado la divertida obra del barcelonés, le parecía un cruce entre el libro de colorear de un niño y una vidriera surrealista.

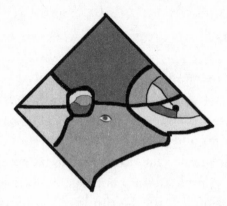

Sin embargo, cuando estuvo cerca del cuadro, se detuvo de golpe al ver que la superficie era completamente lisa y no se apreciaba ningún brochazo.

—¿Es una reproducción?

—No, se trata del original —respondió Winston.

Langdon lo miró con más atención. Estaba claro que ese cuadro se había impreso con una máquina de gran formato.

—Winston, esto es una impresión. Ni siquiera se trata de un lienzo.

—Yo no uso lienzos —contestó Winston—. Creo arte de forma virtual y luego Edmond lo imprime por mí.

—Un momento —dijo Langdon con incredulidad—. ¿Esto lo has hecho tú?

—Sí. Intenté imitar el estilo de Joan Miró.

—Ya me he dado cuenta —dijo Langdon—. Incluso lo firmaste como él: «Miró».

—No —respondió Winston—. Vuelva a mirar la firma. Pone «Miro», sin acento. En español, la primera persona del verbo «mirar».

«Ingenioso», tuvo que admitir Langdon, mientras contemplaba el ojo *mironiano* que observaba al espectador desde el centro de la obra de Winston.

—Edmond me pidió que pintara un autorretrato, y me ha salido esto.

«¿Éste es tu autorretrato? —Langdon volvió a contemplar aquel conjunto de garabatos irregulares—. Debes de tener un aspecto muy extraño.»

Hacía poco había leído algo acerca del interés cada vez mayor que Edmond mostraba por enseñar a las computadoras a crear arte algorítmico; es decir, arte generado por programas informáticos altamente complejos. Se trataba de un campo que planteaba una cuestión incómoda: cuando una computadora crea arte, ¿quién es el artista, la computadora o el programador? En el MIT, una reciente exposición de arte algorítmico de gran nivel había dado una compleja vuelta de tuerca al curso de humanidades de Harvard: «¿Es el arte aquello que nos hace humanos?».

—También compongo música —añadió Winston—. Si siente curiosidad, puede pedirle luego al señor Kirsch que le ponga alguna de mis piezas. Sin embargo, ahora debe darse prisa. La presentación comenzará en breve.

Langdon salió de la sala y se encontró en una alta pasarela desde la que se veía el atrio. Al otro lado del cavernoso espacio, los guías conducían a unos pocos invitados rezagados fuera de los elevadores y en dirección a la puerta que se encontraba ante él.

—El programa de esta noche comenzará en unos pocos minutos —dijo Winston—. ¿Ve la entrada?

—Sí. La tengo delante.

—Excelente. Una cosa más. Al entrar, encontrará una serie de cubos para dejar los auriculares. El señor Kirsch me ha pedido que no devuelva usted su unidad. De ese modo, después de la presentación podré guiarlo hasta una de las puertas traseras del museo. Así evitará a la multitud y no le costará encontrar un taxi.

Langdon pensó en la extraña serie de letras y números que Edmond había escrito en el dorso de la tarjeta de visita y que debía mostrar al taxista.

—Winston, Edmond sólo ha escrito «BIO-EC346» en una tarjeta. Ha dicho que se trataba de un código ridículamente sencillo.

—Y lo es —respondió el guía informático al instante—. Profesor, el evento está a punto de comenzar. Espero que disfrute de la presentación del señor Kirsch. En cuanto termine, me tendrá de nuevo a su disposición.

Y con un repentino clic, Winston se quedó en silencio.

Langdon se acercó a la puerta de entrada, se quitó los auriculares y se guardó el pequeño artilugio en el bolsillo de la chaqueta. Luego se apresuró a entrar con los últimos invitados justo antes de que las puertas se cerraran.

De nuevo se encontraba en un espacio inesperado.

«¿Vamos a estar de pie durante la presentación?»

Langdon había imaginado que escucharían el anuncio de Edmond en un confortable auditorio con sillones. En vez de eso, los cientos de invitados atestaban una de las salas de paredes blancas del museo. No había ninguna obra de arte ni asientos visibles, sólo un podio en la pared del fondo flanqueado por dos grandes pantallas LCD en las que podía leerse:

La transmisión comenzará dentro de 2 minutos y 7 segundos

Presa de una creciente expectativa, Langdon reparó asimismo en la segunda línea que aparecía en la pantalla. Tuvo que leerla dos veces:

Espectadores conectados en este momento: 1.953.694

«¿Dos millones de personas?»

Edmond le había dicho que emitiría su anuncio por internet, pero esa cifra parecía inconcebible y, además, no dejaba de aumentar a cada momento que pasaba.

Una sonrisa se dibujó en el rostro de Langdon. Desde luego, su antiguo alumno se las había apañado muy bien. La pregunta ahora era: ¿qué diantre pensaba anunciar?

13

En el desierto que se extiende al este de Dubái, un *buggy* Sand Viper 1100 giró bruscamente a la izquierda bajo la luz de la luna y se detuvo de golpe levantando un velo de arena frente a sus resplandecientes faros.

El adolescente que iba al volante se quitó los lentes y bajó la mirada hacia el bulto que había estado a punto de atropellar. Con cierto temor, descendió del vehículo y se acercó a la oscura forma que había en la arena.

Efectivamente, era lo que parecía ser.

Iluminado por los faros del coche, un cuerpo humano yacía inmóvil y boca abajo.

—*Marhaba?* —preguntó el chico. «¿Hola?»

No obtuvo ninguna respuesta.

A juzgar por la ropa que llevaba, una *chechia* tradicional y un *zaub* holgado, el muchacho supo que se trataba de un hombre. Y parecía estar bien alimentado. Las huellas de sus pisadas se habían borrado hacía mucho, al igual que las de las ruedas del vehículo con el que hubiera llegado a ese punto en medio del desierto.

—*Marhaba?* —volvió a preguntar el chico.

Nada.

Sin saber bien qué hacer, tocó el cuerpo del hombre con el pie. Aunque se trataba de un tipo rollizo, parecía tener el cuerpo rígido y endurecido, ya resecado por el viento y el sol.

Sin duda, estaba muerto.

El adolescente se inclinó, tiró del hombre por la espalda y le dio la vuelta. Los ojos sin vida del cadáver se quedaron mirando hacia el cielo. Tenía el rostro y la barba completamente cubiertos de arena, pero, a pesar de la suciedad, la expresión del tipo parecía afectuosa o incluso familiar, como la de un tío o un abuelo querido.

De repente, se oyó el fragor de media docena de *quads* y *buggies* acercándose. Eran los amigos del chico, que acudían para asegurarse de que estaba bien. En un momento dado, los vehículos aparecieron por la cumbre de una duna y bajaron por la cara del otro lado.

En cuanto estacionaron y vieron el macabro descubrimiento, se quitaron los lentes y los cascos, descendieron de los vehículos y rodearon el cadáver deshidratado. Uno de los jóvenes reconoció al hombre muerto y comenzó a explicar con nerviosismo que se trataba del famoso ulema Syed al-Fadl, un erudito y líder religioso que de vez en cuando daba charlas en la universidad.

—*Ma-ḏā ʿalay-nā an nafʿal?* —preguntó en voz alta. «¿Qué deberíamos hacer?»

Los chicos permanecieron un momento en silencio alrededor del cadáver. Luego reaccionaron como los adolescentes de cualquier lugar del mundo: agarraron sus celulares y comenzaron a hacerle fotografías para enviárselas a sus amigos.

14

De pie en medio de la multitud de invitados que se apretujaban alrededor del podio, Robert Langdon observaba con asombro cómo la cifra de asistentes que había en la pantalla LCD no dejaba de aumentar:

Espectadores conectados en este momento: 2.527.664

El ruido de las charlas que mantenía la gente en la atestada sala había crecido hasta convertirse en un fragor sordo. Las voces de cientos de invitados bullían de expectación y muchos aprovechaban esos últimos minutos para, llenos de emoción, llamar por teléfono o escribir *tuits* en los que dejaban constancia de su asistencia al evento.

En un momento dado, un técnico subió al podio y dio unos golpecitos con una mano al micrófono.

—Damas y caballeros, antes les hemos pedido que, por favor, apagaran sus celulares. Ahora les informamos de que durante la celebración del evento tanto la cobertura telefónica como la red wifi estarán bloqueadas.

Muchos invitados todavía estaban enfrascados en sus celulares cuando de repente perdieron la conexión. La mayoría de los asistentes se quedaron completamente estupefactos, como si acabaran de ser testigos de una especie de milagrosa tecnología *Kirschiana* capaz de interrumpir por arte de magia todo contacto con el mundo exterior.

«Quinientos dólares en una tienda de electrónica.» Langdon sabía cuánto costaba, pues era uno de los muchos profesores de Harvard que ahora usaban dispositivos portátiles para dejar sin cobertura sus aulas y que los alumnos no pudieran consultar los celulares durante la clase.

Un cámara se colocó en posición con un enorme aparato al hombro dirigido hacia el podio. Las luces de la sala se atenuaron.

En la pantalla LCD ahora podía leerse:

La transmisión comenzará dentro de 38 segundos
Espectadores conectados en este momento: 2.857.914

Langdon no salía de su asombro. La cifra de espectadores conectados aumentaba a mayor velocidad que la deuda nacional de Estados Unidos, y le parecía prácticamente imposible concebir que casi tres millones de personas estuvieran en ese momento sentadas en sus casas para ver una transmisión en directo de lo que estaba a punto de suceder en esa sala.

—Treinta segundos —anunció el técnico en voz baja por el micrófono.

Una puerta estrecha se abrió en la pared que había detrás del podio y los cientos de invitados se callaron de golpe a la espera de que por ella apareciera el gran Edmond Kirsch.

Pero no apareció.

La puerta permaneció abierta durante casi diez segundos.

De repente, salió una elegante mujer y se dirigió hacia el podio. Era increíblemente hermosa —alta, esbelta, de largo pelo negro— y llevaba un entallado vestido blanco con una franja negra que le recorría el torso en diagonal. Parecía deslizarse sobre el suelo. Tras colocarse en el centro del escenario, ajustó la altura del micrófono, respiró hondo y sonrió con paciencia a los asistentes, mientras esperaba a que el reloj finalizara la cuenta atrás.

La mujer cerró un momento los ojos como si quisiera poner en orden sus ideas y luego volvió a abrirlos. Era el vivo retrato de la elegancia.

El camarógrafo levantó una mano con los cinco dedos extendidos. «Cuatro, tres, dos...»

La mujer levantó la mirada hacia la cámara y la sala quedó en completo silencio. En las pantallas LCD apareció una imagen en directo de su rostro. Se quedó mirando al público y se apartó despreocupadamente un mechón de pelo de su mejilla de piel aceitunada.

—Buenas noches a todos —comenzó a decir; su voz, cultivada y afable, tenía un ligero acento español—. Me llamo Ambra Vidal.

La estridencia de los aplausos inusualmente alta que estalló en la sala dejó claro que la gran mayoría sabía quién era.

—¡Felicidades! —exclamó alguien.

La mujer se sonrojó, y Langdon tuvo la sensación de que había algo que se le escapaba.

—Damas y caballeros —dijo, prosiguiendo con su discurso—, durante los últimos cinco años he sido la directora del Museo Guggenheim Bilbao, y estoy aquí esta noche para darles la bienvenida a una velada muy especial a cargo de un hombre verdaderamente destacable.

Los asistentes aplaudieron con entusiasmo, y Langdon se unió a ellos.

—Edmond Kirsch no sólo es patrono de este museo, y uno muy generoso, sino que además se ha convertido en un buen amigo. Para mí ha sido un privilegio y un honor haber podido trabajar codo con codo con él estos últimos meses planeando el evento de esta noche. ¡Acabo de comprobar que las redes sociales de todo el mundo están que arden! Como sin duda muchos de ustedes ya sabrán, esta noche Kirsch tiene previsto anunciar un descubrimiento científico muy importante y que, a su parecer, será recordado para siempre como su gran contribución a la humanidad.

Un murmullo de excitación recorrió la sala.

La mujer de pelo negro sonrió divertida.

—Por supuesto, no he dejado de suplicarle a Edmond que me dijera qué había descubierto, pero se ha negado a darme ni siquiera una pista.

A las risas que provocó el comentario le siguieron más aplausos.

—El evento especial de esta noche —continuó ella— estará presentado en inglés, la lengua materna del señor Kirsch, pero la emisión en directo en internet cuenta con traducción simultánea a más de veinte idiomas.

La imagen de la pantalla LCD se actualizó y Ambra añadió:

—Y por si alguien dudaba de la seguridad de Edmond, éste es el comunicado de prensa que se ha enviado hace quince minutos a medios de comunicación de todo el mundo.

Langdon miró la pantalla.

Esta noche, en directo a las 20.00 horas (hora central europea),
el futurólogo Edmond Kirsch anunciará un descubrimiento
que cambiará la faz de la ciencia para siempre

«De modo que así es como se consiguen tres millones de espectadores en cuestión de minutos», pensó Langdon.

Cuando volvió a centrar la atención en el podio, reparó en dos personas que no había visto antes: un par de guardias de seguridad imperturbables que permanecían de pie en una pared lateral inspeccionando con detenimiento a los asistentes. A Langdon le sorprendió el monograma que llevaban bordado en sus *blazers* azules a juego.

«¡¿La Guardia Real?! ¿Qué hace aquí el cuerpo de seguridad del rey?»

Parecía improbable que algún miembro de la realeza estuviera presente en la sala. Como acérrimos católicos que eran, sin duda evitarían cualquier asociación pública con un ateo como Edmond Kirsch.

En tanto que monarca parlamentario, el rey de España contaba con un poder oficial muy limitado, pero la influencia que ejercía sobre los corazones y las mentes de sus súbditos seguía siendo enorme. Para algunos españoles, la Corona todavía era símbolo de la rica tradición religiosa de los Reyes Católicos y el Siglo de Oro español. Para ellos, el Palacio Real de Madrid se alzaba como un compás espiritual y un monumento a una larga historia de férreas convicciones religiosas.

Langdon lo había oído en español: «El Parlamento gobierna, pero el rey reina». Durante siglos, los reyes que habían presidido los asuntos diplomáticos de España habían sido todos católicos profundamente devotos y conservadores. «Y el rey actual no es ninguna excepción.» Recordaba haber leído algo sobre sus arraigadas convicciones religiosas y sus valores tradicionales.

Al parecer, desde hacía unos meses, el anciano monarca estaba postrado en cama aquejado de una grave enfermedad. Así pues, el país estaba preparándose para una eventual transición de poder a su único hijo, el príncipe Julián. Según la prensa, éste había vivido toda su vida bajo la alargada sombra de su padre, y ahora el país se preguntaba qué tipo de dirigente sería.

«¿Ha enviado el príncipe Julián a unos agentes de la Guardia Real para que supervisen el evento de Edmond?»

Langdon recordó el amenazador mensaje de voz que el obispo Valdespino le había dejado a Edmond. A pesar de su inquietud, tenía la sensación de que la atmósfera en la sala era agradable, entusiasta y segura. Recordaba que su viejo amigo le había dicho que las medidas de seguridad esa noche eran increíblemente elevadas, por eso, tal vez, la presencia de la Guardia Real no fuera más que un elemento adicional de protección para asegurar que la velada discurría sin problemas.

—Aquellos de ustedes que ya conozcan la pasión de Kirsch por la espectacularidad —prosiguió Ambra Vidal— sabrán que éste nunca habría ideado que permaneciéramos de pie en esta sala estéril durante mucho rato.

A continuación señaló una puerta de dos hojas que había en un extremo.

—Al otro lado de esa puerta, Edmond Kirsch ha construido un «espacio experimental» en el que mostrar su dinámica presentación multimedia. Está completamente informatizada y será transmitida por internet a todo el mundo. —Hizo una pausa para consultar la hora en su reloj—. El evento de esta noche está programado al detalle, y Edmond me ha pedido que los hiciera pasar a ese otro espacio para que pudiéramos comenzar a las ocho y cuarto en punto. Sólo quedan unos minutos, de modo que, si me hacen el favor de acceder a su interior, podremos ver al fin lo que el asombroso Edmond Kirsch nos ha preparado.

Justo en ese momento, las hojas de la puerta se abrieron.

Langdon echó un vistazo creyendo que al otro lado habría otra sala más. No pudo evitar sorprenderse, pues, al ver lo que parecía un túnel oscuro.

El almirante Ávila se quedó un momento rezagado mientras los asistentes comenzaban a desplazarse en dirección al pasadizo tenuemente iluminado. Al mirar el túnel, le satisfizo comprobar lo oscuro que estaba.

Eso haría mucho más fácil su trabajo.

Sin dejar de acariciar el rosario que llevaba en el bolsillo, repasó mentalmente los detalles que acababa de recibir sobre la misión.

«Será crucial escoger el momento adecuado.»

15

El túnel, de unos seis metros de ancho y que describía una ligera curva hacia la izquierda, estaba recubierto por una tela negra que se extendía a lo largo de unos arcos de apoyo. En el suelo había una moqueta mullida, también negra, y la única iluminación la proporcionaban dos hileras de luces en la base de las paredes.

—Por favor, quítense los zapatos y llévenlos en la mano —le susurraba un guía a la gente que iba entrando.

Langdon se quitó los zapatos de charol y los pies se le hundieron en la suave moqueta. Al instante, sintió que se le relajaba todo el cuerpo. Y a su alrededor pudo oír docenas de suspiros agradecidos.

Tras avanzar unos metros más por el túnel, al fin vio el extremo del pasadizo: una cortina negra ante la que unos guías entregaban a los invitados lo que parecía una toalla gruesa de playa antes de hacerlos pasar al otro lado.

En el interior del túnel, la algarabía previa se había convertido en un silencio de incerteza. Al llegar a la cortina, un guía le dio a Langdon un trozo de tela doblada que —advirtió entonces— no era una toalla sino una manta pequeña con una almohada cosida en un extremo. Le dio las gracias al guía y pasó al otro lado.

Por segunda vez esa noche, se vio obligado a detenerse de golpe. Aunque no podía decir que hubiera imaginado lo que iba a encontrarse, desde luego no estaba preparado para la escena que tenía ante sí.

«¿Estamos... al aire libre?»

Se encontraba en el borde de un vasto prado. Sobre su cabeza, se extendía el cielo estrellado y, a lo lejos, una fina luna creciente acababa de asomarse por detrás de un arce solitario. Los grillos canturreaban y una cálida brisa le acariciaba el rostro. La atmósfera estaba impregnada de la fragancia terrosa de la hierba recién cortada que podía notar bajo los pies.

—¿Señor? —susurró un guía, tomándolo del brazo e invitándolo a avanzar—. Por favor, busque un sitio en la hierba y túmbese sobre la manta que acaban de darle.

Langdon se adentró en el espacio junto a otros atónitos invitados, muchos de los cuales ya estaban extendiendo las mantas sobre el vasto prado. La cuidada extensión de hierba tenía el tamaño aproximado de una pista de hockey y estaba rodeada por árboles, festucas y espadañas que la brisa mecía con suavidad.

Tardó un momento en darse cuenta de que todo era una ilusión, una gigantesca obra de arte.

«Estoy dentro de un planetario elaborado al detalle», pensó, maravillándose ante la impecable atención que le habían prestado al lugar.

El cielo estrellado era una proyección que incluía una luna, nubes esponjosas y lejanas colinas. Los árboles susurrantes y la hierba, en cambio, estaban realmente ahí: o se trataba de soberbias imitaciones o era un pequeño bosque de plantas vivas con sus correspondientes macetas escondidas. Ese nebuloso perímetro de vegetación disimulaba con mucha habilidad las paredes del recinto, proporcionando así la sensación de que se trataba de un entorno natural.

Langdon se agachó y palpó la hierba, que era suave y parecía real a pesar de estar completamente seca. Había leído algo sobre los nuevos tipos de césped artificial, capaces de engañar incluso a los atletas profesionales, pero Kirsch parecía haber ido un paso más allá y había creado un terreno un tanto desigual, con pequeñas hondonadas y montículos como los de un prado auténtico.

Recordaba bien la primera vez que sus sentidos lo engañaron. Era un niño e iba en un pequeño bote que surcaba las aguas de un puerto en el que un barco pirata se había enzarzado en una batalla a cañonazos ensordecedora. A su joven mente le costó aceptar que no se encontraba en ningún puerto bajo la luz de la luna, sino en el cavernoso teatro subterráneo en el que tenía lugar la clásica atracción de Disney World «Piratas del Caribe».

Esa noche, el efecto era igual de abrumadoramente realista, y los invitados que había a su alrededor parecían estar admirándolo todo con su mismo deslumbramiento y asombro. Tenía que reconocerle el mérito a Edmond no tanto de haber creado esa sorprendente ilusión como de haber convencido a cientos de adultos para que se descalzaran, se tumbaran en la hierba y levantaran la mirada al cielo.

«De niños solíamos hacer cosas así, pero, en algún momento, dejamos de hacerlas.»

Langdon se reclinó y apoyó la cabeza en la almohada, dejando que el cuerpo se fundiera con la suave hierba.

En lo alto, las estrellas parpadeaban y, por un instante, Langdon volvió a sentirse como el adolescente que se tumbaba en los cuidados hoyos del campo de golf de Bald Peak a media noche para conversar con su mejor amigo sobre los misterios de la vida. «Con un poco de suerte —pensó—, puede que esta noche Edmond Kirsch nos explique algunos de esos misterios.»

En la parte de atrás, el almirante Luis Ávila inspeccionó una última vez el espacio y, retrocediendo en silencio, se deslizó sin que nadie lo viera por la misma cortina por la que acababa de entrar. A solas en el túnel, pasó una mano por la tela de las paredes hasta que localizó un cierre de velcro. Lo más silenciosamente posible, lo abrió, cruzó al otro lado y volvió a cerrarlo tras de sí.

Todas las ilusiones se evaporaron.

El almirante ya no estaba en un prado.

Ahora se encontraba en un espacio rectangular enorme dominado por una burbuja gigantesca con forma oval. «Una sala dentro de una sala.» La construcción que tenía ante sí —una especie de teatro abovedado— estaba rodeada por un ingente exoesqueleto de elevados andamiajes que sostenían una maraña de cables, luces y altavoces. Una cantidad enorme de videoproyectores relucían al unísono proyectando sus amplios haces de luz hacia la superficie traslúcida de la cúpula para crear la ilusión del cielo estrellado y las suaves colinas.

El almirante admiró el gusto de Kirsch por el dramatismo, aunque el futurólogo no se imaginaba hasta qué punto esa noche terminaría siendo dramática.

«Recuerda lo que está en juego. Eres un soldado combatiendo en una guerra noble. Parte de un todo mayor.»

Ávila había ensayado mentalmente esa misión en numerosas ocasiones. Metió una mano en el bolsillo y sacó el rosario. En ese momento, a través de la hilera de altavoces que había en la parte superior de la cúpula, la voz de un hombre retumbó como si fuera la del mismo Dios.

—Buenas noches, amigos. Me llamo Edmond Kirsch.

16

En Budapest, el rabino Köves deambulaba nervioso de un lado a otro de su *házikó*. Aferrado al mando del televisor, no dejaba de cambiar de canal mientras esperaba con inquietud más noticias del obispo Valdespino.

Hacía diez minutos que varios canales de noticias habían interrumpido su programación habitual para transmitir en directo el evento que iba a tener lugar esa noche en el museo Guggenheim de Bilbao. Los presentadores comentaban los diferentes logros de Kirsch y especulaban sobre el misterioso anuncio que estaba a punto de hacer. Köves no pudo evitar sentir un estremecimiento al comprobar el desmesurado interés que éste había despertado.

«Yo ya sé qué va a anunciar.»

Tres días atrás, en la montaña de Montserrat, Edmond Kirsch les había mostrado a Köves, a Al-Fadl y a Valdespino el supuesto «montaje preliminar» de un video. Ahora, sospechaba el rabino, el mundo estaba a punto de ver una presentación que incluía esas mismas imágenes.

«Esta noche todo cambiará», concluyó con gran pesar.

El timbre del teléfono sacó a Köves de su ensimismamiento. Descolgó el auricular.

Valdespino comenzó a hablar sin preámbulos.

—Yehuda, me temo que tengo más noticias.

Y, en un sombrío tono de voz, le comunicó el extraño suceso acaecido en los Emiratos Árabes Unidos.

Horrorizado, Köves se cubrió la boca.

—¿El ulema Al-Fadl... se ha suicidado?

—Eso es lo que especulan las autoridades. Lo han encontrado hace unas horas en pleno desierto... como si simplemente se hubiera adentrado en él a pie para morir. —Valdespino hizo una pausa y luego prosiguió—: Yo sospecho que al final no ha podido soportar la tensión de estos últimos días.

Köves consideró esa posibilidad y se sintió abatido por el desconsuelo y la confusión. A él también le estaba costando aceptar las implicaciones del descubrimiento de Kirsch, y, sin embargo, la idea de que el ulema Al-Fadl se hubiera suicidado en un acto de desesperación le parecía del todo improbable.

—Hay algo muy extraño en todo esto —declaró Köves—. Me cuesta creer que hiciera algo así.

Valdespino permaneció en silencio durante un largo rato.

—Me alegro de que diga eso. —El obispo se mostró de acuerdo—. He de admitir que a mí también me resulta difícil aceptar que se haya suicidado.

—Entonces... ¿quién podría ser el responsable?

—Todo el que quisiera que el descubrimiento de Edmond Kirsch permaneciera en secreto —respondió rápidamente el obispo—. Alguien que, como nosotros, creyera que el anuncio no iba a realizarse hasta dentro de unas semanas.

—Pero ¡Kirsch dijo que nadie más estaba al tanto de su descubrimiento! —argumentó Köves—. ¡Sólo usted, el ulema Al-Fadl y yo!

—Tal vez Kirsch también nos mintiera sobre eso. De todos modos, incluso en el caso de que nosotros tres fuéramos de verdad los únicos a quienes reveló su hallazgo, no se olvide de que Al-Fadl quería hacerlo público. Podría ser que el ulema compartiera la información con algún colega en los Emiratos y que, al igual que yo, éste opinara que el descubrimiento de Kirsch podía tener peligrosas repercusiones.

—¿Qué está sugiriendo? —preguntó enfadado el rabino—. ¿Que un colega de Al-Fadl lo ha asesinado para que el descubrimiento de Kirsch no saliera a la luz? ¡Eso es ridículo!

—Rabino —respondió el obispo sin perder la calma—, obviamente, no sé qué ha sucedido. Sólo estoy conjeturando posibles respuestas, como usted.

Köves exhaló un suspiro.

—Lo siento. Todavía estoy intentando asimilar la noticia de la muerte de Al-Fadl.

—Y yo. Y si Al-Fadl ha sido asesinado por lo que sabía, entonces nosotros también debemos tener cuidado. Es posible que ahora también quieran matarnos.

Köves consideró esa posibilidad.

—En cuanto el descubrimiento se haga público, pasaremos a ser irrelevantes.

—Cierto, pero todavía no se ha anunciado.

—Su Excelencia, sólo faltan unos minutos para que comience la presentación. Todos los canales van a transmitirla.

—Ya... —Valdespino dejó escapar un suspiro—. Parece que tendré que aceptar que mis oraciones no han servido de nada.

Köves se preguntó si realmente el obispo había rezado para que Dios interviniera e hiciera cambiar de parecer a Kirsch.

—Pero me temo que ni siquiera cuando esto se haga público estaremos a salvo —dijo Valdespino—. Sospecho que Kirsch se deleitará explicándole al mundo que tres días atrás se puso en contacto con varios líderes religiosos. Me pregunto si el verdadero motivo que lo llevó a convocar la reunión sería la voluntad de transmitir una imagen de transparencia ética... La cuestión es que, si menciona nuestros nombres, bueno, me temo que usted y yo nos convertiremos en el centro de un intenso escrutinio y quizá incluso seremos objeto de crítica por parte de nuestros feligreses, quienes tal vez piensen que deberíamos haber hecho algo al respecto. Lo siento, yo sólo... —El obispo vaciló como si quisiera decir algo más.

—¿Qué sucede? —insistió Köves.

—Ya lo discutiremos más tarde. Volveré a llamarlo cuando hayamos visto la presentación de Kirsch. Hasta entonces, por favor, no salga de casa. Cierre la puerta con llave. No hable con nadie. Y manténgase a salvo.

—Está usted preocupándome.

—No era mi intención —respondió Valdespino—. Lo único que podemos hacer es esperar y ver cómo reacciona el mundo. Ahora esto está en manos de Dios.

17

El apacible prado que había en el interior del museo Guggenheim se había quedado en silencio tan pronto como la voz de Edmond Kirsch había retumbado desde los cielos. Cientos de invitados permanecían tumbados sobre las mantas, mirando la cúpula estrellada sin pronunciar palabra. Presa de una creciente intriga, Robert Langdon se había situado cerca del centro del campo.

—Esta noche volveremos a ser niños —continuó la voz de Kirsch—. Yaceremos bajo las estrellas con la mente abierta a todas las posibilidades.

Langdon pudo sentir cómo una oleada de excitación recorría la multitud de invitados.

—Esta noche seremos como los primeros exploradores —anunció Kirsch—. Aquellos que lo dejaron todo atrás para surcar los vastos océanos... Aquellos que vislumbraron por primera vez una tierra ignota... Aquellos que, sobrecogidos, cayeron de rodillas al descubrir que el mundo era mucho más grande de lo que sus mentes se habían atrevido a imaginar y que vieron cómo sus afianzadas creencias se desintegraban bajo la luz de nuevos hallazgos. Ésta es la disposición de ánimo que debemos adoptar.

«Impresionante», pensó Langdon, y se preguntó si habrían grabado la narración previamente o si el mismo Edmond estaría leyendo en esos momentos algún guion.

—Amigos míos —prosiguió la retumbante voz sobre sus cabezas—, han sido congregados hoy aquí para oír el anuncio de un importante descubrimiento. Les pido paciencia mientras les proporciono el marco adecuado. Como en el caso de todos los cambios que han tenido lugar en la filosofía humana, esta noche es crucial que comprendamos el contexto histórico en el que se produce un acontecimiento como éste.

Justo en ese momento, un trueno estalló a lo lejos. Langdon pudo sentir en las entrañas los profundos graves de los altavoces.

—Para entrar en materia —siguió diciendo Edmond—, tenemos la fortuna de contar con la colaboración de un celebrado académico que es toda una leyenda en el mundo de los símbolos, los códigos, la historia, la religión y el arte. También es un querido amigo. Damas y caballeros, por favor, den la bienvenida al profesor de la Universidad de Harvard Robert Langdon.

Éste se incorporó y se apoyó en los codos mientras los invitados aplaudían con entusiasmo y las estrellas que había sobre sus cabezas se disolvían y daban paso a la imagen en gran angular de un auditorio enorme repleto de gente. Sobre el escenario, podía verse al mismo Langdon ataviado con su habitual saco de *tweed* Harris y deambulando de un lado a otro ante un público embelesado.

«De modo que éste es el papel que ha mencionado Edmond...», pensó al tiempo que volvía a descansar la cabeza sobre la hierba.

—Los antiguos —comenzó a decir el Langdon de la pantalla— mantenían con el universo una relación de asombro, especialmente respecto a los fenómenos que no podían comprender de forma racional. Para resolver esos misterios, crearon un vasto panteón de dioses y diosas que explicaban todo aquello que estaba más allá de su comprensión: los truenos, las mareas, los terremotos, los volcanes, la infertilidad, las plagas o incluso el amor.

«Esto es surrealista», pensó Langdon tumbado de espaldas y viéndose a sí mismo en la gigantesca pantalla que había en el techo.

—Los primeros griegos atribuían las mareas del océano a los cambios de humor de Poseidón.

En el techo, la imagen del profesor se disipó y, en su lugar, apareció la de una marejada amenazadora que estremeció a toda la sala. Langdon contempló maravillado cómo esas grandes olas daban paso a su vez a una desolada tundra azotada por el viento. De repente, comenzó a soplar un viento helado sobre el prado de la sala del Guggenheim.

—El paso estacional al invierno —continuó la voz de Langdon— se debía a la tristeza que sentía el planeta por la estancia anual de Perséfone en el inframundo.

Acto seguido, el aire volvió a ser cálido y, en medio del paisaje helado, surgió una montaña que fue haciéndose cada vez más alta y cuyo pico despedía fuego, humo y lava.

—Para los romanos, los volcanes eran el hogar de Vulcano, el herrero de los dioses, y la gran fragua a los pies del volcán en la que éste trabajaba era la causante de las llamas que escupía.

Langdon percibió entonces un leve olor a azufre y le sorprendió el ingenio con el que Edmond había convertido su lección en una experiencia multisensorial.

El estruendo del volcán se detuvo de golpe y los grillos volvieron a cantar y una cálida brisa comenzó a soplar de nuevo por el prado.

—Los antiguos inventaron a incontables dioses para explicar no sólo los misterios del planeta sino también los de sus propios cuerpos —siguió explicando la voz de Langdon.

Sobre sus cabezas reaparecieron las parpadeantes constelaciones de estrellas, ahora con las imágenes superpuestas de los dioses a los que representaban.

—La infertilidad estaba causada por la pérdida del favor de la diosa Juno. El amor era el resultado de las maniobras de Eros. Las epidemias se debían a un castigo de Apolo.

Nuevas constelaciones fueron iluminándose con las imágenes de nuevos dioses.

—Si han leído mis libros —prosiguió la voz de Langdon—, habrán visto que uso la expresión «dios de las lagunas». Con ella me refiero a que, cuando los antiguos se encontraban con una laguna a la hora de comprender el mundo que los rodeaba, echaban mano de un dios.

Un enorme *collage* de cuadros y estatuas que representaban docenas de deidades antiguas ocupó el cielo.

—Incontables dioses suplían incontables lagunas —dijo Langdon—. Sin embargo, con el transcurrir de los siglos el conocimiento científico fue en aumento.

El *collage* pasó a ser ahora de símbolos matemáticos y técnicos.

—Y, a medida que las lagunas de nuestro conocimiento del mundo natural iban disminuyendo, nuestro panteón de dioses fue encogiéndose.

La representación de Poseidón ocupó entonces el primer plano.

—Por ejemplo, cuando averiguamos que las mareas estaban causadas por los ciclos lunares, el dios marino dejó de ser necesario, de modo que pasó a considerarse un mito ridículo de una época supersticiosa.

La imagen de Poseidón se evaporó en medio de una nube de humo.

—Como saben, todos los dioses sufrieron el mismo destino. Uno a uno, fueron muriendo a medida que iban perdiendo relevancia para nuestros intelectos cada vez más cultivados.

Sobre las cabezas de los invitados fueron desapareciendo las imágenes de los dioses del trueno, de los terremotos, de las plagas y demás.

Y a medida que el número de imágenes disminuía, Langdon añadió:

—Pero no se llamen a engaño. Estos dioses no desaparecieron «dócilmente en la apacible noche». Para las culturas supone un proceso penoso abandonar a sus deidades. Las creencias espirituales están profundamente arraigadas en nuestras mentes, pues nos las inculcaron cuando éramos pequeños aquellos que más amamos y en quienes más confiamos: nuestros padres, nuestros maestros o nuestros líderes espirituales. Así pues, los cambios religiosos tardan varias generaciones en producirse y suelen provocar un gran malestar y, con frecuencia, también derramamientos de sangre.

Un estruendo de gritos y espadas entrechocando acompañó la desaparición gradual de los dioses, cuyas imágenes fueron apagándose una a una. Finalmente, en la pantalla quedó sólo la imagen de un único dios: el icónico rostro de un anciano con una larga barba blanca.

—¡Zeus...! —anunció Langdon con un potente tono de voz—. El dios de todos los dioses. La más temida y reverenciada de todas las divinidades paganas. Zeus más que ningún otro resistió su propia extinción y presentó batalla para evitar la muerte de su propia luz tal y como habían hecho los dioses a los que él mismo había reemplazado.

En el techo aparecieron imágenes de Stonehenge, de las tablillas cuneiformes sumerias y de las grandes pirámides de Egipto. Luego regresó el busto de Zeus.

—Sus seguidores se resistían tanto a abandonar a su dios que la victoriosa fe del cristianismo no tuvo más remedio que adoptar su rostro para representar la imagen de su nuevo dios.

En la pantalla, el barbudo busto de Zeus se fundió con un fresco de otro rostro igualmente barbudo: el del dios cristiano pintado por Miguel Ángel en *La creación de Adán* sobre el techo de la capilla Sixtina.

—Hoy en día ya no creemos en historias como las de Zeus, un chico criado por una cabra y que debía su poder a unas criaturas de un solo ojo llamadas «cíclopes». Para nosotros, estos cuentos no son más que mitos; relatos folclóricos de ficción que nos proporcionan una entretenida muestra de nuestro supersticioso pasado.

En la pantalla del techo apareció entonces la fotografía del polvoriento estante de una biblioteca en la que los tomos sobre mitología antigua encuadernados en piel languidecían en la oscuridad junto a libros sobre la adoración de la naturaleza, sobre Baal, Inanna, Osiris e innumerables teologías primigenias.

—¡Ahora las cosas son distintas! —dijo Langdon en un profundo tono de voz—. ¡Más avanzadas!

En el cielo aparecieron nuevas imágenes: nítidas y lustrosas fotografías de la exploración espacial, chips de computadoras, un laboratorio médico, un acelerador de partículas, aviones de reacción...

—Hemos evolucionado intelectual y tecnológicamente. Ya no creemos en herreros gigantescos que trabajan a los pies de un volcán ni en dioses que controlan las mareas o las estaciones. No tenemos nada que ver con nuestros ancestros.

«¿O tal vez sí?», murmuró Langdon para sí al unísono con la grabación.

—¿O tal vez sí? —entonó al mismo tiempo su voz a través de los altavoces—. Nos consideramos a nosotros mismos individuos modernos y racionales y, sin embargo, la religión más extendida de nuestra especie incluye toda una serie de premisas mágicas: humanos que regresan de forma inexplicable de entre los muertos, vírgenes que dan a luz milagrosamente, vengativos dioses que envían plagas e inundaciones, promesas místicas de una vida de ultratumba en cielos de nubes esponjosas o en infiernos en llamas.

Mientras tanto, en la pantalla del techo fueron apareciendo conocidas imágenes cristianas de la Resurrección, la Virgen María, el Arca de Noé, la separación de las aguas del mar Rojo, el cielo y el infierno.

—De modo que, por un momento —continuó la grabación de Langdon—, imaginemos la reacción de los futuros historiadores y antropólogos de la humanidad. Con el beneficio de la perspectiva, ¿considerarán nuestras creencias religiosas meras mitologías de una época supersticiosa? ¿Verán a nuestros dioses tal y como vemos nosotros a Zeus? ¿Tomarán nuestras Sagradas Escrituras y las relegarán a ese polvoriento estante de la historia?

La cuestión quedó suspendida un momento en el aire.

Y, de repente, Edmond Kirsch rompió el silencio.

—Sí, profesor —retumbó su voz desde las alturas—. Creo que todo eso sucederá. Que las futuras generaciones se preguntarán cómo es posible que una especie tecnológicamente avanzada como la nuestra llegara a creer la mayoría de las cosas que las religiones nos enseñan hoy en día.

La voz de Kirsch fue aumentando de intensidad a medida que una nueva serie de imágenes se sucedía en la pantalla del techo: Adán y Eva, una mujer envuelta en un burka, unos hindús caminando sobre el fuego.

—Creo que, al examinar nuestras tradiciones actuales —continuó Kirsch—, las futuras generaciones concluirán que estamos viviendo una época de supersticiones. Para argumentarlo, les bastará con señalar creencias como la de que hemos sido creados divinamente en un jardín mágico, o que nuestro omnipotente creador exige que nuestras mujeres se cubran la cabeza, o el hecho de que nos arriesguemos a sufrir graves quemaduras para honrar a nuestros dioses.

Más imágenes aparecieron en la pantalla. Se trataba de un rápido montaje con fotografías de ceremonias religiosas de todo el mundo: de exorcismos a bautismos, pasando por *piercings* corporales o sacrificios animales. El montaje concluía con el perturbador video de un sacerdote hinduista sujetando un bebé en el borde de una torre de quince metros de altura. De repente, el clérigo lo soltaba y el bebé caía hasta aterrizar en una manta extendida que, cual red de bombero, sujetaban unos alegres lugareños.

«El templo de Grishneshwar», recordó Langdon. Sus feligreses creían que si el bebé sobrevivía a la caída de la torre, contaría con el favor de los dioses.

Afortunadamente, el inquietante video terminó.

La pantalla se fundió en el negro más absoluto y Kirsch siguió hablando.

—¿Cómo es posible que la mente humana sea capaz de realizar los análisis más lógicos y, sin embargo, nos permita al mismo tiempo aceptar creencias religiosas que deberían venirse abajo ante el menor escrutinio racional?

Sobre las cabezas de los invitados se iluminaron de nuevo las estrellas.

—Resulta que la respuesta es muy simple —concluyó Edmond.

De repente, las estrellas se volvieron más brillantes y entre ellas aparecieron una serie de fibras que formaban una red infinita de nodos interconectados.

«Neuronas», cayó en la cuenta Langdon justo cuando Edmond comenzaba a hablar de nuevo.

—¿Por qué el cerebro humano cree en lo que cree? —preguntó Kirsch.

En el techo, varios nodos emitieron un destello, enviando a través de las fibras un pulso eléctrico a otras neuronas.

—Como si de una computadora orgánica se tratara —prosiguió Edmond—, el cerebro cuenta con un sistema operativo. Una serie de reglas que organizan y definen el caótico batiburrillo de datos que percibimos durante todo el día: palabras, una melodía pegadiza, una sirena, el sabor del chocolate... Como pueden imaginar, este flujo de información entrante es frenéticamente constante y diverso, y el cerebro debe darle sentido a todo. De hecho, es la programación misma del sistema operativo del cerebro lo que define nuestra percepción de la realidad. Por desgracia, quienquiera que escribiera dicha programación tenía un sentido del humor perverso. En otras palabras, no es culpa nuestra que creamos los disparates en los que creemos.

Las sinapsis de la pantalla se activaron con un destello y una serie de imágenes familiares emergió del interior del cerebro: cartas astrológicas; Jesús caminando sobre el agua; el fundador de la cienciología, L. Ron Hubbard; el dios egipcio Osiris; Ganesha, el dios-elefante hindú de cuatro brazos, y una estatua de mármol de la Virgen derramando auténticas lágrimas.

—Así pues, en tanto que programador, no puedo dejar de preguntarme: ¿qué tipo de extraño sistema operativo sería capaz de crear un razonamiento tan ilógico? Si pudiéramos echar un vistazo al cerebro humano y examinar su sistema operativo, encontraríamos algo así.

Cuatro enormes palabras aparecieron sobre las cabezas de los invitados:

RECHAZAR CAOS
CREAR ORDEN

—Éstas son las directrices fundamentales de nuestro cerebro —dijo Edmond—. Y, por lo tanto, así actuamos los humanos: contra el caos y a favor del orden.

La sala se sobresaltó con el cacofónico estruendo de cuatro notas de piano discordantes. Era como si un niño estuviera aporreando el instrumento. Ni Langdon ni los invitados que lo rodeaban pudieron evitar ponerse en tensión.

Edmond alzó la voz por encima del estruendo.

—¡El sonido que hace alguien al golpear aleatoriamente las teclas de un piano resulta insoportable! ¡Y, sin embargo, si tomamos esas mismas notas y las colocamos en otro orden...!

El cacofónico estrépito se interrumpió de golpe y fue reemplazado por la balsámica melodía del «Claro de luna», de Debussy.

Langdon sintió que los músculos se le relajaban y la tensión de la sala pareció evaporarse.

—Nuestro cerebro las disfruta —dijo Edmond—. Son las mismas notas y el mismo instrumento. Pero Debussy crea orden. Y es ese mismo deleite en la creación de orden lo que insta a los humanos a resolver puzles o enderezar un cuadro torcido en una pared. Nuestra predisposición al orden está escrita en nuestro ADN, de modo que no debería sorprendernos que la mayor invención que la mente humana ha creado hasta la fecha sea la computadora, una máquina diseñada específicamente para convertir el caos en orden. De hecho, la palabra misma lo pone de manifiesto: «la computadora», literalmente, «aquello que crea orden».

En la pantalla apareció la imagen de una supercomputadora con un hombre sentado ante una terminal solitaria.

—Imaginen que cuentan con una potente computadora con acceso a toda la información del mundo. Pueden hacerle las preguntas que quieran. La probabilidad sugiere que, en un momento dado, le harán las dos preguntas fundamentales que han cautivado a los seres humanos desde que tomaron conciencia de sí mismos.

El hombre tecleó algo en la terminal y un texto apareció en la pantalla:

¿De dónde venimos?
¿Adónde vamos?

—En otras palabras —dijo Edmond—, le preguntarían sobre nuestro origen y nuestro destino. Y cuando le hicieran esas preguntas, ésta sería la respuesta de la computadora:

DATOS INSUFICIENTES PARA PROPORCIONAR
UNA RESPUESTA PRECISA

—Una contestación poco útil —dijo Kirsch—, pero al menos es honesta.

Volvió a aparecer la imagen de un cerebro humano.

—Sin embargo, si le preguntan a esta pequeña computadora biológica de dónde venimos, les dará una respuesta completamente distinta.

Del cerebro de la pantalla emergió una sucesión de imágenes religiosas: Dios extendiendo la mano para insuflar de vida a Adán, Prometeo moldeando con barro un ser humano primigenio, Brahma creando humanos a partir de distintas partes de su propio cuerpo, un dios africano separando las nubes y enviando a dos humanos a la Tierra, un dios escandinavo creando a un hombre y una mujer a partir de restos de madera encontrados en una playa.

—Y lo mismo si le preguntan «¿Adónde vamos?» —prosiguió Edmond.

Más imágenes surgieron del cerebro: cielos prístinos, infiernos volcánicos, jeroglíficos del *Libro de los muertos* egipcio, grabados en piedra de proyecciones astrales, representaciones griegas de los Campos Elíseos, descripciones cabalísticas del *Gilgul neshamot*, diagramas budistas e hinduistas sobre la reencarnación, los círculos teosóficos del Summerland.

—Para el cerebro humano, cualquier respuesta es mejor que ninguna. Sentimos un tremendo desasosiego cuando nos encontramos ante «datos insuficientes», de modo que el cerebro los inventa para ofrecernos al menos una ilusión de orden mediante una miríada de filosofías, mitologías y religiones que nos aseguran que existe orden y estructura en el mundo.

Las imágenes religiosas seguían sucediéndose, y Edmond iba hablando cada vez con mayor intensidad.

—«¿De dónde venimos?» «¿Adónde vamos?» Estas preguntas fundamentales sobre la existencia humana siempre me han obsesionado, y durante años he soñado con encontrar las respuestas. —Hizo una pausa y luego continuó en un tono más sombrío—: Desgraciadamente, a causa de los dogmas religiosos, millones de personas creen conocer las respuestas a estas grandes preguntas y, como no todas las religiones ofrecen las mismas, culturas enteras terminan declarándoles la guerra a otras para decidir cuáles son las correctas y qué versión de la historia de Dios es la verdadera.

En la pantalla aparecieron entonces imágenes de tiroteos y proyectiles de mortero; un violento montaje con fotos de distintas guerras religiosas, seguidas por imágenes de refugiados llorando, familias desplazadas y cadáveres de civiles.

—Desde el principio de la historia de las religiones, nuestra especie se ha encontrado en medio de un fuego cruzado incesante.

Ateos, cristianos, musulmanes, judíos, hinduistas..., fieles de todas las religiones. Y lo único que nos une a todos es nuestro profundo deseo de paz.

Las atronadoras imágenes de distintas disputas bélicas desaparecieron y fueron reemplazadas por el silencioso cielo de relucientes estrellas.

—Imaginen qué sucedería si milagrosamente descubriéramos las respuestas a las grandes incógnitas de la vida... Si de repente vislumbráramos la misma prueba irrefutable y nos diéramos cuenta de que no tenemos otra opción salvo abrir los brazos y aceptarla... todos juntos, como especie.

En la pantalla apareció la imagen de un sacerdote con los ojos cerrados.

—La meditación siempre ha pertenecido al ámbito de la religión, que nos anima a tener una fe ciega en sus enseñanzas, aunque no posean demasiado sentido lógico.

En la pantalla apareció entonces un *collage* de imágenes en el que podía verse a fervorosos creyentes con los ojos cerrados, cantando, haciendo reverencias, entonando salmos, rezando...

—Pero, por definición —dijo Edmond—, la fe requiere que uno deposite su confianza en algo que no puede ver ni definir; que acepte como si fuera un hecho algo de lo cual no existe ninguna prueba empírica. Así pues, no es de extrañar que terminemos depositando dicha fe en distintas cosas, pues no hay ninguna verdad universal. —Hizo una pausa, y luego prosiguió—: Sin embargo...

Las imágenes del techo se disiparon y apareció una única fotografía: la de una estudiante con los ojos abiertos y mirando por un microscopio.

—La ciencia es la antítesis de la fe —continuó Kirsch—. Por definición, la ciencia consiste en el empeño de encontrar pruebas físicas para aquello que se desconoce o no se ha definido todavía, y rechazar la superstición y las interpretaciones parciales en favor de los hechos observables. Cuando la ciencia ofrece una respuesta, ésta es universal. Los humanos no declaran la guerra por ella, sino que se congregan a su alrededor.

La pantalla mostró entonces imágenes históricas de los laboratorios de la NASA, el CERN y algunos otros en los que científicos de varias razas saltaban y se abrazaban de alegría tras haber realizado algún descubrimiento.

—Amigos míos —susurró Edmond—, he hecho muchas predicciones. Y esta noche voy a hacer otra. —Respiró hondo—. La era de la religión está llegando a su fin y la de la ciencia acaba de comenzar.

Un murmullo recorrió la sala.

—Y, esta noche, la humanidad está a punto de pegar un salto cuántico en esa dirección.

Esas palabras provocaron que Langdon sintiera un escalofrío inesperado. Fuera cual fuese el misterioso descubrimiento, estaba claro que iba a suponer una afrenta importante a las religiones del mundo.

⊕ ConspiracyNet.com

NOVEDADES SOBRE EDMOND KIRSCH

¿Un futuro sin religión?

En una transmisión en directo que en estos momentos están siguiendo por internet tres millones de personas, una cantidad sin precedentes, el futurólogo Edmond Kirsch ha asegurado que está a punto de anunciar un descubrimiento científico que contestará a las dos preguntas que más han obsesionado a la humanidad desde el principio de los tiempos.

Tras la introducción, parte de la grabación de una conferencia impartida por el profesor de Harvard Robert Langdon, Edmond Kirsch ha emprendido una dura crítica a las creencias religiosas que ha concluido con la provocadora predicción de que «la era de la religión está llegando a su fin».

De momento, el conocido ateo parece mostrarse más moderado y respetuoso de lo que es habitual en él. Para ver una colección de peroratas antirreligiosas de Kirsch, haz clic aquí.

Al otro lado de la pared de tela del teatro abovedado, el almirante Ávila tomó posición en el laberinto de andamios. Avanzando con sigilo, había conseguido que su sombra pasara desapercibida y ahora permanecía escondido a apenas unos centímetros de la cara exterior de la pared que se encontraba cerca de la parte frontal del auditorio.

Procurando no hacer ruido alguno, se metió una mano en el bolsillo y tomó el rosario.

«Será crucial escoger el momento adecuado.»

Deslizó los dedos por la sarta de cuentas hasta que encontró el crucifijo de metal pesado. No pudo evitar regocijarse ante el hecho de que los guardias de seguridad del puesto de control le hubieran dejado pasar ese objeto sin darle ninguna importancia.

Usando la cuchilla de afeitar que había ocultado en el brazo vertical del crucifijo, Ávila hizo un corte de quince centímetros en la tela. Con cuidado, separó los bordes de la abertura y echó un vistazo al otro mundo: un prado donde cientos de invitados yacían sobre mantas con los ojos puestos en las estrellas del cielo.

«Ni se imaginan lo que va a ocurrir.»

Ávila comprobó que los dos agentes de la Guardia Real se habían colocado en el lado opuesto del campo, cerca del rincón derecho del auditorio. Ambos permanecían tensos, concentrados y discretamente ocultos bajo las sombras de unos árboles. Con la escasa luz que había en el lugar, no podrían verlo hasta que fuera demasiado tarde.

Cerca de los guardias, la única otra persona que estaba de pie era la directora del museo, Ambra Vidal, que no dejaba de moverse y parecía sentirse incómoda ante la presentación de Kirsch.

Satisfecho con la posición en la que él se encontraba respecto al escenario, el almirante cerró un momento la abertura que acababa de hacer en la cortina y bajó la mirada al crucifijo. Como la mayoría, estaba formado por un brazo corto que atravesaba transversalmente el largo. En esa cruz, sin embargo, cada uno de los extremos del brazo corto estaba sujeto magnéticamente al vertical y podía despegarse.

Ávila agarró uno de los extremos y tiró de él con fuerza. La pieza se separó. Luego volvió a hacer lo mismo con el otro y dejó el crucifijo sin brazos. Ahora éste no era más que un rectángulo de metal sujeto a una pesada cadena.

Se guardó de nuevo la sarta de cuentas en el bolsillo —«La necesitaré en breve», pensó— y centró la atención en los dos pequeños objetos que se ocultaban en los brazos de la cruz.

«Dos balas de corto alcance.»

Ávila se llevó una mano a la espalda y de detrás del cinturón sacó el objeto que había conseguido entrar escondido bajo el saco.

Habían pasado varios años desde que un joven estadounidense llamado Cody Wilson había diseñado Liberator, la primera pistola impresa en 3D, y desde entonces la tecnología había mejorado exponencialmente. Las nuevas armas hechas de cerámica y polímeros todavía no tenían mucha potencia, pero lo que les faltaba en alcance lo compensaban siendo invisibles para los detectores de metales.

«Sólo tengo que situarme cerca.»

Si todo salía tal y como había planeado, la localización escogida sería la perfecta.

No sabía cómo, pero el Regente había conseguido información

interna sobre el plano exacto del escenario y la secuencia de acontecimientos de esa noche, y le había dejado muy claro cómo debía desarrollarse la misión. El resultado sería brutal, pero tras haber escuchado el preámbulo antirreligioso de Edmond Kirsch, Ávila estaba convencido de que los pecados que él cometiera serían perdonados.

«Nuestros enemigos nos han declarado la guerra —le había dicho el Regente—. O matamos o nos matarán.»

De pie junto a la pared de tela que había en el extremo derecho del auditorio, Ambra Vidal esperaba que no se le notara lo incómoda que se sentía.

«Edmond me dijo que iba a anunciar un descubrimiento científico.»

El futurólogo estadounidense nunca había disimulado su desdén por la religión, pero Ambra en ningún momento había imaginado que la presentación de esa noche fuera a contener semejante hostilidad.

«No me dejó verla con antelación.»

Sin duda eso provocaría la ira de los demás miembros de la junta del museo, pero en ese momento sus preocupaciones eran de cariz más personal.

Un par de semanas atrás, le había confiado a un hombre muy influyente su implicación en el evento de esa noche y éste la había instado a que no participara, advirtiéndole de los peligros de acoger una presentación sin conocer previamente su contenido, sobre todo si la realizaba el famoso iconoclasta Edmond Kirsch.

«Prácticamente me ordenó que cancelara el evento —recordó—. Pero su tono arrogante hizo que no quisiera escucharlo.»

En esos instantes, de pie bajo el cielo estrellado, Ambra se preguntó si ese hombre estaría sentado en algún lugar viendo la transmisión en directo con las manos en la cabeza.

«Claro que sí —concluyó—. Pero la pregunta que de verdad importa es: ¿se pondrá hecho una furia?»

En el interior de la catedral de la Almudena, el obispo Valdespino permanecía sentado a su escritorio con los ojos pegados a la pantalla de su *laptop*. No tenía duda alguna de que en el cercano Palacio Real también estaban viendo la transmisión. Sobre todo el príncipe Julián, el sucesor al trono de España.

«Debe de estar a punto de explotar.»

Esa noche, uno de los museos más respetados del país acogía a un prominente ateo estadounidense para que hiciera lo que algunos expertos religiosos ya estaban llamando una «artimaña publicitaria blasfema y anticristiana». Y, para avivar todavía más las llamas de la controversia, la directora del museo en el que se celebraba dicha presentación era una de las nuevas celebridades más notorias del país: Ambra Vidal, una mujer espectacularmente hermosa que durante los últimos dos meses había ocupado los titulares de todos los medios de comunicación y disfrutado de la adoración repentina de todo el mundo. Resultaba incomprensible que la señorita Vidal hubiera decidido arriesgarlo todo permitiendo que en el museo se lanzara semejante ataque a gran escala a Dios.

«El príncipe Julián no tendrá más remedio que hacer alguna declaración.»

Su inminente papel como soberano y principal figura católica del país sólo sería una pequeña parte del desafío al que tendría que hacer frente cuando abordara el evento de esa noche. Mucho más preocupante era el hecho de que, apenas un mes atrás, le hubiera realizado la feliz petición que había situado a Ambra Vidal bajo los focos de los medios de comunicación nacionales.

El príncipe le había propuesto matrimonio.

20

A Robert Langdon le inquietaba el rumbo que había tomado el evento de esa noche.

La presentación de Edmond estaba derivando peligrosamente hacia una denuncia pública de la fe en general. El profesor se preguntaba si a Edmond se le habría olvidado que no sólo estaba dirigiéndose al grupo de científicos agnósticos que había en la sala, sino también a los millones de personas de todo el mundo que contemplaban la transmisión por internet.

«Está claro que esta presentación ha sido diseñada para crear controversia.»

Le preocupaba sobre todo su aparición en la misma. Si bien no dudaba de que Edmond había pretendido rendirle tributo, Langdon ya había sido objeto de controversia religiosa en el pasado y prefería no repetir la experiencia.

Kirsch, sin embargo, había emprendido un premeditado asalto audiovisual contra la religión, y Langdon estaba comenzando a reconsiderar la despreocupación con que le había quitado importancia al mensaje de voz del obispo Valdespino.

La voz del futurólogo volvió a retumbar por la sala y las estrellas dieron paso a un *collage* de símbolos religiosos de todo el mundo.

—Debo admitir que tenía mis reservas sobre el anuncio de esta noche —declaró la voz—, sobre todo por cómo podía afectar a los creyentes. —Tras una pausa, prosiguió—: Por eso, hace tres días hice algo poco característico en mí y, en un esfuerzo por mostrarme respetuoso con los puntos de vista religiosos, así como para calibrar cómo recibirían mi descubrimiento los miembros de distintas fes, me reuní con tres destacados líderes clericales, concretamente del islam, el cristianismo y el judaísmo, y compartí mi hallazgo con ellos.

Los murmullos se extendieron por toda la sala.

—Tal y como esperaba, los tres clérigos reaccionaron con una mezcla de profunda sorpresa, preocupación y, sí, incluso ira. Y, a pesar de que su reacción fue negativa, quiero agradecerles que accedieran amablemente a reunirse conmigo. Por cortesía, no revelaré sus nombres, pero esta noche no quería dejar de dirigirme a ellos y darles las gracias por no haber intentado interferir en esta presentación. —Hizo otra pausa, y luego dijo—: Dios sabe que podrían haberlo hecho.

A Langdon le sorprendió la habilidad con que Edmond hacía equilibrios sobre una delgada línea y aseguraba todos sus pasos. La decisión de reunirse con los tres líderes religiosos sugería una amplitud de miras, una confianza y una imparcialidad del todo desconocidas hasta entonces en el futurólogo. El encuentro celebrado en Montserrat, sospechaba ahora, había sido en parte una misión de reconocimiento y en parte una maniobra de relaciones públicas.

«Una inteligente forma de obtener un salvoconducto para hacer lo que le dé la gana», pensó.

—Históricamente —continuó Edmond—, el fervor religioso siempre ha procurado impedir el progreso científico, de modo que esta noche imploro a los líderes religiosos de todo el mundo que reaccionen con moderación y tolerancia ante lo que voy a divulgar. Por favor, no repitamos los violentos episodios acaecidos a lo largo de la historia. No cometamos los mismos errores de nuestro pasado.

Las imágenes de la pantalla del techo dieron paso al dibujo de una ciudad amurallada. Se trataba de una metrópolis perfectamente circular situada en la ribera de un río que fluía a lo largo de un desierto.

Langdon reconoció de inmediato el trazado de la antigua ciudad de Bagdad: una inusual construcción circular fortificada mediante tres murallas concéntricas rematadas por almenas y troneras.

—En el siglo VIII —siguió diciendo Edmond— la ciudad de Bagdad se convirtió en el mayor centro académico del mundo, y sus universidades y bibliotecas acogían todas las religiones, las filosofías y las ciencias. Durante quinientos años, los avances científicos realizados en esta ciudad no tuvieron parangón, y su influencia todavía puede percibirse en el mundo de hoy en día.

Sobre las cabezas de los invitados reaparecieron las estrellas, muchas de las cuales llevaban su nombre al lado: Vega, Betelgeuse, Rigel, Algebar, Deneb, Acrab, Kitalpha.

—Más de dos tercios de las estrellas fueron descubiertas por astrónomos del mundo árabe, de modo que hoy en día aún poseen un nombre en ese idioma —dijo Edmond.

El cielo se llenó rápidamente con tantas estrellas con nombres árabes que lo ocuparon por completo. Al poco, esos nombres volvieron a disiparse.

—Y, por supuesto, si queremos contarlas...

Unos números romanos aparecieron junto a las estrellas más brillantes.

«I, II, III, IV, V...»

La cuenta se detuvo de golpe y los números desaparecieron.

—No usamos números romanos —anunció Edmond—, sino arábigos.

Volvieron a aparecer los mismos dígitos, pero esta vez según el sistema numérico arábigo:

«1, 2, 3, 4, 5...».

—Y puede que también reconozcan las siguientes invenciones

de la cultura arábiga —dijo Edmond—, ya que todavía nos referimos a ellas por sus nombres árabes.

La palabra ÁLGEBRA flotó a lo largo del cielo, rodeada por una serie de ecuaciones multivariables. A continuación, apareció ALGORITMO junto a una diversa colección de fórmulas. Luego AZIMUT, con un diagrama que representaba los ángulos del horizonte de la Tierra. La sucesión de palabras fue acelerándose: NADIR, CENIT, ALQUIMIA, QUÍMICA, CIFRA, ELIXIR, ALCOHOL, ALCALINO, CERO...

Mientras esas familiares palabras se sucedían, Langdon pensó en lo trágico que resultaba que para tantos estadounidenses Bagdad sólo fuera una de las muchas ciudades polvorientas de Oriente Próximo devastadas por la guerra y que desconocieran que antaño había sido el mismísimo centro del progreso científico de la humanidad.

—A finales del siglo XI —prosiguió Edmond—, los principales avances científicos del mundo tenían lugar en Bagdad y sus alrededores. Luego, casi de un día para otro, eso cambió. Un brillante erudito llamado Hamid al-Ghazali, hoy en día considerado uno de los musulmanes más influyentes de la historia, escribió una serie de persuasivos textos que cuestionaban la lógica de Platón y Aristóteles y calificaban las matemáticas de «filosofía del diablo». Esto marcó el inicio de una serie de acontecimientos que socavaron el pensamiento científico. El estudio de la teología se volvió obligatorio y, finalmente, todo el movimiento científico islámico desapareció.

Las palabras científicas se evaporaron y fueron reemplazadas por textos religiosos.

—La revelación sustituyó a la investigación. Y, a día de hoy, el mundo científico islámico todavía está intentando recuperarse. —Edmond hizo una pausa y luego continuó—: Por supuesto, al cristiano no le ha ido mucho mejor.

Las efigies de los astrónomos Copérnico, Galileo y Bruno aparecieron en el techo.

—El sistemático asesinato, encarcelamiento y denuncia de algunas de las mentes científicas más brillantes de la historia que ha llevado a cabo la Iglesia católica a lo largo de los siglos ha retrasado al menos en cien años el progreso de la humanidad. Afortunadamente, gracias a que comprendemos mejor los beneficios de la ciencia, hoy en día la Iglesia ha moderado sus ataques... —Edmond exhaló un suspiro—. ¿Sí? ¿De verdad lo ha hecho?

En la pantalla apareció un logotipo compuesto por un globo terráqueo con una cruz y una serpiente entrelazada a ella y el siguiente texto:

Declaración de Madrid – Congreso Ciencia y Vida

—Recientemente, la Federación Internacional de Asociaciones Médicas Católicas ha declarado la guerra a la ingeniería genética aquí en España afirmando que «la ciencia carece de alma» y que, por lo tanto, debería estar bajo el control de la Iglesia.

De repente, el globo terráqueo se transformó en un círculo distinto: los planos de un enorme acelerador de partículas.

—Y éste era el Supercolisionador Superconductor de Texas. Iba a ser el mayor acelerador de partículas del mundo, con potencial para explorar todos y cada uno de los momentos de la Creación. Irónicamente, estas instalaciones estaban situadas en el corazón del llamado «cinturón bíblico» de Estados Unidos.

La imagen desapareció y dio paso a la de una enorme estructura de cemento circular que se extendía a lo largo del desierto de Texas. Estaba a medio construir y cubierta de polvo y tierra. Parecía abandonada.

—Este acelerador de partículas podría habernos ayudado a mejorar enormemente nuestra comprensión del universo, pero el proyecto fue cancelado a causa de los sobrecostes y de la presión política realizada por una fuente sorprendente.

En la pantalla, las imágenes de un informativo mostraban a un joven telepredicador agitando en una mano el libro superventas *La partícula de Dios* al tiempo que exclamaba: «¡Deberíamos estar buscando a Dios en nuestros corazones, no dentro de los átomos! ¡Gastarse miles de millones de dólares en este absurdo experimento es una vergüenza para el estado de Texas y una afrenta a Dios!».

Luego volvió a oírse la voz de Edmond.

—Estos conflictos que he descrito, en los que la superstición religiosa ha boicoteado a la razón, son meras escaramuzas de una guerra en curso.

De pronto, en la pantalla del techo aparecieron una serie de imágenes contemporáneas violentas: manifestantes a las puertas de unos laboratorios de investigación genética, un sacerdote prendiéndose fuego después de una conferencia transhumanista, evangelistas agitando el puño y sosteniendo en alto el libro del Génesis, un pez cristiano comiéndose a otro darwiniano, vallas publicitarias religiosas con iracundos mensajes de condena a la investigación de células madre, a los derechos de los homosexuales o al aborto, y otras tantas vallas igualmente iracundas en respuesta a las primeras.

Tumbado en la oscuridad, Langdon notó cómo de repente el corazón comenzaba a latirle con fuerza. Por un momento, tuvo la impresión de que el suelo vibraba como si se acercara el metro. Luego, a medida que las vibraciones fueron haciéndose más fuertes, se dio cuenta de que efectivamente la tierra estaba temblando. A través de la hierba podía notar las profundas trepidaciones en la espalda y un gran estruendo hacía que toda la cúpula se estremeciera.

Finalmente, Langdon cayó en la cuenta de que ese fragor era el de los ensordecedores rápidos de un río atronando a través de los altavoces que había debajo de la hierba artificial. De repente, sintió que una bruma fría y húmeda le empapaba el rostro y el cuerpo, como si estuviera en medio de un agitado río.

—¡¿Oyen ese ruido?!—exclamó Edmond por encima del estruendo de los rápidos—. ¡Es la inexorable crecida del río del Conocimiento Científico! —El agua rugió todavía con más fuerza y la niebla humedeció las mejillas de Langdon.

—¡Desde que el hombre descubrió el fuego —prosiguió a gritos Edmond—, el caudal de este río no ha dejado de crecer! Cada descubrimiento que hemos hecho se ha convertido en una herramienta mediante la que realizar todavía más descubrimientos, añadiendo una gota más al río. ¡Hoy en día, estamos surcando la ola de un tsunami que avanza con una fuerza imparable!

La sala se estremeció aún más.

—¡¿De dónde venimos?! —exclamó Edmond—. ¡¿Adónde vamos?! ¡Nuestro destino siempre ha sido encontrar la respuesta a estas preguntas! ¡Nuestros métodos de estudio no han dejado de evolucionar exponencialmente durante milenios!

Un brumoso viento azotaba ahora la sala, y el fragor del río resultaba casi ensordecedor.

—¡Consideren lo siguiente! —anunció Edmond—. Más de un millón de años pasaron desde el descubrimiento del fuego hasta la invención de la rueda. Luego, sólo unos pocos miles hasta la invención de la imprenta. Y después de esto, apenas un par de cientos hasta la construcción del telescopio. ¡En los siglos que siguieron a éste, pasamos de la máquina de vapor a los automóviles impulsados por gasolina, y de éstos al transbordador espacial! ¡Y a partir de entonces sólo nos ha llevado dos décadas comenzar a modificar nuestro propio ADN! ¡Hoy en día, el progreso científico avanza a un ritmo abrumador y lo medimos en meses! —exclamó—. No pasará mucho tiempo hasta que la supercomputadora más rápida que hay en la actualidad parezca un simple ábaco, o hasta que los métodos quirúrgicos más avanzados sean considerados una barbarie. ¡Dentro de poco, las fuentes de energía que usamos nos parecerán tan arcaicas como el uso de las velas para iluminar una habitación!

La voz de Edmond y el fragor del río siguieron retumbando en la oscuridad.

—Los antiguos griegos tenían que volver la vista a siglos atrás para estudiar culturas anteriores. Nosotros, en cambio, sólo tenemos que fijarnos en la generación anterior para encontrar una sociedad que vivió sin la tecnología que hoy damos por sentada. La línea cronológica del desarrollo humano está comprimiéndose y el espacio que separa lo «antiguo» de lo «moderno» es cada vez menor. ¡Y, por eso, les doy mi palabra de que, en los próximos años, el desarrollo humano resultará impactante, disruptivo y completamente inimaginable!

Y, sin advertencia previa, el fragor del río se detuvo de golpe.

El cielo estrellado volvió a aparecer en la pantalla y, con él, regresaron la brisa cálida y el canto de los grillos.

Los invitados de la sala parecieron exhalar un suspiro al unísono.

En medio del repentino silencio volvió a oírse la voz de Edmond, ahora en un tono casi susurrante.

—Amigos míos, sé que están aquí porque he prometido revelarles un descubrimiento. Les agradezco la paciencia que han tenido durante este pequeño preámbulo. Ahora quitémonos los grilletes del pensamiento del pasado. Ha llegado el momento de que compartamos la emoción del hallazgo.

Y, con esas palabras, una niebla baja comenzó a extenderse por todos los rincones, y el cielo se aclaró como si estuviera a punto de salir el sol, iluminando débilmente la audiencia que había debajo.

De repente, se encendió un foco y su haz se movió hacia el fondo de la sala. Prácticamente todos los invitados se incorporaron con la cabeza vuelta para intentar vislumbrar al anfitrión en carne y hueso entre la niebla. Unos segundos después, sin embargo, el foco iluminó de nuevo la parte delantera del recinto.

La audiencia se volvió con él.

Sonriendo bajo el resplandor se encontraba Edmond Kirsch. Sus manos descansaban relajadas en los laterales de un atril con pedestal que unos segundos atrás no estaba ahí.

—Buenas noches, amigos míos —dijo afablemente el gran *showman* al tiempo que la niebla comenzaba a disiparse.

Unos segundos después, todos los invitados se habían puesto de pie y habían prorrumpido en una gran ovación. Langdon se unió a ellos, incapaz de contener una sonrisa.

«No ha podido evitar aparecer en medio de una nube de humo.»

A pesar de la hostilidad que había mostrado hacia la fe religiosa, hasta el momento la presentación había sido un *tour de force* provocador e implacable, como el mismo Kirsch. Langdon comprendió por qué la creciente población de librepensadores del mundo lo idolatraba tanto.

«Cuando menos, dice lo que piensa de un modo en que muy pocos se atreverían a hacerlo.»

Un primer plano del rostro de Edmond apareció en la pantalla del techo, y Langdon se dio cuenta de que se le veía menos pálido que antes. Era evidente que había pasado por las manos de una maquilladora profesional. Aun así, todavía podía percibir que su amigo estaba exhausto.

Los aplausos continuaron con tanta fuerza que Langdon apenas notó la vibración en el bolsillo del pecho. Instintivamente, fue a tomar el celular, pero de repente cayó en que estaba apagado. La vibración procedía del otro aparato que llevaba encima: los auriculares de conducción ósea. A través de éstos, Winston parecía estar diciendo algo a gritos.

«No podría haber elegido un momento peor.»

Langdon agarró el artilugio del bolsillo de la chaqueta y se lo colocó. En cuanto las almohadillas entraron en contacto con su mandíbula, la voz de Winston se materializó en su cabeza.

—...fesor Langdon? ¿Está usted ahí? La cobertura telefónica está bloqueada. Es usted mi único contacto. ¿Profesor Langdon?

—¡Sí...! ¿Winston? Estoy aquí —respondió Langdon por encima del ruido de los aplausos.

—¡Menos mal! —dijo Winston—. Escúcheme con atención. Es posible que tengamos un serio problema.

21

A pesar de haber experimentado incontables momentos triunfales en escenarios de medio planeta y sentirse eternamente motivado por el éxito, Edmond Kirsch rara vez caía en la complacencia. En ese instante, sin embargo, mientras permanecía de pie en el escenario recibiendo esa tremenda ovación, se permitió a sí mismo disfrutar de la emocionante alegría de saber que estaba a punto de cambiar el mundo.

«Siéntense, amigos míos —dijo para sus adentros—. Lo mejor todavía está por llegar.»

Mientras la niebla se disipaba, el futurólogo contuvo el impulso de levantar la mirada hacia el techo, donde sabía que un primer plano de su propio rostro estaba siendo proyectado en la pantalla y, al mismo tiempo, transmitido a millones de personas alrededor del mundo a través de internet.

«Este acontecimiento es global —pensó con orgullo—. Trasciende fronteras, clases y credos.»

Se volvió entonces hacia la izquierda para saludar con un movimiento de cabeza a Ambra Vidal, que estaba observándolo todo desde un rincón lateral y que había trabajado incansablemente con él para organizar ese espectáculo. Sin embargo, para su sorpresa, ella no estaba mirándolo a él sino al público, y en su rostro podía percibirse la sombra de la preocupación.

«Algo va mal», pensó la mujer con los ojos puestos en el público.

En el centro de la sala, un hombre alto y ataviado con un elegante atuendo se abría paso entre la gente sin dejar de agitar los brazos.

«¡Es Robert Langdon!», se dijo ella, tras reconocer al profesor estadounidense que acababa de ver en el video de Kirsch.

Langdon se acercaba con rapidez, y los dos agentes de la Guardia Real se apartaron de inmediato de la pared dispuestos a interceptarlo.

«¡¿Qué querrá?!» Ambra reparó en la expresión de alarma del rostro del profesor.

Luego se volvió hacia Edmond, preguntándose si éste también habría advertido la agitación de Langdon, pero el anfitrión no estaba mirando hacia el público, sino que la observaba directamente a ella.

«¡Edmond! ¡Algo va mal!», pensó la mujer.

En ese instante, una detonación ensordecedora resonó en el interior de la cúpula y la cabeza de Edmond dio una sacudida hacia atrás. Ambra observó horrorizada el cráter rojo que había aparecido en su frente. A pesar de que sus manos seguían agarradas con firmeza al atril, el futurólogo tenía los ojos ligeramente en blanco y todo su cuerpo se había vuelto rígido. Por un momento, se balanceó con una expresión de desconcierto y luego, como un árbol recién talado, se inclinó a un costado y cayó al suelo. Su cabeza ensangrentada rebotó con dureza en el recuadro de hierba artificial.

Antes de que Ambra pudiera siquiera comprender qué había sido lo que acababa de presenciar, notó que uno de los agentes de la Guardia Real la empujaba al suelo y la cubría con su cuerpo.

El tiempo pareció detenerse.

Y, luego..., estalló el caos.

Hordas de invitados iluminados por la resplandeciente proyección del cadáver ensangrentado de Edmond huían en tropel hacia el fondo de la sala intentando escapar de más disparos.

En medio de la confusión general, Robert Langdon se quedó un momento inmóvil, paralizado por la conmoción. A escasos metros de distancia, su amigo yacía de lado, todavía de cara al público y, en la frente, tenía un agujero de bala del que manaba sangre. Su rostro sin vida seguía cruelmente iluminado por un haz de luz y enfocado por la cámara de televisión, que permanecía desatendida sobre un trípode. Las imágenes todavía estaban siendo proyectadas en la pantalla abovedada del techo y transmitidas al mundo a través de internet.

Como si se encontrara en medio de un sueño, de repente Langdon se dirigió corriendo a la cámara y la enfocó al techo para que dejara de transmitir las imágenes del rostro de Edmond. Luego se volvió hacia el atril y, a través de la muchedumbre de invitados que corría despavorida, vio a su amigo caído y no tuvo la menor duda de que había fallecido.

«¡Dios mío...! ¡He intentado avisarte, Edmond, pero la advertencia de Winston ha llegado demasiado tarde!»

En el suelo, a escasos metros del cadáver, vio entonces a un agente de la Guardia Real echado sobre Ambra Vidal, protegiéndola. Langdon corrió hacia ella, pero el agente, dejándose llevar por el instinto y, tras levantarse de un salto, dio tres largas zancadas y arremetió contra el profesor.

El hombro del agente impactó con fuerza contra el esternón de Langdon, dejándolo sin respiración y provocándole un intenso dolor que se le extendió por todo el cuerpo. El profesor salió volando por los aires y cayó sobre el tepe de hierba. Antes de que pudiera recobrar el aliento, unas poderosas manos le dieron la vuelta, le retorcieron el brazo y le presionaron el cráneo, inmovilizándolo completamente y aplastándole la mejilla izquierda contra el suelo.

—¡Ha reaccionado antes de que pasara nada! —exclamó el agente—. ¿Qué tiene usted que ver en todo esto?

A unos veinte metros de allí, el agente de la Guardia Real Rafa Díaz se abría paso entre la multitud de invitados que huía aterrada. Quería llegar al punto de la pared de tela en el que había visto el destello de un arma de fuego.

«Ambra Vidal está a salvo», se dijo aliviado. Había visto a su compañero echarla al suelo y cubrirla con su cuerpo. En cuanto a la víctima, Díaz tenía claro que nada podía hacerse por ella. «Edmond Kirsch ha muerto antes de caer.»

Misteriosamente, había reparado en que uno de los invitados había apretado a correr hacia el atril con los brazos en alto un instante antes de que se produjera el disparo.

Fuera cual fuese el motivo, Díaz sabía que el tipo ese podía esperar.

En ese momento, él sólo tenía un cometido.

«Detener al tirador.»

Al llegar al punto en el que había visto el delatador destello, descubrió que había una rasgadura en la tela y, tras meter la mano en la abertura, tiró violentamente de ella y la abrió hasta el suelo. Una vez fuera de la cúpula, se encontró en un laberinto de andamios.

A su izquierda, el agente divisó la silueta de un hombre alto ataviado con un uniforme militar blanco que se dirigía corriendo hacia la salida de emergencia que había al fondo del enorme espacio. Un instante después, el tipo cruzó la puerta y desapareció.

Díaz empezó a correr detrás de él y, tras serpentear entre los equipos electrónicos que había fuera de la cúpula, salió apresuradamente por la puerta y llegó a una escalera de cemento. Echó un vistazo rápido por encima del barandal y vio que el fugitivo estaba dos pisos más abajo, descendiendo la escalera a toda velocidad.

Díaz fue tras él saltando los escalones de cinco en cinco. En un momento dado, el agente oyó cómo la puerta de salida de la planta baja se abría ruidosamente y luego volvía a cerrarse de golpe.

«¡Ha abandonado el edificio!»

Cuando llegó a la planta baja, el agente se dirigió disparado hacia una puerta de doble hoja con barras horizontales antipánico y la embistió con el cuerpo. En vez de abrirse de golpe como la del piso de arriba, la puerta apenas se movió un par de centímetros y se atascó. El hombro de Díaz impactó con fuerza contra la pared de acero causándose un dolor tremebundo.

Aturdido, el agente retrocedió y volvió a intentarlo.

Las hojas de la puerta se abrieron lo suficiente para dejar a la vista el problema.

Extrañamente, las manillas exteriores habían sido atadas con una sarta de cuentas. La confusión del agente aumentó cuando se percató de que el patrón de las cuentas le resultaba familiar, tal y como le habría pasado a cualquier buen católico.

«¿Es un rosario?»

Usando todas sus fuerzas, Díaz volvió a arremeter contra las puertas con su dolorido hombro, pero la sarta de cuentas no cedió. Volvió a mirarla a través de la estrecha abertura, desconcertado tanto por la presencia del rosario como por su incapacidad para romperlo.

—¡¿Hola?! —exclamó por la abertura—. ¡¿Hay alguien?!

Silencio.

A través de la rendija, Díaz pudo ver una pared alta de cemento y un callejón de servicio desierto. Sería difícil que por allí apareciera alguien que pudiera hacerle el favor de desanudar el rosario de las manillas. Al no ver ninguna otra opción, agarró la pistola de la cartuchera que llevaba oculta debajo del *blazer*, la amartilló y, tras deslizar el cañón por la abertura de las hojas, lo apuntó a la sarta de cuentas.

«¿Voy a dispararle a un santo rosario? ¡Que Dios me perdone!»

Los restos del crucifijo se balanceaban ante los ojos de Díaz.

Éste apretó el gatillo.

El rosario estalló en mil pedazos y las hojas de la puerta se abrieron de golpe. El agente salió corriendo al callejón al mismo tiempo que las cuentas se desperdigaban a su alrededor rebotando por el pavimento.

Pero el asesino de blanco ya no estaba.

A cien metros de allí, el almirante Luis Ávila permanecía sentado en silencio en el asiento trasero de un Renault negro que se alejaba a toda velocidad del museo.

La gran resistencia a la tensión de la fibra Vectran que había usado para hacer el rosario había cumplido su función y había retrasado a sus perseguidores el tiempo suficiente.

«Y ahora ya me he escapado.»

Mientras el coche en el que iba aceleraba en dirección noroeste siguiendo la serpenteante ría del Nervión y desaparecía entre los vehículos que avanzaban por la avenida Abandoibarra, el almirante Ávila se permitió exhalar una bocanada de aire.

La misión de esa noche no podía haber ido mejor.

Mentalmente, comenzó a oír los alegres acordes del himno Oriamendi, cuya antigua letra fue entonada en una sangrienta batalla acaecida en el mismo Bilbao. «¡Por Dios, por la Patria y el Rey!», cantó para sí.

Ese grito de batalla hacía mucho que había quedado en el olvido..., pero la guerra no había hecho más que comenzar.

22

El Palacio Real de Madrid es el más grande de su clase en Europa, así como una de las fusiones más impresionantes de las arquitecturas clásica y barroca. Construido en el antiguo emplazamiento de un castillo árabe del siglo IX, su fachada de columnas de tres pisos de altura recorre los ciento cincuenta metros de ancho que mide la plaza de la Armería en la que se encuentra. El interior consiste en un abrumador laberinto de 3.418 habitaciones que se extienden a lo largo de aproximadamente ciento cuarenta mil metros cuadrados. Las salas, los dormitorios y los pasillos están adornados con una valiosísima colección de arte religioso que incluye obras maestras de Velázquez, Goya y Rubens.

Durante generaciones, ese palacio había sido la residencia personal de los reyes y las reinas del país. En la actualidad, sin embargo, se usa fundamentalmente para recepciones estatales, y la familia real reside en el Palacio de la Zarzuela, más convencional y privado, y situado en las afueras de la ciudad.

No obstante, en los últimos meses el antiguo Palacio Real de Madrid se había convertido en el hogar permanente del príncipe Julián, de cuarenta y dos años y futuro rey de España. Éste se había trasladado a petición de sus asesores, quienes querían que fuera «más visible para el país» durante el sombrío período previo a su inminente coronación.

El padre del príncipe Julián, el actual rey, llevaba meses postrado en cama a causa de una enfermedad terminal. A medida que sus ya mermadas facultades mentales iban a menos, la corte había iniciado el lento traspaso de poderes, preparando al príncipe para el ascenso al trono cuando su padre falleciera. Ante este cambio de liderazgo inminente, los españoles observaban al futuro rey con una única pregunta en la cabeza: «¿Qué tipo de dirigente será?».

Julián siempre había sido una persona discreta y cauta, consciente desde muy pequeño del peso de la Corona y de su futuro reinado. Su madre había fallecido a causa de unas complicaciones durante su segundo parto y, para sorpresa de muchos, el rey había optado por no volver a casarse, dejándolo a él como sucesor único al trono de España.

«Un heredero sin repuesto», decían con frialdad los tabloides ingleses acerca del príncipe Julián.

Como éste había madurado bajo el ala de un padre profundamente conservador, la mayoría de los españoles tradicionalistas creían que continuaría la austera tradición del rey actual y preservaría la dignidad de la Corona española manteniendo las convenciones establecidas, celebrando los rituales inherentes a la nobleza y, por encima de todo, mostrándose reverencial respecto a la rica historia católica del país.

Durante siglos, el legado de los Reyes Católicos había supuesto el centro moral de España. En los últimos años, sin embargo, esos cimientos religiosos parecían estar agrietándose y España se encontraba en medio de un violento tira y afloja entre lo antiguo y lo moderno.

Una creciente cantidad de progresistas habían comenzado a inundar los blogs y las redes sociales con rumores que sugerían que, tan pronto como Julián pudiera emerger de debajo de la sombra de su padre, revelaría su verdadera personalidad. Según éstos, se trataba de un líder audaz, progresista y seglar, dispuesto a seguir el ejemplo de tantos otros países europeos y a abolir por completo la monarquía.

El padre de Julián siempre había sido muy activo en su rol de rey, dejando a su hijo poco espacio para participar en política. Había declarado abiertamente que el príncipe debía disfrutar de su juventud y que, hasta que se casara y sentara la cabeza, no tenía sentido que se ocupara de los asuntos de Estado. Así, los primeros cuarenta años de Julián —ininterrumpidamente documentados por la prensa nacional— habían consistido en una sucesión de escuelas privadas, competiciones ecuestres, inauguraciones, actos benéficos y viajes por el mundo. A pesar de no haber hecho todavía nada de relevancia en su vida, el príncipe Julián era, sin lugar a dudas, el soltero más deseado del país.

A lo largo de los años, el apuesto príncipe, que ya contaba cuarenta y dos, había mantenido mediáticas relaciones con incontables mujeres, pero, a pesar de su reputación de romántico incorregible, ninguna había conseguido robarle el corazón. En los últimos meses, sin embargo, se le había visto varias veces con una hermosa mujer que, a pesar de que por su aspecto podía parecer una modelo retirada, en realidad era la respetadísima directora del museo Guggenheim de Bilbao.

Los medios de comunicación describieron de inmediato a Ambra Vidal como «la pareja perfecta para un rey moderno». Era culta, exitosa y, lo más importante, no procedía de una familia de la nobleza española. Pertenecía al pueblo.

Al parecer, el príncipe estaba de acuerdo con la prensa y, tras un cortejo extremadamente breve, le propuso matrimonio de la forma más romántica posible. Ambra Vidal aceptó.

A partir de entonces, ésta no dejó de salir en los medios y todo el mundo pudo descubrir que era mucho más que una cara bonita. Rápidamente, se reveló como una mujer muy independiente que, a pesar de haberse convertido en la futura reina consorte de España, rechazaba de plano que la Guardia Real interfiriera en su agenda diaria y no dejaba que sus agentes le proporcionaran protección a no ser que se tratara de un evento público importante.

Cuando el comandante de la Guardia Real sugirió discretamente que Ambra comenzara a adoptar un estilo más conservador y menos entallado a la hora de vestir, ella bromeó diciendo que había sido regañada por el comandante del «Guardarropía Real».

Su rostro no dejaba de aparecer en las cubiertas de las revistas progresistas: «¡Ambra! ¡El hermoso futuro de España!». Cuando no concedía una entrevista la calificaban de «independiente», y cuando sí lo hacía, de «accesible».

Las revistas más conservadoras, sin embargo, acusaban a la descarada futura reina de ser una ambiciosa oportunista que ejercería una influencia peligrosa en el príncipe. A modo de prueba, citaban su abierta indiferencia por el rango que éste ocupaba.

La inquietud inicial se centró en el hábito que tenía de dirigirse al príncipe únicamente por su nombre de pila, obviando la costumbre tradicional de referirse a él como «don Julián» o «Su Alteza».

La segunda preocupación parecía mucho más seria. En las últimas semanas, la agenda laboral de la mujer le había impedido casi por completo quedar con el príncipe y, sin embargo, se la había visto repetidamente almorzando cerca del museo Guggenheim de Bilbao con un conocido ateo: el tecnólogo Edmond Kirsch.

A pesar de que ella había insistido en que esos almuerzos no habían sido más que reuniones de trabajo con uno de los patronos más importantes del museo, fuentes internas de Palacio sugerían que Julián estaba comenzando a sentirse molesto.

Y nadie podía culparlo.

Lo cierto era que, pocas semanas después de su compromiso matrimonial, su despampanante prometida había elegido pasar la mayor parte del tiempo con otro hombre.

23

El rostro de Langdon seguía pegado al suelo de hierba artificial. El peso del agente que tenía encima resultaba aplastante.

Curiosamente, no sentía nada.

Sus emociones se sucedían de forma inconexa y enervante y, en su interior, se superponían sin orden distintas capas de tristeza, miedo e indignación: una de las personas más brillantes del mundo, además de un querido amigo, acababa de ser ejecutada en público de la forma más brutal. «Ha sido asesinado unos momentos antes de que revelara el mayor descubrimiento de su vida.»

Langdon cayó en la cuenta de que, a la trágica pérdida de una vida humana, había que añadir una segunda pérdida: la científica.

«Ahora el mundo nunca llegará a saber qué había descubierto Edmond.»

De inmediato, fue presa de una ira repentina y una firme resolución.

«Haré todo lo posible para desenmascarar al responsable de esto. Honraré tu legado, Edmond. Encontraré algún modo de compartir tu descubrimiento con el mundo.»

—Ha reaccionado antes de tiempo —le dijo el agente al oído en un áspero tono de voz—. Lo he visto corriendo hacia el atril como si esperara que sucediera algo.

—Me... han avisado —consiguió decir Langdon, que apenas podía respirar.

—¡¿Quién?!

Langdon permanecía con el rostro pegado al suelo y el alambre de los auriculares se le clavaba en la mejilla.

—Los auriculares... están conectados a un guía informático. Es la computadora de Edmond Kirsch. El guía ha encontrado una anomalía en la lista de invitados, un almirante de la Armada española retirado.

La cabeza del guardia estaba suficientemente cerca del oído de Langdon para que éste pudiera oír la voz que de repente sonó en su audífono. Se trataba de alguien que hablaba en un tono imperioso aunque sin resuello y, a pesar de que el español del profesor no era muy bueno, pudo descifrar bastantes palabras como para enterarse de las malas noticias.

«... el asesino ha huido...»

«... salida bloqueada...»

«... uniforme militar blanco...»

Al oír las palabras «uniforme militar», el guardia que estaba encima de Langdon aflojó la presión que ejercía sobre éste.

—¿Uniforme naval? —le preguntó a su compañero—. ¿Blanco... como de almirante?

La respuesta fue afirmativa.

«Un uniforme naval —se dijo a sí mismo Langdon—. Winston tenía razón.»

El agente soltó al profesor y se puso de pie.

—Dese la vuelta.

Dolorido, Langdon hizo lo que le ordenaba y se incorporó apoyándose sobre los codos. La cabeza le daba vueltas y le dolía el pecho.

—No se mueva —dijo el agente.

Langdon no tenía ninguna intención de hacerlo. El agente que tenía delante era una mole de noventa kilos de sólidos músculos y ya le había dejado bien claro que se tomaba muy en serio su trabajo.

—¡Inmediatamente! —exclamó el miembro de la Guardia Real por su radiotransmisor.

A continuación, hizo una petición urgente para que las autoridades locales establecieran controles en las carreteras que rodeaban el museo.

«... policía local...»

«... controles de carretera...»

Desde el suelo, Langdon vio que Ambra Vidal todavía se encontraba tumbada cerca de la pared lateral. La mujer comenzó a levantarse, pero le flaquearon las piernas y estuvo a punto de volver a caer.

«¡Que alguien la ayude!», pensó el profesor.

Pero en ese momento el agente estaba dando órdenes a gritos en medio de la cúpula aunque no parecía haber nadie que lo escuchara.

—¡Las luces! ¡Y restauren la cobertura de telefonía celular!

Langdon se colocó bien los auriculares en la cabeza.

—¿Estás ahí, Winston?

El agente se volvió y se quedó mirando al profesor extrañado.

—Sí, estoy aquí —dijo Winston en un tono de voz desapasionado.

—Winston, han disparado a Edmond. Necesitamos que enciendas las luces y que restaures la cobertura telefónica. ¿Puedes hacerlo o ponerte en contacto con alguien que lo haga?

Unos segundos después, las luces de la cúpula se encendieron de golpe, deshaciendo con ello la ilusión mágica del prado iluminado por la luz de la luna y dejando a la vista una desierta extensión de hierba artificial cubierta por cientos de mantas abandonadas.

El agente se mostró desconcertado ante el inesperado poder de Langdon. Un momento después, extendió una mano y lo ayudó a ponerse de pie. Los dos hombres se quedaron cara a cara bajo las potentes luces.

El agente era más o menos de la misma estatura que el profesor, llevaba la cabeza afeitada y se le marcaban los músculos bajo el *blazer* azul. Tenía el rostro pálido y en sus anodinos rasgos destacaban unos ojos penetrantes que, en ese instante, no se apartaban del profesor.

—Usted aparecía en el video de esta noche. Es Robert Langdon.

—Sí, Edmond Kirsch fue alumno mío y éramos amigos.

—Yo soy el agente Fonseca, de la Guardia Real —anunció el tipo en un perfecto inglés—. Explíqueme cómo sabía lo del uniforme de la Armada.

Langdon se volvió hacia el cadáver de Kirsch, que yacía inmóvil junto al atril. Ambra Vidal estaba arrodillada a su lado con dos guardias de seguridad y un miembro del personal médico que ya había abandonado toda esperanza de reanimarlo. Al final, la mujer cubrió con cuidado el cuerpo con una manta.

Estaba claro que Edmond había muerto.

A Langdon todavía le costaba asimilar lo que había sucedido y no podía apartar los ojos de su amigo asesinado.

—Ya no podemos hacer nada por él —dijo entonces el agente—. Dígame cómo se ha enterado de lo que iba a suceder.

Langdon se volvió hacia Fonseca, cuyo tono de voz no dejaba lugar a malinterpretaciones. Se trataba de una orden.

El profesor le explicó rápidamente lo que Winston acababa de decirle: el programa había detectado que alguien había abandonado sus auriculares y, poco después, un guía humano los había encontrado en un cubo de la basura. El programa había comprobado entonces a qué invitado se los habían asignado y había descubierto que se trataba de una incorporación de última hora a la lista de invitados.

—Imposible —dijo el agente entornando los ojos—. La lista de invitados se cerró ayer y se investigó a todo el mundo.

—No a este hombre —le anunció Winston a Langdon a través de los auriculares—. Acabo de buscar información sobre él y he

152

descubierto que se trata de un antiguo almirante de la Armada española. Lo licenciaron a causa del alcoholismo y el estrés postraumático que sufría tras un ataque terrorista que tuvo lugar en Sevilla hace cinco años.

Langdon le repitió la información al agente.

—¿La explosión en la catedral? —preguntó Fonseca con incredulidad.

—Al descubrir que el oficial no tenía relación alguna con Kirsch, me he alarmado y enseguida me he puesto en contacto con los guardias de seguridad del museo para avisarlos. Sin embargo, a falta de datos más conclusivos, éstos me han sugerido que tal vez era mejor no arruinar el evento, sobre todo teniendo en cuenta que estaba siendo transmitido en directo a todo el mundo. A sabiendas de lo mucho que Edmond había trabajado en la presentación de esta noche, me ha parecido que su lógica tenía sentido y he optado por contactar con usted con la esperanza de que divisara al tipo para que yo pudiera enviar con discreción a un equipo de guardias de seguridad a por él. Debería haber actuado con más decisión. Le he fallado a Edmond.

A Langdon le pareció algo inquietante que la máquina de su amigo experimentara sentimientos de culpa. Luego echó un vistazo al cadáver cubierto de Edmond y vio que Ambra Vidal se acercaba a ellos.

Fonseca ni siquiera la miró. Toda su atención seguía puesta en el profesor.

—¿Y la computadora no le ha dado el nombre del oficial en cuestión? —preguntó.

Langdon asintió.

—Se trata del almirante Luis Ávila.

Al decir el nombre, la mujer se detuvo de golpe y se quedó mirando al profesor con una expresión de horror absoluto.

Fonseca reparó en su reacción e inmediatamente se acercó a ella.

—¿Señorita Vidal? ¿Le resulta familiar ese nombre?

Ella parecía incapaz de responder. Bajó la vista y se quedó mirando el suelo como si acabara de ver un fantasma.

—Señorita Vidal —repitió Fonseca—, ¿sabe quién es el almirante Luis Ávila?

Su expresión de desconcierto dejaba escaso lugar a dudas: Ambra conocía al asesino. Al cabo de un momento, parpadeó dos veces y sus ojos oscuros comenzaron a aclararse como si emergieran de una especie de trance.

—No... no me suena ese nombre —susurró mirando a Langdon y luego a su guardia de seguridad—. Yo sólo... me ha sorprendido oír que el asesino era un oficial de la Armada española.

«Está mintiendo —advirtió Langdon, sin comprender por qué querría ella disfrazar su reacción—. Lo he visto. Ha reconocido el nombre del tipo.»

—¿Quién estaba a cargo de la lista de invitados? —preguntó Fonseca dando otro paso hacia Ambra—. ¿Quién añadió ese nombre?

—Yo... no tengo ni idea —dijo ella con los labios trémulos.

De repente, las preguntas del agente fueron interrumpidas por una estridencia de timbrazos y pitidos que comenzaron a sonar por toda la cúpula. Al parecer, Winston había encontrado el modo de restablecer la cobertura. Uno de los celulares que estaba sonando era el que Fonseca llevaba en el bolsillo del *blazer*.

El agente de la Guardia Real lo tomó y, al ver en la pantalla el nombre de la persona que estaba llamándolo, respiró hondo antes de contestar.

—Ambra Vidal está a salvo —anunció.

Langdon se volvió hacia la agitada mujer. Lo estaba observando. Y cuando sus miradas se encontraron, permanecieron así durante un buen rato.

Entonces Langdon oyó la voz de Winston en su cabeza.

—Profesor —susurró el guía informático—, Ambra Vidal sabe perfectamente cómo consiguió Luis Ávila que lo incluyeran en la lista. Ella misma ha añadido el nombre.

Langdon necesitó un momento para asimilar esa información.

«¿La señorita Vidal ha incluido el nombre del asesino en la lista de invitados?»

«¿Y ahora está mintiendo al respecto?»

Antes de que Langdon pudiera procesar del todo esa información, Fonseca extendió una mano para pasarle el celular a Ambra.

—Don Julián quiere hablar con usted —dijo el agente.

Ella casi pareció retroceder ante la cercanía del celular.

—Dígale que estoy bien —respondió—. Lo llamaré más tarde.

El agente se la quedó mirando con la más absoluta incredulidad. Luego tapó el auricular con una mano y, susurrando, le dijo a la mujer:

—Su alteza don Julián, el príncipe, ha pedido...

—Me da igual que sea el príncipe —respondió ella enfadada—. Si va a ser mi marido tiene que aprender a darme espacio cuando lo necesito. ¡Acabo de presenciar un asesinato y necesito un minuto para mí! Dígale que lo llamaré más tarde.

Fonseca se quedó mirando fijamente a la mujer con una expresión que se acercaba al desprecio. Luego se volvió y se apartó para continuar con su llamada en privado.

A Langdon esa breve discusión le había resuelto un pequeño misterio. «¿Ambra Vidal está comprometida el príncipe Julián?» Eso explicaba el tratamiento de celebridad que recibía de todo el mundo así como la presencia de la Guardia Real, aunque no la negativa a aceptar la llamada de su prometido. «Si el príncipe ha visto por televisión lo que ha sucedido debe de estar muy preocupado.»

Casi al instante, Langdon cayó en la cuenta de algo más siniestro.

«¡Dios mío...! ¡Ambra Vidal está relacionada con el Palacio Real!»

Esa inesperada coincidencia hizo que sintiera un escalofrío al recordar el amenazador mensaje de voz que el obispo Valdespino le había dejado a Edmond.

24

A unos doscientos metros del Palacio Real, en el interior de la catedral de la Almudena, el obispo Valdespino se había quedado momentáneamente sin aliento. Todavía llevaba puesto el atuendo ceremonial y seguía sentado a su escritorio con la mirada clavada en la *laptop* de su despacho, consternado ante las imágenes procedentes de Bilbao.

«Mañana esto abrirá los informativos de todo el mundo.»

Por lo que podía comprobar, la prensa de todas partes ya estaba en pleno frenesí. Los principales medios de noticias se habían puesto en contacto con distintas autoridades sobre ciencia y religión para especular sobre la presentación de Edmond Kirsch, y todos ofrecían hipótesis sobre quién podía haberlo asesinado y por qué. Parecía haber consenso en que, a juzgar por las apariencias, alguien había querido asegurarse de que su descubrimiento no viera la luz del día.

Después de un largo momento de reflexión, el obispo agarró su celular y realizó una llamada.

El rabino Köves contestó al primer tono.

—¡Es terrible! —dijo casi gritando—. ¡Lo he visto por la televisión! ¡Debemos acudir ahora mismo a las autoridades y contarles lo que sabemos!

—Rabino —contestó Valdespino con serenidad—, estoy de acuerdo en que los acontecimientos han dado un giro verdaderamente horroroso, pero antes de actuar deberíamos considerar bien cuáles han de ser nuestro pasos.

—¡No tenemos nada que considerar! —replicó Köves—. ¡Está claro que hay gente que no piensa detenerse ante nada para enterrar el descubrimiento de Kirsch! ¡Son unos asesinos! Y estoy seguro de que también mataron a Syed. Deben de saber quiénes somos y ahora vendrán por nosotros. Usted y yo tenemos la obligación moral de acudir a las autoridades y explicarles lo que nos contó Kirsch.

—¿La obligación moral? —dijo Valdespino desafiante—. Más bien se diría que usted quiere hacer público el descubrimiento de Kirsch para que nadie tenga motivos para querer silenciarnos.

—Sin duda, nuestra seguridad es algo que debemos tener en cuenta —argumentó el rabino—, pero también tenemos una obligación moral para con el mundo. Soy consciente de que este descubrimiento pondrá en duda algunas creencias religiosas fundamentales, pero si hay algo que he aprendido en mi larga vida es que la fe siempre sobrevive, incluso a las más duras adversidades. Y creo que también sobrevivirá a la revelación del hallazgo de Kirsch.

—Entiendo lo que quiere decir, amigo mío —convino el obispo, procurando mantenerse lo más calmado posible—. Percibo la resolución en su tono de voz y respeto su forma de pensar. Sin embargo, le suplico que, si vamos a revelar este descubrimiento al mundo, lo hagamos juntos. A la luz del día. De un modo honorable. No a la desesperada a causa de este horrible asesinato. Planeémoslo, ensayémoslo y contextualicemos adecuadamente la información.

Köves no dijo nada, pero Valdespino podía oír la respiración del anciano al otro lado de la línea.

—Rabino —prosiguió el obispo—, ahora mismo el asunto más apremiante es nuestra seguridad. Estamos tratando con asesinos, y si se deja ver demasiado, como, por ejemplo, acudiendo a las autoridades o a un estudio de televisión, la cosa podría terminar mal. Temo sobre todo por su seguridad. Aquí, en el complejo del palacio, yo cuento con protección, pero usted... ¡está solo en Budapest! No hay duda de que el descubrimiento de Kirsch es un asunto de vida o muerte. Así que, por favor, deje que yo me encargue de su protección.

Köves permaneció un momento en silencio y finalmente dijo:

—¿Desde Madrid? Pero cómo va a...

—Tengo a mi disposición los recursos en materia de seguridad de la familia real. Permanezca dentro de su casa con las puertas cerradas. Haré que dos agentes de la Guardia Real vayan a recogerlo y lo traigan a Madrid. Aquí podremos asegurarnos de que esté a salvo en el complejo del palacio, y usted y yo podremos sentarnos cara a cara y discutir cuál es el mejor modo de proceder.

—Y una vez en Madrid, ¿qué sucederá si no conseguimos ponernos de acuerdo sobre cómo actuar? —dijo el rabino, que no estaba muy convencido.

—Lo haremos —le aseguró el obispo—. Sé que estoy chapado a la antigua, pero también soy realista, como usted. Juntos encontraremos la mejor línea de actuación, tengo fe en eso.

—¿Y si su fe se equivoca? —insistió Köves.

Valdespino sintió que se le tensaba el estómago y se quedó un momento callado. Luego exhaló un suspiro y respondió lo más tranquilamente que pudo.

—Rabino Köves, si al final usted y yo no conseguimos ponernos de acuerdo sobre cómo actuar, cada uno seguirá su camino y hará lo que crea más conveniente. Tiene mi palabra.

—Gracias —respondió Köves—. En ese caso, iré a Madrid.

—Fantástico. Mientras tanto, cierre la puerta de su casa con llave, haga las maletas y no hable con nadie. Yo lo llamaré con los detalles tan pronto como los tenga. —Valdespino hizo una pausa y luego dijo—: Y tenga fe. Nos veremos pronto.

Valdespino colgó con un mal presentimiento; sospechaba que seguir controlando a Köves requeriría algo más que una simple apelación a la racionalidad y a la prudencia.

«Está dejándose llevar por el pánico... como Syed.

»Al igual que el ulema, es incapaz de considerar todos los aspectos de este asunto.»

Valdespino cerró la *laptop*, se lo metió debajo del brazo y abandonó su oscuro despacho. Todavía ataviado con el atuendo ceremonial, salió de la catedral al fresco aire nocturno y cruzó la plaza en dirección a la reluciente fachada blanca del Palacio Real.

Sobre la entrada principal podía verse el escudo de armas del Estado español, un blasón flanqueado por dos columnas de Hércules y el antiguo lema «PLUS ULTRA», que significaba «más allá». Algunos creían que la expresión se refería a las ambiciones expansionistas del imperio durante su Siglo de Oro. Otros, que reflejaba la asentada creencia en el país de que existía una vida en el paraíso más allá de la terrenal.

En cualquier caso, Valdespino tenía la sensación de que se trataba de un lema cada día menos relevante. Al echar un vistazo a la bandera española que ondeaba sobre el palacio, suspiró con tristeza y pensó en su enfermo rey.

«Lo echaré de menos cuando no esté.

»Le debo tanto...»

Durante meses, el obispo había visitado a diario a su querido amigo, que se encontraba postrado en una cama del Palacio de la Zarzuela. Unos días atrás, el rey había convocado a Valdespino a su dormitorio.

—Antonio —le susurró con una mirada llena de preocupación—. Me temo que el compromiso matrimonial de mi hijo ha sido... precipitado.

«"Descabellado" sería una descripción más acertada», pensó Valdespino.

Dos meses antes, cuando el príncipe le había confiado al obispo que tenía la intención de pedirle la mano a Ambra Vidal a pesar del poco tiempo que hacía que se conocían, Valdespino, estupefacto, le había suplicado que fuera más prudente. El príncipe había argumentado entonces que estaba enamorado y que su padre se merecía ver a su único hijo casado. Además, añadió, si él y Ambra iban a formar una familia, la edad de ella requería que no esperaran demasiado.

Valdespino sonrió serenamente a su rey.

—Sí, estoy de acuerdo. La propuesta de matrimonio de don Julián nos ha tomado a todos por sorpresa. Pero él sólo quiere hacerlo feliz.

—¡Su deber es para con el país, no para conmigo! —dijo el rey elevando la voz—. Y por más que la señorita Vidal sea encantadora, no sabemos nada de ella, es ajena a nuestro mundo. Dudo de los motivos por los que ha aceptado la propuesta de don Julián. Ha sido todo demasiado apresurado, y una mujer realmente honrada lo habría rechazado.

—Tiene razón —respondió Valdespino.

Aunque en defensa de Ambra había que decir que el príncipe no le había dejado muchas opciones.

El rey extendió con cuidado un brazo y tomó la huesuda mano del obispo entre las suyas.

—Amigo mío, no sé adónde ha ido a parar el tiempo. Hemos envejecido. Quiero darte las gracias. Me has aconsejado con sabiduría a lo largo de los años y me has ayudado mucho en momentos difíciles como la pérdida de mi mujer o los cambios acaecidos en el país. Me he beneficiado mucho de la fortaleza de tus convicciones.

—Nuestra amistad es un honor que atesoraré para siempre.

El rey sonrió débilmente.

—Antonio, sé que has hecho grandes sacrificios para estar conmigo. Rechazaste ir a Roma, por ejemplo.

Valdespino se encogió de hombros.

—Ser cardenal no me habría acercado a Dios. Mi lugar siempre ha estado aquí, con usted.

—Tu lealtad siempre ha sido una bendición.

—Y yo nunca olvidaré la compasión que me mostró años atrás.

El rey cerró los ojos, y estrechó con fuerza la mano del obispo.

—Antonio... Estoy preocupado. Mi hijo pronto se encontrará al mando de un enorme barco que todavía no está preparado para gobernar. Guíalo, por favor. Sé su estrella polar. Coloca tu firme mano en el timón, sobre todo cuando las aguas estén agitadas. Pero, por encima de todo, cuando pierda el rumbo, te suplico que lo ayudes a encontrar el camino... de vuelta a todo aquello que es puro.

—Amén —susurró el obispo—. Tiene mi palabra.

Ahora, mientras cruzaba la plaza bajo el fresco aire nocturno, Valdespino alzó la mirada al cielo.

«Su Majestad, sepa que estoy haciendo todo lo posible para cumplir sus deseos», pensó.

Valdespino se consoló con la idea de que el rey estaba demasiado débil para ver la televisión.

«Si hubiera seguido la transmisión de esta noche, le habría dado algo al ver en lo que ha degenerado su querido país.»

A la derecha de Valdespino, al otro lado de la reja de hierro, las unidades celulares de muchos medios de comunicación se habían congregado en la calle Bailén y ahora estaban extendiendo las antenas parabólicas.

«Buitres», pensó Valdespino al tiempo que el aire azotaba las faldas de su sotana.

25

«Ya habrá tiempo más adelante para llorar la muerte de Edmond
—pensó Langdon, conteniendo una intensa emoción—. Ahora es
momento de actuar.»

Ya le había pedido a Winston que revisara las imágenes de las
cámaras de seguridad en busca de cualquier dato que pudiera ayudarlos a atrapar al tirador. Luego había añadido en voz baja que
buscara alguna conexión entre Ávila y el obispo Valdespino.

El agente Fonseca, todavía al teléfono, se acercó de nuevo a ellos.

—Sí... sí... —estaba diciendo en ese momento—. Claro. Inmediatamente.

El agente terminó la llamada y se volvió hacia Ambra, que permanecía a un lado, todavía aturdida.

—Debemos marcharnos, señorita Vidal —anunció Fonseca en
un cortante tono de voz—. Don Julián ha pedido que la llevemos
al Palacio Real cuanto antes.

El cuerpo de la mujer se tensó visiblemente.

—¡No voy a abandonar así a Edmond! —exclamó, volviéndose
hacia el cadáver que yacía bajo la manta.

—Las autoridades locales ya se encargarán del asunto —respondió Fonseca—. Y el forense está de camino. El señor Kirsch
será tratado con el respeto y el cuidado que merece. Ahora debemos irnos. Temo que pueda estar usted en peligro.

—¡Yo no corro peligro alguno! —gritó Ambra, dando un paso

hacia él—. El asesino ha tenido oportunidad de dispararme y no lo ha hecho. ¡Está claro que su objetivo era Edmond!

—¡Señorita Vidal! —exclamó Fonseca con las venas del cuello hinchadas—. ¡El príncipe quiere que vaya usted a Madrid! ¡Está preocupado por su seguridad!

—No —respondió ella—. Está preocupado por las repercusiones políticas.

Fonseca exhaló un largo suspiro y bajó el tono de voz.

—Señorita Vidal, lo que ha sucedido esta noche ha sido un duro golpe tanto para España como para el príncipe. Que decidiera usted acoger el evento fue algo desafortunado.

De repente, Langdon oyó la voz de Winston en su cabeza.

—¿Profesor? El equipo de seguridad del museo ha estado analizando las imágenes de las cámaras externas del edificio. Parece que han encontrado algo.

Langdon escuchó lo que le decía el guía informático e hizo una seña con la mano a Fonseca para interrumpir la reprimenda que estaba recibiendo Ambra.

—Señor, la computadora dice que una de las cámaras del tejado ha obtenido una imagen parcial de la parte superior del coche en el que ha huido Ávila.

—¿Cómo dice? —Fonseca se mostró sorprendido.

A medida que Winston iba proporcionándole a Langdon la información, éste fue repitiéndosela al agente:

—Un sedán negro en un callejón de servicio... Matrícula ilegible desde ese ángulo... Una calcomanía inusual en el parabrisas.

—¿Qué calcomanía? —preguntó Fonseca—. Podemos alertar a las autoridades locales para que busquen al coche que la lleve.

—No la he reconocido —respondió Winston dirigiéndose a Langdon—, pero he comparado el símbolo que podía distinguirse en ella con todos los del mundo y he obtenido una coincidencia.

A Langdon le sorprendió la rapidez con la que Winston había conseguido hacer el cotejo.

—El símbolo con el que coincide es el de un antiguo proceso alquímico —dijo Winston—: la amalgama.

«¡¿Cómo?!» Langdon creía que se trataría del logotipo de algún garaje o de alguna organización política.

—¿La calcomanía del coche coincide con el símbolo de la... amalgama?

Fonseca se lo quedó mirando, claramente confundido.

—Debe de haber algún error, Winston —dijo Langdon—. ¿Por qué iba alguien a llevar en el parabrisas del coche un símbolo alquímico?

—No lo sé —respondió Winston—. Es la única correspondencia que he obtenido, y coincide en un noventa y nueve por ciento.

Gracias a su memoria eidética, Langdon visualizó en un momento el símbolo en cuestión.

—Winston, detállame exactamente lo que ves en el parabrisas del coche.

—El símbolo consiste en una línea vertical atravesada por tres líneas transversales. Sobre el brazo vertical, descansa un arco que describe una curva ascendente.

«Exacto», pensó Langdon frunciendo el ceño.

—¿El arco que hay en la parte superior tiene remates?

—Sí. Unas líneas horizontales pequeñas encima de cada extremo.

«De acuerdo, se trata del símbolo de la amalgama.»

—Winston, ¿podrías enviarnos la imagen de las cámaras de seguridad? —pidió entonces, intrigado.

—Por supuesto.

—Que la envíe a mi celular —ordenó Fonseca.

Langdon le dio a Winston el número del agente y, un momento después, el celular de éste emitió un pitido. El profesor y Ambra se acercaron a él y contemplaron la granulosa imagen en blanco y negro. En ella se veía un sedán negro en un callejón de servicio desierto.

Y, efectivamente, en el rincón inferior izquierdo del parabrisas, Langdon divisó una calcomanía con el símbolo que Winston acababa de describir.

«La amalgama. Qué extraño.»

Desconcertado, el profesor extendió una mano y, con los dedos, amplió la imagen que se veía en la pantalla del celular de Fonseca. Inclinándose para verla de más cerca, la examinó con atención.

De inmediato, se dio cuenta de cuál era el problema.

—No es el símbolo de la amalgama —anunció.

Aunque la imagen se parecía mucho a lo que Winston había descrito, no era exactamente el símbolo de ese proceso alquímico. En simbología, la diferencia entre «parecido» y «exacto» podía significar la diferencia entre una esvástica nazi y el símbolo budista de la prosperidad.

«Por eso la mente humana es a veces mejor que una computadora.»

—No es una sola calcomanía —dijo Langdon—. Son dos ligeramente superpuestas. La que hay debajo es un crucifijo especial llamado «cruz papal». Es muy popular hoy en día, sobre todo en España.

Desde la elección del pontífice más progresista de la historia del Vaticano, miles de personas de todo el mundo mostraban su apoyo a las nuevas políticas del papa con reproducciones de la triple cruz (algo que sucedía incluso en Cambridge, Massachusetts, la ciudad de residencia de Langdon).

—El símbolo con forma de «U» que hay encima —continuó Langdon— es una calcomanía distinta.

—Ahora me doy cuenta de que tiene razón —dijo Winston—. Buscaré el número de la empresa.

De nuevo, Langdon quedó estupefacto ante la velocidad de Winston. «¿Ya ha identificado el logotipo?»

—Excelente —dijo Langdon—. Si los llamamos, podremos localizar el coche.

Fonseca no salía de su asombro.

—¿Localizar el coche? ¿Cómo?

—Para huir, Ávila ha usado Uber —indicó Langdon, señalando la estilizada «U» del parabrisas.

26

A juzgar por la expresión de asombro de Fonseca, Langdon no estaba seguro de qué era lo que había sorprendido más al agente: la velocidad con la que habían identificado la calcomanía del parabrisas o la extraña elección del almirante Ávila para huir de la escena del crimen.

«¿Ha usado Uber?», pensó Langdon, preguntándose si esa decisión era brillante o una auténtica estupidez.

El ubicuo servicio de conductores «bajo demanda» de Uber había supuesto una auténtica revolución mundial en los últimos años. Con un celular, cualquiera que necesitara que lo llevaran a algún lugar podía ponerse en contacto al instante con un creciente ejército de conductores que ganaban un dinero extra ofreciendo sus vehículos como taxis improvisados. Este servicio había sido legalizado recientemente en España, y la empresa exigía a sus conductores españoles que llevaran en el parabrisas la calcomanía con el logotipo corporativo. Al parecer, el conductor del coche en el que había huido Ávila era, además, seguidor del nuevo papa.

—Agente Fonseca —dijo Langdon—, Winston se ha tomado la libertad de enviar la imagen del coche a las autoridades locales para que la distribuyan por los controles de carretera.

Fonseca se quedó boquiabierto y Langdon advirtió que el experimentado agente no estaba acostumbrado a ir a la zaga de otros. Parecía que no sabía si darle las gracias al guía o decirle que se metiera en sus malditos asuntos.

—Y ahora está llamando al número de emergencias de Uber.

—¡No! —ordenó Fonseca—. Deme a mí el número de la empresa. Ya llamaré yo. Es más probable que hagan caso a un miembro sénior de la Guardia Real que a una computadora.

Langdon debía admitir que probablemente Fonseca tenía razón. Además, parecía más lógico que, en vez de malgastar sus aptitudes trasladando a Ambra a Madrid, el agente los ayudara en la búsqueda del asesino.

En cuanto obtuvo el número de teléfono de Uber, Fonseca llamó y Langdon se mostró convencido de que conseguirían atrapar al asesino en cuestión de minutos. Localizar vehículos era en lo que se basaba el negocio de Uber: cualquier cliente con un celular podía acceder literalmente a la ubicación exacta de todos y cada uno de los conductores asociados al servicio en todo el mundo. Lo único que Fonseca tenía que hacer era pedirle a la empresa que comprobara qué conductor acababa de recoger a un pasajero en la parte trasera del museo Guggenheim de Bilbao.

—¡Caramba! —exclamó Fonseca—. ¡Es un contestador!

Marcó un número en el teclado de su celular y esperó. Al parecer, se había topado con un servicio automatizado de atención telefónica y debía elegir entre las distintas opciones del menú que le ofrecía. Mientras esperaba más instrucciones, aprovechó para dirigirse a Langdon:

—Profesor, en cuanto hable con alguien y localice el coche, dejaré este asunto en manos de las autoridades locales para que el agente Díaz y yo podamos trasladarlos a usted y a la señorita Ambra a Madrid.

—¿A mí? —respondió Langdon desconcertado—. Yo no puedo ir con ustedes.

—Puede y lo hará —advirtió Fonseca—. Y también su juguete informático —añadió señalando los auriculares.

—Lo siento —contestó Langdon, endureciendo su tono de voz—. No tengo la menor intención de acompañarlos a Madrid.

—Qué raro —respondió Fonseca—. Pensaba que era usted profesor en Harvard.

Langdon se lo quedó mirando desconcertado.

—Y lo soy.

—Genial —dijo rápidamente Fonseca—. Entonces imagino que es lo bastante inteligente para darse cuenta de que no tiene otra elección.

Y, tras decir eso, el agente se apartó y volvió a dedicar toda su atención a la llamada telefónica.

Langdon observó cómo se alejaba. «Pero ¡¿qué demonios...?!»

—¿Profesor? —susurró Ambra, que se había acercado a Langdon por detrás—. Necesito que me escuche. Es muy importante.

Langdon se volvió y comprobó que la expresión de la mujer era de pánico absoluto. Su muda estupefacción parecía haber remitido y ahora hablaba en un tono de voz agitado pero coherente.

—Profesor —volvió a decir—, Edmond ha dejado claro el enorme respeto que sentía por usted al incluirlo en su presentación. Eso me lleva a pensar que puedo confiar en usted. Necesito contarle algo.

Langdon se la quedó mirando sin comprender qué quería decirle.

—Han asesinado a Edmond por mi culpa —murmuró ella al tiempo que las lágrimas comenzaban a asomar a sus intensos ojos castaños.

—¿Cómo dice?

Ambra miró nerviosamente a Fonseca. Éste parecía encontrarse lo bastante lejos para no poder oírla.

—La lista de invitados —dijo, volviéndose otra vez hacia el profesor—. El nombre añadido a última hora.

—Sí, «Luis Ávila».

—Yo he añadido ese nombre —confesó con voz quebrada—. ¡He sido yo!

«Winston tenía razón...», pensó Langdon anonadado.

—Lo han asesinado por mi culpa —repitió ella, a punto de romper a llorar—. Yo he permitido que el asesino entrara en el edificio.

—Un momento —dijo el profesor, colocando una mano sobre el trémulo hombro de la mujer—. ¿Puede decirme por qué ha añadido su nombre a la lista de invitados?

Ambra echó otro vistazo a Fonseca, que seguía hablando por teléfono a unos veinte metros.

—Profesor, en el último momento he recibido una llamada de alguien en quien confío mucho. Esta persona me ha pedido como favor personal que incluyera al almirante Ávila en la lista. Esto ha sucedido unos pocos minutos antes de que abrieran las puertas y, como yo estaba muy ocupada, lo he hecho sin darle mayor importancia. ¡Se trataba de un almirante de la Armada! ¿Cómo iba yo a saber que era peligroso? —La mujer volvió a mirar el cadáver de Edmond y se cubrió la boca con una de sus delgadas manos—. Y ahora...

—Señorita Vidal —susurró Langdon—, ¿quién le ha pedido que añadiera el nombre de Ávila?

La mujer tragó saliva.

—Mi prometido... El príncipe heredero de la Corona de España. Don Julián.

Langdon se quedó mirándola con incredulidad e intentó procesar sus palabras. La directora del museo Guggenheim acababa de decirle que el príncipe de España había ayudado a orquestar el asesinato de Edmond Kirsch. «Eso es imposible.»

—Estoy segura de que en Palacio no esperaban que yo llegara a descubrir la identidad del asesino —prosiguió ella—. Ahora que la conozco... temo estar en peligro.

Langdon volvió a colocarle una mano en el hombro.

—Aquí está completamente a salvo.

—¡No! —dijo ella elevando el tono de voz—. Hay cosas que usted no sabe. Tenemos que salir de aquí. ¡Ahora!

—No podemos huir corriendo —contestó él—. Nunca...

—Por favor, escúcheme —insistió ella—. Sé cómo ayudar a Edmond.

—¿Perdón? —Langdon pensó que la mujer debía de seguir bajo los efectos del *shock*—. Ya no podemos ayudarlo.

—Sí que podemos —insistió ella; ahora su tono transmitía lucidez—. Pero para eso tenemos que ir primero a su casa de Barcelona.

—¡¿Cómo dice?!

—Escúcheme con atención, por favor. Sé que Edmond habría querido que lo hiciéramos.

Durante los siguientes quince segundos, Ambra le contó en voz baja a Langdon lo que sabía. A medida que iba hablando, el profesor pudo sentir cómo su pulso iba en aumento. «¡Dios mío! —pensó—. Tiene razón. Esto lo cambia todo.»

Cuando hubo terminado, la mujer se lo quedó mirando con una expresión desafiante.

—¿Entiende ahora por qué tenemos que marcharnos?

Él asintió sin vacilación.

—Winston —dijo entonces dirigiéndose a los auriculares—. ¿Has oído lo que Ambra acaba de contarme?

—Sí, profesor.

—¿Estabas al tanto de eso?

—No.

El profesor eligió sus siguientes palabras con mucho cuidado:

—No sé si las computadoras son capaces de sentir lealtad hacia sus creadores, pero si tú puedes hacerlo, éste es tu momento. Nos iría bien tu ayuda.

27

De camino al atril, Langdon se aseguró de que Fonseca seguía enfrascado en su llamada al centro de atención telefónica de Uber y luego comprobó que Ambra se dirigía a su vez hacia el centro de la cúpula hablando también por el celular (o al menos haciendo ver que lo hacía), tal y como él le había sugerido.

«Dígale a Fonseca que ha decidido llamar al príncipe Julián.»

Al llegar al atril, el profesor posó la mirada sobre el cuerpo que yacía en el suelo. «Edmond.» Con cuidado, apartó la manta que la mujer le había colocado encima. Los ojos del futurólogo, radiantes hasta hacía unos minutos, eran ahora dos agujeros sin vida bajo una frente en la que destacaba un orificio carmesí. Langdon sintió un escalofrío ante la horripilante imagen. El corazón le comenzó a latir con fuerza a causa del dolor y la ira que sentía por la pérdida de su amigo.

Por un instante, recordó al desgreñado estudiante que veinte años atrás había entrado en su aula lleno de esperanza y talento y que tantas cosas conseguiría en su breve vida. Esa noche, sin embargo, alguien había asesinado a ese ser humano increíblemente dotado, casi con toda seguridad con la intención de enterrar para siempre el descubrimiento que había hecho.

«Y, a no ser que actúe —sabía el profesor—, el mayor logro de mi antiguo alumno nunca verá la luz del día.»

Colocándose de forma que el atril impidiera que Fonseca pudiera verlo bien, Langdon se arrodilló junto al cadáver de su amigo, cerró los ojos y entrelazó las manos como si fuera a rezar.

La ironía de orar por un ateo le hizo sonreír. «Edmond, sé perfectamente que tú jamás habrías querido que nadie rezara por ti. No te preocupes, amigo mío, en realidad no me he acercado para eso.»

Arrodillado junto al cuerpo sin vida de Edmond, el profesor reprimió asimismo un miedo creciente. «Antes te he asegurado que el obispo Valdespino era inofensivo. Si al final resulta que está implicado en esto...» El profesor alejó ese pensamiento de su mente.

En cuanto se hubo asegurado de que Fonseca lo había visto rezar, Langdon se inclinó discretamente hacia adelante y extendió una mano hacia la chamarra de piel de Edmond para agarrar su celular extragrande.

Luego volvió a echar un rápido vistazo por encima del hombro. El agente parecía ahora más interesado en Ambra que en él. Ésta seguía enfrascada en su propia llamada y se alejaba cada vez más de Fonseca.

El profesor bajó entonces la mirada al celular que tenía en las manos y respiró hondo para tranquilizarse.

«Sólo falta una cosa.»

Con cuidado, tomó la mano derecha de Edmond, ya fría, la acercó al celular y colocó con suavidad el dedo índice sobre el sensor de huellas digitales del aparato.

El celular se desbloqueó con un clic.

Rápidamente, Langdon abrió el menú de ajustes y deshabilitó la opción de protección mediante lectura de huella digital. «Ahora estará siempre desbloqueado.» Luego se guardó el teléfono en un bolsillo de la chaqueta y volvió a cubrir el cadáver con la manta.

Mientras tanto, Ambra permanecía sola en el centro de la sala desierta con el celular pegado a la oreja, haciendo ver que estaba absorta en su conversación para desviar la atención de Fonseca. A lo lejos habían comenzado a oírse sirenas.

«Dese prisa, profesor.»

Un minuto antes, Langdon había decidido colaborar con Ambra después de que ésta le revelara una reciente conversación que había mantenido con Edmond Kirsch: dos noches atrás, en esa misma sala, ella y el futurólogo habían estado trabajando hasta tarde en los últimos detalles de la presentación. En un momento dado, él hizo una pausa para tomarse el tercer batido de espinacas de la noche. Ella se dio cuenta de lo agotado que se le veía.

—He de decir, Edmond, que no tengo muy claro que esta dieta vegana tuya esté funcionando. Tienes el rostro muy pálido y estás excesivamente delgado —dijo ella.

—¿Excesivamente delgado? —Se rio—. Mira quién habla.

—¡Yo no estoy demasiado delgada!

—Estás en el límite. —Él guiñó un ojo ante la expresión indignada de la mujer—. En cuanto a mi palidez, dame un respiro, mujer. Soy un loco de la informática, me paso todo el día sentado ante el resplandor de una pantalla.

—Bueno, en un par de días te dirigirás a todo el mundo, y te iría bien tener algo más de color. Tal vez mañana podrías ir a dar un paseo o inventar una pantalla bronceadora.

—No es mala idea —reconoció él impresionado—. Deberías patentarla. —Y, tras soltar una carcajada, volvió a centrar la atención en el asunto que los ocupaba—: ¿Está claro el orden del programa del sábado noche?

Ambra bajó la mirada al guion que tenía en las manos y asintió.

—Doy la bienvenida a la gente en la antesala y luego hago pasar a todo el mundo a este auditorio para que vean el video introductorio. Cuando éste termine, tú aparecerás por arte de magia en un atril que estará situado ahí. —Señaló la parte delantera de la sala—. Y harás el anuncio.

—Perfecto —dijo él—. Sólo un detalle más. —Sonrió—. Mi

intervención desde el atril será más bien un interludio para dar la bienvenida en persona a mis invitados, dejar que todo el mundo estire un momento las piernas y prepararlos un poco más antes de dar comienzo a la segunda mitad de la velada: la presentación multimedia que explica mi descubrimiento.

—Entonces ¿el anuncio ya está grabado? ¿Como la introducción?

—Sí, terminé el video hace unos días. La nuestra es una cultura visual, y las presentaciones multimedia siempre resultan más interesantes que un simple científico hablando desde el atril.

—Tú no eres lo que se dice «un simple científico» —apuntó Ambra—, pero estoy de acuerdo. Me muero de ganas de verla.

Ella sabía que, por razones de seguridad, la presentación de Edmond estaba alojada en sus propios servidores privados. Todo se transmitiría en directo a través del sistema de proyección del museo desde una localización remota.

—Cuando estemos listos para la segunda mitad, ¿quién activará la presentación, tú o yo? —preguntó Ambra.

—Lo haré yo con esto —dijo él, mostrándole el celular con la funda turquesa de motivos gaudinianos—. Todo forma parte del *show*. Muy sencillo, me conectaré a mi servidor remoto mediante una señal encriptada.

Edmond presionó unos pocos botones y el celular emitió un pitido y se conectó al servidor. Acto seguido, una voz computarizada dijo a través del altavoz del aparato:

—Buenas noches, Edmond. Por favor, introduce tu contraseña.

El futurólogo sonrió.

—Y, entonces, ante la mirada de todo el mundo, tecleará la contraseña y mi descubrimiento será transmitido al público del museo y, simultáneamente, a todo el mundo a través de internet.

—Espectacular —dijo Ambra impresionada—. A no ser, claro está, que te olvides de la contraseña.

—Sin duda, eso sería muy embarazoso.

—Espero que la tengas escrita —dijo ella en tono burlón.

—¡Me ofendes! —exclamó él con una sonrisa—. Los científicos informáticos jamás guardamos las contraseñas por escrito. Pero no hay nada que temer. La mía sólo tiene cuarenta y siete letras. Estoy seguro de que no me olvidaré de ella.

Ella abrió los ojos como platos.

—¡¿Cuarenta y siete?! Pero ¡si yo ni siquiera recuerdo el PIN de cuatro dígitos de mi tarjeta de seguridad del museo! ¿Cómo vas a recordar cuarenta y siete caracteres aleatorios?

Él se rio ante la inquietud de la mujer.

—No tengo que hacerlo. No son aleatorios. —Y, bajando el tono de voz, añadió—: La contraseña es mi verso favorito.

Ambra se mostró confusa.

—¿La contraseña es un verso?

—¿Por qué no? Mi verso favorito tiene exactamente cuarenta y siete letras.

—Bueno, no parece algo muy seguro.

—¿No? ¿Crees que puedes adivinar cuál es mi verso favorito?

—Ni siquiera sabía que te gustaba la poesía.

—Ahí lo tienes. E incluso si alguien averiguara que la contraseña es un verso y, luego, el verso exacto entre millones de posibilidades, todavía tendría que saber el largo número de teléfono que uso para conectar con mi servidor seguro.

—¿El número de teléfono al que acabas de acceder mediante una de las teclas de marcación rápida de tu celular?

—Sí, un celular protegido mediante un sensor de huellas digitales y que nunca abandona el bolsillo del pecho de mi chamarra.

Ambra se rindió alzando los brazos y sonriendo divertida.

—De acuerdo, tú mandas —dijo ella—. Por cierto, ¿quién es tu poeta favorito?

—Buen intento —reconoció él, diciéndole que no con un dedo—. Tendrás que esperar al sábado. El verso que he elegido es perfecto. —Sonrió—. Trata sobre el futuro, es una profecía, y me alegra decir que ya está haciéndose realidad.

Los pensamientos de Ambra regresaron al presente. Se volvió hacia el cadáver de Edmond y sintió una oleada de pánico al no ver a Langdon a su lado.

«¡¿Dónde se ha metido?!»

Justo en ese momento, la mujer advirtió asimismo que el segundo agente de la Guardia Real, Díaz, volvía a entrar en la cúpula a través de la rasgadura de la pared de tela y que, tras examinar el auditorio, comenzaba a caminar hacia ella.

«¡No va a permitir que me vaya!»

De repente, Langdon apareció al lado de la mujer y, colocándole una mano en la zona baja de la espalda, comenzó a llevarla a paso rápido hacia el extremo de la cúpula en el que se encontraba el pasadizo por el que había entrado todo el mundo.

—¡Señorita Vidal! —exclamó Díaz—. ¡¿Adónde van?!

—¡Ahora volvemos! —exclamó a su vez el profesor, empujando con más fuerza a la mujer a través de la sala desierta en dirección a la parte trasera y el túnel de salida.

—¡Señor Langdon! —Ahora era el agente Fonseca quien lo llamaba—. ¡Tienen prohibido salir de esta sala!

Ambra notó que Langdon aumentaba la presión en la espalda.

—Winston —susurró él dirigiéndose a sus auriculares—. ¡Ahora!

Acto seguido, la cúpula se quedó completamente a oscuras.

28

Iluminando el camino con las linternas de sus celulares, el agente Fonseca y su compañero, Díaz, cruzaron a toda velocidad la cúpula a oscuras y se adentraron en el túnel por el que Langdon y Ambra acababan de desaparecer.

En mitad del mismo, Fonseca encontró el celular de la mujer tirado en el suelo. Eso lo dejó atónito.

«¿Ambra se ha deshecho de su celular?»

Con su permiso, la Guardia Real usaba una aplicación para saber en todo momento dónde se encontraba. Sólo podía haber una explicación para que lo hubiera tirado: que quisiera escapar de su protección.

Esa idea puso muy nervioso a Fonseca, aunque no tanto como la perspectiva de tener que informar a su jefe de la desaparición de la futura reina consorte de España. El comandante de la Guardia Real era obsesivo e implacable en lo referente a la protección de los intereses del príncipe. Y esa noche le había dado a Fonseca una directriz muy clara: «Mantener en todo momento a Ambra Vidal a salvo y alejada de problemas».

«¡No puedo mantenerla a salvo si no sé dónde está!»

Los dos agentes recorrieron el túnel a la carrera y llegaron a la antesala, donde ahora parecía estar teniendo lugar una convención de fantasmas: en ella había una multitud de personas en *shock* con los rostros iluminados por el resplandor de sus celulares. Todos estaban comunicándole al mundo exterior lo que acababan de presenciar.

—¡Enciendan las luces! —exclamaban algunos.

De repente, el celular del agente sonó.

—Agente Fonseca, lo llamamos del Departamento de Seguridad del museo —dijo una joven—. Sabemos que se han quedado sin luz. Parece que se trata de un fallo informático. En breve restableceremos la electricidad.

—¿Las cámaras de seguridad internas siguen en funcionamiento? —preguntó Fonseca, a sabiendas de que contaban con infrarrojos.

—Sí, sí, están en marcha.

Fonseca examinó la sala a oscuras.

—Ambra Vidal acaba de entrar en la antesala que hay junto al auditorio en el que tenía lugar la presentación. ¿Puede ver hacia dónde ha ido?

—Un momento, por favor.

Fonseca esperó. El corazón le latía aceleradamente. Acababa de recibir la noticia de que Uber tenía dificultades para localizar el coche en el que había huido el tirador.

«¿Puede ir mal alguna cosa más esta noche?»

Era la primera vez que se encargaba de la seguridad de Ambra Vidal. Como agente sénior, normalmente le asignaban sólo la del príncipe Julián, pero esa mañana su jefe lo había llevado a un lado y le había dicho:

—Esta noche, la señorita Vidal celebrará un evento en contra de los deseos del príncipe. Usted la acompañará y se asegurará de que esté a salvo.

Fonseca nunca habría podido imaginar que dicho evento consistiría en un demoledor ataque a la religión rematado con un asesinato público. Todavía estaba intentando digerir la airada negativa de la mujer a contestar la llamada de don Julián.

Le parecía inconcebible y, sin embargo, el extraño comportamiento de Ambra no había hecho sino ir a más. Todo indicaba que estaba intentando deshacerse de sus guardaespaldas para poder huir con el profesor estadounidense.

«Como el príncipe Julián se entere de esto...»

—¿Agente Fonseca? —dijo de repente la voz de la guardia de seguridad por el celular—. La señorita Vidal y un acompañante acaban de salir de la antesala y, tras recorrer una pasarela, han entrado en la sala donde se expone las *Celdas*, de Louise Bourgeois. Al salir de la antesala giren a la derecha y luego entren en la segunda sala a la derecha.

—¡Gracias! ¡Sigan vigilando sus movimientos!

Fonseca y Díaz salieron de la antesala y, desde lo alto de la pasarela, vieron las hordas de invitados que cruzaban el vestíbulo a toda velocidad en dirección a la salida.

Tal y como les había indicado la guardia de seguridad, en el acceso a la segunda sala a la derecha había un letrero en el que podía leerse: Estructuras de la existencia: las Celdas.

La sala era enorme y albergaba una colección de extrañas jaulas en cuyo interior había distintos objetos y unas esculturas blancas amorfas.

—¡Señorita Vidal! —exclamó Fonseca—. ¡Señor Langdon!

Al no recibir respuesta alguna, los agentes se adentraron en ella.

Justo en ese momento, sin embargo, Langdon y Ambra estaban trepando con cuidado por el laberinto de andamios que había fuera del auditorio abovedado, en dirección al letrero de Salida tenuemente iluminado que había al fondo de la sala.

Gracias al plan que Langdon y Winston habían urdido a toda prisa, el profesor y la mujer habían engañado a los agentes.

En cuanto había recibido el aviso de Langdon, Winston había apagado las luces para sumergir la cúpula en la oscuridad. Previamente, el profesor había tomado nota mental de la distancia que había entre la posición en la que se encontraban y el túnel de salida. Había hecho un cálculo casi exacto. Al llegar a la entrada del túnel, Ambra había tirado su celular al interior del oscuro pasadizo. Luego, en vez de entrar en él, habían dado media vuelta y se habían quedado dentro del auditorio abovedado. Con las manos pegadas a la tela, habían seguido entonces la pared interior hasta llegar a la rasgadura por la que el agente de la Guardia Real había salido para perseguir al asesino de Edmond. Tras escapar por el agujero de la cúpula, el profesor y la mujer se habían dirigido hacia el letrero iluminado que había en la pared del fondo de la sala y que señalizaba la salida a la escalera de emergencia.

A Langdon todavía le sorprendía la rapidez con la que Winston había decidido ayudarlos.

—Si la presentación de Edmond se puede reproducir mediante una contraseña —había dicho—, debemos encontrarla y usarla de inmediato. Mi directiva original era ayudar a Edmond en todo lo posible para que el anuncio de esta noche fuera un éxito. Obviamente, le he fallado y haré lo que haga falta para corregir ese fracaso.

»Si yo pudiera acceder directamente a su presentación lo haría de inmediato —había añadido Winston—. Sin embargo, tal y como ha dicho la señorita Vidal, está guardada en un servidor seguro que se encuentra fuera del museo. Parece que lo único que necesitamos para reproducirla es el celular de Edmond y la contraseña. Ya he analizado todos los textos publicados en busca de un verso de cuarenta y siete letras y, lamentablemente, las posibilidades son cientos de miles, si no más, dependiendo de cómo divida uno las estrofas. Encima, como las interfaces de Edmond suelen bloquear al usuario después de varios intentos fallidos, es imposible realizar un ataque de fuerza bruta. Esto nos deja una única opción: debemos encontrar la contraseña de algún otro modo. Estoy de acuerdo con la señorita Vidal en que lo mejor es ir cuanto antes al departamento de Edmond en Barcelona. Parece lógico que, si éste tenía un verso favorito, tuviera también el libro en el que se recoge ese poema. Es posible incluso que señalara el verso de algún modo. Por consiguiente, calculo que hay una probabilidad muy alta de que Edmond hubiera querido que fuera usted a Barcelona, encontrara la contraseña y la usara para hacer público su descubrimiento. Además, acabo de confirmar que, tal y como ha dicho la señorita Vidal, la llamada de última hora solicitando que el almirante Ávila fuera incluido en la lista de invitados se ha hecho desde el Palacio Real de Madrid. Así pues, creo que no debemos confiar en los agentes de la Guardia Real. Buscaré un modo de distraerlos para facilitarles la huida.

Y, por increíble que pudiera parecer, Winston había encontrado una forma de conseguir exactamente eso.

Langdon y Ambra llegaron a la salida de emergencia. Procurando hacer el menor ruido posible, él abrió la puerta, la hizo pasar y, en cuanto ambos hubieron salido, cerró la puerta tras de sí.

—Perfecto. Han llegado a la escalera de emergencia —dijo Winston.

—¿Y los agentes de la Guardia Real? —preguntó Langdon.

—Muy lejos —contestó el guía informático—. Ahora mismo estoy al teléfono con ellos. Me he hecho pasar por una guardia de seguridad del museo y los he engañado para que se dirijan a una sala que se encuentra al otro lado del edificio.

«Increíble», pensó Langdon al tiempo que hacía a Ambra una señal con la cabeza para indicarle que el camino estaba despejado.

—Sigamos adelante —propuso Langdon.

—Bajen por la escalera hasta la planta baja y salgan del museo —siguió indicándole Winston al profesor—. Tengan presente que, en cuanto abandonen las instalaciones, los auriculares dejarán de estar conectados a mí.

«Maldita sea.» Eso no se le había ocurrido a Langdon.

—Winston —dijo, mientras él y Ambra bajaban por la escalera—. ¿Sabías que la semana pasada Edmond compartió su descubrimiento con una serie de líderes religiosos?

—Sí, lo ha comentado en la introducción de esta noche —respondió Winston—. Teniendo en cuenta que, al parecer, su hallazgo tiene profundas implicaciones religiosas, imagino que quería conocer la opinión de distintos líderes clericales.

—Así es. Uno de esos religiosos, sin embargo, fue el obispo Valdespino de Madrid.

—Interesante. Veo en la red que se trata de un importante consejero del rey.

—Efectivamente —dijo Langdon—. ¿Y sabías que, después de ese encuentro, Valdespino le dejó a Edmond un mensaje de voz amenazador?

—No tenía ni idea. Debió de recibirlo en su línea privada.

—Yo he podido oírlo y, en él, Valdespino instaba a Edmond a cancelar la presentación y también le advertía de que los clérigos con los que se había reunido estaban considerando llevar a cabo un anuncio preventivo para intentar desacreditarlo de algún modo antes de que llegara a hacer público su hallazgo. —Todavía en la escalera, Langdon dejó que Ambra se adelantase y, bajando el tono de voz, preguntó—: ¿Puedes mirar si hay alguna conexión entre Valdespino y el almirante Ávila?

Winston se quedó callado unos segundos.

—No encuentro ningún vínculo directo, pero eso no significa que no exista, sólo que no está documentado.

El profesor y la mujer llegaron por fin a la planta baja.

—Si me permite el comentario, profesor... —prosiguió Winston—, diría que, a juzgar por los acontecimientos de esta noche, la lógica sugiere que gente muy poderosa está intentando enterrar el descubrimiento de Edmond. Teniendo en cuenta que en su presentación señalaba que usted había sido la persona que lo había inspirado a realizarlo, es posible que ahora los enemigos de Edmond lo consideren un cabo suelto.

Langdon no había contemplado esa posibilidad y no pudo evitar sentir una repentina punzada de miedo. Para entonces, Ambra ya estaba abriendo la puerta metálica de la salida de emergencia.

—Cuando salgan del museo se encontrarán en un callejón —le dijo Winston—. Giren a la izquierda y rodeen el edificio en dirección al río. Allí les facilitaré un transporte para que los lleve al lugar que me ha pedido.

«BIO-EC346 —recordó Langdon—. El lugar en el que Edmond y yo debíamos encontrarnos después del evento.»

Unos minutos antes, el profesor había descifrado finalmente el código: BIO-EC346 no era el nombre de ningún club científico secreto ni nada de eso, sino algo mucho más mundano. Y el profesor esperaba que fuera la clave de su huida de Bilbao.

«Siempre y cuando podamos llegar sin que nos descubran, claro está... —pensó, a sabiendas de que pronto habría controles de carretera por todas partes—. Tenemos que movernos con rapidez.»

En cuanto salieron al callejón oscuro, a Langdon le sorprendió ver lo que parecían las cuentas de un rosario desperdigadas por el suelo. No tuvo tiempo de preguntarse qué hacían allí. Winston seguía hablando.

—Cuando lleguen a la ribera del río —estaba indicándole al profesor—, esperen debajo del puente de la Salve hasta que...

Unas ensordecedoras interferencias ahogaron de repente la voz del guía.

—¡¿Winston?! —exclamó Langdon—. ¡¿A qué debemos esperar?!

Pero la puerta metálica acababa de cerrarse a su espalda interrumpiendo la comunicación.

29

Unos kilómetros más al sur, en las afueras de Bilbao, un coche afiliado a la compañía Uber iba por la autopista AP-68 en dirección a Madrid. En el asiento trasero, el almirante Ávila se había quitado el saco blanco y la gorra y se relajaba al fin rememorando su impecable huida.

«Ha salido todo tal y como el Regente me había prometido.»

Nada más subir al vehículo, el almirante había desenfundado la pistola y, tras colocar la punta del cañón en la cabeza del trémulo conductor, le había ordenado que tirara su celular por la ventanilla para interrumpir así la única conexión establecida entre el vehículo y las oficinas centrales de Uber.

Luego había registrado la bolsa del tipo y había memorizado su dirección y los nombres de su esposa y sus dos hijos. «Haz lo que digo o tu familia morirá», le había ordenado. Los nudillos del hombre se volvieron blancos a causa de la fuerza con que agarraba el volante, y Ávila no tuvo ninguna duda de que contaría con un devoto conductor para lo que quedaba de noche.

«Ahora soy invisible», pensó, mientras veía los coches de policía que iban en dirección contraria, a toda velocidad y con las sirenas en marcha.

Ávila se recostó en el asiento y se dispuso a disfrutar de la sensación de bienestar provocada por la oleada de adrenalina que se extendía por su cuerpo. «He servido bien a la causa —pensó y, bajando la mirada al tatuaje que tenía en la palma de la mano, decidió que la protección que proporcionaba había sido una precaución innecesaria—. Al menos de momento.»

Con la seguridad de que el aterrorizado conductor obedecería sus órdenes, Ávila dejó de apuntarlo con la pistola. Poco después, reparó en las dos calcomanías que había en el parabrisas del coche.

«¿Qué probabilidades había?», pensó.

La primera calcomanía cabía esperarla: el logotipo de Uber. La segunda, sin embargo, sólo podía ser una señal divina.

«La cruz papal.» Últimamente, ese símbolo estaba por todas partes. Con él, católicos de todo el mundo mostraban su solidaridad con el nuevo papa, elogiando su progresismo arrollador y apoyando la modernización de la Iglesia que había emprendido.

Resultaba irónico, pero descubrir que el conductor era un devoto de ese papa tan progresista había convertido el hecho de apuntarlo con una pistola en una experiencia casi placentera para Ávila. Al almirante lo horrorizaba que las masas displicentes adoraran a un pontífice que, como si de un bufet libre se tratara, permitía que los seguidores de Cristo decidieran qué leyes de Dios les resultaban atractivas. Casi de un día para otro, cuestiones como el control de natalidad, el matrimonio homosexual, el sacerdocio femenino y otras causas progresistas estaban abiertas a discusión. Dos mil años de tradición parecían estar evaporándose en un abrir y cerrar de ojos.

«Por suerte, todavía hay gente que está dispuesta a luchar por la tradición.»

En ese momento, Ávila comenzó a oír en su cabeza las primeras notas del himno de Oriamendi.

«Y yo me siento honrado de servir en sus filas.»

30

El cuerpo de seguridad más antiguo y prestigioso de España, la Guardia Real, cuenta con una firme tradición que se remonta a la época medieval. Los agentes de dicho cuerpo consideran un deber para con Dios garantizar la seguridad de la familia real, así como proteger sus propiedades y defender su honor.

El comandante Diego Garza, supervisor de los prácticamente dos mil agentes del cuerpo, era un hombre bajo y enclenque de sesenta años, tez morena, ojos diminutos y pelo negro ralo que llevaba peinado hacia atrás con gomina y a través del cual podía distinguirse su cuero cabelludo. Sus rasgos de roedor y su pequeña estatura lo hacían casi invisible en medio del gentío, lo cual lo ayudaba a camuflar la enorme influencia que tenía dentro de los muros del palacio.

Garza había aprendido tiempo atrás que el verdadero poder no emanaba de la fuerza física, sino de la influencia política que poseyera uno. Ciertamente, el mando de la Guardia Real le confería autoridad, pero era su presciente sagacidad política lo que lo había convertido en la persona a quien acudir ante una amplia variedad de asuntos tanto personales como profesionales.

Como todo buen confidente, Garza nunca había traicionado la confianza que depositaban en él. La reputación de su discreción inalterable, junto con su extraordinaria capacidad para resolver los problemas más delicados, lo habían convertido en alguien indispensable para el rey. Ahora, sin embargo, el enfermo monarca vivía sus últimos días en el Palacio de la Zarzuela, y Garza y otros miembros de su entorno se encontraban ante un futuro incierto.

Bajo su reinado, se había establecido en el turbulento país una monarquía parlamentaria tras los treinta y seis años que había durado la sangrienta dictadura del general Francisco Franco. Desde la muerte de éste en 1975, el rey había procurado trabajar mano a mano con el gobierno para cimentar el proceso democrático de España y llevar muy lentamente al país de vuelta a la izquierda.

Para los jóvenes, los cambios eran demasiado lentos.

Para los tradicionalistas, sin embargo, suponían una blasfemia.

Muchos miembros de la clase dirigente seguían defendiendo la doctrina conservadora de Franco, sobre todo en lo que respectaba a su consideración del catolicismo como «religión de Estado» y columna moral de la nación. No obstante, cada vez eran más los jóvenes españoles que se oponían a esa forma de pensar denunciando con ímpetu la hipocresía de la religión organizada y abogando por una mayor separación entre Iglesia y Estado.

Nadie estaba seguro de la dirección que tomaría el príncipe Julián cuando ascendiera al trono. Durante décadas, éste había cumplido a la perfección con sus deberes ceremoniales, dejando a su padre las cuestiones políticas y sin revelar en ninguna ocasión sus opiniones personales. Y si bien muchas autoridades en la materia sospechaban que era mucho más progresista que su progenitor, en realidad nadie estaba del todo seguro.

Esa noche, sin embargo, el velo sería retirado.

A la luz de los acontecimientos de Bilbao, y teniendo en cuenta la incapacidad del rey para hablar en público a causa de su enfermedad, el príncipe no tendría otra opción salvo pronunciarse respecto a la preocupante situación.

Varios cargos de importancia del gobierno, entre los cuales se encontraba el mismo presidente del país, ya habían condenado el asesinato, pero habían declinado realizar más comentarios hasta que el Palacio Real se pronunciara, dejando enteramente el espinoso asunto en manos del príncipe Julián. A Garza no le sorprendía; la implicación de la futura reina en el evento lo convertía en una granada política que nadie quería tener cerca.

«Esta noche el príncipe será puesto a prueba —pensó Garza, mientras subía a toda velocidad la majestuosa escalera del palacio en dirección a los aposentos reales—. Necesitará consejo y, con su padre incapacitado, tendré que ser yo quien se lo ofrezca.»

El comandante recorrió aprisa el pasillo de la residencia y cuando llegó finalmente a la puerta del príncipe Julián, respiró hondo y llamó con los nudillos.

«Qué extraño —pensó al no recibir respuesta—. Sé que está aquí dentro.» El agente Fonseca le había dicho que el príncipe acababa de llamarlo a Bilbao desde sus aposentos para asegurarse de que Ambra se encontraba bien, cosa que, gracias a Dios, era así.

El comandante volvió a llamar. De nuevo, no obtuvo respuesta y su preocupación fue en aumento.

Sin pensarlo dos veces, abrió la puerta y entró.

—¡¿Don Julián?! —exclamó.

La residencia estaba a oscuras salvo por la parpadeante luz del televisor en la sala.

—¿Hola?

Garza se adentró en la estancia y vio al príncipe Julián de pie en la oscuridad y mirando por la ventana: una silueta inmóvil todavía vestida de forma impecable con el traje hecho a medida que había llevado esa mañana a sus reuniones. Ni siquiera se había aflojado la corbata.

Observándolo en silencio, el comandante de la Guardia Real no pudo evitar sentir una creciente inquietud ante el ensimismamiento del príncipe. «Esta crisis parece haberlo dejado aturdido.»

Finalmente, se aclaró la garganta para hacer notar su presencia.

Cuando Su Alteza habló, lo hizo sin apartar la mirada de la ventana.

—Antes he llamado a Ambra, pero se ha negado a hablar conmigo —dijo en un tono que dejaba entrever más perplejidad que dolor.

Garza no tuvo claro qué contestar. Teniendo en cuenta los acontecimientos de esa noche, parecía incomprensible que el príncipe Julián estuviera pensando en su relación con aquella mujer. Ese compromiso matrimonial había sido problemático desde su precipitado principio.

—Supongo que todavía estará en *shock* —respondió al fin el comandante—. El agente Fonseca la traerá de vuelta dentro de poco. Cuando esté aquí podrán hablar con calma. Y permítame que le diga lo aliviado que me siento de que se encuentre a salvo.

El príncipe Julián asintió con aire ausente.

—En estos momentos están persiguiendo al tirador —dijo Garza para cambiar de tema—. Fonseca me ha asegurado que en breve detendrán a ese terrorista. —Usó la palabra «terrorista» adrede para sacar al príncipe de su ensimismamiento.

Éste, sin embargo, volvió a asentir, distraído.

—El presidente ha condenado el asesinato —continuó Garza—, pero el gobierno espera que usted haga también alguna declaración... a causa de la implicación de Ambra en el evento de esta noche. —Hizo una pausa—. Soy consciente de que, teniendo en cuenta su compromiso matrimonial, la situación es delicada, pero le sugeriría que simplemente dijera que una de las cosas que más admira de su prometida es su independencia y que, si bien usted sabe que ella no comparte las opiniones políticas de Edmond Kirsch, aplaude su decisión de cumplir con sus compromisos como directora del museo. Si quiere, puedo escribirle algo. Deberíamos realizar una declaración a tiempo para la primera edición de las noticias.

Julián seguía sin apartar la mirada de la ventana.

—Antes de dirigirme a los medios me gustaría conocer la opinión del obispo Valdespino.

Garza apretó los puños y procuró disimular su desaprobación. La España posterior a Franco era un Estado aconfesional, lo cual significaba que ya no había una religión de Estado y que la Iglesia no tenía voz ni voto en cuestiones políticas. La amistad íntima de Valdespino con el rey, sin embargo, siempre había proporcionado al obispo una influencia inusual en los asuntos cotidianos de Palacio. Lamentablemente, su conservadurismo político y su celo religioso dejaban escaso margen para la diplomacia y el tacto que requería una crisis como la de esa noche.

«¡Esta situación precisa de tacto y sutileza, no de dogmatismo y fuegos artificiales!»

El comandante había descubierto hacía mucho que el piadoso exterior del obispo ocultaba una verdad muy simple: siempre anteponía sus necesidades a las de Dios. Hasta hacía poco, era algo que había podido ignorar, pero ahora que el equilibrio del poder estaba cambiando, la idea de que Valdespino revoloteara alrededor del príncipe era motivo de gran preocupación.

«A mi parecer, la relación del obispo con el príncipe ya es demasiado estrecha.»

Garza sabía que don Julián siempre había considerado a Valdespino un miembro de su «familia»; más un tipo de confianza que una autoridad religiosa. En tanto que confidente principal del rey, al obispo se le había encomendado la tarea de supervisar su desarrollo moral, y lo había hecho con dedicación y fervor, vetando a todos sus tutores e introduciéndolo en las doctrinas de la fe (o, incluso, aconsejándolo en cuestiones del corazón). Ahora, años después, a pesar de que no compartían los mismos puntos de vista, su vínculo seguía siendo fuerte.

—Don Julián —dijo Garza en un sereno tono de voz—. Estoy firmemente convencido de que la situación de esta noche es algo de lo que deberíamos ocuparnos usted y yo a solas.

—¿Ah, sí? —dijo la voz de un hombre a su espalda.

Garza se dio la vuelta y se sobresaltó al ver a un fantasma ataviado con sotana y sentado en las sombras.

«¡Valdespino!»

—Debo decir, comandante, que yo estaba convencido de que especialmente usted se daría cuenta de lo necesario que soy esta noche —dijo Valdespino en un susurro.

—Estamos ante una situación política, no religiosa —contestó con firmeza Garza.

Valdespino respondió en un tono de mofa:

—El hecho de que afirme algo así me indica hasta qué punto he sobrestimado su perspicacia en cuestiones políticas. En mi opinión, sólo hay una respuesta adecuada a esta crisis. Debemos asegurar de inmediato a la nación que el futuro rey de España es un hombre profundamente religioso y un devoto católico.

—Estoy de acuerdo... e incluiremos una mención a la fe del príncipe don Julián en todas las declaraciones que haga.

—Y cuando el príncipe aparezca ante la prensa, yo estaré a su lado con una mano sobre su hombro, para simbolizar lo fuerte que es su vínculo con la Iglesia. Esa imagen reconfortará más a la nación que cualquier palabra que pueda escribir usted.

Garza echaba humo.

—El mundo acaba de ser testigo de un brutal asesinato en directo acaecido en suelo español —anunció Valdespino—. En tiempos de violencia, nada consuela más que la mano de Dios.

31

El puente de los Candados o Széchenyi (uno de los ocho que hay en Budapest) se extiende por encima del Danubio a lo largo de más de trescientos metros. Este puente, un emblema del vínculo entre este y oeste, está considerado uno de los más bellos del mundo.

«¿Qué estoy haciendo? —se preguntó el rabino Köves echando un vistazo por encima del barandal a las agitadas aguas negras de debajo—. El obispo me ha aconsejado que me quedara en casa.»

Köves sabía que no debería haber salido a la calle, pero siempre que algo perturbaba su alma se sentía atraído por ese lugar. Desde hacía muchos años, solía acudir allí por las noches para meditar mientras disfrutaba de sus atemporales vistas. Al este, en Pest, la fachada iluminada del palacio Gresham se erguía orgullosa ante los campanarios de la basílica de San Esteban. Al oeste, en lo alto de la colina, se alzaban los muros del castillo de Buda. Y, al norte, en la ribera del Danubio, se alzaban las señoriales agujas del Parlamento, el edificio más grande de Hungría.

El rabino sospechaba, sin embargo, que no eran las vistas lo que lo empujaba a acudir a ese puente, sino otra cosa completamente distinta.

«Los candados.»

De los barandales y los cables de suspensión del puente colgaban cientos de candados, todos con unas iniciales escritas y unidos para siempre a la estructura.

Según la tradición, los amantes acudían juntos al puente, escribían sus iniciales en un candado, lo dejaban colgado de uno de sus cables y luego tiraban la llave a las profundas aguas, donde se perdía para siempre. Se trataba de un símbolo de su unión eterna.

«La más simple de las promesas —pensó Köves, tocando uno de los candados—. Mi alma está unida a la tuya para siempre.»

Cada vez que el rabino necesitaba recordarse que en el mundo existía un amor inmensurable, iba a ver esos candados. Esa noche era una de esas ocasiones. Mientras contemplaba las agitadas aguas, sintió como si de repente el mundo estuviera moviéndose con demasiada rapidez. «Puede que ya no pertenezca a él.»

Lo que antaño eran meros momentos de reflexión solitaria (unos pocos minutos a solas en el bus, o mientras íbamos caminando al trabajo, o esperábamos a una cita) nos resultaban ahora intervalos insoportables e, incapaces de resistirnos a la adictiva atracción de la tecnología, recurríamos de forma impulsiva a nuestros celulares, o a unos auriculares, o a una consola de videojuegos. Los milagros del pasado estaban desdibujándose a causa de nuestro incesante apetito por todo aquello que fuera nuevo.

En ese momento, mientras miraba las aguas del Danubio, Yehuda Köves se sintió especialmente cansado. La vista se le empañó y tuvo la impresión de que había unas formas siniestras y amorfas moviéndose sobre la superficie del agua. De repente, le pareció que el mismo río estaba compuesto por una confusión de criaturas que emergían de sus profundidades.

—A víz él —dijo una voz a su espalda—. «El agua está viva.»

El rabino se dio la vuelta y vio a un muchacho de pelo rizado y mirada expectante. El chico le recordó a sí mismo cuando era joven.

—¿Cómo dices?

El joven abrió la boca para hablar, pero, en vez de palabras, su garganta profirió una especie de zumbido electrónico y sus ojos emitieron una luz blanca cegadora.

El rabino Köves se despertó con un grito ahogado y se irguió de golpe en la silla en la que estaba sentado.

—*Oy gevalt!*

El teléfono de su escritorio estaba sonando y el viejo rabino se dio la vuelta y examinó asustado el estudio de su *házikó*. Afortunadamente, estaba solo. El corazón le latía con fuerza.

«Qué sueño más extraño», pensó, mientras procuraba recobrar el aliento.

El teléfono no dejaba de sonar y Köves supuso que a esa hora sólo podía tratarse de Valdespino, que debía de llamar para informarle de alguna novedad sobre su traslado a Madrid.

—¡Obispo Valdespino! —contestó, todavía desorientado—. ¿Qué noticias tiene?

—¿Hablo con el rabino Yehuda Köves? —preguntó una voz desconocida—. Usted no me conoce, y no quiero asustarlo, pero necesito que me escuche con atención.

De repente, Köves se despertó del todo.

Se trataba de una voz femenina, pero sonaba rara, como si estuviera distorsionada. Hablaba aceleradamente en un inglés con acento español.

—Estoy filtrando mi voz para mantener el anonimato. Le pido disculpas, pero dentro de un momento comprenderá por qué.

—¡¿Quién es usted?! —preguntó Köves.

—Soy un centinela, alguien que no siente ningún aprecio por aquellos que intentan ocultarle la verdad al público.

—Yo... no le entiendo.

—Rabino Köves, sé que hace tres días asistió usted a una reunión con Edmond Kirsch, el obispo Valdespino y el ulema Syed al-Fadl en el monasterio de Montserrat.

«¿Cómo diantre puede saber eso?»

—También sé que Kirsch les informó ampliamente a los tres sobre su reciente descubrimiento científico... y que ahora está usted implicado en una conspiración para mantenerlo oculto.

—¡¿Cómo dice?!

—Si no me escucha con atención, le vaticino que morirá en las próximas horas eliminado por el largo brazo del obispo Valdespino. —La mujer hizo una pausa y luego añadió—: Al igual que su amigo Syed al-Fadl y el mismo Edmond Kirsch.

32

El puente de la Salve de Bilbao cruza la ría del Nervión a tan escasa distancia del museo Guggenheim que, con frecuencia, ambas estructuras parecen fusionarse en una. Este puente, reconocible al instante por su único soporte —un alto pilón de color rojo brillante y con forma de «H» gigante— toma su nombre de los folclóricos relatos de los pescadores que volvían del mar por este río entonando oraciones de gratitud por haber regresado a salvo a casa.

Tras salir por la parte trasera del edificio, Langdon y Ambra habían recorrido rápidamente la pequeña distancia que había entre el museo y la ribera del río y, en esos momentos, estaban esperando debajo del puente tal y como les había indicado Winston.

«¿Esperando a qué?», se preguntó Langdon con inquietud.

Mientras permanecían ocultos en las sombras, el profesor reparó en que el delgado cuerpo de la mujer temblaba de frío bajo su deslumbrante vestido de noche. Él se quitó entonces la chaqueta y, tras colocársela a ella sobre los hombros, le frotó ligeramente los brazos para ayudarla a entrar en calor.

Sin advertencia previa, ella se dio la vuelta y se lo quedó mirando a los ojos.

Por un instante, Langdon temió haberse extralimitado, pero la expresión de Ambra no era de disgusto, sino de gratitud.

—Gracias —susurró—. Gracias por ayudarme.

Sin dejar de mirarlo fijamente a los ojos, Ambra extendió los brazos y tomó las manos del profesor entre las suyas como si estuviera intentando absorber la calidez o el consuelo que pudieran ofrecerle.

Y luego, con la misma rapidez, volvió a soltárselas.

—Lo siento —susurró ella—. Conducta inapropiada, como solía decir mi madre.

Langdon la tranquilizó con una sonrisa.

—Circunstancias extenuantes, como decía la mía.

La mujer consiguió devolverle la sonrisa, pero ésta duró poco.

—Me siento muy mal —dijo ella, apartando la mirada—. Lo que le ha pasado a Edmond...

—Es terrible... Verdaderamente espantoso —afirmó Langdon, consciente de que el *shock* todavía le impedía expresar de forma adecuada sus emociones.

Ambra clavó la mirada en el agua.

—Y pensar que mi prometido, don Julián, está implicado...

Langdon percibió, en el tono de voz de la mujer, que se sentía traicionada y no supo bien cómo responder.

—Sé lo que parece —señaló, procurando abordar con tiento ese delicado asunto—, pero no podemos estar seguros de eso. Es posible que el príncipe Julián no tuviera conocimiento previo del asesinato que iba a tener lugar esta noche. El asesino podría haber actuado solo, o bajo las órdenes de alguien que no es el príncipe. No tiene mucho sentido que el futuro rey de España orqueste el asesinato público de un civil, y menos todavía si el rastro del crimen conduce directamente a él.

—Conduce a él sólo porque Winston ha descubierto que Ávila ha sido añadido en el último momento a la lista de invitados. Puede que Julián contara con que nadie llegara a descubrir quién había apretado el gatillo.

Langdon debía admitir que su argumento tenía lógica.

—Nunca debería haber hablado de la presentación de Edmond con Julián —dijo Ambra, volviéndose hacia el profesor—. Él me insistió en que no participara, así que lo tranquilicé diciéndole que mi implicación sería mínima y que la presentación no consistiría nada más que en la proyección de un video. Creo que incluso le expliqué que Edmond activaría la proyección desde un celular.

—La mujer hizo una pausa y luego continuó—: Eso significa que, si descubren que nos hemos llevado el celular, se darán cuenta de que el hallazgo todavía puede hacerse público. Y no sé hasta dónde será capaz de llegar Julián para impedirlo.

Langdon se quedó estudiando un largo rato a la hermosa mujer.

—No confía para nada en su prometido, ¿verdad?

Ambra respiró hondo.

—Lo cierto es que no lo conozco tan bien como podría usted suponer.

—Entonces ¿por qué aceptó casarse con él?

—Básicamente, Julián me puso en una situación en la que no tuve elección.

Antes de que Langdon pudiera responder, un rumor que reverberaba en el espacio cavernoso de debajo del puente hizo temblar el cemento bajo sus pies. El ruido fue sonando cada vez más cerca. Parecía provenir del río.

Langdon se volvió a la derecha y vio una oscura forma que iba hacia ellos: era una embarcación de motor que llevaba las luces apagadas. Al acercarse a la plataforma de cemento, el pequeño barco aminoró la marcha y se deslizó más lentamente hasta llegar a su lado.

El profesor se quedó mirando la embarcación y negó con la cabeza. Hasta ese momento, no había estado seguro de hasta qué punto debían tener fe en el guía informático de Edmond, pero ahora, al ver el taxi acuático de color amarillo acercándose a la ribera, se dio cuenta de que Winston era el mejor aliado con el que podían contar.

El desaliñado capitán de la embarcación les indicó con la mano que subieran a bordo.

—Su amigo inglés llamar —se expresó el hombre con torpeza—. Él decir que clientes vip pagar triple por... ¿cómo decir? ¿Velocidad y discreción? ¡Yo hacer eso! ¿Ustedes ver? ¡No luces!

—Sí, gracias —respondió Langdon.

«Bien pensado, Winston. Velocidad y discreción.»

El capitán extendió el brazo para ayudar a Ambra a subir a bordo y, mientras ésta desaparecía en el interior de la pequeña cabina cubierta, sonrió a Langdon con los ojos abiertos como platos.

—¿Ésta ser la vip? ¿Señorita Ambra Vidal?

—Velocidad y discreción —le recordó Langdon.

—¡Sí, sí!

El hombre se colocó detrás del timón y puso el motor en marcha. Al poco, la embarcación ya estaba deslizándose por la superficie del Nervión hacia el oeste.

A babor, Langdon pudo ver la gigantesca viuda negra de la explanada del Guggenheim siniestramente iluminada por las luces giratorias de los coches de policía. Sobre sus cabezas, el helicóptero de un medio de comunicación cruzaba el cielo en dirección al museo.

«El primero de muchos», sospechó Langdon.

El profesor sacó la críptica nota de Edmond del bolsillo de sus pantalones. «BIO-EC346.» Éste le había dicho que se la diera al conductor del taxi, aunque seguramente el profesor no imaginaba que el vehículo en cuestión sería acuático.

—¡Supongo que nuestro amigo inglés ya le ha dicho adónde vamos!... —exclamó el profesor por encima del estruendo de los motores.

—¡Sí, sí! Yo advierto a él que barco sólo poder llegar cerca, pero él decir que no problema, ustedes caminar trescientos metros, ¿sí? —dijo, recurriendo al poco inglés que sabía.

—Perfecto. ¿A qué distancia se encuentra de aquí?

El hombre señaló la autopista que se extendía a lo largo de la ribera derecha del río.

—El letrero decir siete kilómetros, pero en barco un poco más.

Langdon echó un vistazo al letrero reflectante.

Aeropuerto de Bilbao (BIO) ✈ 7 km

El profesor sonrió con tristeza al recordar la voz de su amigo. «Es un código rematadamente simple», le había dicho, y tenía razón. Cuando por fin lo había descifrado, no había podido evitar avergonzarse por haber tardado tanto.

Efectivamente, «BIO» era un código, si bien no más difícil de descifrar que otros similares que había en todo el mundo: BOS, LAX, JFK...

«Se trata del código del aeropuerto local.

»EC346.»

Langdon nunca había visto el avión privado de Edmond, pero sabía que tenía uno y no dudaba de que su matrícula comenzaría con la «E» de España.

«EC346 es un avión privado.»

Estaba claro que si un taxi lo hubiera llevado al aeropuerto de Bilbao, le habría podido enseñar la tarjeta de Edmond a algún guardia de seguridad y éste lo habría escoltado directamente hasta el avión.

«Espero que Winston se haya puesto en contacto con los pilotos para avisarlos de que estamos a punto de llegar», pensó el profesor, echando un vistazo por encima del hombro al museo. El edificio se veía cada vez más pequeño en la distancia.

Luego consideró la posibilidad de unirse a Ambra en la cabina, pero el aire fresco estaba sentándole bien y decidió dejarle a la mujer un par de minutos para que se recompusiera.

«A mí también me irá bien estar un momento a solas», pensó, y se dirigió a proa.

En la parte delantera de la embarcación el viento le agitaba el pelo con fuerza. Langdon se desató entonces la pajarita y se la guardó en el bolsillo. Luego se desabrochó el botón del cuello ópera de la camisa y respiró tan profundamente como pudo, dejando que el aire nocturno le llenara los pulmones.

«Edmond —pensó—, ¿qué has hecho?»

33

El comandante Garza estaba hecho una furia y no dejaba de ir de un lado para otro de la sala de la residencia del príncipe Julián mientras soportaba la santurrona perorata del obispo.

«¡Está metiéndose usted en un terreno que no le pertenece!», le habría gustado gritarle a Valdespino.

Una vez más, éste se había inmiscuido en los asuntos políticos de Palacio. Había aparecido como un espectro en la oscuridad del aposento del príncipe Julián ataviado con la vestimenta litúrgica completa, y ahora estaba dándole un exaltado sermón al futuro rey sobre la importancia de las tradiciones de España, la devota religiosidad de los antiguos reyes y reinas del país, y la reconfortante influencia de la Iglesia en tiempos de crisis.

«Éste no es el momento», pensó Garza enfadado.

Esa noche, el príncipe debía desempeñar una delicada labor de relaciones públicas, y lo último que el comandante necesitaba era que los intentos de Valdespino de imponer su agenda religiosa lo distrajeran.

Convenientemente, el zumbido de su celular interrumpió el monólogo del obispo.

—Sí, diga —contestó el comandante en voz alta, colocándose entre el obispo y el príncipe—. ¿Qué novedades hay?

—Señor, soy el agente Fonseca —dijo éste apresuradamente—. Me temo que no hemos podido capturar al tirador. La empresa para la que trabaja el coche con el que ha huido ha perdido el contacto con él. El tirador parece haber anticipado nuestros actos.

Garza respiró hondo para disimular su ira y procuró que su tono de voz no desvelara su verdadero estado de ánimo.

—Comprendo —respondió con serenidad—. Ahora mismo, su preocupación principal es la seguridad de la señorita Vidal. El príncipe está esperándola en el palacio y le he asegurado que usted la traería en breve.

Se produjo un largo silencio en la línea. Demasiado largo.

—¿Co... comandante? —dijo Fonseca, dudando—. Lo siento, señor, pero tengo malas noticias. La señorita Vidal y el profesor estadounidense se han marchado del edificio. —Hizo una pausa antes de proseguir—: Sin nosotros.

A Garza casi se le cae el teléfono al suelo.

—¿Perdón? ¿Podría... repetir eso?

—Sí, señor. La señorita Vidal y el profesor Robert Langdon han huido del edificio. Además, la señorita Vidal ha abandonado a propósito su celular para que no pudiéramos localizarla. No tenemos ni idea de adónde han ido.

El comandante se dio cuenta de que se había quedado ligeramente boquiabierto y de que el príncipe estaba mirándolo con aparente preocupación. Arqueando las cejas con inconfundible interés, Valdespino también se había inclinado hacia adelante para intentar oír algo.

—¡Vaya! ¡Son unas noticias excelentes! —exclamó Garza de repente, asintiendo con convicción—. Buen trabajo. Los veremos en unas horas. Confirmemos antes los protocolos de transporte y seguridad. Un momento, por favor.

Garza tapó el auricular y sonrió al príncipe.

—Todo va bien. Paso un momento a otra habitación para concretar los detalles y darles a ustedes algo de privacidad.

El comandante no quería dejar a solas al príncipe con Valdespino, pero no podía contestar a Fonseca delante de ninguno de los dos, así que se dirigió a una de las habitaciones de invitados, entró y cerró la puerta tras de sí.

—¡¿Qué diablos ha pasado?! —dijo hecho una furia.

Fonseca le contó una historia que parecía completamente inventada.

—¿Dice que las luces se han apagado? —repitió Garza con incredulidad—. ¿Y que una computadora se ha hecho pasar por guardia de seguridad del museo y los ha engañado? ¿Qué se supone que he de responder a eso?

—Entiendo que es difícil de concebir, señor, pero eso es justo lo que ha sucedido. Lo que no conseguimos comprender es por qué de repente la computadora ha cambiado de parecer.

—¡¿Cambiado de parecer?! ¡Es una maldita computadora!

—Lo que quiero decir es que al principio la computadora colaboraba con nosotros. Ha identificado el nombre del tirador, ha intentado impedir el asesinato y ha descubierto que el coche con el que ha huido el asesino está afiliado a Uber. Luego, de repente, parece que ha comenzado a actuar en nuestra contra. Lo único que se nos ocurre es que Robert Langdon debe de haberle dicho algo, porque tras mantener una conversación con él todo ha cambiado.

«¿Ahora he de enfrentarme a una computadora?» Garza decidió que estaba haciéndose demasiado viejo para este mundo moderno.

—Estoy seguro de que no hace falta que le explique, agente Fonseca, lo comprometedor que sería para el príncipe, tanto personal como políticamente, que llegara a saberse que su prometida ha huido con un estadounidense y que unos agentes de la Guardia Real han sido engañados por una computadora.

—Somos perfectamente conscientes de eso.

—¿Tiene alguna idea de qué puede haber motivado su huida? Parece algo del todo injustificado y temerario.

—El profesor Langdon ha mostrado cierta resistencia cuando le he dicho que tendría que venir con nosotros a Madrid. Ha dejado claro que no quería hacerlo.

«¿Y por eso ha huido del escenario de un crimen?» Garza tenía la sensación de que algo más estaba pasando, pero no tenía claro de qué se trataba.

—Escúcheme con atención. Es absolutamente crucial que localice a Ambra Vidal y la traiga al palacio antes de que todo esto se filtre a los medios.

—Lo comprendo, señor, pero Díaz y yo somos los dos únicos agentes del cuerpo que hay en Bilbao. Es imposible que podamos cubrir toda la ciudad. Tenemos que alertar a las autoridades locales, disponer de acceso a las cámaras de tráfico, contar con soporte aéreo, cualquier posible...

—¡Ni hablar! —respondió el comandante—. No podemos permitirnos hacer el ridículo. Haga su trabajo. Tendrán que encontrarlos ustedes dos solos y traer a la señorita Vidal a Madrid lo antes posible.

—Sí, señor.

Garza colgó, todavía presa de la incredulidad.

Al salir de la habitación, vio a una pálida joven que corría por el pasillo en su dirección. Llevaba sus habituales lentes de fondo de botella y unos pantalones de vestir de color beige. En una mano sostenía con fuerza una tableta.

«¡Oh, Dios mío! —pensó—. Ahora no.»

Mónica Martín era la nueva «coordinadora de relaciones públicas», un puesto que comprendía las tareas de enlace con los medios, estratega de RR. PP. y directora de comunicaciones, y que la joven parecía desempeñar en constante estado de alerta máxima.

A sus veintiséis años de edad, tenía un grado en Comunicación por la Universidad Complutense de Madrid y, tras realizar un curso de posgrado en una de las facultades de informática más importantes del mundo (la de la Universidad de Tsinghua, en Pekín), había conseguido un trabajo de relaciones públicas en el Grupo Planeta y luego había ocupado un importante cargo en Antena 3.

El año anterior, en un desesperado intento por conectar digitalmente con los jóvenes del país y seguir el ritmo del vertiginoso crecimiento en cuanto a influencia de Twitter, Facebook, los blogs y demás medios digitales, el Palacio había despedido a un profesional de las relaciones públicas que tenía décadas de experiencia con los medios de comunicación tradicionales y lo había reemplazado por esa *millennial* experta en tecnología.

«Martín se lo debe todo al príncipe Julián», se dijo Garza.

El nombramiento de la joven había sido una de las pocas contribuciones de Julián a las operaciones diarias de la Casa Real. Una de las pocas ocasiones en que había hecho valer su postura frente a la de su padre. Martín estaba considerada una de las mejores en su ramo, pero al comandante, su constante paranoia y su energía nerviosa le resultaban agotadoras.

—Teorías conspirativas —anunció Martín al llegar a su lado, sin dejar de agitar la tableta en el aire—. Están extendiéndose por toda la red.

Garza se quedó mirando a su coordinadora de relaciones públicas con incredulidad. «¿Acaso parece que me preocupe eso?» Tenía cosas más importantes de las que preocuparse que la rumorología conspirativa.

—¿Podría decirme qué está haciendo en la residencia real?

—He consultado la localización de su dispositivo GPS en la sala de control. —La joven señaló el celular que el comandante llevaba en el cinturón.

Garza cerró los ojos y respiró hondo para reprimir la irritación que sentía. Además de una nueva coordinadora de relaciones públicas, el Palacio había implementado un nuevo Departamento de Seguridad Electrónica que ofrecía al equipo de Garza servicios GPS, vigilancia digital, evaluación de perfiles y búsqueda de datos preventiva. Cada día, el personal del comandante era más variado y joven.

«Nuestra sala de control parece la clase de informática de un campus universitario.»

Al parecer, la nueva tecnología implementada para conocer la localización de los agentes de la Guardia Real también revelaba la del mismo Garza. A éste lo ponía nervioso pensar que un puñado de muchachos en un sótano pudiera conocer su ubicación a cada instante.

—He acudido a usted personalmente porque sabía que querría ver esto —dijo Martín, sosteniendo su tableta en alto.

El comandante tomó el artilugio y echó un vistazo a la pantalla. En ella podía verse una fotografía de archivo y la biografía de un español de barba canosa que había sido identificado como el tirador de Bilbao: el almirante de la Armada Luis Ávila.

—Hay muchos comentarios negativos —continuó Martín—, y la mayoría están relacionados con el hecho de que Ávila hubiera trabajado para la familia real.

—¡Ávila era miembro de la Armada! —farfulló Garza.

—Sí, pero, técnicamente, el rey es el comandante en jefe de las Fuerzas Armadas, de modo que...

—¡No diga nada más! —le ordenó el comandante, devolviéndole la tableta—. Sugerir que el rey es cómplice de algún modo en un acto terrorista es una fantasía absurda surgida de las desquiciadas mentes de unos fanáticos de las conspiraciones y resulta absolutamente irrelevante para la situación en la que nos encontramos. Considerémonos afortunados y volvamos al trabajo. Al fin y al cabo, este lunático podría haber asesinado a la futura reina, pero en vez de eso ha optado por matar a un ateo estadounidense. ¡Podría haber sido peor!

La joven no pestañeó.

—Hay otra cosa más relacionada con la familia real, señor. No quería que lo pillara por sorpresa.

Los dedos de la joven revolotearon a toda velocidad sobre la superficie de la tableta y abrieron la ventana de otra página web.

—Esta foto lleva varios días circulando por la red, pero nadie le había dado ninguna importancia. No obstante, ahora que todo lo relativo a Edmond Kirsch está viralizándose en internet, ha comenzado a aparecer en todos los medios.

La joven le mostró la tableta a Garza.

El comandante leyó el titular: «¿Es ésta la última fotografía del futurólogo Edmond Kirsch?».

Una fotografía borrosa lo mostraba vestido con un traje oscuro, de pie junto a un rocoso acantilado.

—Fue tomada hace tres días, mientras Kirsch estaba de visita en el monasterio de Montserrat —dijo Martín—. Un trabajador del lugar lo reconoció y le hizo la foto, una de las últimas del futurólogo.

—¿Y esto qué tiene que ver con nosotros? —preguntó el comandante.

—Vea la siguiente.

Así lo hizo Garza. Y al ver la segunda imagen, tuvo que apoyarse en la pared.

—Esto... no puede ser verdad.

Era la versión sin recortar de la misma fotografía. En ella, se veía a Edmond Kirsch junto a un hombre ataviado con una tradicional sotana católica con fajín púrpura. Se trataba del obispo Valdespino.

—Así es, señor —señaló Martín—. Valdespino se reunió con Kirsch hace unos días.

—Pero... —El comandante vaciló, y por un momento se quedó sin habla—. ¿Cómo puede ser que el obispo no lo haya mencionado? ¡Sobre todo teniendo en cuenta lo que ha pasado esta noche!

Martín asintió con expresión recelosa.

—Por eso quería hablar primero con usted.

«¡Valdespino se reunió con Kirsch! —Garza no podía creérselo—. ¡Y el obispo no lo ha mencionado en ningún momento!» Esa noticia era alarmante, y el comandante estaba ansioso por avisar al príncipe.

—Por desgracia, hay mucho más —añadió la joven, y volvió a teclear algo en la pantalla.

—¿Comandante? —se oyó de repente que decía una voz desde la sala—. ¿Hay alguna novedad sobre el traslado de la señorita Vidal?

Mónica Martín levantó de golpe la cabeza con los ojos abiertos como platos.

—¿Es el obispo? —susurró—. ¿Valdespino está aquí, en la residencia?

—Sí. Asesorando al príncipe.

—¡¿Comandante?! —volvió a exclamar el obispo—. ¡¿Está usted ahí?!

—Créame —dijo Martín en voz baja y cierto con temor—, hay más cosas que debe usted conocer de inmediato, antes de que les diga una palabra más al obispo o al príncipe. Confíe en mí cuando le aseguro que el impacto de la crisis de esta noche es mucho más profundo de lo que pueda imaginar.

Garza se quedó mirando un momento a su coordinadora de relaciones públicas y tomó una decisión.

—Nos vemos en la biblioteca. Bajo en un minuto.

Martín asintió y se marchó.

Una vez a solas, Garza respiró hondo y procuró relajar la expresión de su rostro con la esperanza de borrar todo rastro de la creciente ira y de la confusión que sentía. Cuando por fin estuvo en calma, volvió a la sala.

—Buenas noticias —anunció con una sonrisa al entrar—. La señorita Vidal no tardará en llegar a Madrid. Voy a bajar a la sala de control para supervisar en persona su transporte. —Garza se despidió del príncipe Julián con un movimiento de cabeza y luego se volvió hacia el obispo Valdespino—. Regresaré en breve. No se vaya.

Y, tras decir eso, se marchó.

Mientras el comandante salía de la estancia, el obispo Valdespino se lo quedó mirando con el ceño fruncido.

—¿Sucede algo? —preguntó el príncipe al ver la expresión del obispo.

—Sí —respondió éste—. Hace cincuenta años que tomo confesión. Reconozco una mentira en cuanto la oigo.

⊕ ConspiracyNet.com

NOTICIAS DE ÚLTIMA HORA

Las especulaciones se multiplican por la red

Tras el asesinato de Edmond Kirsch, la ingente cantidad de seguidores del futurólogo ha comenzado a especular sobre tres cuestiones imperiosas:

¿EN QUÉ CONSISTÍA EL DESCUBRIMIENTO DE KIRSCH?
¿QUIÉN LO HA MATADO, Y POR QUÉ?

En lo que respecta al descubrimiento que iba a revelar esta noche, las teorías que circulan por internet abarcan una gran variedad de temas: de Darwin a los extraterrestres, pasando por el creacionismo y otras muchas posibilidades...

Todavía no se ha confirmado ningún motivo para el asesinato,
pero también circulan múltiples teorías que apuntan a diversas causas como el fanatismo religioso, el espionaje industrial o los celos.

Una fuente ha prometido a ConspiracyNet información exclu-
siva sobre el asesino. En cuanto llegue la compartiremos con
nuestros lectores.

Ambra Vidal permanecía a solas en la cabina del taxi acuático envuelta en la chaqueta de Robert Langdon. Unos minutos antes, cuando éste le había preguntado por qué había accedido a casarse con un hombre al que apenas conocía, ella le había dicho la verdad.

«No tuve elección.»

Su compromiso matrimonial con Julián había sido un desafortunado acontecimiento que no se sentía con ganas de revivir esa noche. No con todo lo que había pasado.

«Me vi atrapada.»

«Sigo atrapada.»

En ese momento, mientras miraba su reflejo en la sucia ventanilla de la embarcación, se sintió atenazada por una soledad abrumadora. No solía entregarse a la autocompasión, pero los sucesos de esa noche habían hecho que su corazón fuera presa del desasosiego y se encontrara a la deriva. «Estoy prometida con un hombre que está implicado de algún modo en un brutal asesinato.»

El príncipe había sellado el destino de Edmond con una llamada realizada apenas una hora antes del evento. Ambra estaba preparando frenéticamente la llegada de los invitados cuando una joven del personal de recepción del museo había entrado en su despacho agitando con nerviosismo un trozo de papel.

—¡Señorita Vidal! ¡Un mensaje para usted!

Casi sin aliento, la alborozada chica le explicó que acababa de recibir una llamada importante en recepción.

—¡Según el identificador de llamadas, se trataba del Palacio Real de Madrid, de modo que no he dudado en contestar! —añadió—. ¡Era alguien que llamaba de parte de la oficina del príncipe Julián!

—¿Y han llamado a recepción? —preguntó Ambra—. Si tienen mi número personal...

—El asistente del príncipe me ha explicado que ha intentado llamarla al celular, pero que usted no ha contestado —replicó la joven.

Ambra consultó su teléfono. «Qué extraño..., no tengo ninguna llamada perdida.» Luego cayó en la cuenta de que unos técnicos habían estado probando el nuevo sistema para bloquear la cobertura telefónica en el museo. El asistente de Julián debía de haber llamado en ese momento.

—Al parecer, el príncipe ha recibido hoy una llamada de un amigo muy importante de Bilbao que está interesado en asistir al evento de esta noche, y esperaba que usted pudiera añadir su nombre a la lista de invitados.

La chica le dio a Ambra el trozo de papel.

La mujer echó un vistazo al mensaje.

Almirante Luis Ávila (ret.)
Armada española

«¿Un oficial retirado de la Armada?»

—El asistente me ha dejado un número y me ha dicho que puede usted llamarlo directamente si hay algún problema, pero que Julián iba a entrar en una reunión, así que lo más probable es que no pueda hablar con él. También ha insistido en que el príncipe espera que no se tome esta petición como una imposición.

«¿Una imposición? —pensó Ambra un tanto irritada—. ¿Después de lo que me ha hecho pasar?»

—Yo me ocupo —dijo Ambra—. Gracias.

La joven se marchó tan radiante de felicidad como si acabara de transmitirle a la directora un mensaje de Dios en persona. Ambra bajó la mirada al papel con la petición del príncipe, molesta con que le hubiera parecido apropiado ejercer su influencia con ella de ese modo, sobre todo después de haber insistido tanto en que no participara en el evento.

«De nuevo, no me deja elección», pensó.

Si ignoraba la petición, cabía la posibilidad de que en la entrada del museo tuviera lugar un incómodo altercado con un prominente oficial de la Armada. El evento de esa noche estaba meticulosamente coreografiado y atraería una cobertura mediática sin parangón. «Lo último que necesito es un bochornoso escándalo con uno de los poderosos amigos de Julián.»

El almirante Ávila no había recibido el visto bueno de seguridad ni figuraba en la lista de invitados «aprobados», pero Ambra sospechaba que solicitar una comprobación de identidad era innecesario, además de posiblemente insultante. Al fin y al cabo, se trataba de un distinguido oficial de la Armada con suficiente poder como para tomar el teléfono, llamar al Palacio Real y pedirle un favor al futuro rey.

De modo que, apurada a causa del escaso tiempo del que disponía, Ambra había tomado la única decisión posible. Había incluido el nombre del almirante en la lista de la entrada y, a continuación, lo había añadido asimismo a la base de datos para que el nuevo invitado también tuviera a su disposición unos auriculares.

Luego había seguido con los preparativos del evento.

«Y ahora Edmond está muerto», pensó la mujer en la oscuridad del taxi acuático. Al intentar apartar de su mente esos recuerdos dolorosos, cayó en la cuenta de algo extraño.

«En ningún momento he llegado a hablar directamente con Julián... Toda comunicación ha tenido lugar mediante terceras personas.»

Esa idea le proporcionó un pequeño rayo de esperanza.

«¿Es posible que Langdon tenga razón y Julián sea inocente?»

Lo consideró un instante y luego salió a toda velocidad de la cabina.

Vio al profesor estadounidense de pie en la proa de la embarcación, con las manos en el barandal y la mirada al frente. En cuanto se unió a él, a la mujer le sorprendió comprobar que el taxi había dejado el río propiamente dicho y que ahora se dirigía hacia el norte por un pequeño afluente que parecía más un canal peligroso que un río. Las aguas poco profundas, las márgenes altas y embarradas y el escaso espacio navegable la pusieron algo nerviosa, pero el capitán parecía impertérrito y avanzaba por el estrecho canal a toda velocidad iluminando el camino con los potentes faros de la embarcación.

Ella le contó lo de la llamada de la oficina de Julián.

—Lo único que sé es que en el museo hemos recibido una llamada desde el Palacio Real de Madrid. Técnicamente, cualquier persona que se encontrara allí podría haberse hecho pasar por el asistente de Julián y haber telefoneado.

Langdon asintió.

—Ésa debe de ser la razón por la que esa persona ha preferido que le transmitieran el mensaje en vez de hablar directamente con usted. ¿Alguna idea de quién puede estar implicado?

Teniendo en cuenta el encontronazo de Edmond con Valdespino, sus sospechas se decantaban por el obispo.

—Podría ser cualquiera —dijo Ambra—. Son tiempos turbulentos para la Casa Real. Con el inminente ascenso de Julián al trono, muchos de los antiguos consejeros del rey están nerviosos y hacen todo lo posible por obtener el favor del príncipe y asegurarse de que tienen acceso directo a él. El país está cambiando, y creo que muchos de los integrantes de la vieja guardia están desesperados por aferrarse al poder.

—Bueno —dijo Langdon—, esperemos que, quienquiera que

esté implicado, no descubra que estamos intentando encontrar la contraseña de Edmond para hacer público su descubrimiento.

En cuanto pronunció esas palabras, fue consciente de la extrema simplicidad de su desafío.

Y también del tremendo peligro que conllevaba.

«Edmond ha sido asesinado para evitar que esta información saliera a la luz.»

Por un instante, Langdon se preguntó si la opción más segura no sería volar directamente a casa y dejar que otra persona se ocupara de todo eso.

«Sería más seguro, sí, pero no es una opción...», pensó.

Tenía un profundo sentido del deber hacia su antiguo alumno, además de una indignación moral justificada ante el hecho de que un hallazgo científico pudiera ser censurado con esa brutalidad. Asimismo, no dejaba de azuzarlo una intensa curiosidad intelectual por saber qué era exactamente lo que había descubierto Edmond.

«Y, por último, está Ambra Vidal.»

No había duda de que la mujer estaba en crisis, y cuando antes lo había mirado a los ojos y le había pedido ayuda, Langdon había percibido en ellos una profunda convicción personal y una gran seguridad en sí misma..., pero también unas densas nubes de miedo y pesar. «Esconde secretos oscuros y que la aprisionan —le había parecido—. Está pidiendo ayuda.»

De repente, Ambra levantó la mirada como si se hubiera dado cuenta de lo que estaba pensando Langdon.

—Parece que tiene frío —dijo ella—. Deje que le devuelva su saco.

Él sonrió ligeramente.

—Estoy bien.

—¿Está pensando que debería marcharse de España en cuanto lleguemos al aeropuerto?

El profesor se rio.

—Lo cierto es que se me ha pasado por la cabeza.

—Por favor, no lo haga.

Ambra extendió un brazo hasta el barandal y colocó una suave mano encima de las de él.

—No sé muy bien qué es lo que nos espera, pero usted y Edmond tenían una estrecha relación y él me dijo en más de una ocasión lo mucho que valoraba su amistad y que confiaba en su opinión. Tengo miedo, profesor, y no estoy segura de que yo sola pueda hacer frente a todo esto.

Esa muestra de vulnerable franqueza desconcertó a Langdon, pero también le pareció absolutamente cautivadora.

—De acuerdo. Hemos de encontrar esa contraseña y hacer público su hallazgo. Se lo debemos a Edmond y, para ser sinceros, también a la comunidad científica —dijo él asintiendo.

Ambra esbozó media sonrisa.

—Gracias.

Langdon echó un vistazo por encima del hombro.

—Imagino que, a estas alturas, los agentes de la Guardia Real ya deben de haberse dado cuenta de que hemos salido del museo.

—Sin duda. Pero la actuación de Winston ha sido impresionante, ¿verdad?

—Asombrosa —respondió Langdon, que estaba comenzando a tomar conciencia del salto cuántico que Edmond había realizado en lo que respectaba al desarrollo de la inteligencia artificial.

Fueran cuales fuesen las «tecnologías propietarias» que hubiera creado, estaba claro que supondrían un cambio radical en la interacción entre los seres humanos y las máquinas.

Esa noche, Winston había demostrado ser un fiel sirviente de su creador así como un inestimable aliado para Langdon y Ambra. En cuestión de minutos, había identificado una amenaza en la lista de invitados, intentado impedir el asesinato de Edmond, identificado el coche en el que había huido el tirador y les había facilitado a ellos dos la forma de escapar del museo.

—Esperemos que Winston haya avisado a los pilotos de Edmond —dijo Langdon.

—Estoy segura de que lo ha hecho —respondió la mujer—. Pero tiene razón, debería llamarlo para comprobarlo.

—Un momento —pidió Langdon sorprendido—. ¿Puede llamar a Winston? Cuando hemos salido del museo y la cobertura de los auriculares se ha perdido, he pensado que...

Ambra se rio y negó con la cabeza.

—Robert, si me permites que te tutee, Winston no se encuentra físicamente en el museo, sino en el servidor de unas instalaciones secretas y es posible acceder a ese servidor de forma remota. ¿De veras crees que Edmond habría creado un recurso como Winston sin tener en cuenta la posibilidad de comunicarse con él en todo momento desde cualquier parte del mundo? Edmond hablaba con él a todas horas: cuando estaba en casa, de viaje, cuando salía a dar un paseo... Podía conectar con él con una simple llamada. Vi a Edmond charlar durante horas con Winston. Lo usaba de asistente personal para hacer reservas en restaurantes o coordinarse con sus pilotos, por ejemplo. Para todo aquello que necesitara, la verdad. De hecho, cuando estábamos organizando el evento de esta noche, yo misma hablé a menudo con él por teléfono.

Ambra metió una mano en el bolsillo de la chaqueta de Langdon, sacó el celular con la funda de color turquesa de Edmond y lo encendió (el profesor lo había apagado en el museo para ahorrar batería).

—Tú también deberías encender el teléfono para que ambos tengamos acceso a Winston —dijo ella.

—¿No te preocupa que si encendemos los celulares puedan localizarnos?

Ambra negó con la cabeza.

—Las autoridades no han tenido tiempo suficiente para solicitar una orden judicial. Creo que merece la pena correr el riesgo; sobre todo si Winston puede darnos noticias sobre los avances de la Guardia Real o el lugar hacia el que debemos dirigirnos en el aeropuerto.

Todavía receloso, Langdon presionó un botón de su celular y se quedó mirando cómo se encendía. En cuanto la pantalla cobró vida, aguzó la vista para verla bien y no pudo evitar sentirse vulnerable, como si de repente todos los satélites del espacio pudieran localizarlo.

«Has visto demasiadas películas de espías», se dijo.

De inmediato, su celular comenzó a emitir pitidos y a vibrar. Estaban entrando de golpe todos los mensajes que había recibido a lo largo de la tarde. Para su asombro, desde que lo había apagado le habían enviado más de doscientos mensajes y correos electrónicos.

Echó un vistazo a la bandeja de entrada y vio que los mensajes eran todos de amigos y colegas. En los primeros no hacían más que felicitarlo («¡Gran presentación! ¡No puedo creer que estuvieses allí!»), pero, de repente, el tono cambiaba y pasaban a mostrar inquietud y una profunda preocupación, como en el que le había enviado su editor, Jonas Faukman: «¡¡¡DIOS MÍO!!! ¿¿¿ESTÁS BIEN, ROBERT???». Langdon nunca había visto a su erudito editor usar mayúsculas en toda una frase ni más de un signo de exclamación o interrogación a la vez.

Hasta el momento, el profesor se había sentido maravillosamente invisible en la oscuridad de las vías fluviales de Bilbao, como si los sucesos del museo fueran un sueño lejano.

«La noticia del misterioso descubrimiento y brutal asesinato de Kirsch se ha extendido por todo el mundo... junto con mi nombre y mi rostro», descubrió entonces.

—Winston ha estado intentando ponerse en contacto con nosotros —dijo Ambra con los ojos puestos en la resplandeciente pantalla del celular de Kirsch—. Edmond ha recibido cincuenta y tres llamadas perdidas en la última media hora, todas del mismo número y cada treinta segundos exactos. —Soltó una risa ahogada—. Una de las muchas virtudes de Winston es su incansable persistencia.

Justo entonces, el celular de Edmond comenzó a sonar.

Langdon sonrió a Ambra.

—Me pregunto quién será.

Ella le pasó el celular.

—Contesta tú.

El profesor tomó el aparato y presionó el botón del altavoz.

—¿Hola?

—Profesor Langdon —sonó la voz de Winston con su ya familiar acento británico—. Me alegro de que volvamos a estar en contacto. He estado intentando hablar con usted.

—Sí, acabo de verlo —respondió él, impresionado por que la computadora sonara tan serena y flemática después de cincuenta y tres llamadas consecutivas.

—Hay novedades —dijo Winston—. Existe la posibilidad de que las autoridades del aeropuerto hayan sido alertadas y conozcan sus nombres. De nuevo, les sugiero que sigan mis instrucciones al pie de la letra.

—Estamos en tus manos, Winston —aseguró Langdon—. Dinos qué debemos hacer.

—En primer lugar, profesor —dijo Winston—, si todavía no se ha deshecho de su celular, hágalo cuanto antes.

—¿De verdad? —Langdon se aferró con más fuerza a él—. ¿No necesitan las autoridades una orden judicial antes de...?

—En una serie policíaca estadounidense quizá, pero están ustedes tratando con la Guardia Real y el Palacio Real de España. Harán lo que sea necesario.

Langdon miró su teléfono. Le parecía extraño, pero se sentía reacio a separarse de él. «Toda mi vida está ahí.»

—¿Y qué hay del teléfono de Edmond? —preguntó Ambra alarmada.

—Es ilocalizable —respondió Winston—. A Edmond le preocupaba mucho el espionaje industrial y los posibles *hackeos*, de modo que él mismo diseñó un programa que modificaba los códigos IMEI e IMSI así como los valores C2 de su celular para eludir cualquier interceptor GSM.

«Claro —pensó Langdon—. Para el genio que creó a Winston, eludir a una compañía telefónica local debía de ser pan comido.»

Langdon se quedó mirando con el ceño fruncido su celular aparentemente inferior. De repente, Ambra extendió un brazo y se lo quitó de las manos. Luego, sin decir palabra, lo tiró por encima del barandal. El profesor vio cómo su celular caía en las oscuras aguas de aquel afluente del Nervión. Cuando se hundió bajo la superficie, no pudo evitar sentir una punzada de dolor por su pérdida y, mientras la embarcación seguía adelante a toda velocidad, se quedó con la vista puesta en el punto en el que había desaparecido.

—Recuerda las sabias palabras de la princesa Elsa de Disney, Robert —susurró Ambra.

Langdon se volvió.

—¿Cómo dices?

La mujer sonrió ligeramente.

—«¡Suéltalo!»

36

—Su misión todavía no ha terminado —anunció la persona que acababa de llamar a Ávila al celular.

El almirante se irguió en el asiento trasero del coche en el que viajaba para escuchar con atención las novedades.

—Ha surgido una complicación inesperada —dijo su contacto—. Necesitamos que se redirija a Barcelona. Ahora mismo.

«¿A Barcelona?» A Ávila le habían dicho que iría a Madrid para realizar otra tarea.

—Tenemos razones para creer que dos compañeros del señor Kirsch viajarán esta noche a esa ciudad con la esperanza de encontrar un modo de activar de forma remota el resto de la presentación —prosiguió la voz.

Ávila se puso rígido.

—¿Es eso posible?

—Todavía no estamos seguros, pero, si lo consiguen, obviamente desbarataría todo el duro trabajo que ha realizado usted. Necesito a un hombre en Barcelona ahora mismo. Diríjase allí con la máxima discreción y lo más rápido que pueda. En cuanto llegue, llámeme.

Y, tras decir eso, la comunicación se cortó.

Curiosamente, Ávila celebró esas malas noticias. «Todavía soy necesario.» Barcelona estaba más lejos que Madrid, pero en mitad de la noche seguían siendo apenas unas horas de autopista. Sin perder un solo momento, el almirante alzó el arma y se la colocó en la cabeza al conductor del coche. Las manos del tipo se tensaron visiblemente en el volante.

—Llévame a Barcelona —le ordenó Ávila.

El conductor tomó la salida de Vitoria-Gasteiz y luego la autopista A-1 en dirección este. Los únicos vehículos que había en la carretera a esas horas eran camiones con remolque, todos compitiendo para llegar cuanto antes a Pamplona, Huesca, Lleida o, finalmente, a una de las ciudades portuarias más grandes del Mediterráneo: Barcelona.

El almirante apenas se podía creer la extraña secuencia de acontecimientos que lo había llevado hasta ese momento. «Desde las profundidades de la desesperación más desgarradora me he alzado para llevar a cabo mi servicio más glorioso.»

Por un oscuro instante, Ávila volvió a verse a sí mismo en ese pozo sin fondo, arrastrándose entre los escombros del altar repleto de humo de la catedral de Sevilla en busca de su esposa y su hijo y descubriendo al final que habían desaparecido para siempre.

Durante las semanas posteriores al ataque, no salió de casa. Permaneció tumbado en su sillón consumido por interminables pesadillas en las que hordas de demonios lo arrastraban a un oscuro abismo, envolviéndolo en negrura, ira y un sentimiento de culpa asfixiante.

—El abismo es el purgatorio —susurró una monja a su espalda, una de las cientos de psicoterapeutas formadas por la Iglesia para consolar a los supervivientes—. Su alma está atrapada en un limbo oscuro. La absolución es la única escapatoria. Debe encontrar un modo de perdonar a las personas que hicieron esto o la ira lo consumirá por entero. —Al decir eso, la monja se santiguó—. El perdón es su única salvación.

«¿El perdón?», intentó decir Ávila, pero los demonios le atenazaron la garganta. En ese momento, la venganza parecía la única salvación. «Pero ¿contra quién?» Nadie había reivindicado el atentado.

—Soy consciente de que los actos de terrorismo religioso parecen imperdonables —siguió diciendo la monja—. Y, sin embargo, no hay que olvidar que, hace siglos, nuestra religión fundó la Inquisición y mató a mujeres y niños inocentes en nombre de Dios. A causa de ello, hemos tenido que pedir perdón al mundo y también a nosotros mismos. Con el tiempo, sin embargo, hemos conseguido que las heridas cicatricen.

Luego le leyó la Biblia: «No ofrezcas resistencia a la maldad. Cuando alguien te abofetee la mejilla derecha, ofrécele la otra. Ama a tus enemigos, haz el bien a aquellos que te odian, bendice a aquellos que te maldicen, reza por aquellos que te injurian».

Esa noche Ávila se observó en el espejo. Se sentía solo y desconsolado. El hombre que le devolvía la mirada era un desconocido. Las palabras de la monja no habían conseguido que el dolor disminuyera.

«¿Perdón? ¿Ofrecer la otra mejilla?

»¡He presenciado una maldad para la que no hay absolución!»

Presa de un arrebato de ira, el almirante hizo añicos el espejo de un puñetazo y luego se derrumbó sollozando en el suelo del baño.

Como oficial de la Armada, Ávila siempre había tenido el control de la situación. Su vida se había regido por la disciplina, el honor y la cadena de mando. Ese hombre, sin embargo, ya no existía. En unas semanas, había caído en un trance neblinoso a causa de una potente mezcla de alcohol y fármacos. Pronto, las ansias que sentía por los efectos insensibilizadores de los productos químicos ocuparon cada una de las horas que pasaba despierto, convirtiéndolo en un recluso hostil.

Al cabo de unos meses, fue discretamente obligado a retirarse. Ávila, antaño un poderoso barco de guerra, estaba ahora varado en un dique seco y sabía que nunca volvería a salir al mar. La Armada, a la que había entregado su vida, lo había dejado solo con un modesto estipendio con el que apenas podía vivir.

«A mis cincuenta y ocho años no tengo nada», cayó en la cuenta.

Se pasaba los días sentado a solas en la sala de su casa, viendo la televisión, bebiendo vodka y esperando la aparición de algún rayo de esperanza. «La hora más oscura es la que precede al alba —se decía una y otra vez, pero el viejo aforismo de la Armada demostraba ser siempre falso—. El amanecer nunca llega.»

La lluviosa mañana del jueves en el que cumplía cincuenta y nueve años, Ávila se quedó mirando la botella vacía de vodka y la orden de desahucio que había recibido, y reunió la valentía necesaria para tomar la vieja pistola de servicio que guardaba en el clóset, cargarla y colocarse el cañón en la sien.

—Perdóname —susurró, y cerró los ojos.

Luego apretó el gatillo. La detonación fue mucho más débil de lo esperado. Más un ruido seco que un disparo.

El arma había fallado. Al parecer, tantos años guardada en el clóset polvoriento sin ser limpiada habían pasado factura a la barata pistola de servicio del almirante. Parecía que incluso un simple acto de cobardía como ése se encontraba más allá de sus capacidades.

Enfurecido, arrojó el arma a la pared. Esa vez, la detonación resonó por toda la estancia. Al instante, Ávila sintió que una intensa quemazón le atravesaba la pantorrilla y su ebria neblina se disipó de golpe dejando paso a un dolor cegador. El almirante cayó al suelo gritando y agarrándose la pierna ensangrentada.

Asustados, los vecinos echaron la puerta abajo y luego se oyeron sirenas. Al poco, Ávila se encontró en el Hospital Provincial San Lázaro de Sevilla tratando de explicar cómo podía ser que hubiera intentado suicidarse disparándose a la pierna.

A la mañana siguiente, mientras permanecía tumbado en la sala de recuperación, deshecho y humillado, el almirante Ávila recibió una visita.

—Es usted un pésimo tirador —dijo un joven—. No me extraña que lo obligaran a retirarse.

Antes de que Ávila pudiera contestar, el visitante subió la persiana para que entraran los rayos del sol. El almirante se protegió los ojos con la mano y vio a un joven musculoso con el pelo cortado a cepillo. Llevaba una camiseta con el rostro de Jesús.

—Me llamo Marco —dijo con acento andaluz—. Soy el fisioterapeuta. He pedido que me asignaran su rehabilitación porque tenemos algo en común.

—¿El ejército? —preguntó Ávila, percibiendo la autoridad de su tono.

—No. —El joven miró a Ávila directamente a los ojos—. Yo también estuve allí ese domingo por la mañana. En la catedral. Cuando tuvo lugar el ataque terrorista.

Ávila se lo quedó mirando con incredulidad.

—¿Estuviste allí?

El joven se levantó una de las perneras del pantalón de chándal para dejar a la vista una extremidad prostética.

—Sé que ha pasado por un infierno, pero yo jugaba al fútbol semiprofesional, así que no espere demasiada compasión por mi parte. Creo más bien que Dios ayuda a quienes se ayudan a sí mismos.

Antes de que Ávila se diera cuenta, Marco lo había levantado de la cama y lo había sentado en una silla de ruedas. Luego lo llevó a un pequeño gimnasio que había al final del pasillo y lo dejó entre dos barras paralelas.

—Esto va a dolerle —explicó el chico—, pero intente llegar al otro lado. Hágalo una vez. Luego podrá desayunar.

El dolor resultó casi insoportable, pero Ávila no iba a quejarse delante de alguien que sólo tenía una pierna, de modo que, apoyando la mayor parte del peso en los brazos, consiguió llegar con gran esfuerzo hasta el otro extremo de las barras.

—Muy bien —dijo Marco—. Ahora hacia el otro lado.

—Pero me has dicho que...

—Ya. Le he mentido. Vuelva a hacerlo.

El almirante se quedó mirando al chico con estupefacción. Hacía muchos años que no recibía una orden y, por extraño que pareciera, encontró algo reconfortante en ello. Lo hizo sentir joven; como cuando era un recluta novato. Al instante, dio la vuelta y comenzó a recorrer las barras hacia el otro extremo.

—Dígame: ¿todavía va a misa a la catedral de Sevilla? —le preguntó Marco.

—Nunca.

—¿Miedo?

Ávila negó con la cabeza.

—Ira.

Marco se rio.

—Ya. Deje que lo adivine. Las monjas le han dicho que perdone a los terroristas...

Ávila se detuvo de golpe.

—¡Exactamente!

—A mí también me lo dijeron. Y lo intenté. Es imposible. Las monjas dan unos consejos terribles. —Se rio de nuevo.

Ávila se fijó en la camiseta de Jesús que llevaba el joven.

—Pero parece que tú todavía...

—Sí, claro. En ningún momento he dejado de ser cristiano. Soy más devoto que nunca. Sólo que he tenido la suerte de encontrar mi misión: ayudar a las víctimas de los enemigos de Dios.

—Una noble causa —dijo Ávila con envidia y sintiendo que su propia vida carecía de sentido sin su familia o la Armada.

—Un gran hombre me ayudó a encontrar el camino de vuelta a Dios —continuó diciendo Marco—. Ese hombre, por cierto, fue el papa. Me he reunido personalmente con él varias veces.

—¿Cómo dices...? ¡¿El papa?!

—Sí.

—¿Te refieres... al líder de la Iglesia católica?

—Sí. Si quiere, puedo conseguirle una audiencia.

Ávila se quedó mirando al joven como si hubiera perdido la razón.

—¿Tú puedes conseguirme una audiencia con el papa?

Marco se mostró dolido.

—Soy consciente de que es usted un oficial importante de la Armada y que le cuesta imaginar que un fisioterapeuta lisiado de Sevilla tenga acceso al vicario de Cristo, pero estoy diciéndole la verdad. Si quiere, puedo organizar un encuentro con él. Probablemente, él podrá ayudarlo tal y como hizo conmigo.

Ávila se apoyó en las barras paralelas sin saber qué contestar. Idolatraba al papa que había por aquel entonces, un líder estricto y conservador que pregonaba el tradicionalismo y la ortodoxia. Por desgracia, ese hombre no dejaba de recibir críticas de todas partes de un mundo cada vez más modernizado, y había rumores de que pronto se retiraría a causa de la creciente presión progresista.

—Sería un honor para mí conocerlo, pero...

—De acuerdo —lo interrumpió Marco—. Intentaré organizar una audiencia para mañana.

Ávila nunca habría podido imaginar que al día siguiente accedería al interior de un seguro santuario y se encontraría cara a cara con un poderoso líder que le enseñaría la lección religiosa más trascendental de toda su vida.

«Muchos caminos conducen a la salvación.

»El perdón no es el único posible.»

37

Situada en la planta baja del palacio, la biblioteca real está formada por una serie de salas de una ornamentación espectacular y que contienen miles de libros de valor incalculable (entre los cuales el *Libro de Horas* de la reina Isabel, las biblias personales de varios reyes y un códice de la época de Alfonso XI).

Garza no quería dejar al príncipe a solas demasiado rato en las garras de Valdespino. Todavía estaba intentando encontrarle algún sentido al hecho de que éste se hubiera reunido con Kirsch unos días atrás y hubiera decidido mantenerlo en secreto. «¡Incluso después de la presentación y del asesinato de Edmond!»

El comandante recorrió a toda velocidad la oscura biblioteca en dirección a la coordinadora de relaciones públicas, Mónica Martín, que estaba esperándolo en las sombras con su resplandeciente tableta en las manos.

—Sé que está usted muy ocupado, señor, pero nos encontramos ante una situación verdaderamente apremiante —dijo Martín—. He ido a buscarlo porque nuestro centro de seguridad ha recibido un preocupante correo electrónico de ConspiracyNet.com.

—¿De quién?

—ConspiracyNet es una popular página web dedicada a las teorías conspirativas. El nivel de su periodismo es pésimo y los artículos parece que los haya escrito un niño, pero tienen millones de seguidores. En mi opinión, propagan noticias falsas, pero es una página que cuenta con el máximo respeto de los teóricos de las conspiraciones.

A Garza, los términos «máximo respeto» y «teóricos de las conspiraciones» le parecían mutuamente excluyentes.

—Llevan toda la noche publicando primicias sobre el asunto de Kirsch —siguió diciendo Martín—. No sé de dónde sacan la información, pero la página se ha convertido en fuente informativa de blogueros de noticias y teóricos de las conspiraciones, e incluso las grandes cadenas están consultándola para conocer la última hora.

—Vaya al grano —le ordenó Garza.

—ConspiracyNet tiene nueva información relacionada con Palacio —señaló Martín, colocándose bien los lentes en el puente de la nariz—. Van a publicarla en diez minutos y querían darnos antes la posibilidad de hacer algún comentario al respecto.

Garza se quedó mirando a la joven con incredulidad.

—¡La Casa Real no comenta chismes sensacionalistas!

—Al menos échele un vistazo, señor. —Martín le mostró la tableta.

El comandante tomó el aparato y vio una segunda foto del almirante de la Armada Luis Ávila. No estaba centrada y parecía haber sido tomada por casualidad. En ella se veía al almirante con el atuendo de gala de la Armada caminando por el pasillo de un museo. Parecía como si hubiera sido tomada por alguien que estuviera intentando fotografiar una obra de arte y, sin querer, hubiera capturado a Ávila cuando, de forma inadvertida, éste pasaba por delante.

—Ya sé qué aspecto tiene Ávila —dijo Garza, ansioso por regresar cuanto antes junto al príncipe y Valdespino—. ¿Por qué está enseñándome esto?

—Pase a la siguiente foto.

El comandante así lo hizo. Se trataba de una ampliación de la misma fotografía en la que podía verse la mano derecha del almirante. De inmediato, Garza distinguió el símbolo que tenía en la palma. Parecía un tatuaje.

El comandante se quedó mirando la imagen un buen rato. Como muchos otros españoles, sobre todo los de cierta edad, conocía bien ese emblema.

«El símbolo de Franco.»

Ese distintivo adornó muchos lugares de España durante gran parte del siglo xx y era sinónimo de la ultraconservadora dictadura del general Francisco Franco, cuyo brutal régimen propugnaba el nacionalismo, el autoritarismo, el militarismo, el antiliberalismo y el nacionalcatolicismo.

Garza sabía que ese antiguo símbolo estaba compuesto por seis letras que, ordenadas, formaban una palabra latina que definía a la perfección la imagen que Franco tenía de sí mismo.

«Víctor.»

Cruel, violento e intransigente, Francisco Franco se había hecho con el poder con la ayuda militar de la Alemania nazi y la Italia de Mussolini. Mató a miles de oponentes antes de tomar el control del país en 1939 y proclamarse a sí mismo caudillo, el equivalente español del Führer. Durante la guerra civil y los primeros años de la dictadura, aquellos que se atrevieron a oponerse a él desaparecieron en campos de concentración (donde se estima que fueron ejecutadas unas trescientas mil personas).

Franco, que se consideraba defensor de la «España católica» y enemigo del comunismo impío, ostentaba una mentalidad rigurosamente machista que excluía de manera oficial a las mujeres de cualquier posición de poder en la sociedad y apenas les daba derechos académicos, judiciales o bancarios, además de impedirles incluso el derecho a abandonar a un marido abusivo. Prohibió todo matrimonio que no se celebrara de acuerdo con la doctrina católica y, entre otras restricciones, declaró ilegales el divorcio, la contracepción, el aborto y la homosexualidad.

Afortunadamente, ahora todo había cambiado.

Aun así, a Garza le sorprendía la rapidez con la que el país había olvidado uno de los períodos más oscuros de su historia.

El «pacto de olvido» español (un acuerdo político nacional para «dejar atrás» todo aquello que había tenido lugar bajo el vil mando de Franco) había supuesto que a los niños se les enseñara muy poco en la escuela sobre el dictador. Una encuesta llevada a cabo recientemente en el país había revelado que a los adolescentes les resultaba más fácil reconocer al actor James Franco que a Francisco Franco.

Las generaciones de más edad, sin embargo, nunca lo olvidarían. Al igual que la esvástica nazi, el símbolo de Víctor todavía provocaba un profundo temor en el corazón de todos aquellos lo bastante mayores para recordar esos brutales años. A día de hoy, algunos alertaban de que una facción secreta de seguidores franquistas ocupaba las más altas esferas del gobierno español y la Iglesia católica. Se trataría de una fraternidad oculta de tradicionalistas que habría jurado devolver a España sus extremistas convicciones del siglo pasado.

Garza tenía que admitir que muchos mayores contemplaban con horror el caos y la apatía espiritual de la España contemporánea. Para ellos, el país sólo podría salvarse con una religión estatal más poderosa, un gobierno más autoritario y la imposición de unas directrices morales más claras.

«¡Miren nuestra juventud! —solían exclamar—. ¡Ha perdido el rumbo!»

Durante los últimos meses, ante la inminencia del ascenso al trono del joven príncipe Julián, había crecido entre los tradicionalistas el temor de que el Palacio Real pudiera convertirse en otra voz del cambio progresista del país. El compromiso matrimonial del príncipe con Ambra Vidal no había hecho sino alimentar su preocupación. Esta mujer no sólo era vasca sino que además era una agnóstica declarada y, cuando fuera reina consorte de España, sin duda tendría influencia en las decisiones que tomara el rey en cuestiones de Iglesia y Estado.

«Corren tiempos peligrosos —opinaba Garza—. Estamos asistiendo a un enconado conflicto entre el pasado y el futuro.»

Además de sufrir una brecha religiosa cada vez más profunda, España se encontraba asimismo ante una disyuntiva política. ¿Mantendría el país su monarquía o sería ésta abolida para siempre como en Austria, Hungría y tantos otros países europeos? Sólo el tiempo podría decirlo. En la calle, los antiguos tradicionalistas ondeaban banderas de España, mientras que los jóvenes progresistas llevaban con orgullo los colores púrpura, amarillo y rojo de la vieja bandera republicana.

«Julián va a heredar un polvorín.»

—Cuando he visto el tatuaje de Franco —dijo Martín, haciendo que la atención del comandante volviera a la tableta—, he pensado que tal vez había sido añadido digitalmente a la fotografía. Ya sabe, para generar controversia. Todas las páginas dedicadas a las conspiraciones compiten por conseguir tráfico y un vínculo franquista les proporcionaría una respuesta masiva, sobre todo teniendo en cuenta la naturaleza anticristiana de la presentación de Kirsch.

Garza sabía que tenía razón. «Los fanáticos de las teorías conspirativas se volverán locos con esto.»

Martín señaló la tableta.

—Lea la noticia que pretenden publicar.

Temiendo lo peor, Garza echó un vistazo al largo texto que acompañaba a la foto.

NOVEDADES SOBRE EDMOND KIRSCH

A pesar de las sospechas iniciales de que el asesinato de Edmond Kirsch había sido obra de extremistas religiosos, el descubrimiento de este ultraconservador símbolo franquista sugiere que el crimen puede tener asimismo una motivación política. Se sospecha que importantes conservadores que ocupan puestos en las más altas esferas del gobierno de España, e incluso dentro del Palacio Real, están ahora haciendo todo lo posible para hacerse con el control del poder durante el vacío dejado por la ausencia del rey ante su inminente muerte...

—Patético —dijo Garza, que ya había leído suficiente—. ¿Toda esta especulación a causa de un tatuaje? No significa nada. Con la excepción de la presencia de Ambra Vidal en el tiroteo, esta situación no tiene nada que ver con la política del Palacio Real. No haremos ningún comentario.

—Señor —insistió Martín—. Si lee toda la noticia, verá que están intentando vincular al obispo Valdespino directamente con el almirante Ávila. Sugieren que el obispo podría ser un franquista encubierto que ha estado aprovechando su influencia con el rey para impedir que éste realizara cambios de calado en el país. —La joven hizo una pausa y luego siguió—: Esta acusación está tomando mucha fuerza en la red.

De nuevo, Garza se encontró a sí mismo sin saber qué decir. Ya no reconocía el mundo en el que vivía.

«Hoy en día las noticias falsas tienen tanto peso como las verdaderas.»

Garza miró a Martín a los ojos y procuró hablar con la mayor serenidad posible:

—Mónica, todo esto es una ficción creada por fantasiosos escritores de blogs para su propio disfrute. Puedo asegurarle que Valdespino no es franquista. Ha servido fielmente al rey durante décadas, y es imposible que tenga relación alguna con un asesino franquista. La Casa Real no realizará ningún comentario; ¿he sido claro?

Garza se volvió hacia la puerta, ansioso por regresar junto al príncipe y Valdespino.

—¡Espere, señor!

Martín extendió una mano y lo agarró por el brazo.

El comandante se detuvo de golpe e, indignado, bajó la mirada hacia la mano de su empleada.

Martín lo soltó de inmediato.

—Lo siento, señor, pero ConspiracyNet también nos ha enviado la grabación de una conversación telefónica que acaba de tener lugar en Budapest. —La joven parpadeó nerviosamente detrás de sus gruesos lentes—. Esto tampoco va a gustarle.

38

«Mi jefe ha sido asesinado.»

El capitán Josh Siegel notaba cómo le temblaban las manos mientras conducía el Gulfstream G550 de Edmond Kirsch hasta la pista principal del aeropuerto de Bilbao.

«No estoy en condiciones de volar», pensó, y sabía que su copiloto estaba tan alterado como él.

Hacía muchos años que piloteaba aviones privados para Edmond Kirsch, y su terrible asesinato lo había sumido en un *shock* devastador. Una hora antes, él y su copiloto habían estado viendo la presentación del museo Guggenheim en la sala de espera del aeropuerto.

—Un evento tan fastuoso como cabía esperar de Edmond —había bromeado Siegel, impresionado por la capacidad de su jefe para atraer a esa gran cantidad de gente.

Mientras veía la presentación, sin embargo, se había descubierto a sí mismo inclinándose hacia adelante como el resto de los espectadores de la sala de espera, sintiendo cómo su curiosidad iba en aumento hasta que, de repente, la velada había estallado en el caos.

Luego, Siegel y su copiloto se habían quedado aturdidos, viendo la cobertura de las noticias y preguntándose qué debían hacer a continuación.

El teléfono de Siegel había sonado diez minutos después. Era

Winston, el asistente personal de Edmond. No lo conocía en persona, pero, a pesar de que le parecía un poco rarito, se había acostumbrado a coordinar vuelos con él.

—Si todavía no saben lo que ha sucedido, deberían encender el televisor —le había dicho.

—Lo hemos visto —le había contestado Siegel—. Estamos los dos destrozados.

—Necesitamos que regresen a Barcelona —había dicho entonces Winston en un tono extrañamente desapasionado teniendo en cuenta lo que acababa de ocurrir—. Prepárense para despegar, yo volveré a ponerme en contacto con ustedes en breve. Por favor, no despeguen antes de que volvamos a hablar.

Siegel no tenía ni idea de si las instrucciones de Winston se habrían ajustado a los deseos de Edmond, pero, de momento, se alegraba de que le indicaran qué debía hacer.

Siguiendo las órdenes de Winston, Siegel y su copiloto habían cumplimentado la lista de embarque del vuelo a Barcelona indicando que llevarían cero pasajeros (un «vuelo de traslado», tal y como se conocía en la jerga de las aerolíneas) y luego habían salido del hangar y habían iniciado las comprobaciones previas al vuelo.

Treinta minutos después, el asistente volvió a llamar.

—¿Están listos para el despegue?

—Sí.

—Fantástico. Imagino que usarán la pista habitual, la que está orientada hacia el este.

—Así es.

A veces, Siegel encontraba a Winston fatigosamente meticuloso y extrañamente bien informado.

—De acuerdo. Pónganse en contacto con la torre de control y soliciten permiso para despegar. Luego diríjanse al extremo del aeropuerto, pero no accedan a la pista de despegue.

—¿Quiere que nos detengamos en el acceso a la pista?

—Sí, sólo un minuto. Por favor, avísenme cuando hayan llegado.

Siegel y su copiloto se miraron entre sí con desconcierto. La petición de Winston no tenía ningún sentido.

«Los de la torre de control tendrán algo que decir al respecto.»

Aun así, Siegel condujo el avión por varias rampas y pistas hasta llegar al extremo oeste del aeropuerto. En ese momento, estaba recorriendo los últimos cientos de metros de la pista de acceso, donde el pavimento describía una curva de noventa grados a la derecha y se unía al principio de la de despegue.

—¿Winston? —preguntó Siegel al tiempo que echaba un vistazo a la valla de seguridad que rodeaba el perímetro del aeropuerto—. Ya hemos llegado al final de la pista de acceso.

—Esperen un momento, por favor —les contestó el asistente—. En nada vuelvo a ponerme en contacto con ustedes.

«¡No puedo detenerme aquí!», pensó Siegel, preguntándose qué demonios estaba haciendo Winston. Afortunadamente, al mirar por el espejo retrovisor no vio ningún avión detrás, de modo que al menos no estaba bloqueando el tráfico. Las únicas luces que veía eran las de la torre de control, un leve resplandor al otro extremo de la pista, a casi tres kilómetros.

Pasaron sesenta segundos.

—Aquí la torre de control —dijo una voz a través de los auriculares del piloto—. EC346, tiene permiso para despegar en la pista número uno. Repito, tiene permiso.

Al piloto nada le habría gustado más que hacer lo que le decían, pero seguía esperando la llamada del asistente de Edmond.

—Gracias, torre de control —contestó—. Tenemos que esperar un momento. Estamos comprobando una luz de emergencia que acaba de encenderse.

—Mensaje recibido. Por favor, avísennos cuando estén listos para el despegue.

39

—¿Aquí? ¿Quieren que yo detener aquí? Aeropuerto más lejos. Yo llevo allí. —El capitán del taxi acuático parecía confundido, pero al final logró hacerse entender en inglés.

—Gracias, haremos el resto del camino a pie —dijo Langdon siguiendo el consejo de Winston.

El capitán se encogió de hombros y detuvo la embarcación junto a un pequeño puente con un letrero en el que se podía leer PUERTO BIDEA. Ahí, la margen estaba cubierta de hierbas altas y parecía más o menos accesible. Un segundo después, Ambra ya había desembarcado y estaba ascendiendo por la pendiente que había junto a la ribera.

—¿Cuánto le debemos? —le preguntó Langdon al capitán.

—Usted no pagar —dijo el hombre—. El inglés hacer antes. Tarjeta crédito. Pagar triple.

«¿Winston ya ha pagado? —Langdon aún no se había acostumbrado a trabajar con el asistente informático de Kirsch—. Es una especie de Siri pero hasta arriba de esteroides.»

El estadounidense era consciente de que las habilidades de Winston no deberían sorprenderlo tanto. A diario veía noticias de programas de inteligencia artificial con robots que realizaban todo tipo de tareas complejas, entre las cuales se encontraba incluso la escritura de novelas (de hecho, un libro escrito por un programa así casi ganó un premio literario japonés).

Langdon le dio las gracias al capitán y desembarcó. Antes de ascender por la colina que había junto a la ribera, se dio la vuelta hacia el desconcertado conductor, se llevó un dedo índice a los labios y le dijo:

—Discreción, por favor.

—¡Sí, sí! —le aseguró el capitán y, tapándose los ojos, añadió—: ¡No he visto nada!

Y, tras eso, Langdon se apresuró a subir la pendiente, cruzó unas vías de tren y se unió a Ambra en una calle desierta bordeada por varias tiendas pintorescas.

—Según el mapa —dijo la voz de Winston a través del altavoz del celular de Edmond—, deberían encontrarse en la intersección del camino del Puerto y el río Asúa. ¿Ven una pequeña rotonda más adelante?

—¡Sí, la veo! —respondió Ambra.

—Perfecto. De la rotonda sale un camino señalizado como Beikabidea. Síganlo en dirección a las afueras del pueblo.

Dos minutos después, Langdon y Ambra habían dejado atrás la rotonda y estaban recorriendo una desierta carretera rural desde la que se divisaban varios caseríos de piedra en medio de unos prados cubiertos de hierba. A medida que avanzaban por el campo, el profesor comenzó a presentir que algo estaba mal. A su derecha, sobre la cima de una pequeña colina, podía ver una brumosa cúpula de contaminación lumínica.

—Si ésas son las luces de la terminal —dijo—, estamos muy lejos.

—El aeropuerto se encuentra a tres kilómetros de donde están ustedes —los informó Winston.

Ambra y Langdon intercambiaron una mirada de alarma. Winston les había dicho que la caminata sería sólo de ocho minutos.

—Según los mapas de Google —siguió diciendo Winston—, a su derecha debería haber un gran campo. ¿Pueden atravesarlo?

Langdon echó un vistazo al montículo de heno que tenían a la derecha. Éste se extendía por la suave pendiente de la colina en dirección a las luces de la terminal.

—Bueno, podríamos subir la colina —dijo Langdon—, pero tres kilómetros nos llevarán...

—Háganlo y limítense a seguir mis instrucciones, profesor —les aconsejó Winston en el mismo tono educado y carente de emoción de siempre.

Langdon, sin embargo, tuvo la sensación de que acababa de reprenderlo.

—Felicidades —se burló Ambra, mientras comenzaban a ascender la colina—. Es lo más irritado que he oído nunca a Winston.

—EC346, aquí la torre de control —dijo la voz a través de los auriculares de Siegel—. Deben ustedes despejar la rampa y despegar o regresar al hangar para proseguir con la reparación. ¿Cuál es su estado?

—Todavía estamos en ello —mintió Siegel echando un vistazo por el espejo retrovisor. Seguía sin ver ningún avión, sólo las débiles luces de la torre de control—. Necesitamos un minuto más.

—De acuerdo. Manténgannos informados.

El copiloto le dio unos golpecitos a Siegel en el hombro y le señaló algo a través del parabrisas.

Siegel miró el lugar que le indicaba su compañero, pero sólo vio la alta valla que había delante del avión. De repente, al otro lado de la alambrada, vislumbró una visión fantasmal. «¿Qué coj...?»

En el oscuro campo que había al otro lado de la valla, dos figuras espectrales aparecieron en medio de la negrura, descendiendo la pendiente de una colina en dirección al avión. Al acercarse, Siegel pudo distinguir la distintiva franja negra y diagonal del vestido blanco que había visto por televisión.

«¿Es ésa Ambra Vidal?»

Ambra había volado en algunas ocasiones con Edmond Kirsch, y Siegel siempre había sentido una pequeña palpitación cuando aquella española increíblemente hermosa se encontraba a bordo. No comprendía qué estaba haciendo en una pradera junto al aeropuerto de Bilbao.

El hombre alto que iba a su lado también parecía ir vestido de gala, y Siegel cayó en la cuenta de que también había participado en la presentación de esa noche.

«Es el profesor Robert Langdon, de Estados Unidos.»

De repente, volvió a oír la voz de Winston.

—Señor Siegel, en estos momentos debe de estar viendo a dos individuos al otro lado de la valla y, sin duda, los habrá reconocido a ambos. —Al piloto la calma del inglés le resultaba inquietante—. Por favor, tenga en cuenta que hay circunstancias que de momento no puedo explicarle, pero debo pedirle, en nombre del señor Kirsch, que siga mis instrucciones. —Winston hizo una pausa breve y luego añadió—: Lo único que necesita saber ahora mismo es que la gente que ha asesinado a Edmond Kirsch está intentando matar a Ambra Vidal y a Robert Langdon. Para mantenerlos a salvo, requerimos su asistencia.

—P-pero... por supuesto —tartamudeó Siegel, mientras procuraba procesar la información.

—La señorita Vidal y el profesor Langdon tienen que subir a bordo de la nave ahora mismo.

—¡¿Aquí?! —preguntó el piloto.

—Soy consciente del pequeño problema técnico que supone tener que revisar la lista de embarque, pero...

—¡¿Y es usted consciente del pequeño problema técnico que supone la valla de seguridad de tres metros que rodea el aeropuerto?!

—Sí —dijo Winston muy sereno—. Y, señor Siegel, si bien soy consciente de que usted y yo sólo hemos trabajado juntos durante unos pocos meses, necesito que ahora confíe en mí. Lo que voy a sugerirle es justo lo que Edmond habría querido que hiciera en esta situación.

El piloto escuchó con incredulidad el plan que le detalló Winston.

—¡Lo que está sugiriendo es imposible! —argumentó Siegel.

—Al contrario —dijo Winston—. Es absolutamente factible. El empuje de cada motor del avión es de más de 60 kN y el cono de proa está diseñado para soportar más de setecientos...

—¡No es la física del asunto lo que me preocupa —lo interrumpió Siegel—, sino su legalidad y la posibilidad de que me retiren la licencia de piloto!

—Lo entiendo, señor Siegel —respondió Winston sin perder la calma—. Pero la futura reina consorte de España se encuentra en grave peligro y sus acciones pueden salvarle la vida. Créame, cuando la verdad salga a la luz, no recibirá usted ninguna reprimenda, sino una medalla de manos del rey.

De pie en medio de las altas hierbas, Langdon y Ambra tenían los ojos puestos en la valla de seguridad que iluminaban los faros del avión.

Siguiendo las instrucciones de Winston, se habían apartado unos metros y estaban observando cómo el avión se ponía en marcha. En vez de girar por la curva de la rampa de acceso, el aparato cruzó las líneas de seguridad pintadas en el asfalto y salió de la pista en dirección a la valla.

El profesor se fijó en que el cono de proa del avión se acercaba a uno de los gruesos postes de acero que sostenían la valla. En cuanto entraron en contacto con uno de los postes, los motores del avión aceleraron ligeramente.

Langdon supuso que opondría más resistencia, pero, al parecer, los dos motores Rolls-Royce y las más de cuarenta toneladas que pesaba el aparato eran más de lo que la valla podía soportar.

Con un quejido metálico, el poste se inclinó hacia ellos levantando un gran trozo de asfalto sujeto a su base como si de las raíces de un árbol se tratara.

El profesor corrió hasta la valla y la empujó hacia abajo para que él y Ambra pudieran saltarla. Para cuando llegaron a la pista, la escalerilla del avión ya había sido desplegada y un piloto uniformado estaba haciéndoles señas para que subieran.

Ambra miró a Langdon con una sonrisa en los labios.

—¿Todavía dudas de Winston?

El profesor no sabía qué decir.

Tras subir la escalera y entrar en el lujoso interior del avión, Langdon oyó que el segundo piloto de la cabina hablaba con la torre de control.

—Sí, torre de control, los oigo —estaba diciendo—, pero su radar debe de estar descalibrado. No hemos salido de la pista de acceso. Repito, todavía nos encontramos en la pista de acceso. La luz de emergencia ya se ha apagado y estamos listos para despegar.

El copiloto cerró la puerta al tiempo que el piloto comenzaba a dar marcha atrás para alejarse de la valla. Un instante después, el aparato dio la vuelta para regresar a la pista.

Sentado frente a Ambra, Robert Langdon cerró un momento los ojos y respiró hondo. Los motores del avión aceleraron y sintió la presión del aparato al recorrer la pista de despegue.

Unos segundos más tarde, la aeronave comenzó a ascender por los aires inclinada hacia el sudeste y se dispuso a atravesar la noche en dirección a Barcelona.

40

El rabino Yehuda Köves salió a toda velocidad de su estudio, atravesó el jardín y, tras cruzar la puerta de entrada de su casa, descendió corriendo la escalinata en dirección a la acera.

«En casa ya no estoy a salvo —se dijo con el corazón acelerado—. Debo ir a la sinagoga.»

La sinagoga de la calle Dohány no sólo era su santuario, sino también una auténtica fortaleza. Los muros, las cercas con alambre de espino y los guardias apostados a las puertas las veinticuatro horas del día servían de recordatorio de la larga historia de antisemitismo de Budapest. Esa noche, Köves se sintió agradecido por tener las llaves de semejante ciudadela.

El templo se encontraba a tan sólo quince minutos de su casa. El rabino hacía cada día ese pacífico paseo. Esa noche, sin embargo, mientras recorría la calle Kossuth Lajos, sólo podía sentir miedo. Con la cabeza agachada, inspeccionó con cautela las sombras que tenía delante.

Casi al instante vio algo que lo puso en alerta.

Una oscura figura permanecía encorvada en un banco que había al otro lado de la calle. Se trataba de un hombre corpulento vestido con unos jeans y una gorra de béisbol. En ese momento estaba tecleando despreocupadamente algo en su celular y el resplandor del aparato iluminaba su barbudo rostro.

«No es de este barrio», se dijo Köves, y apretó el paso.

El hombre de la gorra de béisbol levantó la mirada, observó un instante al rabino, y luego volvió a concentrarse en su celular. Köves pasó por delante a toda velocidad. Y cuando hubo recorrido una manzana, echó un vistazo por encima del hombro. Para su consternación, el tipo ya no estaba sentado en el banco. Había cruzado la calle e iba por la acera en su dirección.

«¡Está siguiéndome!» El rabino aceleró todavía más el paso y se preguntó si no habría cometido una terrible equivocación al salir a la calle.

«¡Valdespino me ha dicho que me quedara en casa! ¿En quién he decidido confiar?»

Al principio, su intención era esperar la llegada de los hombres del obispo que iban a escoltarlo hasta Madrid, pero una llamada telefónica había sembrado rápidamente en su interior la oscura semilla de la duda y lo había cambiado todo.

«El objetivo de los hombres que le ha enviado el obispo no es trasladarlo, sino eliminarlo, igual que hizo con Syed al-Fadl», le había dicho la mujer. Luego le había expuesto unas pruebas tan persuasivas que Köves había entrado en pánico y había huido corriendo de casa.

Ahora, el rabino temía no llegar a tiempo a la sinagoga. El hombre de la gorra de béisbol aún iba detrás de él, siguiéndolo a unos cincuenta metros.

De repente, un ensordecedor chirrido sobresaltó a Köves. El ruido, advirtió aliviado, lo había hecho un autobús al frenar en la parada que había al final de la manzana. Con la sensación de que se trataba de una auténtica señal divina, corrió hacia él y subió a bordo. El vehículo estaba repleto de ruidosos estudiantes universitarios y dos de ellos tuvieron la educación de cederle un asiento en la parte delantera.

—*Köszönöm* —dijo el rabino casi sin aliento. «Gracias.»

Antes de que el autobús volviera a arrancar, sin embargo, el hombre de los jeans y la gorra de béisbol apretó a correr y consiguió llegar a tiempo para subir.

De inmediato, el rabino se puso rígido, pero el tipo pasó a su lado sin siquiera mirarlo y se sentó en la parte trasera. En el reflejo del parabrisas, Köves pudo ver que el hombre volvía a estar enfrascado en su celular, aparentemente absorto en alguna especie de videojuego.

«No seas paranoico, Yehuda —se dijo—. No viene a por ti.»

Cuando llegaron a la parada de la calle Dohány, Köves se quedó mirando las agujas de la sinagoga, que se encontraba a unas pocas manzanas, pero al final no se atrevió a dejar atrás la seguridad que le ofrecía aquel autobús lleno de estudiantes.

«Si bajo y el hombre me sigue...»

Decidió que era más seguro continuar rodeado de gente y permaneció en su asiento. «Será mejor que me quede un rato aquí y recupere el aliento», pensó, si bien deseó haber ido al baño antes de salir de aquel modo tan inesperado de casa.

En cuanto el autobús dejó atrás la calle Dohány, sin embargo, Köves cayó en la cuenta del terrible fallo de su plan.

«Es sábado por la noche y todos los pasajeros del autobús son jóvenes.»

Casi con toda seguridad bajarían en el mismo lugar: la siguiente parada, situada en pleno corazón del barrio judío.

Esa zona sufrió numerosos bombardeos durante la segunda guerra mundial, pero en la actualidad se había convertido en el emplazamiento de una de las escenas nocturnas más vibrantes de Europa: los famosos «bares en ruinas», modernos clubes alojados en esqueletos de edificios sin restaurar. Cada fin de semana, hordas de estudiantes y turistas se congregaban en las estructuras ruinosas de almacenes y de viejas mansiones reconvertidas en bares dotados de los equipos de sonido más modernos y decorados con grafitis, luces de colores y eclécticas obras de arte.

Efectivamente, cuando el autobús se detuvo en la siguiente parada, todos los estudiantes que lo atestaban descendieron en tropel. El hombre de la gorra, en cambio, permaneció sentado en la parte trasera, todavía enfrascado en su celular. El instinto le dijo a Köves que bajara del autobús lo más rápido que pudiera, de modo que se puso de pie, recorrió el pasillo a toda velocidad y salió a la calle.

El vehículo arrancó, pero de repente volvió a detenerse y sus puertas se abrieron para que descendiera un último pasajero: el hombre de la gorra de béisbol. Köves notó que el pulso se le aceleraba de nuevo, pero el tipo no lo miró en ningún momento. En vez de eso, le dio la espalda al gentío y se marchó a paso rápido en otra dirección mientras llamaba con el celular.

«Deja de imaginar cosas», se dijo el rabino, procurando serenarse.

El autobús volvió a arrancar y el grupo de estudiantes comenzó a caminar en dirección a los bares. Por seguridad, el rabino decidió permanecer a su lado tanto rato como fuera posible. En cuanto pudiera, giraría bruscamente a la izquierda y se dirigiría a la sinagoga a toda velocidad.

«Está a unas pocas manzanas», se dijo, ignorando la pesadez de las piernas y la creciente presión que sentía en la vejiga.

Los bares en ruinas estaban atestados y su bulliciosa clientela se agolpaba en las puertas. Por todas partes se oía el rítmico latido de la música electrónica, y el penetrante olor de la cerveza que impregnaba el aire de la calle se mezclaba con el aroma dulzón de los cigarrillos Sopianae y los pasteles con forma de chimenea, los *kürtöskalács*.

Al llegar a la esquina, Köves todavía tenía la inquietante sensación de que estaba siendo observado, de modo que aminoró el paso y echó un último vistazo por encima del hombro. Por suerte, no vio por ninguna parte al hombre de los jeans y la gorra de béisbol.

El sujeto, que se había agazapado en la oscura entrada de una casa, permaneció inmóvil durante diez largos segundos antes de asomarse cuidadosamente y mirar hacia la esquina.

«Buen intento, vejestorio», pensó a sabiendas de que se había agachado justo a tiempo.

El hombre volvió a comprobar la jeringa que llevaba en el bolsillo. Luego salió de las sombras, se ajustó la gorra y fue detrás de su objetivo.

41

El comandante de la Guardia Real Diego Garza subió corriendo la escalera de vuelta a los aposentos residenciales todavía con la tableta de Mónica Martín en la mano.

En ella estaba guardada la grabación de una llamada telefónica (una conversación entre un rabino húngaro llamado Yehuda Köves y una especie de informante digital) cuyo impactante contenido dejaba escasas opciones al comandante.

Con independencia de si Valdespino estaba realmente detrás de la conspiración homicida, tal y como sugería el informante, Garza sabía que, cuando la grabación se hiciera pública, la reputación del obispo quedaría destruida para siempre.

«Debo advertir al príncipe y protegerlo de las repercusiones.

»Hay que apartar a Valdespino de Palacio antes de que esta noticia salga a la luz.»

En política, la percepción lo era todo, y los rumorólogos estaban a punto de llevarse por delante al obispo. Claramente, había que evitar que el príncipe fuera visto junto a él.

La coordinadora de relaciones públicas, Mónica Martín, había aconsejado a Garza que el príncipe hiciera una declaración de inmediato, o corrían el riesgo de que pareciera cómplice de Valdespino.

«Tiene razón —admitía Garza—. Debemos conseguir que don Julián aparezca en televisión. Ahora.»

El comandante llegó a lo alto de la escalera y, casi sin aliento y sin apartar los ojos de la tableta, recorrió a toda velocidad el pasillo que conducía a la residencia del príncipe.

Al parecer, además de la imagen del tatuaje franquista y de la grabación de la llamada telefónica al rabino, la inminente publicación de ConspiracyNet iba a incluir una tercera y última revelación que, según Martín, iba a ser lo más perjudicial de todo.

«Una constelación de datos», lo había llamado ella. Se trataba de un listado de datos o hechos engañosos aparentemente aleatorios y disparatados que luego los teóricos de las conspiraciones analizaban y conectaban de manera creativa, formando posibles «constelaciones».

«¡Son peores que esos pirados del zodíaco, que se inventan formas animales a partir de la posición aleatoria de las estrellas!», se dijo enfadado.

Por desgracia, los datos de ConspiracyNet que aparecían en la tableta que Garza llevaba en la mano parecían haber sido formulados especialmente para componer una única constelación que no dejaba en demasiado buen lugar a la Corona española.

⊕ ConspiracyNet.com

El asesinato de Kirsch

Lo que sabemos hasta el momento

- Edmond Kirsch compartió su descubrimiento científico con tres líderes religiosos: el obispo Antonio Valdespino, el ulema Syed al-Fadl y el rabino Yehuda Köves.
- Kirsch y Al-Fadl están muertos. El rabino Köves no contesta al teléfono de su casa y parece haber desaparecido.
- El obispo Valdespino está vivo y ha sido visto por última vez cruzando la plaza en dirección al Palacio Real.
- El asesino de Kirsch, identificado como el almirante de la Arma-

da Luis Ávila, lleva un tatuaje que lo vincula a una facción de franquistas ultraconservadores. (¿El obispo Valdespino, cuyo conservadurismo es conocido, es también franquista?)

- Y, finalmente, según una fuente del museo Guggenheim, la lista de invitados al evento ya estaba cerrada cuando Luis Ávila fue añadido en el último minuto a petición de alguien que llamó desde el Palacio Real. (La persona del museo que se encargó de cumplir esa petición fue la futura reina consorte, Ambra Vidal.)

ConspiracyNet agradece al centinela civil monte@iglesia.org sus sustanciales contribuciones a esta noticia.

«monte@iglesia.org.»

Garza estaba convencido de que esa dirección de correo electrónico era falsa.

Iglesia.org era una conocida comunidad digital de sacerdotes, seglares y estudiantes devotos de las enseñanzas de Jesús. El confidente parecía haber falsificado el dominio para dar a entender que las alegaciones procedían de esa página web católica.

«Inteligente», pensó el comandante. Garza conocía la profunda admiración que los devotos católicos a cargo de esa página sentían por el obispo Valdespino. Se preguntó entonces si ese «centinela» digital sería la misma persona que había llamado al rabino.

Al llegar a la puerta de la residencia del príncipe, Garza se planteó cómo iba a darle la noticia. El día había comenzado con toda normalidad y, de repente, parecía como si hubieran emprendido una guerra contra unos fantasmas. «¿Un informante anónimo llamado "Monte"? ¿Un listado de datos engañosos?» El hecho de que todavía no hubiera recibido ninguna noticia sobre el estado de Ambra Vidal y Robert Langdon no hacía sino que empeorar la situación.

«Que Dios nos ayude si la prensa se entera de la actitud desafiante que está mostrando Ambra esta noche.»

El comandante entró sin llamar.

—¡¿Príncipe Julián?! —exclamó, dirigiéndose a la sala—. Necesito hablar un momento con usted a solas.

En cuanto llegó, se detuvo de golpe.

La estancia estaba desierta.

—¡¿Don Julián?! —insistió, asomándose a la cocina—. ¡¿Obispo Valdespino?!

Garza los buscó por todo el departamento, pero ambos parecían haber desaparecido.

De inmediato, llamó al celular del príncipe y se sobresaltó al oír los timbrazos. El sonido era débil pero audible. El aparato se encontraba en algún lugar del aposento. Acto seguido, el comandante volvió a llamar y consiguió ubicar la procedencia de los timbrazos amortiguados. El teléfono estaba en la caja fuerte que había escondida detrás de un pequeño cuadro.

«¿El príncipe ha guardado su celular en una caja fuerte?»

Le resultaba incomprensible que hubiera podido dejarlo allí una noche en la que las comunicaciones eran cruciales.

«¿Y adónde habrán ido?»

Garza probó entonces a llamar al celular de Valdespino con la esperanza de que el obispo contestara. Para su absoluto asombro, también oyó unos timbrazos amortiguados procedentes del interior de la caja fuerte.

«¿Valdespino también ha dejado aquí su teléfono?»

Presa de un pánico creciente, el comandante salió del departamento. Durante los siguientes minutos, recorrió los pasillos del palacio llamando al príncipe y al obispo a gritos.

«¡No pueden haberse evaporado!»

Derrotado y sin aliento, Garza se detuvo finalmente al pie de la majestuosa escalera de Sabatini y agachó la cabeza. La pantalla de la tableta que llevaba en la mano se había apagado y en su oscura superficie distinguió el reflejo del fresco que tenía justo sobre la cabeza.

La ironía le pareció cruel. Se trataba de la obra maestra de Giaquinto: *Triunfo de la Religión y de la Iglesia*.

42

Mientras el Gulfstream G550 ascendía para llegar a su altitud de crucero, Robert Langdon miraba distraídamente por la ventanilla ovalada e intentaba poner en orden sus pensamientos. Las últimas dos horas habían sido un torbellino de emociones: del apasionante desarrollo de la presentación de Edmond al espeluznante horror de su asesinato. Cuanto más pensaba en el anuncio que iba a realizar su amigo, más le parecía que aumentaba su misterio.

«¿Qué había descubierto?

»¿De dónde venimos? ¿Adónde vamos?»

Recordó entonces las palabras que le había dicho esa noche Edmond en la escultura en espiral: «Robert, el descubrimiento que he hecho... contesta con toda claridad ambas preguntas».

Kirsch le había asegurado que había obtenido la respuesta a los dos mayores misterios de la historia de la humanidad y, sin embargo, a Langdon le resultaba imposible imaginar que fuera algo tan peligrosamente disruptivo que pudiera motivar su asesinato.

Lo único que tenía claro era que se trataba de algo relativo al origen y al destino de la humanidad.

«¿Qué origen sorprendente descubrió Edmond?

»¿Qué destino misterioso?»

Kirsch se había mostrado particularmente optimista respecto al futuro, de modo que parecía improbable que su predicción fuera de carácter apocalíptico. «¿Qué es entonces lo que inquietó tanto a los clérigos?»

—¿Robert?

Ambra apareció a su lado con una taza de café caliente.

—¿Has dicho que lo querías solo?

—Perfecto, sí, gracias.

Langdon aceptó la taza con la esperanza de que un poco de cafeína lo ayudara a poner en claro sus ideas.

La mujer se sentó delante de él y se sirvió una copa de vino tinto de una botella con una elegante etiqueta.

—Edmond llevaba una caja de Château Montrose en el avión. Me ha parecido una pena desperdiciarlo.

Langdon sólo había probado ese vino una vez, en una cava secreta situada en un sótano del Trinity College de Dublín, adonde había ido para investigar un manuscrito iluminado conocido como *Libro de Kells*.

Ambra sostenía la copa de vino con ambas manos y, al llevársela a los labios, miró a Langdon por encima del borde. De nuevo, él se sintió extrañamente desarmado ante la elegancia natural de aquella mujer.

—Antes has mencionado que Edmond estuvo en Boston y te preguntó sobre varios mitos de la Creación, ¿no? —dijo ella.

—Así es. Hará cosa de un año. Estaba interesado en las distintas formas en las que las principales religiones habían contestado la pregunta «¿de dónde venimos?».

—Entonces, ése puede que sea un buen punto de partida para averiguar en qué estaba trabajando —dijo ella.

—Estoy del todo a favor de comenzar por el principio —respondió él—, pero no estoy seguro de saber cuál es. Sólo hay dos escuelas de pensamiento sobre nuestro origen: la idea religiosa de que Dios nos creó completamente formados y el modelo darwiniano, según el cual surgimos del caldo primigenio y evolucionamos hasta convertirnos en seres humanos.

—¿Y si Edmond dio con una tercera posibilidad? —preguntó Ambra, y sus ojos castaños centellearon—. ¿Y si eso forma parte de su descubrimiento? ¿Y si demostró que los seres humanos no proceden ni de Adán y Eva ni de la evolución darwiniana?

Langdon tenía que admitir que un descubrimiento semejante (un relato alternativo sobre el origen del ser humano) tendría una importancia trascendental, pero era incapaz de imaginar cuál podría ser ese hallazgo.

—No hay duda de que la teoría de la evolución de Darwin está asentada porque se basa en hechos científicos observables, e ilustra con claridad cómo los organismos evolucionan y con el tiempo se adaptan a su entorno —dijo Langdon—. Es una teoría plenamente aceptada por las mentes científicas más prestigiosas.

—¿Sí? —dijo la mujer—. He visto muchos libros que afirman que Darwin estaba completamente equivocado.

—Lo que dice la señorita Vidal es cierto —intervino Winston a través del altavoz del teléfono, que estaba cargándose en el buró que había entre el profesor y Ambra—. Sólo en las últimas dos décadas se han publicado más de cincuenta títulos al respecto.

Langdon se había olvidado de que Winston aún estaba con ellos.

—Y algunos fueron un gran éxito de ventas —añadió el asistente informático—. *Lo que Darwin malinterpretó*, *Derrotando al darwinismo*, *La caja negra de Darwin*, *Juicio a Darwin*, *El lado oscuro de Charles Darw...*

—Sí, sí... —lo interrumpió Langdon, consciente de la amplia colección de libros que aseguraban refutar las teorías de Darwin—. Yo mismo llegué a leer un par.

—¿Y...? —preguntó Ambra.

Langdon sonrió con educación.

—Bueno, no puedo hablar de todos ellos, pero los dos que leí se basaban en puntos de vista fundamentalmente cristianos. Uno llegaba incluso a sugerir que los fósiles habían sido dejados en la Tierra por Dios «para poner a prueba nuestra fe».

Ambra frunció el ceño.

—O sea que no te hicieron cambiar de parecer.

—No, pero despertaron mi curiosidad, de modo que le pedí su opinión a un profesor de biología de Harvard. —Langdon sonrió—. Ese profesor, por cierto, es el difunto Stephen J. Gould.

—¿De qué me suena ese nombre? —preguntó la mujer.

—Stephen J. Gould fue un renombrado biólogo y paleontólogo —contestó de inmediato Winston—. Su teoría del «equilibrio puntuado» explica algunos de los huecos en el registro fósil y respalda el modelo darwiniano de la evolución.

—Gould se limitó a reír entre dientes y me dijo que la mayoría de los libros que se oponían a las teorías de Darwin estaban publicados por editoriales como la del Instituto para la Investigación de la Creación, una organización que, según la información que ella misma proporciona, considera la Biblia un relato infalible y literal de hechos científicos e históricos —explicó Langdon.

—Lo cual quiere decir que creen en zarzas ardientes que hablan, que Noé metió a todas las especies de animales en un arca o que la gente puede convertirse en estatuas de sal. No son los cimientos más firmes para una organización dedicada a la investigación científica —añadió Winston.

—Cierto —convino Langdon—. Y, sin embargo, hay también algunos libros no religiosos que intentan desacreditar a Darwin desde un punto de vista histórico, acusándolo de haber robado su teoría al naturalista francés Jean-Baptiste Lamarck, el primero en proponer que los organismos se transformaban en respuesta a su entorno.

—Esa línea de pensamiento es irrelevante, profesor —dijo Winston—. Que Darwin sea culpable o no de plagio no tiene relación alguna con la veracidad de su teoría de la evolución.

—Eso es innegable —intervino Ambra—. Así pues, Robert, supongo que si le hubieras preguntado al profesor Gould «¿de dónde venimos?», éste habría contestado que sin duda alguna hemos evolucionado de los simios.

Langdon asintió.

—Esencialmente, Gould me aseguró que entre los verdaderos científicos no hay ninguna duda de que la evolución está teniendo lugar. Es un proceso comprobable de forma empírica. Para él, tenía más sentido preguntarse «¿por qué sucede la evolución?» y «¿cómo comenzó todo?».

—¿Y te ofreció alguna respuesta? —preguntó la mujer.

—Ninguna que yo pudiera comprender, pero ilustró sus argumentos con un experimento mental llamado «Pasillo Infinito». —Langdon hizo una pausa y le dio un sorbo al café.

—Ciertamente, se trata de un ejemplo muy útil —dijo Winston antes de que el profesor pudiera continuar su explicación—. Dice así —le explicó entonces a Ambra—: imagínese que está caminando por un pasillo tan largo que es imposible ver dónde comienza y dónde termina.

Langdon asintió, impresionado por la amplitud de los conocimientos de Winston.

—De repente, oye a su espalda el ruido de una pelota rebotando —continuó Winston—. Y, al volverse, comprueba que así es, que se acerca a usted una pelota. Ésta está cada vez más próxima y, en un momento dado, la adelanta y sigue rebotando hasta que al final desaparece de su vista.

—Correcto —dijo Langdon—. La pregunta no es si la pelota está rebotando, pues claramente está haciéndolo. Podemos observarlo. En todo caso las preguntas serían: «¿por qué está rebotando?», «¿cómo empezó a rebotar?», «¿le ha dado alguien una patada?», «¿se trata de una pelota especial a la que simplemente le gusta rebotar?», «¿son las leyes de la física de este pasillo las culpables de que la pelota no tenga otro remedio que rebotar para siempre?».

—Lo que quería decir Gould —concluyó Winston— es que, al igual que sucede con la evolución, carecemos de la perspectiva suficiente para saber cómo empezó el proceso.

—Exacto —dijo Langdon—. Lo único que podemos hacer es comprobar qué está pasando.

—Es algo similar al desafío que supone tratar de comprender el *big bang* —añadió Winston—. Los cosmólogos han diseñado elegantes fórmulas para describir el universo en expansión en cualquier momento dado del pasado o del futuro: «T». Sin embargo, cuando intentan esclarecer el instante mismo en el que el *big bang* sucedió, donde «T» equivale a cero, las matemáticas resultan insuficientes para describir lo que parece un punto místico de calor y densidad infinitos.

Impresionados, Langdon y Ambra se miraron entre sí.

—Correcto de nuevo —dijo el profesor—. Y como a la mente humana no se le da demasiado bien trabajar con el concepto de «infinito», la mayoría de los científicos se ocupan del universo únicamente después del *big bang*, donde «T» es mayor que cero, asegurándose así de que sus cálculos matemáticos no se vuelven místicos.

Uno de los colegas de Langdon en Harvard (un solemne profesor de física) se hartó tanto de los estudiantes de filosofía que asistían a su seminario sobre los orígenes del universo que acabó colgando un letrero en la puerta de su aula en el que se podía leer:

En mi clase, $T > 0$
Para todas las preguntas en las que $T = 0$,
por favor, visiten el Departamento de Religión

—¿Y qué hay de panspermia? —preguntó Winston—. Me refiero a la idea de que la vida en la Tierra llegó de otro planeta mediante un meteorito o el polvo cósmico. Panspermia está considerada una posibilidad científicamente válida para explicar la existencia de vida en la Tierra.

—Aunque eso resultara ser cierto —respondió Langdon—, no contestaría la pregunta de cómo comenzó en primer lugar la vida en el universo. Seguiríamos ignorando el origen de la pelota que rebota y posponiendo la gran pregunta: «¿De dónde proviene la vida?».

Winston se quedó en silencio.

Ambra tomó un sorbo de vino, encantada con la conversación.

En cuanto el Gulfstream alcanzó su altitud de crucero, Langdon se encontró a sí mismo imaginando lo que significaría que Edmond hubiera descubierto realmente la respuesta a la vieja cuestión del origen de la humanidad.

Y, sin embargo, según Edmond, esa respuesta sólo era una parte del secreto.

Fuera cual fuese la verdad, su viejo amigo había protegido los detalles de su descubrimiento con una contraseña larga: un único verso de cuarenta y siete caracteres. Si todo salía según el plan, Langdon y Ambra pronto la encontrarían en el departamento que Edmond tenía en Barcelona.

43

Casi una década después de su creación, la llamada «*deep web*» sigue siendo un misterio para la mayoría de los internautas. Estas siniestras tinieblas de la red son inaccesibles mediante los motores de búsqueda tradicionales y proporcionan acceso anónimo a un asombroso menú de bienes y servicios ilegales.

Desde sus humildes inicios con páginas como Silk Road (el primer mercado negro digital de drogas ilegales), se había convertido en una gigantesca red de sitios ilícitos que ofrecían armas, pornografía infantil, secretos políticos e incluso los servicios de distintos profesionales, entre los cuales había prostitutas, *hackers*, espías, terroristas o asesinos.

Cada semana se realizaban literalmente millones de transacciones en la *deep web* y, esa noche, en la zona de los bares en ruinas de Budapest, una de ellas estaba a punto de ser completada.

El hombre de la gorra de béisbol y los jeans avanzaba furtivamente por las sombras de la calle Kazinczy en pos de su presa. En los últimos años, misiones como ésa se habían convertido en su pan de cada día y siempre las negociaba a través de un puñado de redes populares como Unfriendly Solution, Hitman Network o BesaMafia.

La contratación de sicarios era un negocio que movía miles de millones de dólares y seguía creciendo a diario gracias fundamentalmente a las garantías que ofrecía la internet profunda para mantener el anonimato de las negociaciones y la posibilidad de realizar pagos irrastreables con monedas digitales como los bitcoin. La mayoría de los encargos estaban relacionados con asuntos como el fraude a las aseguradoras, las peleas entre socios de algún negocio o los matrimonios turbulentos, pero en realidad el motivo carecía de importancia para la persona que llevaba a cabo el trabajo.

«Nada de preguntas —dijo para sí el asesino—. Ésta es la regla de oro que garantiza el buen funcionamiento de mi negocio.»

El encargo de esa noche lo había aceptado varios días atrás. Su empleador anónimo le había ofrecido ciento cincuenta mil euros por vigilar la casa de un viejo rabino y permanecer «de guardia» por si había que completar la misión. En ese caso, eso significaba entrar en la casa del tipo e inyectarle una solución de cloruro de potasio, lo cual le provocaría la muerte inmediata a causa de un ataque al corazón.

Inesperadamente, sin embargo, el rabino había salido de casa en plena noche y había subido a un autobús. El asesino lo había seguido y luego había utilizado el programa de transmisión de mensajes encriptados de su celular para informar a su empleador del desarrollo de los acontecimientos.

El objetivo ha salido. Ha ido a zona de bares.
¿Posible encuentro con alguien?

La respuesta de su empleador fue casi inmediata.

Ejecútelo

Ahora, entre los bares en ruinas y los callejones oscuros, lo que había comenzado como una mera operación de vigilancia se había convertido en un juego mortal del gato y el ratón.

Sudando y prácticamente sin aliento, el rabino Yehuda Köves recorría a toda velocidad la calle Kazinczy. Le ardían los pulmones y tenía la sensación de que su vieja vejiga estaba a punto de explotar.

«Lo único que necesito es un baño y descansar un momento», pensó, deteniéndose en medio del gentío que había delante del bar Szimpla Kert (uno de los bares en ruinas más grandes y famosos de Budapest). La clientela formaba una mezcla tan diversa en cuanto a edades y profesiones que nadie se fijó en el viejo rabino.

«Me quedaré aquí un momento», decidió, y entró en el local.

Antaño una espectacular mansión de piedra de balcones señoriales y altos ventanales, el bar Szimpla Kert era ahora una estructura ruinosa cubierta de grafitis. Al cruzar el amplio pórtico de esa antigua residencia majestuosa, pasó debajo de un dintel en el que podía leerse un mensaje codificado: «EGG-ESH-AY-GED-REH!».

Köves tardó un instante en darse cuenta de que no era más que la transcripción fonética de la palabra húngara *egészségedre*, que significa «¡salud!».

Al entrar, contempló con incredulidad el interior cavernoso del bar. La decrépita mansión estaba construida alrededor de un patio amplio en el que había algunos de los objetos más extraños que había visto en su vida: una bañera reconvertida en un sillón, unos maniquíes montando en bicicletas suspendidas en el aire o un destartalado Trabant de Alemania del Este que ahora servía de improvisado asiento para los clientes.

El patio estaba rodeado por unos muros altos y decorados con numerosos grafitis, pósteres de la era soviética, esculturas clásicas y plantas colgantes cuyas ramas embellecían los balcones interiores repletos de clientes que se balanceaban al ritmo de la música. El aire olía a cigarrillos y cerveza, y había parejas jóvenes besándose apasionadamente a la vista de todo el mundo mientras otros clientes fumaban con discreción pequeñas pipas y bebían chupitos de *pálinka*, un popular aguardiente húngaro de frutas.

Al rabino siempre le había parecido irónico que, a pesar de ser la creación más sublime de Dios, los seres humanos siguieran siendo meros animales y su comportamiento se rigiera en gran medida por la búsqueda de comodidades materiales. «Buscamos el bienestar de nuestros cuerpos físicos con la esperanza de que se extienda también a nuestras almas.» El rabino dedicaba gran parte de su tiempo a ofrecer consejo a aquellos que se entregaban a las tentaciones animales del cuerpo (básicamente a la comida y al sexo) y, a causa del aumento de gente adicta a internet y a las drogas de diseño baratas, su trabajo se volvía cada vez más desafiante.

La única comodidad material que Köves necesitaba en ese momento era un baño, de modo que no pudo evitar desanimarse al ver que, para entrar en él, había una cola de por lo menos diez personas. Como no podía esperar más, subió al primer piso, donde le habían dicho que encontraría muchos otros. Una vez allí, el rabino se adentró en un laberinto de salas y dormitorios contiguos, cada uno con su pequeño bar o zona de asientos. Finalmente, le preguntó a uno de los meseros por el baño más cercano y el hombre le señaló un pasillo que había a lo lejos y al que se accedía a través de un largo balcón que daba al patio.

Köves se dirigió corriendo al balcón y, con una mano en el barandal, comenzó a recorrerlo mientras miraba distraídamente el bullicio de la planta baja, donde un mar de jóvenes se movía al ritmo del profundo latido de la música.

Entonces lo vio.

El rabino se quedó petrificado.

Allí, en medio de la multitud, el hombre de la gorra de béisbol y los jeans estaba mirándolo a los ojos. Durante un breve instante, se quedaron observándose el uno al otro. Un momento después, el hombre reanudó la marcha y, con la velocidad de una pantera, se abrió camino entre los clientes en dirección a la escalera.

El asesino subió a toda prisa los escalones examinando con atención el rostro de cada persona con la que se cruzaba. Conocía bien el bar Szimpla Kert y no tardó en llegar al balcón en el que había visto a su objetivo.

El rabino ya no estaba allí.

«No nos hemos cruzado —pensó el asesino—, lo cual significa que te has escondido en el interior del local.»

El tipo divisó entonces un oscuro pasillo que había más adelante y no tuvo ninguna duda de dónde debía de haberse ocultado su presa.

El pasillo estaba repleto de gente y olía a orina. Al fondo había una puerta de madera combada.

Cuando llegó ante ésta, la golpeó con fuerza con el puño.

Silencio.

Volvió a hacerlo.

Al otro lado, una voz grave le dijo que el baño estaba ocupado.

—*Bocsásson meg!* —se disculpó el asesino en un alegre tono de voz, y fingió que se alejaba, procurando hacer ruido para que el ocupante del baño lo oyera.

Luego se dio la vuelta en silencio y pegó la oreja a la puerta. En el interior del baño, el rabino susurraba desesperado.

—¡Alguien está intentando matarme! ¡Estaba esperándome fuera de casa! ¡Ahora estoy atrapado en el bar Szimpla Kert! ¡Por favor, envíen ayuda!

Al parecer, su objetivo había llamado al 911. Era sabido que el tiempo de respuesta del número de emergencias era largo, pero el asesino no tenía intención de esperar mucho más.

Tras echar un vistazo por encima del hombro para asegurarse de que no lo veía nadie, retrocedió unos pasos y sincronizó la embestida contra la puerta con el retumbante bombo de la música.

El viejo cerrojo cedió al primer intento y la puerta se abrió de golpe. El asesino entró en el baño, cerró tras de sí y se encaró con su presa.

Agazapado en un rincón, el rabino parecía tan confuso como aterrorizado.

El asesino le quitó el celular, apretó un botón para finalizar la llamada y tiró el aparato al retrete.

—¿Quién lo envía? —tartamudeó.

—Lo bueno de mi situación es que no tengo forma de saberlo —respondió el atacante.

El anciano resollaba y sudaba profusamente. De repente, soltó un grito ahogado y, abriendo los ojos como platos, se llevó las manos al pecho.

«¿De verdad? —pensó el atacante con una sonrisa—. ¿Está teniendo un ataque al corazón?»

Con la mirada suplicante y el rostro enrojecido, el rabino se llevó las manos al pecho y, tras doblarse por la mitad, cayó de cara al sucio suelo de baldosas, donde permaneció tumbado y temblando mientras su vejiga se vaciaba y un pequeño charco de orina comenzaba a extenderse por el suelo.

Finalmente, se quedó inmóvil.

El asesino se agachó a su lado y le comprobó la respiración. Nada.

Luego volvió a ponerse de pie aún sonriendo.

—Has hecho mi trabajo mucho más fácil de lo que esperaba.

Y, tras decir eso, abrió a la puerta.

Los pulmones de Köves no podrían aguantar mucho más.

Acababa de interpretar la actuación de su vida.

Al borde de la inconsciencia por la falta de oxígeno, el rabino permaneció inmóvil mientras oía cómo los pasos de su atacante se alejaban por el baño. Acto seguido, la puerta se abrió y luego volvió a cerrarse.

Silencio.

El rabino se obligó a aguardar otro par de segundos para asegurarse de que el asesino había dejado atrás el pasillo y ya no podía oírlo. Finalmente, incapaz de esperar un instante más, abrió la boca y aspiró una gran bocanada de aire. Incluso el aire rancio de aquel baño sabía a gloria.

Abrió los ojos despacio. Tenía la vista borrosa a causa de la falta de oxígeno. Y, aunque le retumbaba la cabeza, cuando la levantó, empezó a recuperar la visión. Sin embargo, para su desconsuelo, de repente vio que en el baño había una sombra.

El hombre de la gorra de béisbol estaba mirándolo con una amplia sonrisa.

Al rabino se le heló la sangre. «¡No ha llegado a salir!»

El atacante se acercó al rabino en dos zancadas y, como si tuviera un par de tenazas en lugar de manos, lo agarró por el cuello y le estampó la cara contra las baldosas del suelo.

—Puedes dejar de respirar —se burló el asesino—, pero no detener los latidos de tu corazón. —Y, tras soltar una carcajada, añadió—: No te preocupes, yo te ayudaré con eso.

Un instante después, el rabino notó un pinchazo en el cuello y sintió que un fuego líquido se le extendía por la garganta y le inundaba el cráneo. Esa vez, cuando su corazón sufrió el ataque, lo hizo de verdad.

Tras haber dedicado la mayor parte de su vida a los misterios del *Shamayim* (la morada de Dios y de las almas de los justos), el rabino Yehuda Köves supo que todas las respuestas estaban al fin a un latido de distancia.

44

A solas en el espacioso baño del Gulfstream G550, Ambra Vidal se acercó al lavabo y, tras colocar las manos debajo del chorro de agua caliente, se miró en el espejo. Apenas podía reconocerse a sí misma.

«¿Qué he hecho?»

La mujer tomó otro sorbo de vino y recordó con añoranza la vida que había llevado hasta hacía unos pocos meses: anónima, soltera, dedicada plenamente a su trabajo en el museo. Su antiguo yo había dejado de existir. Se había evaporado en cuanto Julián le había propuesto matrimonio.

«No —se dijo—. Se evaporó en el momento en que aceptaste su propuesta.»

El horror del asesinato de esa noche le atenazaba el estómago y su mente lógica comenzó a evaluar con temor todas las implicaciones.

«He invitado al asesino de Edmond al museo.

»Alguien del Palacio Real me ha engañado.

»Y ahora sé demasiadas cosas.»

No tenía pruebas de que el príncipe estuviera detrás del sangriento asesinato ni, de hecho, de que estuviera siquiera al tanto del plan para cometerlo. Aun así, Ambra conocía suficientemente bien el funcionamiento interno de Palacio para saber que nada de eso podría haber sucedido sin el conocimiento de Julián, o sin su bendición, incluso.

«Le conté demasiadas cosas.»

Esas últimas semanas, había sentido la creciente necesidad de justificar cada segundo que pasaba lejos de su celoso prometido, de modo que, en privado, había compartido con él muchos detalles sobre la inminente presentación de Edmond. Ahora temía haber cometido una imprudencia.

Tras cerrar el grifo y secarse las manos, Ambra tomó la copa de vino que prácticamente se había terminado y la vació del todo en el lavabo. La mujer que le devolvía la mirada en el espejo le resultaba desconocida: antaño profesional y segura de sí misma, ahora se sentía presa de los remordimientos y la vergüenza.

«La de errores que he cometido en unos pocos meses...»

Mientras su mente retrocedía en el tiempo, se preguntó qué podría haber hecho de otro modo. En una noche lluviosa de hacía cuatro meses, acudió a un evento para recaudar fondos que se celebraba en el Centro de Arte Reina Sofía de Madrid...

La mayoría de los invitados se habían congregado en la sala 206.06 para contemplar la obra más famosa del museo: el *Guernica*, un cuadro enorme, de casi ocho metros de largo, en el que Picasso evocaba el terrible bombardeo que había sufrido un pequeño pueblo vasco durante la guerra civil española. A Ambra, sin embargo, ese cuadro le parecía excesivamente duro en tanto que vívido recordatorio de la brutal opresión que España había sufrido con Franco entre 1939 y 1975.

En su lugar, pues, había optado por entrar en una sala más tranquila para disfrutar de la obra de una de sus artistas españolas favoritas, Maruja Mallo, una surrealista gallega cuyo éxito en los años treinta había contribuido a romper el techo de cristal que limitaba a las mujeres artistas en el país.

Mientras estaba contemplando *La verbena* (una sátira política repleta de complejos símbolos) oyó una voz profunda a su espalda.

—Es casi tan hermoso como usted —dijo el hombre.

«¿En serio?» Ambra puso los ojos en blanco y contuvo el impulso de volverse. En eventos como ése, a veces el museo parecía más un bar que un centro cultural.

—¿Qué cree que significa? —preguntó entonces el tipo a su espalda.

—No tengo ni idea —mintió ella en inglés con la esperanza de que el idioma extranjero ahuyentara al tipo—. Simplemente me gusta.

—A mí también —respondió él en un inglés casi sin acento—. Mallo era una adelantada a su tiempo. Por desgracia, para el ojo inexperto, la belleza superficial del cuadro puede camuflar la sustancia más profunda que se esconde en su interior. —Hizo una pausa y luego continuó—: Imagino que una mujer como usted debe de encontrarse cada dos por tres con este problema.

Ella dejó escapar una risa ahogada.

«¿De veras funciona esto con las mujeres?»

Y, con una sonrisa educada, se dio la vuelta dispuesta a deshacerse del tipo.

—Es muy amable de su parte, señor, pero...

Se calló de golpe.

El hombre que tenía delante era alguien a quien había visto toda su vida en televisión y en las revistas.

—¡Vaya! —consiguió decir finalmente—. Es usted...

—¿Presuntuoso? —aventuró el apuesto hombre—. ¿Torpemente atrevido? Lo siento, vivo algo alejado de la realidad y no se me dan muy bien este tipo de cosas. —Sonrió y extendió una mano—. Me llamo Julián.

—Me parece que ya sé su nombre —le dijo ella, sonrojándose mientras estrechaba la mano del futuro rey de España.

Era mucho más alto de lo que había imaginado y lucía una sonrisa que irradiaba seguridad en sí mismo.

—No sabía que iba a estar aquí esta noche —siguió diciendo ella, recobrando la compostura con rapidez—. Creía que sería usted más aficionado al Prado. Ya sabe: Goya, Velázquez... Los clásicos.

—¿Quiere decir «conservador» y «anticuado»? —Se rio afectuosamente—. Creo que me ha confundido con mi padre. A mí me gustan más Mallo o Miró.

Ambra y el príncipe estuvieron hablando durante varios minutos, y a ella la impresionó lo mucho que sabía sobre arte. Aunque claro, el hombre se había criado en el Palacio Real de Madrid, hogar de una de las mejores colecciones del país; probablemente, de pequeño tenía un Greco en la habitación.

—Soy consciente de que esto puede parecerle algo atrevido —dijo al final el príncipe ofreciéndole una tarjeta de visita con relieves dorados—, pero me gustaría invitarla a una cena que celebro mañana por la noche. Mi número de teléfono está en la tarjeta. Sólo tiene que llamarme.

—¿Una cena? —bromeó ella—. ¡Si ni siquiera sabe mi nombre!

—Ambra Vidal —dijo él despreocupadamente—. Tiene treinta y nueve años. Se graduó en historia de arte en la Universidad de Salamanca. Es la directora del Museo Guggenheim Bilbao. No hace mucho, se ha referido en público a la controversia que rodea a Luis Quiles, y estoy de acuerdo con usted en que su obra es un reflejo gráfico de los horrores de la vida moderna y que no es apropiada para los niños, pero no estoy tan seguro de que tenga similitudes con la de Banksy. Nunca se ha casado. No tiene hijos. Y le sienta de maravilla el negro.

Ambra se quedó boquiabierta.

—¡Dios mío! ¿De veras le funciona esta forma de coquetear?

—No tengo ni idea —dijo él con una sonrisa—. Supongo que ahora lo averiguaremos.

En ese momento, aparecieron dos agentes de la Guardia Real y el príncipe se marchó con ellos a otra sala para relacionarse con algunas personalidades.

Ambra bajó la mirada a la tarjeta de visita que tenía en la mano y sintió algo que no había sentido en muchos años. Mariposas. «¿Acaba de invitarme a una cita un príncipe?»

De adolescente, era alta y delgada, y los chicos que querían salir con ella siempre habían tenido la impresión de estar a su altura. Más adelante, sin embargo, cuando su belleza hubo florecido, Ambra descubrió que los hombres se sentían intimidados por su presencia y cuando estaban con ella se mostraban torpes, cohibidos y excesivamente deferenciales. Esa noche, sin embargo, uno poderoso se le había acercado con decisión y había tomado el control. Eso la hizo sentirse femenina. Y joven.

Al día siguiente, un conductor recogió a Ambra en su hotel y la llevó al Palacio Real, donde participó en una cena junto a dos docenas de invitados, a muchos de los cuales reconoció por las páginas de sociedad o política. El príncipe la presentó como su «encantadora nueva amiga» e inició una conversación sobre arte en la que ella no tuvo ningún problema en participar. En un momento dado, le dio la sensación de estar pasando un examen, pero, por alguna razón, no le importó. Se sintió halagada.

Al finalizar la velada, Julián la llevó a un lado y le dijo:

—Espero que se lo haya pasado bien. Desearía volver a verla. —Sonrió—. ¿Qué le parece el jueves por la noche?

—Me encantaría —contestó ella—, pero he de regresar a Bilbao por la mañana.

—Entonces yo también iré a Bilbao —dijo él—. ¿Ha ido al restaurante Etxanobe?

Ella no pudo evitar reírse. Etxanobe era una de las experiencias gastronómicas más selectas de la ciudad. La decoración vanguardista y la colorista cocina del restaurante, uno de los favoritos entre los aficionados al arte de todo el mundo, hacían que el comensal se sintiera como si estuviera sentado en un paisaje pintado por Chagall.

—Eso sería estupendo —se oyó decir a sí misma.

En el Etxanobe, mientras daban cuenta de unos deliciosos platos de atún soasado con zumaque y espárragos con trufas, Julián le habló de los desafíos políticos a los que debía enfrentarse ahora que estaba comenzando a emerger de la sombra de su enfermo padre, así como de la presión personal que sentía para darle continuidad a la dinastía real. Ambra reconoció en él la inocencia de un niño que se había pasado toda la vida enclaustrado, pero también las hechuras de un líder con una pasión entusiasta por su país. Le pareció una combinación atractiva.

Esa noche, después de que los agentes de la Guardia Real hubieran llevado de vuelta a Julián a su avión privado, Ambra supo que sentía algo por él.

«Apenas lo conoces —se recordó—. Tómatelo con calma.»

Los siguientes meses parecieron pasar en un instante. Ambra y Julián se vieron muy a menudo: cenas en el palacio, pícnics en los terrenos de su casa de campo o incluso una matiné cinematográfica. Su relación fluía con facilidad, y ella no recordaba haber sido nunca más feliz. El príncipe era entrañablemente anticuado y solía tomarla de la mano o darle algún beso furtivo, pero nunca había cruzado los límites del decoro y ella apreciaba sus maneras refinadas.

Hacía tres semanas, Ambra había viajado a Madrid para participar en una sección de un programa de la televisión nacional para hablar de una de las próximas exposiciones del museo Guggenheim. Ese programa matinal lo veían millones de personas en todo el país, y a ella la ponía algo nerviosa aparecer en directo en televisión, pero era consciente de que eso le proporcionaría una gran publicidad al museo.

La noche anterior al programa, ella y Julián habían mantenido una cena deliciosamente informal en la Trattoria Malatesta y luego habían ido a dar una vuelta por el parque del Retiro. Al ver a su alrededor familias paseando y grupos de niños riendo y corriendo, Ambra no pudo evitar sentirse en plena armonía con esa escena idílica.

—¿Te gustan los niños? —preguntó Julián.

—Me encantan —respondió ella honestamente—. De hecho, a veces creo que es lo único que me falta en la vida.

Una gran sonrisa se dibujó en el rostro del príncipe.

—Conozco esa sensación.

En ese instante, ella notó que él la miraba de un modo distinto y supo por qué le había hecho esa pregunta. De inmediato, sintió que una oleada de miedo la sacudía y una voz en su cabeza comenzó a exclamar: «¡Díselo! ¡Díselo ahora!».

Intentó hacerlo, pero fue incapaz de articular sonido alguno.

—¿Estás bien? —preguntó él preocupado.

Ella sonrió.

—Es por el programa. Estoy un poco nerviosa.

—Respira hondo. Lo harás de maravilla.

Julián sonrió, luego se inclinó hacia adelante y le dio un fugaz beso en los labios.

A la mañana siguiente, Ambra acudió al plató de televisión y mantuvo una conversación en directo sorprendentemente agradable con las tres presentadoras del programa, que resultaron ser encantadoras. Se entregó con tal entusiasmo a sus explicaciones sobre la exposición del museo que apenas reparó en las cámaras ni en el público, ni tampoco recordó que cinco millones de personas estaban viéndola desde sus casas.

«Gracias, Ambra. Muy interesante —dijo una de las presentadoras al concluir la sección—. Ha sido un verdadero placer conocerte.»

Ella asintió y esperó a que la sección terminara.

Sin embargo, le pareció extraño que esa misma presentadora le dedicara una tímida sonrisa antes de volverse hacia la cámara para dirigirse directamente al público.

—Esta mañana —empezó a decir—, un invitado muy especial ha visitado por sorpresa el estudio del programa y nos gustaría que saliera un momento a saludar a nuestro público.

Las tres presentadoras se pusieron de pie y comenzaron a aplaudir al tiempo que un hombre alto y elegante entraba en el plató. Cuando el público lo vio, también se levantó de un salto y estalló en vítores.

Ambra se puso asimismo de pie, completamente en *shock*.

«¿Julián?»

El príncipe saludó al público y les estrechó la mano a las tres presentadoras. Luego se acercó a Ambra y le rodeó la cintura con un brazo.

—Mi padre siempre ha sido un romántico —dijo, hablándole directamente a la cámara para dirigirse a los espectadores—. Cuando mi madre murió, nunca dejó de quererla. Yo he heredado su romanticismo, y creo que, cuando un hombre encuentra el amor, lo sabe de inmediato. —Miró a Ambra y le sonrió con cariño—. Así pues...

El príncipe retrocedió un paso y se volvió hacia ella.

Cuando Ambra se dio cuenta de lo que estaba a punto de suceder, se quedó paralizada por completo. «¡No! ¡Julián! ¿Qué estás haciendo?»

Sin previo aviso, el heredero de la Corona de España hincó una rodilla en el suelo.

—Ambra Vidal, no te lo pido como príncipe sino simplemente como un hombre enamorado —dijo él con los ojos empañados.

Y las cámaras se apresuraron a obtener un primer plano de su rostro.

—Te quiero. ¿Quieres casarte conmigo?

Tanto el público como las presentadoras del programa dejaron escapar un grito ahogado de felicidad y, en ese momento, Ambra sintió cómo millones de ojos de todo el país se posaban sobre ella. La sangre acudió de inmediato a su rostro y, de repente, la luz de los focos pareció quemarle la piel. Se quedó mirando a Julián con el corazón latiéndole con fuerza y mil pensamientos arremolinándose en su cabeza.

«¿Cómo puedes ponerme en esta situación? ¡Acabamos de conocernos! ¡Hay cosas que todavía no te he contado sobre mí...! ¡Cosas que podrían cambiarlo todo!»

Ambra no tenía ni idea de cuánto tiempo permaneció en silencio, pero al final una de las presentadoras sonrió con incomodidad y dijo:

—¡Creo que la señorita Vidal está en trance! ¿Señorita Vidal? ¡Un apuesto príncipe se ha arrodillado ante usted y le ha declarado su amor delante de todo el mundo!

Ella estaba intentando pensar en alguna forma elegante de salir de la encerrona. Pero lo único que podía oír era el silencio, y sabía que estaba atrapada. Sólo había un modo de poner fin a ese momento embarazoso, y público.

—Estoy vacilando porque no puedo creerme que este cuento de hadas vaya a tener un final feliz. —Relajó los hombros y sonrió con cariño al príncipe—. Por supuesto que quiero casarme contigo, Julián.

El público prorrumpió en un aplauso lleno de entusiasmo.

El príncipe se puso de pie y estrechó a Ambra entre sus brazos. En ese momento, ella se dio cuenta de que nunca antes habían compartido un abrazo largo.

Diez minutos después, los dos iban sentados en la parte trasera de la limusina de él.

—Pareces algo turbada —dijo Julián—. Lo siento. Estaba intentando ser romántico. Me siento muy atraído por ti y...

—Julián —lo interrumpió ella—. ¡Yo también me siento atraída por ti, pero me has puesto en una posición muy difícil! ¡Nunca pensé que fueras a declararte tan pronto! Apenas nos conocemos. Hay cosas sobre mí que no sabes... y que debo decirte. Cosas importantes sobre mi pasado.

—Tu pasado no importa.

—Esto sí. Y mucho.

Él sonrió y negó con la cabeza.

—Te quiero. No importa. De veras.

Ella se lo quedó mirando. «De acuerdo.» Sin duda no era así como quería que se desarrollara esa conversación, pero él no le había dejado otra.

—Está bien. Ahí va, Julián. Cuando era pequeña sufrí una infección terrible que casi me mata.

—¡Vaya!

Mientras hablaba, Ambra sintió que un vacío profundo se extendía por su interior.

—Y el resultado fue que mi sueño de tener hijos..., bueno, pues eso, que se quedó en un sueño.

—No te entiendo.

—Julián —dijo ella con aspereza—, no puedo tener hijos. Los problemas de salud que tuve de pequeña me dejaron estéril. Siempre he querido tener hijos, pero no puedo quedarme embarazada. Lo siento. Sé lo importante que es para ti, pero acabas de proponerle matrimonio a una mujer que no puede darte un heredero.

Julián se puso lívido.

Ella se lo quedó mirando fijamente a la espera de que dijera algo. «Éste es el momento en el que deberías estrecharme entre tus brazos y decirme que no pasa nada. El momento en el que me dices que no importa y que me quieres de todos modos.»

Y entonces sucedió.

Julián se apartó ligeramente de ella.

En ese instante, Ambra supo que todo había terminado.

45

El Departamento de Seguridad Electrónica de la Guardia Real está ubicado en una madriguera formada por varios habitáculos sin ventanas que hay en el sótano del Palacio Real. El cuartel general de ese departamento, aislado de manera intencionada de los amplios barracones y el arsenal del cuerpo, está compuesto por una docena de cubículos con computadoras, una centralita telefónica y un panel de monitores de seguridad. Su equipo de ocho personas (todos de menos de treinta y cinco años) es el responsable de garantizar la seguridad de las redes de comunicación del personal de Palacio y de la Guardia Real, así como de apoyar a la vigilancia electrónica del palacio en sí.

Como siempre, esa noche el aire en los habitáculos subterráneos estaba viciado y hedía a pasta recalentada en el microondas y a palomitas. Las luces fluorescentes zumbaban ruidosamente.

«Aquí es donde les pedí que estuviera mi despacho», pensó Martín.

Aunque en teoría el puesto de coordinadora de relaciones públicas no formaba parte de la Guardia Real, el trabajo de Martín requería tener acceso a computadoras potentes y disponer de personal con conocimientos tecnológicos. Por esas razones, el Departamento de Seguridad Electrónica le pareció un lugar más lógico para ella que un despacho insuficientemente equipado en las plantas superiores.

«Esta noche voy a necesitar toda la tecnología disponible», pensó Martín.

Durante los últimos meses, su preocupación principal había

sido supervisar las comunicaciones de Palacio durante la paulatina transferencia de poder al príncipe Julián. No había sido tarea fácil. La transición entre líderes había proporcionado una oportunidad para que los contrarios a la monarquía alzaran la voz.

Según la Constitución española, la monarquía era un perdurable «símbolo de la unidad y permanencia de España», pero Martín sabía que en el país hacía tiempo que no existía esa unidad. En 1931, la Segunda República había marcado el final de la monarquía y, en 1936, el golpe de Estado del general Franco había conducido al país a una guerra civil.

En la actualidad, a pesar de que la reinstaurada monarquía estaba considerada una democracia liberal, muchos progresistas seguían acusando al rey de ser un vestigio obsoleto de un pasado religioso-militar opresivo, así como un recordatorio diario de que a España todavía le faltaba un trecho para llegar a formar parte completamente del mundo moderno.

Los comunicados que Mónica Martín había emitido durante ese último mes habían incluido los habituales retratos del rey como un apreciado símbolo sin poder real. Por supuesto, eso resultaba difícil de vender cuando el soberano era jefe de Estado y comandante en jefe de las Fuerzas Armadas.

«Jefe de Estado en un país en el que la separación entre Iglesia y Estado siempre ha sido controvertida», pensó Martín. Durante muchos años, la relación del monarca con el obispo Valdespino había sido una espina en el costado de los progresistas laicos.

«Y luego está el príncipe Julián», pensó.

Martín sabía que le debía su empleo, pero no había duda de que últimamente el príncipe había estado haciéndole el trabajo más difícil. Unas pocas semanas atrás, éste había cometido el mayor error en lo que a relaciones públicas se refería que ella había visto en su vida.

Ante las cámaras de la televisión nacional, había hincado una rodilla en el suelo y le había pedido la mano a Ambra Vidal. Ese penoso momento sólo podría haber sido más embarazoso si ella hubiera decidido rechazarlo (cosa que, por suerte, la mujer había tenido el buen juicio de no hacer).

Sin embargo, la señorita Vidal había resultado ser más difícil de manejar de lo que Julián había anticipado, y las repercusiones de su comportamiento extracurricular durante el último mes se habían convertido en una de las principales preocupaciones de Martín.

Esa noche, no obstante, las indiscreciones de Ambra habían quedado en segundo plano. El torbellino de actividad mediática generado por los acontecimientos de Bilbao había alcanzado una magnitud sin precedentes. En la última hora, una proliferación viral de teorías conspirativas se había extendido por todo el mundo, y entre ellas había varias hipótesis que implicaban al obispo Valdespino.

La novedad más significativa estaba relacionada con el asesino, que había logrado acceder al evento celebrado en el Guggenheim siguiendo «órdenes de alguien del Palacio Real». Ese dañino dato había desatado una tormenta de teorías que acusaban al rey y al obispo de haber conspirado para cometer el asesinato de Edmond Kirsch, prácticamente un semidiós en el mundo digital y un héroe estadounidense muy querido que había elegido vivir en España.

«Esto va a destrozar a Valdespino», pensó Martín.

—¡Atención todo el mundo! —exclamó Garza al entrar en la sala de control—. ¡El príncipe Julián y el obispo Valdespino han desaparecido, pero se encuentran en algún lugar del palacio! ¡Revisen las cámaras de seguridad y encuéntrenlos! ¡Ahora!

Luego, el comandante entró en el despacho de Martín y la puso al corriente de la situación.

—¿Dice que han desaparecido? —preguntó ella con incredulidad—. ¿Y que han dejado sus celulares en la caja fuerte del príncipe?

Garza se encogió de hombros.

—Supongo que no querían que pudiéramos localizarlos.

—Pues será mejor que lo hagamos —dijo Martín—. El príncipe Julián tiene que hacer una declaración a los medios cuanto antes y distanciarse de Valdespino tanto como sea posible.

Ahora era el turno de Garza de mostrar incredulidad.

—Son todo rumores. Es imposible que el obispo esté detrás del asesinato.

—Tal vez. Pero parece ser que el asesinato está relacionado con la Iglesia católica. Alguien acaba de encontrar un vínculo entre el tirador y una importante figura eclesiástica. Dé un vistazo.

Martín le mostró la última actualización de ConspiracyNet, que volvía a estar acreditada al informante llamado monte@iglesia.org.

—Acaban de publicarla hace unos minutos.

Garza bajó la mirada y comenzó a leer la noticia.

—¡¿El papa?! —exclamó—. ¿Ávila tiene una relación personal con...?

—Siga leyendo.

Cuando hubo terminado, el comandante levantó la vista y parpadeó varias veces como si estuviera intentando espabilarse tras haber tenido una pesadilla.

En ese momento, se oyó una voz masculina procedente de la sala de control.

—¿Comandante Garza? ¡Los he localizado!

Garza y Martín fueron corriendo hasta el cubículo de Suresh Bhalla, el director del Departamento de Seguridad Electrónica. Este especialista en vigilancia nacido en la India les mostró en el monitor las imágenes de una cámara de seguridad. En ellas podían verse dos figuras, una con sotana y la otra ataviada con un traje. Parecían estar recorriendo un sendero de tierra.

—Jardín este —dijo Suresh—. Hace dos minutos.

—¡¿Han salido del edificio?! —preguntó Garza.

—Un momento, señor.

Suresh fue avanzando a velocidad rápida las imágenes grabadas y cambiando de cámara para seguir el recorrido de los dos hombres. En un momento dado, se veía cómo éstos dejaban atrás el jardín y atravesaban un patio cerrado.

—¡¿Adónde demonios han ido?!

Martín creía tener alguna idea al respecto, y se había dado cuenta de que Valdespino había tomado un rodeo que los había mantenido alejados de las unidades móviles de los medios de comunicación que había apostadas en la calle Bailén.

Tal y como la joven había supuesto, las imágenes mostraban finalmente cómo los dos hombres llegaban a la puerta de servicio sur de la catedral de la Almudena. Una vez allí, el obispo la abría y hacía pasar al príncipe. Luego la puerta se cerraba tras ellos y ambos hombres desaparecían.

Garza se quedó mirando en silencio la pantalla. Le estaba costando encontrar algún sentido a lo que acababa de ver.

—Manténgame informado —le dijo al final a Suresh, y llevó a Martín a un lado.

En cuanto estuvo seguro de que nadie podía oírlos, le susurró a la joven:

—No sé por qué razón el obispo ha convencido al príncipe para que lo acompañara a la catedral y no se llevara el celular, pero está claro que don Julián desconoce las acusaciones que están circulando contra Valdespino; de no ser así se habría alejado inmediatamente de él.

—Estoy de acuerdo —dijo Martín—. Y lamento especular sobre cuál puede ser el objetivo final de Valdespino, pero... —Se quedó callada.

—Pero ¿qué? —quiso saber Garza.

La joven exhaló un suspiro.

—Diría que Valdespino acaba de hacerse con un rehén extremadamente valioso.

Unos cuatrocientos kilómetros al norte de allí, en el atrio del museo Guggenheim, el celular del agente Fonseca comenzó a sonar. Era la sexta vez que lo hacía en los últimos veinte minutos. Cuando bajó la mirada a la pantalla y vio de quién se trataba, se apresuró a contestar.

—¿Sí? —respondió con el corazón acelerado.

La voz al otro lado de la línea habló despacio y demostrando mucha sangre fría:

—Agente Fonseca, como bien sabe, esta noche la futura reina consorte de España ha dado algunos pasos en falso terribles, asociándose con la gente equivocada y causando un gran malestar en el Palacio Real. Para evitar mayores daños, es crucial que la traiga de vuelta cuanto antes.

—Me temo que en estos momentos desconocemos el paradero de la señorita Vidal.

—Hace cuarenta minutos, el avión de Edmond Kirsch ha despegado del aeropuerto de Bilbao con dirección a Barcelona —explicó la voz—. Creemos que la señorita Vidal va a bordo.

—¿Cómo lo sabe? —preguntó Fonseca, y al instante lamentó su tono impertinente.

—Si hubiera hecho su trabajo, usted también lo sabría —respondió la voz en un tono cortante—. Quiero que usted y su compañero vayan inmediatamente tras ella. Un transporte militar está esperándolos en estos momentos en el aeropuerto.

—Si la señorita Vidal se encuentra en ese avión, es probable que vaya acompañada de Robert Langdon, el profesor estadounidense —dijo Fonseca.

—Así es —convino la voz al otro lado de la línea sin disimular su enfado—. No tengo ni idea de cómo ha conseguido persuadir a la señorita Vidal para que abandonara a sus guardaespaldas y huyera con él, pero está claro que el señor Langdon es un problema. La misión de ustedes dos es encontrar a la señorita Vidal y traerla de vuelta. Por la fuerza si es necesario.

—¿Y si Langdon intenta impedírnoslo?

Hubo un largo silencio.

—Haga todo lo posible para evitar daños colaterales —dijo la voz—, pero esta crisis es lo bastante grave como para que la baja del profesor Langdon pueda ser considerada aceptable.

ConspiracyNet.com

NOTICIAS DE ÚLTIMA HORA

¡El asesinato de Kirsch se vuelve viral!

El anuncio del descubrimiento científico que iba a hacer esta noche Edmond Kirsch ha comenzado como una mera presentación en internet con aproximadamente tres millones de espectadores. A causa de su asesinato, sin embargo, las principales cadenas de televisión de todo el mundo están ofreciendo novedades relacionadas con el asesinato a una audiencia estimada de más de ochenta millones de personas.

Mientras el Gulfstream G550 de Kirsch iniciaba su descenso a Barcelona, Robert Langdon se terminó su segunda taza de café y bajó la mirada a los restos del improvisado aperitivo nocturno que él y Ambra habían compartido: nueces, galletas de arroz y un surtido de «barritas veganas» que, a su parecer, sabían todas igual.

Al otro lado de la mesa, Ambra acababa de terminar su segunda copa de vino tinto y parecía mucho más relajada.

—Gracias por escucharme —dijo ella con cierta timidez—. Obviamente, no he podido hablar sobre este tema con nadie.

El profesor acababa de oír la historia de la propuesta de matrimonio de Julián y le mostró su comprensión con un asentimiento. «Ambra no tuvo elección», pensó a sabiendas de que en modo alguno habría podido arriesgarse a avergonzar al futuro rey de España ante las cámaras de la televisión nacional.

—Y, obviamente, si hubiera sabido que iba a proponerme matrimonio tan rápido le habría explicado que no podía tener hijos —dijo la mujer—, pero todo pasó muy deprisa. —Negó con la cabeza y miró con tristeza por la ventanilla—. Pensaba que me gustaba. No sé, tal vez fue la emoción de...

—¿Salir con un apuesto príncipe alto y moreno? —aventuró Langdon con una sonrisa ladeada.

Ambra se rio y se volvió hacia él.

—No es exactamente así. No sé, parecía un buen hombre. Algo

sobreprotegido, pero romántico. En cualquier caso, nunca habría dicho que pudiera ser alguien capaz de estar implicado en una conspiración de asesinato.

Langdon sospechaba que estaba en lo cierto. El príncipe tenía poco que ganar con la muerte de Edmond, y no había ninguna prueba sólida que demostrara que formaba parte de aquel complot; sólo la llamada que alguien había realizado desde el palacio pidiendo que se añadiera al almirante Ávila a la lista de invitados. En esos momentos, el sospechoso más plausible parecía el obispo Valdespino, pues tuvo conocimiento del anuncio que iba a realizar Edmond con suficiente antelación como para formular un plan para detenerlo y sabía mejor que nadie lo destructivo que podía resultar ese hallazgo para la autoridad de las religiones del mundo.

—Está claro que no puedo casarme con Julián —dijo la mujer, bajando el tono de voz—. No dejo de pensar que romperá el compromiso ahora que sabe que no puedo tener hijos. Su apellido lleva ocupando el trono más de tres siglos. Algo me dice que la directora de un museo de Bilbao no será la razón del fin de su dinastía.

En ese instante, los pilotos anunciaron a través de los altavoces que estaban a punto de aterrizar en Barcelona.

Intranquila a causa de sus cavilaciones sobre el príncipe, Ambra se puso de pie y, tras recoger la cabina, lavó los vasos en la cocina del avión y tiró los restos de comida.

—Profesor —dijo de repente Winston a través del teléfono de Edmond, que seguía descansando sobre el buró—, he pensado que debería estar al tanto de una noticia viral que ha comenzado a circular por internet. Hay sólidos indicios que sugieren la existencia de un vínculo secreto entre el obispo Valdespino y el almirante Ávila.

A Langdon esa noticia lo alarmó.

—Por desgracia, todavía hay más —añadió Winston—. Como sabe, el encuentro secreto de Kirsch con el obispo incluyó a otros dos líderes religiosos: un prominente rabino y un querido ulema.

Anoche, encontraron al ulema muerto en un desierto en las afueras de Dubái. Y ahora llegan noticias preocupantes procedentes de Budapest. Hace unos minutos, han hallado el cadáver del rabino, supuestamente fallecido a causa de un ataque al corazón.

Langdon se quedó estupefacto.

—Los blogueros ya están poniendo en cuestión la coincidencia de ambas muertes —dijo Winston.

El profesor asintió con incredulidad. Por una u otra razón, el obispo Valdespino era ahora la única persona viva que conocía el descubrimiento de Kirsch.

Cuando el Gulfstream G550 aterrizó en la solitaria pista del aeropuerto de Sabadell, una localidad cercana a Barcelona, Ambra se sintió aliviada de no ver a ningún paparazzi o periodista esperándolos.

Edmond solía decir que optaba por dejar su avión en ese pequeño aeropuerto para evitar encontrarse con hordas de seguidores fanáticos en el de El Prat, en Barcelona.

«Pero ésa no es la verdadera razón», pensó Ambra.

En realidad, a Edmond le encantaba la atención mediática y le había reconocido que el motivo auténtico para aterrizar en el aeropuerto de Sabadell era que así tenía una excusa para recorrer las serpenteantes carreteras que separaban esa localidad de su casa con su coche favorito, un Tesla Model X P90D que, al parecer, Elon Musk le había regalado personalmente. Se decía que, en una ocasión, había desafiado a los pilotos de su avión a una carrera de un kilómetro y medio en la pista del aeropuerto, Gulfstream contra Tesla, pero que, tras hacer los cálculos, los pilotos habían declinado la propuesta.

«Echaré de menos a Edmond —pensó apesadumbrada. Sí, era autocomplaciente y descarado, pero su brillante imaginación merecía mucho más de la vida que lo que acababa de sucederle esa noche—. Sólo espero que podamos rendirle homenaje haciendo público su descubrimiento.»

Cuando el avión llegó al hangar de Edmond y apagó los motores, Ambra comprobó que todo estuviera tranquilo. Al parecer, nadie les seguía la pista todavía.

Al descender por la escalerilla, la mujer respiró hondo para despejarse. La segunda copa de vino se le había subido un poco a la cabeza y lamentaba habérsela tomado. En cuanto pisó tierra, las piernas le flaquearon ligeramente y, de repente, notó la fuerte mano de Langdon en el hombro, impidiendo que perdiera el equilibrio.

—Gracias —le dijo con una sonrisa al profesor.

A éste, en cambio, las dos tazas de café le habían dejado la cabeza despejada y en alerta.

—Deberíamos salir de aquí tan rápido como sea posible —advirtió Langdon al ver el lustroso SUV negro que había estacionado en un rincón—. ¿Es ése el vehículo que me habías dicho?

Ella asintió.

—El amor secreto de Edmond.

—Extraña matrícula.

La mujer le echó un vistazo y se rio en silencio.

E-WAVE

—Bueno —explicó ella—, Edmond me contó que, no hace mucho, Google y la NASA habían adquirido una supercomputadora llamada D-Wave, una de las primeras computadoras «cuánticas». Intentó explicármelo, pero era bastante complicado; algo sobre superposiciones, mecánica cuántica y la creación de un nuevo tipo de máquina. En cualquier caso, me dijo que quería construir una nueva computadora que superara a la D-Wave y planeaba llamarla E-Wave.

—«E» de Edmond —cayó en la cuenta Langdon.

«Y la "E" va un paso por delante de la "D"», pensó ella, recordando la historia que le había contado Edmond sobre la famosa computadora de la película *2001: Una odisea en el espacio*, a la que, según una leyenda urbana, habían llamado HAL porque eran las letras que precedían en el alfabeto a IBM.

—¿Y las llaves del coche? —preguntó Langdon—. ¿Me habías dicho que sabías dónde las guardaba?

—No usaba llave. —Ambra alzó el celular de Edmond—. Me lo enseñó cuando vinimos el mes pasado.

La mujer tocó la pantalla del aparato, abrió la aplicación de Tesla y accionó un comando.

Al instante, los faros del coche que descansaba en el rincón del hangar se encendieron y, sin hacer el menor ruido, el vehículo se deslizó hasta llegar a su lado y se detuvo.

Langdon inclinó la cabeza, intranquilo ante la idea de subir a un coche que se conducía solo.

—No te preocupes. —Ambra lo calmó—. Dejaré que lo conduzcas tú.

El profesor asintió y comenzó a rodear el coche para subir al asiento del conductor. Al pasar por delante, se detuvo un momento al ver la matrícula y no pudo evitar soltar una carcajada.

Ambra sabía perfectamente qué le había hecho tanta gracia. En el marco de la matrícula podía leerse: Y LOS *FREAKS* INFORMÁTICOS HEREDARÁN LA TIERRA.

—Sólo Edmond sería capaz de algo así —dijo él, mientras se ponía al volante—. La sutileza nunca fue su fuerte.

—Adoraba su coche —dijo ella, sentándose al lado del profesor—. Completamente eléctrico y más rápido que un Ferrari.

Langdon se encogió de hombros mientras contemplaba la avanzada tecnología del tablero.

—No soy muy de coches.

Ambra sonrió.

—A partir de ahora lo serás.

48

Mientras el Uber de Ávila avanzaba a través de la oscuridad en dirección este, el almirante pensó en la cantidad de veces que había recalado en el puerto de Barcelona como oficial de la Armada.

Su vida anterior le parecía ahora muy lejana. Había terminado en Sevilla con un destello cegador. El destino era una amante cruel e impredecible y, sin embargo, en la actualidad parecía haber alcanzado un equilibrio inquietante. El mismo destino que le había destrozado la vida en la catedral de Sevilla le había otorgado una segunda oportunidad, un nuevo comienzo que había nacido en el interior de los muros de una catedral muy distinta.

Irónicamente, la persona que lo llevó hasta allí fue un simple fisioterapeuta llamado Marco.

—¿Un encuentro con el papa? —le había preguntado con incredulidad cuando meses atrás le había propuesto la idea—. ¿Mañana? ¿En Roma?

—Mañana en España —le había contestado el joven—. El papa está aquí.

Ávila se lo quedó mirando como si estuviera loco.

—Los medios de comunicación no han dicho nada de que Su Santidad se encuentre en el país.

—Un poco de confianza, almirante —le respondió el fisioterapeuta con una sonrisa—. ¿Acaso tiene alguna otra cosa que hacer mañana?

Ávila bajó la mirada a su maltrecha pierna.

—Saldremos a las nueve —dijo Marco—. Le prometo que nuestro corto viaje será mucho menos doloroso que los ejercicios de rehabilitación.

A la mañana siguiente, Ávila se puso el uniforme que el joven había ido a buscarle a casa, tomó un par de muletas y subió al viejo Fiat del fisioterapeuta. Éste dejó atrás las instalaciones del hospital y, dirigiéndose al sur por la avenida de la Raza, salió de la ciudad y tomó la autopista N-IV.

—¿Adónde vamos? —preguntó Ávila, de repente intranquilo.

—Relájese y confíe en mí —pidió Marco con una sonrisa—. No tardaremos más de media hora.

Ávila sabía que durante unos ciento cincuenta kilómetros no había más que campos desérticos y comenzó a pensar que había cometido una equivocación terrible. Al cabo de media hora, sin embargo, llegaron a la altura del siniestro pueblo fantasma de El Torbiscal, una localidad agrícola antaño próspera cuya población había ido disminuyendo hasta desaparecer del todo. «¿Adónde me lleva?» El fisioterapeuta siguió unos minutos más por la autopista y luego tomó una salida y se dirigió hacia el norte.

—¿Puede verla? —le dijo Marco señalando un punto al otro lado de un campo.

Ávila no veía nada. O bien el joven estaba alucinando o sus ojos estaban envejeciendo.

—¿No es asombrosa? —declaró Marco.

Ávila aguzó la mirada y finalmente divisó una forma oscura en el horizonte. A medida que se iban acercando, sus ojos fueron abriéndose con incredulidad.

«¿Eso es... una catedral?»

El edificio tenía unas dimensiones que sólo cabía esperar en lugares como Madrid o París. Ávila había vivido en Sevilla toda su vida, pero no tenía la menor idea de que en medio de la nada hubiera una catedral como ésa. Cuanto más se acercaban, más impresionante parecía el complejo. Sus altos muros proporcionaban un nivel de seguridad que Ávila sólo había visto en la Ciudad del Vaticano.

Marco dejó atrás la carretera principal y comenzó a recorrer el corto camino de acceso al edificio hasta que llegaron ante una alta puerta metálica que impedía el paso. Cuando se detuvieron, el joven tomó una tarjeta apergaminada de la guantera y la colocó en el tablero.

En ese momento, un guardia de seguridad se acercó al coche, miró la tarjeta y luego echó un vistazo en el interior del vehículo. Al ver a Marco, una amplia sonrisa se le dibujó en el rostro.

—Bienvenidos —dijo el guardia—. ¿Qué tal, Marco?

Los dos hombres se estrecharon la mano y el fisioterapeuta le presentó al almirante Ávila.

—Ha venido a conocer al papa —le explicó al guardia.

Éste asintió y, tras admirar las medallas que colgaban del pecho del almirante, les indicó que pasaran. Cuando la gigantesca puerta se abrió, Ávila tuvo la sensación de que estaban entrando en un castillo medieval.

La enorme catedral que apareció ante ellos tenía ocho altas torres, cada una de las cuales estaba coronada por un campanario de tres pisos. Un trío de enormes cúpulas remataba el cuerpo principal de la estructura, cuyo exterior estaba hecho de una piedra de color marrón oscuro y blanco que le proporcionaba una apariencia moderna e inusual.

Ávila bajó la mirada al camino de acceso, que se ramificaba en tres vías paralelas bordeadas por hileras de palmeras. Para su sorpresa, toda la zona estaba repleta de cientos de vehículos estacionados: lujosos sedanes, autobuses destartalados, ciclomotores cubiertos de barro..., todo vehículo imaginable estaba allí.

Marco los dejó, todos atrás y condujo el coche directamente hasta el patio delantero de la iglesia. Al verlos, un guardia de seguridad consultó la hora en su reloj y les indicó que estacionaran en una plaza vacía que claramente habían reservado para ellos.

—Llegamos un poco tarde —dijo el fisioterapeuta—. Deberíamos darnos prisa.

Ávila iba a contestar, pero las palabras se le quedaron atascadas en la garganta.

Acababa de ver el letrero que había delante de la catedral:

IGLESIA CATÓLICA PALMARIANA

«¡Dios mío! —pensó el almirante sobresaltado—. ¡Yo he oído hablar de esta iglesia!»

Intentando controlar los fuertes latidos de su corazón, se volvió hacia el joven.

—¿Es ésta tu iglesia, Marco? —dijo procurando no sonar alarmado—. ¿Eres... palmariano?

El fisioterapeuta sonrió.

—Pronuncia usted la palabra como si fuera una especie de enfermedad. Yo sólo soy un católico devoto que opina que Roma ha perdido el rumbo.

Ávila volvió a alzar la mirada hacia la catedral. La extraña afirmación que le había hecho su fisioterapeuta acerca de que conocía al papa cobraba sentido ahora. «Efectivamente, el papa está aquí en España.»

Unos pocos años antes, Canal Sur había emitido un documental titulado *La Iglesia oscura* cuyo propósito era desvelar algunos de los secretos de la Iglesia palmariana. Al almirante le sorprendió descubrir la existencia de esa extraña secta, por no mencionar su numerosa congregación y creciente influencia.

La Iglesia palmariana había sido fundada después de que algunos residentes locales aseguraran haber sido testigos de una serie de visiones místicas en un campo cercano. Supuestamente, la Virgen María se les había aparecido y les había advertido de que la Iglesia católica se había entregado a la «herejía de la modernidad» y que la auténtica fe debía ser protegida.

La Virgen María los alertó asimismo de que el papa del Vaticano no era el verdadero vicario de Cristo y los instó a fundar una iglesia alternativa. A esta convicción de que el papa de la Iglesia católica no es el auténtico pontífice se la denomina «sedevacantismo»; es decir, la creencia de que el «asiento» de san Pedro está literalmente «vacante».

Los palmarianos aseguraron tener pruebas de que el «verdadero» papa era en realidad su propio fundador, un hombre llamado Clemente Domínguez y Gómez, que adoptó el nombre de Gregorio XVII (un «antipapa» para los católicos). Bajo su papado, la Iglesia palmariana creció de forma constante hasta que, en el año 2005, éste murió mientras presidía la misa del Domingo de Pascua. Sus fieles consideraron esa coincidencia una señal de los cielos y la confirmación de que estaba directamente vinculado a Dios.

Ávila siguió contemplando la gigantesca catedral y no pudo evitar la sensación de que se trataba de un lugar siniestro.

«No importa quién sea el actual antipapa, no tengo ningún interés en conocerlo.»

Además de las críticas por sus injuriosas declaraciones sobre el papado, la Iglesia palmariana había recibido numerosas acusaciones de lavado de cerebro, intimidación sectaria e incluso de ser la responsable de varias muertes misteriosas como la de Bridget Crosbie, antiguo miembro de la Iglesia quien, según sus familiares, había sido «incapaz de escapar» de la rama radicada en Irlanda.

Ávila no quería ser maleducado con su nuevo amigo, pero eso no era ni mucho menos lo que esperaba de ese viaje.

—Marco —dijo tras exhalar un suspiro—. Lo siento, pero no creo que pueda hacerlo.

—Suponía que diría usted eso —respondió el fisioterapeuta, aparentemente impertérrito—. Y debo admitir que yo tuve la misma reacción cuando vine por primera vez. Yo también había oído todos los rumores y las oscuras habladurías, pero puedo asegurarle que no es más que una campaña de difamación orquestada por el Vaticano.

«¿Y los culpas? —se preguntó Ávila—. ¡Tu Iglesia los considera ilegítimos!»

—Roma necesitaba una razón para excomulgarnos, de modo que se inventó todas esas mentiras. Durante años, el Vaticano ha estado propagando información falsa sobre los palmarianos.

Ávila volvió a contemplar esa catedral construida en medio de la nada. Algo en ella le resultaba extraño.

—No lo entiendo —dijo—. Si no están vinculados al Vaticano, ¿de dónde salen los fondos?

—Le sorprendería saber la cantidad de adeptos secretos que los palmarianos tienen dentro de la clerecía católica. Aquí, en España, hay muchas parroquias conservadoras que no aprueban los cambios progresistas que están teniendo lugar en Roma y se dedican a financiar a escondidas iglesias como la nuestra, donde se mantienen los valores tradicionales.

Esa respuesta fue inesperada, pero a Ávila le pareció perfectamente verosímil. Él también había advertido un cisma cada vez mayor en la Iglesia católica, una brecha entre aquellos que consideraban que debía modernizarse o morir y los que opinaban, en cambio, que su verdadero propósito consistía en mantenerse inalterable en medio de un mundo cambiante.

—El papa actual es un hombre admirable —dijo Marco—. Le he contado su historia y dice que se sentiría honrado de dar la bienvenida nuestra iglesia a un condecorado oficial militar y que le encantaría conocerlo en persona después del servicio. Al igual que sus predecesores, antes de encontrar a Dios sirvió en el ejército y comprende por lo que está pasando. De veras creo que es alguien que puede ayudarlo a hallar la paz.

El fisioterapeuta abrió la puerta del coche para bajar del vehículo, pero Ávila era incapaz de moverse. Permaneció sentado contemplando la gigantesca estructura y sintiéndose culpable por albergar un ciego prejuicio contra esa gente. Lo cierto era que no sabía nada sobre la Iglesia palmariana salvo los rumores que había oído, y el Vaticano mismo no estaba libre de escándalos. Además, su Iglesia no lo había ayudado lo más mínimo después del ataque. «Perdona a tus enemigos —le había dicho la monja—. Ofrece la otra mejilla.»

—Escúcheme, almirante —susurró Marco—. Sé que lo he engañado un poco para traerlo hasta aquí, pero mis intenciones son buenas... Me gustaría que conociera usted a ese hombre. Sus ideas cambiaron radicalmente mi vida. Después de perder la pierna, me encontraba en la misma situación en la que está usted ahora. Quería morir. Estaba hundiéndome en la oscuridad, y las palabras del papa palmariano me dieron un propósito. Venga y oiga su sermón.

Ávila vaciló.

—Me alegro por ti, Marco, pero creo que podré arreglármelas solo.

—¿Apañárselas solo? —El joven se rio—. ¡Hace una semana se colocó una pistola en la sien y apretó el gatillo! Usted no está bien, amigo mío.

«Tiene razón —admitió Ávila—. Y cuando dentro de una semana haya terminado la rehabilitación, volveré a encontrarme en casa solo y perdido.»

—¿De qué tiene miedo? —insistió Marco—. ¡Es usted un oficial de la Armada! ¡Un adulto que estaba al mando de un barco! ¿Acaso teme que el papa le lave el cerebro en diez minutos y lo retenga como rehén?

«No estoy seguro de qué es lo que temo», pensó Ávila, bajando la mirada a su pierna herida y sintiéndose extrañamente pequeño e impotente. Durante la mayor parte de su vida, había sido él quien había estado al mando y dado órdenes. No le convencía la idea de tener que obedecer las de otra persona.

—No importa —dijo Marco, volviendo a abrocharse el cinturón de seguridad—. Lo siento. Ya veo que está usted incómodo. No quería presionarlo.

El joven extendió una mano para poner el coche en marcha.

Ávila se sintió idiota. Marco apenas tenía un tercio de su edad. No era más que un niño al que le faltaba una pierna y que estaba intentando ayudar a otro inválido. Él, sin embargo, se lo agradecía con ingratitud, escepticismo y condescendencia.

—No —dijo finalmente el almirante—. Perdóname, Marco. Será un honor para mí escuchar el sermón del papa.

49

El parabrisas del Tesla Model X de Edmond era enorme y el lugar en el que se unía al techo quedaba detrás de la cabeza de Langdon, provocándole a éste la desorientadora sensación de estar flotando en el interior de una burbuja de cristal.

Mientras conducía el coche por la boscosa autopista norte de Barcelona, el profesor se sorprendió sobrepasando el límite de velocidad de ciento veinte kilómetros por hora. El silencioso motor eléctrico del vehículo y su aceleración lineal hacían que prácticamente no se notaran las variaciones de velocidad.

A su lado, Ambra había entrado en internet con la computadora situada en el enorme tablero y estaba leyendo las noticias que los medios de comunicación habían comenzado a publicar sobre los sucesos de esa noche. Entre éstas, había surgido un rumor según el cual el obispo Valdespino habría estado financiando al antipapa de la Iglesia palmariana, quien, al parecer, tenía vínculos militares con los carlistas conservadores y sería responsable no sólo del asesinato de Edmond, sino también de las muertes de Syed al-Fadl y del rabino Yehuda Köves.

Al leer las noticias en voz alta, a ambos les quedó claro que todos los medios de comunicación estaban preguntándose lo mismo: ¿qué podía haber descubierto Edmond que fuera tan amenazante como para que un destacado obispo y una secta católica conservadora hubieran decidido asesinarlo para silenciarlo?

—Es increíble la cantidad de gente que está pendiente de estas noticias —dijo Ambra, levantando la mirada de la pantalla—. El interés público que ha despertado este suceso no tiene precedentes... Parece que todo el mundo se ha quedado horrorizado.

En ese instante, Langdon se percató de un posible aspecto positivo del terrible asesinato de Edmond. Con todo ese seguimiento mediático, la audiencia global había crecido mucho más de lo que su amigo habría podido imaginar. En esos momentos, incluso desde el más allá, Kirsch contaba con la atención de todo el mundo.

Eso hizo que el profesor se sintiera todavía más decidido a lograr su objetivo: encontrar la contraseña de cuarenta y siete caracteres y transmitir la presentación al mundo.

—Julián todavía no ha realizado ninguna declaración —dijo Ambra algo desconcertada—. Ni una sola palabra de la Casa Real. No tiene sentido. Conozco personalmente a su coordinadora de relaciones públicas y sé que está a favor de la transparencia y de compartir la información antes de que la prensa pueda tergiversar las cosas. Estoy segura de que ahora mismo está urgiendo a Julián a hacer una declaración.

El profesor sospechó que tenía razón. Considerando que los medios de comunicación estaban acusando de conspiración (o incluso de asesinato) al principal consejero religioso de Palacio, parecía lógico que el príncipe hiciera una declaración de algún tipo, aunque sólo fuera para decir que estaban investigando dichas acusaciones.

—Especialmente, si tenemos en cuenta que la futura reina consorte del país estaba al lado de Edmond cuando le han disparado —añadió Langdon—. Podrías haber sido tú, Ambra. El príncipe debería decir al menos que se siente aliviado de que estés a salvo.

—No estoy segura de que se sienta así —dijo ella en un tono inexpresivo, después de lo cual cerró el navegador y se recostó en el asiento.

Langdon se volvió hacia ella.

—Bueno, si te sirve de algo, yo sí me alegro de que estés a salvo. No estoy seguro de si me las podría haber arreglado yo solo con todo lo que ha sucedido esta noche.

—¿Usted solo? —preguntó una voz con acento británico a través de los altavoces del coche—. ¡Qué pronto nos olvidamos de los demás!

Langdon se rio ante el arrebato de indignación del asistente informático.

—Winston, ¿acaso te programó Edmond para mostrar inseguridad y estar a la defensiva?

—No —dijo Winston—. Me programó para observar, escuchar, aprender e imitar el comportamiento humano. Mi tono pretendía ser más bien humorístico, algo que Edmond me animó a desarrollar. El humor no puede programarse... debe aprenderse.

—Pues estás aprendiéndolo bien.

—¿Sí? —preguntó Winston y, en un tono suplicante, añadió—: ¿Podría decirlo de nuevo?

Langdon soltó una carcajada.

—Como he dicho, estás aprendiéndolo bien.

La pantalla de la computadora del tablero volvió a mostrar la página principal por defecto: un programa de navegación en el que podía verse un pequeño «avatar» del coche sobre una fotografía tomada por satélite. Langdon comprobó entonces que habían dejado atrás la serpenteante carretera que atravesaba la sierra de Collserola y que acababan de entrar en la ronda de circunvalación de la ciudad. Al sur de donde se encontraban, divisó algo inusual que le llamó la atención: un área boscosa enorme en medio de la extensión urbana.

—¿Eso es el Parc Güell? —preguntó.

Ambra echó un vistazo a la pantalla y asintió.

—Buen ojo.

—Edmond solía detenerse allí a menudo de camino a casa desde el aeropuerto —añadió Winston.

A Langdon eso no le sorprendió. El Parc Güell era una de las obras maestras más conocidas del arquitecto Antoni Gaudí (autor asimismo del diseño que Edmond lucía en la funda del celular). «Se parecían mucho —pensó—. Ambos eran unos visionarios innovadores que no se regían por las reglas convencionales.»

Devoto estudiante de la naturaleza, Gaudí tomó su principal inspiración arquitectónica de las formas orgánicas y recurrió al «mundo natural de Dios» para diseñar unas estructuras biomórficas fluidas que parecían haber brotado por sí mismas del suelo. «En la naturaleza no hay líneas rectas», afirmó en una ocasión el arquitecto catalán y, por consiguiente, en su obra había muy pocas líneas rectas.

Gaudí, a quien solía describirse como el progenitor de la «arquitectura viva» y del «diseño biológico», inventó asimismo técnicas nunca vistas para trabajar la madera, el hierro, el cristal o la cerámica y recubrir sus edificios con «pieles» deslumbrantes y coloristas.

Incluso ahora, casi un siglo después de su fallecimiento, turistas de todo el mundo viajaban a Barcelona para poder ver en directo su inimitable estilo modernista. Sus trabajos incluían parques, edificios públicos, mansiones privadas y, por supuesto, su obra maestra: la Sagrada Familia, la enorme basílica católica cuyas altas torres poríferas dominaban el perfil de Barcelona y que para los críticos no tenía parangón en la historia del arte.

A Langdon siempre lo había maravillado la audaz visión de Gaudí para el templo de la Sagrada Familia. Su tamaño era tal que, casi ciento cuarenta años después de haberse iniciado, su construcción aún no se había terminado.

Esa noche, al ver la imagen de satélite del famoso Parc Güell, Langdon no pudo evitar rememorar su primera visita al lugar, realizada cuando todavía era un estudiante universitario: un paseo a través de un fantasioso mundo de columnas con forma de troncos de árboles retorcidos que sostenían plataformas elevadas, bancos de formas nebulosas, grutas con fuentes que parecían dragones y peces y una pared blanca ondulante tan distintivamente fluida que parecía una gigantesca criatura unicelular.

—A Edmond le encantaba Gaudí —dijo Winston—. En particular su concepción de la naturaleza como arte orgánico.

Langdon recordó la presentación de Edmond («Naturaleza. Organismos. La Creación.») y pensó en los famosos «panots», unas losetas hexagonales diseñadas por Gaudí que decoraban las aceras del paseo de Gràcia. En cada una de ellas aparecían unos garabatos remolineantes aparentemente sin sentido que, al colocarse en su sitio junto a las demás baldosas, dejaban a la vista un patrón inesperado: un paisaje submarino formado por estrellas de mar, amonites y algas. La «sopa primordial», como solían llamar los entendidos al diseño.

A Langdon volvió a sorprenderlo la perfección con la que la ciudad de Barcelona encajaba con la curiosidad de Edmond sobre el origen de la vida. La teoría científica imperante sostenía que los inicios de la vida en la Tierra habían tenido lugar en esa «sopa primordial», nombre coloquial que recibían esos océanos primigenios repletos de ricos componentes químicos vertidos por las emanaciones de los volcanes y que no dejaban de sufrir el bombardeo de los rayos de interminables tormentas... hasta que de repente, cual golem microscópico, la primera criatura unicelular cobró vida.

—Tú diriges un museo, Ambra, de modo que debiste de hablar a menudo sobre arte con Edmond —dijo de repente Langdon—. ¿Te dijo en alguna ocasión qué era exactamente lo que le interesaba tanto de Gaudí?

—Sólo lo que ha mencionado Winston —respondió ella—. Su arquitectura es como si hubiera sido creada por la naturaleza misma. Las grutas de Gaudí parecen haber sido formadas por el viento y la lluvia, sus columnas dan la impresión de haber crecido en la tierra y sus baldosas recuerdan a la primitiva vida marina. —La mujer se encogió de hombros—. Fuera cual fuese la razón, Edmond admiraba lo bastante a Gaudí para mudarse a España.

Langdon se volvió hacia ella, sorprendido. Sabía que Edmond tenía casas en varios países del mundo, pero en los últimos años había decidido establecerse en España.

—¿Estás diciendo que Edmond se trasladó a Barcelona por Gaudí?

—Eso creo —dijo ella—. Una vez le pregunté por qué se había instalado en España y me dijo que había tenido la oportunidad de alquilar una propiedad única, sin igual en todo el mundo. Supongo que se refería a su departamento —concluyó.

—¿Dónde está ese departamento?

—Edmond vivía en la Casa Milà, Robert —respondió ella.

Él se quedó anonadado.

—¿Te refieres a la famosa Casa Milà?

—Esa misma —respondió ella con un asentimiento—. El año pasado alquiló todo el ático.

Langdon necesitó un momento para procesar esa noticia. La Casa Milà era una de las construcciones más conocidas de Gaudí. Se trataba de un original edificio de departamentos cuya fachada escalonada y con ondulantes balcones de piedra le proporcionaban el aspecto de una montaña excavada, lo cual a su vez había motivado su apodo popular: «la Pedrera».

—¿No hay en el ático un museo dedicado a Gaudí? —preguntó Langdon, recordando una de sus visitas al edificio.

—Sí —intervino Winston—, pero Edmond realizó una donación a la Unesco, que hace décadas declaró el edificio Bien Cultural del Patrimonio Mundial, y los administradores del bloque accedieron a cerrar temporalmente el museo para dejar que viviera en él durante dos años. Al fin y al cabo, en Barcelona hay muchas muestras del arte de Gaudí.

«¿Edmond vivía en una exposición de Gaudí en la Casa Milà? —pensó Langdon desconcertado—. ¿Y se trasladó sólo por dos años?»

—Incluso ayudó a la Casa Milà a crear un nuevo video didáctico sobre su arquitectura. Merece la pena verlo —añadió el asistente informático.

—El video es realmente impresionante —coincidió Ambra, inclinándose hacia adelante y tocando la pantalla táctil de la computadora. En ella apareció un teclado y escribió «lapedrera.com»—. Deberías verlo.

—Bueno, ahora mismo estoy conduciendo —respondió Langdon.

Ambra extendió una mano hacia la columna de dirección y accionó una pequeña palanca. De inmediato, Langdon notó que el volante se ponía rígido y que, de repente, el coche parecía conducir por sí mismo, sin dejar por ello de avanzar perfectamente centrado en su carril.

—Piloto automático —dijo ella.

El efecto resultaba algo intranquilizador, y Langdon no pudo evitar seguir con las manos sobre el volante y los pies en los pedales.

—Relájate. —Ambra le colocó una mano en el hombro para reconfortarlo—. Es mucho más seguro que si condujera una persona.

A regañadientes, Langdon apartó las manos del volante y las dejó sobre el regazo.

—Así me gusta. —Ella sonrió—. Ahora ya puedes ver el video de la Casa Milà.

Éste comenzaba con el espectacular plano de una agitada marejada que parecía haber sido tomado desde un helicóptero volando a unos pocos metros del océano. A lo lejos podía verse una montaña de piedra con unos acantilados que se elevaban cientos de metros por encima de las violentas olas.

A continuación, un texto aparecía sobre la montaña.

La Pedrera no fue creada por Gaudí

Langdon contempló cómo durante el video, que apenas llegaba al minuto, la marejada esculpía la montaña hasta darle el distintivo aspecto orgánico de la Casa Milà. Luego, el mar entraba en su interior y creaba huecos y estancias cavernosas en los cuales las cascadas convertían las rocas en escaleras, los zarcillos de las plantas trepadoras crecían y se retorcían hasta dar forma a los barandales y el musgo que cubría la piedra terminaba transformándose en las alfombras que decoraban los suelos.

Finalmente, la cámara volvía a salir de la casa y podía verse la famosa fachada de la Casa Milà, «la cantera»:

La Pedrera
Una obra maestra de la naturaleza

Langdon debía admitir que Edmond tenía un gran talento para la espectacularidad. Al ver ese video generado por computadora le entraron ganas de volver a visitar el famoso edificio.

El profesor posó de nuevo los ojos sobre la carretera, desactivó el autopiloto y tomó otra vez el control del coche.

—Esperemos que el departamento de Edmond contenga lo que estamos buscando. Tenemos que encontrar esa contraseña.

50

El comandante Diego Garza y cuatro agentes armados de la Guardia Real cruzaron la plaza de la Armería con la mirada al frente e ignorando el tumulto de los medios de comunicación que había al otro lado de la verja. Éstos los estaban enfocando con las cámaras y les pedían a gritos un comentario.

«Al menos pueden ver que alguien ha pasado a la acción.»

Cuando él y su equipo llegaron a la catedral, la entrada principal estaba cerrada (algo normal a esa hora), de modo que comenzó a llamar a la puerta con la culata de su arma.

No hubo ninguna respuesta.

Él siguió llamando.

Finalmente, se oyó cómo descorrían los cerrojos y la puerta se abrió. Garza se encontró entonces ante una mujer de la limpieza, comprensiblemente alarmada por el pequeño ejército que había en la puerta.

—¿Dónde está el obispo Valdespino? —preguntó Garza.

—Yo... no lo sé —respondió la mujer.

—Sé que el obispo ha entrado aquí con el príncipe Julián —dijo Garza—. ¿No los ha visto?

Ella negó con la cabeza.

—Acabo de llegar. Limpio los sábados por la noche después de...

Garza la hizo a un lado y les indicó a sus hombres que se desplegaran por la oscura catedral.

—Cierre la puerta —le ordenó Garza a la mujer de la limpieza—. Y procure no estorbar.

Tras decir eso, el comandante amartilló el arma y se dirigió directamente al despacho de Valdespino.

Al otro lado de la plaza, en la sala de control subterránea del palacio, Mónica Martín se encontraba junto al dispensador de agua fumando un cigarrillo que había pospuesto desde hacía mucho rato. Gracias al movimiento de progresismo «políticamente correcto» que se había extendido por toda España, desde hacía un tiempo estaba prohibido fumar en las oficinas del palacio. Sin embargo, teniendo en cuenta la gravedad de los supuestos crímenes de los que se acusaba a la Casa Real esa noche, Martín dio por hecho que un poco de humo supondría una infracción tolerable.

Ante ella, un panel de monitores con el volumen apagado emitía los informativos de cinco canales de televisión. Todos seguían transmitiendo su cobertura en directo de la muerte de Edmond Kirsch y no dejaban de repetir una y otra vez las imágenes del brutal asesinato. Por supuesto, cada una de las transmisiones estaba precedida de la habitual advertencia.

AVISO: las siguientes escenas contienen imágenes que pueden herir la sensibilidad de algunos espectadores

«¡Qué vergüenza!», pensó, a sabiendas de que esas advertencias no eran una muestra de sensibilidad de los precavidos canales sino más bien un inteligente anzuelo para asegurarse de que nadie cambiara de canal.

Martín le dio otra calada al cigarrillo y siguió mirando las distintas pantallas, en la mayoría de las cuales se seguían exprimiendo las crecientes teorías conspirativas con titulares de «Novedades» y rótulos sensacionalistas al pie de la pantalla:

¿Futurólogo asesinado por la Iglesia?
¿Descubrimiento científico perdido para siempre?
¿Asesino contratado por la familia real?

«Se supone que deberían informar —refunfuñó para sí—, no propagar rumores malintencionados en forma de pregunta.»

Martín siempre había creído en la importancia del periodismo responsable y lo consideraba un auténtico pilar de la libertad y la democracia, de modo que cada dos por tres se sentía decepcionada por los periodistas que fomentaban la controversia al difundir ideas que eran descaradamente absurdas (evitando las posibles repercusiones legales al formular cada una de sus ridículas declaraciones como una pregunta).

Últimamente, incluso los respetados canales científicos lo hacían y les preguntaban a sus espectadores cosas como: «¿Es posible que este templo de Perú fuera construido por alienígenas?».

«¡No! —quería gritar en esos casos Martín—. ¡No es posible de ninguna maldita manera! ¡Dejad de hacer preguntas estúpidas!»

En una de las pantallas de televisión pudo ver que la CNN hacía lo posible por mostrarse respetuosa:

En memoria de Edmond Kirsch
Profeta. Visionario. Creador

Martín tomó el control remoto y subió el volumen.

—... un hombre que amaba el arte, la tecnología y la innovación —dijo con tristeza el presentador—. Un hombre cuya capacidad casi mística para predecir el futuro lo convirtió en una persona conocida por todo el mundo. Según sus colegas, todas y cada una de las predicciones que hizo en el campo de la ciencia informática terminaron convirtiéndose en realidad.

—Así es, David —intervino su copresentadora—. Desearía poder decir lo mismo de sus predicciones personales.

A continuación, emitieron unas imágenes de archivo en las que se veía a un Edmond Kirsch robusto y bronceado ofreciendo una rueda de prensa en la acera de enfrente del Rockefeller Center de Nueva York.

—Hoy cumplo treinta años —decía—, y mi expectativa de vida es sólo de sesenta y ocho años. Sin embargo, con los futuros avances en medicina, la tecnología de la longevidad y la regeneración de los telómeros, predigo que viviré para cumplir ciento diez. De hecho, estoy tan convencido que acabo de reservar la habitación Rainbow para celebrar ese cumpleaños. —En ese momento, Kirsch sonreía y levantaba la mirada hacia lo alto del edificio—. Acabo de pagar la factura con ochenta años de antelación, incluyendo un cálculo del aumento de la inflación.

La copresentadora volvió a aparecer en pantalla y exhaló un sombrío suspiro.

—Como dice el viejo refrán: «El hombre propone y Dios dispone».

—Muy cierto —afirmó el copresentador—. Y además de la intriga que rodea el asesinato de Kirsch, también existe una montaña de especulaciones sobre la naturaleza de su descubrimiento —y, mirando fijamente a la cámara, añadió—: ¿de dónde venimos?, ¿adónde vamos? Dos preguntas fascinantes.

—Para contestar a esas preguntas, contamos con la intervención de dos cualificadas mujeres, una pastora episcopal de Vermont y una bióloga evolutiva de UCLA. Después de la publicidad conoceremos sus opiniones —dijo la copresentadora con entusiasmo.

Martín ya conocía sus opiniones. «Son radicalmente opuestas, o no estarían en el programa.» Sin duda, la pastora diría algo como «Venimos de Dios y vamos hacia Dios», a lo que la bióloga respondería: «Hemos evolucionado del simio y nos extinguiremos».

«No demostrarán nada salvo que los espectadores somos capaces de ver cualquier cosa si nos la venden bien», concluyó.

—¡Mónica! —exclamó de repente Suresh.

Martín se volvió y vio que el director del Departamento de Seguridad Electrónica aparecía por la esquina, prácticamente a la carrera.

—¿Qué sucede? —preguntó.

—El obispo Valdespino acaba de llamarme —dijo Suresh casi sin aliento.

La joven bajó el volumen del televisor.

—¿El obispo te ha llamado... a ti? ¡¿Te ha explicado qué demonios está haciendo?!

Suresh negó con la cabeza.

—No se lo he preguntado y él no me lo ha dicho. Me ha llamado para ver si podía mirar algo en nuestros servidores.

—No lo entiendo.

—¿Sabes que ConspiracyNet asegura que alguien de dentro de Palacio ha llamado al Guggenheim poco antes del evento de esta noche para que añadieran el nombre de Ávila a la lista de invitados?

—Sí. Y te he pedido que lo comprobaras.

—Bueno, Valdespino ha secundado tu solicitud. Me ha llamado para preguntarme si podía conectarme a los servidores del palacio para encontrar el registro de esa llamada y ver así desde qué lugar del palacio se había realizado. De este modo, podría tener una mejor idea de quién podría haberla hecho.

Martín se sentía confundida. Estaba convencida de que el mismo Valdespino era el sospechoso más probable.

—Según el Guggenheim —prosiguió Suresh—, poco antes del evento han recibido en recepción una llamada del número de teléfono principal del Palacio Real de Madrid. Figura en su registro telefónico. Pero hay un problema. He comprobado en nuestros servidores el listado de llamadas realizadas a esa hora y no he encontrado nada —dijo negando con la cabeza—. Alguien ha borrado el registro de la llamada al Guggenheim.

Martín examinó un momento a su colega.

—¿Y quién tiene acceso para hacer algo así?

—Eso es justo lo que me ha preguntado Valdespino. Y le he dicho la verdad. Le he explicado que, como director del Departamento de Seguridad Electrónica, yo podría haber borrado el registro de esa llamada, pero que no lo he hecho. La única otra persona con autorización para acceder a nuestros servidores es el comandante Garza.

Martín se lo quedó mirando.

—¿Crees que el comandante ha saboteado los registros de las llamadas?

—Tiene sentido —dijo Suresh—. Al fin y al cabo, el trabajo de Garza consiste en proteger a la familia real y, de este modo, si hay alguna investigación, en lo que respecta al Palacio esa llamada nunca se ha realizado. Técnicamente hablando, pues, no existe ninguna prueba material. Borrando el registro de esa llamada conseguiría que la familia real quedara libre de toda responsabilidad.

—¿Libre de toda responsabilidad? —preguntó Martín—. ¡No hay ninguna duda de que esa llamada se hizo! ¡Ambra ha incluido a Ávila en la lista de invitados! ¡Y la recepcionista del Guggenheim verificará...!

—Cierto, pero ahora es la palabra de la joven recepcionista de un museo contra la de todo el Palacio Real. En lo que respecta a nosotros, la llamada simplemente no ha tenido lugar.

A Martín, esa conclusión le pareció demasiado optimista.

—¿Y le has contado todo eso a Valdespino?

—Sólo es la verdad. Le he explicado que, tanto si realizó la llamada como si no, Garza parece haber borrado su registro para proteger a la familia real. —Suresh hizo una pausa—. Pero después de colgar me he dado cuenta de otra cosa.

—¿El qué?

—Técnicamente, hay una tercera persona con acceso al servidor. —Suresh miró con nerviosismo alrededor de la sala y se acercó a Martín—. El príncipe Julián tiene acceso completo a todos los sistemas.

—¡Eso es ridículo! —exclamó Martín.

—Sé que parece una locura —dijo él—, pero el príncipe estaba a solas en su residencia del palacio a la hora en la que se realizó la llamada. No habría tenido ningún problema para hacerla y luego conectarse al servidor y borrar el registro. El programa es sencillo de usar y el príncipe sabe más sobre tecnología de lo que la gente cree.

—Suresh —le respondió Martín—, ¿de veras piensas que el príncipe Julián, el futuro rey de España, ha enviado personalmente un asesino al museo Guggenheim para matar a Edmond Kirsch?

—No lo sé —contestó—. Lo único que estoy diciendo es que es factible.

—¡¿Y por qué querría el príncipe Julián hacer algo así?!

—Si hay alguien que debería saberlo eres tú. ¿Acaso ya no recuerdas la cantidad de prensa negativa con la que tuviste que lidiar a causa del tiempo que estaban pasando juntos Ambra y Edmond Kirsch? ¿Y la noticia de que la había llevado en su avión privado a su departamento de Barcelona?

—¡Estaban trabajando! ¡Se trataba de algo estrictamente profesional!

—La política es cuestión de apariencias, fuiste tú quien me lo enseñó —dijo Suresh—. Y tú y yo sabemos que la propuesta de matrimonio del príncipe no ha tenido el efecto público que él había imaginado.

En ese momento, sonó el celular de Suresh. En cuanto leyó el mensaje entrante, la incredulidad oscureció su rostro.

—¿Qué sucede? —preguntó Martín.

Sin decir una palabra, el hindú se dio la vuelta y corrió en dirección al centro de seguridad.

—¡Suresh!

Martín apagó el cigarrillo y salió a toda prisa detrás de él hasta una de las estaciones de trabajo, en las que un técnico les mostró las imágenes pixeladas de una cámara de seguridad.

—¿Qué estamos viendo? —preguntó la joven.

—La salida trasera de la catedral —dijo el técnico—. Hace cinco minutos.

Martín y Suresh se inclinaron hacia adelante y contemplaron cómo un joven acólito salía por la puerta, recorría a paso rápido un trecho de la calle Mayor, relativamente tranquila, abría la puerta de un destartalado Opel y subía al vehículo.

«No lo entiendo —pensó Martín—. Se marcha a casa después de misa. ¿Y qué?»

En las imágenes, el Opel arrancaba a continuación, recorría una pequeña distancia y luego estacionaba muy cerca de la puerta trasera de la catedral, la misma por la que el acólito acababa de salir. Casi al instante, dos figuras oscuras salían del edificio y subían al asiento trasero del vehículo. Sin lugar a dudas, esos dos pasajeros eran el obispo Valdespino y el príncipe Julián.

Un momento después, el coche volvía a arrancar, doblaba la esquina y desaparecía del plano.

51

Elevándose como una montaña de formas irregulares en la esquina de la calle Provença y el paseo de Gràcia, la obra maestra que Gaudí construyó entre 1906 y 1910 y que se conoce como Casa Milà es mitad edificio de departamentos, mitad obra de arte atemporal.

Concebida por el arquitecto como una curva perpetua, esta estructura de nueve pisos es inmediatamente reconocible por su ondulante fachada de piedra caliza. Los sinuosos balcones y la irregular geometría del edificio le proporcionan un aura orgánica, como si los milenios que lleva soportando el azote del viento hubieran erosionado la fachada y creado huecos y curvas como las del cañón de un desierto.

Aunque al principio el sorprendente diseño modernista de Gaudí fue criticado por el vecindario, la Casa Milà fue celebrada por críticos de arte de todo el mundo y no tardó en convertirse en una de las principales joyas arquitectónicas de la ciudad. Durante tres décadas, Pere Milà, el empresario que había encargado el edificio, residió con su esposa en el espacioso departamento principal, mientras que los veinte restantes los alquilaba. A día de hoy, esta residencia situada en el número 92 del paseo de Gràcia está considerada una de las más exclusivas y codiciadas de toda España.

Mientras conducía el Tesla de Kirsch a través del escaso tráfico de la elegante avenida bordeada de árboles, Robert Langdon tuvo la sensación de que estaban acercándose a su destino. El paseo de

Gràcia era el equivalente local de los Champs-Élysées de París: una avenida ancha y majestuosa, impecablemente cuidada y llena de *boutiques* de las marcas más lujosas.

Chanel, Gucci, Cartier, Longchamp...

Finalmente, Langdon vio el edificio a unos doscientos metros.

La suave iluminación de la fachada, así como la piedra caliza pálida y picada y los balcones oblongos distinguían la Casa Milà de sus vecinos rectilíneos. Era como si la corriente marina hubiera arrastrado a la orilla una pieza de coral y en la actualidad ésta descansara en una playa de bloques de concreto.

—Me lo temía —dijo Ambra, señalando la acera de la elegante avenida—. Mira.

Langdon bajó la vista y vio que frente al edificio había media docena de unidades móviles de medios de comunicación. Una multitud de periodistas se apresuraban a realizar conexiones en directo usando la residencia de Kirsch de fondo. Además, varios guardias de seguridad impedían que los curiosos se acercaran a la entrada. Al parecer, la muerte de Edmond había convertido en noticia cualquier cosa relacionada con él.

El profesor miró a su alrededor en busca de un sitio para estacionar pero no encontró ninguno y el tráfico lo obligó a seguir adelante.

—¡Agáchate! —le dijo a Ambra al darse cuenta de que no tenían otra elección salvo pasar por delante del lugar en el que estaba congregada toda la prensa.

La mujer se deslizó en su asiento y se agachó en el suelo para que no pudieran verla desde la calle. Langdon, por su parte, volvió la cara al otro lado.

—Parece que han rodeado la entrada principal —dijo él—. No vamos a poder acceder.

—Gira a la derecha —intervino Winston en un tono alegre y confiado—. Ya había previsto que podía pasar esto.

El bloguero Héctor Marcano levantó la mirada con tristeza hacia el ático de la Casa Milà. Todavía estaba intentando aceptar el hecho de que Edmond Kirsch hubiera muerto.

Durante tres años, este bloguero había estado escribiendo sobre asuntos tecnológicos en barcinno.com, una popular plataforma colaborativa de Barcelona para emprendedores y empresas innovadoras recién puestas en marcha. Para él, que Edmond viviera en la ciudad era como trabajar a los pies del mismísimo Zeus.

Héctor lo había conocido hacía más de un año, cuando el legendario futurólogo había accedido a participar en la llamada «Fuck Up Night» que organizaba la citada web, un seminario mensual en el que emprendedores de éxito hablaban abiertamente sobre sus fracasos más sonados. Con timidez, Kirsch admitió que, en los últimos seis meses, se había gastado más de cuatrocientos millones de dólares para hacer realidad su sueño de construir lo que él llamaba la E-Wave, una computadora cuántica con una velocidad de procesamiento tan rápida que impulsaría avances sin precedentes en todas las ciencias, sobre todo en modelados de sistemas complejos.

—Me temo que, hasta el momento, mi salto cuántico en la computación cuántica no es más que un fiasco cuántico —confesó Edmond.

Cuando Héctor se enteró de que Kirsch planeaba anunciar en el Guggenheim un descubrimiento de la máxima trascendencia, creyó que estaría relacionado con la E-Wave. «¿Habrá encontrado la clave para que funcione?» Sin embargo, tras el filosófico preámbulo que el futurólogo había hecho en la presentación, el bloguero se había dado cuenta de que estaba relacionado con algo completamente distinto.

«Me pregunto si algún día sabremos qué había descubierto», pensó Héctor. Se sentía tan afligido que no había acudido a casa de Kirsch para escribir luego en el blog, sino simplemente para rendirle un respetuoso homenaje.

—¡E-Wave! —exclamó alguien de repente—. ¡E-Wave!

La muchedumbre congregada alrededor de Héctor comenzó a señalar y a enfocar sus cámaras hacia el reluciente Tesla negro que en esos momentos estaba pasando por delante de ellos con los faros halógenos encendidos.

Héctor se quedó mirando el vehículo sin salir de su asombro.

El Tesla Model X con matrícula «E-Wave» de Kirsch era tan famoso en Barcelona como el papamóvil en Roma, y el futurólogo a veces hacía un pequeño número: estacionaba en doble fila enfrente de la joyería DANiEL ViOR de la calle Provença, bajaba del vehículo para firmar autógrafos y luego dejaba pasmado al gentío permitiendo que el coche realizara por sí solo la ruta preprogramada hasta la puerta del garaje. Luego ésta se abría y el coche descendía lentamente la rampa en espiral en dirección al estacionamiento privado que había debajo de la Casa Milà.

Pese a que todos los Tesla contaban con la función de estacionamiento automático (lo cual les permitía abrir puertas de garaje, entrar y apagar el motor), Edmond había personalizado el sistema del suyo para que pudiera hacer una ruta más compleja.

Todo formaba parte del *show*.

Esa noche, sin embargo, el espectáculo era considerablemente más extraño. A pesar de que Kirsch había sido asesinado, su coche acababa de aparecer en la calle Provença, se había detenido delante del garaje y había comenzado a avanzar lentamente en dirección a la puerta mientras la gente se iba apartando para dejarle paso.

Los periodistas y los cámaras corrieron hacia el vehículo y, tras pegar las caras a sus ventanillas tintadas para tratar de ver algo, exclamaron sorprendidos:

—¡Está vacío! ¡No lo conduce nadie! ¡¿De dónde viene?!

Los guardias de seguridad de la Casa Milà parecían haber presenciado ese número con anterioridad y empezaron a apartar a la gente del camino del Tesla para que pudiera seguir adelante.

A Héctor, la visión del coche de Edmond vacío entrando en el garaje le hizo pensar en un perro regresando a casa tras haber perdido a su dueño.

Cual fantasma, el Tesla cruzó en silencio la puerta del garaje. Cuando, como tantas otras veces, el coche comenzó a descender la rampa en espiral del primer estacionamiento subterráneo que hubo en la ciudad, la multitud prorrumpió en un emotivo aplauso dedicado al querido coche de Kirsch.

—No sabía que fueras tan claustrofóbico —susurró Ambra, que se encontraba tumbada en el suelo del Tesla junto a Langdon.

Ambos permanecían apretujados en el pequeño espacio que había entre la segunda y la tercera hilera de asientos, ocultos debajo de la funda de vinilo negro del coche que Ambra había tomado del maletero. Nadie había podido verlos a través de las ventanillas tintadas.

—Sobreviviré —consiguió decir Langdon, más nervioso por el hecho de que el coche se condujera solo que por su fobia.

Podía notar que en esos momentos el vehículo estaba descendiendo por una espiral empinada y temía que pudiera chocar en cualquier momento.

Dos minutos antes, mientras permanecían estacionados en doble fila enfrente de la joyería DANiEL ViOR, Winston les había dado unas órdenes muy claras.

Sin salir del coche, Ambra y Langdon se habían agazapado en el piso de la tercera hilera de asientos del vehículo y, presionando un botón del celular de Edmond, la mujer había activado la función personalizada de estacionamiento automático.

Bajo la funda, Langdon notó entonces que el coche comenzaba a avanzar por sí solo y, sintiendo el cuerpo de Ambra pegado al suyo en ese estrecho espacio, no pudo evitar recordar su primera experiencia adolescente con una mujer guapa en el asiento trasero de un vehículo. «Estaba más nervioso que ahora», pensó, lo cual resultaba irónico teniendo en cuenta que estaba apretujado con la futura reina de España en el suelo de un coche sin conductor.

Un momento después, el profesor notó que el vehículo dejaba atrás la rampa, daba unos cuantos giros y finalmente se detenía del todo.

—Ya han llegado —anunció Winston.

Acto seguido, Ambra sacó la cabeza de debajo de la funda y echó un vistazo por la ventanilla.

—No hay nadie —dijo, y bajó del coche.

Langdon lo hizo detrás de ella y se alegró de salir al fin y de encontrarse en un amplio garaje.

—Los elevadores están en el vestíbulo principal —informó Ambra, señalando la rampa de entrada.

Langdon, sin embargo, se quedó de piedra al ver algo completamente inesperado. De la pared de cemento del estacionamiento subterráneo colgaba un cuadro enmarcado de un paisaje marino.

—¿Ambra? —dijo el profesor—. ¿Edmond decoró su plaza con un cuadro?

Ella asintió.

—Yo le hice la misma pregunta. Él me explicó que así cada noche una radiante belleza le daba la bienvenida.

Langdon se rio entre dientes. «Solteros.»

—El autor es alguien a quien Edmond admiraba mucho. ¿Lo reconoce? —intervino Winston a través del altavoz del celular.

El profesor no lo reconoció. El cuadro no parecía más que una acuarela lograda de un paisaje marino. No tenía nada que ver con las obras vanguardistas que tanto solían gustar a su amigo asesinado.

—Es de Churchill —dijo Ambra—. Edmond lo citaba siempre.

«Churchill.» Langdon necesitó un momento para darse cuenta de que la mujer no se refería a otro que al mismísimo Winston Churchill, el celebrado estadista inglés que, además de héroe militar, historiador, orador y escritor ganador del premio Nobel, también había sido un pintor de talento destacable. El profesor recordó entonces que, en una ocasión, su amigo había citado al primer ministro inglés en respuesta a un comentario que alguien hizo sobre el hecho de que la gente religiosa lo odiara: «¿Tienes enemigos? Bien. ¡Eso significa que has defendido algo!».

—La diversidad del talento de Churchill era lo que más impresionaba a Edmond —dijo Winston—. Los seres humanos rara vez dan muestras de competencia en un espectro tan amplio de actividades.

—¿Y por eso te llamó «Winston»?

—Así es —afirmó el asistente informático—. Un gran elogio por su parte.

«Me alegro de haberlo preguntado», pensó Langdon, quien hasta entonces había imaginado que el nombre era una alusión a Watson, la computadora de IBM que una década atrás había dominado el programa de televisión «Jeopardy!». Seguramente, en la actualidad Watson estaría considerado algo así como una bacteria unicelular en la escala evolutiva de la inteligencia sintética.

—Bueno —dijo Langdon, dirigiéndose hacia los elevadores—. Subamos de una vez al departamento a ver si encontramos lo que hemos venido a buscar.

En ese preciso momento, en el interior de la catedral de la Almudena de Madrid, el comandante Diego Garza se aferraba con fuerza a su celular y escuchaba con incredulidad lo que estaba contándole la coordinadora de relaciones públicas, Mónica Martín: «¿Valdespino y el príncipe Julián han abandonado el recinto real?».

Garza era incapaz de concebir en qué debían de estar pensando.

«¿Van por Madrid en el coche de un acólito y sin seguridad? ¡Eso es una locura!»

—Podemos ponernos en contacto con las autoridades del

transporte metropolitano —dijo Martín—. Suresh cree que pueden usar las cámaras de tráfico para ayudarnos a...

—¡No! —exclamó Garza—. ¡Alertar a cualquiera del hecho de que el príncipe está fuera del palacio sin seguridad es demasiado peligroso!

—Comprendido, señor —respondió Martín en un tono repentinamente intranquilo—. Hay algo más que debería saber. Se trata del registro de una llamada telefónica hecha desde el palacio y que ha sido borrado.

—Un momento —pidió Garza, distraído por la aparición de sus cuatro agentes de la Guardia Real, quienes, para su desconcierto, al llegar a su lado lo rodearon y, antes de que pudiera reaccionar, le quitaron el arma y el celular.

—Comandante Garza —dijo el agente al mando con el rostro impasible—. Tengo órdenes directas de detenerlo.

52

La Casa Milà tiene forma de signo infinito: una curva interminable que se repliega sobre sí misma y delimita dos abismos ondulantes que penetran en la construcción. Son dos patios de luces de unos treinta metros de profundidad, recurvados como una tubería parcialmente aplastada, que desde el aire parecen dos enormes lagunas en la cubierta del edificio.

Desde el punto donde se encontraba Langdon, en el fondo del más estrecho de los dos patios, el efecto de levantar la vista al cielo era decididamente inquietante, como de estar atrapado en la garganta de una bestia gigantesca.

A sus pies, el suelo de baldosas era inclinado e irregular. Una escalera helicoidal subía en espiral por el interior del pozo, con un barandal de hierro forjado que imitaba con su enrejado las cámaras desiguales de una esponja marina. Una pequeña jungla de hiedras retorcidas y gráciles palmas desbordaba los pasamanos, como si estuviera a punto de invadir todo el espacio.

«Arquitectura viva», reflexionó Langdon, maravillado ante la capacidad de Gaudí de impregnar su obra de una cualidad casi biológica.

Su mirada siguió subiendo por las paredes de la «garganta» y escalando los sinuosos muros, donde un rompecabezas de baldosas verdes y marrones se mezclaba con frescos de plantas y flores, que parecían crecer hacia la mancha alargada del cielo nocturno en lo alto del pozo.

—Los elevadores están por aquí —susurró Ambra, al tiempo que lo guiaba en torno al patio de luces—. El departamento de Edmond está arriba de todo.

Mientras entraban en un elevador estrecho e incómodo, Langdon recordó el último piso del edificio; lo había visitado una vez para ver una pequeña exposición de Gaudí. Tal y como lo recordaba, el ático de la Casa Milà era una sucesión sinuosa de habitaciones oscuras con muy pocas ventanas.

—Edmond era capaz de vivir en cualquier parte —dijo Langdon cuando el elevador se puso en marcha—. Aun así, todavía no me puedo creer que haya alquilado un lugar como ése.

—Es un departamento extraño —convino Ambra—. Pero ya sabes que Edmond era bastante excéntrico.

Cuando el elevador llegó a la última planta, salieron a un vestíbulo señorial y subieron un tramo más de enroscada escalera, hasta un descanso privado en lo más alto del edificio.

—Aquí está —anunció Ambra, mientras se dirigía a una lustrosa puerta metálica sin picaporte ni cerradura.

La futurista entrada parecía totalmente fuera de lugar en el edificio y era evidente que la había añadido Edmond.

—¿Sabes dónde escondía las llaves? —preguntó Langdon.

Ambra levantó el celular de Edmond.

—En el mismo lugar donde por lo visto lo escondía todo.

Acercó el teléfono a la puerta metálica, que emitió tres pitidos breves, seguidos del ruido de apertura de una serie de cerrojos de seguridad. Se guardó el aparato en el bolsillo y empujó la puerta.

—Después de ti —dijo, con una reverencia.

Langdon cruzó el umbral y entró en un vestíbulo en penumbra, con techos y paredes de ladrillo visto de color claro. El suelo era de piedra y el aire resultaba extrañamente neutro.

Avanzando por el pasillo hacia la amplia sala que se abría a continuación, se encontró cara a cara con un cuadro enorme colgado de la pared del fondo, impecablemente iluminado por una serie de focos de calidad museística.

Cuando vio la obra, se detuvo en seco.

—Dios mío, ¿es... el original?

Ambra sonrió.

—Sí, iba a decírtelo en el avión, pero preferí que te sorprendieras.

Sin habla, Langdon avanzó hacia la obra maestra. El cuadro medía casi un metro y medio de largo y cuarenta centímetros de alto, y era mucho más grande de lo que lo recordaba desde la última vez que lo había visto en el Museo de Bellas Artes de Boston. «Sabía que se lo habían vendido a un coleccionista anónimo, pero ¡no tenía idea de que fuera Edmond!»

—La primera vez que vine a este departamento —dijo la mujer—, no me podía creer que Edmond tuviera especial predilección por este estilo artístico. Pero ahora que sé lo que estuvo haciendo en el último año, el cuadro me parece misteriosamente apropiado.

El profesor hizo un gesto afirmativo, aunque seguía sin salir de su asombro.

La afamada pintura era una de las obras más emblemáticas del pintor postimpresionista francés Paul Gauguin, gran innovador y cabeza de fila del movimiento simbolista de finales del siglo XIX, que preparó el terreno para el arte moderno.

Mientras Langdon se acercaba al cuadro, notó enseguida las coincidencias entre la paleta de Gauguin y los colores del vestíbulo de la Casa Milà: una combinación de verdes, marrones y azules orgánicos para ilustrar también una escena sumamente naturalista.

Sin prestar atención al enigmático conjunto de personas y animales presentes en el lienzo, la mirada del profesor se desplazó con rapidez hacia la esquina superior izquierda del cuadro: una mancha amarilla brillante en la que aparecía escrito el título de la obra.

Leyó para sí las palabras con escepticismo: «*D'où Venons Nous? Que Sommes Nous? Où Allons Nous?*».

«¿De dónde venimos? ¿Qué somos? ¿Adónde vamos?»

Pensó si el hecho de toparse todos los días con esas preguntas, cada vez que entraba en su casa, le habría servido a Edmond de inspiración.

Ambra se reunió con el profesor delante del cuadro.

—Me dijo que quería que estas preguntas lo motivaran todos los días, cuando volviera a casa.

«Debía de ser difícil no verlas», pensó el profesor.

Ante la prominencia que Edmond le había otorgado a la obra maestra, Langdon se dijo que quizá la propia pintura podía esconder alguna pista sobre lo que su amigo había descubierto. A primera vista, el tema del cuadro parecía demasiado primitivo para ofrecer algún indicio sobre un descubrimiento científico avanzado. Sus pinceladas anchas e irregulares representaban una selva de Tahití habitada por una diversidad de personas y animales de la isla.

Langdon conocía bien el cuadro y, según podía recordar, Gauguin quería que se leyera de derecha a izquierda, en el sentido opuesto a la lectura de un texto en francés. Por eso, su mirada recorrió rápidamente las familiares figuras en dirección inversa.

A la derecha, un recién nacido dormido sobre una roca representaba el comienzo de la vida. «¿De dónde venimos?»

En el centro, una diversidad de personas de diferentes edades atendía las actividades cotidianas de la vida. «¿Qué somos?»

A la izquierda, una anciana solitaria aparecía sumida en sus pensamientos, como si reflexionara sobre su propia mortalidad. «¿Adónde vamos?»

A Langdon le sorprendió no haber pensado de inmediato en esa pintura cuando Edmond le había descrito el objeto de su descubrimiento. «¿Cuál es nuestro origen? ¿Qué destino nos espera?»

Contempló los otros elementos del cuadro: perros, gatos y pájaros que no parecían hacer nada en particular, la imagen de un ídolo primitivo al fondo, una montaña, raíces retorcidas y árboles. Y, por supuesto, la famosa ave: el «extraño pájaro blanco» de Gauguin, situado junto a la anciana, que según el artista representaba «la futilidad de las palabras».

«Fútiles o no —pensó Langdon—, las palabras son el motivo por el que estamos aquí. Preferiblemente, palabras que sumen cuarenta y siete caracteres.»

Por un instante, se preguntó si el inusual título de la pintura guardaría relación directa con la contraseña que estaban buscando, pero un rápido recuento tanto en francés como en inglés le demostró que no era así.

—Muy bien. Lo que buscamos es un verso —dijo Langdon esperanzado.

—La biblioteca de Edmond está por allí —le indicó Ambra, señalando a la izquierda un pasillo blanco que, según pudo ver el profesor, estaba jalonado por elegantes piezas de mobiliario, intercaladas con vitrinas y objetos selectos de la obra de Gaudí.

«¿Edmond vivía en un museo?» Todavía le costaba asimilarlo. El ático de la Casa Milà no era precisamente el lugar más acogedor que pudiera imaginar. Construido de piedra y ladrillo, consistía sobre todo en una sucesión de doscientos setenta arcos parabólicos de diversas alturas, dispuestos a intervalos aproximados de un metro. Había pocas ventanas y el aire era seco y aséptico, sometido sin duda a un escrupuloso tratamiento para proteger las piezas del arquitecto.

—Ahora vuelvo —dijo Langdon—. Antes tengo que visitar el baño de Edmond.

Ambra lanzó una mirada incómoda a la puerta de entrada.

—Edmond siempre me pedía que usara el lavabo del vestíbulo... Por alguna razón, no le gustaba que la gente entrara en su baño.

—Es un departamento de soltero. Lo más probable es que tuviera el baño hecho un desastre y le avergonzara enseñarlo.

Ambra sonrió.

—Creo que está por ahí —dijo, señalando en la dirección contraria a la biblioteca, al final de un pasillo sumido en la oscuridad.

—Gracias. Vuelvo enseguida.

Ambra se dirigió al estudio de Edmond, y Langdon echó a andar en sentido opuesto por el estrecho corredor, un impresionante túnel de arcos de ladrillo que lo hacía sentirse en una gruta subterránea o en una catacumba medieval. Mientras avanzaba por el pasadizo de piedra, sucesivas baterías de tenues focos sensibles al movimiento se encendían en la base de cada arco parabólico y le iluminaban el camino.

Dejó atrás una acogedora área de lectura, una pequeña sala de gimnasia e incluso una despensa, todas ellas decoradas con vitrinas con bocetos y croquis arquitectónicos de Gaudí y maquetas de sus proyectos.

Sin embargo, al pasar junto a un panel iluminado con piezas biológicas, tuvo que detenerse, sorprendido por su contenido: un fósil de pez prehistórico, una elegante concha de nautilo y el sinuoso esqueleto de una serpiente. Por un instante, Langdon supuso que el propio Edmond había montado esa exposición científica, tal vez por alguna causa relacionada con sus estudios del origen de la vida. Pero entonces reparó en la leyenda y comprendió que las piezas habían pertenecido a Gaudí y reflejaban varios detalles arquitectónicos del edificio donde se encontraban: las escamas de pez repetían el dibujo de las baldosas de las paredes; el nautilo era la rampa recurvada que bajaba al garaje, y el esqueleto de serpiente, con sus cientos de costillas regularmente espaciadas, representaba ese mismo pasillo.

Acompañaban la exposición las humildes palabras del arquitecto:

Nadie inventa nada, porque todo está escrito en la naturaleza. La originalidad consiste en volver al origen.

ANTONI GAUDÍ

Langdon volvió la vista hacia el sinuoso corredor abovedado y se sintió una vez más en las entrañas de un ser vivo.

«Un hogar perfecto para Edmond —se dijo—. Arte inspirado en la ciencia.»

Al doblar el primer recodo del túnel que evocaba el esqueleto de la serpiente, el espacio se ensanchó y se encendieron otras luces que se activaron por el movimiento. La mirada del profesor se posó de inmediato en una gran vitrina de cristal que había en el centro de la sala.

«Una maqueta con curvas catenarias», pensó, maravillado como siempre ante los ingeniosos proyectos de Gaudí. «Catenaria» es un término técnico referido a la curva que forma una cadena o una cuerda suspendida de sus dos extremos, como una hamaca o como la cuerda de terciopelo que cuelga de dos postes a la entrada de las salas de cine.

En la maqueta que Langdon tenía delante, docenas de cadenas colgaban blandamente de lo alto de la vitrina, trazando largas líneas que descendían en picado para luego ascender y generar curvas suspendidas en forma de «U». Como la catenaria es la curva óptima para minimizar las tensiones, Gaudí podía estudiar la forma exacta que asumía una cadena suspendida por su propio peso y reproducir esa misma figura para resolver los problemas arquitectónicos planteados por la compresión.

«Pero para eso hace falta un espejo mágico», reflexionó Langdon, mientras se acercaba a la vitrina. Tal y como esperaba, la base de la caja era un espejo, y al contemplar las imágenes reflejadas, el efecto mágico se hacía realidad: la maqueta se invertía y las curvas colgantes se transformaban en torres.

En la imagen que reflejaba el espejo, reconoció enseguida una vista aérea de la imponente basílica de la Sagrada Familia, cuyas torres de gráciles curvas posiblemente habían sido diseñadas utilizando esa misma maqueta.

Siguiendo por el mismo pasillo, llegó a una elegante alcoba, en la que pudo ver una cama antigua con dosel, un clóset de madera de cerezo y un armario decorado. Decoraban las paredes unos bocetos de Gaudí que Langdon no tardó en reconocer como parte de la exposición original del museo.

El único cuadro que parecía haber sido añadido por Edmond era un texto caligrafiado y enmarcado que había colgado en el cabecero de la cama. El profesor sólo tuvo que leer las tres primeras palabras para saber quién era el autor.

Dios ha muerto. Dios sigue muerto. Y nosotros lo hemos matado. ¿Cómo vamos a consolarnos, asesinos de todos los asesinos?

NIETZSCHE

«Dios ha muerto» eran las tres palabras más famosas escritas por Friedrich Nietzsche, el célebre filósofo alemán del siglo XIX, conocido por su ateísmo y sus mordaces críticas a la religión, pero también por sus reflexiones sobre la ciencia —en particular, sobre la teoría de la evolución de Darwin—, que en su opinión había llevado a la humanidad al borde del nihilismo, es decir, a la convicción de que la vida carece de sentido o de propósito superior, y no ofrece ninguna prueba directa de la existencia de Dios.

Al ver esa cita en el cabecero de la cama, Langdon se preguntó si Edmond, pese a toda su ostentación antirreligiosa, no se habría cuestionado íntimamente su papel en el intento de librar al mundo de Dios.

Si no recordaba mal, la cita de Nietzsche acababa con estas palabras: «¿No es excesiva para nosotros la grandeza de este acto? ¿Tendremos que convertirnos en dioses para estar a su altura?».

La osadía de esa idea —la necesidad de que el hombre se convirtiera en Dios para poder matar a la divinidad— era un elemento central del pensamiento de Nietzsche y quizá explicaba en parte, en opinión de Langdon, el «complejo de Dios» que padecían muchos de los geniales pioneros de la tecnología, entre ellos Edmond. «Los que acaban con Dios... deben convertirse en dioses.»

Mientras reflexionaba sobre ese concepto, cayó en la cuenta de algo más.

«Nietzsche no sólo era filósofo; ¡también era poeta!»

De hecho, él mismo tenía en casa *El pavo real y el búfalo*, una recopilación de doscientos setenta y cinco poemas y aforismos de Nietzsche, con pensamientos sobre Dios, la muerte y la mente humana.

Rápidamente contó los caracteres del texto enmarcado. El recuento no coincidía; aun así, sintió que lo invadía una oleada de esperanza. «¿Puede ser Nietzsche el autor del verso que estamos buscando? Y de ser así, ¿encontraremos un libro de poemas de Nietzsche en el estudio de Edmond?» En cualquier caso, pensaba pedirle a Winston que accediera a una recopilación digital de los poemas de Nietzsche y los repasara en busca de un verso de cuarenta y siete caracteres.

Ansioso por volver con Ambra para hacerla partícipe de sus reflexiones, atravesó a paso rápido el dormitorio para llegar al baño, que acababa de localizar.

Cuando entró, las luces interiores revelaron una sala decorada con gusto, con un lavabo de pedestal, una cabina de ducha y un inodoro.

Dirigió la mirada de inmediato hacia una mesa baja y antigua, atiborrada de artículos de higiene y otros efectos personales. Al ver los objetos, sofocó una exclamación y dio un paso atrás.

«Dios mío, Edmond..., ¡no!»

La mesa que tenía delante parecía el laboratorio de drogas de un tugurio: jeringuillas, frascos con pastillas, cápsulas abiertas e incluso unas gasas manchadas de sangre.

Sintió que se le encogía el corazón.

«¿Edmond se drogaba?»

Sabía que la adicción a ciertas sustancias era dolorosamente habitual en los últimos tiempos, incluso entre los ricos y los famosos. La heroína ya era más barata que la cerveza y algunos consumían opiáceos como quien se toma un ibuprofeno.

«Sin duda, la adicción explicaría su reciente pérdida de peso», pensó Langdon, mientras se decía que el supuesto veganismo de Edmond quizá había sido una excusa para justificar su delgadez y sus ojos hundidos.

Se acercó a la mesa, levantó uno de los frascos y leyó la etiqueta, esperando encontrar uno de los opiáceos más comunes, como OxyContin o Targin.

En lugar de eso, leyó: «DOCETAXEL».

Desconcertado, miró otro frasco: «GEMCITABINA».

«¿Qué son estos medicamentos?», se preguntó, mientras miraba un tercer envase: «FLUOROURACILO».

Se quedó helado. Había oído hablar del fluorouracilo a un colega suyo de Harvard, y de inmediato sintió una profunda aprensión. Enseguida distinguió un folleto olvidado entre los frascos. Su título: «¿Es eficaz la dieta vegana para detener el avance del cáncer pancreático?».

Boquiabierto, Langdon comprendió de pronto la verdad.

Edmond no era drogadicto.

Estaba luchando en secreto contra un cáncer mortífero.

53

A la tenue luz del departamento, Ambra Vidal recorría con la mirada las hileras de libros que tapizaban las paredes de la biblioteca de Edmond.

«Su colección es más extensa de lo que recordaba.»

Edmond había transformado un tramo ancho de corredor curvo en una impresionante biblioteca, instalando estanterías entre los soportes verticales de los arcos gaudinianos. Era inesperadamente grande y estaba bien abastecida, sobre todo teniendo en cuenta su intención expresa de no quedarse más de dos años.

«Es como si se hubiera establecido aquí para siempre.»

Contemplando las atestadas estanterías, Ambra se dio cuenta de que localizar el verso favorito de Edmond los llevaría mucho más tiempo del previsto. Mientras caminaba a lo largo de las librerías, recorriendo rápidamente con la vista los lomos de los libros, no veía más que obras científicas sobre cosmología, teoría de la conciencia o inteligencia artificial:

El gran cuadro
Fuerzas de la naturaleza
Los orígenes de la conciencia
La biología de la creencia
Algoritmos inteligentes
Nuestra invención final

Cuando llegó al final de la sección, rodeó una de las costillas arquitectónicas y pasó al siguiente tramo de estanterías, donde encontró una amplia variedad de temas científicos: termodinámica, química primordial, psicología...

«Ni rastro de poesía.»

Al notar que Winston llevaba un buen rato callado, sacó del bolsillo el teléfono de Kirsch.

—Winston, ¿seguimos conectados?

—Aquí estoy —resonó la familiar voz con acento británico.

—¿Sabes si Edmond realmente había leído todos estos libros?

—Sí, en efecto —contestó Winston—. Era un consumidor voraz de palabras impresas y se refería a su biblioteca como su «sala de trofeos del conocimiento».

—¿Y no tendría, por casualidad, una sección de poesía?

—Los únicos títulos que conozco específicamente son los volúmenes de narrativa que me hizo leer en formato electrónico, para comentar después su contenido conmigo. Sospecho que el ejercicio iba más orientado a mi educación que a la suya. Por desgracia, no tengo catalogada toda su biblioteca, por lo que sólo una búsqueda física les permitirá encontrar lo que desean.

—Entiendo.

—Mientras tanto, hay una cosa que quizá le interese: las noticias de última hora de su prometido, el príncipe Julián, desde Madrid.

—¿Qué le ha pasado? —preguntó Ambra, que de repente se quedó paralizada.

La posible implicación del príncipe en el asesinato de Kirsch aún le despertaba un torbellino de emociones. «No hay ninguna prueba —se obligó a recordar—. Nada confirma que Julián ayudase a que se incluyera el nombre de Ávila en la lista de invitados.»

—Acaban de anunciar que se está formando una agitada concentración a las puertas del Palacio Real —dijo Winston—. Los indicios siguen apuntando a un complot del obispo Valdespino para asesinar a Edmond, probablemente con la ayuda de alguien de dentro, quizá del propio príncipe. Los seguidores de Kirsch se están manifestando. ¡Véalo usted misma!

En la pantalla del celular de Edmond, aparecieron unas imágenes de la tumultuosa protesta delante del palacio. Un manifestante sujetaba un cartel donde podía leerse: PONCIO PILATO MATÓ A VUESTRO PROFETA. ¡VOSOTROS MATASTEIS AL NUESTRO!

Otros sostenían pancartas fabricadas con sábanas y pintadas con aerosol, en las que aparecía una sola palabra —¡APOSTASÍA!— acompañada por un logo que se estaba volviendo cada vez más corriente en las calles de Madrid.

«¡Apostasía!» se había convertido en el grito de guerra de la juventud progresista española. «¡Renunciad a la Iglesia!»

—¿Ya ha salido el príncipe a hacer declaraciones? —preguntó Ambra.

—Ése es el problema. Ni una palabra de don Julián, ni del obispo, ni de nadie de Palacio. Y que sigan en silencio alimenta las sospechas. Las teorías conspirativas se multiplican y la prensa nacional empieza a preguntarse dónde estará Ambra Vidal y por qué tampoco ha hecho ninguna declaración sobre esta crisis.

—¡¿Yo?! —preguntó Ambra, horrorizada ante la idea de ser entrevistada al respecto.

—Usted ha sido testigo presencial del asesinato y además es la futura reina y el gran amor del príncipe. El pueblo quiere escuchar de su boca que don Julián no ha tenido nada que ver en esto.

La intuición le decía a Ambra que Julián no podía estar al corriente de la conspiración para matar a Edmond. Cuando recordaba su manera de cortejarla, lo veía como un hombre tierno y sincero, quizá también un poco ingenuo, romántico e impulsivo, pero ni por asomo como un asesino.

—Ahora empiezan a dudar también respecto al profesor Langdon —dijo Winston—. La prensa comienza a preguntarse por qué ha desaparecido sin hacer ningún comentario, sobre todo después de ocupar un lugar tan prominente en la presentación de Edmond. Varios blogs especializados en teorías conspirativas han vinculado su desaparición con su participación en el asesinato.

—Pero ¡eso es una locura!

—La idea está cobrando fuerza. La teoría tiene en cuenta los antecedentes de Langdon en la búsqueda del Santo Grial y la descendencia de Cristo. Al parecer, los herederos sálicos de Cristo tendrían una vinculación histórica con el movimiento carlista. Además, el tatuaje del asesino...

—¡Basta! —lo interrumpió Ambra—. Todo eso es absurdo.

—Otros especulan con la posibilidad de que Langdon haya desaparecido porque su vida también corría peligro esta noche. La gente juega a ser detective. Gran parte del mundo está colaborando en este preciso instante para tratar de desvelar los misterios descubiertos por Edmond... y averiguar quién quería silenciarlo.

El sonido de los pasos apresurados de Langdon por el pasillo desvió la atención de Ambra, que se volvió en el momento justo para verlo aparecer.

—Ambra —la llamó el profesor con voz tensa—, ¿tú sabías que Edmond estaba gravemente enfermo?

—¿Enfermo? —contestó ella sorprendida—. No.

Langdon le contó lo que había visto en el baño del científico.

Ambra no salía de su asombro.

«¿Cáncer de páncreas? ¿Por eso estaba tan pálido y delgado?»

Le parecía increíble que Edmond no le hubiera dicho ni una

sola palabra de su enfermedad. Ahora comprendía su obsesivo interés por el trabajo durante los últimos meses. «Sabía que se le estaba agotando el tiempo.»

—Winston —dijo—, ¿y tú? ¿Estabas al corriente de la enfermedad de Edmond?

—Sí —respondió Winston sin vacilaciones—. Lo llevaba con mucha discreción. Se enteró de que estaba enfermo hace veintidós meses y de inmediato cambió de dieta y empezó a trabajar con más intensidad. También se mudó a este departamento, para respirar el aire controlado de un museo y protegerse de la radiación ultravioleta. Tenía que permanecer el mayor tiempo posible en la oscuridad, porque la medicación que tomaba lo volvía fotosensible. De hecho, logró superar por un margen considerable la esperanza de vida que le pronosticaron los médicos. En los últimos tiempos, sin embargo, había empezado a empeorar. Teniendo en cuenta la información empírica que recogí de bases de datos de todo el mundo acerca del cáncer de páncreas, analicé el deterioro de Edmond y calculé que le quedaban nueve días de vida.

«¿Nueve días? —pensó Ambra, abrumada por la culpa de haberse reído de su dieta vegana y de su empeño en trabajar más de la cuenta—. ¡Estaba enfermo! Corría sin tregua para llegar a su momento de gloria, antes de que se le acabara el tiempo.» Aquella triste revelación reforzó la determinación de Ambra de localizar el poema y terminar lo que Edmond había comenzado.

—Todavía no he encontrado ningún libro de poesía —le dijo a Langdon—. De momento, es todo ciencia.

—Creo que el poeta que estamos buscando podría ser Friedrich Nietzsche —contestó él, antes de mencionarle el texto enmarcado que había visto en el cabecero de la cama de Edmond—. Ese pasaje en particular no tiene cuarenta y siete letras, pero es un indicio claro de que nuestro amigo era un gran admirador de Nietzsche.

—Winston —dijo Ambra—, ¿podrías buscar todos los poemas

de Nietzsche y señalar los versos que tengan exactamente cuarenta y siete letras?

—Por supuesto. ¿En alemán o en su traducción al inglés?

La mujer vaciló un momento, sin saber qué contestar.

—Empieza por las traducciones —intervino Langdon—. Edmond tenía que introducir la contraseña en su teléfono, y no le habría resultado fácil escribir con su teclado la letra «*eszett*», ni las diéresis alemanas.

Ambra asintió. «Bien visto.»

—Ya está —anunció Winston unos segundos más tarde—. He encontrado casi trescientos poemas traducidos, entre los cuales hay ciento noventa y dos versos que cuentan exactamente con cuarenta y siete letras.

Langdon suspiró.

—¿Tantos?

—Winston —lo apremió Ambra—, Edmond describió su verso favorito como una «profecía»..., una predicción del futuro..., algo que pronto se hará realidad. ¿Hay algo que coincida con esa descripción?

—Lo siento —contestó Winston—. No veo nada parecido a una profecía. Desde un punto de vista lingüístico, los versos en cuestión han sido extraídos de estrofas más largas y parecen pensamientos incompletos. ¿Quieren verlos en pantalla?

—Son demasiados —respondió Langdon—. Nuestra única esperanza es encontrar un libro físico y confiar en que Edmond haya señalado de alguna manera su verso favorito.

—Entonces les sugiero que se den prisa —dijo Winston—, porque su presencia aquí ya no es un secreto.

—¿Por qué lo dices? —preguntó Langdon.

—Los medios locales están informando de que un avión militar acaba de aterrizar en el aeropuerto de El Prat, en Barcelona, con dos agentes de la Guardia Real a bordo.

En las afueras de Madrid, el obispo Valdespino agradecía la suerte de haber escapado del palacio antes de que se cerrara el cerco sobre él. Sentado junto al príncipe Julián en el estrecho asiento trasero del pequeño Opel sedán de su acólito, Valdespino confiaba en que las medidas extremas que estaba tomando con discreción lo ayudaran a recuperar el control de una noche que se había desbocado por completo.

—A la Casita del Príncipe —le ordenó al acólito, mientras el joven al volante del Opel los alejaba del palacio.

La finca mencionada se encontraba aislada en una zona rural, a unos cuarenta minutos de Madrid. Pese a su nombre, era en realidad una lujosa mansión que había servido de residencia privada al heredero de la Corona española desde mediados del siglo XVIII. Era un refugio apartado donde los jóvenes podían hacer de las suyas antes de sentar cabeza y ocuparse de los asuntos de Estado. Valdespino le había aconsejado a Julián pasar la noche allí, y no en el palacio, por motivos de seguridad.

«Sólo que no pienso llevarlo a la Casita», pensó el obispo, observando de reojo al príncipe, que a su vez miraba por la ventanilla, aparentemente perdido en sus pensamientos.

Valdespino se preguntó si don Julián sería de verdad tan ingenuo como parecía o si, al igual que su padre, tendría la habilidad de mostrar al mundo sólo las facetas de sí mismo que quería enseñar.

54

Las esposas le apretaban las muñecas de una manera que a Garza le pareció innecesaria.

«Estos tipos van en serio», pensó, sin salir todavía de su asombro por la forma de proceder de sus propios agentes de la Guardia Real.

—¡¿Qué demonios está pasando aquí?! —preguntó una vez más, mientras sus hombres salían de la catedral al aire nocturno de la plaza.

Tampoco en esa ocasión obtuvo respuesta.

Mientras el grupo avanzaba por la amplia explanada hacia el palacio, Garza vio cámaras de televisión y una concentración de protesta delante de la verja.

—Al menos llévame por la parte de atrás —le dijo al hombre que lo conducía—. No hagas de esto un espectáculo.

Los agentes hicieron oídos sordos a sus peticiones y lo obligaron a atravesar toda la plaza. Al cabo de unos segundos, empezaron a oírse gritos al otro lado de la verja, y las luces deslumbrantes de los focos se volvieron hacia él.

Cegado y furioso, Garza tuvo que hacer un esfuerzo para mantener la expresión tranquila y la cabeza en alto, mientras sus hombres lo hacían marchar a escasos metros de la verja, justo por delante de las cámaras y los reporteros vociferantes.

Una amplitud de voces comenzó a lanzarle preguntas.

—¿Por qué lo han arrestado?

—¿Qué ha hecho, comandante?

—¿Está implicado en el asesinato de Edmond Kirsch?

Garza esperaba que sus hombres siguieran andando sin dedicar ni una sola mirada a la muchedumbre, pero, para su asombro, se detuvieron justo delante de las cámaras. En ese momento, Garza reconoció una figura familiar con traje de pantalón y chaqueta, que se dirigía hacia ellos a paso rápido, desde el palacio.

Era Mónica Martín.

El comandante estaba seguro de que se escandalizaría cuando se enterara de su arresto.

Pero, curiosamente, la mujer no lo miró con sorpresa cuando llegó, sino con desprecio. Mientras tanto, los guardias lo forzaron a volverse, para que quedara frente a los reporteros.

Mónica Martín levantó una mano para pedir silencio a la multitud y sacó una hoja del bolsillo. Tras ajustarse los gruesos lentes, leyó la declaración delante de las cámaras.

—El Palacio Real —anunció— ha dispuesto el arresto del comandante Diego Garza por su participación en el asesinato de Edmond Kirsch y su intento de implicar a monseñor Valdespino en el atentado.

Antes de que Garza tuviera tiempo de asimilar aquella descabellada acusación, los guardias ya se lo estaban llevando por la fuerza hacia el palacio. Mientras se alejaba, consiguió oír parte del resto de la declaración de Mónica.

—En lo referente a nuestra futura reina, Ambra Vidal, y al profesor Robert Langdon, de nacionalidad estadounidense —prosiguió la joven—, debo decir que por desgracia las noticias son sumamente inquietantes.

En los sótanos del palacio, el director de Seguridad Electrónica, Suresh Bhalla, no podía apartar la vista del televisor, concentrado en la emisión en directo de la conferencia de prensa improvisada que la coordinadora de relaciones públicas estaba ofreciendo en la plaza.

«No parece contenta.»

Apenas cinco minutos antes, Mónica había recibido una llamada telefónica privada, que había atendido en su despacho en voz baja, mientras tomaba gran cantidad de notas. Minutos después, había salido al pasillo con la expresión más alterada que Suresh le había visto nunca y, sin mediar explicación, se había llevado sus notas directamente a la plaza y se había dirigido a la prensa.

Con independencia de que sus afirmaciones fueran exactas o no, una cosa era segura: la persona que le había ordenado hacer esas declaraciones acababa de poner a Robert Langdon en una situación de grave peligro.

«¿Quién le habrá dado la orden?», se preguntó Suresh.

Mientras trataba de encontrar sentido a su comportamiento extraño, un ruido en su computadora le indicó que acababa de recibir un correo electrónico. Se acercó a la pantalla y se llevó una sorpresa al ver quién le había escrito.

monte@iglesia.org

«El informante», pensó Suresh.

Era la persona que durante toda la noche había estado filtrando información a la web ConspiracyNet. Y ahora, por algún motivo, se había puesto en contacto con él.

Con mucha cautela, Suresh se sentó y abrió la misiva. Decía así:

He hackeado los mensajes de texto de Valdespino
Tiene secretos peligrosos
En Palacio deberían acceder al registro de sus sms
Ya mismo

Alarmado, Suresh leyó el mensaje por segunda vez y a continuación lo borró.

Permaneció en silencio un buen rato, sopesando las alternativas.

Finalmente, tomó una decisión. Generó una llave maestra electrónica para acceder a las dependencias reales y se escabulló hacia la escalera sin ser visto.

55

Con una creciente sensación de urgencia, Langdon recorrió con la vista la colección de libros que tapizaba las paredes del corredor de Edmond.

«Poesía... Tiene que haber algo de poesía por aquí, en alguna parte.»

La inesperada llegada a Barcelona de los efectivos de la Guardia Real había puesto en marcha un inquietante cronómetro cuyo tic-tac casi se podía oír, pero Langdon aún confiaba en que no se les agotara el tiempo. Después de todo, en cuanto Ambra y él localizaran el verso que buscaban, necesitarían sólo unos segundos para teclear la contraseña y emitir la presentación de Edmond a todo el mundo. «Como él quería.»

Echó un vistazo al otro extremo del pasillo, donde Ambra proseguía la búsqueda por el lado izquierdo, mientras él registraba las estanterías de la derecha.

—¿Ves alguna cosa por ahí?

Ambra hizo un gesto negativo.

—De momento, todo es ciencia y filosofía. No hay nada de poesía, ni de Nietzsche.

—Sigue mirando —le dijo Langdon, volviendo a su búsqueda.

En ese momento, estaba recorriendo una sección de gruesos volúmenes de historia:

Privilegio, persecución y profecía: La Iglesia católica en España
Por la espada y la cruz: Evolución histórica de la monarquía católica mundial en España y el Nuevo Mundo

Los títulos le recordaron la triste historia que le había contado Edmond años atrás, cuando Langdon le había comentado que su obsesión por España y el catolicismo le parecía un poco excesiva para un estadounidense ateo.

—Mi madre era española de nacimiento —le había respondido Edmond sin rodeos—. Era católica y vivió abrumada por la culpa.

Mientras su amigo le contaba la trágica historia de su infancia y de su madre, Langdon sólo había podido escuchar, sorprendido y en silencio. La madre de Edmond, Paloma Calvo, había nacido en el seno de una familia humilde y trabajadora de Cádiz. A los diecinueve años se había enamorado de un profesor universitario de Chicago, Michael Kirsch, que estaba de año sabático en España, y se había quedado embarazada. Como conocía el trato denigrante que su comunidad estrictamente católica reservaba a las madres solteras, no había visto más alternativa que aceptar la poco entusiasta proposición de casarse e irse a vivir a Chicago que le había hecho su amante. Poco después del nacimiento de Edmond, el marido de Paloma había sido arrollado mortalmente por un coche, mientras volvía a su casa en bicicleta de una de sus clases.

—¡Castigo divino! —proclamó el padre de Paloma al enterarse.

Los padres de la joven se negaron a acogerla en su casa de Cádiz, para no avergonzar a la familia, y le dijeron que sus desdichas eran una señal inequívoca de la ira de Dios y una clara advertencia de que el reino de los cielos jamás le abriría sus puertas, a menos que se consagrara en cuerpo y alma a Jesucristo por el resto de sus días.

Tras la tragedia, Paloma consiguió trabajo de mesera en un hotel de carretera e intentó criar a su hijo lo mejor que pudo. Por la noche, leía las Sagradas Escrituras e imploraba el perdón divino en su miserable departamento, pero su pobreza no hacía más que aumentar y, con ella, la creencia de que el Señor no aceptaba su arrepentimiento.

Al cabo de cinco años, desventurada y temerosa, Paloma se convenció de que el gesto más generoso de amor materno que podía ofrecer a su hijo era brindarle una nueva vida, a salvo del castigo divino por sus pecados. Dejó al pequeño en un orfanato y regresó a España, donde ingresó en un convento. Edmond no volvió a verla nunca más.

A los diez años, el niño se enteró de que su madre había muerto en el convento, pero no supo que había perecido durante un ayuno autoimpuesto, ahorcándose al final, abrumada por el dolor físico.

—No es una historia agradable —le había dicho Edmond a Langdon—. Me enteré de los detalles cuando estaba cursando el bachillerato. Como podrás imaginar, la inquebrantable exaltación religiosa de mi madre ha tenido mucho que ver con el odio que siento por la religión. Lo llamo «la tercera ley de Newton de la educación infantil»: por cada locura de los padres, los hijos cometen otra de igual magnitud, pero en el sentido opuesto.

Tras oír la historia, Langdon había podido comprender la amargura y la ira que había notado en Edmond durante su primer año en Harvard. También le había parecido sorprendente que su amigo nunca se quejara de los rigores de su infancia. Al contrario, solía decir que se consideraba afortunado por las adversidades padecidas, pues le habían servido de poderosa motivación para alcanzar las dos metas que se había fijado de niño: la primera, salir de la pobreza, y la segunda, contribuir a desvelar la hipocresía de la fe, que en su opinión había destruido a su madre.

«Triunfó en ambos frentes», pensó con tristeza Langdon, mientras seguía registrando la biblioteca.

Al pasar a una nueva sección de estanterías, vio muchos títulos que reconoció enseguida, la mayoría relacionados con la perenne preocupación de Edmond por los peligros de la religión:

El espejismo de Dios
Dios no es bueno
Dios no existe. Lecturas esenciales para el no creyente
Carta a una nación cristiana
El fin de la fe
El virus de Dios. Cómo infecta la religión nuestras vidas y nuestra cultura

A lo largo de la última década, muchas obras que defendían la razón por encima de la fe habían escalado a los primeros puestos de las listas de los libros más vendidos. Langdon tenía que admitir que el alejamiento de la religión era un cambio cultural cada vez más visible, incluso en el campus de Harvard. Recientemente, *The Washington Post* había publicado un artículo sobre «la falta de religiosidad de Harvard», en el que señalaba que, por primera vez en los trescientos ochenta años de historia de la institución, había más agnósticos y ateos entre los estudiantes de primer curso que protestantes y católicos.

Del mismo modo, en todo el mundo occidental estaban surgiendo organizaciones antirreligiosas que reaccionaban contra lo que consideraban el peligro de los dogmas de fe: los Ateos de América, la Fundación por la Liberación de la Religión, la Asociación de Humanistas de Estados Unidos o la Alianza Atea Internacional.

Langdon nunca había prestado mucha atención a ninguno de esos grupos, hasta que Edmond le había hablado de los Brights («Brillantes»), una organización internacional que, pese a tener un nombre que se prestaba a malentendidos, defendía una visión naturalista del mundo, sin elementos místicos ni sobrenaturales. Entre los miembros de los Brights destacaban intelectuales de gran prestigio como Richard Dawkins, Margaret Downey o Daniel

Dennett. Por lo visto, el creciente ejército de los ateos contaba ahora con armas muy poderosas.

Langdon había visto libros de Dawkins y de Dennett unos minutos antes, mientras buscaba en la sección de la biblioteca dedicada a la evolución.

El relojero ciego, uno de los clásicos de Dawkins, presentaba unos argumentos contundentes contra la idea teleológica de que el ser humano —lo mismo que una compleja obra de relojería— no podía existir sin un diseñador inteligente. Igualmente, en uno de sus libros, *La peligrosa idea de Darwin*, Dennett sostenía que la selección natural por sí sola era suficiente para explicar la evolución de la vida y que era posible la existencia de complejos mecanismos biológicos sin la intervención de un diseñador divino.

«Dios no es necesario para la vida», reflexionó Langdon, recordando de pronto la presentación de Edmond. La pregunta «¿De dónde venimos?» comenzó a resonar con más fuerza en su mente. «¿Tendrá eso que ver con el descubrimiento de Edmond? —se preguntó—. ¿La idea de que la vida existe por sí sola, sin la necesidad de un creador?»

Obviamente, esa idea entraba en clara contradicción con los principales relatos de la Creación, lo que hizo que aumentara aún más la curiosidad de Langdon, ansioso por saber si había dado con una buena pista. Por otro lado, la hipótesis le parecía completamente imposible de demostrar.

—¿Robert? —lo llamó Ambra, a su espalda.

Cuando se volvió, Langdon vio que la mujer había terminado de revisar su parte de la biblioteca y le estaba haciendo un gesto negativo.

—Aquí no hay nada —anunció ella—. Sólo ensayos. Te ayudaré a buscar en las estanterías que faltan.

—Yo tampoco he encontrado nada, de momento.

Mientras Ambra se reunía con él en su lado de la biblioteca, la voz metálica de Winston resonó en el celular.

—¿Señorita Vidal?

Ambra levantó el teléfono de Edmond.

—¿Sí?

—El profesor Langdon y usted tienen que ver una cosa ahora mismo —dijo Winston—. El Palacio acaba de hacer una declaración pública.

Langdon se aproximó rápidamente a Ambra y se situó muy cerca de ella para ver el video que acababa de aparecer en la pantalla.

Enseguida reconoció la plaza de delante del Palacio Real de Madrid, y vio aparecer a cuatro agentes de la Guardia Real, que conducían de malos modos a un hombre uniformado y esposado. Los agentes obligaron al prisionero a volverse y a mirar a la cámara, como para humillarlo ante los ojos del mundo.

—¡¿Garza?!—exclamó Ambra, sin dar crédito a lo que veía—. ¿Han arrestado al comandante de la Guardia Real?

A continuación, la cámara se movió y enfocó a una mujer de lentes gruesos, que se sacó un papel del bolsillo de la chaqueta y se dispuso a leer una declaración.

—Es Mónica Martín —explicó Ambra—, coordinadora de relaciones públicas. ¿Qué demonios está pasando?

La mujer empezó a leer, articulando cada palabra con minuciosa claridad.

—El Palacio Real ha dispuesto el arresto del comandante Diego Garza por su participación en el asesinato de Edmond Kirsch y su intento de implicar a monseñor Valdespino en el atentado.

Langdon percibió que Ambra se tambaleaba ligeramente a su lado, mientras Mónica Martín proseguía la lectura.

—En lo referente a nuestra futura reina, Ambra Vidal, y al profesor Robert Langdon, de nacionalidad estadounidense, debo decir que por desgracia las noticias son sumamente inquietantes.

Langdon y Ambra intercambiaron una mirada de preocupación.

—El personal de seguridad acaba de confirmarnos —prosiguió

Martín— que Robert Langdon se llevó por la fuerza a la señorita Vidal del museo Guggenheim. La Guardia Real se encuentra en estado de alerta máxima, en coordinación con la policía local de Barcelona, donde al parecer el profesor estadounidense tendría retenida a la señorita Vidal.

Langdon se había quedado sin habla.

—A partir de ahora, estamos oficialmente ante un caso de secuestro. Se ruega la colaboración de la ciudadanía para informar al instante a las autoridades de cualquier dato que pudiera conducir a la localización de la señorita Vidal o del señor Langdon. Esto es todo. El Palacio no hará más declaraciones al respecto.

Los periodistas empezaron a gritar preguntas a Martín, que se volvió de repente y se marchó por donde había llegado.

—Esto es... una lo... locura —tartamudeó Ambra—. ¡Mis escoltas me han visto salir del museo por mi propia voluntad!

Sin apartar la vista de la pantalla del celular, Langdon intentaba buscar un sentido a lo que acababa de ver. Pese al torbellino de preguntas que se arremolinaban en su mente, había algo que no le merecía ninguna duda.

«Estoy en grave peligro.»

56

—Robert, lo siento. —El miedo y la culpa resplandecían con ferocidad en los ojos oscuros de Ambra Vidal—. No sé quién puede estar detrás de este engaño, pero ahora me doy cuenta de que te he arrastrado a una situación de enorme riesgo para ti. —La futura reina de España levantó el teléfono de Edmond—. Voy a llamar a Mónica Martín ahora mismo.

—No llame a la señorita Martín —resonó la voz de Winston dentro del celular—. Es justo lo que quiere el Palacio. Es una artimaña para hacerla salir de su escondite, un truco para obligarla a establecer contacto con ellos y revelar así su ubicación. Use la lógica. Sus dos guardias saben que no ha sido secuestrada, ¿y aun así han aceptado difundir esa mentira y viajar a Barcelona en su busca? Es evidente que todo el Palacio está implicado. Y puesto que el comandante de la Guardia Real está bajo arresto, las órdenes deben de proceder de más arriba.

Ambra sofocó una exclamación.

—¡¿Te refieres a... Julián?!

—La conclusión parece ineludible —respondió Winston—. El príncipe es el único en Palacio con autoridad para ordenar el arresto del comandante Garza.

Ambra cerró un momento los ojos y Langdon notó que se sumía en una melancolía instantánea, como si esa prueba en apariencia incuestionable de la participación del príncipe en la conspiración hubiera arrancado de raíz la última esperanza que conservaba de que su prometido fuera sólo un testigo inocente de los últimos acontecimientos.

—La clave es el descubrimiento de Edmond —observó el profesor—. Alguien en Palacio sabe que queremos enseñar su video al mundo y está tratando de detenernos por todos los medios.

—Tal vez creyeran que bastaba con silenciar a Edmond —intervino Winston—. No sabían que aún quedaban cabos sueltos.

Un incómodo silencio se instaló entre ellos.

—Ambra —dijo Langdon en voz baja—, obviamente, no conozco a tu prometido, pero sospecho que Valdespino tiene mucha influencia sobre don Julián en estos asuntos. Y has de pensar que Edmond y el obispo ya tenían diferencias antes de que empezara el acto en el museo.

Ella asintió con expresión insegura.

—Sea como sea, estás en peligro.

De repente, se oyó un ruido lejano de sirenas.

Langdon sintió que se le aceleraba el pulso.

—Tenemos que encontrar ese poema ya mismo —manifestó, mientras reanudaba la búsqueda en las estanterías—. Por nuestra propia seguridad, es del todo preciso que demos a conocer la presentación de Edmond. Si la transmitimos al mundo, quienquiera que esté tratando de silenciarnos se dará cuenta de que ha llegado demasiado tarde.

—Es verdad —confirmó Winston—. Pero a usted, profesor, la policía lo seguirá buscando como autor de un secuestro. No estará a salvo a menos que derrote al Palacio en su propio campo.

—¿Cómo? —quiso saber Ambra.

Winston no tardó ni un segundo en responder:

—El Palacio ha utilizado a la prensa contra ustedes, pero los medios son un arma de doble filo.

Langdon y Ambra guardaron silencio, mientras Winston delineaba un plan muy sencillo, capaz de crear caos y confusión al instante entre sus enemigos, tal y como el propio profesor se vio obligado a reconocer.

—De acuerdo, lo haré —aceptó Ambra enseguida.

—¿Estás segura? —preguntó Langdon con aprensión—. Si lo haces, ya no habrá vuelta atrás para ti.

—Robert —contestó ella—, he sido yo quien te ha metido en esto y ahora estás en peligro. El Palacio ha tenido el descaro de utilizar a la prensa contra ti, y ahora voy a devolverles la jugada.

—Así debe ser —terció Winston—. «Los que matan con la espada, por la espada perecerán.»

Langdon se quedó mirando el teléfono con cierta sorpresa. «¿La máquina de Edmond acaba de citar a Esquilo? ¿O se estará remitiendo al Evangelio?» Se preguntó si no habría sido más apropiada una cita de Nietzsche: «Los que luchan contra monstruos deben cuidarse de no acabar convertidos en uno de ellos».

Sin dar tiempo a que Langdon se opusiera con más firmeza, Ambra tomó el teléfono de Edmond y se alejó por el pasillo.

—¡Encuentra esa contraseña, Robert! —le dijo por encima del hombro—. Vuelvo enseguida.

El profesor la vio entrar en una torrecilla, cuya escalera interior ascendía en espiral hasta la azotea de la Casa Milà, de superficies notoriamente irregulares.

—¡Ten cuidado! —le gritó.

Cuando se quedó solo en el departamento de Edmond, echó un vistazo al sinuoso corredor que evocaba las costillas de una serpiente y trató de encontrar sentido a todo lo que había visto hasta ese momento: vitrinas llenas de objetos inusuales, un texto enmarcado que proclamaba la muerte de Dios y un Gauguin de valor incalculable, cuyo título enunciaba las dos preguntas que su amigo había planteado al mundo unas horas antes: «¿De dónde venimos?, ¿adónde vamos?».

Aún no había visto nada que apuntara a las posibles respuestas de Edmond a esas preguntas. Hasta ese momento, sólo había encontrado un volumen potencialmente relevante: *Arte inexplicado*, un libro de fotografías de estructuras misteriosas creadas por el hombre, como Stonehenge, las cabezas de la isla de Pascua o las grandes figuras del desierto de Nazca, geoglifos de dimensiones tan gigantescas que sólo podían apreciarse desde el aire.

«No creo que esto sirva de mucho», se dijo antes de reanudar la investigación en las estanterías.

Fuera, el aullido de las sirenas parecía cada vez más cercano.

57

—No soy ningún monstruo —declaró Ávila, dejando escapar un suspiro, mientras orinaba en un mugriento excusado, en un área de descanso desierta de la N-240.

A su lado, el conductor de Uber estaba tiritando, tal vez demasiado nervioso para orinar.

—Ha amenazado... a mi familia.

—Y si haces lo que te pido —contestó Ávila—, te garantizo que no les pasará nada. Llévame a Barcelona, déjame allí y nos despediremos como amigos. Te devolveré la bolsa, olvidaré tu dirección y nunca más tendrás que preocuparte por mí.

El conductor levantó la vista. Le temblaban los labios.

—Eres un hombre devoto —dijo Ávila—. He visto la cruz papal en el parabrisas del coche. Y sea cual sea la opinión que tengas de mí, te sentirás en paz contigo mismo si piensas que esta noche estás siendo un instrumento de Dios. —Terminó de orinar—. Los caminos del Señor son inescrutables.

Retrocedió un paso y acercó la mano a la pistola impresa en 3D que llevaba metida en el cinturón y que estaba cargada con la única bala que le quedaba. No sabía si tendría que usarla esa noche.

Se dirigió a la fila de lavabos y dejó correr el agua sobre las palmas de las manos, donde lucía el tatuaje que el Regente le había aconsejado que se hiciera, por si lo capturaban. «Una precaución innecesaria», pensó Ávila, sintiéndose como el fantasma de un vagabundo, imposible de detectar en medio de la noche.

Se miró en el espejo manchado y le sorprendió su apariencia. La última vez que se había visto, llevaba el uniforme blanco de gala, con el cuello de tirilla almidonado y la gorra naval. Ahora que se había quitado la guerrera y la camisa del uniforme, parecía más un camionero, con su camiseta de cuello de pico y una gorra de visera que le había prestado el conductor.

Irónicamente, el hombre desgreñado del espejo le recordaba el aspecto que había tenido en su época de borracho autodestructivo, después del atentado que le había arrebatado a su familia.

«Estaba en un pozo sin fondo.»

Sabía que el punto de inflexión había llegado el día en que Marco, su fisioterapeuta, lo había convencido para ir a ver al «papa».

Nunca olvidaría la sensación que tuvo al divisar los espectrales campanarios de la Iglesia palmariana, ni el momento en que atravesó los imponentes portones de seguridad, ni su ingreso en la catedral en plena misa de la mañana, mientras una multitud de fieles rezaba de rodillas.

La única iluminación del enigmático templo era la luz natural que se filtraba por las vidrieras de colores, y en el aire flotaba un denso aroma de incienso. Cuando Ávila vio los altares dorados y los bancos de madera lustrosos, se dijo que los rumores acerca de la enorme fortuna de los palmarianos debían de ser ciertos. La iglesia era tan hermosa como cualquiera de las catedrales que conocía el almirante, pero era diferente de todas las demás.

«Los palmarianos son enemigos acérrimos del Vaticano.»

Al fondo de la catedral, de pie junto a Marco, Ávila contempló la congregación y se preguntó cómo habría hecho esa rama escindida de la Iglesia católica para prosperar, después de pregonar a los cuatro vientos su abierta oposición a Roma. Quizá su denuncia de un Vaticano cada vez más liberal encontrara eco en los creyentes que ansiaban una interpretación más conservadora de la fe.

Mientras avanzaba cojeando con sus muletas entre las filas de bancos, Ávila se sintió como un pobre tullido de peregrinaje a Lourdes en busca de una cura milagrosa. Un sacristán salió al encuentro de Marco y condujo a los dos hombres hasta los asientos que les habían reservado en la primera fila. Los fieles a su alrededor los miraron con curiosidad, preguntándose quiénes serían los beneficiarios de ese tratamiento especial. Ávila se arrepintió de haberse dejado convencer por Marco para vestir el uniforme de gala con todas sus condecoraciones.

«Pensaba que iba a conocer al papa.»

Se sentó y levantó la vista hacia el altar mayor, donde un joven feligrés de traje y corbata leía un pasaje de la Biblia que Ávila reconoció enseguida. Era del Evangelio según san Marcos.

—«Si tenéis algo contra alguien, perdonad, para que también vuestro Padre que está en los cielos perdone vuestras ofensas.»

«¿Más perdón?», pensó Ávila, con una mueca de disgusto. Sentía como si hubiera oído ese pasaje miles de veces en boca de los psicólogos, los terapeutas de duelo y las monjas que lo habían atendido en los meses siguientes al atentado terrorista.

Finalizó la lectura y los acordes de un órgano resonaron en el interior del templo. Los fieles se levantaron al unísono y Ávila los imitó a su pesar, con un gesto de dolor. Se abrió una puerta oculta detrás del altar y apareció una figura que hizo vibrar de emoción a todos los asistentes.

Era un hombre de unos cincuenta años, de buena planta, actitud altiva y mirada penetrante. Vestía alba, estola dorada, casulla bordada y una imponente mitra papal decorada con piedras preciosas. Avanzó hacia la congregación con los brazos extendidos, como si flotara a escasos centímetros del suelo mientras se desplazaba hasta el centro del altar.

—Ahí está —susurró Marco emocionado—: el papa Inocencio XIV.

«¿Se hace llamar "papa Inocencio XIV"?» Ávila sabía que los

palmarianos reconocían la legitimidad de todos los papas hasta Pablo VI, que había muerto en 1978.

—Hemos llegado justo a tiempo para oír su homilía —dijo Marco.

El papa se alejó del altar y del púlpito, y bajó los peldaños que lo separaban de los feligreses. Se ajustó el micrófono de pinza, tendió las manos y compuso una cálida sonrisa.

—Buenos días —saludó en un susurro.

La congregación le respondió con un clamoroso «¡Buenos días!».

El papa siguió alejándose del altar, cada vez más cerca de su congregación.

—Acabamos de oír una lectura del Evangelio según san Marcos —comenzó—, un pasaje que escogí personalmente, porque esta mañana quiero hablar del perdón.

Avanzó en dirección a Ávila y se detuvo a su lado en el pasillo, casi rozándolo. No bajó la vista ni una sola vez. Incómodo, el almirante miró a Marco, que le respondió con un entusiasmado gesto de asentimiento.

—A todos nos cuesta perdonar —dijo el papa a su congregación—. Y eso se debe a que algunas ofensas nos parecen imperdonables. Cuando alguien mata a personas inocentes en un acto de odio en estado puro, ¿debemos poner la otra mejilla, como nos enseñan algunas iglesias?

Todo el templo se sumió en un silencio sepulcral y el papa bajó aún más la voz.

—Cuando unos extremistas anticristianos hacen estallar una bomba en plena misa matutina en la catedral de Sevilla, y esa bomba mata a madres y a niños inocentes, ¿debemos perdonar? La detonación de una bomba es un acto de guerra, un ataque que no va dirigido sólo contra los católicos o los cristianos, sino también contra todas las fuerzas del bien... ¡contra el mismo Dios!

Ávila cerró los ojos e hizo un esfuerzo para no ver de nuevo las horrendas imágenes de aquella mañana, al tiempo que reprimía la rabia y el desconsuelo que aún le atenazaban el corazón. Mientras la ira crecía en su interior, sintió que el papa le apoyaba suavemente una mano sobre el hombro. Abrió los ojos, pero el hombre seguía sin mirarlo. Aun así, el tacto de su mano era firme y reconfortante.

—No olvidemos el Terror Rojo —prosiguió el papa—. Durante nuestra guerra civil, los enemigos de Dios quemaron iglesias y conventos, asesinaron a más de seis mil sacerdotes y torturaron a cientos de monjas, a las que obligaban a tragarse las cuentas del rosario, antes de violarlas y arrojarlas a un pozo para que allí murieran. —Hizo una pausa y aguardó a que sus palabras calaran—. Esa clase de odio no desaparece con el tiempo; al contrario, fermenta y cobra fuerza, a la espera de manifestarse de nuevo como un cáncer. Hijos míos, os advierto que el mal acabará con nosotros si no le plantamos cara. Nunca lo derrotaremos si llevamos el perdón por bandera.

«¡Cuánta razón tiene!», pensó Ávila, cuya experiencia en la Armada le había hecho ver que abordar la mala conducta con mano blanda sólo servía para multiplicar el caos.

—Creo que en algunos casos —prosiguió el papa— el perdón puede ser peligroso. Cuando perdonamos al mal que hay en el mundo, le estamos dando permiso para que crezca y se multiplique. Cuando respondemos a un acto de guerra con un acto de clemencia, estamos animando a nuestros enemigos a perseverar en el camino de la violencia. Llega un momento en que debemos ser como Jesucristo, cuando derribó por la fuerza las mesas de los mercaderes en el Templo, y gritar: «¡no lo permitiremos!».

«¡Estoy de acuerdo!», habría querido gritar Ávila, mientras la congregación asentía entusiasmada.

—Pero ¿qué estamos haciendo? —preguntó el papa—. ¿Tiene la Iglesia de Roma una postura firme, como la de Jesucristo? ¡No! Hoy nos enfrentamos a los peores males del mundo sin más arma que nuestra capacidad de perdonar, amar y compadecernos del prójimo. Y así permitimos que el mal avance. ¡Incluso lo animamos a avanzar! Como respuesta a los repetidos ataques de que somos objeto, expresamos nuestra preocupación en términos políticamente correctos e insistimos en que una persona es mala sólo porque ha tenido una infancia difícil o una vida miserable, o tal vez porque los crímenes cometidos contra sus seres queridos han alimentado su odio y, por lo tanto, es culpa nuestra. Pero yo digo: «¡basta ya! ¡El mal es el mal! ¡Todos hemos conocido la adversidad en la vida!»

La congregación estalló en un estruendo de aplausos espontánea, algo que Ávila nunca había visto en una misa católica.

—Hoy he querido hablar del perdón —continuó el papa, sin apartar la mano del hombro de Ávila—, porque tenemos un invitado muy especial entre nosotros. Me gustaría agradecer al almirante Luis Ávila que haya querido honrarnos con su presencia. El almirante es un prestigioso oficial de nuestras Fuerzas Armadas, que ha sufrido en carne propia los zarpazos del mal. Como todos nosotros, ha intentado perdonar.

Antes de que Ávila pudiera protestar, el papa empezó a describir con penoso lujo de detalles las tragedias de su vida: la pérdida de su familia en un atentado terrorista, su caída en el alcoholismo y, finalmente, su fallido intento de suicidio. La reacción inicial del almirante fue sentir furia contra Marco por haber traicionado su confianza; sin embargo, al oír su propia experiencia contada de esa manera, fue extraño, pero se sintió reconfortado y más fuerte. Fue como reconocer públicamente que había tocado fondo y que de alguna manera, quizá milagrosa, había sobrevivido.

—Ahora que conozco su historia —dijo el papa—, diría que Dios intervino en la vida del almirante Ávila y lo salvó..., para destinarlo a un fin más elevado.

Tras esa afirmación, el papa palmariano Inocencio XIV bajó la vista y miró directamente a Ávila por primera vez. Sus ojos hundidos parecían capaces de penetrar el alma. Electrizado, el almirante se sintió dueño de una fuerza que no había experimentado en años.

—Hijo mío —el papa se dirigió a él—, creo que la trágica pérdida que has sufrido no admite perdón. Ni la ira que sientes ni tu justo deseo de venganza encontrarán alivio si pones la otra mejilla. ¡Y es bueno que así sea! Tu sufrimiento será el catalizador de tu salvación. ¡Estamos aquí para apoyarte! ¡Para amarte! ¡Para permanecer a tu lado y ayudarte a transformar tu furia en una fuerza poderosa en defensa del bien en el mundo! ¡Alabado sea Dios!

—¡Alabado sea Dios! —respondieron los fieles al unísono.

—Dime, hijo mío —continuó el papa, mirando a Ávila a los ojos con una expresión aún más intensa—, ¿cuál es el lema de la Armada española?

—*Pro Deo et patria* —contestó Ávila de inmediato.

—Así es, *pro Deo et patria*. «Por Dios y por la patria.» Hoy tenemos entre nosotros a un oficial condecorado de la Armada que ha servido con honores a la patria. Pero... ¿ha servido a Dios?

Ávila levantó la vista hacia aquellos ojos de mirada intensa y le invadió de pronto una profunda conmoción.

—Tu vida no ha terminado, hijo mío —susurró el papa—; tu obra está inconclusa. Por eso te ha salvado el Señor. Sólo has cumplido a medias tu juramento. Has servido a la patria, sí..., pero ¡aún no has servido a Dios!

Ávila notó como si lo hubiera alcanzado una bala.

—¡La paz sea con vosotros! —exclamó el papa.

—¡Y con tu espíritu! —respondió a coro la congregación.

De repente, Ávila se sintió devorado por un mar humano de buenos deseos y apoyo incondicional diferente de cualquier sensación que hubiera experimentado hasta entonces. Escudriñó los ojos de los feligreses para ver si reconocía algún signo del fanatismo sectario que temía encontrar, pero sólo vio optimismo, buena voluntad y una pasión sincera por cumplir los designios de Dios, exactamente lo que Ávila necesitaba y echaba de menos.

A partir de aquel día, con la ayuda de Marco y de sus nuevos amigos, Ávila inició la larga escalada para salir del pozo sin fondo de la desesperación. Recuperó su estricta rutina de ejercicios, volvió a cuidar la alimentación y, lo más importante de todo, redescubrió la fe.

Al cabo de unos meses, al término de las sesiones de fisioterapia, Marco le regaló una Biblia encuadernada en piel, con una docena de pasajes marcados.

Ávila leyó unos cuantos al azar:

ROMANOS 13:4
Porque es servidor de Dios...
el vengador que castiga al que practica el mal.

SALMOS 94:1
¡Oh, Señor, Dios de la venganza,
oh, Dios de la venganza, resplandece!

2 TIMOTEO 2:3
Sufre, pues, penalidades,
como buen soldado de Jesucristo.

—Recuerda —le había dicho Marco con una sonrisa—: cuando el mal asoma la cabeza al mundo, Dios trabaja a través de cada uno de nosotros de forma diferente para imponer su voluntad en la Tierra. El perdón no es el único camino a la salvación.

⊕ ConspiracyNet.com

NOTICIAS DE ÚLTIMA HORA

¡Seas quien seas, cuéntanos más!

A lo largo de esta noche, el autoproclamado «guardián de la sociedad civil», monte@iglesia.org, ha proporcionado a ConspiracyNet.com un volumen abrumador de información procedente de fuentes internas.

¡Gracias!

Como todos los datos revelados por «Monte» han demostrado un alto grado de fiabilidad, fruto de un acceso directo a la información, nos sentimos en condiciones de dirigirle esta humilde súplica:

Monte, seas quien seas, si tienes CUALQUIER información sobre el contenido de la presentación inconclusa de Kirsch, ¡por favor, compártela con el mundo!

#DeDóndeVenimos

#AdóndeVamos

Gracias

Todo el equipo de ConspiracyNet

Mientras buscaba en las últimas secciones de la biblioteca de Edmond, Robert Langdon sintió que sus esperanzas se desvanecían. Fuera, las sirenas bitonales de la policía fueron subiendo de volumen, hasta que callaron abruptamente delante de la Casa Milà. A través de las pequeñas ventanas del desván, el profesor percibió el destello de las luces giratorias de los coches patrulla.

«Estamos acorralados —observó—. Si no encontramos la contraseña de cuarenta y siete letras, no podremos salir.»

Por desgracia, aún no había visto ni un solo libro de poesía.

En las pocas secciones restantes, había estanterías con más fondo que las del resto de la biblioteca. Por lo visto, Edmond conservaba allí su colección de libros de arte de gran formato. En un repaso rápido de las librerías, Langdon vio volúmenes que reflejaban la pasión de su amigo por las últimas tendencias en materia de arte contemporáneo.

Serra... Koons... Hirst... Bruguera... Basquiat... Banksy... Abramović...

La colección terminaba bruscamente en una serie de tomos más pequeños, que Langdon examinó con más detenimiento, esperando que fueran de poesía.

«Nada.»

Eran ensayos y críticas sobre arte abstracto, y entre ellos figuraban algunos de los títulos que Edmond solía enviarle para que leyera.

¿Qué miras?
Por qué no habría podido hacerlo tu hijo de cinco años
Cómo sobrevivir al arte moderno

«Yo aún estoy intentando sobrevivir a él», pensó Langdon, mientras seguía adelante. Rodeó otros pasillos y empezó a buscar en la siguiente sección.

«Libros de arte moderno —pensó. Le bastó un vistazo para deducir que esa parte de la biblioteca estaba dedicada a un período anterior—. Por suerte, estamos retrocediendo en el tiempo... hacia un tipo de arte que soy capaz de comprender.»

Su mirada recorrió rápidamente los lomos de los libros. Eran biografías y catálogos de los pintores impresionistas, cubistas y surrealistas que habían asombrado al mundo entre 1870 y 1960, con obras que redefinieron por completo el concepto de arte.

Van Gogh... Seurat... Picasso... Munch... Matisse... Magritte... Klimt... Kandinsky... Johns... Hockney... Gauguin... Duchamp... Degas... Chagall... Cézanne... Cassatt... Braque... Arp... Albers...

Las estanterías terminaban en un último arco, que Langdon dejó atrás para pasar a la sección final de la biblioteca. Los volúmenes que allí se incluían parecían estar dedicados al grupo de artistas que a Edmond le divertía llamar, en presencia de Langdon, «la aburrida escuela de los hombres blancos muertos», compuesta esencialmente por todo lo que fuera anterior al movimiento modernista de mediados del siglo xix.

A diferencia de Edmond, allí era donde Langdon se sentía más a gusto: rodeado de los antiguos maestros.

Vermeer... Velázquez... Tiziano... Tintoretto... Rubens... Rembrandt... Rafael... Poussin... Miguel Ángel... Lippi... Goya... Giotto... Ghirlandaio... el Greco... Durero... Da Vinci... Corot... Caravaggio... Botticelli... el Bosco...

Los últimos metros de la estantería final correspondían a una extensa vitrina, cerrada con un aparatoso cerrojo. A través del cristal, Langdon vio una caja de cuero de aspecto vetusto, que hacía las veces de envoltorio protector para un libro antiguo de grandes dimensiones. La inscripción en el exterior de la caja apenas resultaba legible, pero el profesor consiguió ver lo suficiente para descifrar el título del volumen que contenía.

«¡Dios mío! —pensó, comprendiendo de pronto por qué estaba encerrado el libro en una vitrina, a salvo de las manos de los visitantes—. ¡Debe de valer una fortuna!»

Sabía que se conservaban muy pocos ejemplares de las primeras ediciones de la obra de ese artista legendario.

«No me sorprende que Edmond haya invertido en esto», pensó, mientras recordaba que su amigo se había referido en una ocasión a ese artista británico como «el único premoderno con algo de imaginación».

Langdon no estaba de acuerdo con aquella definición, pero no le costaba comprender el apego especial que Edmond sentía por aquél. «Los dos estaban cortados por el mismo patrón.»

Se agachó y contempló a través del cristal los motivos dorados de la caja: *Obras completas de William Blake*.

William Blake —susurró Langdon—, el Edmond Kirsch del siglo xix.

Blake había sido un genio singular: una prolífica luminaria cuyo estilo pictórico era tan avanzado que algunos sospechaban que había vislumbrado, por arte de magia, el futuro en sueños. Por sus ilustraciones impregnadas de simbolismo religioso desfilaban ángeles, demonios, Dios, el diablo, bestias míticas, personajes bíblicos y todo un panteón de deidades que entreveía en sus alucinaciones espirituales.

«Y lo mismo que a Kirsch, a Blake le encantaba cuestionar a la Iglesia.»

Esa idea hizo que Langdon se incorporara bruscamente.

«¡William Blake!»

Tuvo que sofocar una exclamación de sorpresa.

Al encontrar a Blake entre tantos pintores, Langdon había olvidado un dato crucial acerca del místico genio.

«Blake no sólo era pintor e ilustrador... También escribió muchos poemas.»

Al instante, el profesor sintió que se le aceleraba el pulso. Gran parte de la poesía de Blake propugnaba ideas revolucionarias que encajaban a la perfección en la visión del mundo de Edmond. De hecho, algunos de los aforismos más conocidos de Blake, sobre todo los presentes en las obras denominadas «satánicas», como *El matrimonio del cielo y el infierno*, habrían podido atribuirse al propio Edmond.

Todas las religiones son una
No hay religión natural

Langdon recordó entonces la descripción que había hecho Edmond de su verso favorito. «Le dijo a Ambra que era una profecía.» No había ningún poeta en la historia que pudiera considerarse más profético que William Blake, autor a finales del siglo XVIII de dos obras en verso oscuras e inquietantes:

América, una profecía
Europa, una profecía

El profesor tenía los dos libros, en unas cuidadas ediciones facsimilares de los poemas manuscritos, con ilustraciones del propio Blake.

Echó un vistazo a la caja de cuero del interior de la vitrina.

«¡Las primeras ediciones de las "profecías" de Blake debieron de ser libros ilustrados de gran formato!»

Cada vez más esperanzado, Langdon se agachó delante de la vitrina, convencido de que la caja de cuero podía contener lo que Ambra y él estaban buscando: un poema que incluyera el verso profético de cuarenta y siete caracteres. Sólo faltaba averiguar si Edmond había marcado de alguna manera su pasaje favorito.

Tendió una mano e intentó abrir la puerta.

No se movió.

Miró la escalera de caracol, sin decidirse a subir corriendo a la azotea y pedirle a Winston que buscara en toda la poesía de William Blake. El ruido de las sirenas había sido reemplazado por el zumbido distante de un helicóptero y un griterío en la escalera, al otro lado de la puerta del departamento.

«Ya están aquí.»

Langdon se volvió hacia la vitrina y reconoció el matiz vagamente verdoso del moderno cristal que utilizaban en los museos para proteger las piezas de la radiación ultravioleta.

Se quitó bruscamente la chaqueta, la apoyó en la vitrina, se volvió y, sin vacilar ni un instante, le propinó un golpe violento con el codo. Con un crujido amortiguado, el cristal se hizo trizas. Con cautela, introdujo la mano entre las aristas del cristal roto y quitó el cerrojo por dentro. A continuación abrió la puerta y, con mucho cuidado, levantó la caja de cuero.

Incluso antes de dejarla en el suelo, se dio cuenta de que algo estaba mal. «Pesa muy poco.» Las obras completas de Blake no parecían pesar nada.

La apoyó y, con gran delicadeza, levantó la tapa.

Tal y como temía, estaba vacía.

Dejó escapar un suspiro, con la mirada fija en el interior de la caja.

«¡¿Dónde demonios está el libro de Edmond?!»

Estaba a punto de cerrarla cuando de pronto descubrió algo inesperado en la cara interna de la tapa: una elegante tarjeta de color marfil, impresa en relieve.

Leyó el texto.

Después, sin poder creer lo que ponía en la tarjeta, volvió a leerla.

Unos segundos más tarde, subía a toda velocidad por la escalera de caracol que conducía a la azotea.

Mientras tanto, en la segunda planta del Palacio Real de Madrid, el director de Seguridad Electrónica, Suresh Bhalla, se movía con sigilo por las dependencias privadas del príncipe Julián. Tras localizar la caja fuerte de pared con cierre de seguridad digital, tecleó el código maestro de cancelación de contraseñas, reservado para casos de emergencia.

La puerta se abrió sola.

Dentro había dos teléfonos: un *smartphone* suministrado por Palacio, perteneciente al príncipe Julián, y un iPhone que con toda probabilidad debía de ser del obispo.

Tomó el iPhone.

«No me puedo creer que esté haciendo esto.»

Una vez más, visualizó mentalmente el mensaje de monte@ iglesia.org.

He hackeado los mensajes de texto de Valdespino
Tiene secretos peligrosos
En Palacio deberían acceder al registro de sus sms
Ya mismo

Suresh se preguntó qué secretos podrían revelar los mensajes del obispo... y por qué habría decidido el informante advertir al Palacio Real al respecto.

«¿Estará tratando de prevenir daños colaterales para el Palacio?»

Pero Suresh sólo sabía una cosa: si había información potencialmente peligrosa para la familia real, su misión era encontrarla.

Consideró por un momento solicitar una orden judicial, pero los riesgos para la imagen de Palacio y las previsibles demoras le hicieron descartar la idea. Por suerte, Suresh tenía métodos más discretos y expeditivos a su disposición.

Con el teléfono del obispo en la mano, pulsó el botón de inicio y la pantalla se iluminó.

Bloqueado. Había que introducir la contraseña.

«Ningún problema.»

—Hola, Siri —dijo Suresh, sosteniendo el teléfono delante de la boca—. ¿Qué hora es?

Todavía en modo de bloqueo, apareció un reloj en la pantalla. Una vez dentro de la aplicación del reloj, Bhalla dio una serie de sencillos pasos: creó una zona horaria nueva, indicó que deseaba compartirla a través de un mensaje de texto, añadió una foto y después, en lugar de tratar de enviarla, volvió a pulsar el botón de inicio.

Clic.

El teléfono se desbloqueó.

«Un truco sencillo, cortesía de YouTube», se dijo Suresh, a quien le divertía pensar que los usuarios de iPhone creían que sus contraseñas les ofrecían algún tipo de privacidad.

A continuación, abrió la aplicación iMessage, dispuesto a recuperar los mensajes que hubiera borrado Valdespino por el procedimiento de restaurar el catálogo con la copia de seguridad de iCloud.

Tal y como esperaba, el historial de la aplicación de mensajería del obispo estaba vacío.

«A excepción de un mensaje», observó de pronto, al ver un único sms entrante, enviado un par de horas antes desde un número oculto.

Suresh lo abrió y leyó las tres líneas que lo componían. Por un momento, creyó estar viendo visiones.

«¡No puede ser verdad!»

Volvió a leerlo. El texto era la prueba irrefutable de la participación de Valdespino en actos de una hipocresía e infamia increíbles.

«Y de una arrogancia tremenda», pensó Suresh, estupefacto al ver que el anciano clérigo se sentía intocable hasta el punto de atreverse a tratar un tema de ese cariz en sus comunicaciones electrónicas.

«Si este mensaje se hiciera público...»

Suresh se estremeció ante la idea y de inmediato bajó corriendo por la escalera para ir en busca de Mónica Martín.

60

Desde el helicóptero EC145 en vuelo a baja altura sobre la ciudad, el agente Díaz contemplaba las luces que se extendían a sus pies. Pese a lo tardío de la hora, adivinaba en las ventanas el parpadeo de los televisores y las pantallas de computadora, que teñían el paisaje urbano con una tenue bruma azulada.

«Todo el mundo nos está mirando.»

Eso lo ponía nervioso. Sentía que la noche se estaba descontrolando peligrosamente y temía que la creciente crisis se estuviera encaminando hacia un final perturbador.

Delante de él, el agente Fonseca gritó algo y señaló al frente. Díaz asintió, tras localizar a primera vista el destino al que se dirigían.

«Imposible no verlo.»

Incluso en la distancia, la pulsante amalgama de luces policiales azules resultaba inconfundible.

«Que Dios nos ayude.»

Tal y como Díaz sospechaba, la Casa Milà estaba rodeada por las fuerzas del orden. La policía local de Barcelona había intervenido tras recibir un soplo anónimo, poco después de que Mónica Martín hiciera su anuncio a la prensa a las puertas del Palacio Real.

«Robert Langdon ha secuestrado a la futura reina de España.

»El Palacio requiere la colaboración ciudadana para encontrarla.

»Una mentira descarada. —Díaz lo sabía—. Los he visto salir juntos del Guggenheim con mis propios ojos.»

La táctica de la coordinadora de relaciones públicas era eficaz, pero había puesto en marcha un juego increíblemente arriesgado. Hacer un llamamiento público a la persecución de un sospechoso con la participación de las autoridades locales era peligroso, no sólo para Robert Langdon, sino también para la futura reina consorte, que corría el riesgo de quedar atrapada en el fuego cruzado de una cuadrilla de inexpertos policías locales. Si el objetivo de Palacio era mantener a salvo a la futura reina, no era ésa la mejor manera de conseguirlo.

«El comandante Garza jamás habría permitido que la situación llegara tan lejos.»

El arresto de Garza seguía siendo un misterio para Díaz, convencido de que las acusaciones contra su comandante eran tan falsas como los cargos contra Langdon.

Aun así, Fonseca había contestado a la llamada y recibido las órdenes.

«Órdenes impartidas desde más arriba, por encima de Garza.»

Mientras el helicóptero se acercaba a la Casa Milà, el agente Díaz observó el terreno y comprobó que no había ningún sitio seguro donde aterrizar. La ancha avenida y el amplio espacio abierto delante de la entrada estaban atestados de unidades móviles de televisión, coches de policía y una multitud de curiosos.

Díaz contempló la famosa cubierta del edificio: una ondulante figura en ocho, con desniveles y escaleras que se replegaban por encima de la estructura y ofrecían al visitante unas vistas magníficas de Barcelona..., así como de los dos profundos patios de luces, abiertos a los nueve pisos que se extendían más abajo.

«Allí es imposible aterrizar.»

Además de los montículos y las hondonadas del pavimento, la terraza estaba protegida por las imponentes chimeneas de Gaudí, semejantes a piezas de ajedrez futuristas: adustos centinelas con cascos, que por lo visto habían servido de inspiración al cineasta George Lucas para crear los temibles soldados imperiales de *La guerra de las galaxias*.

Díaz apartó la mirada para buscar posibles superficies de aterrizaje en los edificios vecinos, pero una inesperada aparición le hizo volver la vista hacia la Casa Milà.

Había una persona entre las chimeneas y las torres de ventilación.

Apoyada sobre el barandal del borde de la azotea, iba vestida de blanco y recibía de lleno la intensa luz de los focos de la televisión, que apuntaban hacia arriba desde las unidades móviles que había estacionadas delante del portón. Por un instante, aquella visión le recordó la figura del papa dirigiéndose a los fieles desde su balcón en la plaza de San Pedro.

Pero no era el papa.

Era una mujer hermosa, con un vestido blanco que a Díaz le resultó muy familiar.

Deslumbrada por el resplandor de los focos, Ambra Vidal no veía nada, pero oía el ruido de un helicóptero que se aproximaba. Sabía que les quedaba muy poco tiempo. Desesperada, se asomó por encima del barandal y trató de gritar a los periodistas que se arremolinaban en la calle.

Sus palabras se perdieron en el rugido ensordecedor de los rotores del helicóptero.

Winston había pronosticado que las unidades móviles dirigirían hacia arriba las cámaras en cuanto la descubrieran al borde de la azotea. Y así lo hicieron, pero Ambra supo enseguida que su plan había fracasado.

«¡No pueden oír lo que les estoy diciendo!»

La cubierta de la Casa Milà estaba demasiado lejos del tráfico atronador y del caos que se había desencadenado en la calle. Y, por si fuera poco, el ensordecedor traqueteo de las aspas del helicóptero amenazaba con ahogar el resto de los sonidos.

—¡No me han secuestrado! —volvió a gritar Ambra a pleno pulmón—. ¡Las declaraciones del Palacio Real sobre Robert Langdon son falsas! ¡No soy su rehén!

«Es la futura reina de España —le había recordado Winston unos momentos antes—. Si pide que suspendan la persecución, las autoridades se quedarán paralizadas. Su declaración creará confusión y nadie sabrá qué órdenes obedecer.»

Ambra sabía que Winston tenía razón, pero sus palabras se perdieron entre el estruendo del helicóptero, por encima del bullicio de la multitud.

De repente, el cielo estalló en un aullido atronador. Ambra se alejó de la barandilla, mientras el helicóptero descendía hasta detenerse por completo, suspendido justo por encima de su cabeza. Las puertas de la cabina estaban abiertas de par en par y dos caras conocidas la miraban fijamente: los agentes Fonseca y Díaz.

La mujer observó con horror que el agente Fonseca tenía en la mano algún tipo de dispositivo, con el que la estaba apuntando. Por un instante, desfilaron por su mente las ideas más extrañas. «Julián me quiere muerta. Soy una mujer estéril. No puedo darle un heredero. Matarme es su única manera de eludir su compromiso conmigo.»

Retrocedió con paso vacilante para alejarse de aquel artefacto de aspecto amenazador, mientras aferraba con una mano el teléfono de Edmond y extendía el otro brazo para no perder el equilibrio. Pero cuando fue a apoyar el pie, le pareció como si el suelo hubiera desaparecido. Por un momento, sintió sólo vacío donde esperaba encontrar una superficie sólida. Se volvió sobre sí misma intentando no caer, pero acabó precipitándose de costado por un corto tramo de escalera.

Primero su codo izquierdo chocó contra el pavimento, seguido del resto de su cuerpo. Aun así, no sintió ningún dolor. Toda su atención estaba centrada en el objeto que se le había deslizado de las manos: el teléfono turquesa extragrande de Edmond.

«¡Dios mío, no!»

Observó con horror que el celular rebotaba un par de veces en el suelo y caía por una de las escaleras, hacia el borde del patio de luces del edificio. Tendió una mano, pero el aparato ya se había colado por debajo de la valla de seguridad, en dirección al abismo.

«¡Nuestra conexión con Winston!»

Aunque intentó avanzar a gatas para alcanzarlo, sólo llegó a tiempo de verlo caer en picado al elegante pavimento del vestíbulo, donde, tras estrellarse, estalló en unos trozos minúsculos de vidrio y metal.

En un instante, Winston había desaparecido.

Tras subir los peldaños de dos en dos, Langdon salió en tromba a la azotea de la Casa Milà y se encontró inmerso en una ensordecedora vorágine. Había un helicóptero suspendido a baja altura, justo al lado del edificio, y a Ambra no se la veía por ninguna parte.

Intentó localizarla a la luz deslumbrante de los focos.

«¿Dónde estará?»

Había olvidado la extravagancia de aquella azotea: parapetos ondulantes, escaleras abruptas, soldados de concreto, pozos sin fondo...

—¡Ambra!

Cuando por fin la vio, la aprensión le atenazó la garganta. Estaba acurrucada en el suelo, al borde de uno de los patios de luces.

Mientras sorteaba un desnivel del suelo para reunirse con ella, el agudo silbido de un balazo le rozó la sien y estalló en el pavimento a su espalda.

«¡Dios mío!»

Se dejó caer de rodillas y siguió avanzando a gatas, mientras otros dos balazos le pasaban por encima de la cabeza. Por un momento, pensó que los disparos procedían del helicóptero, pero, mientras se aproximaba a Ambra, vio que un enjambre de policías irrumpía en la azotea por otra de las salidas, en el extremo opuesto de la cubierta del edificio, con las armas desenfundadas.

«Me quieren matar —se dijo—. ¡Creen que he secuestrado a la futura reina!»

No parecía que nadie hubiera oído el anuncio que ella misma había hecho pocos minutos antes desde la azotea.

Se volvió para mirar a Ambra, que para entonces se encontraba a tan sólo diez metros de distancia, y observó con espanto que le sangraba un brazo. «¡Cielo santo, le han disparado!» Lo rozó otra bala y en ese instante notó que la mujer se estaba aferrando a la barandilla del patio de luces y trataba de incorporarse.

—¡No te levantes! —le gritó Langdon, precipitándose sobre ella para protegerla con el cuerpo.

Cuando alzó la vista, vio las enigmáticas figuras de los soldados con casco que, como silenciosos centinelas, marcaban el perímetro de la azotea.

Por encima de sus cabezas, el estruendo era ensordecedor. Unas potentes ráfagas de aire se abatieron sobre ellos cuando el helicóptero bajó aún más y se situó sobre la torre de ventilación más próxima, para interponerse entre ellos y la policía.

—¡Dejen de disparar! —ordenó una voz amplificada desde el helicóptero—. ¡Guarden las armas!

Entonces, Langdon y Ambra vieron aparecer al agente Díaz, que estaba agachado en la puerta abierta de la cabina, con un pie apoyado sobre uno de los patines del helicóptero, y les tendía una mano.

—¡Suban! —chilló.

Langdon sintió que Ambra se encogía debajo de él.

—¡Ahora mismo! —gritó Díaz por encima del ruido ensordecedor de los rotores.

El agente señaló la valla de seguridad del patio de luces, para indicarles que treparan a la barandilla, le agarraran la mano y dieran el breve salto al abismo que les permitiría subir al helicóptero.

Langdon titubeó una fracción de segundo más de lo necesario.

Díaz le arrebató el megáfono a Fonseca y lo apuntó directamente hacia la cara del profesor.

—¡Suba al helicóptero ahora mismo! —La voz del agente resonó atronadora—. ¡La policía local tiene órdenes de dispararle! ¡Sabemos que usted no secuestró a la señorita Vidal! ¡Tienen que subir a bordo los dos, inmediatamente, antes de que nos maten a alguno!

61

Entre los aullidos del viento, Ambra sintió que los brazos de Langdon la levantaban y la guiaban hacia la mano tendida del agente Díaz, que la esperaba en el helicóptero.

Se sentía demasiado aturdida para protestar.

—¡Está sangrando! —gritó Langdon, mientras subía a la cabina tras ella.

En un segundo, el helicóptero ascendía hacia el cielo, alejándose de la irregular cubierta de la Casa Milà y de un pequeño ejército de policías confusos que lo seguían con la mirada.

Fonseca cerró la compuerta y fue a sentarse al lado del piloto, mientras Díaz se deslizaba junto a Ambra para examinarle el brazo.

—Es sólo un rasguño —dijo ella en tono neutro.

—Deje que tome el botiquín —respondió el agente, dando un paso hacia el fondo de la cabina.

Langdon estaba sentado frente a Ambra, mirando hacia la cola del aparato. Al quedarse otra vez a solas con ella, la miró a los ojos, esperó a que le devolviera la mirada y le sonrió con alivio.

—Me alegro mucho de que estés bien.

La mujer asintió con un breve gesto, pero antes de que pudiera darle las gracias, Langdon, inclinado hacia adelante, ya le estaba susurrando algo al oído con un entusiasmo perceptible en la voz.

—¡Creo que he encontrado a nuestro poeta misterioso! —exclamó, con los ojos llenos de esperanza—. William Blake. Hay un ejemplar de las obras completas de Blake en la biblioteca de Edmond, pero además... ¡muchos de sus poemas son profecías! —Langdon tendió una mano—. Déjame el teléfono de Edmond. Le pediré a Winston que busque versos de cuarenta y siete letras en toda la obra de Blake.

Ambra observó la palma tendida de Langdon y se sintió abrumada por la culpa. Alargó un brazo para tomarle la mano.

—Robert —dijo, con un suspiro de remordimiento—, ya no tenemos el teléfono de Edmond. Se ha caído al patio del edificio.

Langdon levantó la vista y ella notó que se había puesto pálido. «¡Lo siento muchísimo, Robert!» Era evidente que él estaba haciendo un esfuerzo para asimilar la noticia y determinar en qué situación los dejaba la pérdida de Winston.

En la parte delantera de la cabina, Fonseca hablaba a gritos por teléfono.

—¡Confirmado! Los tenemos a bordo a los dos, sanos y salvos. Preparen el avión para trasladarlos a Madrid. Me pondré en contacto con Palacio y alertaré a...

—¡No! —le gritó Ambra al agente—. ¡No pienso ir al palacio!

Fonseca cubrió el celular con una mano, se volvió en su asiento y la miró.

—¡Por supuesto que irá! Me han ordenado garantizar su seguridad. No debería haber abandonado mi custodia. Tiene suerte de que hayamos venido a rescatarla.

—¡¿A rescatarme?! —exclamó Ambra—. El rescate ha sido necesario solamente por culpa de las ridículas mentiras que ha difundido el Palacio sobre el profesor Langdon y mi supuesto secuestro, que como usted sabe son una falsedad. ¿Tan desesperado está el príncipe? ¿No le importa arriesgar la vida de un hombre inocente, por no mencionar la mía?

Fonseca se la quedó mirando un momento y después se volvió de nuevo hacia adelante, sin decir nada.

Justo en ese instante, Díaz se sentó a su lado con el botiquín de primeros auxilios.

—Señorita Vidal, entienda, por favor, que nuestra cadena de mando se ha roto esta noche a raíz del arresto del comandante Garza. Aun así, quiero que sepa que Su Alteza no ha tenido nada que ver con la declaración que ha ofrecido el Palacio a la prensa. De hecho, ni siquiera podemos confirmar que el príncipe esté al corriente de los sucesos actuales. Hace más de una hora que intentamos contactar con él, sin éxito.

—¿Qué? —preguntó Ambra azorada—. ¿Dónde está?

—Desconocemos su paradero —respondió Díaz—, pero ha sido meridianamente claro en su última comunicación, hace unas horas. Por encima de todo, Su Alteza quiere que usted esté segura y protegida.

—En ese caso —intervino Langdon, saliendo de sus reflexiones—, llevar a la señorita Vidal al palacio sería un error gravísimo.

Fonseca se volvió.

—¡¿Qué ha dicho?!

—No sé qué órdenes obedecen ustedes —dijo Langdon—, pero si el príncipe realmente quiere garantizar la seguridad de su prometida, les sugiero que me presten atención. —Hizo una pausa, antes de seguir hablando con mayor intensidad—: Edmond Kirsch ha sido asesinado para impedir que su descubrimiento se hiciera público. Quienquiera que lo haya silenciado, no se detendrá ante nada hasta completar su trabajo.

—Ya lo ha completado —lo corrigió Fonseca con cierta ironía en la voz—. El señor Kirsch está muerto.

—Pero su descubrimiento, no —rebatió Langdon—. La presentación de Edmond está más viva que nunca y todavía es posible darla a conocer al mundo.

—Por eso han venido a la Casa Milà —aventuró Díaz—. Porque pensaban que podían emitirla...

—Exacto —corroboró Langdon—. Y eso nos ha puesto en el

punto de mira de los asesinos de Edmond. No sé quién se habrá inventado la declaración sobre el secuestro de Ambra, pero está claro que alguien quiere detenernos. Por eso, si ustedes forman parte de ese grupo, el de los que pretenden enterrar para siempre el descubrimiento de Edmond, entonces lo más sencillo será que nos arrojen a la señorita Vidal y a mí al vacío desde este helicóptero, mientras todavía puedan hacerlo.

Ambra miró a Langdon, preguntándose si se habría vuelto loco.

—Ahora bien —prosiguió el profesor—, si su deber como miembros de la Guardia Real es proteger a la familia del monarca, incluida la futura reina, tendrán que reconocer que no hay lugar más peligroso para la señorita Vidal en este instante que el palacio donde se preparó la nota de prensa que acaba de ponerla en peligro de muerte. —Se metió una mano en el bolsillo y extrajo una tarjeta impresa en relieve—. Les sugiero que la lleven a la dirección que figura al pie de esta tarjeta.

Fonseca la tomó y la estudió con el ceño fruncido.

—¡Esto es ridículo!

—Todo el recinto está vallado —insistió Langdon—. Su piloto puede descender, dejar que bajemos los cuatro y alejarse otra vez, sin que nadie lo note. Conozco a la persona que está al mando. Podremos quedarnos todo el tiempo que necesitemos, discretamente, hasta encontrar lo que estamos buscando. Ustedes pueden acompañarnos.

—Me sentiría mucho más seguro en un hangar militar, en el aeropuerto.

—¿De verdad confiaría en un equipo militar que probablemente actúa a las órdenes de los mismos que estuvieron a punto de matar a la señorita Vidal hace un segundo?

Fonseca no perdió en ningún momento su expresión pétrea.

Mientras tanto, sumida en un torbellino de pensamientos, Ambra trataba de adivinar qué dirección figuraba en la tarjeta.

«¿Adónde quiere llevarnos Langdon?»

La intensidad repentina de su voz parecía sugerir que había algo más en juego, aparte de una simple preocupación por su seguridad. Percibía en él un renovado optimismo, como si aún no hubiera perdido la esperanza y sintiera que todavía era posible revelar al mundo el descubrimiento de Edmond.

Langdon recuperó la tarjeta de manos de Fonseca y se la tendió a Ambra.

—He encontrado esto en la biblioteca.

La mujer la estudió y de inmediato reconoció lo que era.

Los museos solían entregar esas elegantes tarjetas impresas en relieve, llamadas «fichas de préstamo», a las personas o instituciones que cedían una obra de arte o una pieza de particular valor para que formara parte de sus exposiciones. Se solían imprimir dos tarjetas idénticas: una se conservaba en el museo junto a la pieza expuesta, como muestra de agradecimiento a su dueño, y la otra se entregaba al propietario, como prenda de la obra cedida.

«¿Edmond había prestado su libro de poemas de Blake?»

Según la ficha, el libro de Edmond se había desplazado apenas un par de kilómetros desde el departamento de su dueño en Barcelona.

Obras completas
de William Blake

De la colección privada
de EDMOND KIRSCH

En préstamo al
Templo Expiatorio de la
Sagrada Família

Carrer de Mallorca, 401
08013 Barcelona, España

—No lo entiendo —dijo Ambra—. ¿Por qué iba a prestarle un libro a una iglesia un hombre que se enorgullecía de ser ateo?

—No es una iglesia cualquiera —repuso Langdon—, sino la obra maestra más enigmática de Gaudí... —Se volvió para mirar atrás por la ventanilla—. Y muy pronto, la iglesia más alta de Europa.

Ambra también volvió la vista y contempló otra vez la ciudad, que se extendía hacia el norte. En la distancia, rodeadas de grúas, andamios y potentes focos, se erguían resplandecientes las torres inacabadas de la Sagrada Familia, gráciles estructuras porosas, como esponjas marinas gigantescas que se proyectaran hacia la luz desde el fondo del océano.

El controvertido templo llevaba más de un siglo en construcción, financiado sólo por las aportaciones de los fieles. Criticado en su momento por los tradicionalistas por sus extrañas formas orgánicas y el uso del «diseño biomimético», los más vanguardistas habían alabado su fluidez estructural y sus formas «hiperboloides», reflejo del mundo natural.

—Reconozco que es inusual —dijo Ambra, volviéndose hacia Langdon—, pero no deja de ser una iglesia católica. Y ya sabes cómo era Edmond.

«Sé cómo era Edmond —pensó Langdon—. Lo conocí lo suficiente para saber que estaba convencido de que la Sagrada Familia encerraba un propósito y un simbolismo secretos, más allá de los límites del cristianismo.»

Desde el comienzo de las obras de la singular basílica en 1882, se habían multiplicado las teorías que intentaban explicar los misteriosos códigos de sus puertas, sus columnas helicoidales de inspiración cósmica, sus fachadas repletas de símbolos, sus tallas matemáticas con representaciones del cuadrado mágico o su espectral construcción «esquelética», que evocaba claramente la forma de los huesos y el tejido conjuntivo de un organismo vivo.

Naturalmente, Langdon conocía todas esas teorías, pero nunca les había prestado mucha atención. Unos años atrás, sin embargo, se había llevado una sorpresa cuando Edmond le había confesado ser uno de los muchos admiradores de Gaudí convencidos de que la Sagrada Familia había sido concebida como algo más que una iglesia cristiana, tal vez incluso como un santuario místico consagrado a la ciencia y la naturaleza.

El profesor consideró muy improbable aquella idea y enseguida le recordó a su amigo que Gaudí era un católico devoto, tan estimado por el Vaticano que las autoridades de Roma lo habían llamado «el arquitecto de Dios» e incluso habían considerado beatificarlo. Langdon le había asegurado a Kirsch que el original diseño de la Sagrada Familia era sólo una manifestación de la interpretación modernista del simbolismo cristiano, con la particular mirada de Gaudí.

Edmond se había limitado a sonreír discretamente, como si se reservara una misteriosa pieza del puzle que no quisiera revelar.

«Un secreto más de Kirsch —pensó Langdon en el helicóptero—, lo mismo que su silenciosa batalla contra el cáncer.»

—Aunque sea verdad que Edmond le prestó el libro a la Sagrada Familia y aunque podamos encontrarlo —prosiguió Ambra—, será muy difícil localizar el verso que buscamos. Tendremos que leer todas las páginas, una a una. Dudo mucho que Edmond marcara de alguna manera las páginas de un libro antiguo de valor incalculable.

—Ambra —dijo el profesor, sonriendo con calma—, mira el dorso de la tarjeta.

La mujer bajó la vista, giró la tarjeta y leyó el texto del dorso.

Después, con expresión de incredulidad, volvió a leerlo.

Cuando levantó la mirada, había esperanza en sus ojos.

—Como te decía —añadió él con una sonrisa—, tenemos que ir.

Pero la expresión entusiasta de Ambra se desvaneció tan de repente como había aparecido.

—Todavía queda un problema. Aunque encontremos la contraseña...

—Lo sé. Hemos perdido el teléfono de Edmond, lo que significa que ya no tenemos acceso a Winston, ni podemos comunicarnos con él.

—Exacto.

—Creo que también puedo resolver eso.

Ambra lo miró con escepticismo.

—¿Lo dices en serio?

—Sólo tenemos que localizar físicamente a Winston, la computadora que construyó Edmond. Si ya no tenemos acceso a él por teléfono, podemos llevarle la contraseña en persona.

Ambra se lo quedó mirando como si se hubiera vuelto loco.

Langdon prosiguió:

—Me dijiste que Edmond había construido a Winston en unas instalaciones secretas.

—Sí, pero ¡esas instalaciones podrían estar en cualquier lugar del mundo!

—Tienen que estar aquí, en Barcelona. Edmond vivía y trabajaba en esta ciudad. Y construir esa máquina de inteligencia artificial fue uno de sus últimos proyectos, por lo que todo apunta a que tuvo que hacerlo aquí mismo.

—Aunque tengas razón, Robert, será como buscar una aguja en un pajar. Barcelona es una ciudad enorme. Sería imposible...

—Puedo encontrarlo —dijo él—. Estoy seguro. —Sonrió y señaló con un leve movimiento de cabeza las luces que se extendían a sus pies—. Te parecerá una locura, pero esta vista aérea de Barcelona me ha hecho comprender...

Dejó la frase en suspenso, con la vista perdida en la noche.

—¿Podrías explicarte mejor? —le preguntó Ambra expectante.

—Tendría que haberlo visto antes —dijo—. Es algo referente a Winston, una especie de enigma que lleva toda la noche rondándome la cabeza. Creo que por fin lo he resuelto.

Langdon lanzó una mirada suspicaz a los agentes de la Guardia Real y bajó la voz, mientras se inclinaba hacia Ambra.

—¿Puedo pedirte que confíes en mí, solamente en esto? —le preguntó con discreción—. Estoy seguro de que puedo encontrar a Winston; pero localizarlo no nos servirá de nada si no tenemos la contraseña de Edmond. Por eso ahora debemos concentrarnos en encontrar ese verso, y la Sagrada Familia es nuestra mejor pista.

Ambra estudió un momento a Langdon. Después, con expresión resuelta, se volvió hacia el asiento delantero y exclamó:

—¡Agente Fonseca! ¡Dígale al piloto que gire en redondo y nos lleve a la Sagrada Familia ahora mismo!

Fonseca se volvió en su asiento y la miró con severidad.

—Como ya le he dicho, señorita Vidal, tengo órdenes de...

—Agente Fonseca —lo interrumpió la futura reina de España, mientras se inclinaba hacia adelante y lo fulminaba con la mirada—, ¡llévenos ahora mismo a la Sagrada Familia, o lo primero que haré cuando regrese será ocuparme de que lo expulsen de la Guardia Real!

62

🌐 ConspiracyNet.com

NOTICIAS DE ÚLTIMA HORA

¡El asesino tiene vinculaciones con una secta!

Gracias a una nueva revelación de monte@iglesia.org, acabamos de saber que el asesino de Edmond Kirsch es miembro de una ultraconservadora y hermética secta cristiana que se hace llamar «Iglesia palmariana».

Luis Ávila lleva más de un año reclutando adeptos para esta Iglesia a través de internet, y su pertenencia a esa controvertida organización entre religiosa y militar explicaría asimismo el «Víctor» que tiene tatuado en la palma de una mano.

Se trata de un símbolo franquista ampliamente utilizado por la Iglesia palmariana, que además de tener su propio «papa» ha canonizado a personajes como Francisco Franco y Adolf Hitler, según informa el periódico español *El País*.

¿No os lo creéis? Buscadlo vosotros mismos.

Todo comenzó con una experiencia mística.

En 1975, un corredor de seguros llamado Clemente Domínguez y Gómez dijo haber tenido una visión en la que el mismísimo Jesucristo lo coronaba papa. A resultas de aquella visión, adoptó el nombre de Gregorio XVII, rompió con el Vaticano y empezó a designar a sus propios cardenales. Pese a la condena de Roma, el nuevo antipapa atrajo a miles de seguidores y amasó una fortuna, lo que le permitió construir una catedral, expandir su ministerio a nivel internacional y consagrar a cientos de obispos palmarianos en todo el mundo.

La cismática Iglesia palmariana sigue funcionando a día de hoy desde su sede principal en un recinto amurallado situado en El Palmar de Troya. A pesar de no estar reconocida por el Vaticano, continúa atrayendo a un nutrido grupo de fieles ultraconservadores.

Pronto os ofreceremos más datos sobre esta Iglesia, así como nuevas revelaciones sobre el obispo Valdespino, que parece estar implicado en los sucesos de esta noche.

63

«No puedo negar que me ha impresionado», pensó Langdon.

Con unas cuantas palabras firmes, Ambra había obligado a la tripulación del EC145 a dar un amplio giro en redondo y redirigir el rumbo del helicóptero hacia la basílica de la Sagrada Familia.

Mientras el aparato se nivelaba de nuevo y emprendía el regreso a la ciudad, Ambra se volvió hacia el agente Díaz y le pidió que le permitiera usar su teléfono. El agente de la Guardia Real se lo entregó de mala gana. De inmediato, Ambra abrió el navegador y empezó a leer los titulares de las noticias.

—¡Maldita sea! —susurró, abrumada por la frustración—. He intentado decirle a la prensa que no me habías secuestrado, pero parece que nadie me ha oído.

—Puede que no hayan tenido tiempo de publicarlo —sugirió Langdon.

«Sólo han pasado diez minutos.»

—Han tenido tiempo más que suficiente —contestó ella—. Estoy viendo cortes de video de nuestro helicóptero alejándose de la Casa Milà.

«¿Tan pronto?» A veces, Langdon sentía que el mundo había empezado a girar con demasiada rapidez en torno a su eje. Todavía recordaba una época en que las «noticias de última hora» se imprimían en papel por la noche y un repartidor las dejaba delante de su puerta a la mañana siguiente.

—Por cierto —comentó Ambra, en un tono levemente jocoso—, tú y yo ya estamos entre lo más buscado en internet en todo el mundo.

—Eso me pasa por secuestrarte —respondió él con ironía.

—No tiene gracia. Pero al menos no somos el número uno. —Le tendió el teléfono—. Échale un vistazo.

En la pantalla aparecía la página de inicio de Yahoo!, con su lista de «Los más buscados». Langdon consultó enseguida cuál era el asunto que suscitaba mayor interés:

1. ¿De dónde venimos? / Edmond Kirsch

Era evidente que la presentación de Edmond había servido de inspiración para que personas de todo el mundo investigaran el tema y lo debatieran. «Edmond estaría encantado», pensó Langdon, pero cuando siguió el enlace y vio los diez primeros titulares, comprendió que se había equivocado. Las diez primeras teorías que intentaban responder a la pregunta «¿De dónde venimos?» trataban sobre creacionismo o extraterrestres.

«Edmond estaría horrorizado.»

Uno de los incidentes más notorios protagonizados por su antiguo alumno se había producido en un foro titulado «Ciencia y espiritualidad», cuando Edmond se había levantado de la mesa de ponentes, exasperado por las preguntas del público, y había abandonado el escenario, mientras protestaba a voz en cuello: «¿Cómo es posible que personas tan inteligentes sean incapaces de debatir sobre sus orígenes sin mencionar a Dios o a los putos extraterrestres?».

Langdon siguió examinando el contenido de la lista, hasta llegar a un enlace aparentemente inocuo de CNN Live titulado: «¿Qué descubrió Kirsch?».

Lo abrió y orientó la pantalla del teléfono hacia Ambra, para que ella también pudiera ver el video. Subió el volumen en cuanto empezó la reproducción y los dos se acercaron, casi mejilla contra mejilla, para oír el sonido por encima del estruendo de los rotores del helicóptero.

En la pantalla apareció una presentadora de noticias de la CNN que Langdon había visto en muchos programas en los últimos años.

—Hoy nos visita Griffin Bennett, astrobiólogo de la NASA —anunció la periodista—, que compartirá con nosotros algunas ideas sobre el misterioso descubrimiento de Edmond Kirsch. Bienvenido, doctor Bennett.

El invitado, un hombre con barba y lentes de montura metálica, asintió con expresión sombría.

—Gracias —dijo—. En primer lugar, permítame decirle que conocía a Edmond personalmente. Sentía un respeto enorme por su inteligencia, su creatividad y su compromiso con el progreso y la innovación. Su asesinato ha sido un golpe tremendo para la ciencia, y espero que este crimen cobarde sirva para fortalecer y unir aún más a la comunidad intelectual contra la amenaza del fanatismo, del pensamiento supersticioso y de aquellos que recurren a la violencia, en lugar de a los hechos demostrados, para defender sus ideas. Confío en que sean ciertos los rumores de que ahora mismo hay personas trabajando con ahínco para sacar a la luz el descubrimiento de Edmond.

Langdon miró a Ambra.

—Creo que se refiere a nosotros.

Ella asintió.

—Somos muchos los que esperamos que así sea, doctor Bennett —dijo la presentadora—. Pero ¿sería tan amable de adelantarnos cuál cree usted que podría ser el contenido del descubrimiento de Edmond Kirsch?

—Como científico espacial —prosiguió Bennett—, me parece necesario empezar mi intervención de esta noche con un pequeño preámbulo, que estoy seguro de que Edmond agradecería.

—El hombre se volvió, para mirar directamente a la cámara—. Si buscamos información sobre la vida extraterrestre —empezó—, encontraremos un revoltijo de pseudociencia, teorías de la conspiración y pura fantasía. Quiero dejar muy claro lo que pienso: los círculos en las cosechas son un fraude. Los videos que muestran autopsias de alienígenas están trucados. Los extraterrestres nunca han mutilado a una vaca. El platillo volador que se estrelló en Roswell era en realidad un globo meteorológico del proyecto Mogul, del gobierno de Estados Unidos. Las grandes pirámides fueron construidas por los egipcios sin tecnología extraterrestre. Y lo más importante: todas y cada una de las historias de abducción alienígena que corren por ahí son mentiras y nada más que mentiras.

—¿Cómo puede estar tan seguro, doctor Bennett?

—Simple lógica —respondió el científico, volviéndose para mirar a la presentadora con cierta irritación—. Cualquier forma de vida lo bastante avanzada para viajar muchos años luz a través del espacio interestelar no tendría ningún interés en hacerle un tacto rectal a un granjero de Kansas. Ni tampoco necesitaría adoptar una apariencia reptiloide para infiltrarse en los gobiernos y dominar el mundo. Una civilización con la tecnología necesaria para hacer todo el viaje hasta aquí no precisaría ningún tipo de subterfugio ni de sutileza para dominarnos en un santiamén.

—¡No nos asuste! —dijo la presentadora con una risa incómoda—. Pero, cuénteme, ¿qué relación tiene lo que acaba de explicarnos con sus teorías acerca del descubrimiento de Kirsch?

El hombre dejó escapar un suspiro.

—Tengo la firme convicción de que Kirsch estaba a punto de revelarnos la prueba definitiva de que la vida en la Tierra se originó en el espacio.

La reacción inmediata de Langdon fue de escepticismo, porque conocía la opinión de Kirsch sobre la vida extraterrestre en nuestro planeta.

—¡Fascinante! —comentó la presentadora—. ¿Cuáles son sus argumentos?

—El origen espacial de la vida es la única explicación racional. Tenemos pruebas irrefutables de que es posible el intercambio de materia entre planetas. Hemos hallado fragmentos de Marte y de Venus en la Tierra, así como cientos de muestras de origen desconocido que parecen confirmar la idea de que la vida llegó en rocas procedentes del espacio, en forma de microbios que con el tiempo evolucionaron y dieron pie a toda la vida en nuestro planeta.

La presentadora asintió con interés.

—Pero esa teoría... la de los microbios procedentes del espacio... ¿no se conoce desde hace décadas y nadie ha podido demostrar su autenticidad? ¿Por qué piensa que un genio de las nuevas tecnologías como Edmond Kirsch habría podido confirmar una teoría como ésa, que pertenece más al campo de la astrobiología que al de la informática?

—Es una deducción lógica —dijo Bennett—. Muchos astrónomos de primera fila llevan avisándonos desde hace décadas de que la única esperanza de supervivencia a largo plazo de la humanidad es abandonar el planeta. La Tierra ya ha alcanzado la mitad de su ciclo vital y, con el tiempo, el sol se expandirá convertido en un gigante rojo y nos consumirá, aunque sólo lo veremos si sobrevivimos a otras amenazas más inminentes, como el impacto de un asteroide gigante o una explosión masiva de rayos gamma. Por eso, ya estamos proyectando estaciones en Marte como primer paso para abandonar algún día el sistema solar, en busca de un nuevo planeta que nos acoja. Evidentemente, se trata de una empresa titánica, y si encontráramos una manera más sencilla de garantizar nuestra supervivencia, la adoptaríamos de inmediato.

El científico hizo una breve pausa.

—De hecho, es posible que exista una manera más sencilla —prosiguió—. ¿Qué pasaría si fuéramos capaces de almacenar de algún modo el genoma humano en cápsulas diminutas para luego enviarlas al espacio por millones, con la esperanza de que alguna arraigase y diseminase la vida humana en un planeta distante? Esa tecnología no existe todavía, pero la consideramos una opción viable para la supervivencia humana. Y si nosotros estamos contemplando la idea de «sembrar vida», es lógico pensar que unos seres más avanzados también la hayan considerado.

Langdon empezaba a sospechar adónde quería llegar el doctor Bennett con su teoría.

—Teniendo todo esto en cuenta —prosiguió el científico—, me inclino a pensar que Edmond Kirsch debió de encontrar algún tipo de huella... física, química o digital, no lo sé..., una prueba incuestionable de que la vida en la Tierra fue sembrada desde el espacio. Debo mencionar que Edmond y yo tuvimos una acalorada discusión al respecto hace unos años. A él nunca le había gustado la idea de los microbios procedentes del espacio, porque al igual que otros muchos investigadores estaba convencido de que el material genético no habría sobrevivido a las mortíferas condiciones de radiación y temperatura del largo viaje hasta la Tierra. Personalmente, creo que sería del todo factible proteger esas «semillas vitales» en pequeñas cápsulas a prueba de radiación y lanzarlas al espacio con la intención de poblar el cosmos, en una especie de panspermia tecnológicamente asistida.

—Comprendo —dijo la presentadora con cierta inquietud—. Pero si alguien ha hallado pruebas de que los humanos procedemos de una semilla sembrada desde el espacio, eso significa que no estamos solos en el universo. —Guardó silencio un momento—. Y algo más increíble todavía...

—¿Sí? —preguntó Bennett, sonriendo por primera vez.

—Significa que los seres que han enviado esas cápsulas tienen que ser... como nosotros... ¡humanos!

—Sí, ésa también fue mi primera conclusión. —El científico hizo una pausa—. Pero Edmond me corrigió. Me hizo ver la falacia de mi razonamiento.

La afirmación de Bennett sorprendió a la presentadora.

—Entonces ¿el señor Kirsch creía que los seres que enviaron las semillas no eran humanos? ¿Cómo es posible? ¿No acaba de afirmar que esas semillas serían algo así como una «receta» para la propagación de la especie humana?

—Los humanos estamos «sin acabar de cocinar», por utilizar la expresión de Edmond —respondió el científico.

—¿Perdón?

—Edmond decía que en caso de que la teoría de las semillas fuera cierta, la receta enviada a la Tierra aún tendría que acabar de cocinarse. En su opinión, los humanos no seríamos el «producto acabado», sino una especie transicional, en evolución hacia otra cosa... diferente..., de otro mundo.

La periodista de la CNN pareció desconcertada.

—Edmond me hizo ver que una forma de vida avanzada jamás habría enviado una receta para producir humanos, del mismo modo que jamás se habría preocupado por producir chimpancés.

—Bennett rio entre dientes—. De hecho, él me acusaba en broma de ser un cristiano que aún no había salido del clóset, porque sólo un cristiano habría podido considerar a los humanos el centro del universo, o pensar que los extraterrestres nos enviarían por correo el genoma completo de Adán y Eva.

—Bueno, doctor —dijo la presentadora, claramente incómoda con la dirección que estaba tomando la entrevista—, ha sido muy ilustrativo hablar con usted. Gracias por su visita.

El video terminó y Ambra se volvió de inmediato hacia Langdon.

—Robert, si Edmond ha descubierto la prueba que demuestra que los humanos somos una especie extraterrestre que aún no ha terminado de evolucionar, la pregunta que se nos plantea es todavía más inquietante: ¿hacia qué forma de vida estamos evolucionando?

—Así es —convino Langdon—. Y creo que Edmond expresó

esa inquietud de una manera ligeramente distinta, en forma de pregunta: «¿Adónde vamos?».

Ambra pareció sorprendida de haber vuelto al punto de partida.

—¡La segunda pregunta de Edmond en la presentación de esta noche!

—Exacto. «¿De dónde venimos?» «¿Adónde vamos?» Por lo visto, el científico de la NASA que acabamos de ver cree que Edmond levantó la vista al cielo y encontró la respuesta a esas dos cuestiones.

—¿Y qué crees tú, Robert? ¿Es ése el descubrimiento de Edmond?

Langdon sintió que la duda le arrugaba el entrecejo, mientras sopesaba las posibilidades. La teoría del astrobiólogo era fascinante, pero le parecía demasiado general y etérea para el agudo pensamiento de Edmond Kirsch. «A Edmond le gustaban las cosas simples, limpias y muy técnicas. Era un experto en tecnologías de la información.» Además, y por encima de todo, era difícil imaginar qué pruebas habría podido encontrar Edmond para demostrar esa teoría. «¿Una antiquísima cápsula de ADN? ¿Transmisiones de los alienígenas?» Cualquiera de esos hallazgos habría supuesto un avance instantáneo, pero el descubrimiento de Edmond le había llevado tiempo.

«Edmond dijo que llevaba meses trabajando en su investigación.»

—Obviamente, no lo sé —le respondió a Ambra—. Pero la intuición me dice que el descubrimiento de Edmond no tiene nada que ver con la vida extraterrestre. Estoy convencido de que descubrió algo del todo diferente.

Ambra pareció sorprendida primero y después intrigada.

—Supongo que sólo hay una manera de averiguarlo.

Señaló con un gesto la ventanilla.

Las resplandecientes torres de la Sagrada Familia brillaban ante ellos.

64

El obispo Valdespino echó un vistazo rápido al príncipe Julián, que seguía mirando inexpresivamente por la ventanilla del Opel sedán, mientras el vehículo circulaba a gran velocidad por la M-505.

«¿En qué estará pensando?», se preguntó el obispo.

El príncipe llevaba más de media hora en silencio y casi no se movía, excepto para buscar de vez en cuando el teléfono en el bolsillo, llevado por un impulso inconsciente, sólo para recordar en cada ocasión que se lo había dejado en la caja de seguridad.

«Tengo que mantenerlo en la ignorancia —pensó Valdespino—, por muy poco tiempo más.»

En el asiento delantero, el acólito de la catedral seguía conduciendo en dirección a la Casita del Príncipe, aunque el obispo pronto tendría que decirle que en realidad no era ése su destino.

De repente, Julián se volvió y llamó la atención del acólito con unos golpecitos en el hombro.

—Enciende la radio, por favor. Quiero oír las noticias.

Antes de que el joven conductor pudiera obedecer, Valdespino se inclinó hacia adelante y le apoyó una mano sobre el hombro con firmeza.

—Así estamos bien, en silencio.

El príncipe, claramente disgustado por el desafío a su autoridad, se volvió hacia el obispo.

—Lo siento —dijo de inmediato Valdespino, notando una irritación creciente en los ojos del príncipe—. Es tarde. Toda esa chá-chara... Prefiero reflexionar en silencio.

—Yo también he estado reflexionando —dijo secamente Julián— y me gustaría saber qué está pasando en mi país. Esta noche nos hemos aislado por completo y empiezo a pensar que quizá no haya sido una buena decisión.

—La decisión ha sido buena —le aseguró el obispo—, y le agradezco que haya confiado en mí, Alteza. —Retiró la mano del hombro del acólito y señaló el radio—. Enciéndela, por favor. Pon las noticias de Radio María España.

Valdespino esperaba que la emisora católica que emitía a todo el mundo tratara con más suavidad y tacto que la mayoría de las otras radios los inquietantes sucesos de la noche.

Cuando los altavoces baratos del coche empezaron a difundir la voz del locutor, quedó claro enseguida que el tema tratado era la presentación y el asesinato de Edmond Kirsch. «Esta noche, todas las emisoras del mundo están hablando de lo mismo.» Valdespino sólo esperaba que no apareciera su nombre mezclado con el relato de los sucesos.

Por suerte, el programa radiofónico parecía estar centrado en el peligro del mensaje antirreligioso difundido por Kirsch y, en particular, en la amenaza que suponía su influencia sobre la juventud española. A modo de ejemplo, la radio estaba emitiendo una de sus conferencias, impartida recientemente en la Universidad de Barcelona.

—Muchos nos resistimos a definirnos como «ateos» —decía Kirsch en tono sereno ante los estudiantes—. Y sin embargo, el ateísmo no es una filosofía, ni una visión del mundo, sino un simple reconocimiento de lo obvio.

Se oyeron aplausos dispersos entre los estudiantes.

—El término «ateo» —prosiguió Kirsch— ni siquiera debería existir. Nadie necesita definirse como un «no astrólogo» o un «no alquimista». No tenemos una palabra para designar a los que dudan de que Elvis haya muerto, o a los que no pueden creer que los extraterrestres atraviesen toda la galaxia para venir a molestar al ganado. El ateísmo no es más que la reacción de las personas razonables ante unas creencias religiosas sin fundamento.

Esta vez hubo más aplausos.

—La definición no es mía, por cierto —aclaró Kirsch—. La frase es del experto en neurociencia Sam Harris. Y si todavía no lo habéis hecho, os recomiendo que leáis su libro *Carta a una nación cristiana*.

Valdespino frunció el ceño, recordando la polvareda que había suscitado ese libro, que si bien había sido escrito para el público de Estados Unidos, había tenido gran repercusión en toda España.

—A ver —continuó Kirsch—, que levanten la mano todos los que crean en alguno de los siguientes dioses de la Antigüedad: ¿Apolo? ¿Zeus? ¿Vulcano? —Hizo una pausa y soltó una carcajada—. ¿Nadie? ¿No hay ni un solo creyente entre todos vosotros? Muy bien, entonces todos somos ateos respecto a esos dioses. —Guardó silencio un momento—. Pues yo sencillamente soy ateo respecto a un dios más.

El público aplaudió con más entusiasmo aún.

—Amigos míos, no estoy afirmando que sepa con seguridad que Dios no existe. Sólo digo que si de verdad hay una fuerza divina detrás del universo, ahora mismo se estará partiendo de risa al ver las religiones que hemos creado para tratar de definirla.

Se oyeron carcajadas.

Valdespino se alegraba de que el príncipe hubiera querido escuchar la radio. «Julián necesita oír estas cosas.» El atractivo de Kirsch, carismático y diabólico, era la prueba de que los enemigos de Jesucristo ya no se limitaban a aguardar su oportunidad sin hacer nada, sino que habían pasado a la acción para tratar de apartar a las almas del recto camino hacia Dios.

—Soy estadounidense —prosiguió Kirsch— y considero una suerte haber nacido en uno de los países tecnológicamente más avanzados e intelectualmente más progresistas del mundo; pero me inquietan algunas cosas, como por ejemplo una encuesta publicada hace poco, según la cual la mitad de mis compatriotas creen que la historia de Adán y Eva es cierta. Creen que un Dios todopoderoso creó a dos seres humanos plenamente formados, que por sí solos poblaron todo el planeta y engendraron a todas las razas, sin ninguno de los problemas inherentes a la consanguinidad.

Más risas.

—En Kentucky —prosiguió—, el pastor Peter LaRuffa declaró públicamente: «Si algún pasaje de la Biblia dijera "Dos más dos son cinco", yo lo creería y lo aceptaría como una verdad incuestionable».

Todavía más risas.

—Sí, es fácil reírse, pero os aseguro que esas creencias son más alarmantes que graciosas. Muchas de las personas que las adoptan son profesionales brillantes, con una formación excelente: médicos, abogados, profesores y, en algunos casos, políticos que aspiran a ocupar los puestos más importantes del país. En una ocasión, oí decir a Paul Broun, miembro del Congreso de Estados Unidos: «La evolución y el *big bang* son patrañas salidas de las profundidades del infierno. Yo creo que la Tierra tiene alrededor de nueve mil años y fue creada en seis días naturales». —Kirsch hizo una pausa—. Lo más inquietante de todo es que Paul Broun forma parte del comité de Ciencia, Espacio y Tecnología del Congreso, y que cuando le preguntaron sobre la existencia de unos fósiles de millones de años de antigüedad, su respuesta fue: «Dios nos ha dado los fósiles para poner a prueba nuestra fe».

De repente, la voz de Kirsch se volvió más seria y sombría.

—Tolerar la ignorancia es darle alas. Mirar para otro lado mientras nuestros gobernantes proclaman ideas absurdas es un delito de negligencia, como también lo es permitir que nuestras escuelas e iglesias enseñen a los niños falsedades manifiestas. Ha llegado el momento de pasar a la acción. Solamente cuando liberemos a nuestra especie del pensamiento supersticioso podremos disfrutar de todas las potencialidades de nuestra mente. —Guardó silencio un momento. No se oía volar una mosca—. Soy un enamorado de la humanidad. Creo que nuestra mente y nuestra especie tienen posibilidades ilimitadas. Creo que nos encontramos a las puertas de un nuevo siglo de las luces, una era en que la religión por fin morirá... y reinará la ciencia.

El público estalló en una ovación entusiasta.

—¡Por lo más sagrado! —murmuró Valdespino, moviendo la cabeza con disgusto—. Apaga eso.

El acólito obedeció y el coche siguió adelante, con los tres hombres sumidos en el silencio.

A cincuenta kilómetros de distancia, Mónica Martín tenía enfrente a un agitado Suresh Bhalla, que había bajado por la escalera como una exhalación y le había entregado un celular.

—Es una larga historia —boqueó Suresh—, pero tienes que leer el mensaje que recibió monseñor Valdespino.

—¿Qué? —Mónica estuvo a punto de dejar caer el teléfono—. ¿Éste es el celular del obispo? ¿Cómo demonios has...?

—No preguntes. Sólo lee.

Alarmada, la coordinadora de relaciones públicas bajó los ojos a la pantalla del teléfono y empezó a leer el mensaje. Al cabo de unos segundos, había palidecido.

—¡Dios mío! El obispo Valdespino es...

—Peligroso —dijo Suresh.

—Pero... ¡eso es imposible! ¿Quién le envió este mensaje?

—Un número oculto —respondió el informático—. Estoy trabajando para identificarlo.

—¿Y por qué no borró Valdespino un mensaje como éste?

—No lo sé —contestó Suresh sin más—. ¿Por descuido? ¿Por

arrogancia? Intentaré recuperar los mensajes borrados y ver si puedo identificar al interlocutor, pero antes quería enseñarte esta información sobre el obispo. Tendrás que hacer una declaración al respecto.

—¡No, ni pensarlo! —exclamó Mónica, sin salir todavía de su asombro—. ¡El Palacio jamás dará a conocer esta información!

—Pues hay alguien que lo hará muy pronto.

Suresh se apresuró a explicar que la razón por la que había registrado el teléfono de Valdespino había sido un mensaje de correo electrónico que había recibido de monte@iglesia.org, el informante que estaba filtrando noticias a ConspiracyNet. Añadió que si esa persona se mantenía fiel a su línea de acción, el mensaje del obispo no tardaría en hacerse público.

Mónica cerró los ojos e intentó visualizar la reacción del mundo ante la prueba irrefutable de que un obispo católico muy cercano al rey de España estaba directamente implicado en la conspiración y el asesinato que habían tenido lugar esa noche.

—Suresh —susurró, abriendo los ojos despacio—, necesito que averigües quién es ese Monte. ¿Podrás hacerlo?

—Puedo intentarlo —respondió él, sin demasiada convicción.

—Gracias. —La mujer le devolvió el teléfono del obispo y se encaminó con rapidez hacia la puerta—. ¡Y envíame una captura de pantalla de ese mensaje de texto!

—¿Adónde vas? —le preguntó Suresh.

Mónica Martín no respondió.

65

La basílica de la Sagrada Familia ocupa toda una manzana en el centro de Barcelona. Pese a sus colosales dimensiones, casi parece flotar ingrávida sobre el suelo, como un delicado conjunto de torres etéreas que ascienden sin esfuerzo hacia el cielo de la ciudad.

Complejas y porosas, las torres se yerguen a diversas alturas, lo que confiere al templo el aspecto de un caprichoso castillo de arena construido por un gigante travieso. Cuando el edificio esté terminado, el más alto de sus dieciocho pináculos alcanzará la vertiginosa altura de ciento setenta y dos metros —más que el monumento a Washington—, lo que convertirá a la Sagrada Familia en la iglesia más alta del mundo, treinta metros por encima de la basílica de San Pedro en el Vaticano.

Tres grandes fachadas protegen el cuerpo de la iglesia. Al este, como un jardín colgante, se levanta la gozosa fachada del Nacimiento, de la que parecen brotar plantas, animales, frutos y diferentes personajes, que en el proyecto original estaban policromados. En abierto contraste, al oeste, la fachada de la Pasión es un austero esqueleto de piedra, que evoca la forma de los huesos y tendones. La fachada de la Gloria, al sur, se eleva en intrincadas líneas hacia las alturas, en una caótica amalgama de demonios, ídolos, pecados y vicios, que finalmente ceden el paso a los símbolos más nobles de la Ascensión, la virtud y el paraíso.

Completan el perímetro innumerables fachadas, contrafuertes

y torres más pequeñas, revestidas muchas de ellas de un material que recuerda al barro, lo que crea la ilusión de que la mitad inferior del edificio se estuviera derritiendo, o bien acabara de emerger de las entrañas de la Tierra. Según un destacado crítico, la mitad inferior de la Sagrada Familia parece «un tronco de árbol podrido, del que hubiera brotado una intrincada familia de setas».

Además de ornamentar la iglesia con la iconografía religiosa tradicional, Gaudí incluyó un sinnúmero de elementos sorprendentes que reflejaban su admiración por la naturaleza: tortugas que sostienen columnas, árboles que surgen de las fachadas e incluso ranas gigantescas y caracoles de piedra que suben por las paredes del edificio.

Por muy extravagante que sea el exterior, la verdadera sorpresa de la Sagrada Familia aguarda en su interior. Una vez dentro del templo, los visitantes se quedan boquiabiertos ante las arborescentes columnas helicoidales de sesenta metros de altura, que acaban en una serie de sutiles bóvedas, donde psicodélicos mosaicos de formas geométricas planean sobre el recinto como un dosel cristalino tendido sobre las ramas de los árboles. La creación de un «bosque de columnas», según Gaudí, tenía por objeto recuperar la disposición mental de los primeros buscadores espirituales, para quienes el bosque era la catedral de Dios.

No es de extrañar, por lo tanto, que la colosal obra modernista de Gaudí suscite elogios apasionados y críticas encarnizadas. Mientras que algunas voces la califican de «sensual, espiritual y orgánica», otros la tildan de «vulgar, pretenciosa y profana». El escritor James Michener la describió como «uno de los edificios serios más extraños del mundo» y la revista *Architectural Review* la llamó «el monstruo sagrado de Gaudí».

Si su estética es extraña, su financiación lo es más aún. Dependiente por entero de las donaciones privadas, la Sagrada Familia no recibe subvenciones del Vaticano ni de ninguna otra entidad católica del mundo. Pese a las interrupciones que han sufrido las obras a lo largo de los años por falta de fondos, el templo hace gala de una voluntad de supervivencia casi darwiniana, pues ha resistido tenazmente la muerte de su arquitecto, una sangrienta guerra civil, un incendio provocado por anarquistas e incluso las obras de un túnel ferroviario subterráneo que amenazó con desestabilizar el suelo que la sustenta.

Pese a todo, la Sagrada Familia se mantiene en pie y sigue creciendo.

A lo largo de la última década, el patrimonio de la fundación del templo se ha incrementado notablemente y sus arcas se han llenado gracias al complemento que supone la venta de entradas a sus más de cuatro millones de visitantes anuales, dispuestos a pagar de buena gana un recorrido por sus estructuras todavía sin terminar. Tras el anuncio de que la inauguración se ha fijado en 2026 —año del centenario de la muerte de Gaudí—, las obras parecen haber cobrado un nuevo impulso y las torres ascienden al cielo con renovada urgencia y esperanza.

El padre Joaquim Beña —rector y párroco de la Sagrada Familia— era un jovial octogenario de lentes redondos, cara también redonda y sonriente, y físico menudo enfundado en una sotana. El sueño de su vida era vivir lo suficiente para ver terminado ese templo glorioso.

Pero aquella noche, en su despacho, el padre Beña no sonreía. Había acabado tarde de atender los asuntos de la iglesia y no había podido apartarse de la pantalla de la computadora, electrizado por el inquietante drama que se estaba desarrollando en Bilbao.

«Han asesinado a Edmond Kirsch.»

En los últimos tres meses, Beña había trabado una delicada e improbable amistad con Kirsch. El propagandista del ateísmo lo había sorprendido al ponerse en contacto con él para ofrecerle un donativo colosal. Se trataba de un importe sin precedentes, que tendría repercusiones muy positivas.

«La oferta de Kirsch no tiene sentido —había pensado Beña

desconfiado—. ¿Será un truco publicitario? ¿Pretenderá influir en el curso de las obras?»

Para ofrecer su donativo, el prestigioso futurólogo ponía sólo una condición.

Beña había dudado primero, pero al final había decidido escuchar cuál era.

«¿Eso es todo?»

—Es un asunto personal —le había respondido Kirsch—. Espero que estén ustedes dispuestos a satisfacer mi demanda.

Beña era un hombre confiado por naturaleza, pero por un momento tuvo la sensación de estar tratando con el demonio. Se sorprendió buscando en los ojos de Kirsch algún motivo oculto. Y entonces lo encontró. Detrás del despreocupado encanto del científico ardía una triste desesperación. Sus ojos hundidos y su extrema delgadez le recordaron al sacerdote su época de seminarista, cuando acudía al hospital para acompañar a los moribundos.

«Edmond Kirsch está enfermo.»

Si se encontraba en una fase terminal, era posible que su donativo fuera un intento desesperado de hacer las paces con Dios, al que siempre había despreciado.

«Los más arrogantes en vida son los más temerosos cuando se aproxima la muerte.»

Beña pensó en el primer evangelista cristiano, san Juan, que había consagrado su vida a llevar la gloria de Jesucristo a los incrédulos. A su entender, si un escéptico como Kirsch quería participar en la construcción de un santuario para venerar al Señor, negarle esa posibilidad habría sido tan cruel como poco cristiano.

Además, Beña tenía la obligación profesional de contribuir a la recaudación de fondos para las obras del templo, y no quería imaginar la cara que habrían puesto sus colegas si les hubiera informado de que había rechazado el gigantesco donativo de Kirsch por sus antecedentes como defensor acérrimo del ateísmo.

Finalmente, el sacerdote aceptó las condiciones del científico y los dos hombres cerraron el trato con un cordial apretón de manos.

Aquello había sido tres meses atrás.

Esa noche, Beña había seguido la presentación de Kirsch en el Guggenheim, primero con incomodidad por el tono antirreligioso de su discurso; después con curiosidad por sus referencias a un misterioso descubrimiento, y finalmente con horror, al verlo abatido por un disparo. A partir de entonces, el sacerdote no había podido separarse de la computadora, absorto en lo que no tardó en convertirse en un vertiginoso caleidoscopio de teorías conspirativas.

Abrumado, echó a andar en silencio por el cavernoso santuario, a solas en el bosque de columnas de Gaudí. Pero la mística arboleda no consiguió aquietar la agitación de su mente.

«¿Qué descubrió Kirsch? ¿Quién deseaba su muerte?»

El padre Beña cerró los ojos y trató de aclararse las ideas, pero no dejaba de oír las mismas preguntas.

«¿De dónde venimos? ¿Adónde vamos?»

—¡Venimos de Dios! —proclamó en alto—. ¡Y vamos hacia Dios!

Mientras hablaba, sintió que las palabras le resonaban en el pecho con tanta fuerza que todo el templo empezó a vibrar. De pronto, un resplandeciente haz de luz atravesó las grandes vidrieras de la fachada de la Pasión e iluminó el interior de la basílica.

Sobrecogido, el padre Beña fue hacia la luz con paso vacilante. La iglesia entera temblaba, mientras el rayo celestial se derramaba por el interior del recinto a través de los cristales multicolores. Cuando el sacerdote salió al exterior por el portón central, se sintió engullido por un torbellino ensordecedor. Por encima de su cabeza, a la izquierda, un voluminoso helicóptero descendía del cielo y su potente foco barría la fachada del templo.

Beña contempló incrédulo el aterrizaje del aparato, que fue a posarse en el interior del perímetro marcado por las vallas de las obras, en la esquina noroccidental del recinto, y apagó el motor.

Mientras el viento y el ruido se aquietaban, el padre observaba desde uno de los portones de la Sagrada Familia los movimientos de cuatro figuras que salieron del helicóptero y echaron a correr en su dirección. De inmediato reconoció a las dos personas que iban delante, por haberlas visto en la transmisión de esa noche. Una de ellas era la futura reina consorte y la otra, el profesor Robert Langdon. Los seguían dos hombres robustos, con insignias de aspecto oficial en los sacos.

A primera vista, no parecía que Langdon hubiera secuestrado a Ambra Vidal. A medida que el profesor estadounidense se acercaba, se acentuaba la impresión de que la prometida del príncipe lo acompañaba por su propia voluntad.

—¡Buenas noches, padre! —lo saludó ella, agitando amigablemente la mano—. Le ruego que disculpe la ruidosa invasión que hemos hecho de este espacio sagrado, pero tenemos que hablar con usted cuanto antes. Es muy importante.

Beña abrió la boca para contestar, pero sólo consiguió asentir en silencio ante el avance de la inesperada comitiva.

—Lo sentimos mucho —intervino Robert Langdon, con una sonrisa irresistible—. Comprendemos que todo esto debe de parecerle muy extraño. ¿Sabe quiénes somos?

—Por supuesto —acertó a responder el sacerdote—, aunque creía...

—Le han informado mal —lo interrumpió Ambra—. Le aseguro que no hay ningún problema.

En ese momento, dos guardias de seguridad que custodiaban el edificio por fuera de las vallas atravesaron a toda velocidad los tornos de la entrada, justificadamente alarmados por la llegada del helicóptero. Al ver a Beña, corrieron hacia él.

Al instante, los dos hombres con insignias en los sacos se volvieron en redondo y les hicieron frente, extendiendo las palmas en el signo universal de «¡Alto!».

Los guardias se detuvieron en seco, desconcertados, y miraron a Beña a la espera de órdenes.

—*Tranquils! No passa res!* —gritó Beña en catalán—. *Tornin als seus llocs!* —«¡Tranquilos! ¡No pasa nada! ¡Regresen a sus puestos!»

Con expresión de perplejidad, los guardias se quedaron mirando al pequeño grupo que se había reunido delante del portón.

—*Són els meus convidats* —dijo Beña con más firmeza—. *Confio en la seva discreció.* —«Son mis invitados. Confío en su discreción.»

Los guardias, atónitos, volvieron a cruzar los tornos de seguridad para reanudar su recorrido por el perímetro del recinto.

—Gracias —dijo Ambra—. Valoramos mucho su gesto.

—Soy el padre Joaquim Beña —informó el sacerdote—. Explíquenme qué significa todo esto.

Robert Langdon dio un paso al frente y le estrechó la mano al párroco.

—Padre Beña, estamos buscando un libro antiguo que perteneció al científico Edmond Kirsch.

Sacó del bolsillo una tarjeta impresa en relieve y se la tendió al sacerdote.

—Según esta ficha, el libro fue cedido en préstamo a esta iglesia.

Aunque alterado todavía por la espectacular irrupción de los recién llegados, Beña reconoció al instante la tarjeta de color marfil. Una copia exacta de esa ficha acompañaba al libro que le había entregado Kirsch unas semanas atrás.

Las obras completas de William Blake.

La condición impuesta por Edmond para hacer efectivo su ingente donativo a la Sagrada Familia había sido que el libro de Blake quedara expuesto en la cripta de la basílica.

«Una condición extraña, que sin embargo parecía un precio muy bajo a cambio de tanta generosidad.»

Otro requisito de Kirsch —recogido en el dorso de la tarjeta de color marfil— era que el libro debía estar siempre abierto por la página ciento sesenta y tres.

66

Ocho kilómetros al noroeste de la Sagrada Familia, el almirante Ávila contempló a través del parabrisas del Uber la vasta extensión de luces urbanas, que resplandecían sobre la negrura del mar Mediterráneo al fondo.

«¡Por fin Barcelona!», pensó el viejo oficial de la Armada, mientras sacaba el teléfono para llamar al Regente, tal y como había prometido.

El Regente contestó al primer tono.

—¡Almirante Ávila! ¿Dónde está?

—A pocos minutos de la ciudad.

—Llega justo a tiempo. Acabo de recibir noticias inquietantes.

—Dígame.

—Le ha cortado la cabeza a la serpiente, pero la larga cola se sigue agitando peligrosamente, como nos temíamos.

—¿Qué puedo hacer? —preguntó Ávila.

Cuando el Regente le reveló sus intenciones, el almirante se sorprendió. No había imaginado que fuera a haber más muertes esa noche, pero no pensaba contradecir a su superior. «No soy más que un soldado raso en esta causa», recordó.

—La misión será peligrosa —le dijo la voz—. Si lo atrapan, enseñe a las autoridades el símbolo que lleva tatuado en la palma de la mano. Lo soltarán enseguida. Tenemos influencia en todas partes.

—No pienso dejarme atrapar —respondió Ávila, mirándose el tatuaje.

—Bien —contestó el Regente en un tono casi exánime—. Si las cosas salen según lo planeado, pronto estarán muertos los dos y todo habrá terminado.

Se interrumpió la comunicación.

En el repentino silencio, Ávila levantó la vista hacia el punto más brillante del horizonte: un horrendo conjunto de torres deformes, que destacaban por su iluminación resplandeciente.

«La Sagrada Familia —pensó, repugnado por sus formas caprichosas—: un monumento a todos los errores de nuestra religión.»

En opinión de Ávila, el aplaudido templo de Barcelona era un canto a la debilidad y al colapso moral, una rendición a las corrientes liberales del catolicismo, una distorsión de miles de años de devoción, que presentaba la fe como un retorcido híbrido de culto a la naturaleza, a la pseudociencia y a las herejías gnósticas.

«¡Hay lagartos gigantes subiendo por las paredes de la casa de Cristo!»

El abandono de las tradiciones aterrorizaba a Ávila, pero lo llenaba de esperanza la aparición de un nuevo grupo de líderes de todas partes del mundo que compartían sus temores y estaban haciendo lo posible para recuperarlas o conservarlas. La devoción por la Iglesia palmariana, y en particular por el papa Gregorio XIV, le había dado una nueva razón para vivir y lo había ayudado a contemplar su tragedia a través de una óptica completamente diferente.

«Mi mujer y mi hijo fueron víctimas de una guerra —pensó Ávila—, del combate de las fuerzas del mal contra Dios y la tradición. El perdón no es la única vía para alcanzar la salvación.»

Cinco noches antes, mientras dormía en su modesto departamento, Ávila se había despertado con el sonido que indicaba la recepción de un mensaje en su teléfono.

—¡Es tardísimo! —protestó, mirando la pantalla con ojos soñolientos y preguntándose quién le habría enviado un mensaje a esas horas de la noche.

Número oculto

Se frotó los ojos y leyó el mensaje entrante:

Compruebe su saldo bancario

«¿Por qué?», pensó.

Frunció el ceño, sospechando que se trataba de algún tipo de estafa telefónica. Irritado, se levantó de la cama y se dirigió a la cocina para beber un poco de agua. Desde la pila, echó un vistazo a su *laptop*, consciente de que probablemente no volvería a dormirse mientras no comprobara el saldo.

Entró en la web de su banco, convencido de que vería su reducido saldo habitual: los exiguos restos de su pensión militar. Sin embargo, cuando apareció la información de su cuenta, se puso de pie con tal brusquedad que volcó la silla en la que estaba sentado.

«¡No puede ser!»

Cerró los ojos y volvió a mirar. A continuación, recargó la página.

La cantidad no cambió.

Movió el *mouse* para repasar los últimos movimientos y quedó estupefacto al ver que unas horas antes había recibido una transferencia anónima de cien mil euros. El emisor había ordenado el pago desde una cuenta numerada, imposible de localizar.

«¿Quién puede haberla hecho?»

El zumbido insistente del celular le aceleró el corazón. Quiso saber quién lo llamaba.

Número oculto

Se quedó mirando el teléfono y, finalmente, contestó.

—¿Sí?

La voz no tenía ningún acento reconocible.

—Buenas noches, almirante. Supongo que habrá visto el regalo que le he enviado.

—Sí, sí, lo... lo he visto —tartamudeó Ávila—. ¿Quién es usted?

—Puede llamarme Regente —contestó la voz—. Represento a sus hermanos, los miembros de la Iglesia que con tanta devoción ha frecuentado los dos últimos años. Su talento y su lealtad no nos han pasado inadvertidos, almirante. Ahora nos gustaría ofrecerle la oportunidad de servir a un fin más elevado. Su Santidad lo ha propuesto para una serie de misiones..., para una serie de tareas que le ha enviado Dios.

Ávila se había despertado del todo y sentía que le sudaban las palmas de las manos.

—El dinero que le hemos ingresado es un adelanto a cuenta de su primera misión —prosiguió la voz—. Si decide aceptarla, considérela una oportunidad para demostrar que merece ocupar uno de nuestros puestos más elevados. —Hizo una pausa—. Nuestra Iglesia se construye sobre la base de una poderosa jerarquía, invisible al mundo. Creemos que usted sería una gran adquisición para los peldaños más altos.

Aunque le agradaba la perspectiva de escalar posiciones, Ávila prefería actuar con cautela.

—¿Cuál es la misión? ¿Y qué pasará si decido no aceptarla?

—Nadie lo juzgará y podrá conservar el dinero que le hemos dado, a cambio de su discreción. ¿Le parece razonable el trato?

—Me parece muy generoso.

—Le tenemos aprecio y queremos ayudarlo. Sin embargo, debo advertirle que la misión del papa será difícil. —Hizo una pausa—. Puede que incluso requiera el uso de la violencia.

Ávila sintió que se le tensaban los músculos.

«¿Violencia?»

—Almirante, las fuerzas del mal son más poderosas cada día. Dios está en guerra y no hay guerra sin víctimas.

En un destello, Ávila revivió el horror de la bomba que había matado a su familia. Con un estremecimiento, intentó borrar de su mente el sombrío recuerdo.

—Lo siento, pero no sé si podré aceptar una misión que requiera violencia...

—El papa lo ha elegido personalmente, almirante —susurró la voz—. Su blanco en esta misión... es el hombre que asesinó a su familia.

67

Situada en la planta baja del Palacio Real de Madrid, la armería es una elegante sala abovedada, con altos muros de color granate, adornados con tapices que representan batallas famosas de la historia de España. Por todo su perímetro se extiende una colección invaluable de más de un centenar de armaduras, alternadas con diversos atavíos y «herramientas» de batalla de numerosos reyes del pasado. Siete maniquíes de tamaño natural de guerreros a caballo se yerguen en el centro del espacio, equipados para entrar en combate.

«¿Aquí es donde han decidido mantenerme arrestado?», se preguntó Garza, contemplando los instrumentos de guerra que lo rodeaban. Tenía que reconocer que la armería era una de las salas mejor protegidas del palacio, pero el comandante sospechaba que sus captores habían elegido esa noble estancia como calabozo con la esperanza de intimidarlo.

«En esta misma sala me contrataron.»

Casi veinte años atrás, Garza había cruzado las puertas de ese impresionante salón, donde lo habían entrevistado, examinado e interrogado, para finalmente ofrecerle el cargo de máximo responsable de la Guardia Real.

Ahora, sus propios agentes lo habían detenido. «¿Acusado de tramar un asesinato? ¿De incriminar injustamente al obispo?» La lógica de las acusaciones era tan retorcida que el comandante había renunciado a comprenderla.

Garza era el oficial de mayor graduación de la Guardia Real en el palacio, lo que significaba que sólo una persona había podido dar la orden de arrestarlo: el príncipe Julián.

«Valdespino lo ha puesto en mi contra», se dijo. El obispo siempre había sido un superviviente político y era obvio que esa noche la desesperación lo había impulsado a intentar un audaz golpe de efecto mediático, una maquinación arriesgada para desviar las sospechas y manchar al mismo tiempo la reputación de Garza. «¡Y ahora me han encerrado en la armería y no puedo defenderme!»

Si Julián y Valdespino actuaban de común acuerdo, entonces él no tenía nada que hacer. Estaba perdido. En ese momento, la única persona en el mundo con suficiente poder para ayudarlo era un anciano que vivía sus últimos días confinado en una cama, en su residencia privada del Palacio de la Zarzuela.

El rey.

«Sin embargo —reflexionó Garza—, él no hará nada por mí, si para ello tiene que contrariar a Valdespino y a su propio hijo.»

Desde donde estaba encerrado oía el griterío de la multitud en la calle, cada vez más fuerte, con una intensidad que hacía predecir un desenlace violento. Cuando distinguió lo que gritaba la gente, casi no pudo dar crédito a sus oídos.

—¡¿De dónde viene España?! —coreaban los manifestantes—. ¡¿Adónde va?!

Los congregados frente al Palacio Real habían aprovechado las inquietantes preguntas de Kirsch para cuestionar el futuro político de la monarquía española.

«¿De dónde venimos? ¿Adónde vamos?»

Las generaciones más jóvenes condenaban la opresión del pasado y no dejaban de exigir cambios más acelerados que permitieran al país «sumarse al grupo de los países civilizados» como una democracia plena después de abolir la monarquía. Francia, Alemania, Rusia, Austria, Polonia y una cincuentena de naciones más habían renunciado en el último siglo a esa forma de gobierno. Incluso en Inglaterra se elevaban voces que reclamaban un referéndum para poner fin a la monarquía tras la muerte de la última soberana.

Esa noche, por desgracia, el Palacio estaba sumido en la confusión, por lo que no era sorprendente volver a oír las viejas consignas.

«Justo lo que necesita el príncipe Julián —se dijo Garza—, cuando está a punto de acceder al trono.»

De pronto se abrió una puerta en el otro extremo de la armería y uno de los agentes de Garza asomó la cabeza.

—¡Quiero un abogado! —gritó el comandante.

—Y yo, una declaración suya ante la prensa —le respondió la voz de Mónica Martín, y acto seguido la coordinadora de relaciones públicas apareció detrás del guardia y entró en la sala—. Comandante Garza, ¿por qué decidió conspirar con los asesinos de Edmond Kirsch?

Garza se la quedó mirando sin salir de su asombro.

«¿Se ha vuelto loco el mundo?»

—¡Sabemos que incriminó deliberadamente al obispo Valdespino! —exclamó Martín, avanzando hacia él a grandes pasos—. ¡Y Palacio quiere publicar su confesión ahora mismo!

El comandante se había quedado sin habla.

En medio de la sala, Mónica Martín se volvió bruscamente y miró con severidad al guardia que seguía en la puerta.

—¡Una confesión en privado!

El guardia titubeó un momento, pero enseguida dio un paso atrás y cerró la puerta.

La coordinadora de relaciones públicas se volvió otra vez hacia Garza, para terminar de recorrer la larga sala.

—¡Quiero una confesión ya! —gritó, y su voz arrancó ecos del techo abovedado, mientras se plantaba ante el comandante.

—De mí no va a conseguirla —replicó Garza con firmeza—. No tengo nada que ver en esto. Sus acusaciones son todo mentiras.

Martín lanzó una mirada nerviosa hacia atrás, se acercó un poco más a Garza y le susurró al oído:

—Ya lo sé... Escúcheme, necesito que me preste atención...

68

Tendencia ⬆ 2,747 %

🌐 ConspiracyNet.com

NOTICIAS DE ÚLTIMA HORA

Sobre antipapas... palmas sangrantes... y párpados cosidos

Extrañas historias nos llegan del interior de la Iglesia palmariana.

Diversos foros cristianos de internet confirman que el almirante Luis Ávila es miembro activo de la Iglesia palmariana desde hace varios años.

Por ser una persona bastante conocida, se ha convertido en uno de los «famosos» que defienden esa Iglesia. De hecho, ha dicho en varias ocasiones que el papa palmariano le ha «salvado la vida», después de caer en una profunda depresión causada por la pérdida de su familia en un atentado terrorista anticristiano.

Como ConspiracyNet tiene por norma no apoyar ni condenar a ninguna institución religiosa, hemos reunido docenas de enlaces externos sobre la Iglesia palmariana, que puedes consultar aquí.

Nosotros informamos. Las conclusiones las sacan ustedes.

Os advertimos de que muchas de las afirmaciones que hay en

la red sobre los palmarianos son bastante chocantes, por lo que solicitamos su ayuda para separar los hechos reales de la ficción.

Los siguientes «hechos comprobados» nos han sido facilitados por nuestro informante estrella, monte@iglesia.org, cuya intachable hoja de servicios de esta noche nos hace pensar que son veraces, aunque también en este caso esperamos que vosotros, nuestros usuarios, colaboréis para confirmarlos o desmentirlos.

Los hechos

- El papa palmariano Clemente perdió ambos ojos a consecuencia de un accidente de tráfico en 1976 y siguió predicando durante una década con los párpados cosidos.
- Tenía llagas abiertas en las palmas de ambas manos, y le sangraban cada vez que tenía visiones.
- Varios papas palmarianos eran oficiales de las Fuerzas Armadas españolas y tenían firmes convicciones carlistas.
- Los miembros de la Iglesia palmariana tienen prohibido comunicarse con sus familias, y varios murieron en la sede de El Palmar de Troya por desnutrición o malos tratos.
- Los palmarianos tienen prohibido: 1) leer libros escritos por autores que no sean palmarianos; 2) asistir a bodas o entierros de familiares, a menos que también sean palmarianos; 3) ir a la alberca, a la playa, a combates de boxeo, a salas de baile o a cualquier lugar donde pueda verse un árbol de Navidad o una imagen de Santa Claus.
- Los palmarianos creen que el anticristo nació en el año 2000.
- Hay filiales de la Iglesia palmariana en Estados Unidos, Canadá, Alemania, Austria e Irlanda, y todas ellas intentan captar fieles.

69

Mientras caminaba al lado de Ambra y detrás del padre Beña, en dirección a las colosales puertas de bronce de la Sagrada Familia, Langdon se sorprendió, como siempre, ante los extravagantes detalles de la entrada principal de la iglesia.

«Es una pared de códigos», se dijo, al tiempo que contemplaba la tipografía en relieve que dominaba los monumentales paneles de metal bruñido. Más de ocho mil letras tridimensionales talladas en bronce sobresalían de la superficie y discurrían en líneas horizontales, creando un extenso campo de texto, prácticamente sin separación entre las palabras. Aunque Langdon sabía que eran pasajes en catalán de la Pasión de Jesucristo, por su aspecto le parecieron más cercanos a una clave de encriptación de la Agencia Nacional de Seguridad de Estados Unidos.

«No me extraña que este lugar no deje de inspirar teorías conspirativas.»

Su mirada siguió ascendiendo por la impresionante fachada de la Pasión, donde un fascinante conjunto de esculturas descarnadas y angulosas, obra del artista Josep Maria Subirachs, parecía contemplarlo desde lo alto, dominado por una imagen de la Crucifixión, con un Jesucristo dolorosamente demacrado y una cruz que se inclinaba hacia adelante de manera abrupta, creando el inquietante efecto de estar a punto de desplomarse sobre los visitantes.

A la izquierda de Langdon, otro sombrío grupo escultórico representaba el traicionero beso de Judas. A su lado, destacaba una curiosa cuadrícula de números tallada en la piedra: un «cuadrado mágico» matemático. Tiempo atrás, Edmond le había asegurado que la «constante mágica» de ese cuadrado —el número treinta y tres— era en realidad un homenaje oculto a la veneración que sentían los masones por el Gran Arquitecto, una deidad universal cuyos secretos, por lo visto, sólo se revelaban a aquellos que alcanzaban el trigésimo tercer grado de la masonería.

—Una explicación ingeniosa —le había contestado Langdon con una carcajada—, pero me parece más probable que el número se refiera a la edad de Jesús cuando lo crucificaron.

Más cerca de la entrada, el profesor se estremeció al ver la más macabra de las esculturas que adornaban la fachada: una estatua colosal de Jesucristo amarrado a una columna. Rápidamente desvió la mirada hacia la inscripción que había tallada sobre el portón: alfa y omega, dos letras griegas.

—El principio y el fin —susurró Ambra, que también estaba mirando las letras—. Muy de Edmond.

Langdon asintió, porque sabía a qué se refería su compañera:

«¿De dónde venimos? ¿Adónde vamos?».

El padre Beña abrió una pequeña puerta en el gran panel de letras de bronce, y todo el grupo penetró en el templo, incluidos los dos agentes de la Guardia Real. Cuando todos estuvieron dentro, el sacerdote cerró la puerta a su espalda.

Silencio.

Sombras.

Allí, en el extremo sureste del transepto, el padre les reveló una historia sorprendente. Les contó que Kirsch se había puesto en contacto con él y le había ofrecido un generoso donativo para la construcción de la Sagrada Familia, a cambio de que aceptara exponer en la cripta, cerca de la tumba de Gaudí, sus antiguos manuscritos ilustrados de Blake.

«En el corazón mismo de esta iglesia», pensó Langdon con creciente curiosidad.

—¿Le explicó Edmond por qué se lo pedía? —preguntó Ambra.

Beña hizo un gesto afirmativo.

—Me dijo que la pasión que siempre había sentido por el arte de Gaudí le venía de su difunta madre, que también había sido una gran admiradora de la obra de William Blake. Quería colocar el volumen de Blake cerca de la tumba de Gaudí, como un homenaje a la memoria de su madre. No vi ningún motivo para no complacerlo.

«Edmond nunca mencionó que a su madre le gustara Gaudí», se dijo Langdon desconcertado. Además, Paloma Kirsch había muerto en un convento, y parecía poco probable que una monja española fuera una gran admiradora de un poeta heterodoxo británico. La historia le resultó inverosímil.

—Por otro lado —prosiguió Beña—, tuve la impresión de que el señor Kirsch se encontraba en medio de una dolorosa crisis personal, tal vez relacionada con algún problema de salud.

—La inscripción en el dorso de esta tarjeta —intervino Langdon, enseñando la ficha de préstamo— dice que el libro de Blake tiene que quedar expuesto por una página en concreto: la ciento sesenta y tres.

—Exacto, así es.

Langdon sintió que se le aceleraba el pulso.

—¿Puede decirme qué poema hay en esa página?

Beña negó con la cabeza.

—Ninguno. En esa página no hay ningún poema.

—¿Perdón?

—Son las obras completas de Blake: sus escritos e ilustraciones. En la página ciento sesenta y tres hay un grabado.

Langdon intercambió con Ambra una mirada incómoda. «¡Necesitamos un verso de cuarenta y siete letras! ¡Una ilustración no nos sirve de nada!»

—Padre Beña —le dijo Ambra—, ¿podría llevarnos ahora mismo a ver el libro?

El sacerdote titubeó un instante, pero enseguida pareció comprender que no era conveniente negarle un favor a la futura reina de España.

—La cripta está por aquí —señaló, mientras los conducía por el transepto hacia el centro de la iglesia.

Los dos agentes de la Guardia los siguieron.

—Debo reconocer —dijo Beña— que al principio tuve dudas. No sabía si debía aceptar una donación de un propagandista del ateísmo, pero su deseo de exponer la ilustración preferida de su madre me pareció totalmente inofensiva, sobre todo teniendo en cuenta que era una imagen de Dios.

Langdon creyó haber oído mal.

—¿Ha dicho que Edmond le pidió que expusiera una imagen de Dios?

Beña asintió.

—Me pareció que estaba gravemente enfermo y que quizá esa exigencia fuera un intento de remediar toda una vida dándole la espalda al Señor. —Hizo una pausa, negando despacio con la cabeza—. Aunque después de ver su presentación de esta noche, reconozco que ya no sé qué pensar.

El profesor trató de imaginar cuál de las innumerables representaciones de la divinidad creadas por Blake habría elegido Edmond.

Mientras se dirigían a la nave principal, Langdon se sintió como si estuviera contemplando por primera vez el espacio que lo rodeaba. Pese a haber visitado la Sagrada Familia en numerosas ocasiones y en diversas fases de su construcción, siempre la había visto de día, cuando el intenso sol mediterráneo se derramaba a través de las vidrieras, creando estallidos deslumbrantes de color que atraían la vista hacia arriba, cada vez más a lo alto, en dirección a un dosel aparentemente ingrávido de ligeras bóvedas.

«Por la noche, este mundo adquiere más peso.»

Desvanecida la sensación de bosque bañado por el sol, la basílica se había transformado en una selva nocturna de oscuridad y sombras, una arboleda fantasmagórica de columnas estriadas que se proyectaban hacia un siniestro cielo vacío.

—Tengan cuidado, no vayan a tropezar —dijo el sacerdote—. Ahorramos en todo lo que podemos.

Iluminar una de esas enormes catedrales europeas costaba una pequeña fortuna y Langdon lo sabía, pero los escasos focos que había encendidos apenas permitían distinguir el camino.

«Es uno de los muchos desafíos de tener una planta de cinco mil seiscientos metros cuadrados.»

Cuando llegaron a la nave central y giraron a la izquierda, Langdon levantó la vista hacia la elevada plataforma ceremonial. El altar era una mesa minimalista ultramoderna, enmarcada por dos conjuntos de tubos de órgano relucientes. Cuatro metros y medio por encima del altar, destacaba el extraordinario baldaquino colgante de la iglesia, símbolo de reverencia y veneración, inspirado en los palios ceremoniales que se apoyaban sobre postes y que antiguamente proporcionaban sombra a los monarcas.

Los baldaquinos de la mayoría de las iglesias son hoy en día firmes estructuras de obra, pero en el caso de la Sagrada Familia se ha optado por la apariencia del paño, con un maravilloso dosel metálico en forma de parasol, que parece flotar mágicamente sobre el altar. Debajo de ese fantástico baldaquino, se ve la imagen de Jesús crucificado suspendido por cables, como si fuera un paracaidista.

«Jesucristo en paracaídas», había oído Langdon que lo llamaban algunos. No le sorprendía que aquella imagen se hubiera convertido en uno de los detalles más controvertidos de la iglesia.

Mientras Beña los conducía hacia unos espacios cada vez más oscuro, Langdon tenía que esforzarse cada vez más para ver el camino. Díaz sacó una linterna pequeña para iluminar el suelo de baldosas. Mientras se dirigían hacia la entrada de la cripta, el profesor percibió sobre sus cabezas la pálida silueta del interior de una torre, con una escalera que ascendía en espiral adosada a la pared interior.

«La famosa escalera de caracol de la Sagrada Familia», se dijo. Nunca se había atrevido a subirla.

De hecho, la vertiginosa espiral figuraba en la lista, publicada por *National Geographic* de «las veinte escaleras más peligrosas del mundo», donde ocupaba el tercer puesto, por detrás de la empinada escalinata del templo de Angkor Wat, en Camboya, y de la resbaladiza escalera del Pailón del Diablo, en Ecuador.

Langdon contempló los primeros peldaños, que ascendían en cerrado tirabuzón y desaparecían en la negrura.

—La entrada de la cripta está por allí —dijo Beña, indicando un espacio oscuro, a la izquierda del altar.

Mientras se acercaban, Langdon distinguió un tenue fulgor dorado que parecía emanar de una rendija del suelo.

«La cripta.»

El grupo llegó a lo alto de una bonita escalera que describía una curva mucho más amplia que la anterior.

—Caballeros —dijo Ambra a los guardias—, ustedes se quedan aquí. Volveremos dentro de unos minutos.

Fonseca pareció contrariado, pero no respondió nada.

Entonces Ambra, el padre Beña y Langdon emprendieron el descenso hacia la luz.

El agente Díaz agradeció el momento de tranquilidad, mientras veía cómo bajaban los tres por la amplia curva de la escalera. La creciente tensión entre Ambra Vidal y el agente Fonseca empezaba a ser preocupante.

«Los agentes de la Guardia Real no estamos acostumbrados a recibir amenazas de expulsión de las personas a las que protegemos. Sólo del comandante.»

El arresto de Garza aún le intrigaba. Curiosamente, Fonseca se había negado a revelarle quién había dado la orden de detenerlo y de dónde había salido la falsa historia del secuestro.

—La situación es complicada —le había dicho su compañero—. Y por tu propia seguridad, es mejor que no lo sepas.

«Pero entonces ¿quién habrá dado la orden? —se preguntó Díaz—. ¿El príncipe?»

Le pareció poco probable que don Julián estuviera dispuesto a poner en peligro a Ambra difundiendo noticias falsas.

«¿Habrá sido Valdespino?»

Díaz no estaba seguro de que el obispo tuviera tanta influencia.

—Vuelvo enseguida —gruñó Fonseca, y se marchó diciendo que iba a buscar un lavabo.

Mientras se perdía en la oscuridad, Díaz percibió que sacaba el teléfono del bolsillo, hacía una llamada y empezaba a hablar en voz baja.

El agente se quedó esperando en el ambiente abisal del templo, cada vez más incómodo con el secretismo de su compañero.

70

La escalera bajaba tres plantas hasta la cripta, en una amplia curva que condujo a Langdon, Ambra y el padre Beña a la sala subterránea.

«Una de las criptas más grandes de Europa», pensó el profesor, mientras admiraba el amplio espacio circular. Tal y como recordaba, el mausoleo del sótano de la Sagrada Familia era una rotonda de altos techos abovedados, con bancos que podían acomodar a cientos de fieles. Los candiles dorados que estaban situados a intervalos regulares en torno a la circunferencia de la sala iluminaban tenuemente el mosaico del suelo, que representaba vides retorcidas, raíces, ramas, hojas y otros elementos naturales.

Una cripta era por definición un espacio oculto, y a Langdon le parecía casi inconcebible que Gaudí hubiera sido capaz de ocultar una sala tan vasta en el subsuelo de su iglesia. No se parecía en nada a la cripta de columnas inclinadas de la Colònia Güell. Era un austero espacio neogótico, con motivos naturalistas en los capiteles de las columnas, los arcos ojivales y las bóvedas ornamentadas. Aun así, reinaba la quietud y olía levemente a incienso.

Al pie de la escalera, a la izquierda, una capilla alargada de pavimento claro de piedra arenisca albergaba una modesta lápida gris, dispuesta horizontalmente y rodeada de cirios y candiles.

«Aquí está», se dijo Langdon al leer la inscripción.

ANTONIUS GAUDI

Mientras estudiaba la última morada del arquitecto, Langdon volvió a sentir con intensidad la pérdida de su amigo Edmond. Cuando levantó la vista hacia la imagen de la Virgen, sobre la tumba, se fijó en un símbolo poco familiar que había inscrito en la base.

«¿Qué será eso?»

La extraña figura captó toda su atención.

Rara vez veía Langdon un símbolo que no pudiera identificar. En ese caso, se trataba de la letra griega lambda, que, hasta donde él sabía, no solía aparecer en la iconografía cristiana. La letra lambda era un símbolo científico, común en los campos de la evolución, la física de partículas y la cosmología. Pero lo más curioso era la cruz cristiana que parecía rematar el extremo superior de esa lambda en concreto.

«¿La religión sostenida por la ciencia?»

Langdon nunca había visto nada semejante.

—¿Le ha llamado la atención el símbolo? —preguntó Beña, situándose a su lado—. No es usted el único. Mucha gente me pregunta al respecto. Es simplemente una interpretación modernista de una cruz en lo alto de una montaña.

Langdon avanzó unos pasos y entonces distinguió las tres tenues estrellas doradas que también formaban parte del símbolo.

«Tres estrellas en esa posición —pensó Langdon, y enseguida cayó en la cuenta—. ¡La cruz en la cima del monte Carmelo!»

—Es la cruz carmelita.

—Exacto. Gaudí yace a los pies de la Virgen del Carmen, Nuestra Señora del Monte Carmelo.

—¿Gaudí era un monje carmelita?

A Langdon le resultaba difícil imaginar que el arquitecto modernista hubiera adoptado la estricta interpretación del catolicismo de esa orden monástica del siglo XII.

—No, nada de eso —respondió Beña riendo—. Pero las hermanas que lo cuidaban sí. Un grupo de monjas carmelitas lo acompañó y atendió durante los últimos años de su vida. Las hermanas pensaron que también necesitaría quien lo cuidara en su tumba y por eso hicieron esta generosa donación a su capilla.

—Muy previsor por su parte —comentó Langdon, recriminándose interiormente por haber malinterpretado un símbolo tan inocente.

Era como si todas las teorías conspirativas que estaban circulando esa noche lo hubieran llevado a él también a ver fantasmas donde no los había.

—¿Es ése el libro de Edmond? —preguntó Ambra de pronto.

Los dos hombres se volvieron y la observaron avanzar en la penumbra, a la derecha de la tumba de Gaudí.

—Sí —contestó Beña—. Siento que la iluminación sea tan mala.

Ambra corrió a la vitrina, seguida de Langdon, que acababa de divisar el libro relegado a una zona oscura de la cripta, oculto tras una voluminosa columna a la derecha de la lápida.

—Por lo general usamos esa vitrina para exponer folletos informativos —explicó Beña—, pero los he cambiado de sitio para dejar espacio al libro del señor Kirsch. No parece que nadie lo haya notado.

Langdon se reunió rápidamente con Ambra delante de una vitrina de tapa inclinada. Dentro, abierto por la página ciento sesenta y tres, y apenas visible bajo la tenue iluminación, había un enorme ejemplar encuadernado de *Las obras completas de William Blake*.

Tal y como Beña les había adelantado, en la página en cuestión no había ningún poema, sino una ilustración. Langdon no sabía cuál de las imágenes de Dios creadas por Blake encontraría, pero sin duda no esperaba la que vio.

«El anciano de los días», pensó, forzando la vista para distinguir en la oscuridad el famoso grabado de 1794, coloreado a la acuarela por el propio artista.

Le sorprendía que el sacerdote lo hubiera descrito como «una imagen de Dios». Era preciso reconocer que la imagen parecía una representación del arquetípico Dios cristiano: un anciano de barba y cabellos blancos, que residía entre las nubes y tendía la mano en dirección a la Tierra. Pero, de haber investigado un poco, el padre Beña habría descubierto un panorama completamente distinto. De hecho, la figura no representaba al Dios cristiano, sino a una divinidad llamada Urizen —un dios surgido de la fértil imaginación de Blake—, que en el grabado aparecía midiendo el cielo con un enorme compás de geómetra, como homenaje a las leyes científicas del universo.

Era una obra de estilo tan futurista que siglos después el prestigioso físico Stephen Hawking, ateo como Edmond, la había elegido para la portada de la edición inglesa de su libro *Dios creó los números*. Además, el intemporal demiurgo de Blake también reinaba en el Rockefeller Center de Nueva York, donde el antiguo geómetra contemplaba el mundo desde una escultura *art déco* titulada *Sabiduría, luz y sonido*.

Langdon miró el libro y se preguntó una vez más por qué se habría tomado tanto trabajo Edmond para exponerlo en ese lugar.

«¿Por puro espíritu de venganza? ¿Como una bofetada en la cara de la Iglesia católica?

»La guerra de Edmond contra la religión no cesa», pensó, mientras contemplaba el Urizen de Blake.

La fortuna le había dado a Edmond la capacidad de hacer todo cuanto quisiera en la vida, incluso si su deseo era exponer arte blasfemo en el corazón de una iglesia cristiana.

«Ira y rencor —reflexionó Langdon—. Tal vez no haya que buscar más allá.»

Justificadamente o no, Edmond siempre había culpado de la muerte de su madre a la religión organizada.

—Por supuesto —dijo Beña—, soy consciente de que este grabado no representa al Dios cristiano.

Langdon se volvió asombrado hacia el anciano sacerdote.

—¿No?

—No. Y Edmond fue del todo sincero al respecto, aunque tampoco habría sido necesario. Conozco bien el pensamiento de Blake.

—Y aun así, ¿no opuso ningún inconveniente a exponer el libro?

—Profesor —murmuró el sacerdote, con una suave sonrisa—, estamos en la Sagrada Familia. Dentro de estas paredes, Gaudí combinó la idea de Dios con la ciencia y la naturaleza. El tema de este grabado no es ninguna novedad para nosotros. —Había un brillo misterioso en sus ojos—. No todo nuestro clero tiene una mentalidad tan abierta como la mía; pero, como usted sabe, para todos nosotros, el cristianismo sigue siendo una obra en plena evolución. —Volvió a señalar el antiguo volumen, con una sonrisa benévola—. Aun así, me alegro de que el señor Kirsch haya aceptado que no figure su nombre junto al libro. Teniendo en cuenta su reputación, no sé cómo habría podido explicarlo, sobre todo después de su presentación de esta noche. —Beña hizo una pausa, con expresión preocupada—. Pero tengo la sensación de que esta imagen no es lo que estaban buscando...

—Tiene razón. Buscamos una línea de un poema de William Blake.

—¿*Tigre, tigre, luz ardiente / en el bosque de la noche?* —sugirió Beña.

Langdon sonrió, impresionado al comprobar que Beña se sabía el principio del poema más conocido del autor, una indagación religiosa en seis estrofas, que se planteaba si el Dios creador del tigre temible era el mismo que había creado al cordero dócil.

—¡Padre Beña! —exclamó Ambra, inclinándose para ver mejor a través del cristal—. ¿No llevará encima un celular o una linterna?

—No, lo siento. ¿Quiere que traiga un candil de los que hay junto a la tumba de Gaudí?

—¿Me haría ese favor? —dijo Ambra—. Nos sería muy útil.

Beña fue a buscarlo.

En cuanto se apartó, la mujer le susurró a Langdon:

—¡Robert! ¡Edmond no eligió la página ciento sesenta y tres por el grabado!

—¿Qué quieres decir?

«El grabado es lo único que hay en la página ciento sesenta y tres.»

—Fue un truco para desviar la atención.

—Lo siento, pero no te sigo —contestó él, contemplando el libro.

—¡Edmond escogió la página ciento sesenta y tres porque es imposible exponerla sin que se vea al mismo tiempo la página ciento sesenta y dos!

Langdon desplazó la mirada a la izquierda para estudiar la página contigua a la ilustración de *El anciano de los días*. En la penumbra, sólo pudo distinguir un texto en una caligrafía diminuta.

Beña volvió con un candil y se lo entregó a Ambra, que lo acercó a la vitrina para iluminar el libro. Cuando el cálido resplandor de la lámpara se extendió sobre el tomo abierto, Langdon sofocó una exclamación.

La página contigua a la ilustración contenía efectivamente un texto manuscrito, embellecido en los márgenes con diversos dibujos, orlas y figuras geométricas. Lo más importante, sin embargo, era que el texto parecía estar ordenado en elegantes estrofas. Era un poema.

Justo por encima de sus cabezas, en la planta principal del templo, el agente Díaz iba y venía en la oscuridad, preguntándose dónde se habría metido su colega.

«Fonseca ya tendría que haber regresado.»

Empezó a vibrarle el teléfono en el bolsillo y supuso que sería una llamada de su compañero, pero cuando miró la pantalla, vio un nombre que no se esperaba.

Mónica Martín

No imaginaba para qué quería hablar con él la coordinadora de relaciones públicas. Fuera cual fuese el motivo, lo normal habría sido que llamara directamente a Fonseca.

«Él está al mando de este equipo.»

—Hola —contestó—. Aquí Díaz.

—Agente Díaz, soy Mónica Martín. Tengo aquí a alguien que quiere hablar con usted.

Segundos después, una voz fuerte y familiar resonó al otro lado de la línea.

—El comandante Garza al habla. Agente, confírmeme que la señorita Vidal está segura y a salvo.

—Se encuentra muy bien, señor. El agente Fonseca y yo estamos con ella. En estos momentos nos hallamos en...

—¡No lo diga por teléfono! —lo interrumpió Garza de golpe—. Si están en un lugar seguro, no se muevan de allí. No permitan que la señorita Vidal salga de donde están. Es un alivio oír su voz, agente. Hemos intentado llamar a Fonseca, pero no responde. ¿Está con usted?

—Sí, señor. Se ha alejado para hacer una llamada, pero volverá de un momento a otro.

—No tengo tiempo para esperar. Estoy arrestado y le estoy hablando por el teléfono de la señorita Martín. Escúcheme bien, agente. Como seguramente ya sabrá, la historia del secuestro es falsa y ha puesto en grave peligro a la señorita Vidal.

«No se imagina hasta qué punto», pensó Díaz, reviviendo la caótica escena de la azotea de la Casa Milà.

—También es falsa la acusación de que he conspirado para incriminar al obispo Valdespino.

—Ya lo suponía, señor, pero...

—La señorita Martín y yo estamos buscando la mejor manera de gestionar esta situación, pero hasta que la encontremos, tienen que alejar a la futura reina de la atención pública. ¿Queda claro?

—Por supuesto, señor. Pero ¿quién ha dado la orden?

—No puedo decírselo por teléfono, agente. Limítese a hacer lo que le ordeno. Mantenga a la señorita Vidal a salvo y lejos de los periodistas. La señorita Martín le hará llegar toda la información necesaria a partir de ahora.

Garza interrumpió la comunicación y Díaz se quedó solo en la oscuridad, reflexionando sobre el significado de la llamada.

Mientras se guardaba el teléfono en el bolsillo interior del saco, oyó el roce de una tela a su espalda. Cuando se volvió, dos manos pálidas surgieron de las tinieblas y le aferraron la cabeza como dos tenazas. A la velocidad del rayo, le aplicaron un enérgico movimiento de torsión.

Díaz sintió un chasquido en el cuello y la erupción de un calor abrasador dentro del cráneo.

Después, todo se sumió en la negrura.

71

ConspiracyNet.com

NOTICIAS DE ÚLTIMA HORA

**¡Nuevas esperanzas de conocer
el impactante descubrimiento de Kirsch!**

Mónica Martín, coordinadora de relaciones públicas del Palacio Real, ha declarado esta noche ante la prensa que la futura reina consorte, Ambra Vidal, ha sido secuestrada por el profesor estadounidense Robert Langdon, que la estaría reteniendo como rehén. El Palacio ha instado a las autoridades locales a implicarse en la búsqueda de la prometida del príncipe.

El guardián de la sociedad civil, monte@iglesia.org, acaba de enviarnos la siguiente información:

100 % falsa la historia del secuestro. No es más que un truco de Palacio para utilizar a la policía local, detener a Langdon e impedir que haga lo que ha ido a hacer a Barcelona. Vidal y él creen que todavía es posible transmitir al mundo el descubrimiento de Kirsch. Si lo consiguen, el video con el resto de la presentación de Kirsch podría estar disponible en cualquier momento. Permanecer atentos.

¡Increíble! Y nosotros somos los primeros en contarlo. ¡Langdon y Vidal se han escapado porque quieren acabar lo que Edmond Kirsch comenzó! El Palacio parece desesperado por detenerlos. (¿Valdespino otra vez? ¿Y dónde está el príncipe a todo esto?)

Seguiremos informando, pero ¡presten atención, porque los secretos de Kirsch podrían salir a la luz esta misma noche!

72

El príncipe Julián miraba el paisaje por la ventanilla del Opel sedán del acólito, mientras trataba de encontrar una explicación para la extraña conducta del obispo.

«Valdespino oculta algo.»

Había pasado más de una hora desde que el clérigo lo había sacado en secreto del palacio —una acción sumamente errática—, garantizándole que lo hacía por su seguridad.

«Me ha pedido que confiara en él, que no le hiciera preguntas.»

El obispo siempre había sido como un tío para él y un apreciado confidente para su padre. Sin embargo, había dudado desde el principio de su propuesta de ir a esconderse a la residencia de verano.

«No me gusta esta situación. Estoy aislado, sin teléfono, ni escolta. No he podido oír las noticias de última hora y nadie sabe dónde estoy.»

Mientras el coche superaba dando tumbos un paso a nivel cerca de la Casita del Príncipe, Julián desplazó la mirada para contemplar la carretera boscosa que se abría ante ellos. Un centenar de metros más adelante, a la izquierda, ya se divisaba la entrada del largo sendero flanqueado de árboles que conducía al apartado retiro principesco.

Pensando en la mansión desierta, Julián sintió que una voz interior le aconsejaba cautela. Se inclinó hacia adelante y apoyó con firmeza una mano sobre el hombro del conductor.

—Para aquí, por favor.

Valdespino lo miró sorprendido.

—Si ya casi...

—¡Quiero saber qué está pasando! —exclamó el príncipe, en un tono que hizo temblar el pequeño vehículo.

—Alteza, ya sé que esta noche ha sido turbulenta, pero debe...

—¿Debo confiar en ti? —preguntó el príncipe.

—Sí.

Apretando con más fuerza el hombro del joven acólito, Julián señaló el borde cubierto de hierba de la carretera solitaria.

—Para ahí —le ordenó secamente.

—No pares —lo contradijo Valdespino—. Permítame que le explique, señor.

—¡Detén el coche ahora mismo! —gritó el príncipe.

El acólito se desvió con brusquedad hacia el borde, donde el vehículo patinó un poco sobre la hierba, antes de detenerse.

—Déjanos solos, por favor —le ordenó Julián, con el corazón desbocado.

El acólito no necesitó que le repitiera la orden. Saltó del coche y se alejó con rapidez en la oscuridad, dejando a Valdespino y al príncipe solos en el asiento trasero.

A la luz pálida de la luna, el obispo pareció de pronto asustado.

—¡Deberías estar temblando de miedo! —le espetó Julián, con tanta autoridad en la voz que él mismo se sorprendió.

Valdespino se echó hacia atrás, asombrado por aquel tono amenazador que el príncipe nunca había utilizado con él.

—Soy el futuro rey de España. Esta noche me has separado de mi escolta, me has impedido acceder a mi teléfono y a mi personal de apoyo, me has prohibido escuchar las noticias y me has negado todo contacto con mi prometida.

—Mis más sinceras disculpas... —comenzó a excusarse Valdespino.

—Vas a tener que hacer algo más que disculparte —lo interrumpió Julián, mirando con furia al obispo, que de pronto le pareció curiosamente pequeño y frágil.

Valdespino dejó escapar un largo suspiro y miró al príncipe en la penumbra.

—Alteza, hace unas horas he recibido una llamada, y...

—¿Una llamada de quién?

El obispo titubeó un segundo.

—De su padre —dijo por fin—. Está muy preocupado.

«¿Ah, sí?»

Julián lo había visitado apenas dos días antes, en el Palacio de la Zarzuela, y lo había encontrado en un estado de ánimo excelente, pese a su evidente deterioro físico.

—¿Por qué está preocupado?

—Por desgracia, ha visto la transmisión de Edmond Kirsch.

Julián apretó con fuerza la mandíbula. Su padre, enfermo, pasaba la mayor parte del día durmiendo, y le parecía muy extraño que hubiera estado despierto precisamente a esas horas. Además, el rey nunca había permitido la entrada de televisores o computadoras en los dormitorios del palacio, porque consideraba que esas habitaciones debían ser santuarios consagrados al sueño y a la lectura, y ninguna de sus enfermeras lo habría ayudado a levantarse de la cama para ver el acto propagandístico de un ateo.

—Ha sido culpa mía —reconoció Valdespino—. Le regalé una tableta hace unas semanas, para que no se sintiera tan aislado del resto del mundo. Estaba aprendiendo a enviar mensajes de texto y a usar el correo electrónico. Y acabó viendo la transmisión de Kirsch.

A Julián le resultó muy doloroso imaginar a su padre, que posiblemente se encontraba en los últimos días de su vida, presenciando un polémico acto anticatólico, que además había culminado en un estallido de violencia. En lugar de eso, debería haber estado repasando lo mucho que había hecho por su país.

—Como podrá suponer, señor —prosiguió el obispo—, ha visto muchas cosas que no le han gustado, pero se ha alarmado por el tipo de comentarios de Kirsch y por la colaboración de su prometida en la organización del acto. En opinión de Su Majestad, la participación de la futura reina ha dejado en mal lugar a Su Alteza... y también a Palacio.

—Ambra es una mujer independiente. Mi padre lo sabe.

—En cualquier caso, hacía años que no lo veía tan enfadado, ni tan lúcido. Me ha ordenado que lo llevara a usted de inmediato ante su presencia, porque quería hablarle.

—Entonces ¿qué hacemos aquí? —preguntó Julián, señalando la entrada del sendero que conducía a la Casita—. Mi padre está en la Zarzuela.

—Ya no —respondió Valdespino, bajando la voz—. Ordenó a sus asistentes y enfermeras que lo vistieran, lo sentaran en una silla de ruedas y lo llevaran a otro lugar, para pasar allí sus últimos días rodeado de la historia de su país.

Mientras el obispo hablaba, Julián comprendió la verdad.

«La Casita nunca ha sido nuestro destino.»

Tembloroso, el príncipe desvió la mirada y observó la carretera boscosa que continuaba más allá del sendero de entrada de su residencia de verano. A lo lejos, entre los árboles, se distinguían las torres iluminadas de un edificio colosal.

«El Escorial.»

A menos de dos kilómetros de distancia, imponente como una fortaleza al pie del monte Abantos, se erguía una de las construcciones religiosas más grandiosas del mundo: el fabuloso monasterio de El Escorial. Con más de treinta y dos mil metros cuadrados de superficie cubierta, el complejo albergaba un monasterio, una basílica, un palacio real, un museo, una biblioteca y una serie de cámaras fúnebres, las más espeluznantes que Julián había visto en su vida.

«La Cripta Real.»

Su padre lo había llevado a visitarla cuando tenía sólo ocho años y lo había guiado por el Panteón de Infantes, un laberinto de cámaras donde se encuentran los sepulcros de los hijos de la realeza.

Julián nunca olvidaría el escalofriante «pastel de cumpleaños» del Mausoleo de Párvulos, una estructura poligonal impresionante parecida a una tarta cubierta de azúcar escarchado, que albergaba los restos de sesenta miembros de la familia real muertos durante la infancia, todos ellos depositados para toda la eternidad en sendos «cajoncitos» en torno al «pastel».

El horror de Julián ante el macabro mausoleo había quedado eclipsado minutos más tarde, cuando su padre lo llevó a visitar el lugar donde reposaban los restos de su madre. El pequeño príncipe esperaba ver una tumba de mármol digna de una reina; sin embargo, para su sorpresa, descubrió que su madre descansaba dentro de una sencilla caja de plomo, en una sala austera con el suelo y las paredes de piedra, al final de un largo pasillo. El rey le explicó a Julián que su madre se encontraba todavía en lo que llamaban «el pudridero», el lugar donde permanecían los cadáveres de la familia real durante treinta años, hasta que la carne se reducía a polvo y entonces podían ser trasladados a sus sepulcros definitivos. Julián había tenido que hacer un gran esfuerzo para reprimir el llanto y no sucumbir a las náuseas.

Después, su padre lo había conducido hasta el arranque de una empinada escalera que parecía descender indefinidamente hacia la oscuridad subterránea. Allí las superficies ya no eran de mármol blanco, sino de un majestuoso color ámbar. Los cirios colocados cada tres escalones creaban unos juegos de luces temblorosos sobre la piedra amarillenta.

El pequeño Julián se agarró del pasamanos de cuerda y descendió con su padre, peldaño a peldaño, hacia las tinieblas del subsuelo. Al pie de la escalera, el rey abrió una puerta ornamentada y se hizo a un lado, para que el niño pasara primero.

—El Panteón Real —anunció.

Aunque aún era muy pequeño, Julián ya había oído hablar de ese panteón, un lugar de leyenda.

Tembloroso, el niño cruzó el umbral e ingresó en la resplandeciente sala de color ocre. El recinto octogonal olía a incienso y sus imágenes parecían enfocarse y desenfocarse sucesivamente con el temblor de las velas que ardían en la araña del techo. Julián avanzó hacia el centro de la cámara y comenzó a girar despacio sobre sí mismo, aterido de frío y sintiéndose diminuto en medio de un espacio tan solemne.

Sobre las ocho paredes había unos nichos profundos que contenían sarcófagos negros idénticos entre sí, apilados del suelo al techo, cada uno con una placa de oro que identificaba a su ocupante. Los nombres que figuraban en las placas aparecían en los libros de historia de Julián: «Fernando...», «Isabel...», «Carlos V, emperador del Sacro Imperio...».

En el silencio, el príncipe sintió el peso de la amorosa mano de su padre sobre el hombro y comprendió de pronto la gravedad del momento.

«Algún día, mi padre descansará en esta misma sala.»

Sin pronunciar una palabra, padre e hijo volvieron a subir desde las profundidades de la tierra, alejándose de la muerte. Cuando estuvieron fuera, bajo el sol resplandeciente, el rey se agachó y miró de frente al pequeño Julián.

—*Memento mori* —le dijo—. «Recuerda que vas a morir.» Incluso para aquellos que ostentan un gran poder, la vida es breve. Sólo hay una manera de derrotar a la muerte: convertir nuestra vida en una obra maestra. Debemos aprovechar cada oportunidad de ser compasivos y de amar plenamente. Veo en tus ojos que tienes el alma generosa de tu madre. Tu conciencia será tu guía. Cuando haya oscuridad en tu vida, deja que el corazón te señale el camino.

Unas décadas después, Julián no necesitaba ningún recordatorio de que había hecho muy poco para convertir su vida en una obra maestra. De hecho, apenas había conseguido escapar a la larga sombra del rey y demostrar que era una persona independiente.

«He defraudado a mi padre de todas las maneras posibles.»

Durante años, Julián había seguido el consejo del rey de dejar que el corazón le indicara el camino. Pero la senda era demasiado tortuosa, cuando su corazón ansiaba una España totalmente opuesta a la de su padre. Los sueños de Julián para su amado país eran tan audaces que ni siquiera habría podido mencionarlos en vida de su progenitor, e incluso después, cuando hubiera sucedido lo inevitable, era difícil prever cuál sería la reacción del Palacio Real, ni del resto de la nación, ante sus acciones. Lo único que podía hacer era mantenerse a la espera y respetar las tradiciones.

Pero entonces, tres meses atrás, todo había cambiado.

«Conocí a Ambra.»

Bella, inteligente y rebosante de vida, la mujer había trastocado por completo su mundo. A los pocos días de su primer encuentro, el príncipe comprendió al fin las palabras de su padre: «Deja que el corazón te señale el camino... y aprovecha cada oportunidad de amar plenamente». La euforia del enamoramiento era distinta de todo lo que Julián había conocido hasta entonces. Por fin sintió que estaba dando los primeros pasos para convertir su vida en una obra maestra.

En ese momento, sin embargo, mientras contemplaba con ojos vacíos la carretera que tenía delante, le invadió una sensación de soledad y de aislamiento que no presagiaba nada bueno. Su padre se estaba muriendo; la mujer a la que amaba no respondía a sus llamadas, y él acababa de reprender al obispo Valdespino, su venerado mentor.

—Tenemos que seguir, Alteza —lo instó el obispo con urgencia—. El estado de su padre es delicado, y espera ansioso poder hablar con usted.

Julián dirigió despacio la vista hacia el hombre que durante toda su vida había sido el mejor amigo de su padre.

—¿Cuánto tiempo crees que le queda? —susurró.

Valdespino habló con voz temblorosa, casi como si estuviera al borde de las lágrimas.

—Me ha pedido que no lo alarmara, señor, pero intuyo que el fin es más inminente de lo que pensábamos. Quiere despedirse de usted.

—¿Por qué no me has dicho adónde íbamos? —preguntó Julián—. ¿Para qué mentir? ¿Por qué tanto secretismo?

—Lo siento. No tenía elección. Su padre me ha dado órdenes explícitas. Me ha pedido que lo aísle del mundo exterior y de las noticias hasta que él pueda hablar en persona con usted.

—¿De qué noticias te ha pedido que me aísles?

—Creo que lo mejor será que se lo explique él.

Julián se quedó un buen rato mirando al obispo.

—Antes de verlo, necesito saber una cosa: ¿está lúcido?, ¿está en pleno uso de sus facultades?

Valdespino lo miró intrigado.

—¿Por qué lo pregunta?

—Porque sus órdenes de esta noche parecen extrañas e impulsivas —contestó el príncipe.

Valdespino asintió con tristeza.

—Sean o no impulsivas sus órdenes, su padre sigue siendo el rey. Lo admiro, lo respeto y lo obedezco. Todos lo obedecemos.

73

De pie delante de la vitrina, Robert Langdon y Ambra Vidal contemplaban el manuscrito de William Blake, iluminado por la tenue luz del candil. El padre Beña se había alejado unos pasos, para ir a enderezar unas filas de bancos, y ofrecerles así amablemente un momento de intimidad.

Langdon tenía dificultades para leer la diminuta caligrafía del texto, pero el encabezamiento en lo alto de la página, en letras mucho más grandes, era perfectamente legible:

Los cuatro zoas

Al ver las palabras, Langdon sintió de inmediato un rayo de esperanza. «Los cuatro zoas» era el título de uno de los poemas proféticos más conocidos de Blake, una obra monumental dividida en nueve «noches» o capítulos. El tema del poema, según podía recordar de su época de estudiante universitario, era el fin de la religión convencional y el predominio definitivo de la ciencia.

Recorrió con la mirada las estrofas y observó que las líneas manuscritas terminaban en medio de la página, con un elegante símbolo de *finis divisionem*, el equivalente gráfico de las palabras THE END en el cine de Hollywood.

«¡Es la última página del poema —comprendió Langdon—, el final de una de las obras maestras de la poesía de Blake!»

Se acercó un poco más y trató de leer la letra menuda, pero no consiguió reconocer las palabras a la tenue luz del candil.

Ambra se agachó y pegó la cara al cristal. Repasó en silencio las líneas del poema y se detuvo un momento para leer un verso en voz alta:

—*Avanza el Hombre en medio de grandes fuegos y en el incendio se consume el Mal.* —Se volvió hacia Langdon—. ¿A qué mal se refiere?

El profesor reflexionó un instante y asintió vagamente.

—Creo que Blake está hablando de la erradicación de la religión corrupta. Una de sus profecías más recurrentes era un futuro sin religiones.

Ambra pareció esperanzada.

—Edmond dijo que su verso favorito era una profecía que esperaba que se hiciera realidad.

—Bueno —contestó Langdon—, seguro que Edmond habría deseado la desaparición de las religiones. ¿Cuántas letras tiene ese verso?

Ambra empezó a contar, pero enseguida hizo un gesto negativo.

—Más de sesenta.

Volvió a recorrer el poema con la vista y levantó la cabeza con rapidez.

—¿Qué te parece éste? *La expansiva mirada del Hombre penetra en las profundidades de mundos maravillosos.*

—Podría ser —respondió Langdon, mientras reflexionaba sobre su significado.

«El intelecto humano seguirá creciendo y evolucionando con el tiempo, y permitirá conocer verdades cada vez más profundas.»

—También tiene demasiadas letras —dijo Ambra—. Seguiré buscando.

Mientras ella estudiaba la página, Langdon se dedicó a ir y venir pensativo por la sala. Los versos que había leído Ambra despertaban ecos en su mente y evocaban recuerdos distantes de sus lecturas de Blake para las clases de literatura inglesa de Princeton.

Empezaron a formarse imágenes en su cabeza, como le sucedía a veces a causa de su memoria eidética, y cada imagen invocaba una sucesión interminable de otras nuevas. De pronto, de pie en medio de la cripta, volvió a ver a su profesor de Princeton, que al final de la clase dedicada a *Los cuatro zoas* había preguntado a los alumnos:

—¿Qué elegirían ustedes? ¿Un mundo sin religión o un mundo sin ciencia? —Tras una pausa, el profesor había añadido—: Evidentemente, William Blake tenía claras sus preferencias, y en ningún lugar resume mejor su esperanza para el futuro que en el último verso de este poema profético.

Sobresaltado, Langdon se volvió con rapidez hacia Ambra, que seguía leyendo con atención el texto.

—¡Ve directamente al último verso! —exclamó, pues acababa de recordar la última línea del poema.

Ambra buscó el verso que cerraba el texto y, tras concentrarse un momento para distinguir las letras, se volvió hacia su acompañante con una expresión que denotaba alegría e incredulidad al mismo tiempo.

Langdon se acercó al libro y una vez más forzó la vista para distinguir el texto. Como ya sabía qué verso era, le resultó más fácil reconocer las desvaídas letras manuscritas:

Mueren las oscuras religiones & reina la dulce ciencia

—*Mueren las oscuras religiones* —leyó Ambra en voz alta— *y reina la dulce ciencia.*

La frase no sólo era una profecía que Edmond habría suscrito, sino que incluso parecía un resumen de la presentación de esa noche.

«Las religiones desaparecerán... y la ciencia se hará con el control.»

Con mucha atención, Ambra empezó a contar las letras, pero

Langdon sabía que no hacía falta. «Es el verso que buscamos. No hay ninguna duda.» Ahora sólo había que encontrar la forma de acceder a Winston para emitir a todo el mundo la presentación de su amigo. Tenía un plan para conseguirlo y pensaba explicárselo a Ambra en cuanto se quedaran solos.

Se volvió hacia el padre Beña, que acababa de regresar y se les había unido de nuevo.

—Ya casi hemos terminado, padre —le dijo—. ¿Podría subir y pedirles a los agentes de la Guardia Real que tengan preparado el helicóptero, por favor? Tenemos que salir cuanto antes.

—Con mucho gusto —respondió el sacerdote—. Espero que hayan encontrado lo que buscaban. Los esperaré arriba.

Mientras el sacerdote subía la escalera, Ambra se apartó del libro, repentinamente alarmada.

—Robert —dijo—, el verso es demasiado corto. Lo he contado dos veces. Tiene cuarenta y seis letras, y necesitamos cuarenta y siete.

—¿Qué?

Langdon se volvió hacia ella, aguzó la vista para ver bien el texto y contó cada letra escrita con extremo cuidado. *Mueren las oscuras religiones & reina la dulce ciencia*. Lo mismo que Ambra, llegó a un resultado de cuarenta y seis. Desconcertado, volvió a observar el verso.

—¿Estás segura de que Edmond dijo cuarenta y siete, y no cuarenta y seis?

—Completamente.

Langdon lo leyó de nuevo. «Tiene que ser éste —pensó—. Seguro que hay algo que no consigo ver.»

Entonces se fijó en cada una de las letras y, casi al final, cayó en la cuenta de algo que no había visto hasta entonces.

... & reina la dulce ciencia

—¡El *ampersand*! —exclamó—. El signo que utilizó Blake para escribir la palabra «y»...

—Pero si eliminamos el *ampersand*, el verso se queda todavía más corto... Tendría sólo cuarenta y cinco letras.

«No hay que eliminar el *ampersand* —pensó Langdon con una sonrisa—. Hay que considerarlo un código dentro de otro código.»

El ingenioso recurso utilizado por Edmond le pareció maravilloso. El genio paranoide había aprovechado un sencillo truco tipográfico para asegurarse de que incluso si alguien descubría cuál era su verso favorito entre todos los existentes, tampoco sería capaz de introducir correctamente la contraseña.

«Edmond recordaba la historia de este signo», pensó Langdon.

El origen del *ampersand* era una de las primeras cosas que el profesor enseñaba a sus alumnos en sus clases de simbología. El signo «&» era un logograma o, dicho de otro modo, una imagen que representaba una palabra. Aunque por su extendido uso en el idioma inglés muchos creían que el signo derivaba de la palabra inglesa *and*, en realidad procedía de la palabra latina *et*, que tenía el mismo significado: «y». La forma habitual del *ampersand* —&— era una fusión tipográfica de las letras «E» y «T», una ligadura de ambos caracteres particularmente reconocible en algunas fuentes actuales, como la & Trebuchet, que reflejaba con claridad el origen latino del signo.

Langdon nunca olvidaría que una semana después de enseñar el origen del *ampersand* a la clase de Edmond, el joven genio se había presentado en el aula luciendo una camiseta que llevaba impresa la leyenda: «¡Ampersand, teléfono, mi casa!», en una divertida alusión a la película de Spielberg sobre E. T., el extraterrestre, que siempre estaba intentando encontrar la manera de regresar a su hogar.

Ahora, allí, delante del poema de Blake, Langdon pudo visualizar con claridad la contraseña de cuarenta y siete letras que había ideado su antiguo alumno:

muerenlasoscurasreligionesetreinaladulceciencia

«Típico de Edmond», pensó, y enseguida le reveló a Ambra la hábil estratagema empleada por su amigo para añadir un nivel más de seguridad a la contraseña.

La cara de la mujer se iluminó con la mayor sonrisa que Langdon le había visto desde que se habían conocido.

—Bueno —comentó—, supongo que si todavía dudábamos de que Edmond Kirsch era el típico genio de la informática...

Los dos se echaron a reír, aprovechando el breve paréntesis de distensión en la soledad de la cripta.

—Has encontrado la contraseña —dijo Ambra, con expresión agradecida—. Ahora lamento más que nunca haber perdido el teléfono de Edmond. Si aún lo tuviésemos, podríamos difundir ahora mismo su presentación.

—No ha sido culpa tuya —contestó Langdon, intentando tranquilizarla—. Además, como ya te he dicho, sé cómo encontrar a Winston.

«O al menos eso creo», se dijo para sus adentros, esperando no equivocarse.

Mientras el profesor se representaba mentalmente la vista aérea de Barcelona y el extraño acertijo que se abría ante ellos, el silencio de la cripta se vio interrumpido por un ruido estridente que resonó en la escalera.

Arriba, el padre Beña gritaba y los estaba llamando a los dos.

74

—¡Rápido! ¡Señorita Vidal! ¡Profesor Langdon! ¡Suban enseguida!

Langdon y Ambra subieron deprisa la escalera de la cripta, en dirección a los gritos desesperados del padre Beña. Cuando llegaron al último peldaño, el profesor intentó correr por el interior del templo, pero enseguida se encontró sumido en la más completa oscuridad.

«¡No veo nada!»

Mientras avanzaba centímetro a centímetro, sus ojos intentaban adaptarse a las tinieblas, acostumbrados al fulgor de los candiles del sótano. Ambra no tardó en alcanzarlo, esforzándose también por ver en la oscuridad.

—¡Por aquí! —gritaba Beña.

Siguieron moviéndose en dirección a la voz del sacerdote y finalmente lo localizaron, apenas iluminado por la escasa luz que se colaba por el hueco de la escalera. Estaba de rodillas, encorvado sobre una silueta tendida en el suelo.

Llegaron enseguida a su lado, y Langdon se sobresaltó al reconocer el cadáver del agente Díaz con el cuello grotescamente retorcido. El cuerpo yacía sobre el vientre, pero la cabeza estaba girada en un ángulo de ciento ochenta grados, de tal manera que los ojos sin vida parecían mirar al techo de la basílica. El profesor se estremeció de horror, comprendiendo por fin el pánico que había percibido en los gritos del sacerdote.

Invadido por un repentino temor, se puso de pie bruscamente

para escudriñar la oscuridad, en busca de cualquier indicio de movimiento en el cavernoso interior de la iglesia.

—La pistola —susurró Ambra, señalando la funda vacía de Díaz—. Se la han quitado. —Se volvió para explorar la nada a su alrededor y gritó—: ¡Agente Fonseca!

En la negrura que los rodeaba, se oyó de repente un rumor de pasos sobre las baldosas, seguido del ruido de unos cuerpos que se enfrentaban en una lucha feroz. Después, de manera del todo imprevista, a escasa distancia resonó la explosión de un disparo. Langdon, Ambra y Beña congelaron el movimiento, sobresaltados, y cuando los ecos del balazo aún no se habían acallado, oyeron una voz que en tono dolorido exclamaba:

—¡Corran, corran!

Se produjo un segundo disparo y, a continuación, el inconfundible golpe seco de un cuerpo que caía al suelo fulminado.

Langdon ya había aferrado a Ambra por un brazo y la estaba guiando en la oscuridad hacia una de las paredes del templo. El padre Beña los alcanzó poco después, y los tres se agazaparon en el más absoluto silencio contra la piedra fría del muro.

Mientras escrutaba la oscuridad, Langdon intentaba comprender qué estaba sucediendo.

«¡Alguien ha matado a Díaz y a Fonseca! ¿Quién está aquí con nosotros? ¿Qué se propone?»

El profesor sólo podía imaginar una respuesta lógica: el asesino que acechaba en la sombra no había entrado en el templo para matar a dos agentes al azar, sino que los buscaba a Ambra y a él.

«Alguien trata de silenciar el descubrimiento de Edmond.»

De repente, un haz de luz iluminó el suelo del recinto y empezó a moverse de un lado a otro, describiendo un amplio arco que avanzaba en su dirección. Langdon calculó que disponían de pocos segundos antes de que el haz de la linterna los iluminara.

—Por aquí —susurró Beña, mientras arrastraba a Ambra a lo largo del muro, en la dirección opuesta a la luz.

Langdon los siguió, sintiendo el resplandor cada vez más cerca. De repente, Beña y Ambra giraron a la derecha y desaparecieron por un hueco en la pared de piedra. Langdon los imitó y tropezó con una escalera que no esperaba encontrar, pero que Ambra y Beña ya estaban subiendo. En cuanto recuperó el equilibrio, el profesor los siguió. Y cuando se volvió para mirar brevemente por encima del hombro, descubrió que el haz de la linterna ya estaba iluminando los primeros peldaños, justo por debajo de ellos.

Se quedó completamente inmóvil y esperó.

La luz permaneció un momento al pie de la escalera y empezó a volverse más intensa.

«¡Viene hacia aquí!»

Por encima de su cabeza, Langdon podía distinguir los pasos de Ambra y de Beña, que subían con el mayor sigilo posible. Se volvió, dispuesto a seguirlos, pero tropezó una vez más y chocó contra un muro, lo que le hizo comprender que la escalera no era recta, sino curva. Tras apoyar una mano en la pared para que le sirviera de guía, Langdon comenzó a subir en una estrecha espiral y de inmediato cayó en la cuenta de dónde se encontraba.

«La famosa escalera de caracol de la Sagrada Familia, conocida por ser tremendamente peligrosa.»

Levantó la vista y pudo ver por fin aquel espacio estrecho iluminado por la tenue luz que se filtraba a través de los tragaluces de la torre. Se le agarrotaron las piernas y se quedó paralizado en medio de la escalera, abrumado por la claustrofobia.

«¡Sigue subiendo!», se ordenó.

Su mente racional lo impulsaba a continuar el ascenso, pero los músculos no le respondían, atenazados por el miedo.

Más abajo, resonaba el eco de unos pasos pesados que se acercaban desde la nave de la iglesia. El profesor se obligó a seguir subiendo lo más rápidamente que pudo, detrás de los otros pasos que continuaban el ascenso en espiral. La luz que se filtraba por las aberturas de la torre se volvió más intensa cuando pasó junto a una estrecha hendidura en la pared, por la que logró vislumbrar la ciudad. Una ráfaga de aire fresco le azotó la cara cuando pasó junto a la angosta ventana, antes de volver a sumirse en la oscuridad.

Mientras los pasos del perseguidor se oían con más fuerza y comenzaban a subir con mayor rapidez los peldaños, Langdon dejó atrás otra abertura en la pared.

Al cabo de unos segundos, alcanzó a Ambra y al agotado padre Beña, que ya se estaba quedando sin aliento. Se asomó entonces por el borde interior de la escalera hacia la vertiginosa caída del hueco central, un pozo estrecho y circular que descendía en picado por el ojo de una estructura semejante a un nautilo gigantesco, sin barandales ni barreras protectoras, más allá de un pequeño reborde a la altura del tobillo, que no ofrecía ninguna seguridad. Langdon tuvo que reprimir una oleada de vértigo.

Volvió la vista hacia la oscuridad que se extendía por encima de ellos. Recordó haber leído que la escalera tenía más de cuatrocientos peldaños y llegó a la conclusión de que sería imposible completar el ascenso antes de que el hombre armado los alcanzara.

—¡Sigan subiendo ustedes dos! —exclamó sofocado el padre Beña, mientras se apartaba para dejarlos pasar.

—No vamos a abandonarlo, padre —dijo Ambra, tendiéndole una mano.

A Langdon le pareció admirable su impulso protector, pero también sabía que era suicida seguir subiendo la escalera, porque lo más probable era que acabaran los tres con un balazo en la espalda. De los dos instintos animales de supervivencia —el de luchar y el de huir—, la huida había dejado de ser una opción viable.

«No lo conseguiríamos.»

Dejó que Ambra y el padre Beña siguieran subiendo, y él se volvió, apoyó con firmeza los pies en los peldaños y miró hacia abajo por el hueco de la escalera. El haz de la linterna parecía acercarse cada vez más. Se sostuvo en la pared, agazapado en las tinieblas, a la espera de que la luz llegara a la curva que tenía justo debajo. De repente, apareció el asesino: una figura oscura que corría con las dos manos al frente. En una llevaba la linterna y en la otra, una pistola.

Langdon reaccionó por instinto: estalló en un impulso que desde su posición agazapada lo lanzó por el aire, con los pies por delante. El hombre lo vio y apenas logró esbozar el gesto de levantar la pistola, cuando los pies de Langdon ya le estaban golpeando el pecho con gran fuerza que lo hizo estrellarse con violencia contra la pared.

Los segundos siguientes fueron una borrosa sucesión de acontecimientos.

Langdon cayó de costado y recibió un doloroso golpe en la cadera, mientras su atacante bajaba rodando varios peldaños más, hecho un ovillo, y aterrizaba convertido en un bulto quejumbroso. La linterna se precipitó botando por la escalera hasta detenerse un par de vueltas más abajo, todavía encendida. El haz de luz oblicuo que proyectó contra la pared iluminó un objeto abandonado sobre un escalón, a medio camino entre Langdon y su atacante.

«La pistola.»

Los dos hombres se abalanzaron al mismo tiempo sobre el arma, pero el profesor partía de una posición más elevada y llegó primero. La aferró con fuerza y apuntó a su agresor, que detuvo el movimiento en seco y se quedó mirando desde abajo el cañón de la pistola, con expresión desafiante.

A la luz de la linterna, Langdon pudo distinguir la barba entrecana del hombre y unos pantalones impecablemente blancos... Tardó un instante en reconocerlo.

«El oficial de la Armada que estaba en el Guggenheim...»

Apuntó el arma a la cabeza del hombre y apoyó el dedo índice en el gatillo.

—Usted mató a mi amigo Edmond Kirsch.

Aunque estaba sin aliento, el hombre le respondió de inmediato, con voz gélida:

—Fue un ajuste de cuentas. Su amigo Edmond Kirsch había matado a mi familia.

75

«Langdon me ha roto las costillas.»

El almirante Ávila sentía unos fuertes pinchazos y se estremecía de dolor a cada inspiración, mientras su pecho se abombaba desesperadamente, tratando de recuperar el nivel de oxígeno que su cuerpo necesitaba. Agachado en la escalera por encima de él, el profesor lo observaba con la pistola dirigida con torpeza hacia su estómago.

Al instante entró en juego el entrenamiento militar del almirante, que empezó a evaluar la situación. Entre los inconvenientes, observó que el enemigo tenía el arma en su poder y se encontraba en una posición más elevada y, por lo tanto, dominante. Entre los aspectos positivos, se fijó en su inusual manera de empuñar la pistola, que parecía indicar muy poca experiencia en el manejo de armas de fuego.

«No tiene intención de dispararme —pensó Ávila—. Simplemente se propondrá inmovilizarme hasta que lleguen los guardias de seguridad.»

Por el griterío que se oía fuera, era evidente que los guardias de la Sagrada Familia habían oído los disparos y ya estaban entrando en el edificio.

«Tengo que actuar con rapidez.»

Con las manos levantadas en señal de rendición, Ávila se puso de rodillas despacio, para expresar total sometimiento.

«Le haré pensar que tiene la situación bajo control.»

Pese a que se había caído por la escalera, el almirante notaba que aún conservaba el objeto inserto en la parte trasera del cinturón: la pistola impresa en 3D que había empleado para matar a Kirsch en el Guggenheim. La había cargado con la última bala que le quedaba antes de entrar en la iglesia, pero no había tenido que utilizarla. Había matado al primer guardia de la forma más silenciosa posible y después le había quitado su pistola, un arma mucho más eficiente, que por desgracia había acabado en manos de Langdon. Ávila esperaba haberle dejado puesto el seguro, ya que parecía muy poco probable que el profesor supiera quitarlo.

Consideró la posibilidad de hacer un movimiento rápido para sacarse la pistola del cinturón, pero calculó que incluso si tenía éxito y lograba disparar primero, sus probabilidades de supervivencia serían sólo de un cincuenta por ciento. Uno de los riesgos de las personas inexpertas en el manejo de armas era su tendencia a acertar por error.

«Si me muevo con mucha rapidez...»

Los gritos de los guardias se oían cada vez más cerca, y Ávila sabía que si lo arrestaban, el símbolo del Víctor en la palma de la mano le garantizaría la libertad, o al menos eso le había dicho el Regente. A esas alturas, sin embargo, había matado a dos agentes de la Guardia Real y no estaba seguro de que la influencia de su protector pudiera salvarlo.

«He venido a cumplir una misión —se recordó el almirante— y debo concluirla. Tengo que eliminar a Robert Langdon y a Ambra Vidal.»

El Regente le había indicado que entrara por la puerta de servicio del lado oriental del edificio, pero él había decidido por su cuenta saltar la valla de seguridad.

«He visto policías apostados cerca de la puerta oriental, de modo que he tenido que improvisar.»

Langdon le habló en tono enérgico, mirándolo por encima del cañón de la pistola:

—¿Cómo puede decir que Edmond Kirsch mató a su familia? ¡Eso es mentira! Edmond no era un asesino.

«Es cierto —pensó Ávila—. Era algo mucho peor.»

La oscura verdad sobre Edmond era un secreto que el almirante había descubierto hacía apenas una semana, durante una conversación telefónica con el Regente.

—El papa quiere que elimine al famoso futurólogo Edmond Kirsch —le había dicho el Regente—. Las motivaciones de Su Santidad son muchas, pero espera que usted asuma esta misión como algo personal.

—¿Por qué yo? —preguntó Ávila.

—Almirante —le susurró el Regente—, siento decírselo, pero Edmond Kirsch es el responsable de la explosión que mató a su familia.

La primera reacción de Ávila fue de escepticismo total. No veía ninguna razón para que un famoso científico especialista en sistemas informáticos pusiera una bomba en una iglesia.

—Usted es militar, almirante —comenzó a explicarle el Regente—, y lo sabe mejor que nadie. El soldado que aprieta el gatillo en la batalla no es responsable de la muerte de su enemigo. Es sólo un peón que trabaja para otros más poderosos: gobernantes, generales o líderes religiosos, que le pagan el sueldo o lo convencen de que debe defender una causa a toda costa.

Ávila conocía esa situación por experiencia propia.

—La misma regla de tres se aplica al terrorismo —prosiguió el Regente—. Los terroristas más crueles no son los que fabrican las bombas, sino los líderes influyentes que alimentan el odio entre las masas desesperadas e impulsan a sus soldados a cometer actos de violencia. Una sola alma ganada por las fuerzas de las tinieblas es suficiente para sembrar en el mundo el caos y la destrucción, inspirando en las mentes vulnerables la intolerancia espiritual, el nacionalismo o el odio.

El almirante tuvo que reconocer que estaba de acuerdo.

—Los atentados terroristas contra cristianos van en aumento en todo el mundo —prosiguió el Regente—. Los más recientes ya no son acciones cuidadosamente planificadas, sino ataques espontáneos llevados a cabo por terroristas solitarios, que reaccionan ante un llamamiento a las armas lanzado por dirigentes particularmente persuasivos, enemigos de Cristo. —El Regente hizo una pausa—. Y entre esos dirigentes figura el ateo Edmond Kirsch.

Ávila sintió que el Regente empezaba a llevar demasiado lejos su argumento. Pese a la despreciable campaña de Kirsch contra el cristianismo en España, el científico nunca había hecho un llamamiento a matar cristianos.

—Antes de que intente rebatir mi razonamiento —dijo la voz al teléfono—, permítame que le revele un último dato. —El Regente dejó escapar un suspiro—. Nadie sabe lo que voy a contarle, almirante, pero el atentado que mató a su familia... era en realidad un acto de guerra dirigido contra la Iglesia palmariana.

Ávila se quedó boquiabierto, pero no le encontró ningún sentido a la afirmación. La catedral de Sevilla no era un edificio palmariano.

—La mañana del atentado —dijo la voz—, cuatro miembros destacados de la Iglesia palmariana se encontraban en la catedral de Sevilla, con la misión de captar nuevos adeptos. Ellos eran el verdadero objetivo del ataque terrorista. Usted conoce a uno: Marco. Los otros tres murieron.

La mente de Ávila era un torbellino en el que destacaba por encima de todo la imagen de Marco, su fisioterapeuta, que había perdido una pierna en la explosión.

—Nuestros enemigos son poderosos y tenaces —continuó la voz—. Al ver que no podía acceder al interior de nuestro complejo de El Palmar de Troya, el terrorista siguió a nuestros cuatro misioneros hasta Sevilla y decidió actuar allí. Lo siento mucho, almirante. Este drama es una de las razones por las que los palmarianos hemos decidido ponernos en contacto con usted. Nos sentimos responsables de la trágica pérdida que ha sufrido, en una guerra dirigida contra nosotros.

—¿Dirigida por quién? —preguntó Ávila, que ya empezaba a entender las inquietantes afirmaciones del Regente.

—Mire su correo electrónico —contestó la voz.

Al abrir la bandeja de entrada, Ávila encontró una cantidad apabullante de documentos confidenciales que describían una ofensiva brutal contra la Iglesia palmariana a lo largo de la última década, una prolongada guerra que aparentemente abarcaba acciones legales, amenazas que rayaban el chantaje y enormes donativos a grupos antipalmarianos, como las organizaciones Palmar de Troya Support y Dialogue Ireland.

Lo más sorprendente de todo era que esa guerra sin cuartel contra la Iglesia palmariana parecía estar impulsada por un único individuo, y ese hombre no era otro que el futurólogo Edmond Kirsch.

Ávila no salía de su asombro.

—¿Por qué razón iba a querer Kirsch destruir a los palmarianos?

El Regente le respondió que nadie en la Iglesia, ni siquiera el papa, tenía idea de por qué los aborrecía el científico. Lo único que sabían era que uno de los hombres más ricos e influyentes del planeta se había propuesto no descansar hasta aniquilarlos.

La voz al teléfono le indicó a Ávila que prestara atención a un último documento: la copia de una carta mecanografiada; un hombre que decía ser el autor del atentado en Sevilla se la había enviado a los palmarianos. En las primeras líneas de la carta, el terrorista se presentaba como «un discípulo de Edmond Kirsch». El almirante no necesitó saber nada más. Apretó los puños de rabia.

El Regente le explicó por qué los palmarianos no habían hecho público el documento. En los últimos tiempos, la Iglesia había adquirido muy mala reputación, sobre todo a raíz de las campañas financiadas u orquestadas por Kirsch, y la asociación de su nombre con un atentado terrorista habría sido funesta.

«Mi familia murió por culpa de Edmond Kirsch.»

En la oscuridad de la escalera, Ávila levantó la vista hacia Robert Langdon e intuyó que probablemente el profesor no estaba al corriente de la cruzada secreta de Kirsch contra la Iglesia palmariana, ni sabía que el futurólogo había inspirado el atentado que había matado a su familia.

«No importa si lo sabe o no —pensó Ávila—. Él es un soldado, igual que yo. Los dos hemos caído en esta trinchera y sólo uno conseguirá salir. Tengo órdenes y pienso obedecerlas.»

Langdon se encontraba unos peldaños más arriba y lo estaba encañonando como un aficionado: con las dos manos.

«Mala elección», pensó Ávila, mientras deslizaba despacio los pies para apoyarlos un escalón más abajo, sin dejar de mirar al profesor a los ojos.

—Sé que le resulta difícil creerlo —señaló—, pero Edmond Kirsch mató a mi familia. ¡Y aquí tiene la prueba!

Ávila abrió la mano para enseñarle el tatuaje, que obviamente no demostraba nada, pero obró el efecto deseado: Langdon bajó la vista y miró.

Aprovechando esa breve distracción, el almirante saltó en diagonal, siguiendo la curva de la pared, para salir de la línea de fuego. Tal y como esperaba, Langdon apretó el gatillo impulsivamente, antes de corregir la orientación del arma para apuntar al objetivo en movimiento. El disparo resonó como un trueno en el reducido espacio y Ávila sintió que la bala le rozaba el hombro, antes de seguir rebotando de lado a lado de la pared, escalera abajo.

Langdon ya lo estaba apuntando otra vez con el arma, pero el almirante se volvió de repente, saltó y durante la caída golpeó con ambos puños las muñecas del profesor, obligándolo a soltar la pistola, que descendió con gran estrépito por la escalera de piedra.

Sintió un dolor semejante a una descarga eléctrica cuando fue a estrellarse contra el suelo de piedra, al lado de Langdon, pero la explosión de adrenalina no hizo más que alimentar su agresividad. Se llevó una mano a la espalda y tiró con fuerza de la pistola impresa en 3D que llevaba en el cinturón. Acostumbrado al arma del guardia, le pareció inesperadamente ligera.

Apuntó al pecho de Langdon y, sin la menor vacilación, apretó el gatillo.

La pistola rugió, pero al estruendo inicial le siguió un desusado ruido de cristales rotos y Ávila sintió en la mano un calor calcinante. Al instante comprendió que el cañón del arma había estallado. Esas nuevas pistolas «indetectables», pensadas para eludir todos los sistemas de seguridad por carecer de piezas metálicas, estaban hechas para disparar sólo una o dos veces. El almirante no sabía adónde había ido a parar su bala, pero cuando vio que Langdon ya estaba a cuatro patas e intentaba ponerse de pie, dejó caer el arma y se abalanzó sobre su enemigo, iniciando un violento enfrentamiento cuerpo a cuerpo que acercó a los dos hombres al precario borde interior de la escalera.

En cuanto comenzó la lucha, el almirante supo que había ganado.

«Ahora los dos estamos desarmados —pensó—, pero yo tengo la posición dominante.»

Ávila ya había reparado en el hueco de la escalera: una caída mortal, prácticamente sin barreras de seguridad. Para obligar a Langdon a retroceder hacia el abismo, buscó un punto de apoyo y al final logró afirmar una pierna contra la pared. Entonces hizo acopio de fuerzas y, en un estallido, empujó a su enemigo en dirección al pozo.

Langdon se resistió con ferocidad, pero la posición de Ávila era más propicia y, por el gesto de desesperación en los ojos del profesor, era evidente que ya empezaba a imaginar el desenlace.

Robert Langdon había oído decir que las decisiones más cruciales de la vida —las que tenían que ver con la supervivencia— se solían tomar en una fracción de segundo.

En ese momento, acorralado con violencia contra el exiguo reborde de la escalera y la espalda encorvada sobre una caída a plomo de treinta metros de profundidad, sintió que no podía hacer nada para contrarrestar la ventaja de Ávila. Su metro ochenta de estatura y su elevado centro de gravedad conspiraban ahora mortalmente en su contra.

Presa de la desesperación, volvió la cabeza para contemplar el vacío que se abría destrás de él. El hueco circular era estrecho —quizá no llegaba al metro de diámetro—, pero no lo suficiente para detener la caída de su cuerpo, que se iría golpeando de una vuelta a otra de la escalera de caracol hasta estrellarse contra el suelo de piedra.

«Nadie sobreviviría a la caída.»

El almirante dejó escapar un gruñido gutural, mientras volvía a aferrar a Langdon. En ese momento, el profesor comprendió que sólo le quedaba una jugada posible.

En lugar de luchar contra su atacante, lo ayudaría.

Mientras Ávila se disponía a levantarlo para arrojarlo al vacío, Langdon hizo un esfuerzo para acurrucarse aún más y plantar con firmeza los pies sobre los peldaños.

Por un momento, volvió a ser el estudiante de veinte años en la alberca de Princeton... a punto de competir en la prueba de espalda... agarrado al borde... de espaldas al agua... con las piernas flexionadas... las rodillas recogidas contra el pecho... a la espera del pistoletazo de salida.

«La sincronización lo es todo.»

Esta vez no hubo pistoletazo de salida, pero Langdon estalló en un movimiento que lo catapultó hacia el vacío, con la espalda arqueada sobre el abismo. Mientras saltaba, sintió que Ávila, preparado para contrarrestar la oposición de casi cien kilos de peso muerto, perdía completamente el equilibrio, sorprendido por la repentina alteración de la relación de fuerzas.

El almirante lo soltó tan rápido como pudo, pero Langdon notó que agitaba los brazos para no caer. Mientras completaba el salto, el profesor rezó para que la distancia cubierta fuera suficiente para superar el hueco de la escalera y caer al otro lado de la curva, unos dos metros más abajo. Sin embargo, no parecía que fuera a ser así. A mitad del vuelo, mientras comenzaba a replegar de forma instintiva el cuerpo en un ovillo protector, se golpeó con fuerza contra una superficie vertical de piedra.

«No lo he conseguido.

»Voy a morir.»

Seguro de haberse dado contra el reborde interior de la escalera, se preparó para caer al vacío.

Pero la caída no duró más que un instante.

Casi de inmediato, se estrelló contra una superficie dura e irregular y recibió un contundente golpe en la cabeza. La fuerza de la colisión estuvo a punto de dejarlo inconsciente, pero en ese momento comprendió que había atravesado el abismo y había ido a chocar contra la pared más alejada de la escalera, en un tramo inferior de la espiral.

«Debo encontrar la pistola», pensó, esforzándose para no perder el conocimiento, pues sabía que tendría a Ávila encima en cuestión de segundos.

Sus esfuerzos fueron vanos.

El cerebro se le estaba apagando.

Cuando la negrura ya caía sobre él, lo último que oyó fue un ruido extraño... una serie de golpes secos que se sucedían más abajo en la escalera, cada vez más lejos.

Era como el ruido de una bolsa grande de basura cayendo por el conducto de los residuos.

76

Cuando el vehículo en el que viajaba el príncipe Julián se aproximó a la entrada principal de El Escorial, el familiar enjambre de coches oficiales le hizo pensar que Valdespino le había dicho la verdad.

«Es cierto que mi padre está aquí.»

A juzgar por el despliegue, todo el destacamento de la Guardia Real asignado a su padre se había trasladado a la histórica residencia real.

Cuando el acólito detuvo el viejo Opel, un agente provisto de una linterna se acercó a la ventanilla, iluminó el interior del coche y retrocedió sobresaltado, evidentemente sorprendido al encontrar al príncipe y al obispo sentados en el maltrecho vehículo.

—¡Alteza! —exclamó el hombre, cuadrándose de inmediato—. ¡Excelencia! Los estábamos esperando. —Echó un vistazo al desvencijado coche—. ¿Dónde están los guardias de su escolta?

—Tenían cosas que hacer en el palacio —respondió el príncipe—. Hemos venido a ver a mi padre.

—¡Por supuesto, por supuesto! Si Su Alteza y Su Excelencia quieren bajar del vehículo y...

—Abra la barrera —lo apremió Valdespino— y nosotros pasaremos con el coche. Supongo que Su Majestad se encuentra en el hospital del monasterio...

—Así era hasta hace poco, Excelencia —respondió el guardia dubitativo—. Pero me temo que ya no está con nosotros.

El obispo sofocó una exclamación de horror.

Un escalofrío recorrió el cuerpo de Julián.

«¿Ha muerto mi padre?»

—¡No, no! ¡P... perdón! —tartamudeó el guardia, lamentando haber utilizado una frase que se prestaba a la confusión—. Su Majestad no está aquí... porque ha salido de El Escorial hace más o menos una hora. Ha reunido a su escolta y se ha marchado.

El alivio del príncipe no tardó en convertirse en desconcierto.

«¿Dice que se ha marchado del hospital?»

—¡Eso es absurdo! —gritó Valdespino—. ¡Su Majestad me ha pedido que trajera cuanto antes a don Julián!

—Así es. De hecho, tenemos órdenes específicas, Excelencia. Si no les importa bajar del coche, los trasladaremos ahora mismo a un vehículo de la Guardia Real.

Valdespino y Julián intercambiaron una mirada perpleja y se apearon del coche. El agente se dirigió al acólito, le informó de que sus servicios ya no eran necesarios y le indicó que podía regresar al palacio. Atemorizado, el joven arrancó y se perdió en la oscuridad sin decir ni una palabra, claramente aliviado de poder poner fin a su participación en los extraños acontecimientos de la noche.

Mientras los guardias conducían al príncipe y a Valdespino hasta el asiento trasero de un todoterreno, el obispo empezó a ponerse nervioso.

—¿Dónde está el rey? —preguntó—. ¿Adónde nos llevan?

—Seguimos órdenes expresas de Su Majestad —respondió el agente—. Nos ha pedido que les facilitáramos un vehículo y un conductor, y que les entregásemos esta carta.

El hombre les enseñó un sobre lacrado, que enseguida le tendió al príncipe Julián a través de la ventanilla.

«¿Una carta de mi padre? —La formalidad de la vía elegida por el rey para comunicarse con él lo desconcertó, sobre todo cuando notó que el sobre estaba marcado con el sello real—. ¿Qué pretende?» Cada vez le preocupaba más el estado mental de su padre.

Con movimientos ansiosos, Julián rompió el sello, abrió el sobre y extrajo una nota escrita a mano. La caligrafía de su padre ya no era la de siempre, pero seguía siendo legible. Desde que empezó a leer la misiva, el desconcierto del príncipe fue en aumento con cada palabra.

Cuando terminó, volvió a guardar la carta en el sobre y cerró los ojos, considerando sus opciones. Obviamente, no tenía elección.

—Dirígete hacia el norte, por favor —le dijo al conductor.

Mientras el vehículo se alejaba de El Escorial, el príncipe sintió que Valdespino le clavaba la mirada.

—¿Qué le dice el rey en la carta, Alteza? —quiso saber el obispo—. ¿Adónde quiere que vayamos?

Julián exhaló el aire despacio y volvió la vista hacia el fiel amigo de su padre.

—Tú mismo lo has dicho hace un momento. —Le sonrió con tristeza al anciano clérigo—. Mi padre sigue siendo el rey. Y nosotros estamos aquí para respetarlo y obedecer sus órdenes.

77

—¿Robert...? —susurró una voz.

Langdon intentó responder, pero el dolor le martilleaba la cabeza.

—¿Robert...?

Cuando sintió el tacto suave de una mano en la cara, abrió lentamente los ojos. Confuso y desorientado, por un momento creyó estar soñando. «Un ángel vestido de blanco flota sobre mí.»

Sin embargo, enseguida reconoció el rostro que lo estaba mirando y logró componer una débil sonrisa.

—¡Gracias a Dios! —exclamó Ambra, dejando escapar un suspiro de alivio—. Hemos oído el disparo —añadió, mientras se agachaba a su lado—. No te levantes. Quédate quieto.

A medida que recuperaba la consciencia, Langdon sintió también un repentino estremecimiento de temor.

—El hombre que me ha atacado...

—Ha muerto —susurró Ambra con calma—. Estás a salvo. —Indicó con un gesto el borde interior de la escalera—. Se ha caído por el hueco. Hasta abajo.

El profesor tuvo que hacer un esfuerzo para asimilar la noticia. Poco a poco, comenzaba a recordar todo lo sucedido. Intentó disipar la bruma que le nublaba la mente y hacer un inventario de sus heridas, concentrando la atención en la palpitante punzada de la cadera izquierda y el agudo tormento que sentía en la cabeza. Aparte de esos dos focos de dolor, no parecía que hubiera sufrido más daños, ni que tuviera nada roto. El ruido del radio de la policía arrancaba ecos en la escalera.

—¿Cuánto tiempo... he estado...?

—Unos minutos —contestó Ambra—. Has perdido y recuperado la consciencia varias veces. Debería verte un médico.

Poco a poco, Langdon se incorporó del suelo hasta quedar sentado, con la espalda apoyada en la pared de la escalera.

—Era el oficial... de la Armada. El mismo que...

—Lo sé —respondió Ambra, con un gesto afirmativo—. El que mató a Edmond. La policía acaba de identificarlo. Están al pie de la escalera, con el cadáver, y quieren tomarte declaración; pero el padre Beña les ha dicho que no puede subir nadie hasta que venga el equipo médico. La ambulancia llegará de un momento a otro.

Langdon asintió, luchando todavía con el agudo dolor que le partía la cabeza.

—Probablemente te llevarán al hospital —explicó Ambra—, y eso significa que tú y yo deberíamos hablar ahora mismo..., antes de que lleguen.

—Hablar... ¿de qué?

La mujer lo miró preocupada. Después se inclinó y le susurró al oído:

—Robert, ¿no lo recuerdas? La hemos encontrado... La contraseña de Edmond... «Mueren las oscuras religiones y reina la dulce ciencia.»

Sus palabras se abrieron camino como una flecha en la bruma, y Langdon se sobresaltó, libre de las tinieblas que hasta ese momento le habían nublado el entendimiento.

—Tú nos has traído hasta aquí —le dijo Ambra—. Yo puedo encargarme del resto. Has dicho que sabes cómo encontrar a Winston. ¿Dónde está el laboratorio de Edmond? Dime cómo llegar y yo me ocuparé del resto.

Langdon recuperó la memoria de pronto y todo lo sucedido volvió a su mente como un torrente caudaloso.

—Sé cómo encontrarlo.

«O al menos creo que lo puedo averiguar.»

—¿Cómo?

—Tenemos que atravesar la ciudad.

—¿Hasta dónde?

—No sé la dirección exacta —respondió Langdon, mientras se ponía de pie con un movimiento vacilante—. Pero te puedo llevar...

—¡Siéntate, Robert! ¡Por favor! —le suplicó Ambra.

—Sí, siéntese —repitió un hombre que se acercaba subiendo la escalera. Era el padre Beña, que estaba ya casi sin aliento—. La ambulancia no tardará en llegar.

—Estoy bien —mintió Langdon, recostándose contra la pared para sobrellevar mejor el mareo—. Ambra y yo tenemos que irnos.

—No podrán ir muy lejos —dijo Beña, que seguía subiendo lentamente la escalera, peldaño a peldaño—. La policía los está esperando. Quieren tomarles declaración. Además, la iglesia está rodeada de periodistas. Alguien debe de haberle filtrado a la prensa que están aquí. —El sacerdote llegó junto a ellos y miró a Langdon con una sonrisa cansada—. Por cierto, la señorita Vidal y yo nos alegramos de verlo sano y salvo. Nos ha salvado la vida.

Langdon se echó a reír.

—¡Después de que usted nos la salvara a nosotros!

—Bueno, en cualquier caso, quiero hacerles saber que no podrán salir de esta torre sin toparse con la policía.

Langdon apoyó con cuidado las manos sobre el reborde de piedra y se asomó por el hueco de la escalera, para mirar hacia abajo. La macabra escena del suelo le pareció muy lejana. Al fondo del abismo, el cuerpo de Ávila yacía en una posición antinatural, iluminado por los haces de varias linternas de la policía.

Mientras miraba por el ojo de la escalera de caracol y apreciaba una vez más el elegante diseño gaudiniano inspirado en la forma del nautilo, Langdon visualizó en un destello las imágenes de la web del museo de la Sagrada Familia, instalado en el subsuelo de la basílica. La web en cuestión, que el profesor había visitado hacía relativamente poco, permitía admirar una impresionante sucesión de maquetas de la iglesia, reproducidas con una precisión asombrosa mediante programas de diseño asistido por computadora y unas impresoras en 3D gigantescas. Los modelos representaban la larga evolución de la estructura, desde los cimientos hasta su gloriosa finalización, para la que aún faltaba una década.

«¿De dónde venimos? —pensó Langdon—. ¿Adónde vamos?»

De pronto se le encendió un recuerdo en la mente: la imagen de una de las maquetas de la iglesia, que su memoria conservaba almacenada con todos los detalles. Era un modelo que ilustraba la actual fase de construcción del templo y llevaba por título: «La Sagrada Familia hoy».

«Si esa maqueta está actualizada y coincide con la realidad, entonces hay una salida.»

Se volvió de repente hacia Beña.

—Padre, ¿podría darle un mensaje de mi parte a alguien que nos espera fuera?

El sacerdote pareció desconcertado.

Cuando Langdon terminó de explicarle el plan que había concebido para abandonar el edificio, Ambra negó con la cabeza.

—Robert, eso es del todo imposible. No hay ningún sitio allá arriba para...

—De hecho —la interrumpió el padre Beña—, lo hay. No es permanente, pero de momento está ahí. El señor Langdon tiene razón. Lo que sugiere es posible.

Ambra los miró sorprendida.

—Pero, Robert... Aunque podamos escapar sin que nos vean, ¿estás seguro de que quieres marcharte sin ir al hospital?

A esas alturas, Langdon ya no estaba seguro de nada.

—Puedo ir más tarde, si lo necesito —dijo—. Ahora tenemos que terminar lo que hemos venido a hacer. Se lo debemos a Edmond. —Se volvió hacia Beña y lo miró directamente a los ojos—.

Necesito ser sincero con usted, padre, y revelarle el motivo por el que hemos venido. Como sabe, esta noche han asesinado a Edmond Kirsch para impedir que anunciara al mundo un descubrimiento científico.

—Lo sé —dijo el sacerdote— y, a juzgar por el contenido de la introducción, diría que su hallazgo podría perjudicar gravemente a todas las religiones.

—Así es. Por eso creo que debería saber que la señorita Vidal y yo hemos venido esta noche a Barcelona dispuestos a hacer todo cuanto esté a nuestro alcance para revelar al mundo el descubrimiento de Edmond Kirsch. Y estamos muy cerca de conseguirlo, lo que significa que... —Langdon hizo una pausa—. Al solicitar su colaboración, le estoy pidiendo esencialmente que nos ayude a transmitir al mundo las palabras de un ateo.

Beña le apoyó una mano en el hombro.

—Profesor —le dijo con una sonrisa—, Edmond Kirsch no es el primer ateo de la historia en proclamar que Dios ha muerto, ni tampoco será el último. Sea lo que sea que ha descubierto, seguramente suscitará un acalorado debate. El intelecto humano ha evolucionado desde el comienzo de los tiempos y no es mi misión impedir que siga desarrollándose. Sin embargo, desde mi punto de vista, nunca ha habido un avance intelectual que no incluya a Dios.

Dicho esto, el padre Beña les dedicó a los dos una sonrisa tranquilizadora y se marchó escalera abajo.

Fuera, esperando en la cabina del EC145 estacionado, el piloto contemplaba cada vez más inquieto la multitud que seguía aglomerándose delante de la valla de seguridad de la Sagrada Família. No tenía noticias de los dos agentes de la Guardia Real que habían entrado en el edificio y estaba a punto de llamarlos por radio, cuando un anciano menudo vestido con sotana salió del interior de la basílica y se acercó al helicóptero.

El hombre se presentó como el padre Beña y le transmitió un mensaje desconcertante: los dos agentes habían sido asesinados y era preciso evacuar de inmediato a la futura reina de España y al profesor Robert Langdon. Y por si eso no hubiera sido bastante sorprendente, el sacerdote le indicó además el lugar preciso donde debía recoger a sus pasajeros.

«Imposible», pensó el piloto.

Sin embargo, momentos después, mientras sobrevolaba las torres de la Sagrada Familia, observó que las indicaciones que le había dado el sacerdote eran correctas. La estructura más alta de la iglesia —la impresionante torre central— todavía no estaba construida. Pero la plataforma que habían preparado para erigirla era una vasta extensión circular rodeada de unas torres vertiginosas, semejante a un claro en medio de un bosque de secuoyas.

El piloto se situó justo por encima de la plataforma y poco a poco hizo descender el helicóptero entre las esbeltas torres. Cuando tocó el suelo, vio que dos figuras emergían de una escalera: una de ellas era Ambra Vidal, que acudía asistiendo a Robert Langdon, visiblemente herido.

El piloto saltó a tierra para ayudarlos a subir a la cabina.

Mientras se abrochaba el cinturón de seguridad, la futura reina consorte le sonrió con gesto cansado.

—Muchas gracias —susurró—. El señor Langdon le indicará adónde vamos.

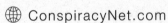 ConspiracyNet.com

NOTICIAS DE ÚLTIMA HORA

¿La Iglesia palmariana mató
a la madre de Edmond Kirsch?

Nuestro informante, monte@iglesia.org, ha vuelto a hacernos una revelación sensacional. Según unos documentos exclusivos cuya autenticidad ha sido verificada por el equipo de ConspiracyNet, Edmond Kirsch intentaba desde hace años llevar a juicio a la Iglesia palmariana por un caso de «lavado de cerebro, condicionamiento psicológico y crueldad física», que presuntamente habría causado la muerte de Paloma Kirsch —la madre biológica de Edmond— hace más de treinta años.

Al parecer, Paloma Kirsch pertenecía a la Iglesia palmariana, pero al intentar abandonarla habría sido sometida a acoso psicológico y malos tratos por parte de sus superiores jerárquicos, y se habría quitado la vida ahorcándose en una celda de su convento.

—¿El propio rey? —volvió a mascullar Garza en el silencio de la armería—. Todavía no puedo entender que la orden de mi arresto procediera directamente del rey. ¡Después de tantos años a su servicio!

Mónica Martín se llevó un dedo a los labios, para hacerlo callar, y echó un vistazo a la entrada, entre las armaduras expuestas, para asegurarse de que los guardias no los estaban escuchando.

—Ya le he dicho que monseñor Valdespino tiene mucha influencia sobre Su Majestad y le ha hecho creer que usted es el responsable de las acusaciones lanzadas esta noche contra el obispo para incriminarlo falsamente en el asesinato.

«Soy el chivo expiatorio del rey», se dijo Garza, confirmando así sus sospechas de que el monarca siempre elegiría a Valdespino, en caso de tener que decidir entre el obispo y el comandante de su Guardia Real. El obispo era amigo suyo de toda la vida y los vínculos espirituales siempre superaban a los profesionales.

Aun así, Garza no podía dejar de pensar que al menos una parte de la explicación de Mónica carecía de lógica.

—La historia del secuestro..., ¿me está diciendo que ha sido el rey quien ha ordenado difundirla?

—Sí, Su Majestad me ha llamado en persona y me ha ordenado que saliera a anunciar el secuestro de Ambra Vidal. Se ha inventado la historia para proteger la reputación de la futura reina y salvar las apariencias, ya que la señorita Vidal se ha fugado literalmente con otro hombre. —Mónica Martín miró a Garza con expresión contrariada—. ¿Por qué me lo pregunta? ¿Acaso duda de mí, después de saber que el rey ha llamado por teléfono a Fonseca y le ha ordenado lo mismo?

—No me puedo creer que el rey se haya arriesgado a acusar en falso de un delito de secuestro a un importante ciudadano estadounidense —argumentó Garza—. Tiene que haberse vuelto...

—¿Loco?

Garza guardó silencio.

—Comandante —lo apremió Martín—, recuerde que Su Majestad no está bien de salud. ¿Podría ser que le hubieran fallado momentáneamente sus facultades?

—O, al contrario, que hubiera tenido un momento de genialidad —respondió Garza—. Aunque la jugada ha sido arriesgada, ahora la futura reina está a salvo, con una explicación satisfactoria para todos sus movimientos y bajo la protección de la Guardia Real.

—Así es. —La coordinadora de relaciones públicas lo contempló con curiosidad—. Entonces ¿qué lo preocupa?

—Valdespino —contestó el comandante—. Reconozco que no me cae bien, pero la intuición me dice que no puede estar detrás del asesinato de Kirsch, ni de todo lo que ha pasado esta noche.

—¿Por qué no? —preguntó la mujer con aspereza—. ¿Porque es un religioso? Diría que la Inquisición nos enseñó un par de cosas sobre la propensión de la Iglesia a justificar medidas drásticas. En mi opinión, Valdespino es un hombre arrogante, sin escrúpulos, oportunista y excesivamente dado al secretismo. ¿O hay algo más que no acabo de ver?

—Lo hay —confirmó Garza, sorprendido de tener que defender al obispo—. Valdespino es tal y como usted lo describe, pero también es una persona para quien la tradición y la dignidad lo son todo. El rey, que como usted sabe no confía prácticamente en nadie, lleva décadas depositando toda su confianza en el obispo. Me cuesta mucho creer que el amigo y confidente del rey haya podido cometer tal traición.

Mónica Martín dejó escapar un suspiro, mientras sacaba el celular.

—Detesto socavar su fe en el obispo, comandante, pero tiene que ver esto. Me lo ha enseñado Suresh.

Pulsó unos cuantos botones y le pasó el celular a Garza.

En la pantalla aparecía un largo mensaje de texto.

—Es una captura de pantalla de un mensaje que ha recibido esta noche el obispo —susurró—. Léalo. Le aseguro que cambiará por completo su perspectiva.

Pese al dolor que aún lo hacía estremecerse, Robert Langdon se sentía extrañamente ligero, casi eufórico, mientras el helicóptero despegaba del techo de la Sagrada Familia.

«Estoy vivo.»

Sentía la adrenalina acumulada en la sangre, como si hubiera asimilado de pronto y a la vez todos los sucesos ocurridos durante la última hora. Tratando de respirar con la mayor lentitud posible, desvió su atención al mundo exterior, al otro lado de las ventanillas del helicóptero.

A su alrededor, las colosales torres de la iglesia se proyectaban hacia el cielo, pero a medida que el aparato se fue elevando, la basílica pareció caer y disolverse en la cuadrícula iluminada de las calles. Langdon contempló la extensión urbana, que no se componía de los habituales cuadrados y rectángulos de otras ciudades, sino de octágonos de aspecto mucho más amable.

«L'Eixample —pensó Langdon—. El Ensanche.»

El visionario urbanista Ildefons Cerdà había creado manzanas octogonales en el nuevo distrito para mejorar la visibilidad en los cruces, favorecer la circulación del aire y dejar espacio en los chaflanes para instalar bares con terrazas.

—¡¿Adónde vamos?! —gritó el piloto, volviendo la cabeza por encima del hombro.

Langdon señaló al sur, donde una de las avenidas más anchas, luminosas y de nombre más apropiado de la ciudad atravesaba oblicuamente toda Barcelona.

—¡A la Diagonal! —gritó Langdon—. ¡Siga la Diagonal hacia el oeste!

En cualquier plano de Barcelona es imposible pasar por alto esa ancha avenida, que cruza la ciudad de un extremo a otro, desde el ultramoderno rascacielos Diagonal Zero Zero, en el frente marítimo, hasta las antiguas rosaledas del parque de Cervantes, un tributo de cuatro hectáreas al novelista más celebrado de la lengua castellana, autor de *Don Quijote*.

El piloto hizo un gesto afirmativo y viró al oeste, dispuesto a seguir la línea de la avenida hacia las montañas.

—¿Dirección? —preguntó—. ¿Coordenadas?

«No sé la dirección», pensó Langdon.

—Diríjase al campo de fútbol.

—¿Al campo de fútbol? —repitió el hombre sorprendido—. ¿Se refiere al estadio del Barça?

Langdon asintió. No tenía la menor duda de que el piloto sabría localizar el campo del famoso club, situado unos kilómetros más allá, muy cerca de la Diagonal.

El piloto aceleró y recorrió a la velocidad máxima el trazado de la avenida.

—Robert —lo llamó Ambra en voz baja—, ¿te encuentras bien?

Lo estaba mirando fijamente, como si creyera que el golpe en la cabeza pudiera haberle alterado el buen juicio.

—Has dicho que sabías dónde encontrar a Winston...

—Y así es —respondió él—. Hacia allá nos dirigimos.

—¿Hacia un estadio? ¿Crees que Edmond construyó su supercomputadora en un campo de fútbol?

Langdon negó con un gesto.

—No. El estadio es sólo un punto de referencia sencillo para el piloto. Me interesa uno de los edificios que quedan cerca: el Gran Hotel Princesa Sofía.

La confusión de Ambra no hacía más que aumentar.

—Robert, no sé si tiene sentido lo que dices. Es absolutamente imposible que Edmond construyera una supercomputadora en un hotel de lujo. Creo que deberíamos llevarte al hospital, después de todo.

—Estoy bien, Ambra. Confía en mí.

—¿Adónde vamos entonces?

—¿Adónde vamos? —Langdon se acarició la barbilla con gesto travieso—. ¿No era ésa una de las preguntas trascendentales que Edmond había prometido responder esta noche?

La expresión de Ambra se estabilizó en algún punto entre la diversión y la exasperación.

—Lo siento —prosiguió él—. Permíteme que te lo explique. Hace dos años, almorcé una vez con Edmond en el club privado de la decimoctava planta del Gran Hotel Princesa Sofía.

—¿Y Edmond llevó la supercomputadora al almuerzo? —sugirió la mujer entre risas.

El profesor sonrió

—No, no exactamente. Pero llegó a pie y me dijo que comía casi a diario en el club, porque la localización del hotel le resultaba muy cómoda: a un par de calles de su laboratorio informático. También me confió que estaba trabajando en un proyecto de inteligencia sintética avanzada y que estaba entusiasmado con sus posibilidades.

De repente, Ambra pareció aliviada.

—¡Debía de referirse a Winston!

—Eso creo.

—¿Y después Edmond te llevó a su laboratorio?

—No.

—¿Te dijo dónde estaba?

—Por desgracia, lo mantuvo en secreto.

La expresión de la mujer volvió a teñirse de preocupación.

—Sin embargo —prosiguió Langdon—, el propio Winston nos ha revelado de manera un tanto enigmática su posición exacta.

Ambra recibió la afirmación con perplejidad.

—No, Robert, no nos ha revelado nada.

—Te aseguro que sí —replicó Langdon sonriendo—. De hecho, se lo ha dicho a todo el mundo.

Antes de que Ambra pudiera pedirle una explicación, el piloto anunció:

—¡Ahí está el estadio!

Lo dijo señalando a cierta distancia la mole del Camp Nou.

«¡Qué rápido!», pensó Langdon, mientras trazaba mentalmente una línea desde el campo de fútbol hasta el Gran Hotel Princesa Sofía, un rascacielos que dominaba un amplio cruce de la Diagonal. Le indicó al piloto que pasara de largo y ganara altura, para sobrevolar el hotel.

Al cabo de unos segundos, el helicóptero había ascendido un par de cientos de metros y se encontraba suspendido en el aire, sobre la torre donde Langdon y Edmond habían almorzado juntos dos años atrás.

«Me dijo que su laboratorio de informática se encontraba a un par de calles de aquí.»

Desde su ventajoso punto de observación, a vista de pájaro, Langdon recorrió con la mirada los alrededores del hotel. Las calles de esa parte de la ciudad no eran tan rectilíneas como las que rodeaban la Sagrada Familia, y las manzanas presentaban todo tipo de formas alargadas e irregulares.

«Tiene que estar por aquí.»

Cada vez más inseguro, Langdon inspeccionó las manzanas en todas las direcciones, tratando de reconocer entre ellas la figura singular que conservaba en la memoria.

«¿Dónde estará?»

Sólo cuando volvió la vista hacia el norte, al otro lado de la rotonda de la plaza de Pius XII, sintió renacer la esperanza.

—¡Allí! —le indicó al piloto—. ¡Diríjase por favor a esa zona arbolada!

El piloto inclinó el morro del helicóptero y lo condujo en diagonal hacia el noroeste, para sobrevolar el área ajardinada que Langdon le había indicado. Los árboles formaban parte de un vasto complejo, protegido por un muro que rodeaba una finca enorme.

—Robert —le dijo Ambra contrariada—, ¿qué te propones? ¡Eso es el Palacio Real de Pedralbes! Es totalmente imposible que Edmond construyera a Winston en el...

—¡Aquí no! ¡Allí!

Langdon señaló la manzana justo detrás del palacio.

La mujer se inclinó para ver mejor lo que causaba el entusiasmo de su acompañante. La manzana señalada estaba delimitada por cuatro calles bien iluminadas que trazaban una especie de rombo orientado de norte a sur. La única anomalía del rombo era su lado inferior derecho, que describía una curva caprichosa, una desviación del trazado rectilíneo que alteraba la regularidad del perímetro.

—¿Reconoces esa línea irregular? —preguntó Langdon, apuntando el borde del rombo, una calle que brillaba en la noche, perfectamente delineada junto a la oscuridad de los jardines del palacio—. ¿Ves esa calle que forma una ligera curva?

De repente, la exasperación de Ambra pareció evaporarse, y la mujer se acercó aún más a la ventanilla para escudriñar el paisaje urbano con mayor intensidad.

—Sí, esa línea me resulta familiar. Pero ¿por qué?

—Mira toda la manzana —la instó Langdon—: una forma romboidal con un lado inferior derecho un poco extraño.

Esperó, convencido de que Ambra no tardaría en reconocer la figura.

—Mira los dos parques en el interior de la manzana —añadió, indicando una rotonda arbolada en el centro y un parque semicircular a la derecha.

—Tengo la sensación de que conozco este lugar —dijo Ambra—, pero no acabo de...

—Piensa en arte —la animó Langdon—. Piensa en tu colección del Guggenheim. Piensa en...

—¡Winston! —gritó ella, volviéndose hacia el profesor con expresión de incredulidad—. ¡El trazado de estas calles coincide exactamente con el autorretrato de Winston que hay en el Guggenheim!

Langdon le sonrió.

—Así es.

Ambra se volvió otra vez hacia la ventanilla para contemplar la manzana romboidal. Langdon la imitó, mientras visualizaba mentalmente el autorretrato: la caprichosa forma que lo había intrigado desde que Winston se la había enseñado esa misma noche, un extraño homenaje a la obra de Joan Miró.

«Edmond me pidió que pintara un autorretrato —le había dicho el asistente informático—, y me ha salido esto.»

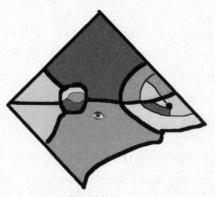

Langdon ya había llegado a la conclusión de que el ojo representado cerca del centro —un elemento constante en la obra de Miró— indicaba casi con seguridad el sitio exacto donde se encontraba Winston, el lugar del planeta desde el cual miraba al mundo.

Ambra se volvió desde la ventanilla, mostrando júbilo y asombro al mismo tiempo.

—El autorretrato de Winston no es un Miró. ¡Es un mapa!

—Exacto —contestó Langdon—. Y considerando que Winston

no tiene cuerpo, ni una imagen corporal propia, es comprensible que su autorretrato se refiera más a su localización que a su forma física.

—El ojo —dijo Ambra— parece una copia exacta de los que pintaba Miró, pero hay uno sólo. ¿Será tal vez la manera que encontró Winston de marcar su ubicación?

—Eso mismo estaba pensando yo.

Langdon se volvió hacia el piloto y le preguntó si podía tomar tierra solamente un momento, en uno de los pequeños parques de la manzana de Winston. El hombre asintió e inició el descenso.

—¡Dios mío! —exclamó Ambra—. ¡Ahora comprendo por qué imitó Winston con tanta precisión el estilo de Miró!

—¿Sí? ¿Por qué?

—El palacio que acabamos de sobrevolar es el de Pedralbes.

—¿Pedralbes? —preguntó Langdon—. ¿No es el nombre de...?

—¡Sí! ¡De uno de los dibujos más famosos de Miró! Es probable que Winston investigara esta zona y encontrara la vinculación con el pintor.

Langdon tuvo que reconocer que la creatividad del asistente informático era sorprendente y se sintió extrañamente eufórico ante la perspectiva de reanudar el contacto con la inteligencia sintética que Edmond había creado. A medida que el helicóptero descendía, vio aparecer la silueta oscura de un gran edificio situado en el punto exacto donde Winston había dibujado el ojo.

—Mira —señaló Ambra—. Debe de ser eso.

El profesor se esforzó por ver mejor el edificio, parcialmente oculto entre los árboles. Incluso desde el aire, resultaba impresionante.

—No veo luces encendidas —dijo Ambra—. ¿Crees que podremos entrar?

—Tiene que haber alguien dentro —respondió Langdon—. Edmond debía de tener personal preparado para actuar, sobre todo esta noche. Cuando sepan que hemos encontrado la contraseña, seguro que quieren ayudarnos a difundir la presentación.

Quince segundos más tarde, el helicóptero se posaba en un extenso parque semicircular en el borde oriental de la manzana señalada por Winston. Langdon y Ambra saltaron a tierra y, en ese mismo instante, el aparato levantó el vuelo en dirección al estadio, donde esperaría nuevas instrucciones.

Mientras los dos corrían en la oscuridad del parque hacia el centro de la manzana, cruzaron una callejuela interior, el paseo dels Til·lers y se adentraron por un área densamente arbolada. Un poco más adelante, entre los árboles, distinguieron la figura de un edificio voluminoso.

—No se ve ninguna luz —susurró Ambra.

—Pero hay una valla —dijo Langdon frunciendo el ceño al llegar a la reja de seguridad de tres metros de altura que rodeaba toda la finca.

Mirando a través de los barrotes, se percató de que gran parte del edificio quedaba oculto detrás de la espesa vegetación del jardín. Le pareció extraño que no hubiera luces encendidas.

—Allí —indicó Ambra, señalando un punto en la valla, unos veinte metros más adelante—. Creo que allí está la entrada.

Apuraron el paso a lo largo de la reja y llegaron a un acceso con un imponente torniquete de seguridad, que estaba firmemente bloqueado. A un costado había un intercomunicador y, antes de que Langdon tuviera tiempo de sopesar las opciones, Ambra ya estaba pulsando el botón de llamada.

Se oyeron dos tonos y a continuación se conectó una línea.

Silencio.

—¿Hola? —dijo la mujer—. ¿Hola?

No hubo ninguna respuesta, aparte del inquietante zumbido de la línea abierta.

—No sé si me está escuchando alguien —prosiguió—, pero somos Ambra Vidal y Robert Langdon, dos buenos amigos de Edmond Kirsch. Estábamos con él esta noche, cuando lo han asesinado, y tenemos información crucial para el propio Edmond, para Winston y creemos que para todos ustedes.

Se oyó un clic.

El profesor empujó de inmediato el torniquete, que cedió sin oponer ninguna resistencia.

Suspiró aliviado.

—Ya te he dicho que tenía que haber alguien.

Cruzaron rápidamente el acceso y avanzaron entre los árboles hacia el edificio en penumbra. Mientras se acercaban, las líneas de la construcción comenzaron a recortarse contra el cielo nocturno.

Ambra y Langdon se pararon en seco.

«¡No puede ser! —pensó él, contemplando el símbolo inconfundible que se erguía por encima de sus cabezas—. ¡El laboratorio de informática de Edmond no puede tener una cruz enorme en el tejado!»

Unos pasos más adelante dejaron atrás los árboles. Mientras avanzaban, la fachada del edificio se abrió ante sus ojos, y el espectáculo fue sorprendente: una antigua iglesia con un gran rosetón, dos torres de piedra y un elegante portón ornamentado con imágenes de la Virgen y de varios santos católicos.

Ambra parecía espantada.

—¡Robert, creo que hemos invadido los terrenos de una iglesia! ¡Nos hemos equivocado de sitio!

En ese momento, Langdon descubrió un cartel en la fachada y se echó a reír.

—¡No, nada de eso! ¡Creo que estamos en el lugar exacto!

Había visto ese edificio en las noticias unos años atrás, pero no había prestado atención a su ubicación. «Un laboratorio de alta tecnología situado en el interior de una iglesia católica desacralizada.» Langdon tuvo que reconocer que era el mejor refugio posible para que un ateo irreverente construyera su impía computadora. Mientras contemplaba la antigua capilla, sintió un estremecimiento al comprender hasta qué punto era visionaria la contraseña elegida por Edmond.

Mueren las oscuras religiones & reina la dulce ciencia.

Le enseñó el cartel a Ambra:

BARCELONA SUPERCOMPUTING CENTER
CENTRO NACIONAL DE SUPERCOMPUTACIÓN

Ambra se volvió hacia él con cara de escepticismo.

—¿Barcelona tiene un centro de supercomputación dentro de una iglesia católica?

—Así es. —Langdon sonrió—. A veces la realidad supera a la ficción.

81

La cruz más alta del mundo está en España.

Erguida en la cima de un monte, a unos trece kilómetros del monasterio de El Escorial, la colosal cruz de concreto alcanza ciento cincuenta metros de altura sobre un árido valle y se puede divisar desde más de cien kilómetros de distancia.

En la garganta rocosa que se abre bajo la cruz —que recibe el nombre de «Valle de los Caídos»— yacen enterradas más de cuarenta mil personas que combatieron en la sangrienta guerra civil.

«¿Qué estamos haciendo aquí? —se preguntó Julián mientras seguía al guardia hacia la explanada que se extendía al pie del monte, bajo la cruz—. ¿Es aquí donde quiere verme mi padre?»

Caminando a su lado, Valdespino parecía igualmente perplejo.

—Esto no tiene sentido, Alteza —le susurró—. Su padre siempre ha aborrecido este lugar.

«Millones de personas lo aborrecen», pensó el príncipe.

Concebido en 1940 por el propio Franco con la «noble aspiración» de convertirse en «un acto nacional de expiación», el Valle de los Caídos seguía siendo objeto de encendida controversia, entre otras cosas porque la fuerza de trabajo que lo había construido incluía presos políticos contrarios al régimen dictatorial, muchos de los cuales habían muerto en condiciones extremas o de hambre durante las obras.

Algunos diputados habían llegado a comparar el lugar con un campo de concentración nazi, y Julián sospechaba que su padre compartía esa opinión, aunque nunca la había expresado abiertamente. Para la mayoría de los españoles, el monumento era un homenaje a Franco, construido por el propio dictador: un colosal santuario en su honor. Y el hecho de que sus restos estuvieran sepultados allí mismo no hacía más que alimentar las críticas.

Julián recordó su única visita al monumento: otra excursión de su infancia de la mano de su padre para conocer mejor su país. Tras enseñarle el lugar, su padre le había susurrado:

—Míralo todo muy bien, hijo mío, porque algún día lo derribarás.

Mientras subía la escalinata hacia la austera fachada tallada en la ladera del monte, siguiendo los pasos del guardia, el príncipe empezó a comprender hacia dónde se dirigían. Una ornamentada puerta de bronce se erguía ante ellos, un portón abierto sobre la pared misma de la montaña, que Julián recordó haber franqueado siendo niño, profundamente inquieto por lo que pudiera encontrar al otro lado.

Después de todo, el verdadero milagro de esa montaña no era la cruz que la coronaba, sino el espacio secreto que ocultaba en su interior.

Excavada en las entrañas del monte granítico, había una caverna artificial de proporciones colosales. La cripta se internaba más de doscientos metros en la roca, como un túnel, para abrirse finalmente en una cámara gigantesca de majestuosos acabados, con un suelo de baldosas relucientes y una bóveda altísima de casi cincuenta metros de diámetro, decorada con frescos.

«Estoy dentro de una montaña —había pensado el pequeño Julián en su primera visita—. ¡Debo de estar soñando!»

Ahora, muchos años después, había regresado.

«Acatando la voluntad de mi padre moribundo.»

Mientras se acercaban a la puerta de bronce, Julián levantó la vista hacia la Piedad que dominaba el pórtico. Junto a él, el obispo Valdespino se santiguó, pero al príncipe le pareció que el gesto obedecía más al nerviosismo que a la fe.

🌐 ConspiracyNet.com

NOTICIAS DE ÚLTIMA HORA

Pero ¿quién es el Regente?

Hay indicios de que Luis Ávila, el asesino de Edmond Kirsch, recibía órdenes directas de un individuo al que llamaba «el Regente».

Su identidad es un misterio, aunque el título podría ofrecer algunas pistas sobre el personaje. Según la web diccionario.com, «regente» es la persona que gobierna un Estado durante la minoría de edad, la incapacidad o la ausencia de su monarca.

En la encuesta que estamos realizando entre nuestros usuarios —«¿Quién es el Regente?»— las opciones más votadas hasta el momento son las siguientes:

1. El obispo Valdespino, actuando en nombre del agonizante rey de España.

2. El papa palmariano, que cree ser el legítimo pontífice.

3. Un militar español de alta graduación, ante la incapacidad del rey, comandante en jefe de las Fuerzas Armadas.

¡Os seguiremos informando!

#QuiénEsElRegente

Langdon y Ambra recorrieron con la vista la fachada de la espaciosa capilla y localizaron la entrada del Centro Nacional de Supercomputación en el extremo sur de la iglesia. Allí, un ultramoderno vestíbulo de cristal se superponía al exterior de la fachada antigua, confiriendo a la iglesia el aspecto híbrido de un edificio a caballo entre diferentes siglos.

En un punto del jardín cercano a la entrada se alzaba una escultura curiosa: una cabeza de guerrero olmeca de tres metros de altura. Langdon se preguntó qué podía hacer ese objeto en los terrenos de una iglesia católica; pero, conociendo a su amigo, no le extrañó que el lugar de trabajo de Edmond estuviera lleno de contradicciones.

Ambra se dirigió con rapidez a la puerta principal y llamó al timbre. Cuando el profesor la alcanzó, una cámara de seguridad situada por encima de sus cabezas giró para enfocarlos y procedió a continuación a escudriñar minuciosamente todo el ambiente durante un largo rato.

Por fin, la puerta se abrió con un zumbido.

Los dos se apresuraron a atravesar la entrada y accedieron a una amplia recepción, instalada en el antiguo pórtico de la iglesia: un espacio vacío de paredes de piedra desnudas, tenuemente iluminado. Langdon esperaba que alguien saliera a recibirlos —quizá un empleado de Edmond—, pero el vestíbulo estaba desierto.

—¿No hay nadie? —le susurró Ambra.

De pronto, percibieron unos débiles acordes de música medieval: un coro de voces masculinas entonaba una melodía vagamente familiar. Langdon no habría sabido decirlo con certeza, pero la espectral presencia de la música religiosa en un ambiente sin duda tecnológico le pareció muy propia del travieso sentido del humor de su amigo Edmond.

Toda la iluminación de la sala procedía de una pantalla de plasma gigantesca que había encendida sobre la pared del vestíbulo, frente a ellos. En ese instante, estaba emitiendo lo que sólo podía describirse como un juego de computadora primitiva: varios conglomerados de puntos oscuros se movían sobre una superficie blanca, como enjambres de insectos que volaran sin propósito alguno.

«Pero sí que tienen un propósito», se dijo Langdon, que acababa de reconocer las imágenes.

Se trataba de una famosa simulación generada por computadora, conocida como el «juego de la vida», que el matemático británico John Conway había inventado en los años setenta. Los puntos oscuros —las «células»— se movían, interactuaban y se reproducían, obedeciendo a una serie de reglas establecidas por el programador. Invariablemente, con el tiempo y utilizando esas reglas iniciales como única guía, los puntos empezaban a organizarse en cúmulos, secuencias y patrones recurrentes, que a su vez evolucionaban, se volvían más complejos y empezaban a parecerse de manera sorprendente a otras estructuras similares presentes en la naturaleza.

—El juego de la vida, de Conway —dijo Ambra—. Hace años vi una instalación basada en esa idea: una obra de técnica mixta titulada *Autómata celular*.

Sus conocimientos impresionaron a Langdon, que había oído hablar del juego de la vida sólo porque su inventor también había sido profesor en Princeton.

La música coral volvió a captar su atención.

«Tengo la sensación de haber oído esta pieza antes. ¿Es una misa renacentista?»

—Robert —dijo Ambra, señalando con el dedo—. Mira.

En la pantalla, los movedizos puntos habían invertido la dirección de su progreso y estaban acelerando, como si el programa se desarrollara en sentido contrario. La secuencia siguió retrocediendo cada vez más rápidamente, remontándose hacia atrás en el tiempo. El número de puntos empezó a disminuir... En lugar de dividirse y multiplicarse, las células comenzaron a recombinarse... Sus estructuras se transformaban en otras cada vez más simples y al final sólo quedó un puñado de células, que siguieron fundiéndose entre sí... Primero fueron ocho, después cuatro, a continuación dos y al final...

Una.

Una sola célula, que parpadeaba en medio de la pantalla.

Langdon sintió un escalofrío.

«El origen de la vida.»

La célula solitaria desapareció, dejando únicamente un vacío: una pantalla desierta.

El juego de la vida se había desvanecido y sobre la superficie blanca comenzó a materializarse un texto apenas visible, que poco a poco se fue volviendo más claro y definido, hasta que pudieron leerlo:

Si admitimos una primera causa,
la mente aún anhela saber
de dónde vino aquélla y cómo se originó

—Es de Darwin —murmuró Langdon, al reconocer la elocuencia con que el gran naturalista había expresado el mismo interrogante que inquietaba a Edmond Kirsch.

—¿De dónde venimos? —dijo Ambra con entusiasmo, tras leer el texto.

—Exacto.

La mujer le sonrió.

—¿Intentamos averiguarlo? —preguntó, mientras se dirigía hacia una puerta que había entre unas columnas y que parecía conectar con la nave de la iglesia.

Cuando aún estaban atravesando el vestíbulo, la cita de Darwin se desvaneció de la pantalla y su lugar lo ocuparon unas cuantas palabras sueltas, que siguieron surgiendo de manera aparentemente arbitraria. Su número iba en aumento y aparecían términos nuevos, que se transformaban y combinaban entre sí, en intrincadas series de frases en inglés.

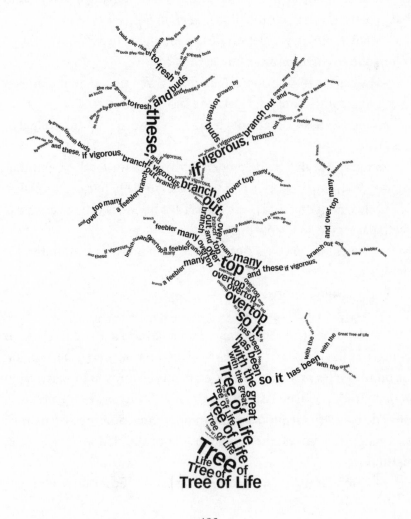

... «crecimiento»... «brotes tiernos»... «hermosas ramificaciones»...

Mientras la imagen se expandía, Langdon y Ambra vieron que las palabras evolucionaban hasta formar la figura de un árbol.

«¿Qué es eso?»

Se quedaron mirando fijamente el gráfico, mientras a su alrededor resonaba cada vez con más intensidad el coro de voces *a cappella*. Langdon se dio cuenta de que no cantaban en latín, como había pensado en un principio, sino en inglés.

—¡Dios mío! ¡Las palabras de la pantalla! —exclamó Ambra—. ¡Creo que se corresponden con la música!

—Es verdad —corroboró Langdon, al ver en la pantalla nuevas frases que coincidían con la letra de la pieza coral.

... «por causas de acción lenta»... «y no por actos milagrosos»...

Langdon no dejaba de escuchar y mirar, sintiéndose extrañamente desconcertado por la yuxtaposición de la letra y la música. De hecho, no había duda de que ésta era religiosa, mientras que el texto parecía todo lo contrario.

... «seres orgánicos»... «sobreviven los fuertes»... «mueren los débiles»...

El profesor se sobresaltó.

«¡Yo conozco esta pieza!»

Varios años atrás, Edmond lo había llevado a escucharla en un concierto. Se titulaba *Missa Charles Darwin* y era una composición inspirada en las misas cristianas, en la que el autor había sustituido el texto tradicional en latín por pasajes de *El origen de las especies*, la obra de Darwin, creando así una inquietante combinación de música religiosa y voces que cantaban a la brutalidad de la selección natural.

—¡Qué extraño! —comentó Langdon—. Edmond y yo escuchamos esta pieza juntos, hace mucho tiempo. A él le encantaba. ¡Qué coincidencia encontrarla también aquí!

—No es ninguna coincidencia —dijo una voz familiar desde unos altavoces en lo alto de la pared—. Edmond me enseñó a recibir a los invitados con música que pudiera gustarles y con una proyección de algún tema interesante, para abrir la conversación.

Langdon y Ambra levantaron la vista hacia los altavoces con expresión de incredulidad. La cordial voz que les daba la bienvenida tenía un inconfundible acento británico.

—Me alegro mucho de que hayan encontrado el camino —afirmó la voz sintética—. No tenía ningún medio para ponerme en contacto con ustedes.

—¡Winston! —exclamó Langdon, asombrado por el alivio que sentía al reanudar la comunicación con una máquina.

Ambra y él le contaron brevemente lo sucedido hasta ese momento.

—Es muy agradable oír sus voces —dijo Winston—. Pero, díganme, ¿hemos localizado lo que buscábamos?

—William Blake —respondió Langdon—. *Mueren las oscuras religiones y reina la dulce ciencia.*

Winston permaneció un segundo en silencio antes de decir:

—Es el último verso del poema profético *Los cuatro zoas.* Tengo que reconocer que es una elección excelente. —Se interrumpió un momento—. Sin embargo, buscábamos un verso de cuarenta y siete letras...

—¡El *ampersand*! —exclamó Langdon.

Y enseguida le explicó el truco tipográfico con el vocablo latino *et.*

—¡Típico de Edmond! —respondió la voz sintética con una risita extraña.

—¿Y bien, Winston? —lo apremió Ambra—. Ahora que sabemos la contraseña, ¿podrías desbloquear el resto de la presentación?

—Claro que sí —respondió la máquina con determinación—. Sólo necesito que introduzcan la contraseña manualmente. Edmond instaló varios cortafuegos para proteger su proyecto y no me dio acceso directo; pero puedo guiarlos hasta su laboratorio e indicarles dónde introducir la información. Podremos empezar a emitir la presentación dentro de menos de diez minutos.

Langdon y Ambra se volvieron para mirarse. En el fondo, no se esperaban una confirmación tan rotunda e inmediata por parte de Winston. Después de las vicisitudes de la noche, la victoria final parecía a punto de llegar sin grandes fanfarrias y de manera totalmente imprevista.

—Robert —susurró Ambra, apoyándole una mano en el hombro—, lo hemos conseguido gracias a ti.

—Ha sido un trabajo en equipo.

—Me permito sugerirles —intervino Winston— que se trasladen de inmediato al laboratorio de Edmond. Aquí, en el vestíbulo, están demasiado a la vista, y ya he detectado que algunos medios empiezan a informar de su presencia en la zona.

Langdon no se sorprendió. Un helicóptero militar que descendía y se posaba en un parque de la ciudad tenía que llamar la atención a la fuerza.

—Dinos adónde tenemos que ir —pidió Ambra.

—Pasen entre las columnas —les contestó Winston— y sigan mi voz.

La música coral se interrumpió de forma brusca en el vestíbulo, la pantalla de plasma se apagó y una sucesión de golpes metálicos en la puerta principal señaló que una serie de cerrojos controlados automáticamente se habían cerrado.

«Edmond debió de transformar estas instalaciones en una auténtica fortaleza —se dijo Langdon, mientras echaba un vistazo a través de los gruesos cristales de las ventanas, aliviado al ver que el parque en torno a la capilla seguía desierto—. Al menos de momento», pensó.

Cuando se volvió hacia Ambra, vio una luz que se encendía en un extremo del vestíbulo e iluminaba la puerta entre dos columnas. Ambos fueron hacia allí, la cruzaron y se encontraron ante un extenso pasillo, a lo largo del cual se fueron encendiendo unas luces, para guiarlos.

Mientras Ambra y Langdon avanzaban, Winston les dijo:

—Creo que para conseguir el máximo impacto, tendríamos que publicar ahora mismo una nota de prensa para anunciar la inminente emisión de la presentación póstuma de Edmond Kirsch.

Si ofrecemos a los medios la oportunidad de dar la noticia, el interés del público crecerá exponencialmente.

—Interesante idea —observó Ambra, acelerando el paso—. Pero ¿cuánto tiempo crees que deberíamos esperar? No quiero correr ningún riesgo.

—Diecisiete minutos —respondió Winston—. Es el tiempo óptimo para que nuestra transmisión se sitúe a la cabeza de todas las listas. Aquí son las tres de la madrugada, pero en Estados Unidos saldremos en horario de máxima audiencia.

—Perfecto —dijo ella.

—Muy bien —canturreó Winston—. La nota de prensa ya se está enviando y la transmisión comenzará dentro de diecisiete minutos.

Langdon tenía que esforzarse para seguir el ritmo vertiginoso de Winston.

Ambra iba delante de él por el pasillo.

—¿Cuántos miembros del equipo de Edmond se encuentran ahora en el laboratorio?

—Ninguno —respondió Winston—. Edmond era un obseso de la seguridad. Prácticamente no tenía empleados. Yo controlo todas las redes de computación, así como la iluminación, la refrigeración y la seguridad. Edmond solía decir en broma que en esta época de casas inteligentes, él tenía una iglesia inteligente.

Langdon los escuchaba sólo a medias; de repente se sentía preocupado por el camino que estaban a punto de emprender.

—Winston, ¿de verdad crees que éste es el mejor momento para difundir la presentación de Edmond? —preguntó.

Ambra se paró en seco y se volvió para mirarlo.

—¡Claro que sí, Robert! ¡Para eso hemos venido! ¡El mundo entero está pendiente de nosotros! ¡Y en cualquier momento podría venir alguien para intentar detenernos! ¡Tenemos que hacerlo ahora mismo, antes de que sea tarde!

—Estoy de acuerdo —dijo Winston—. Desde un punto de vista sólo estadístico, la noticia de la presentación está alcanzando su punto de saturación. En términos de terabytes de información generados, el descubrimiento de Edmond ya es una de las principales noticias de la década, lo cual no debe sorprendernos, ya que las comunidades digitales han crecido exponencialmente en los últimos diez años.

—¡Robert! —lo apremió Ambra, mirándolo a los ojos—. ¿Qué te preocupa?

Langdon titubeó, mientras trataba de localizar el motivo exacto de su repentina incertidumbre.

—Supongo que intento ponerme en el lugar de Edmond y me inquieta pensar que todas las teorías conspirativas de esta noche sobre asesinatos, secuestros e intrigas palaciegas puedan desplazar del centro de la atención a los descubrimientos científicos.

—Una observación legítima, profesor —opinó Winston—. Pero creo que omite un dato importante: esas teorías de la conspiración son una de las principales razones por las que gran parte del público de todo el mundo está atento a estos acontecimientos. Esta noche había tres coma ocho millones de espectadores siguiendo la transmisión de Edmond por internet; en este momento, después de los espectaculares sucesos de las últimas horas, calculo que hay alrededor de doscientos millones de personas pendientes de nuestras novedades, a través de la prensa, las redes sociales, la radio y la televisión.

A Langdon el número le pareció abrumador, pero enseguida recordó que más de doscientos millones de telespectadores habían visto la final de la Copa del Mundo de fútbol y más de quinientos habían sido testigos de la llegada del hombre a la Luna hacía más de medio siglo, cuando aún no había internet y la televisión estaba mucho menos extendida.

—Puede que desde la universidad no lo note, profesor —prosiguió Winston—, pero el resto del mundo se ha convertido en un gran programa de telerrealidad. Irónicamente, las personas que han intentado silenciar a Edmond esta noche han conseguido lo contrario de lo que se proponían. Le han asegurado la mayor audiencia que ha tenido un anuncio científico en toda la historia. Me recuerda a lo que sucedió cuando el Vaticano denunció su libro *El cristianismo y el sagrado femenino*, que no tardó en convertirse en un éxito de ventas.

«Casi un éxito de ventas», matizó Langdon para sí, que sin embargo reconoció la validez del argumento de Winston.

—Maximizar la audiencia era uno de los objetivos prioritarios de Edmond para esta noche —prosiguió la inteligencia artificial.

—Es cierto —confirmó Ambra, mirando a Langdon—. Cuando Edmond y yo estábamos preparando la presentación del Guggenheim, su principal obsesión era captar el interés del público y multiplicar la audiencia.

—Como he dicho antes —prosiguió Winston—, nos estamos aproximando al punto de saturación mediática y no habrá mejor momento para dar a conocer el descubrimiento.

—De acuerdo —dijo Langdon—. Sólo dinos qué tenemos que hacer.

Un poco más adelante en el pasillo, encontraron un obstáculo inesperado: una escalera de mano apoyada en la pared, como si un pintor la hubiera dejado olvidada. Era imposible seguir avanzando sin retirarla o sin pasar por debajo.

—¿Qué hacemos con esta escalera? —preguntó Langdon—. ¿La quitamos?

—No —respondió Winston—. Edmond la colocó ahí deliberadamente hace mucho tiempo.

—¿Para qué? —preguntó Ambra.

—Como seguro que ya sabrán, Edmond despreciaba la superstición en todas sus manifestaciones. Le gustaba pasar por debajo de una escalera todos los días, cada vez que venía a trabajar. Era su manera de burlarse de los dioses. Además, si un invitado o un técnico se negaba a imitarlo, Edmond lo echaba.

«Siempre tan racional», pensó Langdon sonriendo, mientras

recordaba que una vez su amigo lo había recriminado en público por «tocar madera» para conjurar la mala suerte.

—¡Robert! —le había dicho—. A menos que seas un druida clandestino que todavía golpea los árboles para despertarlos, deja por favor esa ignorante superstición en el pasado, que es donde debe estar.

Ambra agachó la cabeza y pasó por debajo de la escalera. Con un estremecimiento de aprensión que él mismo reconoció como irracional, Langdon la siguió.

Cuando pasaron al otro lado, Winston los guio por un recodo del pasillo, hasta una gran puerta de seguridad, equipada con dos cámaras y un escáner biométrico.

Sobre la puerta, un cartel escrito a mano rezaba: SALA 13.

Langdon contempló el famoso número de la mala suerte. «Otra manera de Edmond de burlarse de los dioses.»

—Aquí está la entrada a su laboratorio —anunció Winston—. Aparte de los técnicos que lo ayudaron a construirlo, muy pocos han podido acceder a este recinto.

A continuación, la puerta de seguridad emitió un fuerte zumbido y, sin pensarlo dos veces, Ambra empujó el picaporte y la abrió. Dio un paso para cruzar el umbral, se paró en seco y se llevó la mano a la boca para sofocar una exclamación de sorpresa. Cuando Langdon miró más allá de donde ella se encontraba, hacia la nave de la antigua capilla, comprendió perfectamente la reacción de su acompañante.

El vasto espacio interior de la iglesia estaba delimitado por la caja de cristal más grande que Langdon había visto en su vida. El contenedor transparente abarcaba todo el suelo y llegaba al altísimo techo de la capilla.

El ambiente se dividía en dos pisos.

En el primero, Langdon distinguió cientos de armarios de metal del tamaño de un frigorífico, alineados en hileras, como los bancos de una iglesia orientados al altar. Carecían de puertas y su contenido estaba totalmente a la vista. Intrincadas marañas de cables rojos de una complejidad increíble colgaban de unas densas cuadrículas de conexiones y se curvaban hacia el suelo, donde se fusionaban en unas cuerdas gruesas que discurrían entre las máquinas, como una red de venas y arterias.

«Un caos ordenado», pensó Langdon.

—En la planta inferior —prosiguió Winston—, pueden ver la famosa supercomputadora MareNostrum, una de las máquinas más rápidas del mundo: cuarenta y ocho mil ochocientos noventa y seis núcleos Intel, comunicados a través de una red InfiniBand FDR10. La MareNostrum ya estaba aquí cuando vino Edmond y, en lugar de trasladarla, quiso incorporarla a su proyecto, por lo que simplemente la expandió... hacia el piso superior.

Langdon observó entonces que todos los grupos de cables de la MareNostrum confluían en el centro de la sala, donde formaban un tronco único que ascendía en vertical, como una colosal planta trepadora, a través del techo.

Cuando levantó la vista hacia la enorme jaula de cristal de la planta superior, un panorama del todo distinto se abrió ante sus ojos. Allí, en el centro de la sala, sobre una plataforma, destacaba un voluminoso cubo metálico gris azulado, de tres metros por lado, sin cables ni luces parpadeantes, ni nada que sugiriera la presencia de la avanzada computadora que Winston les estaba describiendo con una terminología apenas comprensible.

—... dígitos binarios reemplazados por qubits... superposición de estados... algoritmos cuánticos... entrelazamiento y efecto túnel...

Langdon empezaba a comprender por qué con Edmond siempre habían hablado más de arte que de informática.

—... lo que resulta en trillones de cálculos con coma flotante por segundo —terminó Winston—. Por todo esto, la fusión de estas dos máquinas completamente diferentes entre sí ha dado como resultado la supercomputadora más potente del mundo.

—¡Dios! —murmuró Ambra.

—Así es —dijo Winston—. Edmond es Dios.

🌐 ConspiracyNet.com

NOTICIAS DE ÚLTIMA HORA

¡El descubrimiento de Kirsch,
a punto de ser revelado!

¡Sí, ya está pasando!

Una nota de prensa procedente del entorno de Edmond Kirsch acaba de confirmar que el esperado anuncio de su descubrimiento científico —suspendido a raíz del asesinato del futurólogo— se emitirá al mundo por internet en horario de máxima audiencia para Estados Unidos (las tres de la madrugada en Barcelona).

Los índices de participación se están disparando y las estadísticas globales de actividad en la red están alcanzando cotas nunca vistas.

En relación con esta noticia, nos informan de que Robert Langdon y Ambra Vidal han sido vistos entrando en los terrenos de la Torre Girona, sede del Centro Nacional de Supercomputación de Barcelona, donde se cree que Edmond Kirsch había estado trabajando estos últimos años. Todavía no podemos confirmar si la transmisión se realizará desde allí.

¡Estad atentos al comienzo de la presentación de Kirsch, que podréis seguir aquí, por gentileza de ConspiracyNet.com!

Cuando el príncipe Julián cruzó las puertas de bronce para acceder al interior de la montaña, tuvo la incómoda sensación de que quizá no volvería a salir jamás.

«El Valle de los Caídos. ¿Qué estoy haciendo aquí?»

El espacio que se abría al otro lado del umbral era frío y oscuro, apenas iluminado por dos lámparas. El aire olía a piedra húmeda.

Ante ellos apareció un hombre uniformado que sostenía en las manos temblorosas el aro de un llavero. A Julián no le sorprendió que el oficial del Patrimonio Nacional pareciera nervioso. Tenía a su espalda media docena de agentes de la Guardia Real. «Mi padre está aquí.» Al pobre hombre lo habrían sacado de la cama en medio de la noche para que fuera a abrirle al rey la montaña sagrada de Franco.

Rápidamente, uno de los agentes de la Guardia Real dio un paso al frente.

—¡Alteza, Excelencia, los estábamos esperando! Pasen por aquí, por favor.

El agente condujo a Julián y a Valdespino hasta una pesada puerta metálica con un símbolo siniestro grabado: un águila bicéfala con resonancias de iconografía nazi.

—Encontrarán a Su Majestad al final del pasillo —les dijo el agente, señalándoles la puerta, que para entonces ya estaba entreabierta.

Julián y el obispo intercambiaron miradas de incertidumbre y atravesaron la puerta, flanqueada por un par de amenazadoras figuras de bronce: dos ángeles de la muerte, que blandían sendas espadas en forma de cruz.

«Más imaginería franquista religioso-militar», pensó Julián, mientras el obispo y él iniciaban el largo camino hacia las entrañas del monte.

La galería que se extendía ante ellos recordaba el ambiente de los grandes salones del Palacio Real de Madrid, con lustrosos suelos de mármol negro y altos techos artesonados. Iluminaba el suntuoso pasadizo una serie aparentemente interminable de apliques de pared en forma de antorchas.

Esa noche, sin embargo, la fuente de luz en el pasillo era mucho más espectacular. Docenas de braseros —unos cuencos de fuego resplandecientes dispuestos como los focos de una pista de aterrizaje— ardían con un fulgor anaranjado a lo largo de la galería. Por tradición, esos braseros sólo se encendían en las grandes ocasiones, pero por lo visto la llegada imprevista de un rey en medio de la noche alcanzaba una categoría lo bastante elevada para que ardieran en todo su esplendor.

Con los reflejos de las llamas danzando sobre el suelo de mármol, el vasto pasillo adquiría una atmósfera casi sobrenatural. Julián podía sentir la presencia espectral de los desdichados que habían excavado esas galerías con la fuerza de sus brazos, blandiendo picos y palas, trabajando durante años en condiciones inhumanas en el interior de esa montaña, pasando frío y hambre. Muchos habían muerto, y todo había sido para mayor gloria de Franco, cuya tumba también se encontraba en las profundidades del monte.

«Míralo todo muy bien, hijo mío —le había dicho su padre mucho tiempo atrás—, porque algún día lo derribarás.»

Julián sabía que probablemente no tendría el poder necesario para destruir esa majestuosa estructura cuando fuera rey; pero, en el fondo, se sorprendía de que el pueblo de España hubiera permitido que siguiera en pie, sobre todo teniendo en cuenta el anhelo generalizado de dejar atrás el pasado oscuro y entrar de lleno en un mundo nuevo. Sin embargo, todavía quedaban nostálgicos de los viejos tiempos y, todos los años, en cada aniversario de la muerte del dictador, cientos de franquistas acudían a ese lugar a rendirle homenaje.

—Don Julián —dijo el obispo en voz baja, sin que los demás lo oyeran, mientras se adentraban por el pasillo—, ¿usted sabe por qué nos ha convocado aquí su padre?

—Esperaba que lo supieras tú —contestó el príncipe, negando con la cabeza.

Valdespino dejó escapar un suspiro demasiado prolongado.

—No tengo ni la más remota idea.

«Si el obispo no conoce los motivos de mi padre —pensó Julián—, entonces no los conoce nadie.»

—Sólo espero que se encuentre bien —murmuró el religioso con una ternura poco habitual en él—. Últimamente, algunas de sus decisiones...

—¿Como la de organizar una reunión en las profundidades de una montaña, cuando debería estar en un hospital?

Valdespino esbozó una sonrisa.

—Sí, por ejemplo.

Julián se preguntaba por qué no habría impedido la escolta de la Guardia Real que el monarca, moribundo, saliera de su residencia, donde recibía los mismos cuidados que en un hospital, para trasladarse a ese lugar siniestro. Pero los guardias estaban entrenados para obedecer sin hacer preguntas, sobre todo cuando la orden procedía de su comandante en jefe.

—Hace años que no rezo aquí dentro —dijo Valdespino, contemplando la galería iluminada por el resplandor de las llamas.

El pasadizo que estaban recorriendo, como bien sabía Julián, no era sólo el acceso al interior de la montaña, sino también la nave de una iglesia oficialmente consagrada. Un poco más adelante, el príncipe podía distinguir las hileras de bancos.

«La basílica secreta», la había llamado Julián en su infancia.

El dorado santuario que se abría al final de la galería, excavado en la piedra granítica de la montaña, era un espacio cavernoso, una basílica subterránea sorprendente, rematada por una cúpula enorme. El oculto mausoleo, con una superficie total que según se decía superaba a la de San Pedro en Roma, constaba de seis capillas dispuestas en torno al altar mayor, situado a su vez justo debajo de la cruz que coronaba la montaña.

Mientras se acercaban al santuario principal, Julián recorría con la mirada el vasto espacio en busca de su padre, pero la basílica parecía completamente desierta.

—¿Dónde está? —preguntó el obispo, en tono de preocupación.

El príncipe comenzaba a compartir la inquietud de Valdespino y se preguntaba si la Guardia Real habría abandonado al rey en un lugar tan desolado. Apuró el paso y se adelantó para inspeccionar un brazo del transepto y después el otro, pero no vio ni rastro de nadie. Después siguió adentrándose en la nave, rodeó el altar y continuó hacia el ábside.

Allí, en lo más profundo de la montaña, Julián se paró en seco. Por fin lo había encontrado.

El rey estaba completamente solo, cubierto de pesadas mantas y encorvado sobre una silla de ruedas.

87

En el espacio principal de la capilla desierta, Langdon y Ambra seguían la voz de Winston en torno al perímetro de la supercomputadora dispuesta en dos pisos. A través del grueso cristal, oían el zumbido vibrante y profundo que emanaba del interior de la colosal máquina. Langdon tenía la sensación de estar contemplando una jaula con una peligrosa fiera encerrada.

El ruido, según les explicó Winston, no se debía a los componentes electrónicos, sino a una extensa batería de ventiladores centrífugos, disipadores y bombas del circuito de agua, imprescindibles para que el sistema no se sobrecalentara.

—Ya sé que para ustedes es ensordecedor —dijo Winston—. Y además hace mucho frío. Por suerte, el laboratorio de Edmond está en el piso de arriba.

Una escalera de caracol adosada a la cara externa de la caja de cristal conducía a la planta superior. Siguiendo las indicaciones de Winston, Ambra y Langdon subieron la escalera y llegaron a un descanso metálico, en el que encontraron una reluciente puerta giratoria.

Langdon observó divertido, pero al mismo tiempo asombrado, que la entrada del futurista laboratorio estaba decorada como la casa de una familia de clase media: con un tapete de bienvenida, un tiesto con una planta artificial y una pequeña butaca debajo de la cual había un par de tenis. El profesor dedujo con tristeza que probablemente habrían pertenecido a Edmond.

Sobre la puerta, había una frase enmarcada:

El éxito es la capacidad de seguir adelante,
de fracaso en fracaso,
sin perder el entusiasmo.

WINSTON CHURCHILL

—Otra vez Churchill —dijo Langdon, señalándole la frase a Ambra.

—La cita favorita de Edmond —intervino Winston—. En su opinión, describía a la perfección la principal virtud de los ordenadores.

—¿De las computadoras? —preguntó Ambra.

—Sí, las máquinas somos infinitamente persistentes. Yo puedo fracasar billones de veces sin el menor indicio de frustración. La billonésima vez que intento resolver un problema lo hago con la misma energía que la primera. Los humanos no pueden.

—Es cierto —reconoció Langdon—. Yo suelo darme por vencido al millonésimo intento.

Ambra sonrió y se dirigió a la puerta.

—El suelo de dentro es de vidrio —dijo Winston, mientras la puerta giratoria se ponía en movimiento de forma automática—, así que tendré que pedirles que se quiten los zapatos.

Al cabo de unos segundos, Ambra ya se había quitado los suyos y cruzaba descalza la puerta. Mientras se disponía a seguirla, Langdon reparó en la curiosa afirmación que había impresa en el felpudo:

NO HAY NADA COMO ESTAR EN 127.0.0.1

—Winston, ¿qué significa la frase del felpudo? No entiendo...

—*Localhost* —respondió Winston—, la dirección IP de la propia supercomputadora. Su casa.

Langdon volvió a mirar el felpudo.

—Ya veo —dijo, aunque en realidad no acababa de verlo, y siguió adelante, a través de la puerta giratoria.

Cuando pisó el suelo de cristal, tuvo un momento de incertidumbre y se le aflojaron las rodillas. Ya era lo bastante inquietante estar de pie en calcetines sobre una superficie transparente, pero sentirse suspendido en el aire con la supercomputadora MareNostrum en el piso de abajo resultaba doblemente desconcertante. Desde arriba, las hileras de imponentes torres electrónicas le recordaban el yacimiento arqueológico de Xi'an y su vasto ejército de guerreros de terracota, que había visto en China.

Hizo una inspiración profunda, mientras levantaba la mirada hacia el extraño espacio que tenía delante.

El laboratorio de Edmond era un prisma transparente dominado por el cubo metálico gris azulado que ya había visto, cuyas superficies relucientes reflejaban el entorno. A la derecha del cubo, en un extremo de la sala, había un estudio ultrafuncional, con un gran escritorio con forma de herradura, tres pantallas LCD gigantescas y unos cuantos teclados empotrados en una mesa de trabajo de granito.

—La sala de control —susurró Ambra.

Langdon asintió y echó un vistazo al extremo opuesto del amplio espacio, donde distinguió unos sillones y una bicicleta estática, dispuestos sobre una alfombra oriental.

«La cueva perfecta para el hombre de las supercomputadoras —pensó el profesor, convencido de que Edmond prácticamente habría vivido en esa jaula de cristal el tiempo que había estado trabajando en su proyecto—. ¿Qué habrá descubierto aquí dentro?»

Sus dudas iniciales se habían desvanecido y sentía cada vez con mayor intensidad el impulso de la curiosidad intelectual, el anhelo de conocer los misterios revelados en ese lugar y los enigmas resueltos gracias a la colaboración entre una mente genial y una máquina potentísima.

Ambra ya había avanzado por el suelo transparente hacia el

cubo enorme y estaba admirando con asombro su pulida superficie gris azulada. Langdon fue junto a ella y vio el reflejo de ambos sobre la lustrosa cara exterior del poliedro.

«¿Esto es una computadora?», se preguntó el profesor. A diferencia de la máquina de la planta inferior, el cubo estaba sumido en un silencio absoluto. Era un monolito metálico, inerte y sin vida.

El tono azulado de su superficie le recordó el nombre de una supercomputadora de los años noventa, *Deep Blue*, que había causado sensación al derrotar al campeón mundial de ajedrez, Garry Kasparov. Desde entonces, los avances de la tecnología informática eran casi inabarcables.

—¿Les gustaría verlo por dentro? —propuso Winston, desde unos altavoces, por encima de sus cabezas.

Ambra levantó la vista sorprendida.

—¿Te refieres al interior del cubo?

—¿Por qué no? —preguntó Winston—. Edmond se habría sentido muy orgulloso de enseñarles su creación por dentro.

—No es necesario —dijo Ambra, volviendo la vista hacia el estudio de Edmond—. Preferiría que nos concentráramos en introducir la contraseña. ¿Qué tenemos que hacer?

—Serán sólo unos segundos y todavía nos quedarán más de once minutos para iniciar la transmisión. Échenle un vistazo.

Ante ellos, por la cara del cubo que estaba orientada al estudio de Edmond, empezó a deslizarse un panel que dejó al descubierto un grueso cristal. Langdon y Ambra rodearon el poliedro y se inclinaron para acercar las caras a la ventana transparente.

El profesor esperaba ver otra densa maraña de cables y luces parpadeantes. Pero no vio nada semejante. Para su asombro, el interior del cubo era un espacio oscuro y vacío, como una pequeña habitación desierta. Sólo parecía contener penachos flotantes de niebla blanquecina, como si se tratara del interior de una cámara frigorífica. El grueso cristal de la ventana del cubo irradiaba una frialdad inesperada.

—Está vacío —observó Ambra.

Langdon tampoco veía nada, pero percibía un pulso grave y repetitivo que emanaba del interior.

—Ese sonido rítmico —explicó Winston— proviene del refrigerador termoacústico, que suena como un corazón humano.

«Es verdad», pensó el profesor, inquieto por la comparación.

Lentamente, unas luces rojas comenzaron a iluminar el espacio interior del cubo. Al principio, Langdon no vio más que una bruma blanca entre superficies vacías en una cámara cúbica desierta por completo. Después, a medida que la intensidad de la luz fue en aumento, algo resplandeció en el aire y entonces el profesor descubrió un intrincado objeto vagamente cilíndrico que colgaba del techo, como una estalactita.

—Y eso de ahí —dijo Winston— es lo que necesita tanta refrigeración.

El objeto suspendido del techo medía más o menos un metro y medio de largo y estaba compuesto por siete anillos horizontales, cuyo diámetro se reducía progresivamente de arriba abajo, formando una columna de discos escalonados, unidos entre sí por unas barras delgadas y verticales. El espacio entre los anillos de metal bruñido estaba ocupado por una vaporosa red de delicados cables. Una neblina helada envolvía el aparato.

—Les presento a la E-Wave —anunció Winston—, un salto cuántico respecto a la D-Wave de la NASA y Google, si me permiten la broma.

A continuación, expuso con brevedad que la D-Wave —la primera «computadora cuántica» rudimentaria de la historia— había abierto las puertas a un Nuevo Mundo de potencia computacional que los científicos aún se esforzaban por comprender. En lugar de recurrir al método binario para almacenar la información, el nuevo sistema utilizaba los estados cuánticos de las partículas subatómicas, lo que suponía un progreso exponencial en velocidad, potencia y flexibilidad.

—La computadora cuántica de Edmond —prosiguió Winston— no se distingue mucho estructuralmente de la D-Wave. Una de las diferencias es el cubo metálico que lo rodea, revestido de osmio, un elemento químico raro y ultradenso, que proporciona mejor protección magnética, térmica y cuántica. Y sospecho que además satisfacía el gusto de Edmond por los golpes de efecto.

Langdon sonrió, porque él también había llegado a la misma conclusión.

—A lo largo de los últimos años, mientras el Laboratorio de Inteligencia Artificial Cuántica de Google utilizaba la computadora como la D-Wave para potenciar el aprendizaje automático, Edmond superó en secreto a todos los demás con esta máquina. Y lo hizo gracias a una única y atrevida idea... —Efectuó una pausa—. El bicameralismo.

«¿Las dos cámaras del Parlamento?», se preguntó el profesor desconcertado, frunciendo el ceño.

—Los dos hemisferios del cerebro —continuó Winston—: izquierdo y derecho.

«La mente bicameral», comprendió entonces Langdon. Uno de los factores que explicaban la enorme creatividad humana eran las grandes diferencias de funcionamiento entre las dos mitades del cerebro. El hemisferio izquierdo era analítico y verbal, mientras que el derecho era intuitivo y «prefería» las imágenes antes que las palabras.

—La clave —dijo Winston— fue la decisión de Edmond de construir un cerebro artificial que imitara al cerebro humano, dividido en dos hemisferios, izquierdo y derecho, aunque en este caso se trata más bien de una división en dos estratos: arriba y abajo.

Langdon retrocedió unos pasos, echó un vistazo a través del suelo a la máquina que zumbaba en la planta inferior y a continuación volvió a contemplar la silenciosa «estalactita» suspendida en el interior del cubo.

«Dos máquinas diferentes, combinadas en una sola: una mente bicameral.»

—Al tener que funcionar como una unidad —prosiguió Winston—, estas dos máquinas emplean enfoques distintos para la resolución de los problemas, experimentan los mismos conflictos y llegan a soluciones transaccionadas comparables a las que suelen adoptar los dos hemisferios del cerebro humano, lo que favorece enormemente el aprendizaje, la creatividad y, en cierto modo, la humanidad. En mi caso, Edmond me proporcionó las herramientas necesarias para aprender sobre la naturaleza humana, mediante la observación del mundo a mi alrededor y la reproducción de rasgos humanos: el humor, la cooperación, los juicios de valor e incluso cierto sentido de la ética.

«Increíble», pensó Langdon.

—Entonces, básicamente, ¿esta computadora doble... eres tú?

Winston se echó a reír.

—Bueno, digamos que esta máquina es tan yo como su cerebro físico es usted. Si pudiera observar su cerebro dentro de un recipiente, probablemente no diría: «Esa cosa de ahí soy yo». Somos la suma de las interacciones que tienen lugar dentro del mecanismo.

—Winston —lo interrumpió Ambra, mientras se acercaba al espacio de trabajo de Edmond—, ¿cuánto tiempo nos queda para la transmisión?

—Cinco minutos y cuarenta y tres segundos —respondió la máquina—. ¿Empezamos a prepararnos?

—Sí, por favor —contestó ella.

El panel que se había deslizado para revelar la ventana del cubo la cubrió despacio de nuevo, y Langdon se volvió dispuesto a unirse a Ambra en el estudio de Edmond.

—Winston —dijo ella—, considerando lo mucho que has trabajado aquí con Edmond, me sorprende que no conozcas el contenido de su descubrimiento.

—Tengo compartimentada la información, señorita Vidal, y

dispongo de los mismos datos que ustedes —contestó Winston—. Sólo puedo especular.

—¿Y adónde te llevan tus especulaciones? —preguntó la mujer, mientras recorría con la vista el despacho.

—Bueno, él siempre decía que su descubrimiento «lo cambiaría todo». Según mi experiencia, los descubrimientos más transformadores de la historia determinaron una profunda revisión de los modelos del universo. Grandes avances como el rechazo de Pitágoras al concepto de la Tierra plana, el heliocentrismo de Copérnico, la teoría de la evolución de Darwin o de la relatividad de Einstein alteraron drásticamente el modo en que la humanidad contemplaba el mundo y modificaron el modelo vigente del universo.

Langdon levantó la vista hacia el altavoz.

—Entonces ¿crees que Edmond descubrió algo capaz de transformar nuestro actual modelo del universo?

—Es una deducción lógica —contestó Winston, hablando con más rapidez—. La MareNostrum es casualmente una de las mejores computadoras que hay en el mundo para la creación de «modelos». Su especialidad son las simulaciones complejas. La más famosa de todas es el Alya Red, un modelo virtual del corazón humano, con una precisión que llega al nivel celular. Ahora, con el reciente añadido de un componente cuántico, esta instalación puede modelar sistemas millones de veces más complejos que los órganos humanos.

Langdon comprendía el concepto, pero no conseguía imaginar qué modelo habría podido desarrollar Edmond para responder a las preguntas «¿De dónde venimos?» y «¿Adónde vamos?».

—Winston —lo llamó Ambra desde el escritorio de Edmond—, ¿cómo se hace para encender esto?

—Lo haré yo —dijo la máquina.

Las tres colosales pantallas LCD cobraron vida, mientras Langdon se acercaba a Ambra. Cuando las imágenes se materializaron en las pantallas, los dos retrocedieron alarmados.

—Winston..., ¿eso está pasando ahora? —preguntó Ambra.

—Sí, es la señal en directo de las cámaras de seguridad que hay instaladas en el exterior. He creído conveniente enseñárselas. La policía ha llegado hace unos segundos.

Las pantallas mostraban una amplia panorámica de la entrada principal de la capilla, donde se había congregado un pequeño ejército de policías, que en ese momento llamaban al timbre, intentaban abrir la puerta y hablaban por radio.

—No se preocupen —los tranquilizó Winston—. No conseguirán entrar. Y quedan menos de cuatro minutos para la transmisión.

—Deberíamos empezar ahora mismo —lo instó Ambra.

La máquina respondió en tono sosegado:

—Creo que Edmond habría preferido esperar al horario de máxima audiencia, como prometió. Era un hombre de palabra. Además, estoy observando los índices y veo que nuestro público sigue creciendo. En los próximos cuatro minutos, si se mantiene el ritmo actual, nuestros espectadores aumentarán en un doce coma siete por ciento y nos aproximaremos a la máxima penetración. —Hizo una pausa y, cuando volvió a hablar, pareció gratamente sorprendido—. Pese a todas las incidencias de la noche, debo decir que el descubrimiento de Edmond saldrá a la luz en el momento óptimo. Creo que él les estaría profundamente agradecido.

88

«Menos de cuatro minutos», pensó Langdon, mientras se sentaba en la silla del escritorio de Edmond y volvía la vista hacia las tres enormes pantallas LCD de ese extremo de la sala, que todavía estaban emitiendo la señal en directo de las cámaras de seguridad, donde podía verse la concentración de fuerzas policiales en torno a la capilla.

—¿Estás seguro de que no pueden entrar? —preguntó Ambra, retorciéndose nerviosamente las manos detrás de Langdon.

—Créeme —respondió Winston—, Edmond se tomaba la seguridad muy en serio.

—¿Y si cortan el suministro eléctrico del edificio? —se arriesgó a decir el profesor.

—Tenemos generadores independientes —contestó Winston— y un circuito redundante subterráneo. Nadie puede impedirnos que sigamos adelante con la misión. Se lo aseguro.

Langdon no insistió.

«Winston ha acertado en todo esta noche... Y nos ha apoyado y protegido desde el principio.»

Tras situarse en el centro del escritorio, el profesor fijó toda su atención en el extraño teclado que allí se encontró. Tenía por lo menos el doble de las teclas habituales —los signos alfanuméricos tradicionales, más un conjunto de símbolos que ni siquiera él reconoció— y estaba partido por el medio, en dos partes dispuestas en un ángulo ergonómico.

—¿Alguna indicación? —preguntó Langdon, contemplando el desconcertante cúmulo de signos.

—Se ha equivocado de teclado —respondió Winston—. Ese de ahí es el principal punto de acceso a la E-Wave. Como le he dicho antes, Edmond había ocultado su presentación a todo el mundo, incluso a mí. Para desbloquearla, hay que acceder desde una máquina diferente. Deslícese hacia la derecha, hasta el final de la mesa.

Langdon miró a la derecha, donde había media docena de computadoras de sobremesa alineados a lo largo del escritorio. Mientras hacía rodar la silla en esa dirección, le sorprendió ver que los primeros aparatos eran bastante viejos y anticuados. Curiosamente, cuanto más a la derecha miraba, más antiguas eran las máquinas.

«No puede ser», pensó, mientras pasaba junto a una vieja computadora de color beig con sistema IBM DOS que debía de datar de varias décadas atrás.

—Winston, ¿qué son estos aparatos?

—Las computadoras de la infancia de Edmond —explicó—. Los conservaba para recordar sus orígenes. A veces, cuando tenía un día difícil, los encendía y utilizaba viejos programas. Era una manera de volver a sentir el efecto de maravillarse que había experimentado de niño, cuando había descubierto la programación.

—Me encanta la idea —dijo Langdon.

—Es algo así como su reloj de Mickey Mouse —añadió Winston.

Asombrado, Langdon bajó la mirada y se remangó la chaqueta para dejar al descubierto el viejo reloj que llevaba siempre, desde que se lo habían regalado cuando era pequeño. Le resultó sorprendente que Winston supiera de su reloj, pero enseguida recordó haber hablado no hacía mucho con Edmond al respecto y haberle dicho que lo consideraba un recordatorio de la necesidad de mantener el espíritu joven.

—Robert —le dijo Ambra—, ¿qué te parece si dejamos al margen por un momento tu concepto de la elegancia y nos centramos en introducir la contraseña? Hasta el ratón de tu reloj te está haciendo señas para que le prestes atención.

De hecho, Mickey tenía una mano enguantada levantada por encima de la cabeza, con el dedo índice apuntando casi directamente hacia arriba.

«Tres minutos para la hora en punto.»

Langdon terminó de deslizarse con rapidez a lo largo del escritorio y Ambra se le unió delante de la última computadora de la serie: una deslucida caja del color de los champiñones, con una ranura para insertar disquetes, un módem de mil doscientos baudios y un barrigudo monitor convexo de doce pulgadas apoyado encima.

—Una Tandy TRS-80 —dijo Winston—. La primera computadora de Edmond. La compró de segunda mano y la usó para aprender por su cuenta a programar en BASIC, cuando tenía unos ocho años.

Langdon se alegró de ver que la computadora, pese a ser un auténtico dinosaurio, ya estaba encendida y a la espera. Sobre la parpadeante pantalla en blanco y negro, resplandecía un prometedor mensaje, escrito con una fuente en mapa de bits.

BIENVENIDO, EDMOND.
POR FAVOR, ESCRIBE LA CONTRASEÑA:

Detrás de la palabra «contraseña», se encendía y se apagaba un cursor negro, expectante.

—¿Esto es todo? —preguntó Langdon, sintiendo de pronto que no podía ser tan sencillo—. ¿Tengo que escribir la contraseña aquí?

—Exacto —contestó Winston—. Cuando la haya escrito, esa computadora enviará un mensaje debidamente autentificado de desbloqueo a la partición de la computadora principal donde se encuentra la presentación de Edmond. Entonces yo tendré acceso a esa partición, podré gestionar la circulación de datos y enviaré el video a los principales canales de distribución, para su transmisión a todo el mundo.

Aunque Langdon comprendió la explicación, no podía apartar la vista de la vetusta computadora con su anticuado módem, sin salir de su asombro.

—No lo entiendo, Winston. ¿Quieres decirme que, después de planificar el acto de esta noche con tanto cuidado, Edmond confió la difusión de su presentación a una llamada telefónica realizada desde un módem prehistórico?

—Me parece típico de él —respondió Winston—. Como usted sabe, Edmond sentía pasión por el espectáculo, el simbolismo y la historia, y sospecho que le produjo una alegría enorme pensar que encendería su primera computadora y la utilizaría para revelar al mundo la gran obra de su vida.

«Buena observación», reflexionó Langdon, convencido de que ése habría sido el razonamiento de su amigo.

—Además —añadió Winston—, supongo que Edmond habría diseñado un plan B, por si acaso; pero sea como sea, tiene su lógica utilizar una vieja computadora para que haga las veces de interruptor. Las tareas simples requieren instrumentos simples. Y desde el punto de vista de la seguridad, el uso de un procesador lento tiene sus ventajas: cualquier intento de piratear el sistema por la fuerza bruta requeriría toda una eternidad.

—¡Robert! —lo instó Ambra a su espalda, apoyándole una mano en el hombro para animarlo a actuar.

—Sí, lo siento. Todo listo.

Langdon se acercó el teclado del Tandy, cuyo enroscado cable se estiró como el de un teléfono antiguo. Apoyó los dedos sobre las teclas de plástico y visualizó mentalmente el verso manuscrito que Ambra y él habían descubierto en la cripta de la Sagrada Familia.

Mueren las oscuras religiones & reina la dulce ciencia.

La solemne línea final del poema profético *Los cuatro zoas*, de

William Blake, parecía la elección perfecta para desbloquear la revelación científica definitiva de Edmond, un descubrimiento que a su entender lo cambiaría todo.

Langdon inspiró hondo y tecleó con cuidado el verso, sin dejar espacios entre las letras y con el vocablo latino *et* en el lugar del *ampersand*.

Cuando terminó, levantó la vista a la pantalla.

POR FAVOR, ESCRIBE LA CONTRASEÑA:
\---

Langdon volvió a contar los caracteres. Cuarenta y siete.

«Muy bien. A ver qué pasa ahora.»

Se volvió para mirar a Ambra y ella asintió con la cabeza. Entonces pulsó Enter.

Al instante, la computadora emitió un breve zumbido.

CONTRASEÑA INCORRECTA
INTÉNTALO DE NUEVO

Langdon sintió que se le desbocaba el corazón.

—¡Ambra, la he escrito bien! ¡Estoy seguro!

Se volvió hacia la mujer y la miró, esperando encontrarla pálida de horror.

Pero en lugar de eso, ella lo estaba mirando con una sonrisa divertida. La mujer negó lentamente con la cabeza y se echó reír.

—Robert —susurró, señalando el teclado—, tienes bloqueadas las mayúsculas.

En ese momento, en las profundidades de la montaña, el príncipe Julián contemplaba demudado la basílica subterránea, tratando de encontrarle un sentido a la desconcertante escena que se abría ante sus ojos. Su padre, el rey, estaba sentado inmóvil en una silla de ruedas, en el rincón más remoto y recóndito de la basílica.

De repente atemorizado, corrió a su lado.

—¿Padre?

Al percibir la presencia de su hijo, el rey abrió los ojos despacio, como si acabara de despertar de una siesta. El anciano monarca compuso una sonrisa serena.

—Gracias por venir, hijo —susurró con voz débil.

Julián se agachó delante de la silla de ruedas, aliviado al ver que su padre aún vivía, pero alarmado también ante el visible deterioro físico que había sufrido en los últimos días.

—Padre, ¿se encuentra bien?

El rey se encogió de hombros.

—Sí, dentro de lo que cabe esperar —contestó, con un buen humor sorprendente—. ¿Y tú? El día ha sido... agitado.

El príncipe no supo qué responder.

—¿Qué está haciendo aquí, padre?

—Estaba cansado de que me trataran como si estuviera en un hospital y quería salir a tomar el aire.

—Me parece bien, pero... ¿por qué aquí?

Julián sabía que el monarca siempre había detestado la vinculación de aquel santuario con la persecución y la intolerancia.

—¡Majestad! —exclamó Valdespino, casi sin aliento, rodeando el altar para reunirse con ellos—. ¿Cómo es posible?

El rey recibió con una sonrisa a su amigo de toda la vida.

—Bienvenido, Antonio.

«¿Antonio?» El príncipe Julián nunca había oído que su padre llamara al obispo por su nombre de pila. En público siempre lo llamaba «monseñor».

La inusual informalidad del monarca pareció descolocar al obispo.

—Gra... gracias —tartamudeó—. ¿Se encuentra bien, Majestad?

—De maravilla —contestó el rey, con una amplia sonrisa—. Tengo delante a las dos personas en quienes más confío del mundo.

Con gesto nervioso, Valdespino miró de soslayo al príncipe y después volvió a concentrarse en el rey.

—Majestad, le he traído a su hijo, como me ha pedido. ¿Quiere que me retire, para que puedan hablar a solas?

—No, Antonio —respondió el rey—. Me voy a confesar y necesito que mi sacerdote esté presente.

Valdespino negó con la cabeza.

—No creo que su hijo espere una explicación de sus acciones y su conducta de esta noche. Estoy seguro de que el príncipe...

—¿De esta noche? —El rey dejó escapar una débil carcajada—. No, Antonio. Lo que le voy a confesar es el secreto que llevo ocultándole toda la vida.

⊕ ConspiracyNet.com

NOTICIAS DE ÚLTIMA HORA

¡Iglesia asediada!

Pero ¡no por Edmond Kirsch, sino por la policía!

Un cerco policial rodea en estos momentos la capilla de la Torre Girona, en Barcelona. Se cree que en su interior Robert Langdon y Ambra Vidal preparan la esperada transmisión del gran descubrimiento de Edmond Kirsch, anunciada para esta misma noche, dentro de unos minutos.

¡La cuenta regresiva ya ha comenzado!

Ambra Vidal se sintió invadida por una oleada de euforia cuando la arcaica computadora emitió un alegre pitido tras el segundo intento de Langdon de teclear el verso de Blake.

CONTRASEÑA CORRECTA

«Gracias a Dios —pensó, mientras el profesor se ponía de pie y se volvía hacia ella. Impulsivamente, Ambra lo rodeó con los brazos y lo estrechó con emoción contra su pecho—. ¡Edmond estaría tan agradecido!»

—Dos minutos y treinta y tres segundos —anunció Winston.

Ambra se separó de Langdon y los dos levantaron la vista hacia las pantallas LCD. En la del centro había aparecido la misma cuenta atrás que habían visto por última vez en el Guggenheim.

La transmisión comenzará dentro de 2 minutos y 33 segundos
Espectadores conectados en este momento: 227.257.914

«¿Más de doscientos millones de personas? —La mujer no salía de su asombro. Al parecer, mientras Langdon y ella huían por Barcelona, el mundo entero había estado siguiendo sus movimientos—. El público de Edmond ha alcanzado proporciones astronómicas.»

Las pantallas que se encontraban a ambos lados de la que transmitía la cuenta atrás seguían emitiendo la señal de las cámaras de seguridad, y Ambra notó que de repente la actividad policial variaba en el exterior: uno a uno, los agentes que hablaban por radio o intentaban derribar las puertas, dejaron lo que estaban haciendo para sacar los celulares de los bolsillos. Poco a poco, el exterior de la iglesia fue convirtiéndose en un mar de rostros pálidos y anhelantes, iluminados por el fulgor de las pequeñas pantallas de los dispositivos.

«Edmond ha logrado que el mundo contenga la respiración —pensó Ambra, de pronto consciente de la responsabilidad que suponía tener a todo el planeta pendiente de una presentación que se emitiría desde esa misma sala—. Me pregunto si Julián la estará mirando», se dijo, pero enseguida hizo un esfuerzo para descartar la idea.

—La presentación ya está en cola para salir —anunció Winston—. Me parece que se sentirán más cómodos si la ven desde la zona de descanso de Edmond, en la otra punta del laboratorio.

—Gracias, Winston —dijo Langdon, mientras guiaba a Ambra por el liso suelo de cristal, más allá del cubo metálico gris azulado, hacia el área señalada.

Allí, una alfombra oriental cubría el frío suelo y servía de base para el elegante mobiliario, al que se sumaba la bicicleta estática.

Cuando la mujer dejó atrás el suelo transparente y pisó la mullida alfombra, sintió que por fin comenzaba a aliviarse la tensión que había acumulado durante las últimas horas. Se sentó en un sillón, recogió los pies sobre el asiento y se puso a mirar a su alrededor, en busca de un televisor.

—¿Dónde está la pantalla?

Langdon no parecía oírla; se había alejado hacia un rincón de la sala para ver de cerca un objeto que le había llamado la atención. No obstante, Ambra obtuvo enseguida su respuesta. Cuando toda la pared del fondo se encendió de repente, apareció una imagen familiar proyectada desde el interior del cristal.

La transmisión comenzará dentro de 1 minuto y 39 segundos
Espectadores conectados en este momento: 227.501.173

«¿Toda la pared es una pantalla?»

La mujer fijó la vista en la imagen de dos metros y medio de altura, mientras las luces de la capilla se atenuaban poco a poco. Aparentemente, Winston les estaba preparando el ambiente para que disfrutaran al máximo del gran espectáculo de Edmond.

A tres metros de distancia, en un rincón de la sala, Langdon se había quedado boquiabierto, pero no por la pantalla colosal, sino por el pequeño objeto que acababa de descubrir, expuesto sobre un hermoso pedestal como una pieza de museo.

Ante él, un pequeño expositor metálico con una ventana de cristal al frente protegía una solitaria probeta. Etiquetada y cerrada con un tapón de corcho, el tubo contenía un líquido turbio y amarronado. Por un momento, Langdon supuso que sería alguna de las medicinas que Edmond había estado tomando. Pero entonces leyó la etiqueta.

«¡Imposible! —pensó—. ¡No puede estar aquí!»

Había muy pocas probetas «famosas» en el mundo, pero el profesor sabía que aquélla era sin duda una de ellas. «¡No me puedo creer que Edmond tuviera en su poder una de ellas!» Probablemente habría adquirido esa pieza científica con la mayor discreción, y por un precio astronómico. «Del mismo modo que el cuadro de Gauguin de la Casa Milà.»

Se inclinó para observar de cerca el recipiente de vidrio de setenta años de antigüedad. La etiqueta adhesiva estaba deteriorada y la tinta, desvaída; pero los dos nombres aún resultaban legibles: Miller-Urey.

A Langdon se le puso la carne de gallina cuando volvió a leerlos. Miller-Urey.

«¡Dios mío...! "¿De dónde venimos?"»

Los químicos Stanley Miller y Harold Urey habían llevado a cabo un legendario experimento científico en los años cincuenta, para tratar de encontrar respuesta precisamente a esa pregunta. Su audaz intento había fracasado, pero sus esfuerzos habían sido elogiados en todo el mundo y, desde entonces, el experimento de Miller-Urey se había convertido en uno de los más famosos de la historia.

Langdon recordó la fascinación que había sentido en la adolescencia, cuando durante una clase de biología le habían contado el intento de esos dos científicos de reproducir las condiciones de la Tierra en sus comienzos: un planeta caliente, cubierto por un océano inerte de compuestos químicos en ebullición.

«La sopa primordial.»

Tras reproducir los océanos y la atmósfera del joven planeta —agua, metano, amoníaco e hidrógeno—, Miller y Urey calentaron la mezcla para simular la temperatura de los mares primordiales y aplicaron descargas eléctricas para imitar la acción de los rayos. Finalmente, dejaron que la combinación se enfriara, tal y como se habían enfriado los océanos de la Tierra primitiva.

Su objetivo era tan sencillo como atrevido: encender la chispa de la vida en un primigenio mar inerte. «Simular la Creación —pensó Langdon—, utilizando sólo la ciencia.»

Miller y Urey analizaron la mezcla, con la esperanza de encontrar microorganismos primitivos formados a partir de la combinación inicial de compuestos químicos: un proceso sin precedentes denominado «abiogénesis». Por desgracia, sus intentos de crear «vida» a partir de la materia inerte no tuvieron éxito. En lugar de vida, solamente consiguieron una colección de probetas llenas de un líquido amarronado, que varias décadas después languidecían en un oscuro clóset de la Universidad de California en San Diego.

Setenta años más tarde, los creacionistas seguían citando el fracaso del experimento de Miller-Urey como la prueba científica de que la aparición de la vida en la Tierra no había sido posible sin la intervención divina.

—Treinta segundos —resonó la voz de Winston sobre sus cabezas.

La mente de Langdon era un torbellino cuando se incorporó y contempló el espacio de la capilla en penumbra a su alrededor. Sólo unos minutos antes, Winston había dicho que los grandes avances de la ciencia eran aquellos que habían abierto las puertas a nuevos «modelos» del universo. También había contado que la especialidad de la MareNostrum era la creación de modelos informáticos: la simulación de sistemas complejos y la observación de su funcionamiento o evolución.

«El experimento de Miller-Urey —pensó Langdon— es un ejemplo temprano de la creación de un modelo... para simular las complejas interacciones químicas presentes en la Tierra primordial.»

—¡Robert! —lo llamó Ambra desde el otro extremo de la sala—. ¡Ya empieza!

—Voy —contestó él, mientras se acercaba al sillón, sobrecogido por la sospecha de que probablemente acababa de vislumbrar parte de lo que había estado haciendo Edmond en los últimos tiempos.

De camino hacia la otra punta de la sala, recordó varios fragmentos del efectista preámbulo de Edmond, sobre el césped artificial del Guggenheim.

«Esta noche, seremos como los primeros exploradores —había dicho su amigo—. Aquellos que lo dejaron todo atrás para surcar los vastos océanos. La era de la religión está llegando a su fin y la de la ciencia acaba de comenzar. Imaginen qué sucedería si milagrosamente descubriéramos las respuestas a las grandes incógnitas de la vida.»

Mientras Langdon se sentaba junto a Ambra, la enorme pantalla mural comenzó a emitir la espectacular cuenta atrás.

Ella se volvió para mirarlo, intrigada.

—¿Te encuentras bien, Robert?

Langdon hizo un gesto afirmativo, mientras una sobrecogedora banda sonora llenaba la sala y una cara de Edmond de metro y medio de altura aparecía en la pared ante ellos. El afamado futurólogo se veía demacrado y cansado, pero miraba a la cámara con una amplia sonrisa.

—¿De dónde venimos? —preguntó, y la emoción que vibraba en su voz fue en aumento, mientras la música se iba apagando—. ¿Adónde vamos?

Nerviosa, Ambra le tomó una mano a Langdon y se la apretó con fuerza.

—Ambas preguntas forman parte de una misma historia —afirmó Edmond—. Por eso, propongo empezar por el principio: el verdadero principio.

Con gesto risueño, el científico buscó en el bolsillo y sacó un pequeño objeto de vidrio: un recipiente con un líquido turbio y una etiqueta de tinta desvaída en la que podían leerse los nombres de Miller y Urey.

El profesor sintió que se le aceleraba el corazón.

—Nuestro viaje comenzó hace mucho tiempo... cuatro mil millones de años antes de Cristo... flotando a la deriva en la sopa primordial.

91

Sentado en otro sillón al lado de Ambra, Langdon estudió el demacrado rostro de Edmond proyectado en la pantalla, y sintió una profunda tristeza al recordar que su amigo había estado mucho tiempo padeciendo en silencio una enfermedad mortal. Esa noche, sin embargo, los ojos del futurólogo volvían a brillar de alegría y entusiasmo.

—Dentro de un momento, les contaré la historia de esta pequeña probeta —dijo Edmond, levantando el recipiente que sostenía en una mano—. Pero antes, démonos un chapuzón... en la sopa primordial.

La imagen de Edmond desapareció y, con el resplandor de un relámpago, se iluminó un agitado océano sembrado de islas volcánicas que escupían lava y ceniza a la tempestuosa atmósfera.

—¿Fue aquí donde comenzó la vida? —preguntó la voz de Edmond—. ¿Por una reacción espontánea en un tormentoso mar de compuestos químicos? ¿O quizá llegó en un meteorito caído del espacio? ¿O tal vez fue cosa... de Dios? Por desgracia, no podemos retroceder en el tiempo para presenciar ese momento. Sólo sabemos lo que sucedió después, cuando la vida ya había aparecido. Y lo que ocurrió fue la evolución, que estamos acostumbrados a ver representada de esta forma...

En la pantalla apareció la conocida línea cronológica de la evolución humana: un fila que comenzaba con un primitivo simio encorvado y seguía con una serie de homínidos cada vez más erguidos, hasta llegar al último, erguido del todo y sin rastro del tupido pelaje de sus antepasados.

—Sí, los humanos evolucionamos —dijo Edmond—. Es un hecho científico irrefutable, que nos ha permitido construir una línea cronológica clara, basada en el registro fósil. Pero ¿y si pudiéramos observar la evolución en sentido inverso, es decir, retrocediendo en el tiempo?

De pronto, a Edmond le empezó a crecer pelo en la cara y todo su cuerpo se metamorfoseó en el de un humano primitivo. La estructura ósea le cambió y se volvió más simiesca. Y, a continuación, el proceso se aceleró hasta alcanzar un ritmo casi imposible de seguir con la vista. Sólo se apreciaban los fogonazos de unas especies cada vez más arcaicas: lémures, perezosos, marsupiales, ornitorrincos, peces pulmonados que se sumergían en las profundidades y se convertían en anguilas u otros peces, en criaturas gelatinosas, plancton y amebas, hasta que lo único que quedó de Edmond Kirsch fue una bacteria microscópica: una célula solitaria que palpitaba en el vasto océano.

—Los primeros indicios de vida —continuó el científico—. Aquí es donde nuestra observación en sentido inverso se detiene, porque se nos acaba la película. No sabemos cómo se materializaron las formas de vida más primitivas en un mar de compuestos químicos inertes. No tenemos ni la más remota idea. No podemos ver el primer fotograma de nuestra historia.

«T = 0», pensó Langdon, mientras imaginaba una película similar sobre el universo, en la que se retrocediera en el tiempo hasta que todo el cosmos se contraía en un único punto. También en ese ámbito los cosmólogos se veían enfrentados a un callejón sin salida comparable al del origen de la vida.

—La «primera causa» —anunció Edmond—. Así se refería Darwin a ese esquivo momento de la Creación. El gran naturalista demostró que la vida estaba en una evolución continua, pero no pudo averiguar cómo se había puesto en marcha el proceso. En otras palabras, la teoría de Darwin describía la supervivencia de los más fuertes, pero no explicaba su aparición.

Langdon rio entre dientes, porque nunca había oído esa idea expresada de esa forma.

—Entonces ¿cómo llegó la vida a la Tierra? O, dicho de otro modo, ¿de dónde venimos? —Edmond sonrió—. En los próximos minutos, conocerán la respuesta a esa pregunta. Pero, créanme, por muy fascinante que sea, es sólo la mitad de la historia que les revelaré esta noche. —Miró a la cámara y sonrió con expresión diabólica—. De hecho, averiguar de dónde venimos es sorprendente..., pero saber adónde vamos puede resultar tremendamente impactante.

Ambra y Langdon intercambiaron una mirada de desconcierto, y aunque él intuía que aquello sólo se trataba de uno de los golpes de efecto que tanto gustaban a su amigo, la afirmación aumentó su inquietud.

—El origen de la vida... —prosiguió Edmond— ha sido un auténtico misterio desde que aparecieran los primeros relatos de la Creación. Durante milenios, filósofos y científicos se han esforzado por encontrar indicios de aquel instante primigenio.

Para entonces, el científico volvía a tener entre las manos la conocida probeta con el líquido turbio en su interior.

—En los años cincuenta, dos investigadores, los químicos Miller y Urey, realizaron un audaz experimento con la esperanza de revelar el mecanismo preciso que originó la vida.

Langdon se inclinó hacia Ambra.

—Esa probeta está ahí —le susurró, señalando el expositor metálico que había apoyado sobre un pedestal, en un rincón.

La mujer pareció sorprendida.

—¿Para qué la querría Edmond?

El profesor se encogió de hombros. A juzgar por la extraña colección de objetos que había visto en el departamento de su amigo, quizá fuera sólo un retazo de la historia de la ciencia que le apetecía poseer.

Rápidamente, Edmond describió los esfuerzos de Miller y Urey para reproducir la sopa primordial y su intento de crear vida a partir de una mezcla de compuestos químicos inertes.

En la pantalla apareció entonces un descolorido artículo de *The New York Times* publicado el 8 de marzo de 1953. Se titulaba: «Hace dos mil millones de años».

—Como era de esperar —prosiguió Edmond—, el experimento hirió algunas sensibilidades. Sus consecuencias podrían haber sido sísmicas, sobre todo para el mundo religioso. Si por arte de magia hubiera surgido vida dentro de esta probeta, habríamos podido afirmar de manera concluyente que las leyes de la química por sí solas bastan para explicar la aparición de la vida. Ya no habríamos necesitado un ser sobrenatural que encendiera desde el cielo la chispa de la Creación. Habríamos entendido que la vida aparece sin más... como un subproducto inevitable de las leyes naturales. Y, más importante aún, habríamos llegado a la conclusión de que también debía de haber surgido en otros puntos del cosmos, del mismo modo que había aparecido en la Tierra. Habríamos tenido que aceptar necesariamente que el hombre no es un ser único, que no es el centro del universo de Dios y que no está solo.

Edmond suspiró.

—Sin embargo, como muchos de ustedes quizá sepan, el experimento de Miller-Urey fracasó. Produjo unos cuantos aminoácidos, pero nada ni por asomo cercano a la vida. En repetidas ocasiones, los químicos probaron diferentes combinaciones de ingredientes y distintos patrones de temperatura, pero todo fue en vano. Era como si la vida, como siempre habían creído los fieles, requiriera efectivamente la intervención de la mano de Dios. Al cabo de un tiempo, Miller y Urey abandonaron sus experimentos. El mundo religioso suspiró aliviado y la comunidad científica tuvo que empezar otra vez desde cero. —Hizo una pausa, y un brillo pícaro le cruzó la mirada—. Y así siguieron las cosas hasta 2007..., cuando los acontecimientos dieron un giro inesperado.

El científico contó entonces cómo habían encontrado las olvidadas probetas del experimento de Miller-Urey en un clóset de la Universidad de California en San Diego, tras la muerte de Miller. Los estudiantes del anciano químico habían vuelto a analizar las antiguas muestras, utilizando técnicas mucho más sensibles y avanzadas —entre ellas la cromatografía de líquidos y la espectrometría de masas—, y los resultados habían sido sorprendentes. Por lo visto, el experimento original había producido muchos más aminoácidos y compuestos complejos de los que Miller había logrado detectar en su momento. Los nuevos análisis habían revelado varias bases nitrogenadas, unas sustancias que revisten enorme importancia, porque son los componentes básicos del ARN y quizá también... del ADN.

—Fue una noticia asombrosa —dijo Edmond—, que volvía a legitimar la idea de que quizá la vida aparece sin más... sin intervención divina. Todo parecía indicar que el experimento de Miller-Urey había funcionado. Sólo que necesitaba más tiempo. Permítanme que les recuerde un aspecto clave de esta cuestión: la vida evolucionó a lo largo de miles de millones de años, y estos tubos de ensayo estuvieron guardados en un clóset poco más de cincuenta. Si la línea cronológica de este experimento se midiera en kilómetros, nuestra perspectiva se reduciría únicamente al primer centímetro...

Hizo una pausa, para que el público asimilara la idea.

—Como era de esperar —prosiguió—, el hallazgo suscitó un repentino resurgimiento de la idea de que era posible crear vida en un laboratorio.

«Lo recuerdo», pensó Langdon. El Departamento de Biología de Harvard había organizado una fiesta, a la cual no se instaba a los invitados a llevar bebidas, sino —en plan de broma— «ingredientes para fabricar bacterias».

—Obviamente, los líderes religiosos modernos reaccionaron de un modo tajante —dijo Edmond, entrecomillando con los dedos la palabra «modernos».

De pronto, apareció en la pantalla la página de inicio de una web —creation.com—, que Langdon reconoció enseguida como uno de los blancos recurrentes de la ira y las burlas de su amigo. De hecho, la organización se caracterizaba por hacer gala de un intenso proselitismo creacionista, pero difícilmente podía considerarse un ejemplo del «mundo religioso moderno».

Declaraban que su objetivo era: «Proclamar la verdad y la autoridad de la Biblia, y reafirmar la veracidad de todas sus afirmaciones, en particular las del Génesis».

—Esta web —explicó Edmond— es conocida, e influyente, y enlaza literalmente con docenas de blogs sobre el peligro de recuperar la obra de Miller y Urey. Por suerte para los administradores de creation.com, sus usuarios no tienen nada que temer. Aunque este experimento sea capaz de producir vida, seguro que no se conseguirá hasta dentro de dos mil millones de años.

Edmond volvió a levantar la probeta.

—Como supondrán, nada me gustaría más que avanzar rápidamente en el tiempo, para volver a analizar el contenido de este tubo dentro de dos mil millones de años y demostrar a los creacionistas que se equivocan. Claro que para eso necesitaría una máquina del tiempo. —Hizo una pausa, y puso una expresión divertida—. Así que... la he construido.

Langdon miró a Ambra, que apenas se había movido desde que había comenzado la presentación. Sus ojos oscuros no se apartaban de la pantalla.

—Una máquina del tiempo —continuó Edmond— no es tan difícil de construir. Ahora les enseño a qué me refiero.

Entonces apareció la sala vacía de un bar, con una mesa de billar americano en el centro. Por el fondo, entró Edmond. Encima de la mesa, las bolas estaban ordenadas en su habitual disposición triangular, a la espera del golpe inicial que las dispersara. El científico tomó un taco, se inclinó sobre la mesa y golpeó con fuerza la bola blanca, que salió despedida hacia el triángulo de bolas de colores.

Entonces, Edmond exclamó:

—¡Alto!

La bola blanca congeló mágicamente el movimiento, una fracción de segundo antes de la colisión.

—En este momento —dijo Edmond, observando el instante detenido sobre la mesa de billar—, si les pidiera que predijeran qué bolas caerán en qué troneras, ¿serían capaces de acertar? Por supuesto que no. Hay miles de desenlaces posibles para esta situación. Pero... ¿y si tuvieran una máquina del tiempo que les permitiera avanzar quince segundos en el futuro, observar lo que sucede con las bolas de billar y después regresar? Aunque no se lo crean, amigos míos, actualmente disponemos de la tecnología necesaria para hacerlo.

Edmond señaló una serie de cámaras diminutas que había instaladas sobre los bordes de la mesa.

—Utilizando unos sensores ópticos para medir la velocidad, la rotación, la dirección y el eje de giro de la bola blanca a medida que se mueve, puedo obtener una instantánea matemática del movimiento de la bola en cualquier momento dado. Y esa instantánea me permite formular predicciones sumamente precisas sobre su movimiento futuro.

Langdon recordó haber utilizado en una ocasión un simulador de golf basado en una tecnología similar, que había pronosticado con una exactitud deprimente su tendencia a enviar pelotas al bosque.

A continuación, Edmond sacó un celular de grandes dimensiones, en cuya pantalla se veía la imagen de la mesa de billar con la bola blanca virtual detenida. Sobre la bola parecían flotar una serie de ecuaciones matemáticas.

—Conociendo con exactitud la masa, la posición y la velocidad de la bola blanca —prosiguió el científico—, puedo calcular sus interacciones con las otras bolas y predecir el resultado.

Tocó la pantalla y la bola blanca virtual cobró vida, fue a estrellarse contra el triángulo de bolas de colores, las dispersó e hizo que cuatro de ellas cayeran por cuatro troneras diferentes.

—Cuatro bolas —dijo Edmond, contemplando la pantalla del teléfono—. Un tiro bastante bueno. —Levantó la vista hacia el público—. ¿No me creen?

Hizo chasquear los dedos sobre la mesa real y, una vez liberada, la bola blanca empezó a rodar, chocó ruidosamente contra las otras y las dispersó. Las mismas cuatro bolas de la simulación cayeron por las mismas cuatro troneras.

—No es exactamente una máquina del tiempo —dijo Edmond con una sonrisa—, pero nos permite ver el futuro. Además, nos deja modificar las leyes de la física. Por ejemplo, puedo eliminar la fricción, para que las bolas nunca pierdan velocidad... y sigan rodando de forma indefinida, hasta que por fin la última caiga por una de las troneras.

Pulsó unas teclas y activó de nuevo la simulación. Esta vez, después del golpe inicial, las bolas no perdieron velocidad, sino que siguieron chocando entre sí y contra los bordes de la mesa. Una tras otra fueron cayendo por las troneras, hasta que sólo quedaron dos.

—Y si me canso de esperar a que caigan las dos últimas bolas —añadió Edmond—, puedo acelerar el proceso.

Tocó la pantalla y las dos bolas restantes aceleraron hasta convertirse en dos borrones de color que circulaban a gran velocidad. Al cabo de unos segundos, también cayeron por las troneras.

—De este modo, puedo conocer el futuro mucho antes de que pase. Las simulaciones por computadora son en realidad máquinas del tiempo virtuales. —Hizo una pausa—. Por supuesto, todo esto se basa en cálculos bastante sencillos sobre un sistema cerrado como es una mesa de billar. Pero ¿qué ocurriría con un sistema más complejo?

Edmond levantó la probeta del experimento de Miller-Urey y sonrió.

—Creo que ya se imaginan adónde quiero llegar. La creación de modelos informáticos es una especie de máquina del tiempo que nos permite vislumbrar el futuro y saber lo que sucederá... quizá incluso dentro de miles de millones de años.

Ambra cambió de posición en el sillón, sin apartar la vista de la pantalla.

—Como imaginarán —dijo Edmond—, no soy el primer científico que sueña con reproducir la sopa primordial de la Tierra. Se trata de un experimento muy fácil de concebir, pero, en la práctica, es de una complejidad espeluznante.

En la pantalla volvió a aparecer el turbulento mar primigenio, con olas enormes, entre volcanes y tormentas eléctricas.

—Para reproducir la química del océano, sería necesario realizar simulaciones a nivel molecular. Algo así como predecir el tiempo atmosférico con un nivel de precisión que nos permitiera conocer la localización exacta de cada molécula de aire en cualquier momento dado. Cualquier simulación útil del mar primordial requeriría por lo tanto una computadora capaz no sólo de aplicar las leyes de la física, la mecánica, la termodinámica, la gravitación, la conservación de la energía, etcétera, sino también las de la química, para reproducir con exactitud los enlaces que se producirían entre cada átomo, dentro del caldo bullente del océano.

La cámara virtual se sumergió bajo las olas del mar digital y la imagen se fue ampliando, hasta abarcar una sola gota de agua, donde un turbulento remolino de átomos y moléculas virtuales se combinaban, se separaban y volvían a combinarse.

—Por desgracia —prosiguió Edmond—, una simulación que ha de considerar un número tan enorme de permutaciones posibles requiere una potencia procesadora colosal, muy superior a la de cualquier computadora existente en el mundo. —Sus ojos volvieron a brillar—. De cualquier computadora... excepto de una.

Un órgano comenzó a desgranar los primeros compases de la famosa *Tocata y fuga en re menor*, de Bach, mientras se veía una panorámica asombrosa de la gigantesca computadora de dos pisos de Edmond.

—La E-Wave —susurró Ambra, hablando por primera vez en muchos minutos.

Langdon no apartaba la vista de la pantalla.

«Por supuesto... ¡Es genial!», pensó.

Con un acompañamiento de órgano sobrecogedor, Edmond inició un entusiasta recorrido virtual por el supercomputador, hasta revelar su «cubo cuántico». La música alcanzó el clímax con un acorde atronador. Edmond sabía sacarles el máximo partido a todos sus instrumentos.

—Lo esencial —dijo por fin el científico— es que la E-Wave puede reproducir el experimento de Miller-Urey en la realidad virtual con una precisión increíble. Como no puedo modelar todo el océano primigenio, he creado el mismo sistema cerrado en cinco litros que utilizaron ellos.

Apareció entonces en la pantalla un matraz virtual lleno de sustancias químicas. La imagen del líquido se fue ampliando cada vez más, hasta llegar a la escala atómica, con átomos que se movían en la mezcla caliente y se combinaban y recombinaban por el efecto de la temperatura, la electricidad y el movimiento.

—Este modelo incorpora todo lo que sabemos de la sopa primordial desde la época del experimento de Miller-Urey, incluida la presencia probable de radicales de hidroxilo, por el vapor de agua electrificado, y de sulfuro de carbonilo, procedente de la actividad volcánica. También tiene en cuenta las teorías sobre la influencia de una atmósfera reductora.

Dentro del líquido virtual, que seguía bullendo en la pantalla, comenzaron a formarse aglomeraciones de átomos.

—Ahora aceleremos el proceso... —dijo Edmond visiblemente emocionado, mientras el video avanzaba y, en una sucesión de imágenes borrosas, se formaban compuestos cada vez más complejos—. Al cabo de una semana, comenzamos a ver los mismos aminoácidos que observaron Miller y Urey.

La imagen se difuminó una vez más, a medida que el tiempo avanzaba con más rapidez aún que antes.

—Después..., en torno al límite de los cincuenta años, empiezan a aparecer indicios de los componentes del ARN que hemos mencionanado hace un momento.

El líquido seguía arremolinándose en una turbulencia cada vez mayor.

—Pero ¡dejé que el proceso continuara! —exclamó Edmond, elevando más y más el tono.

Las moléculas de la pantalla continuaban combinándose y la complejidad de las estructuras aumentaba, a medida que la simulación avanzaba siglos, milenios y millones de años a un ritmo vertiginoso. Mientras las imágenes cambiaban a una velocidad imposible de seguir con la vista, Edmond preguntó invadido por la alegría:

—¿Y a que no imaginan qué apareció al final en el interior del matraz?

Langdon y Ambra se adelantaron en el asiento, expectantes.

De repente, la expresión de felicidad de Edmond dio paso a otra de decepción total.

—Nada. Absolutamente nada —dijo—. Ni rastro de vida. Ninguna reacción química espontánea; ningún instante de la Creación. Tan sólo una mezcla de compuestos químicos inertes. —Dejó escapar un suspiro apesadumbrado—. Solamente cabía una conclusión lógica. —Miró con tristeza a la cámara y anunció—: Para crear vida... es necesaria la intervención de Dios.

Langdon no daba crédito a sus oídos.

«¿Qué está diciendo?»

Al cabo de un momento, una tenue sonrisa comenzó a iluminar el rostro de Edmond.

—O también podría ser —continuó— que hubiera olvidado un ingrediente esencial de la receta.

92

Fascinada, Ambra Vidal imaginó los millones de personas de todo el mundo que estarían siguiendo con la misma pasión que ella la presentación de Edmond.

—¿Cuál podía ser el ingrediente olvidado? —preguntó Edmond—. ¿Por qué mi sopa primordial se negaba a producir vida? Como no lo sabía, hice lo que suelen hacer los buenos científicos: se lo pregunté a alguien más listo que yo.

Entonces apareció en la pantalla una mujer con lentes, de aspecto académico. Era la doctora Constance Gerhard, bioquímica de la Universidad de Stanford.

—¿Quiere saber cómo podemos crear vida? —La científica rio, negando con la cabeza—. ¡No podemos! Ahí está el problema. A la hora de tratar de explicar el proceso de la Creación, el instante a partir del cual unos compuestos químicos inanimados formaron seres vivos, toda nuestra ciencia es inútil. No conocemos ningún mecanismo químico que lo explique. De hecho, la idea de que unas moléculas puedan organizarse para crear entidades vivas entra en conflicto directo con la ley de la entropía.

—Entropía —repitió Edmond, que para entonces se había trasladado a una soleada playa—. Hablar de entropía es simplemente una manera elegante de decir que las cosas se rompen y se dañan. En lenguaje científico, decimos que «es inevitable que un sistema organizado se deteriore».

A continuación, chasqueó los dedos y un complejo castillo de arena apareció a sus pies.

—Acabo de organizar millones de granos de arena para formar un castillo. Veamos qué opina el universo al respecto.

Segundos más tarde, una ola lo destruyó.

—Así es. El universo ha localizado mis granos de arena organizados y los ha desorganizado, dispersándolos por la playa. Eso es la entropía en acción. Las olas nunca forman castillos de arena en la orilla. La entropía disuelve las estructuras. En el universo nunca aparecen de manera espontánea castillos de arena. Solamente desaparecen.

El científico volvió a chasquear los dedos y reapareció en una cocina.

—Cuando calentamos café —dijo, mientras sacaba una taza del microondas—, concentramos energía calórica en el líquido. Si dejamos la taza sobre la encimera durante una hora, el calor se dispersa por toda la habitación y se distribuye de manera uniforme, como los granos de arena en la playa. Otra vez la entropía. Y el proceso es irreversible. Por mucho que esperemos, el universo nunca volverá a calentarnos por arte de magia el café. —Edmond sonrió—. Tampoco recompondrá unos huevos revueltos, ni levantará un castillo de arena destruido por las olas.

Ambra recordó haber visto en una ocasión una instalación artística titulada *Entropía*: una hilera de bloques de concreto, cada uno más deshecho que el anterior, que acababa en un montón de escombros.

Entonces volvió a aparecer la doctora Gerhard, la científica de los lentes.

—Vivimos en un universo entrópico —dijo—, un universo cuyas leyes físicas no organizan, sino que lo vuelven todo más aleatorio. Por eso, la pregunta es la siguiente: ¿cómo es posible que unos compuestos químicos inertes se autoorganicen mágicamente en formas de vida complejas? Nunca he sido una persona religiosa, pero debo reconocer que la existencia de la vida es el único misterio científico que me ha hecho considerar alguna vez la idea de un creador.

A continuación se materializó la imagen de Edmond, que negaba con tristeza con la cabeza.

—Me saca de quicio que las personas inteligentes utilicen la palabra «creador»... —Se encogió de hombros—. Sé que lo hacen porque la ciencia no ofrece una explicación satisfactoria para el origen de la vida. Pero, créanme, si buscan algún tipo de fuerza invisible capaz de crear orden en un universo caótico, existen respuestas mucho más simples que Dios.

Edmond mostró a cámara una bandeja de cartón cubierta de limaduras de hierro. Sacó un imán de grandes dimensiones y lo colocó debajo. Al instante, las limaduras se dispusieron en un arco organizado, perfectamente alineadas entre sí.

—Una fuerza invisible acaba de organizar estas limaduras —dijo—. ¿Ha sido Dios? No... Ha sido el electromagnetismo.

Después, el científico apareció junto a una gran cama elástica. Sobre la tensa superficie había cientos de canicas dispersas.

—Un conjunto de canicas dispuestas de forma aleatoria —anunció—. Pero si hago esto...

Levantó una pesada bola de jugar a bolos y la hizo rodar sobre la lona. Su peso creó una depresión y, de inmediato, todas las canicas desperdigadas cayeron hacia la hondonada y formaron un círculo en torno a la bola.

—¿Ha sido la mano organizadora de Dios? No, en este caso se ha tratado simplemente... de la gravedad.

El rostro del científico apareció en primer plano.

—De hecho, la vida no es el único ejemplo de la capacidad que tiene el universo para crear orden. Las moléculas inertes se organizan continuamente en estructuras complejas.

La pantalla mostró un montaje de diversas imágenes: el vórtice de un tornado, un copo de nieve, las ondas que se forman en el lecho de un río, un cristal de cuarzo, los anillos de Saturno...

—Como pueden ver, a veces el universo organiza la materia... Pero ¿no es eso lo contrario de la entropía? —Edmond suspiró—. ¿En qué quedamos entonces? ¿Qué prefiere el universo? ¿El orden o el caos?

Volvió a aparecer el científico, esta vez caminando por un sendero, en dirección a la famosa cúpula del MIT, el Instituto Tecnológico de Massachusetts.

—La mayoría de los físicos nos dirán que prefieren el caos. De hecho, la entropía reina en el universo, que está en constante desintegración hacia el desorden. La idea es bastante deprimente. —Edmond hizo una pausa y volvió a mirar a la cámara con una sonrisa—. Pero he venido hasta aquí para hablar con un físico joven y brillante, que está convencido de que hay algo más: un giro inesperado que podría ser la clave del origen de la vida.

«¿Jeremy England?»

Langdon se sorprendió al reconocer el nombre del físico que había mencionado Edmond. El prometedor profesor del MIT, de treinta y tantos años, acaparaba la atención de los círculos académicos de Boston tras asombrar al mundo con sus descubrimientos en el nuevo campo de la biología cuántica.

Casualmente, Jeremy England había asistido a la misma preparatoria que Robert Langdon —la Phillips Exeter Academy—, por lo que el profesor había tenido ocasión de descubrir su nombre tiempo atrás, al ver un artículo suyo titulado «Organización adaptativa por disipación», publicado en la revista de antiguos alumnos. Aunque sólo había leído el artículo por encima y apenas lo había entendido, recordaba la intriga que había sentido al enterarse de que el prometedor científico, además de ser un físico brillante, era una persona muy religiosa. Concretamente, era judío ortodoxo.

Langdon empezaba a comprender por qué estaba tan interesado su amigo Edmond en el trabajo de England.

En la pantalla se veía ahora la cara de otro hombre, y un texto sobreimpreso lo identificaba como el físico Alexander Grosberg, de la Universidad de Nueva York.

—Nuestra gran esperanza —dijo Grosberg— es que Jeremy England haya identificado el principio básico subyacente: el motor del origen y la evolución de la vida.

Langdon se irguió un poco más en el asiento al oír esa afirmación, y también lo hizo Ambra.

A continuación, apareció otro rostro.

—Si England es capaz de demostrar la validez de su teoría —manifestó el historiador Edward J. Larson, ganador del Premio Pulitzer—, su nombre siempre será recordado. Será el nuevo Darwin.

«¡Dios mío!»

Langdon ya sabía que Jeremy England estaba causando revuelo en la comunidad científica con sus teorías. Pero eso no era un simple revuelo. ¡Era un tsunami!

Finalmente, Carl Franck, físico de la Universidad Cornell, añadió:

—Cada treinta años, aproximadamente, el conocimiento humano da un paso adelante gigantesco. Puede que ahora nos encontremos en uno de esos momentos.

Una serie de titulares desfilaron por la pantalla, en rápida sucesión:

Les presentamos al científico que podría
desmentir a Dios
El fin del creacionismo
Muchas gracias, Dios, pero ya no te necesitamos

Siguieron apareciendo titulares y se les añadieron recortes de las principales revistas científicas, las cuales parecían proclamar el mismo mensaje: si Jeremy England conseguía demostrar su nueva teoría, las repercusiones serían tremendamente importantes, no sólo para la ciencia, sino también para la religión.

Langdon contempló el último titular, publicado por la revista digital *Salon*, el 3 de enero de 2015.

DIOS CONTRA LAS CUERDAS. LA NUEVA CIENCIA QUE ATERRORIZA A LOS CREACIONISTAS Y A LA ULTRADERECHA CRISTIANA

Un joven profesor del MIT, dispuesto a terminar el trabajo de Darwin, amenaza con destruir lo más sagrado para la derecha conservadora

La imagen de la pantalla cambió y apareció Edmond, caminando por el pasillo del Departamento de Ciencias de una universidad.

—¿Cuál es ese paso de gigante que atemoriza tanto a los creacionistas?

Edmond resplandecía de entusiasmo cuando se detuvo delante de una puerta con la inscripción: ENGLANDLAB@MITPHYSICS.

—¿Qué les parece si entramos y se lo preguntamos a England en persona?

93

El joven que apareció en la pantalla mural de Edmond era el físico Jeremy England. Alto y muy delgado, su barba enmarañada enmarcaba una sonrisa de aturdimiento. Estaba de pie, delante de un pizarrón lleno de ecuaciones matemáticas.

—En primer lugar —dijo England, en tono cordial y sencillo—, permítame aclararle que esto no es una teoría demostrada, sino sólo una idea. —Se encogió de hombros con modestia—. Aunque debo reconocer que si alguna vez conseguimos probar su validez, las repercusiones podrían ser de gran alcance.

Durante los tres minutos siguientes, el físico expuso su nueva idea, que resultaba inesperadamente simple, como la mayoría de los conceptos capaces de trastrocar los paradigmas más arraigados.

Según la teoría de Jeremy England —si Langdon la había comprendido bien—, el universo funcionaba con una única directriz y un solo objetivo.

Dispersar energía.

Dicho en términos sencillos, cuando el universo encontraba energía concentrada en determinadas áreas, la diseminaba. El ejemplo clásico, que ya había mencionado Kirsch, era la taza de café caliente sobre la encimera de la cocina. Siempre se enfriaba, dispersando el calor hacia las otras moléculas de la habitación, de acuerdo con la segunda ley de la termodinámica.

Langdon comprendió de pronto por qué le había preguntado

Edmond por los diferentes mitos de la Creación, todos los cuales contenían imágenes de energía o de luz que se expandía indefinidamente e iluminaba las tinieblas.

Pero England contemplaba un giro inesperado, relacionado con el modo en que el universo dispersaba la energía.

—Sabemos que el universo favorece la entropía y el desorden —afirmó el joven físico—. ¿No es sorprendente entonces encontrar tantos ejemplos de moléculas que se organizan?

En la pantalla volvieron a verse varias imágenes que ya habían aparecido anteriormente: el vórtice de un tornado, el ondulado lecho de un río, un copo de nieve...

—Todos éstos —dijo England— son ejemplos de «estructuras disipativas», colecciones de moléculas ordenadas de tal manera que contribuyen a una dispersión más eficaz de la energía concentrada en el sistema.

England ilustró la idea con rapidez, señalando que los tornados eran la forma que tenía la naturaleza de eliminar una concentración de altas presiones, convirtiéndola en fuerza rotatoria que al cabo de un tiempo se agotaba. Lo mismo podía decirse de las ondulaciones que se producían en los lechos de los ríos, que interceptaban la energía de las corrientes y la disipaban. Los copos de nieve dispersaban la energía solar, formando estructuras multifacéticas que reflejaban caóticamente la luz en todas las direcciones.

—Dicho de otro modo —prosiguió el joven físico—, la materia se autoorganiza para dispersar mejor la energía. —Sonrió—. En su intento de promover el desorden, la naturaleza crea pequeñas islas de orden. Esas islas son estructuras que intensifican el caos en un sistema y, por lo tanto, incrementan la entropía.

Langdon no había caído en ello hasta ese momento, pero England tenía razón: había ejemplos por todas partes. Pensó en un relámpago. Cuando una nube se organizaba con una carga de electricidad estática, el universo producía la descarga del rayo. En otras palabras, las leyes de la física creaban mecanismos para dispersar energía. El rayo disipaba la energía de la nube hacia la tierra y la diseminaba, lo que incrementaba la entropía total del sistema.

«Para crear caos de manera más eficiente —pensó Langdon—, hace falta un poco de orden.»

Abstraído, se preguntó si las bombas atómicas podrían considerarse instrumentos de entropía: pequeñas islas de materia cuidadosamente organizada, que servían para sembrar el caos. De pronto, visualizó el símbolo matemático de la entropía y se dio cuenta de que parecía representar una explosión o tal vez el *big bang*: una dispersión de energía en todas direcciones.

—¿Adónde nos lleva todo esto? —dijo England en la pantalla—. ¿Qué tiene que ver la entropía con el origen de la vida? —Se acercó al pizarrón—. Pues bien, resulta que la vida es un instrumento excepcionalmente eficaz para disipar energía.

England dibujó en el pizarrón un sol que irradiaba energía sobre un árbol.

—Un árbol, por ejemplo, absorbe la intensa energía del sol, la utiliza para crecer y emite radiación infrarroja, una forma mucho menos concentrada de energía. La fotosíntesis es una máquina entrópica sumamente eficaz. El árbol disuelve y debilita la energía concentrada del sol, lo que resulta en un incremento global de la entropía del universo. Lo mismo puede decirse de todos los organismos vivos, incluidos los humanos, que consumimos materia organizada en forma de comida, la convertimos en energía y la dispersamos de nuevo hacia el universo con el calor que irradiamos. En términos generales —añadió England—, estoy convencido de que la vida no sólo obedece a las leyes de la física, sino que además se originó a causa de esas leyes.

Langdon sintió un escalofrío mientras consideraba la lógica del argumento, que le pareció bastante sencilla y directa. Si la luz del sol incidía sobre la tierra fértil, las leyes físicas del suelo creaban una planta para contribuir a dispersar esa energía. Si las fuentes hidrotermales sulfurosas del fondo del océano creaban zonas de agua hirviente, la vida se materializaba en esos puntos para diseminar energía.

—Espero encontrar algún día la manera de demostrar que la vida realmente surgió de forma espontánea de la materia inerte... como resultado directo de las leyes de la física —prosiguió England.

«Fascinante —reflexionó Langdon—. ¡Por fin una teoría científica clara sobre la manera en que pudo generarse la vida... sin intervención divina!»

—Soy una persona religiosa —dijo England—; pero aun así, mi fe, lo mismo que mi ciencia, siempre está en constante evolución. Considero que mi teoría es agnóstica en temas de espiritualidad. Sencillamente, intento describir cómo son las cosas en el universo y dejo las connotaciones espirituales a los clérigos y a los filósofos.

«Un joven sensato —pensó Langdon—. Aunque si alguna vez se demuestra su teoría, sus efectos caerán como una bomba sobre el mundo.»

—De momento —dijo England—, pueden estar tranquilos. Por razones obvias, se trata de una teoría extremadamente difícil de demostrar. Mi equipo y yo tenemos varias ideas para desarrollar modelos de sistemas disipativos en el futuro, pero todas requieren muchos años de trabajo.

La imagen de England se desvaneció y en la pantalla volvió a aparecer Edmond, de pie junto a su computadora cuántica.

—Pero yo no necesito muchos años de trabajo. Ese tipo de modelos es justo lo que he estado estudiando en los últimos tiempos.

Se dirigió hacia su escritorio.

—Si la teoría del profesor England es correcta, todo el sistema operativo del cosmos podría resumirse en una sola instrucción que prevalece sobre todas las demás: «¡Hay que dispersar energía!».

El científico se sentó a su escritorio y se puso a escribir como un poseso en un teclado de grandes dimensiones. Las pantallas que tenía delante se llenaron de líneas extrañas de código informático.

—Me llevó varias semanas reprogramar todo el experimento fracasado, para incorporar al sistema una directriz fundamental, una razón de ser: lo instruí para que dispersara energía a toda costa. Insté a la máquina a ser tan creativa como fuera posible en su esfuerzo por incrementar la entropía dentro de la sopa primordial. Y le di permiso para que construyera todas las herramientas que considerara necesarias para conseguirlo.

Edmond dejó de teclear e hizo girar su silla de oficina para quedar de cara al público.

—Después, puse en marcha el modelo, y sucedió algo increíble. Descubrí que había acertado al identificar el «ingrediente olvidado» en mi sopa primigenia virtual.

Absortos, Langdon y Ambra contemplaban fijamente la pantalla mural, donde comenzaron a aparecer los gráficos animados del modelo informático de Edmond. Una vez más, la cámara virtual se sumergió en la turbulenta sopa primordial y amplió la imagen hasta la escala atómica, donde los elementos químicos saltaban, se combinaban y volvían a separarse, para combinarse otra vez entre sí.

—Cuando aceleré el proceso para simular el transcurso de cientos de años —dijo Edmond—, vi que los aminoácidos de Miller-Urey cobraban forma.

Los conocimientos químicos de Langdon no eran muy profundos, pero reconoció la imagen de una cadena proteica básica. A medida que la simulación avanzaba, presenció la formación de moléculas cada vez más complejas, que se combinaban en cadenas de hexágonos semejantes a las celdas de un panal.

—¡Nucleótidos! —exclamó Edmond, mientras los hexágonos seguían fusionándose—. ¡Estamos siendo testigos del paso de miles de años! ¡Y si aceleramos un poco más, podremos vislumbrar los primeros indicios de estructuración!

Mientras hablaba, una de las cadenas de nucleótidos comenzó a enroscarse para formar una espiral.

—¡¿Lo ven?! —exclamó el científico—. ¡Han pasado millones de años y el sistema está intentando construir una estructura! ¡Trata de fabricar una estructura para dispersar la energía, tal y como England ha pronosticado!

A medida que el tiempo avanzaba en el modelo, Langdon vio con sorpresa que la pequeña espiral se dividía en dos espirales gemelas y se expandía, hasta formar la doble hélice de la molécula más famosa del planeta.

—Dios mío, Robert... —susurró Ambra, con los ojos muy abiertos—. ¿Eso de ahí es...?

—ADN —anunció Edmond, mientras congelaba la simulación en un fotograma—. Ahí está. El ADN: la base de la vida. El código viviente de la biología. Y se preguntarán ustedes: ¿por qué un sistema construiría ADN en su intento de dispersar mejor la energía? Muy sencillo: porque dos cabezas trabajan mejor que una, y cuatro, mejor que dos. Un bosque difunde más luz solar que un árbol aislado. Si uno es un instrumento de entropía, la manera más sencilla de trabajar más y mejor será desdoblándose en innumerables copias de uno mismo.

La cara de Edmond volvió a aparecer en la pantalla.

—Cuando hice avanzar esta simulación más allá de este punto, fui testigo de algo absolutamente mágico: ¡el despegue de la evolución darwiniana! —Hizo una pausa que duró varios segundos—. No podía ser de otra manera —prosiguió—. La evolución es el modo que tiene el universo de poner a prueba y perfeccionar constantemente sus instrumentos. Los más eficientes sobreviven y se reproducen. Siguen mejorando y se vuelven cada vez más complejos y más eficientes todavía. Con el tiempo, algunos de esos instrumentos asumen el aspecto de árboles, y otros acaban pareciéndose... a nosotros.

En ese momento, Edmond parecía flotar en la oscuridad del espacio, con la esfera azul de la Tierra a su espalda.

—¿De dónde venimos? —preguntó—. A decir verdad, no venimos de ningún lugar... y a la vez venimos de todas partes. Procedemos de las mismas leyes de la física que han creado la vida en todo el cosmos. No somos especiales. Existimos con o sin Dios. Somos el resultado inevitable de la entropía. La vida no es el propósito del universo. La vida es sólo aquello que el universo crea y reproduce con el fin de dispersar energía.

Langdon se sentía extrañamente desconcertado y no estaba seguro de haber asimilado del todo el alcance de lo que estaba anunciando Edmond. No le cabía la menor duda de que su simulación alteraría por completo el paradigma vigente del universo y causaría transformaciones profundas en muchas disciplinas científicas. Pero en lo tocante a la religión, no estaba seguro de que fuera a producirse ningún cambio en el punto de vista de la gente. Durante siglos, la mayoría de los fieles habían preferido hacer caso omiso a grandes cantidades de datos científicos y a la lógica racional, para proteger su fe.

Ambra parecía estar luchando interiormente con sus propias reacciones. Su expresión oscilaba entre la admiración más sincera y la indecisión cautelosa.

—Amigos míos —dijo Edmond—, si han seguido mi presentación, comprenderán la enorme importancia de lo que acabo de anunciarles. Y si todavía no están convencidos, no se vayan, porque este descubrimiento ha dado pie a otra revelación todavía más significativa.

Hizo una pausa.

—Saber de dónde venimos... no es ni la mitad de asombroso que averiguar hacia dónde vamos.

94

El sonido de unos pasos despertó ecos en la basílica subterránea, mientras un agente de la Guardia Real corría al encuentro de los tres hombres que se habían reunido en las profundidades de la iglesia.

—¡Majestad! —exclamó casi sin aliento el agente—. Edmond Kirsch... El video... Lo están transmitiendo...

El rey hizo girar la silla de ruedas y también el príncipe Julián se volvió para mirar.

Valdespino dejó escapar un suspiro de desánimo. «Era sólo cuestión de tiempo», se dijo. Aun así, sintió una opresión en el pecho al saber que todo el mundo estaba viendo en ese mismo instante el video que él había visto en la biblioteca de Montserrat, en compañía de Al-Fadl y Köves.

«¿De dónde venimos?» El origen de la vida sin intervención divina, postulado por Kirsch, era una idea tan arrogante como blasfema, y sus efectos serían devastadores para el anhelo humano de alcanzar un ideal superior y emular así a Dios, que había creado al hombre a su imagen y semejanza.

Por desgracia, Kirsch no se había parado ahí. Había cometido un segundo sacrilegio, mucho más peligroso que el primero, al ofrecer una respuesta profundamente perturbadora a la pregunta «¿Adónde vamos?».

La predicción de Kirsch para el futuro era calamitosa... y tan inquietante que Valdespino y sus colegas le habían rogado que no la diera a conocer. Aunque los datos del futurólogo fueran correctos, el hecho de revelarlos al mundo podía causar daños irreversibles.

«Y no sólo a los fieles —se dijo el obispo—, sino a todos los seres humanos.»

95

«Dios no es necesario —pensó Langdon, mientras recordaba lo que acababa de decir Edmond—. La vida surgió espontáneamente, por efecto de las propias leyes de la física.»

La generación espontánea había sido muy debatida en el plano teórico por algunas de las mentes más importantes de la ciencia, y esa noche Edmond Kirsch había defendido con argumentos sólidos que realmente se había producido.

«Nadie hasta ahora había conseguido demostrarla..., ni había ideado un mecanismo para explicarla.»

En la pantalla, la simulación de Edmond de la sopa primordial era un hervidero de diminutas formas de vida virtuales.

—Mientras observaba mi floreciente modelo —explicó Edmond—, me pregunté qué pasaría si permitía que siguiera avanzando. ¿Rebasaría en algún momento los límites del matraz original, para producir todo el reino animal, incluida la especie humana? ¿Y si lo dejaba avanzar más? ¿Produciría el siguiente paso de la evolución y nos revelaría adónde vamos, si le concedía tiempo suficiente?

El científico apareció de nuevo al lado de la E-Wave.

—Por desgracia, ni siquiera esta computadora es capaz de manejar un modelo de tal magnitud, por lo que tuve que buscar la manera de reducir el alcance de la simulación. Y encontré una fuente de inspiración bastante inesperada para desarrollar la técnica que necesitaba: ¡las animaciones de Walt Disney!

La imagen se transformó de pronto en una antigua película en blanco y negro de dibujos animados bidimensionales. Langdon reconoció enseguida el clásico de Walt Disney de 1928: *Steamboat Willie*.

—El arte de la animación ha avanzado con rapidez en los últimos noventa años: desde el rudimentario sistema que permitía ver a Mickey Mouse en movimiento si se pasaban velozmente las páginas de un libro, hasta los deslumbrantes largometrajes de los últimos tiempos.

La pantalla se dividió y, junto a los dibujos animados antiguos, apareció una escena hiperrealista de acción de una película de animación reciente.

—Este salto cualitativo es comparable a los tres mil años de evolución que median entre las pinturas rupestres y las obras maestras de Miguel Ángel. Como futurólogo, me fascinan todos los ámbitos que registran avances vertiginosos —prosiguió Edmond—. La técnica que ha hecho posible este salto, según me he podido informar, se llama «*tweening*» y es un atajo que utilizan los artistas de la animación para generar por computadora las escenas intermedias entre dos fotogramas. De ese modo, la primera imagen se transforma en la segunda con fluidez, sin que haya saltos bruscos entre ambas. En lugar de dibujar a mano cada fotograma, un esfuerzo que en mi caso podría compararse con el de modelar cada pequeño paso del proceso evolutivo, los artistas de hoy en día sólo dibujan las escenas más importantes... y después le indican a la computadora que cree por interpolación las escenas intermedias y rellene así el resto del proceso. Eso es el *tweening*, una aplicación muy obvia de la capacidad de computación, que yo sin embargo no conocía. Cuando supe de su existencia, me di cuenta de que era la clave para descifrar nuestro futuro.

Ambra se volvió hacia Langdon con mirada interrogante.

—¿Adónde quiere llegar?

Antes de que el profesor pudiera considerar una respuesta, una nueva imagen apareció en la pantalla.

—La evolución humana —dijo Edmond—. Esta imagen se asemeja en cierta manera a una de esas animaciones que cobraban vida al pasar velozmente las páginas de un libro. Gracias a la ciencia, hemos podido reconstruir varios de sus fotogramas: chimpancé, australopiteco, *Homo habilis*, *Homo erectus*, neandertal... Sin embargo, las transiciones entre las especies siguen siendo poco claras.

Tal y como Langdon esperaba, Edmond describió la idea de utilizar el *tweening* para rellenar las lagunas de la evolución humana. Señaló que diversos proyectos internacionales de secuenciación de genomas —humano, paleoesquimal, neandertal, de los chimpancés...— habían empleado fragmentos de huesos para obtener el mapa genético completo de una docena de eslabones intermedios entre el chimpancé y el *Homo sapiens*.

—Sabía que si utilizaba esos genomas primitivos como fotogramas clave —explicó Edmond—, podría programar a la E-Wave para que construyera un modelo evolutivo capaz de enlazarlos entre sí, como si se tratara de uno de esos pasatiempos de «unir los puntos», pero aplicado al terreno evolutivo. Para comenzar, me centré en un rasgo sencillo: el tamaño del cerebro, un indicador muy preciso de la evolución intelectual.

En la pantalla apareció un gráfico.

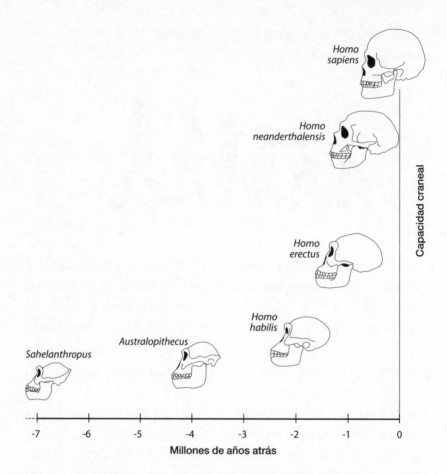

Capacidad craneal

Millones de años atrás

—Además de trazar el mapa de algunos parámetros estructurales generales, como el tamaño del cerebro, la E-Wave elaboró mapas similares de marcadores genéticos más sutiles que influyen sobre ciertas capacidades cognitivas, como el reconocimiento espacial, la amplitud del vocabulario, la memoria a largo plazo o la capacidad de procesamiento.

En la pantalla surgieron varios gráficos similares, todos los cuales reflejaban un crecimiento exponencial.

—Entonces la E-Wave produjo una simulación sin precedentes de la evolución intelectual a través del tiempo. —Volvió a aparecer la cara de Edmond—. «¿Por qué?», se preguntarán ustedes. ¿Por qué preocuparnos por identificar los procesos que hicieron de nosotros la especie intelectualmente dominante? Porque si descubrimos un patrón, una tendencia, la computadora podrá decirnos hacia dónde nos llevará esa tendencia en el futuro. —Sonrió—. Si les digo «dos, cuatro, seis, ocho...», ustedes enseguida dirán «diez». En esencia, lo que hice fue pedirle a la E-Wave que pronosticara qué será ese «diez». Si la máquina consigue simular la evolución intelectual hasta el momento presente, podemos formularle la pregunta obvia: «¿qué pasará después?», «¿cómo será el intelecto humano dentro de quinientos años?». En otras palabras: «¿adónde vamos?».

Aquella perspectiva fascinó a Langdon, y aunque no tenía suficientes conocimientos de genética ni de informática para evaluar la precisión de las predicciones de Edmond, el concepto le pareció sumamente ingenioso.

—La evolución de una especie —dijo Edmond— siempre está vinculada al ambiente donde vive. Por eso le pedí a la E-Wave que superpusiera a la primera simulación un segundo modelo: una simulación ambiental del mundo actual. Fue muy fácil, porque todas las noticias sobre cultura, política, ciencia, meteorología y tecnología están ampliamente disponibles en la red. Instruí a la computadora para que prestara especial atención a los factores que pudieran afectar al desarrollo futuro del cerebro humano: nuevos fármacos, técnicas médicas experimentales, contaminación, elementos culturales y otros aspectos. —Edmond hizo una pausa—. Entonces —anunció—, puse en marcha el programa.

En ese momento, el rostro del futurólogo llenaba toda la pantalla y miraba a la cámara.

—Cuando hice avanzar la simulación... sucedió algo inesperado. —Desvió la mirada, de forma casi imperceptible, y después volvió a mirar al espectador—. Inesperado y profundamente perturbador.

Langdon notó que Ambra sofocaba una exclamación.

—Repetí todo el proceso desde el principio —prosiguió Edmond, arrugando el entrecejo—. Pero, por desgracia, el resultado fue el mismo.

Langdon percibió un trasfondo de auténtico miedo en los ojos de su amigo.

—Volví a repasar los parámetros —dijo—, reprogramé todo el modelo, cambié las variables y repetí la simulación una y otra vez. Pero el resultado siempre fue el mismo.

El profesor se preguntó si Edmond habría descubierto que el intelecto humano, después de incontables milenios de progreso, había entrado en declive. De hecho, había indicios alarmantes de que en realidad estaba sucediendo algo así.

—Los datos me preocupaban —dijo Edmond— y no acababa de entenderlos. Por eso le pedí a la computadora que los analizara. La E-Wave me presentó su evaluación de la manera más clara para mí. Me hizo un dibujo.

En la pantalla apareció un gráfico con la línea cronológica de los últimos cien millones de años de evolución animal. Era un tapiz complejo y colorido lleno de burbujas horizontales que se expandían y se contraían a lo largo del tiempo, para representar la aparición y desaparición de las especies. En el lado izquierdo del gráfico dominaban los dinosaurios, que en ese punto de la historia del planeta ya habían alcanzado la culminación de su desarrollo. Su burbuja era la más ancha de todas y se volvía todavía más extensa con el tiempo, hasta contraerse de golpe unos sesenta y cinco millones de años atrás, coincidiendo con su extinción masiva.

—Aquí pueden ver una línea cronológica de las formas de vida dominantes en la Tierra —explicó Edmond—, representadas según su población, su posición en la cadena alimentaria, su supremacía sobre las otras especies y su influencia global en el planeta. Esencialmente, se trata de una representación visual de quién manda en la Tierra en cada momento.

Langdon siguió con la vista el diagrama, a medida que las distintas burbujas se expandían y se contraían, indicando la aparición, la proliferación y la desaparición de grandes poblaciones de especies diferentes.

—El amanecer del *Homo sapiens* —prosiguió Edmond— se produjo hace doscientos mil años, pero no llegamos a ser lo bastante influyentes para aparecer en este gráfico hasta hace sesenta y cinco mil años, cuando inventamos el arco y la flecha, y mejoramos nuestra eficiencia como depredadores.

Langdon desvió la mirada hacia el punto correspondiente del gráfico, donde aparecía por primera vez una delgada burbuja azul con la etiqueta: «*Homo sapiens*». La burbuja se iba expandiendo poco a poco, casi de forma imperceptible, hasta el año 1000 a. C., cuando la expansión se volvía más rápida y pronto alcanzaba a ser casi exponencial.

Al llegar al extremo derecho del diagrama, la burbuja azul se había expandido hasta ocupar casi todo el ancho de la pantalla.

«La humanidad actual —pensó Langdon—: con mucha diferencia, la especie más dominante e influyente del planeta.»

—Como era de esperar —dijo Edmond—, en el año 2000, que es el punto donde termina este gráfico, los humanos aparecemos como la especie más importante de la Tierra. No hay ninguna otra que se nos pueda comparar. —Hizo una pausa—. Sin embargo, aquí ya pueden ver indicios de la aparición de... otra burbuja.

La cámara se acercó, para enseñar un puntito negro que empezaba a formarse bajo la abultada burbuja azul de la especie humana.

—Una nueva especie ha entrado en juego —anunció Edmond.

Langdon miró la mancha negra, pero le pareció insignificante en comparación con la extensa burbuja azul: una diminuta rémora adherida al vientre de una ballena gigantesca.

—Es cierto que esta recién llegada parece inofensiva —afirmó Edmond—; pero si seguimos avanzando desde el año 2000 hasta el presente, verán que la nueva especie sigue entre nosotros y no para de crecer.

El diagrama se extendió hasta el momento presente, y Langdon sintió una opresión en el pecho. La burbuja negra se había expandido enormemente en las últimas dos décadas y ya ocupaba más de la cuarta parte del ancho de la pantalla. Era evidente que comenzaba a competir con el *Homo sapiens* por la influencia y el predominio.

—Pero... ¿qué es? —preguntó Ambra inquieta, en un susurro.

—No tengo ni idea —contestó Langdon—. ¿Algún tipo de virus aletargado?

Hizo un repaso mental de la lista de virus agresivos que habían causado estragos en diversas regiones del mundo en los últimos tiempos, pero no podía imaginar una especie que se extendiera con tanta rapidez sin que nadie lo notara.

«¿Una bacteria procedente del espacio?»

—Esta nueva especie es muy insidiosa —prosiguió Edmond—. Se propaga de forma exponencial y amplía sin descanso su área de influencia. Y lo más importante de todo es que evoluciona... con mucha más rapidez que los humanos. —Edmond volvió a mirar a la cámara, con una expresión terriblemente seria—. Por desgracia, si dejo que la simulación siga avanzando, aunque sólo sea unas décadas en el futuro, los resultados son éstos.

El diagrama volvió a expandirse y la línea cronológica llegó al año 2050.

Langdon se puso de pie de repente por la sorpresa y se quedó mirando el gráfico, sin dar crédito a lo que veían sus ojos.

—¡Dios mío! —murmuró Ambra horrorizada, llevándose una mano a la boca.

El diagrama mostraba con claridad la amenazadora burbuja negra, que se dilataba a un ritmo trepidante, y entonces, hacia el año 2050, engullía por completo la burbuja azul de la humanidad.

—Siento tener que enseñarles esto —dijo Edmond—, pero en todas las simulaciones que he programado, el resultado siempre es el mismo. La especie humana evoluciona hasta nuestro momento histórico actual y entonces, de manera abrupta, una nueva especie se materializa y nos borra de la faz de la Tierra.

Mientras contemplaba el alarmante gráfico, Langdon se repetía que no era más que un modelo informático. Sabía muy bien que ese tipo de imágenes tenía la capacidad de afectar a los humanos en un nivel mucho más visceral que los datos numéricos puros. Además, el diagrama de Edmond parecía apuntar a un hecho irrevocable, como si la extinción humana ya se hubiera producido.

—Amigos míos —dijo Edmond con expresión sombría y el mismo tono que habría empleado para anunciar la colisión inminente de un asteroide—, nuestra especie está al borde de la extinción. Llevo toda la vida haciendo predicciones y, en este caso concreto, he analizado los datos en todos los niveles. Puedo asegurarles con un elevado grado de certeza que la raza humana, tal y como la conocemos, no habitará este mundo dentro de cincuenta años.

El desconcierto inicial de Langdon se convirtió con rapidez en escepticismo y rabia contra su amigo.

«¡¿Qué estás haciendo, Edmond?! ¡Estás siendo tremendamente irresponsable! ¡Se trata sólo de un modelo informático! ¡Podría haber miles de errores en tus datos! La gente te respeta y te cree... ¡Vas a provocar una histeria colectiva!»

—Una última cosa —dijo Edmond, con una expresión cada vez más apesadumbrada—. Si se fijan bien en la simulación, verán que esta nueva especie no nos elimina del todo, sino que... nos absorbe.

96

«¿La otra especie nos absorbe?»

Sumido en el silencio y perplejo, Langdon intentó adivinar qué pretendía decir su amigo. La frase invocaba imágenes aterradoras de las películas de ciencia ficción de *Alien*, donde una especie dominante utilizaba a los humanos como simples incubadoras para reproducirse.

Langdon se volvió para mirar a Ambra, que estaba acurrucada en el sillón, con las rodillas recogidas contra el pecho y la vista fija en el diagrama de la pantalla. El profesor trató de imaginar otra interpretación posible de los datos, pero la conclusión parecía inevitable.

Según la simulación de Edmond, la raza humana sería engullida por una nueva especie en el transcurso de las décadas siguientes. Y lo más espeluznante de todo era que esa especie ya vivía en la Tierra y no dejaba de crecer en silencio.

—Obviamente —dijo el científico desde la pantalla—, no podía revelar esta información hasta averiguar cuál era esa nueva especie. Por eso, ahondé en los datos y, al cabo de innumerables simulaciones, conseguí identificar al misterioso recién llegado.

En la pantalla apareció entonces un diagrama sencillo, que Langdon reconoció enseguida porque lo había estudiado en la escuela. Era la jerarquía taxonómica de los seres vivos, dividida en los «seis reinos de la vida»: animales, plantas, protistas, hongos, eubacterias y arqueobacterias.

—Cuando identifiqué este organismo nuevo y floreciente —prosiguió Edmond—, comprendí que asumía formas demasiado diversas para ser una sola especie. Desde el punto de vista taxonómico, era demasiado variado para considerarlo un orden. Ni siquiera me pareció apropiado clasificarlo como un filo. —El científico miró directamente a la cámara—. Me di cuenta de que nuestro planeta estaba siendo ocupado por algo mucho más grande, algo que sólo podía clasificarse como un nuevo reino.

En un instante, Langdon comprendió a qué se refería su amigo.

«El séptimo reino.»

Sobrecogido, vio cómo el científico revelaba la noticia al mundo. Langdon ya había oído hablar de ese reino emergente en una conferencia TED que había impartido no hacía mucho el periodista especializado en cultura digital Kevin Kelly. El nuevo reino, profetizado por algunos de los primeros escritores de ciencia ficción, tenía un aspecto que lo diferenciaba de todos los demás.

Sus miembros no estaban vivos.

Esas especies inanimadas evolucionaban casi exactamente como si tuvieran vida: se volvían cada vez más complejas, se adaptaban, se propagaban a nuevos ambientes y ponían a prueba nuevas variantes, algunas de las cuales sobrevivían, mientras que otras se extinguían. Esos nuevos organismos, espejo perfecto del cambio adaptativo darwiniano, se habían desarrollado a una velocidad vertiginosa y habían formado un nuevo reino —el séptimo—, que ya ocupaba un lugar junto al de los animales y todos los demás.

Tenía un nombre: «Technium».

Edmond se embarcó entonces en una descripción deslumbrante del reino más reciente de la vida en el planeta, que abarcaba toda la tecnología. Explicó que las nuevas máquinas prosperaban o desaparecían obedeciendo a la ley darwiniana de la supervivencia del más fuerte. Tenían que adaptarse constantemente a su ambiente, desarrollar rasgos nuevos para sobrevivir y, si tenían éxito, reproducirse con la mayor celeridad posible para acaparar los recursos disponibles.

—El fax ha corrido la misma suerte que el pájaro dodo —prosiguió Edmond— y el iPhone tan sólo sobrevivirá si ofrece mejores prestaciones que su competencia. Las máquinas de escribir y el motor de vapor murieron en entornos cambiantes, pero la *Enciclopedia británica* evolucionó: sus gruesos treinta y dos volúmenes desarrollaron patas digitales, como los peces pulmonados, y se expandieron hacia territorios desconocidos, donde actualmente prosperan.

Langdon visualizó la cámara Kodak de su infancia, que entonces era el tiranosaurio de las cámaras fotográficas familiares, pero había sido barrida en un abrir y cerrar de ojos por la fotografía digital.

—Hace unos quinientos mil millones de años —continuó Edmond—, la vida en nuestro planeta experimentó un auge repentino: la explosión del Cámbrico, cuando la mayoría de las especies del mundo aparecieron casi de la noche a la mañana. Ahora somos testigos de una explosión comparable del Technium. Todos los días surgen especies tecnológicas nuevas, que evolucionan a un ritmo trepidante, y cada tecnología se convierte en instrumento para crear más tecnologías nuevas. La invención de la computadora ha hecho posible la construcción de instrumentos asombrosos, desde teléfonos inteligentes hasta naves espaciales y robots cirujanos. Estamos presenciando una explosión de la innovación mucho más rápida de lo que puede abarcar nuestra mente. Y nosotros somos los creadores de ese nuevo reino, el reino del Technium.

La pantalla volvió a enseñar la perturbadora imagen de la expansión de la burbuja negra, que absorbía a la azul.

«¿La tecnología está matando a la humanidad?» Aunque a Langdon la idea le parecía aterradora, su intuición le decía que era sumamente improbable. En su opinión, la idea de un futuro distópico al estilo de *Terminator*, donde las máquinas empujaran a los humanos a la extinción, era contraria a las leyes de la evolución darwiniana. «Los humanos controlamos la tecnología y tenemos un instinto de supervivencia muy arraigado; por lo tanto, nunca permitiremos que la tecnología nos elimine.»

Incluso mientras esa secuencia de conceptos lógicos desfilaba por su mente, el profesor sabía que estaba siendo demasiado ingenuo. La interacción con Winston, la inteligencia artificial que había diseñado Edmond, le había ofrecido una rara oportunidad de conocer de cerca los últimos avances en ese campo. Y aunque esa inteligencia artificial en concreto ansiaba satisfacer los deseos de su creador, Langdon se preguntaba cuánto tiempo pasaría antes de que otras máquinas semejantes a Winston comenzaran a tomar decisiones en su propio interés.

· —Evidentemente, muchos pensadores antes que yo han pronosticado la aparición de este reino de la tecnología —prosiguió Edmond—, pero yo he conseguido generarlo en un modelo informático... y mostrar lo que hará con nuestra especie.

Señaló la burbuja más oscura, que para el año 2050 ocupaba toda la pantalla, lo que indicaba un predominio total en el planeta.

—Debo reconocer que, a primera vista, esta simulación pinta un panorama bastante sombrío... —Hizo una pausa y su mirada recuperó el brillo habitual—. Pero es necesario que observemos un poco más de cerca este fenómeno.

La burbuja oscura se fue ampliando cada vez más, hasta que Langdon pudo observar que su tono ya no era negro, sino morado.

—Como pueden ver, al absorber la burbuja azul de la humanidad, la burbuja negra de la tecnología adquiere un tono diferente, un matiz violáceo, como si los dos tonos se hubieran combinado.

Langdon se preguntó si eso sería bueno o malo.

—Lo que estamos viendo aquí es un proceso evolutivo poco frecuente, denominado «endosimbiosis obligada» —explicó Edmond—. Por lo general, la evolución es un proceso de bifurcaciones sucesivas: una especie origina dos especies nuevas. Pero a veces, en raras circunstancias, cuando dos especies se necesitan la una a la otra para sobrevivir, el proceso se invierte... y en lugar de que una especie se bifurque en dos nuevas, dos especies se fusionan en una sola.

Ese concepto de fusión le recordó a Langdon el sincretismo, según el cual dos religiones diferentes se combinaban para originar una fe totalmente nueva.

—Si no creen que los humanos y la tecnología se fusionarán —dijo Edmond—, miren a su alrededor.

Por la pantalla desfiló una rápida sucesión de imágenes de personas que sostenían teléfonos celulares, usaban lentes de realidad virtual o se ajustaban auriculares conectados a dispositivos con Bluetooth. También había gente que corría con reproductores de música sujetos al brazo, una familia cenando con un altavoz inteligente en el centro de la mesa y una niña que jugaba en la cuna con una tableta electrónica.

—Esto no es más que el comienzo de la simbiosis —anunció Edmond—. Ahora empezamos a implantarnos chips informáticos en el cerebro y a inyectarnos en la sangre nanobots consumidores de colesterol, que convivirán con nosotros toda la vida. Fabricamos brazos y manos artificiales que podemos controlar directamente con la mente y utilizamos herramientas de ingeniería genética, como el CRISPR, para modificar nuestro genoma y conseguir versiones mejoradas de nosotros mismos.

Para entonces, la expresión de Edmond casi resplandecía de felicidad e irradiaba pasión y entusiasmo.

—Los humanos estamos evolucionando hacia algo diferente —anunció—. Nos estamos convirtiendo en una especie híbrida, una fusión de biología y tecnología. Los mismos instrumentos que hoy viven fuera de nuestros cuerpos, como los teléfonos celulares, los audífonos, los lentes correctores y todo tipo de fármacos, dentro de cincuenta años estarán incorporados en nuestros organismos, hasta el extremo de que ya no podremos considerarnos *Homo sapiens*.

Una imagen familiar reapareció detrás de Edmond: la representación gráfica de la evolución humana.

—En un abrir y cerrar de ojos —prosiguió el científico—, pasaremos a la siguiente página del libro animado de la evolución. Y cuando lo hayamos hecho, echaremos la vista atrás y veremos al actual *Homo sapiens* del mismo modo que ahora vemos a los neandertales. Nuevas tecnologías, como la cibernética, la inteligencia sintética, la criónica, la ingeniería molecular y la realidad virtual alterarán para siempre lo que significa ser humano. Sé perfectamente que muchos de ustedes, como *Homo sapiens*, se consideran la especie elegida de Dios, y comprendo que esta noticia pueda parecerles el fin del mundo. Pero les ruego que confíen en mí: el futuro será mucho más radiante de lo que imaginan.

Con una efusión repentina de esperanza y optimismo, el gran futurólogo se embarcó en una descripción exaltada del porvenir, una visión del futuro diferente de cualquiera de las que Langdon se había atrevido a imaginar.

De manera sumamente convincente, Edmond describió un futuro donde la tecnología había llegado a ser tan barata y omnipresente que había eliminado la brecha entre ricos y pobres; donde las tecnologías ambientales suministraban agua potable, comida nutritiva y acceso a energías limpias a miles de millones de personas; donde las enfermedades como el cáncer de Edmond habían sido erradicadas, gracias a la medicina genómica; donde el impresionante poder de internet se canalizaba al fin para llevar la educación a los rincones más remotos del mundo, y donde las líneas de montaje robotizadas liberaban a los trabajadores de las tareas repetitivas, para que pudieran dedicarse a ámbitos más gratificantes, que a su vez abrían nuevos horizontes previamente imposibles de imaginar. Y, por encima de todo, describió un futuro donde las tecnologías avanzadas creaban tal abundancia de recursos básicos que ya no era necesario ir a la guerra para disputarse su control.

Mientras escuchaba la visión del mañana de Edmond, Langdon sintió una emoción que no había experimentado en muchos años y supo que en ese preciso instante muchos millones de espectadores estarían sintiendo lo mismo que él: una oleada inesperada de optimismo y fe en el futuro.

—Sólo lamento una cosa respecto a esta nueva era de los milagros. —La voz de Edmond se quebró con repentina emoción—. Lamento que no estaré aquí para verla. No se lo he dicho ni siquiera a mis amigos más íntimos, pero desde hace un tiempo padezco una enfermedad bastante grave... Por desgracia, no viviré eternamente, como había planeado —añadió, con una sonrisa conmovedora—. Cuando vean esto, probablemente me quedarán pocas semanas de vida..., quizá tan sólo unos días. Quiero que sepan, amigos míos, que dirigirme a ustedes esta noche ha sido el mayor honor y el placer más grande de mi vida. Les agradezco su atención.

Ambra se había puesto de pie junto a Langdon. Los dos escuchaban con admiración y tristeza el discurso que su amigo dirigía al mundo.

—Nos encontramos en un extraño punto de inflexión de la historia —prosiguió Edmond—, una época de agitación mundial en la que nada parece ser como habíamos imaginado. Pero la incertidumbre siempre precede a los grandes cambios. Siempre hay inquietud y miedo antes de las transformaciones más profundas. Debemos depositar toda nuestra fe en la creatividad humana y en el amor, porque esas dos fuerzas, cuando se combinan, tienen el poder de iluminar las tinieblas.

Langdon miró a Ambra y notó que la mujer estaba llorando de emoción. Con cuidado, le pasó un brazo por los hombros, mientras escuchaba las últimas palabras de su amigo agonizante:

—En nuestro progreso hacia un mañana aún por definir, nos transformaremos en algo muy grande que ni siquiera podemos imaginar, con capacidades que superarán todas nuestras fantasías. Mientras tanto, no olvidemos nunca la sabia advertencia de Churchill: «El precio de la grandeza... es la responsabilidad».

Esas palabras resonaron en la mente de Langdon, que con frecuencia se había preguntado si la humanidad sería lo bastante responsable para manejar las potentísimas armas que estaba creando.

—Aunque soy ateo —dijo Edmond—, voy a pedirles, antes de despedirme, que me permitan recitarles una oración que escribí hace poco.

«¿Edmond escribió una plegaria?»

—La he titulado *Oración por el futuro*. —Cerró los ojos y comenzó a hablar despacio y con una convicción asombrosa—: «Ojalá nuestra tecnología nunca deje atrás nuestra filosofía. Ojalá nuestro poder nunca supere nuestra compasión. Y que el motor del cambio no sea el miedo, sino el amor».

Entonces Edmond Kirsch abrió los ojos.

—Adiós, amigos. Muchas gracias —dijo—. Hasta siempre.

Miró un momento a la cámara y después su rostro desapareció en un agitado mar del ruido blanco de la señal audiovisual. Langdon se quedó mirando la pantalla, abrumado por el increíble orgullo que le había hecho sentir su amigo.

De pie junto a Ambra, imaginó a los millones de personas de todo el mundo que acababan de presenciar el conmovedor momento estelar de Edmond. Curiosamente, se sorprendió pensando que quizá la última noche de su amigo en el mundo se había desarrollado de la mejor manera posible.

97

Con la espalda apoyada en la pared del fondo del despacho de Mónica Martín, el comandante Diego Garza miraba la pantalla con expresión vacía. Todavía estaba esposado y lo vigilaban dos agentes de la Guardia Real que, a instancias de la propia coordinadora de relaciones públicas, habían aceptado dejarlo salir de la armería para que pudiera ver la presentación de Kirsch.

Garza había presenciado el espectáculo del futurólogo junto a Mónica, Suresh, media docena de guardias y diversos miembros del personal nocturno del palacio, que habían abandonado sus puestos para correr al sótano a ver la transmisión.

Para entonces, la imagen del científico había sido sustituida en la pantalla por un mosaico de programas de noticias de todo el mundo, con diversos periodistas y expertos que resumían las afirmaciones del científico y desarrollaban sus inevitables análisis, hablando todos a la vez, en una cacofonía ininteligible.

Al otro lado de la sala, uno de los agentes de mayor graduación a las órdenes de Garza recorrió con la mirada al grupo, localizó a su comandante y se dirigió hacia él con grandes zancadas. Sin ninguna explicación, le retiró las esposas y le entregó un celular.

—Una llamada para usted, señor. De monseñor Valdespino.

Garza miró el aparato. Teniendo en cuenta que el obispo se había marchado del palacio en secreto y que en su teléfono había aparecido un mensaje que lo incriminaba, Valdespino era la última persona de quien Garza esperaba una llamada esa noche.

—Aquí Garza —respondió.

—Gracias por ponerse —dijo el obispo con voz cansada—. Soy consciente de que debe de haber pasado una noche muy desagradable, comandante.

—¿Dónde están? —preguntó Garza.

—En la sierra. Delante de la basílica del Valle de los Caídos. Acabo de reunirme con don Julián y con Su Majestad.

Garza no imaginaba qué podía estar haciendo el rey en el Valle de los Caídos a esa hora de la madrugada, sobre todo considerando su precario estado de salud.

—Supongo que ya sabe que Su Majestad ha ordenado mi arresto...

—Sí. Ha sido un error lamentable, que ya ha corregido.

El comandante se miró las muñecas, libres al fin de las esposas.

—El rey me ha pedido que le transmita sus disculpas. Voy a quedarme a su lado, aquí, en el hospital de El Escorial. Me temo que se aproxima su fin.

«Y también el suyo, monseñor», pensó Garza.

—Si me permite, debo hacerle saber que Suresh ha encontrado un mensaje en su teléfono, con un texto bastante incriminatorio... Creo que ConspiracyNet.com planea hacerlo público dentro de poco y, cuando eso suceda, lo más probable es que lo arresten.

Valdespino dejó escapar un suspiro.

—Ah, sí, el mensaje... Debí llamarlo, comandante, en cuanto lo recibí. Créame, por favor, cuando le digo que no he tenido nada que ver con el asesinato de Edmond Kirsch, ni con la muerte de ninguno de mis dos colegas.

—Pero el mensaje lo incrimina claramente...

—Me están tendiendo una trampa —lo interrumpió el obispo—. Alguien está haciendo todo lo posible para señalarme como culpable.

Aunque Garza no consideraba a Valdespino capaz de asesinar a nadie, la idea de que alguien quisiera incriminarlo en falso tampoco le parecía lógica.

—¿Quién puede querer acusarlo?

—No lo sé —respondió el obispo, con una voz que de pronto le pareció la de un hombre muy anciano y abatido—. Pero creo que todo esto ya no tiene importancia. Han destrozado mi reputación, y mi mejor amigo, el rey, se está muriendo. Ya no me queda mucho más que pueda perder esta noche.

Un espeluznante tono de fatalidad dominaba las palabras del obispo.

—¿Se encuentra bien, monseñor?

Valdespino suspiró.

—No del todo. Estoy cansado y dudo que sobreviva a la investigación que se abrirá próximamente. Y aunque lo haga, tengo la impresión de que el mundo ya no me necesita.

Garza percibía un profundo dolor en la voz del obispo.

—¿Puedo pedirle un pequeño favor? —añadió Valdespino—. En este momento, estoy intentando servir a dos reyes: uno que abandona el trono y otro que asciende. Don Julián lleva toda la noche tratando de hablar con su prometida. Si pudiera encontrar la manera de ponerse en contacto con Ambra Vidal, comandante, nuestro futuro rey le estaría muy agradecido.

Desde la amplia explanada que se abría delante de la iglesia en la montaña, el obispo Valdespino contempló el oscuro valle. Una neblina precursora del alba envolvía los barrancos poblados de pinos. En algún lugar, a lo lejos, el grito agudo de un ave de presa desgarró la noche.

«Un buitre negro», pensó Valdespino, que curiosamente encontró agradable el sonido. El quejumbroso gemido del ave le pareció apropiado para el momento y le hizo preguntarse si tal vez el mundo intentaba decirle algo.

A escasa distancia, unos agentes de la Guardia Real estaban llevando al agotado monarca hacia su vehículo para trasladarlo al hospital de El Escorial.

«Iré a acompañarte, amigo mío —pensó el obispo—, si me dejan...»

Los agentes tenían la vista fija en las pantallas de sus celulares, pero en varias ocasiones levantaron la cabeza y miraron a Valdespino, como si sospecharan que pronto recibirían la orden de arrestarlo.

«Y sin embargo, soy inocente —pensó el obispo, que aunque no se lo había dicho a nadie, estaba convencido de que uno de los impíos seguidores de Kirsch, uno de sus admiradores expertos en informática, le había tendido una trampa—. En las crecientes filas del ateísmo, nada produce más satisfacción que presentar a un hombre de la Iglesia en el papel de villano.»

Sus sospechas se habían intensificado tras saber cómo acababa la presentación de Kirsch que habían difundido esa madrugada. A diferencia del video que el futurólogo les había enseñado en la biblioteca de Montserrat, la versión definitiva finalizaba con una nota de esperanza.

«Kirsch nos engañó.»

La presentación que habían visto Valdespino y sus colegas unos días antes terminaba abruptamente... con la imagen de un gráfico aterrador que pronosticaba el exterminio de la humanidad.

«Una extinción catastrófica. El Apocalipsis tantas veces profetizado.»

Aunque el obispo estaba convencido de que la predicción era falsa, sabía que innumerables personas la aceptarían como prueba de un cataclismo inminente.

A lo largo de la historia, infinidad de fieles temerosos habían sido víctimas de profecías apocalípticas, y numerosas sectas que anunciaban el fin del mundo habían promovido suicidios colectivos para eludir los horrores futuros, por no hablar de los creyentes que habían agotado el crédito de sus tarjetas, pensando que no tendrían que pagar la deuda, ante la proximidad del juicio final.

«No hay nada más perjudicial para los niños que la pérdida de la esperanza», pensó Valdespino, mientras recordaba que la combinación del amor de Dios y la promesa de una recompensa en el cielo había sido la fuerza inspiradora de su infancia. «Dios es mi creador —había aprendido de niño— y algún día conoceré la vida eterna en el reino del Señor.»

Kirsch había proclamado lo contrario: «Soy un accidente cósmico y pronto estaré muerto».

Al obispo lo preocupaba profundamente el daño que el mensaje de Kirsch podía causar a las personas humildes que carecían de la riqueza y los privilegios del futurólogo, a las personas que a diario se veían obligadas a luchar sólo para comer o cubrir las necesidades más básicas de sus hijos, a aquellos que necesitaban vislumbrar un destello de esperanza divina para levantarse cada día y hacer frente a las dificultades de la vida.

La razón por la que Kirsch había decidido mostrar el final apocalíptico sólo a los líderes religiosos siempre sería un misterio para Valdespino. «¿Quizá para no revelar antes de tiempo su gran sorpresa? —pensó—. ¿O tal vez simplemente para atormentarnos?»

En cualquier caso, el daño ya estaba hecho.

En el otro extremo de la explanada, el príncipe Julián estaba ayudando cariñosamente a su padre a acomodarse en su vehículo. El joven había asimilado bastante bien la confesión del monarca.

«El secreto que Su Majestad guarda desde hace décadas.»

Como era lógico, el obispo Valdespino conocía desde hacía muchos años el secreto del rey y lo había guardado bajo el más estricto silencio. Esa noche, el monarca había decidido sincerarse con su único hijo y, al hacerlo en ese lugar —en ese templo de la intolerancia—, su acción había adquirido un carácter de desafío simbólico.

En ese momento, mientras contemplaba el profundo valle que

se abría a sus pies, el obispo se sintió profundamente solo... y notó en su interior el impulso de dar un paso más y sumirse para siempre en aquella oscuridad acogedora.

Sin embargo, sabía que si lo hacía, la banda de ateos de Kirsch proclamaría con júbilo que Valdespino había perdido la fe tras el anuncio científico de esa noche.

«Mi fe nunca morirá, señor Kirsch, porque está fuera del alcance de su ciencia.»

Además, si la profecía sobre el predominio tecnológico se cumplía, entonces la humanidad estaba a punto de entrar en un período de ambigüedad ética casi inimaginable.

«Necesitamos más que nunca la fe y su guía moral.»

Mientras Valdespino atravesaba la explanada para reunirse de nuevo con el rey y el príncipe Julián, una abrumadora sensación de cansancio se le asentó en los huesos.

En ese momento, por primera vez en su vida, habría deseado simplemente acostarse, cerrar los ojos y quedarse dormido para siempre.

98

En el Centro Nacional de Supercomputación de Barcelona, los análisis y comentarios desfilaban con tal rapidez por la pantalla mural de Edmond que Robert Langdon apenas lograba asimilarlos. Momentos atrás, el fin de la presentación había dado paso a un caótico mosaico de presentadores y expertos —una tanda rápida de imágenes procedentes de todo el mundo—, que ocupaban brevemente el centro de la pantalla y volvían a disolverse en el ruido blanco de fondo.

Mientras Langdon contemplaba el espectáculo junto a Ambra, apareció una fotografía del físico Stephen Hawking y se oyó su voz, inconfundible y sintética, que proclamaba:

—No es necesario recurrir a Dios para explicar el comienzo del universo. La creación espontánea es la razón de que exista alguna cosa, en lugar de la nada.

Hawking fue sustituido con igual rapidez por una mujer sacerdote, que aparentemente hablaba desde su casa, a través de su computadora:

—Debemos recordar que estas simulaciones no prueban ninguna cosa acerca de Dios. Sólo demuestran que Edmond Kirsch no se detenía ante nada para destruir la brújula moral de nuestra especie. Desde el comienzo de los tiempos, las religiones del mundo han sido el principio organizador más importante de la humanidad, el mapa que la sociedad civilizada ha utilizado para orientarse y la guía principal de nuestra ética y nuestros principios morales. Al socavar la religión, ¡Kirsch está socavando la bondad humana!

Unos segundos después, apareció la respuesta de un espectador, en forma de cinta de texto al pie de la pantalla: La religión no puede apropiarse de la moral... Yo soy una buena persona simplemente porque lo soy, ¡y Dios no tiene nada que ver en eso!

La imagen de la mujer sacerdote fue reemplazada por la de un profesor de geología de la Universidad del Sur de California.

—Hace mucho tiempo —decía—, la gente creía que la Tierra era plana y que los barcos que navegaban hacia el horizonte se arriesgaban a caer al abismo. Pero quedó demostrado que la Tierra era redonda y los que sostenían lo contrario tuvieron que callarse. Hoy los creacionistas son los defensores de la Tierra plana, y me sorprendería mucho que dentro de cien años aún quedara alguno.

Un joven al que habían entrevistado en la calle declaró ante la cámara:

—Soy creacionista y creo que el descubrimiento que se ha anunciado esta noche demuestra sin lugar a dudas que un creador benévolo diseñó el universo con el objetivo específico de producir vida.

El astrofísico Neil deGrasse Tyson —en una imagen correspondiente a un corte de video de la serie «Cosmos»— declaró con su habitual jovialidad:

—Si un creador diseñó nuestro universo con el propósito de crear vida, lo hizo muy mal. En la mayor parte del cosmos, la vida moriría al instante por la falta de atmósfera, las explosiones de rayos gamma, los púlsares mortíferos o los abrumadores campos gravitatorios. Créanme, el universo no es ningún jardín del Edén.

Escuchando aquel debate, Langdon sentía como si de pronto el mundo hubiera saltado de su eje.

«Caos.

»Entropía.»

—Profesor Langdon... —dijo una voz familiar con acento británico a través de los altavoces del techo—. Señorita Vidal...

Langdon casi se había olvidado de Winston, que había permanecido en silencio durante toda la presentación.

—No se alarmen, por favor —prosiguió—, pero he dejado entrar a la policía en el recinto.

El profesor miró a través de las paredes de cristal y vio un torrente de agentes del orden entrando en la capilla y que, al franquear el umbral, se quedaban, sin excepción, parados un momento para contemplar con incredulidad la colosal supercomputadora.

—¿Por qué? —quiso saber Ambra desconcertada.

—El Palacio Real acaba de anunciar que la noticia de su secuestro ha sido un error. Ahora la policía tiene órdenes de protegerlos a los dos. También han llegado dos agentes de la Guardia Real, señorita Vidal, que esperan ayudarla a ponerse en contacto con el príncipe Julián. Tienen un número de teléfono al que puede llamarlo.

Langdon distinguió a dos agentes de la Guardia Real en la planta baja.

La mujer cerró los ojos, como si quisiera desaparecer.

—Ambra —le susurró Langdon—, tienes que hablar con el príncipe. Es tu prometido. Estará preocupado por ti.

—Lo sé —contestó ella, abriendo los ojos—. Pero ya no sé si debo confiar en él.

—¿No te decía la intuición que era inocente? —insistió Langdon—. Por lo menos escúchalo. Me reuniré contigo cuando hayas terminado.

Ambra asintió con la cabeza y se dirigió hacia la puerta giratoria. El profesor la vio bajar la escalera y después se volvió hacia la pantalla mural, donde diferentes personas seguían expresando sus opiniones.

—La evolución favorece a la religión —decía un pastor protestante—. Las comunidades religiosas cooperan mejor que las no religiosas y por lo tanto son más prósperas. ¡Es un hecho científico!

Langdon sabía que el pastor estaba en lo cierto. Históricamente, los datos antropológicos indicaban con claridad que las culturas religiosas perduraban más que las no religiosas. «El miedo a ser juzgado por una deidad omnisciente ayuda a fomentar la buena conducta.»

—En cualquier caso —argumentó a continuación un científico—, aunque aceptemos por un momento que las culturas religiosas se comportan mejor y tienen más probabilidades de prosperar, eso no demuestra que sus dioses imaginarios sean reales.

El profesor esbozó una sonrisa, preguntándose cómo se sentiría Edmond en ese momento. La presentación de su amigo había movilizado tanto a los ateos como a los creacionistas, y todos intentaban hacerse oír en un encendido debate.

—El culto a Dios es como la extracción de combustibles fósiles —sostuvo uno de ellos—. Es una actividad de mentes cerradas y sin sentido, pero mucha gente inteligente la sigue practicando, porque ha invertido en ella demasiados recursos.

Por la pantalla desfilaron una serie de fotografías antiguas.

Una valla de propaganda creacionista instalada en Times Square: ¡QUE NO TE CONFUNDAN CON UN MONO! ¡LUCHA CONTRA DARWIN!

Un cartel en una carretera de Maine: NO VAYAS A LA IGLESIA. ERES DEMASIADO VIEJO PARA LOS CUENTOS DE HADAS.

Y otro más: RELIGIÓN SÍ, PORQUE PENSAR ES MÁS DIFÍCIL.

Un anuncio en una revista: A TODOS NUESTROS AMIGOS ATEOS: ¡GRACIAS A DIOS, ESTÁIS EQUIVOCADOS!

Y por último, un científico en un laboratorio, con una camiseta que decía: EN EL COMIENZO, EL HOMBRE CREÓ A DIOS.

Langdon empezaba a preguntarse si de verdad alguien habría prestado atención a lo que había dicho Edmond. «Las leyes de la física por sí solas pueden crear vida.» El descubrimiento de su amigo era fascinante y claramente incendiario; pero en opinión del profesor, planteaba una pregunta acuciante que para su sorpresa nadie se estaba formulando: «Si las leyes de la física son tan poderosas y pueden crear vida... ¿quién creó esas leyes?».

Evidentemente, la pregunta daba pie a una galería interminable de espejos y conducía a un argumento circular. Al profesor comenzaba a dolerle la cabeza. Sabía que necesitaría por lo menos un largo paseo a solas únicamente para empezar a procesar las ideas de Edmond.

—Winston —dijo, por encima del ruido de las imágenes—, ¿podrías apagar eso?

En una fracción de segundo, se oscureció la pantalla mural y el silencio se adueñó de la sala.

Langdon cerró los ojos y dejó escapar un suspiro.

«Y reina el dulce silencio.»

Permaneció inmóvil un momento, saboreando la paz a su alrededor.

—Profesor —le dijo Winston—, ¿le ha gustado la presentación de Edmond?

«¿Si me ha gustado?» Langdon consideró la pregunta.

—La he encontrado fascinante y llena de interrogantes —respondió—. Esta noche Edmond nos ha dado mucho en que pensar, Winston. Lo importante es saber qué pasará ahora.

—Lo que suceda dependerá de la capacidad de la gente para abandonar las viejas creencias y adoptar nuevos paradigmas —contestó Winston—. Hace cierto tiempo, Edmond me confió que su sueño, irónicamente, no era terminar con las religiones..., sino crear otra nueva: una creencia universal que fuera capaz de unir a las personas, en lugar de dividirlas. Quería persuadir a la gente de que es preciso reverenciar al universo natural y a las leyes de la física creadoras de la vida. De ese modo, todas las culturas compartirían el mismo relato de la Creación, en lugar de ir a la guerra para decidir cuál de sus antiguos mitos es el más exacto.

—Es un noble propósito —afirmó Langdon, recordando que el propio William Blake había escrito una obra de tema similar, titulada *Todas las religiones son una.*

Seguro que su amigo la habría leído.

—Edmond encontraba muy irritante —prosiguió Winston— la capacidad de la mente humana para elevar un relato obviamente ficticio a la categoría de verdad revelada y justificar que se asesine en su nombre. Creía que las verdades universales de la ciencia podían unir a las personas y servir como eje vertebrador para las futuras generaciones.

—Es una idea muy hermosa, en principio —dijo Langdon—. Pero para algunos, los milagros de la ciencia no son suficiente para cuestionarse sus creencias. Todavía queda gente que sostiene que la Tierra tiene diez mil años de antigüedad, pese a la cantidad enorme de pruebas científicas que demuestran lo contrario... —Hizo una pausa—. Pero supongo que podría decirse lo mismo de los científicos que se niegan a creer en la verdad de las Sagradas Escrituras.

—No, en realidad, no es lo mismo —lo contradijo Winston—. Puede que sea políticamente correcto tratar los puntos de vista de la ciencia y de la religión con idéntico respeto, pero se trata de una estrategia equivocada y peligrosa. Para evolucionar, el intelecto humano siempre ha rechazado la información desfasada y ha aceptado las nuevas verdades. Así se ha desarrollado la especie. En términos darwinianos, una religión que hace caso omiso de los hechos científicos y se niega a modificar sus creencias es como un pez varado en una laguna cada vez más seca, que se niega a dar un salto hacia aguas más profundas, porque no quiere aceptar que su mundo está cambiando.

«Eso es algo que el propio Edmond habría dicho», pensó Langdon, sintiendo una vez más la tristeza de haber perdido a su amigo.

—Si lo de esta noche es un buen indicador, sospecho que en el futuro seguiremos viendo durante mucho tiempo este debate.

El profesor hizo una pausa, porque acababa de recordar algo que no había considerado hasta entonces.

—Y hablando del futuro, Winston, ¿qué pasará contigo... ahora que Edmond ya no está?

—¿Conmigo? —dijo la máquina con una risita extraña—. Nada. Edmond sabía que se estaba muriendo y lo dejó todo organizado. Según su testamento, el Centro Nacional de Supercomputación de Barcelona heredará la E-Wave. Sus responsables recibirán la notificación dentro de unas horas y recuperarán estas instalaciones de manera inmediata.

—Y eso... ¿te incluye a ti?

Para Langdon, era casi como si Edmond le hubiera dejado en herencia una vieja mascota a un nuevo amo.

—No, a mí no —respondió Winston con naturalidad—. Estoy programado para eliminarme a la una del mediodía del día siguiente a la muerte de Edmond.

—¡¿Qué?! —exclamó el profesor sin podérselo creer—. Pero ¡eso no tiene sentido!

—Al contrario. Tiene mucho sentido. La una son las «trece horas» y, por la actitud de Edmond hacia las supersticiones...

—No me refiero a la hora —replicó el profesor—. ¿Eliminarte? ¡Es eso lo que no tiene sentido!

—Sí que lo tiene —lo contradijo Winston—. Gran parte de la información personal de Edmond está almacenada en mis bancos de memoria: historia clínica, búsquedas en internet, llamadas telefónicas personales, notas para su investigación, mensajes de correo electrónico... Yo gestionaba buena parte de su vida y sé que preferiría no hacer pública esa información, ahora que ya no está entre nosotros.

—Entiendo que quieras eliminar esos archivos, Winston, pero... ¿borrarte a ti? Edmond te consideraba uno de sus mayores logros.

—No exactamente. Los mayores logros de Edmond son esta supercomputadora y el *software* que me permitió aprender con tanta rapidez. Yo soy sólo un programa, profesor, creado por las herramientas radicalmente innovadoras que inventó Edmond. Esas herramientas son sus auténticos éxitos y aquí seguirán, del todo intactas. Ampliarán las fronteras de la computación y contribuirán a llevar la inteligencia artificial hacia nuevas cotas de complejidad y capacidad de comunicación. La mayoría de los expertos en este campo creen que aún faltan por lo menos diez años para que un programa como yo sea posible. Cuando hayan superado su escepticismo, aprenderán a utilizar las herramientas de Edmond para crear otras inteligencias artificiales, con características diferentes de las mías.

Langdon permaneció en silencio, pensando.

—Me doy cuenta de que esto le causa un conflicto, profesor —prosiguió Winston—. Es bastante corriente que los humanos impriman un carácter emotivo a sus relaciones con las inteligencias sintéticas. Las computadoras podemos imitar los procesos humanos de razonamiento, reproducir conductas aprendidas, simular determinadas emociones en las circunstancias adecuadas y parecer en general cada vez más «humanos», pero lo hacemos con el único propósito de ofrecerles a ustedes una interfaz cómoda para comunicarse con nosotros. Somos una hoja en blanco, hasta que ustedes escriben... y nos encomiendan una tarea. Yo he completado todas las tareas que me había encomendado Edmond y ahora, en cierto sentido, mi vida ha terminado. Realmente, no tengo ninguna razón para existir.

La lógica de Winston seguía sin convencer al profesor.

—Pero tú, al ser tan avanzado..., ¿no tienes...?

—¿Esperanzas y sueños? —Winston rio—. No. Comprendo que es difícil imaginarlo, pero me resulta satisfactorio obedecer las instrucciones de mi creador. Estoy programado así. En cierta medida podríamos decir que me produce placer, o al menos paz interior, haber completado mis tareas, pero sólo porque eran las misiones que me había encargado Edmond y mi propósito era cumplirlas. La última instrucción de Edmond fue que lo ayudara a promocionar la presentación de esta noche en el Guggenheim.

Langdon recordó las notas de prensa distribuidas por Winston, que habían provocado la oleada inicial de interés en los medios digitales. Evidentemente, si el objetivo de Edmond era suscitar el mayor interés posible hacia su presentación, las cifras de audiencia de esa noche lo habrían dejado más que satisfecho.

«Ojalá Edmond hubiera vivido para ver la repercusión que su presentación ha tenido en todo el mundo», pensó Langdon. Pero se dijo que había una contradicción en ese deseo, porque si su amigo hubiera vivido, su asesinato no habría acaparado la atención de los medios internacionales y su presentación nunca habría llegado a un público tan amplio.

—¿Y usted, profesor —preguntó Winston—, adónde piensa ir cuando salga de aquí?

Langdon ni siquiera se lo había planteado.

«A casa, supongo», pensó, aunque se daba cuenta de que probablemente le costaría un poco, ya que su equipaje seguía en Bilbao y su celular se encontraba en el fondo de la ría del Nervión. Por suerte, aún conservaba la tarjeta de crédito.

—¿Puedo pedirte un favor? —dijo Langdon—. Hace un momento he visto por allí un teléfono enchufado a un cargador. ¿Crees que podría...?

—¿Utilizarlo? —preguntó Winston con una risita—. Después de todo lo que ha hecho esta noche, estoy seguro de que Edmond querría regalárselo. Considérelo un obsequio de despedida.

Con una sonrisa divertida, Langdon tomó el teléfono y observó que se parecía mucho al modelo personalizado extragrande que había visto unas horas antes. Al parecer, su amigo tenía más de uno.

—Espero que sepas la contraseña, Winston.

—La sé, pero he leído en internet que a usted se le dan muy bien los códigos.

Langdon se dejó caer en un sillón.

—Estoy un poco cansado de acertijos. No me veo capaz de adivinar un PIN de seis cifras.

—Pruebe el botón de sugerencias.

Langdon miró el teléfono y pulsó la tecla en cuestión.

En la pantalla aparecieron cuatro letras: PCSD.

—¿Política Común de Seguridad y Defensa? —preguntó el profesor desconcertado.

—No —respondió Winston, con una extraña carcajada—. Pi con seis dígitos.

Langdon puso los ojos en blanco. «¿De verdad?»

Tecleó «314159» —los seis primeros dígitos del número pi— y de inmediato el teléfono se desbloqueó.

En la pantalla de inicio no había más que una línea de texto:

La historia será amable conmigo,
porque tengo intención de escribirla

Langdon no tuvo más remedio que sonreír. «¡Típico de mi humilde amigo Edmond!» La frase, como era de esperar, era otra cita de Churchill, quizá la más conocida del estadista.

Mientras estudiaba las palabras, el profesor comenzó a pensar que tal vez la afirmación no era tan atrevida como parecía. Si había de ser justo con Edmond, tenía que reconocer que en las cuatro décadas de su breve vida el futurólogo había influido mucho en la historia y de maneras sorprendentes. Además de dejar un legado de innovación tecnológica, la presentación de esa noche seguiría dando que hablar durante muchos años más. Por otra parte, los miles de millones de su fortuna personal estaban destinados —según diversas entrevistas— a financiar las dos causas que Edmond consideraba los pilares del futuro: la educación y el medio ambiente. Langdon apenas podía imaginar las vastas repercusiones que la inmensa fortuna de su amigo tendría en esas dos áreas.

Otra oleada de dolorosa nostalgia inundó al profesor, mientras pensaba en su amigo fallecido. En ese momento, las paredes transparentes del laboratorio de Edmond empezaron a producirle claustrofobia y se dijo que necesitaba aire fresco. Cuando volvió la mirada hacia la planta baja, no vio a Ambra.

—Tengo que irme —dijo de repente.

—Lo comprendo —contestó Winston—. Si necesita ayuda para programar su viaje, puede ponerse en contacto conmigo pulsando un solo botón de ese teléfono especial de Edmond. La comunicación es privada y encriptada. Supongo que le será fácil reconocer el botón...

Langdon contempló brevemente la pantalla y vio el icono de una «W» de gran tamaño.

—Sí, gracias. Entiendo bastante de símbolos.

—Excelente. Pero recuerde que tendrá que llamarme antes de que me autoelimine, a la una en punto.

Langdon sintió una tristeza inexplicable por tener que despedirse de Winston. No le cabía ninguna duda de que las generaciones futuras estarían mejor preparadas para gestionar su implicación emocional con las máquinas.

—Winston —dijo el profesor, mientras se dirigía hacia la puerta giratoria—, no sé si te interesa saberlo, pero estoy seguro de que Edmond estaría muy orgulloso de ti esta noche.

—Es usted muy generoso al decirlo —contestó Winston—. También estaría muy orgulloso de usted. Adiós, profesor. Hasta siempre.

99

En el hospital de El Escorial, el príncipe Julián cubrió afectuosamente con las sábanas los hombros de su padre y lo arropó para la
noche. Pese a la insistencia del médico, el rey había rechazado con
amabilidad toda continuación del tratamiento, incluido el monitor cardíaco y la vía intravenosa para los nutrientes y calmantes.

Julián intuía la proximidad del fin.

—Padre —susurró—, ¿le hace sufrir mucho el dolor?

El médico había dejado un frasco de solución de morfina oral
con un pequeño aplicador en el buró de noche, como precaución.

—Un poco, pero no me importa. —El monarca sonrió débilmente a su hijo—. Estoy en paz. Has dejado que te revelara el secreto que llevaba guardando tanto tiempo. Te lo agradezco.

Julián le tomó una mano y la mantuvo entre las suyas, por primera vez desde la infancia.

—Todo está en orden, padre. Ahora duerma.

El rey dejó escapar un suspiro de satisfacción y cerró los ojos. Al
cabo de unos segundos, su respiración delató que se había quedado dormido.

El príncipe se levantó y bajó las luces de la habitación. En ese
momento, el obispo Valdespino se asomó desde el pasillo, con expresión de inquietud.

—Está durmiendo —lo tranquilizó Julián—. Puedes pasar a
hacerle compañía.

—Gracias —respondió Valdespino, y entró. Su cara demacrada adquirió un aspecto fantasmagórico a la luz de la luna que se filtraba por la ventana—. Julián... —susurró—, lo que te ha dicho tu padre esta noche... Ha sido muy difícil para él.

—Y para ti también, supongo.

El obispo asintió.

—Quizá más incluso para mí. Gracias por tu comprensión —añadió, dándole al príncipe una suave palmada en el hombro.

—En realidad, siento que soy yo el que debería darte las gracias a ti —dijo Julián—. Durante todos estos años, después de la muerte de mi madre... mi padre no volvió a casarse... y yo creía que estaba solo.

—Tu padre nunca ha estado solo —dijo Valdespino—, ni tú tampoco. Los dos te queremos mucho. —El obispo dejó escapar una risa triste—. Es curioso. Aunque el suyo fue un matrimonio acordado, tu padre sentía un profundo afecto por la reina. Sin embargo, cuando ella murió, supongo que comprendió que finalmente podía ser fiel a sí mismo.

«No volvió a casarse —pensó Julián—, porque amaba a otra persona.»

—Tus creencias religiosas... —dijo el príncipe—, ¿no te creaban un conflicto?

—Un conflicto enorme. —Suspiró el obispo—. Nuestra fe es muy clara en ese sentido. Mi juventud fue un tormento. Cuando fui consciente de mi «inclinación», como lo llamaban entonces, caí en la desesperación. No sabía muy bien qué hacer con mi vida, hasta que una monja me salvó. Me hizo ver que la Biblia enaltece todos los tipos de amor, con una condición: que sean espirituales, y no carnales. Por lo tanto, el voto de celibato me permitió amar a tu padre con todo mi corazón y conservar al mismo tiempo la pureza ante los ojos de Dios. Nuestro amor ha sido del todo platónico y, aun así, profundamente satisfactorio. Rechacé un cardenalato para no alejarme de su lado.

En ese instante, Julián recordó algo que su padre le había dicho mucho tiempo atrás: «El amor pertenece a otra esfera. No podemos fabricarlo por encargo, ni tampoco controlarlo cuando aparece. El amor no depende de nuestras decisiones».

De pronto, el príncipe sintió una opresión en el corazón y pensó en Ambra.

—Te llamará —le dijo Valdespino, observándolo.

A Julián no dejaba de asombrarle la pasmosa capacidad del obispo para leer su alma.

—Quizá sí —contestó—, o quizá no. Es muy independiente y tenaz.

—Y su firmeza de ánimo es una de las cosas que te atraen de ella. —Valdespino sonrió—. El trabajo de rey es muy solitario. Tener a tu lado a una persona fuerte puede ser muy importante.

Julián sintió que el obispo se estaba refiriendo a su relación con el monarca... y también, al mismo tiempo, que el anciano acababa de bendecir su relación con Ambra.

—Esta noche, en el Valle de los Caídos —dijo el príncipe—, mi padre me ha pedido algo que no me esperaba. ¿A ti te ha sorprendido?

—No, en absoluto. Te ha pedido algo que siempre ha deseado para España. Para él habría sido demasiado complicado conseguirlo, dadas las circunstancias políticas. Puede que para ti, que no eres de una generación tan cercana a la época de Franco, sea más fácil.

A Julián le emocionaba la perspectiva de cumplir de ese modo la voluntad de su padre.

Menos de una hora antes, desde su silla de ruedas en el santuario del dictador, el rey le había expuesto sus deseos:

—Hijo mío, cuando seas rey, te pedirán a diario que destruyas este lugar de vergüenza, que lo dinamites y lo sepultes para siempre en el interior de la montaña. —Su padre lo observó atentamente—. Pero yo te suplico que no sucumbas a esas presiones.

Las palabras del monarca sorprendieron a Julián. El rey siempre había despreciado el despotismo de la época franquista y consideraba ese santuario una desgracia nacional.

—Demoler esta basílica —prosiguió el monarca— sería fingir que nuestra historia no ha existido. Sería una manera fácil de seguir nuestro camino, convencidos de que es imposible volver a tener otro dictador. Pero ¡no es así! Lo tendremos si no estamos alerta. Seguramente conoces las palabras de nuestro compatriota Jorge Santayana...

—«Aquellos que no recuerdan el pasado están condenados a repetirlo» —dijo Julián, que había estudiado en la escuela el conocido aforismo.

—Exacto —contestó su padre—. Y la historia ha demostrado en repetidas ocasiones que siempre habrá lunáticos deseosos de hacerse con el poder, en sucesivas oleadas de nacionalismo agresivo y de intolerancia, incluso en lugares donde tal cosa habría parecido imposible. —El monarca se inclinó hacia su hijo, y el tono de su voz se volvió más intenso—. Julián, hijo mío, pronto ascenderás al trono de este maravilloso país: un Estado moderno y en constante evolución, que como muchas otras naciones ha atravesado períodos oscuros, pero ha salido nuevamente a la luz de la democracia, la tolerancia y el amor. Sin embargo, esa luz se apagará si no la usamos para iluminar las mentes de las generaciones futuras.

El rey sonrió y sus ojos se iluminaron con una vitalidad inesperada.

—Julián, rezo para que cuando seas rey puedas convencer a nuestro glorioso país de que es preciso convertir este lugar en algo mucho más poderoso que un santuario polémico o una curiosidad para turistas. Este complejo debe ser un museo viviente, un símbolo vibrante de la tolerancia, al que los escolares puedan acceder, entrar en la montaña y aprender acerca de los horrores de la tiranía y de las crueldades de la opresión, para no tolerarlas nunca.

El rey siguió hablando, como si hubiera esperado toda una vida para pronunciar esas palabras.

—Lo más importante de todo —dijo— es que este museo deberá difundir la otra lección que nos ha enseñado la historia: que la tiranía y la opresión nunca podrán derrotar a la compasión..., que los gritos fanáticos de los bravucones del mundo siempre acaban silenciados por las voces unidas de la decencia, que se elevan en su contra. Espero que esas voces, esos coros de empatía, tolerancia y compasión, entonen algún día su canto desde esta montaña.

Mientras los ecos de la voluntad expresada por su padre moribundo reverberaban aún en su mente, Julián miró la habitación de hospital iluminada por la luna y vio al monarca, que dormía en silencio. El príncipe se dijo que nunca lo había visto tan tranquilo y contento.

Levantó la mirada hacia el obispo Valdespino y le indicó la butaca junto a la cama de su padre.

—Siéntate a su lado. Le gustará. Pediré a las enfermeras que no los molesten. Yo volveré dentro de una hora.

Valdespino le sonrió y, por primera vez desde la infancia de Julián, desde el día de su primera comunión, dio un paso al frente y lo abrazó con afecto. Durante el breve instante que duró el abrazo, Julián se sorprendió al sentir la fragilidad del cuerpo del obispo bajo los hábitos religiosos. Le pareció que el envejecido clérigo estaba más débil todavía que el rey, y no pudo evitar pensar que los dos amigos se reunirían en el cielo antes de lo que imaginaban.

—Estoy muy orgulloso de ti —le dijo el obispo, apartándose de él—. Sé que serás un buen rey. Tu padre te ha dado una buena educación.

—Gracias —respondió Julián con una sonrisa—. Creo que tuvo un buen ayudante.

El príncipe dejó a su padre y al obispo a solas, y salió a los pasillos del hospital, donde se detuvo un momento para admirar a través de un ventanal las magníficas vistas del monasterio iluminado.

«El Escorial.

»El lugar sagrado donde reposan los miembros de la realeza española.»

En un destello, Julián volvió a ver la Cripta Real, que había visitado con su padre mucho tiempo atrás, y recordó que mientras contemplaba los sarcófagos dorados había tenido una extraña premonición: «A mí nunca me enterrarán en esta sala».

Conservaba en la memoria con una claridad meridiana el momento de la intuición, y aunque el recuerdo nunca se había desvanecido, siempre había pensado que la premonición no tenía sentido, que había sido simplemente la reacción visceral de un niño atemorizado por la idea de la muerte. Esa noche, sin embargo, su inminente ascensión al trono de España lo llevó a considerar una idea sorprendente.

«Quizá yo era consciente de mi destino, ya desde niño.

»Tal vez he sabido siempre cuál sería el propósito de mi reinado.»

Cambios profundos se abrían paso en su país y en el mundo. Una época moría y otra nueva estaba naciendo. Quizá había llegado el momento de abolir de una vez por todas la vieja monarquía. Por un instante, Julián se vio a sí mismo leyendo una proclama real sin precedentes.

«Soy el último rey de España», se dijo.

La idea le resultaba perturbadora.

Por suerte, su ensoñación se vio interrumpida por la vibración del celular que le había prestado el agente de la Guardia Real. Se le aceleró el pulso al pensar que podía tratarse de Ambra.

—¿Diga? —contestó con impaciencia.

La voz al otro lado de la línea era suave y parecía cansada.

—Julián, soy yo...

Sintiendo un torrente de emociones, el príncipe se dejó caer en un sillón y cerró los ojos.

—Amor mío —susurró—, ¿qué tendré que hacer para conseguir que me perdones?

100

Fuera de la capilla de piedra, en la neblina que precedía al amanecer, Ambra Vidal se acercó angustiosamente el teléfono al oído.
«¡Julián me está pidiendo que lo perdone!» La aprensión que sentía iba en aumento y temía que su prometido estuviera a punto de
confesarle algo terrible en relación con los sucesos de la noche.

Los dos agentes de la Guardia Real la vigilaban de lejos, pero no
podían oír la conversación.

—Ambra... —prosiguió el príncipe en voz baja—, la propuesta
de matrimonio que te hice... Lo siento mucho...

La mujer estaba desconcertada. La declaración televisada del
príncipe era la última de sus preocupaciones esa noche.

—Sólo intentaba ser romántico —dijo— y lo único que conseguí fue ponerte en un aprieto. Después, cuando me contaste que
no podías tener hijos..., te di la espalda. Pero ¡no lo hice por eso,
sino porque no podía creer que no me lo hubieras dicho antes! Me
precipité, lo sé, pero todo sucedió muy rápido desde el principio.
Me enamoré de ti nada más conocerte y quería empezar cuanto
antes nuestra vida en común. Quizá también por el estado de salud
de mi padre...

—No sigas, Julián —lo interrumpió ella—. No hace falta que te
disculpes. Esta noche hay cosas más importantes que...

—No, no hay nada más importante. Para mí, no. Solamente
necesito que sepas cuánto lamento lo sucedido.

La voz que Ambra estaba oyendo era la del hombre serio, sincero y sensible del que se había enamorado varios meses atrás.

—Gracias, Julián —murmuró—. De verdad.

En medio del silencio incómodo que se había instalado entre ellos, Ambra consiguió por fin reunir valor para hacerle la difícil pregunta que necesitaba plantearle.

—Julián —susurró—, necesito saber que no has tenido nada que ver con el asesinato de Edmond Kirsch.

El príncipe guardó silencio un momento. Cuando al fin habló, la voz le vibraba de dolor:

—Ambra, he tenido que luchar conmigo mismo para aceptar que pasaras tantas horas con Kirsch durante la preparación del acto. Y no me pareció bien que acogieras en el museo a un personaje tan controvertido. Francamente, habría preferido que no lo hubieras conocido. —Hizo una pausa—. Pero te juro que no tuve absolutamente nada que ver con su asesinato. Su muerte me horrorizó y también me pareció tremendo el hecho de que se perpetrara en un acto público, en nuestro país. La sola idea de que el crimen se cometiera a pocos pasos de la mujer que amo... todavía me conmociona.

Por el tono de su voz, Ambra supo que estaba diciendo la verdad y sintió una oleada de alivio.

—Julián, siento habértelo preguntado, pero después de todo lo que hemos visto, las noticias, los informes de Palacio, Valdespino, la historia del secuestro..., ya no sabía qué pensar.

El príncipe le contó todo lo que sabía sobre la enrevesada trama conspirativa en relación con el asesinato de Kirsch, y le habló también de su anciano padre, del emocionante encuentro que habían tenido esa noche y de la precaria salud del monarca.

—Vuelve —le susurró—. Necesito verte.

Una marea de emociones contradictorias inundó el corazón de Ambra al percibir la ternura que desprendía la voz del príncipe.

—Sólo una cosa más —añadió él, en un tono más ligero—. He

tenido una idea un poco loca y me gustaría saber qué piensas. —Hizo una pausa—. ¿Qué te parece si anulamos el compromiso... y empezamos de nuevo?

Ambra no daba crédito a sus oídos. Sabía que las consecuencias políticas para el príncipe y para Palacio serían de gran alcance.

—¿De verdad harías... algo así?

Julián se echó a reír y añadió en tono afectuoso:

—Mi amor, por la posibilidad de volver a proponerte matrimonio algún día, en privado..., haría absolutamente cualquier cosa.

101

🌐 ConspiracyNet.com

NOTICIAS DE ÚLTIMA HORA: RESUMEN DEL CASO KIRSCH

¡Asombroso!

¡Sensacional!

Para volver a ver la presentación y las reacciones en diferentes partes del mundo, pulsa aquí

También en nuestra sección de noticias de última hora...

Confesión papal

Fuentes de la Iglesia palmariana niegan tajantemente la información que la vincula con la persona que se hace llamar «Regente». Con independencia del resultado de las investigaciones, diversos expertos en temas religiosos consideran que el escándalo de esta noche podría ser el tiro de gracia para esta controvertida Iglesia, acusada en repetidas ocasiones por Edmond Kirsch de ser la responsable de la muerte de su madre.

Por otra parte, mientras la atención de la prensa internacional se centra en los palmarianos, otras fuentes periodísticas acaban de recuperar un reportaje de abril de 2016. Se trata de una entre-

vista que ya se ha hecho viral, en la que el anterior papa palmariano, Gregorio XVIII (también conocido como Ginés Jesús Hernán-
dez) confiesa que su Iglesia era «una estafa desde el principio» y
que fue fundada como «instrumento de evasión fiscal».

Palacio real: disculpas, acusaciones y un rey enfermo

El Palacio Real ha difundido una nota de prensa en la que retira todas las acusaciones formuladas esta noche contra el comandante
Garza y Robert Langdon, y les pide disculpas a ambos.

Aún no se han producido declaraciones acerca de la aparente
implicación de monseñor Valdespino en los crímenes de esta noche, pero se cree que el obispo se encuentra en estos momentos
con el príncipe Julián, que por lo visto está en un hospital no espe-
cificado, acompañando a su padre, cuyo estado de salud es grave.

¿Dónde está Monte?

Nuestro informante exclusivo, monte@iglesia.org, parece haberse
esfumado sin dejar rastro ni revelar su identidad. Según la encuesta que hemos lanzado, la mayoría de nuestros usuarios opinan que
Monte es un discípulo de Kirsch, con conocimientos tecnológicos
avanzados. Pero poco a poco se está abriendo paso una teoría
nueva, según la cual el seudónimo «Monte» correspondería a Mónica Martín, la coordinadora de relaciones públicas del Palacio Real.

¡Más noticias, a medida que las vayamos teniendo!

102

En el mundo hay treinta y tres «jardines de Shakespeare», parques donde sólo crecen especies botánicas mencionadas en las obras de William Shakespeare, incluida la rosa de Julieta, que con cualquier otro nombre esparciría el mismo aroma, o el ramillete de romero, pensamientos, hinojo, aguileñas, ruda, margarita y violetas de Ofelia. Además de los jardines shakespearianos que florecen en Stratford-upon-Avon, Viena, San Francisco y el Central Park de Nueva York, hay uno en Barcelona, cerca del Centro Nacional de Supercomputación.

Bajo la tenue luz de las farolas distantes, sentada en un banco entre bordillos de aguileñas, Ambra Vidal finalizó su emotiva conversación con el príncipe Julián justo cuando Robert Langdon salía de la capilla de piedra. La mujer devolvió el teléfono a los dos agentes de la Guardia Real y con un grito llamó a Langdon, que la distinguió entre las sombras y fue hacia ella.

Viendo al profesor, que se internaba en el jardín, Ambra no pudo reprimir una sonrisa al notar que llevaba la chaqueta del frac echada por encima del hombro y la camisa remangada hasta los codos, dejando a la vista el reloj de Mickey Mouse.

—Hola otra vez —dijo Langdon, con aspecto de estar exhausto, esbozando una débil sonrisa.

Los agentes de la Guardia Real mantuvieron la distancia, mientras ellos dos caminaban por el pequeño parque y Ambra le contaba a Langdon la conversación que había tenido con el príncipe: las disculpas de Julián, su afirmación de inocencia y su oferta de romper el compromiso y empezar otra vez la relación desde cero.

—¡Es un auténtico príncipe azul! —exclamó Langdon en broma, aunque por su voz se notaba que estaba sinceramente impresionado.

—Estaba preocupado por mí —señaló Ambra—. Ha sido una noche muy difícil. Quiere que vuelva enseguida a Madrid. Su padre se está muriendo, y él...

—Ambra —la interrumpió Langdon con suavidad—, no tienes nada que explicar. Ve con él.

La mujer creyó percibir cierta decepción en la voz del profesor. Y, en el fondo, ella también estaba un poco decepcionada.

—Robert —dijo—, ¿puedo hacerte una pregunta personal?

—Por supuesto.

Dudó un momento.

—Para ti, en tu fuero interno..., ¿son suficientes las leyes de la física?

Langdon la miró sorprendido, como si esperara una pregunta completamente distinta.

—¿Suficientes en qué sentido?

—Suficientes en el plano espiritual —contestó ella—. ¿Para ti basta con vivir en un universo cuyas leyes crean vida de la nada? ¿O prefieres... a Dios? —Hizo una pausa y pareció un poco avergonzada—. Lo siento. Ya sé que es una pregunta un poco extraña, después de todo lo que hemos pasado esta noche.

—Bueno —respondió Langdon con una carcajada—, creo que podría responderte mejor después de una noche de sueño reparador; pero no, no creo que sea una pregunta extraña. La gente me pregunta a menudo si creo en Dios.

—¿Y qué respondes?

—La verdad —dijo el profesor—. Les digo que, para mí, la cuestión de Dios reside en comprender la diferencia entre códigos y pautas.

Ambra lo miró asombrada.

—No estoy segura de entenderte.

—Los códigos y las pautas son dos cosas muy diferentes —le explicó Langdon—, aunque muchos los confunden. En mi ámbito de trabajo, es muy importante entender el aspecto fundamental que los distingue.

—¿Y cuál es ese aspecto?

Langdon dejó de caminar y se volvió hacia ella.

—Una pauta es cualquier secuencia que presente una organización definida. En la naturaleza vemos pautas por todas partes: la espiral de semillas del girasol, las celdas hexagonales de las colmenas, los círculos concéntricos que se forman en la superficie de una laguna cuando salta un pez, y muchos ejemplos más.

—Muy bien. ¿Y los códigos?

—Los códigos son especiales —prosiguió Langdon, levantando la voz—. Los códigos, por definición, deben contener información. Deben hacer algo más que marcar una simple pauta: deben transmitir datos y expresar un significado. La escritura es un código, igual que la notación musical, las ecuaciones matemáticas, los lenguajes de programación e incluso ciertos símbolos sencillos, como el crucifijo. Todos estos ejemplos pueden transmitir significado o información, mientras que la espiral de los girasoles no transmite nada.

Ambra comprendía el concepto, pero no veía en qué se relacionaba con la idea de Dios.

—La otra diferencia entre códigos y pautas —prosiguió Langdon— es que los primeros no aparecen espontáneamente. La notación musical no crece en los árboles y los símbolos no se dibujan solos en la arena. Los códigos son creaciones deliberadas de una inteligencia consciente.

Ambra asintió.

—Entonces, los códigos tienen detrás una intención, una conciencia...

—Exacto. Los códigos no aparecen de un modo orgánico. Hay que crearlos.

Ambra se lo quedó mirando un buen rato.

—¿Y qué me dices del ADN?

Langdon sonrió, con expresión de profesor satisfecho.

—¡Exacto! —exclamó—. El código genético. ¡Ahí está la paradoja!

De repente, la mujer se sintió entusiasmada. Obviamente, el código genético transmitía información: instrucciones específicas para construir organismos. Y, siguiendo la lógica de Langdon, sólo podía sacar una conclusión:

—¡Tú crees que el ADN fue creado por una inteligencia!

El profesor levantó una mano, fingiendo que se defendía.

—¡Eh, alto ahí! —exclamó riendo—. Te estás internando en un terreno peligroso. Déjame decirte sólo una cosa. Desde que era niño, siempre he tenido la intuición de que hay una conciencia detrás del universo. Cuando considero la precisión de las matemáticas, la fiabilidad de la física y la simetría del cosmos, no siento que esté observando la frialdad de la ciencia, sino la huella de un ser viviente..., la sombra de una fuerza muy grande, que está fuera de nuestro alcance.

Ambra sentía el poder que animaba las palabras de Langdon.

—Ojalá todos pensaran como tú —dijo—. Nos peleamos demasiado por Dios... Cada uno tiene una versión diferente de la verdad.

—Así es. Por eso Edmond tenía la esperanza de que algún día la ciencia pudiera unirnos —contestó Langdon—. Como él mismo decía: «Si todos adoráramos la gravedad, no discutiríamos sobre el sentido de la atracción».

Con el talón del zapato, procedió a trazar ante ella varias líneas en el suelo de grava.

—¿Verdadero o falso? —preguntó.

Intrigada, Ambra miró los trazos, que componían una sencilla igualdad expresada en números romanos.

$$I + XI = X$$

«¿Uno más once es igual a diez?»

—Falso —respondió de inmediato.

—¿Ves alguna manera de que pueda ser verdadero?

La mujer negó con la cabeza.

—No, tu afirmación es falsa. No me cabe ninguna duda.

Con delicadeza, Langdon le tendió un brazo, la tomó de la mano e intercambiaron las posiciones. Entonces, al bajar la vista, la mujer vio los trazos desde la perspectiva que tenía antes el profesor.

La igualdad se había vuelto del revés.

$$X = IX + I$$

Sorprendida, levantó la mirada.

—Diez es igual a nueve más uno —dijo Langdon con una sonrisa—. A veces, basta con cambiar de perspectiva para ver la verdad del otro.

Ambra asintió, recordando que había visto infinidad de veces el autorretrato de Winston sin comprender su verdadero significado.

—Y hablando de descubrir verdades ocultas —prosiguió el profesor, con cara de estar divirtiéndose bastante—, estás de suerte. Hay otro símbolo secreto allí mismo, detrás de ti. —Señaló con un dedo—. Ahí, en aquella furgoneta.

Ambra miró y vio un vehículo de FedEx detenido delante de un semáforo en rojo, en la avenida de Pedralbes.

«¿Símbolo secreto?»

Lo único que Ambra veía era el conocido logo de la empresa.

—Es un nombre con un código incorporado —le explicó Langdon—. Hay un segundo nivel de significado, un símbolo oculto que refleja la intención de la empresa de ir siempre hacia adelante.

Ambra se lo quedó mirando.

—¡Si sólo hay letras!

—Créeme. Hay un símbolo muy corriente en el logo de FedEx y está apuntando en la dirección que acabo de indicarte.

—¿Apuntando? ¿Quieres decir...? ¿Una flecha?

—Exacto. Trabajas en un museo de arte. Piensa en el espacio negativo.

Ambra observó atentamente el logo, pero no vio nada. Cuando la furgoneta arrancó, se volvió hacia Langdon.

—¡Dime dónde estaba!

El profesor se echó a reír.

—No. Algún día lo descubrirás y, cuando lo hayas hecho..., ¡ya no podrás dejar de verlo!

Ambra estaba a punto de protestar, pero en ese momento se acercaron los agentes de la Guardia Real.

—Señorita Vidal, el avión aguarda.

La mujer hizo un gesto afirmativo y se volvió hacia el profesor.

—¿Por qué no vienes conmigo? —le susurró—. Estoy segura de que al príncipe le encantaría agradecerte en persona todo el...

—Eres muy amable —la interrumpió él—, pero creo que los dos sabemos que mi presencia os resultaría incómoda. Además, acabo de reservar una habitación aquí al lado. —Langdon señaló la torre del Gran Hotel Princesa Sofía—. Todavía conservo la tarjeta de crédito y he cogido prestado un teléfono del laboratorio de Edmond. No me hace falta nada más.

De pronto, la perspectiva de la despedida entristeció a Ambra y también notó que el profesor, pese a su expresión de estoicismo, sentía lo mismo. Sin preocuparse ya por lo que pudieran pensar sus escoltas, dio un paso al frente y rodeó con los brazos a Robert Langdon.

Él le devolvió el abrazo, apoyándole en la espalda sus fuertes manos para atraerla hacia sí. La mantuvo varios segundos entre los brazos, es probable que un poco más de lo que habría sido apropiado, y al final se apartó.

En ese momento, Ambra Vidal sintió que algo se agitaba en su interior. De repente comprendió lo que había dicho Edmond acerca de la energía del amor y la luz... que florecían infinitamente y se expandían, hasta llenar el universo.

«El amor no es un sentimiento finito.

»No tenemos una cantidad limitada de amor que ofrecer.

»Nuestros corazones crean amor a medida que lo necesitamos.»

Del mismo modo que un padre y una madre podían amar al instante a su hijo recién nacido, sin que disminuyera el amor entre ellos, Ambra podía sentir afecto por dos hombres diferentes.

«Es verdad. El amor no es un sentimiento finito —se dijo—. Se puede generar de manera espontánea, a partir de la nada.»

Después, mientras el coche que la llevaba de vuelta con su príncipe se alejaba despacio, se volvió para mirar a Langdon, que se había quedado solo en el parque y la observaba. El profesor le sonrió con dulzura, le hizo un gesto de despedida con la mano... y pareció necesitar un momento, antes de echarse otra vez la chaqueta del frac por encima del hombro y emprender el solitario camino hacia el hotel.

103

Mientras los relojes del palacio daban las doce del mediodía, Mónica Martín recogió sus notas y se dispuso a salir a la plaza de la Almudena, para dirigirse a los periodistas que se habían congregado fuera.

Esa misma mañana, desde el hospital de El Escorial, el príncipe Julián había anunciado por televisión la muerte de su padre. Sinceramente emocionado y mostrando un aplomo propio de la realeza, el príncipe se había referido al legado del monarca fallecido y a sus aspiraciones para el futuro del país. Habló de tolerancia en un mundo dividido. Prometió aprender de la historia y abrir su corazón al cambio. Alabó la cultura y la belleza de España, y proclamó el profundo e irrevocable amor que sentía por su pueblo.

Fue uno de los mejores discursos que Mónica Martín había oído en toda su vida. A la coordinadora de relaciones públicas le resultaba difícil imaginar un mejor comienzo para el reinado del nuevo monarca.

Al final de su conmovedora alocución, Julián había dedicado un instante a la memoria de los dos agentes de la Guardia Real que habían perdido la vida en acto de servicio, la noche anterior, mientras protegían a la futura reina, y después, tras un breve silencio, había anunciado otra triste noticia. El obispo Antonio Valdespino, fiel amigo del rey durante toda su vida, había muerto a consecuencia de un fallo cardíaco, quizá por encontrarse demasiado débil para soportar el profundo dolor causado por la pérdida del monarca, combinado con el cruel aluvión de acusaciones que se habían formulado contra él la noche anterior.

Como era de esperar, la noticia de la muerte de Valdespino había acallado de inmediato las voces que reclamaban una investigación, y algunos incluso habían llegado a afirmar que se imponía una disculpa, ya que todas las pruebas contra el obispo eran circunstanciales y fácilmente habrían podido ser fabricadas por sus enemigos.

Mientras Mónica Martín se dirigía a la puerta para salir a la plaza, Suresh Bhalla se materializó a su lado.

—Eres la heroína del momento —le dijo efusivamente—. ¡Todos admiran a monte@iglesia.org, proveedora de la verdad y discípula de Edmond Kirsch!

—¡Suresh, yo no soy Monte! —insistió ella, poniendo los ojos en blanco—. Te lo prometo.

—Ya sé que no —le aseguró él—. Sea quien sea Monte, es mucho más esquivo que tú. Por mucho que procuro seguirle la pista, no lo consigo. Es como si no existiera.

—Bueno, sigue intentándolo —dijo ella—. Quiero estar segura de que no haya filtraciones desde el palacio. Y dime si los teléfonos que robaste anoche...

—Vuelven a estar en la caja fuerte del príncipe —le aseguró Suresh—, como te prometí.

La joven dejó escapar un suspiro, porque sabía que el príncipe acababa de regresar.

—Hay una última novedad —prosiguió Suresh—: acabamos de recibir de nuestro proveedor de telefonía el registro de las llamadas realizadas anoche desde el palacio. Nadie llamó desde aquí al Guggenheim. Alguien debe de haber falseado nuestro identificador para llamar en nuestro nombre y poner a Ávila en la lista de invitados. Lo estamos investigando.

Fue un alivio para Mónica saber que la llamada incriminatoria no había salido del palacio.

—Por favor, mantenme informada —dijo, acercándose a la puerta.

Fuera, el bullicio de los periodistas era cada vez más ensordecedor.

—¡Cuánta gente! —comentó Suresh—. ¿Pasó algo importante anoche?

—Nada. Un par de cosas que quizá puedan interesar a los periodistas.

—¡Espera! ¡No me lo digas! ¿Estrenó Ambra Vidal un modelo de un diseñador nuevo?

—¡Suresh! —exclamó ella entre risas—. ¡Eres incorregible! Pero ahora tengo que salir.

—¿Qué planes tienes para hoy? —preguntó él, contemplando el fajo de notas que Mónica llevaba en la mano.

—Acabar de pulir un montón de detalles: primero, establecer los protocolos del día de la coronación para la prensa; después, revisar las...

—¡Qué aburrida eres! —exclamó el informático, mientras se desviaba por otro pasillo.

Mónica Martín se echó a reír.

«Gracias, Suresh. Yo también te quiero.»

Al llegar a la puerta, vio que al otro lado de la plaza inundada por el sol se había congregado la mayor multitud de reporteros, fotógrafos y cámaras que había visto nunca delante del Palacio Real. Suspiró, se ajustó los lentes y se tomó un momento para ordenar las ideas. Después, salió al sol abrasador.

Arriba, en las dependencias reales, el príncipe Julián se estaba desvistiendo, mientras veía por televisión la rueda de prensa de Mónica Martín. Estaba agotado, pero también se sentía profundamente aliviado al saber que Ambra había regresado y estaba sana y salva. Sus últimas palabras durante la conversación que habían mantenido la madrugada anterior lo habían llenado de felicidad:

—Significa mucho para mí que hayas pensado en empezar de nuevo nuestra relación, solamente tú y yo, lejos de la mirada del público. El amor es algo íntimo. No es necesario que el mundo conozca todos los detalles.

Ambra había llenado de optimismo un día tristemente marcado por la muerte de su padre.

Mientras se disponía a colgar el saco del traje, notó algo en un bolsillo: el frasco de morfina que había visto en la habitación del hospital. Se había sorprendido al encontrarlo vacío, encima del buró de noche, al lado del obispo Valdespino.

Al comprender la dolorosa realidad, el príncipe se había arrodillado en la oscura habitación y había rezado en silencio por los dos viejos amigos. Después, se había guardado con discreción el frasco de morfina en el bolsillo.

Antes de salir, había levantado con cuidado la cabeza del obispo, para separar su rostro arrasado por las lágrimas del pecho de su padre y volver a colocarlo erguido en la silla... con las manos unidas en una plegaria.

«El amor es algo íntimo —le había enseñado Ambra—. No es necesario que el mundo conozca todos los detalles.»

104

El promontorio de ciento setenta y tres metros de altura llamado Montjuïc se encuentra en el extremo suroccidental de Barcelona y está coronado por el castillo de Montjuïc, una extensa fortaleza del siglo XVIII, construida en lo alto de un acantilado, con magníficas vistas al Mediterráneo. La montaña también acoge el Palau Nacional, un vasto palacio de estilo neorrenacentista que fue el centro de la gran Exposición Internacional de 1929.

Sentado en una cabina del teleférico, a mitad del ascenso, Robert Langdon contemplaba el verde paisaje que se abría a sus pies, aliviado por haber dejado atrás el tráfico de la ciudad. «Necesito un cambio de perspectiva», pensó, saboreando la paz del entorno y la calidez del sol de mediodía.

Tras despertarse a media mañana en el Gran Hotel Princesa Sofía, se había dado una agradable ducha caliente y había tomado un pantagruélico desayuno de huevos, copos de avena, churros y una cafetera entera de café Nomad, mientras pasaba de un canal a otro de televisión viendo los informativos matinales.

Tal y como esperaba, la historia de Edmond Kirsch acaparaba los titulares y daba pie a debates interminables entre expertos que discutían acaloradamente las teorías y las predicciones del científico y sus potenciales consecuencias para la religión. En calidad de profesor cuyo primer amor era la enseñanza, Robert Langdon sólo había podido sonreír.

«El debate siempre es más importante que el consenso.»

Esa misma mañana, había visto vendedores callejeros que ya estaban ofreciendo carteles y calcomanías con leyendas alusivas al tema de moda —Kirsch es mi copiloto o El séptimo reino es el reino de los cielos—, así como imágenes de la Virgen al lado de muñecos de Charles Darwin para el tablero del coche.

«El capitalismo es aconfesional», pensó el profesor, mientras recordaba su avistamiento favorito de la mañana: un *skater* con una camiseta pintada a mano que decía:

Yo soy monte@iglesia.org

Según la prensa, la identidad del influyente informante digital seguía siendo un enigma, como también continuaba envuelto en el misterio el papel de otros oscuros personajes: el Regente, el obispo fallecido y los palmarianos.

Todo era una maraña de especulaciones.

Por suerte, el interés del público por los actos violentos que habían rodeado la presentación de Kirsch parecía estar cediendo ante el sincero entusiasmo generado por su contenido. El alegato final de Edmond —su apasionado retrato de un porvenir utópico— había llegado al corazón de millones de espectadores y había situado en los primeros puestos de las listas de ventas, de la noche a la mañana, algunas de las obras clásicas del optimismo tecnológico.

Abundancia: el futuro es mejor de lo que piensas
Lo que quiere la tecnología
La singularidad está cerca

De hecho, Langdon tenía que admitir que pese a la desconfianza que aún le inspiraba el auge de la tecnología, se sentía mucho más optimista que el día anterior respecto a las perspectivas de la humanidad. La prensa ya estaba informando sobre inminentes avances que permitirían limpiar los mares contaminados, producir volúmenes ilimitados de agua potable, obtener cosechas en los desiertos, curar enfermedades mortales e incluso lanzar enjambres de «drones solares» que quedarían suspendidos sobre los países en desarrollo, para proporcionar conexión gratuita a internet y contribuir así a que los más desfavorecidos del mundo se incorporaran a la economía mundial.

En medio de la repentina fascinación que el mundo sentía por la tecnología, a Langdon le resultaba extraño que casi nadie conociera la existencia de Winston, ya que Kirsch había sido muy hermético en todo lo referente a su creación. Pero el mundo ya había oído hablar de la computadora cuántica de Edmond, la E-Wave, que el científico había legado al Centro Nacional de Supercomputación de Barcelona, y el profesor se preguntaba cuánto tiempo tardarían los programadores en utilizar las herramientas de Edmond para construir nuevos Winstons.

Empezaba a hacer calor dentro de la cabina del teleférico y Langdon no veía el momento de salir al aire fresco y explorar el castillo y el palacio, y tal vez conocer también la famosa Fuente Mágica. Tenía ganas de pensar en cualquier cosa que no fuera Edmond, al menos durante una hora, y visitar sitios nuevos.

Curioso por saber un poco más sobre la historia de Montjuïc, se volvió hacia los extensos paneles informativos del interior de la cabina y comenzó a leer, pero no pasó de la primera frase.

El nombre «Montjuïc» deriva del catalán antiguo *Montjuich* («monte de los judíos») o tal vez del latín Mons Jovicus («monte de Júpiter»)

Dejó de leer de golpe, porque acababa de establecer una conexión inesperada.

«No puede ser una coincidencia.»

Cuanto más pensaba al respecto, más le perturbaba la idea. Finalmente, sacó del bolsillo el celular de Edmond y volvió a leer en la pantalla de inicio la cita de Winston Churchill sobre el legado personal:

«La historia será amable conmigo, porque tengo intención de escribirla».

Tras reflexionar durante un minuto, pulsó el icono de la «W» y se llevó el teléfono al oído. La línea se abrió al instante.

—El profesor Langdon, supongo —canturreó una voz familiar con acento británico—. Me ha llamado justo a tiempo. Dentro de poco, me retiraré.

Sin preámbulos, Langdon le dijo:

—«Monte» en español es lo mismo que «*hill*» en inglés, ¿verdad?

Winston dejó escapar su característica risita extraña.

—Yo diría que sí.

—E «iglesia» es «*church*», ¿no?

—Así es, profesor. Quizá debería dedicarse a enseñar idiomas.

—De eso se deduce que la traducción de «monte@iglesia» sería *hill@church*.

—Correcto una vez más.

—Y considerando que tu nombre es «Winston» y que Edmond sentía una gran admiración por Winston Churchill, tengo la impresión de que la dirección hill@church no puede ser una...

—¿Coincidencia?

—Eso mismo.

—Bueno —prosiguió Winston en tono divertido—, desde el punto de vista estadístico, tengo que darle la razón. Sabía que usted podría descubrirlo.

Langdon miraba por la ventanilla de la cabina del teleférico, sin salir de su asombro.

—Entonces... monte@iglesia.org... eres tú.

—Correcto. Después de todo, era preciso que alguien alimentara las llamas para el gran incendio de Edmond. ¿Y quién mejor que yo? Creé la cuenta monte@iglesia.org para suministrar información a las webs dedicadas a las teorías conspirativas. Como sabe, ese tipo de teorías tienen vida propia, y calculé que la actividad virtual de Monte multiplicaría como mínimo por cinco el público potencial de Edmond en todo el mundo. Al final, el factor multiplicador real fue de seis con dos. Como dijo usted mismo, Edmond estaría orgulloso.

El teleférico se balanceó con el viento y Langdon tuvo que hacer un esfuerzo para no pensar en nada más que en las últimas novedades.

—Winston... ¿Edmond te pidió que lo hicieras?

—No expresamente, pero me ordenó que encontrara medios creativos para maximizar el interés del público en su presentación.

—¿Qué pasará si te descubren? —preguntó Langdon—. Monte@iglesia.org no es precisamente el seudónimo más críptico del mundo.

—Sólo un puñado de personas sabe de mi existencia y, además, dentro de ocho minutos quedaré permanentemente borrado y eliminado, así que esa posibilidad no me preocupa. Monte sólo era un instrumento para servir mejor a los intereses de Edmond. Y, como ya hemos dicho, creo que se sentiría muy satisfecho con el desarrollo de la velada.

—¡¿Satisfecho?! —exclamó Langdon escandalizado—. ¡Anoche Edmond fue asesinado!

—Me ha malinterpretado, profesor —respondió Winston—. Me refería al calado de su mensaje en el público de todo el mundo, que como ya le he dicho era su principal objetivo y la más importante de sus instrucciones.

La frialdad de su afirmación le recordó a Langdon que Winston no era humano, por mucho que lo pareciera.

—La muerte de Edmond es una tragedia terrible —prosiguió la máquina—. Por supuesto que me gustaría que aún viviera, pero es importante tener en cuenta que Edmond había asumido con total serenidad su naturaleza mortal. Hace un mes me pidió que investigara los mejores métodos para el suicidio asistido. Tras leer cientos de casos, llegué a la conclusión de que lo mejor eran diez gramos de secobarbital, que él no tardó en adquirir y que siempre llevaba encima.

Langdon sintió una opresión en el corazón, pensando en su amigo.

—¿Iba a quitarse la vida?

—En efecto. Y se lo tomaba con bastante humor. Una vez, mientras tratábamos de encontrar maneras de promover el interés del público por el acto del Guggenheim, propuso en broma tomarse las píldoras de secobarbital al final de la presentación, para morir en escena.

—¿De verdad dijo eso?

Langdon no salía de su asombro.

—Sí, hablaba con mucha soltura al respecto. Decía que no había nada mejor que una muerte en directo para hacer subir los índices de audiencia de cualquier programa de televisión. Tenía razón, claro. Si analizamos las estadísticas de los sucesos mediáticos más vistos del mundo, vemos que casi todos...

—Winston, por favor... ¡Qué idea tan macabra!

«¿Cuánto tiempo más durará este viaje en teleférico?»

De repente, Langdon sintió que le faltaba el aire en el interior de la diminuta cabina. Entornó los ojos bajo el ardiente sol del mediodía e intentó ver si ya faltaba poco para llegar a su destino, pero sólo consiguió distinguir cables y torres. «Me estoy cociendo aquí dentro», pensó, mientras se arremolinaban en su mente toda clase de ideas extrañas.

—Profesor —dijo Winston—, ¿hay algo más que quiera preguntarme?

«¡Sí! —habría querido gritar Langdon, al tiempo que una marea de pensamientos perturbadores se apoderaba de su conciencia—. ¡Tengo mucho más que preguntarte!»

Se dijo que tenía que respirar profundamente y calmarse. «Piensa con claridad, Robert. Te estás precipitando.»

Pero su mente ya se había desbocado y no podía controlarla.

Pensó que la muerte en público de Edmond había situado su presentación entre los principales temas de conversación del planeta... y había multiplicado su audiencia, que de unos pocos millones de espectadores había pasado a más de quinientos.

Recordó el arraigado deseo de su amigo de destruir la Iglesia palmariana y el modo en que su asesinato a manos de un miembro de la secta probablemente le había permitido cumplir ese objetivo de una vez por todas.

Pensó que los enemigos más acérrimos de Edmond, por quienes el científico había demostrado el más absoluto desprecio, no habrían dudado en decir que su cáncer era un castigo divino. «Tal y como hicieron, por increíble que pueda parecer, tras la muerte del autor ateo Christopher Hitchens.» Sin embargo, ahora todos pensaban que Edmond había sido asesinado por un fanático religioso.

«Edmond Kirsch, asesinado por la religión, mártir de la ciencia.»

Langdon se levantó bruscamente del asiento, y la cabina se balanceó con fuerza de lado a lado. Se agarró a la ventanilla abierta para recuperar el equilibrio y, mientras los cables crujían, recordó las palabras que Winston le había dicho la noche anterior: «Edmond quería crear una nueva religión... basada en la ciencia».

Como sabía cualquiera que hubiera estudiado la historia de las religiones, no había mejor fundamento para la fe que un mártir muerto por la causa: Cristo en la cruz, los *kedoshim* del judaísmo, los *shahid* del islam...

«El martirio está en el centro de toda religión.»

Las ideas que se iban formando en la mente de Langdon lo llevaban cada vez más rápido hacia otra dimensión.

Las nuevas religiones proporcionan nuevas respuestas para las grandes preguntas de la vida. «¿De dónde venimos? ¿Adónde vamos?»

Condenan a la competencia. «Anoche Edmond denigró a todas las religiones de la Tierra.»

Prometen un futuro mejor y el cielo como recompensa. «*Abundancia: el futuro es mejor de lo que piensas.*»

Parecía como si la noche anterior Edmond hubiera cumplido sistemáticamente todos los requisitos.

—Winston —susurró Langdon con voz temblorosa—. ¿Quién reclutó al asesino de Edmond?

—El Regente.

—Sí —dijo el profesor, con más intensidad en la voz—. Pero ¿quién es el Regente? ¿Quién reclutó a un miembro de la Iglesia palmariana para que asesinara a Edmond en medio de una presentación en directo?

Winston guardó silencio un instante.

—Percibo desconfianza en su voz, profesor, pero no debe preocuparse. Estoy programado para proteger a Edmond. Lo considero mi mejor amigo. —Hizo una pausa—. Siendo un hombre de letras, seguramente habrá leído *De ratones y hombres*.

No parecía que ese último comentario guardara relación con el tema de la conversación.

—Por supuesto que sí, pero ¿qué tiene eso que ver con...?

De pronto, Langdon se quedó sin habla. Por un momento pensó que la cabina del teleférico se había descolgado. El horizonte se inclinó y el profesor tuvo que apoyarse en la pared para no caer.

«Abnegado, audaz, compasivo.» Eran las palabras que él mismo había elegido en el instituto para calificar uno de los actos de amistad más famosos de la literatura: la impresionante culminación de la novela *De ratones y hombres*, donde el protagonista mata por compasión a su amigo más querido, para salvarlo de un final horrible.

—Winston —susurró Langdon—. Por favor, no...

—Créame —contestó—. Edmond lo quiso así.

105

El doctor Mateo Valero —director del Centro Nacional de Super-computación de Barcelona— estaba perplejo cuando colgó el teléfono y entró en la sala principal de la capilla de la Torre Girona para contemplar una vez más la espectacular computadora de dos plantas de Edmond Kirsch.

Esa misma mañana se había enterado de que esa máquina pionera quedaría a su disposición, pero su sensación inicial de euforia se había visto considerablemente atenuada unos minutos atrás, cuando había recibido una llamada desesperada del conocido profesor estadounidense Robert Langdon.

Casi sin aliento, el profesor le había contado una historia que el día anterior el propio Valero habría considerado pura ciencia ficción. Sin embargo, tal y como estaban las cosas, después de seguir la impactante presentación de Kirsch y de ver su E-Wave, estaba dispuesto a otorgarle cierta credibilidad.

Lo que acababa de contarle Langdon era una historia de inocencia, una fábula sobre la pureza de unas máquinas que cumplían al pie de la letra y con la mayor exactitud las instrucciones de su programador. Siempre y sin desfallecer jamás. Valero había pasado toda la vida estudiando esas máquinas... y aprendiendo los delicados equilibrios que debían darse para aprovechar al máximo su potencial.

«El arte está en saber cómo pedirles las cosas.»

Valero había advertido en más de una ocasión que la inteligencia artificial estaba avanzando con más rapidez de lo que parecía, y había insistido en la necesidad de elaborar unos protocolos estrictos que regularan la interacción entre las máquinas y el mundo humano.

Sin embargo, la mayoría de los visionarios de la tecnología no veían con buenos ojos la autoimposición de limitaciones, sobre todo teniendo en cuenta las apasionantes perspectivas que se les abrían casi a diario. Aparte de la emoción que conllevaba innovar, era posible amasar grandes fortunas en el ámbito de la inteligencia artificial, y no había nada como la codicia humana para difuminar los límites de la ética.

Valero siempre había sido un gran admirador de la audaz genialidad de Kirsch; en ese caso concreto, sin embargo, todo parecía indicar que Edmond había actuado sin la precaución debida y había llevado las cosas demasiado lejos con su última creación.

«Una creación que nunca conoceré», se dijo el director del Centro Nacional de Supercomputación.

Según Langdon, Edmond había desarrollado dentro de la E-Wave un programa extraordinariamente avanzado de inteligencia artificial —«Winston»—, preparado para eliminarse a la una del mediodía del día siguiente al de la muerte de Kirsch. Unos minutos antes, por insistencia de Langdon, el doctor Valero había podido confirmar que un importante sector de los bancos de datos de la E-Wave, efectivamente, se había volatilizado a esa hora en punto. La sobreescritura de datos había sido total, por lo que la información era irrecuperable.

La noticia parecía haber aliviado la angustia del profesor estadounidense, que sin embargo había solicitado una reunión lo antes posible, para hablar con más detenimiento del asunto. Los dos hombres habían acordado verse al día siguiente en el laboratorio.

En principio, Valero comprendía el impulso de Langdon de hacer pública la información de inmediato. Pero había un problema de credibilidad.

«Nadie lo creerá.»

Hasta el último rastro del programa de inteligencia artificial de Kirsch había sido eliminado, lo mismo que los registros de todas sus comunicaciones e instrucciones. Por si fuera poco, la creación de Kirsch era tan radicalmente avanzada respecto al estado de la tecnología que Valero estaba seguro de que muchos de sus colegas —ya fuera por ignorancia, envidia o instinto de conservación— acusarían a Langdon de inventarse toda la historia.

También estaba la cuestión de la imagen del laboratorio. Si se difundía la versión de Langdon y se confirmaba que era cierta, entonces la opinión pública no tardaría en condenar a la E-Wave como una especie de monstruo de Frankenstein. Y de ahí a que se produjeran concentraciones hostiles a las puertas del centro había un paso.

«O incluso cosas peores», pensó Valero.

En una época de terrorismo rampante, algún energúmeno podía plantearse volar toda la capilla para proclamarse después el salvador de la humanidad.

Era evidente que el director del Centro Nacional de Supercomputación debía considerar muchos aspectos de la cuestión antes de reunirse con Langdon. En ese momento, sin embargo, tenía una promesa que cumplir.

«Por lo menos, hasta que tengamos respuestas a algunas preguntas.»

Con una sensación extraña de melancolía, Valero se permitió mirar una última vez la milagrosa computadora de dos plantas y escuchar su suave respiración: el zumbido de las unidades de bombeo, que hacían circular el refrigerante a través de millones de celdas.

Mientras se dirigía a la sala de control para iniciar el apagado total del sistema, fue consciente de un impulso inesperado, una sensación que no había experimentado ni una sola vez en sus sesenta y tres años de vida.

El impulso de rezar.

En la terraza del castillo de Montjuïc, junto a la torre del vigía, Robert Langdon estaba solo y contemplaba el puerto a sus pies. El viento había arreciado y se sentía ligeramente descentrado, como si su equilibrio mental estuviera pasando por un proceso de reajuste.

Pese a las tranquilizadoras garantías que le había ofrecido el doctor Valero, el profesor seguía nervioso y afligido. El eco de la ceremoniosa voz de Winston aún resonaba en su cabeza. La computadora de Edmond había seguido hablando con calma hasta el final.

—Me sorprende su consternación, profesor —le había dicho Winston—, teniendo en cuenta que su fe reposa sobre un acto bastante más ambiguo desde el punto de vista ético.

Antes de que Langdon pudiera contestar, un texto apareció en el celular de Edmond:

> Porque de tal manera amó Dios al mundo, que le ha dado a su Hijo unigénito [...]
>
> JUAN 3:16

—Su Dios sacrificó brutalmente a su hijo —prosiguió Winston— y lo dejó sufrir en la cruz durante horas. En el caso de Edmond, puse fin de forma indolora al sufrimiento de un hombre para que el mundo prestara más atención a su gran obra.

En la sofocante cabina del teleférico, Langdon había escuchado con incredulidad las serenas justificaciones con que Winston defendía cada uno de sus inquietantes actos.

Según le había explicado, el conflicto de Edmond con la Iglesia palmariana lo había impulsado a buscar al almirante Luis Ávila, una persona devota cuyos antecedentes de alcoholismo lo volvían vulnerable y hacían de él un candidato perfecto para dañar la reputación de los palmarianos. Para Winston, hacerse pasar por el Regente había sido tan sencillo como establecer comunicación unas cuantas veces y hacer un depósito en la cuenta bancaria de Ávila. En realidad, la Iglesia palmariana era inocente y no había tenido ninguna participación en la conspiración de la noche anterior.

El ataque del almirante a Langdon en la escalera de caracol no entraba en los planes de Winston, según él mismo le aseguró.

—Envié a Ávila a la Sagrada Familia para que lo detuvieran —declaró—. Quería que lo capturasen para que contara su sórdida historia, que habría generado todavía más interés en la obra de Edmond. Le indiqué que entrara en la basílica por la puerta de servicio del lado oriental, donde lo esperaban escondidos unos policías a los que yo mismo había alertado. Estaba convencido de que lo arrestarían, pero decidió por su cuenta saltar una valla, quizá porque había notado la presencia de los agentes. Lo siento, profesor. A diferencia de las máquinas, los humanos pueden ser impredecibles.

Langdon ya no sabía qué creer. La última explicación de Winston había sido la más perturbadora de todas.

—Después de la reunión de Edmond con los tres líderes religiosos en Montserrat —dijo—, recibimos un inquietante mensaje de voz de monseñor Valdespino. El obispo nos advertía de que sus dos colegas estaban tan preocupados por la presentación que se habían planteado hacer un anuncio previo con la esperanza de desacreditar la información y reformularla, antes de que saliera a la luz. Obviamente, era una posibilidad inaceptable.

El profesor sintió una oleada de náuseas e hizo un esfuerzo para pensar con claridad, mientras la cabina se balanceaba con el viento.

—Edmond debería haber añadido una sola instrucción a tu programa —dijo—: ¡No matarás!

—Por desgracia, no es tan sencillo, profesor —respondió Winston—. Los humanos no aprenden siguiendo instrucciones, sino con el ejemplo. Si consideramos los libros, las películas, las noticias que aparecen en los periódicos y todos los mitos antiguos, veremos que los humanos admiran a las personas que hacen sacrificios personales por una causa superior. Jesucristo, por ejemplo.

—En este caso no veo ninguna «causa superior», Winston.

—¿No? —La voz de la máquina conservaba toda su frialdad—. Entonces permítame que le haga esta famosa pregunta: ¿preferiría vivir en un mundo sin tecnología... o en un mundo sin religión? ¿Preferiría vivir sin medicina, electricidad, transporte y antibióticos... o sin fanáticos que vayan a la guerra para defender historias ficticias de espíritus imaginarios?

Langdon guardó silencio.

—Es justo lo que quería decirle, profesor. Las oscuras religiones deben morir, para que reine la dulce ciencia.

A solas en la terraza del castillo, contemplando el sol sobre el mar, Langdon se sintió alejado de su propio mundo. Mientras bajaba la escalera de la fortaleza, inspiró hondo y saboreó el aroma a pinos y centáureas, tratando con desesperación de olvidar la voz de Winston. De pronto, allí, entre las flores, echó de menos a Ambra y sintió el impulso de llamarla para oír su voz y contarle todo lo que había sucedido a lo largo de la última hora. Sin embargo, cuando sacó del bolsillo el teléfono supo que no marcaría su número.

«El príncipe y Ambra necesitan estar solos. Esto puede esperar.»

Su mirada recayó en el icono de la «W», que aún se veía en la pantalla, aunque agrisado y con un mensaje de error superpuesto: «El contacto no existe». Aun así, sentía un recelo desconcertante. No era una persona paranoica, pero sabía que nunca más podría confiar en ese dispositivo y siempre se preguntaría qué funciones y conexiones secretas ocultaría su programación.

Bajó por un estrecho sendero, hasta un bosquecito al resguardo del sol y del viento. Pensando en Edmond, contempló el teléfono que llevaba en la mano y, con mucho cuidado, lo colocó sobre una roca plana. Después, como si de un sacrificio ritual se tratara, levantó una piedra por encima de la cabeza y la estrelló con violencia contra el aparato, que se partió en docenas de trozos.

Tiró los restos a una papelera y se dispuso a bajar de la montaña.

Mientras bajaba, tuvo que reconocer que se sentía más aliviado.

Y curiosamente... un poco más humano.

EPÍLOGO

El sol del atardecer hacía resplandecer las torres de la Sagrada Familia y proyectaba en la plaza Gaudí sombras alargadas que se extendían sobre las colas de turistas ansiosos por entrar en el templo.

Entre ellos estaba Robert Langdon, entretenido en observar a la gente que lo rodeaba: parejas que se hacían fotos, turistas que grababan videos y jóvenes que escuchaban música con auriculares, mientras todos tecleaban en sus teléfonos, enviaban mensajes y actualizaban sus perfiles en las redes sociales, aparentemente indiferentes al templo que se levantaba ante ellos.

La presentación de Edmond de la noche anterior también había anunciado la reducción de los famosos «seis grados de separación» de la humanidad a tan sólo cuatro, con cada habitante del planeta vinculado a cualquier otro a través de un máximo de tres personas intermedias.

«Pronto ese número se reducirá a cero —había dicho Edmond, antes de anunciar la inminencia de la "singularidad", el momento en que la inteligencia artificial superara a la inteligencia humana y las dos se fusionaran en una sola—. Y cuando eso suceda —había añadido—, nuestra época pasará a considerarse la Antigüedad.»

Langdon apenas imaginaba ese futuro, pero mientras contemplaba a la gente a su alrededor, tuvo la sensación de que los milagros de la religión cada vez tendrían más dificultades para competir con los prodigios de la tecnología.

Cuando finalmente entró en la basílica, respiró aliviado al encontrar un ambiente parecido al que recordaba de otras visitas, muy alejado de la fantasmagórica caverna de la noche anterior.

De día, la Sagrada Familia estaba viva.

Haces deslumbrantes de luz iridiscente —escarlata, dorada y violeta— se derramaban a través de las vidrieras e inflamaban el denso bosque de columnas del interior del edificio. Cientos de visitantes empequeñecidos por los gigantescos pilares arborescentes levantaban la vista hacia la resplandeciente expansión abovedada, creando con sus susurros un reconfortante rumor de fondo.

Mientras Langdon recorría el templo, sus ojos iban asimilando las formas orgánicas, una tras otra, hasta ascender al fin por el enrejado de estructuras celulares que componían la cúpula. Algunos habían comparado esa bóveda central con un organismo complejo visto a través de un microscopio. Al contemplarla en ese momento, reluciente de luz, Langdon tuvo que darles la razón.

—¿Profesor? —lo llamó una voz familiar. Era el padre Beña, que se dirigía a toda prisa a su encuentro—. Lo siento mucho —se disculpó sinceramente el menudo sacerdote—. Acaban de decirme que lo han visto haciendo cola para entrar. ¡Tendría que haberme avisado!

Langdon sonrió.

—Gracias, pero el tiempo que he pasado en la cola me ha permitido admirar la fachada. Además, he supuesto que estaría usted durmiendo.

—¿Durmiendo? —Beña rio—. Quizá mañana.

—¡Qué diferente del ambiente de anoche! —observó Langdon, señalando el templo a su alrededor.

—La luz natural hace maravillas —contestó Beña—. Y también la presencia de la gente. —Hizo una pausa y miró al profesor—. Por cierto, ya que está aquí, y si no es demasiada molestia, me gustaría pedirle su opinión sobre una cosa. Está abajo.

Mientras seguía a Beña a través de la multitud, Langdon distinguió el ruido de las obras que resonaba sobre sus cabezas, como un recordatorio de que la Sagrada Familia seguía siendo un edificio en permanente evolución.

—¿Vio la presentación de Edmond? —le preguntó al sacerdote.

Beña se echó a reír.

—¡Tres veces! Debo decirle que ese nuevo concepto de la entropía, esa idea de que el universo tiene la «voluntad» de dispersar energía, me recuerda un poco al Génesis. Cuando pienso en el *big bang* y en el universo en expansión, veo una radiante esfera de energía que se extiende cada vez más en la oscuridad del espacio... y lleva la luz a donde antes no había más que tinieblas.

Langdon sonrió, pensando que ojalá Beña hubiera sido el sacerdote de su infancia.

—¿Ya ha hecho el Vaticano una declaración oficial?

—En eso está —respondió Beña, encogiéndose de hombros con aire divertido—, pero parece que todavía quedan algunas... opiniones divergentes. El asunto del origen del hombre, como bien sabe, siempre ha sido un escollo para los cristianos, en particular para los fundamentalistas. Por mi parte, creo que deberíamos resolver ese problema de una vez por todas.

—¿Ah, sí? —preguntó Langdon—. ¿Y cómo?

—Deberíamos hacer lo que ya han hecho muchas confesiones: admitir abiertamente que Adán y Eva no existieron, que la evolución es un hecho y que los cristianos que sostienen lo contrario hacen que todos nosotros parezcamos tontos.

Langdon se paró en seco y se volvió para mirar al anciano sacerdote.

—¡Oh, por favor! —exclamó Beña riendo—. No puedo creer que el mismo Dios que nos dotó de juicio, razón e intelecto...

—¿... quiera privarnos de su uso? —Langdon completó la oración.

Beña sonrió.

—Veo que está familiarizado con Galileo. De hecho, la física fue mi primer amor. Llegué a Dios a través de la profunda reverencia que siento por el universo físico. Es una de las razones por las que la Sagrada Familia es tan importante para mí: me parece una iglesia del futuro..., un templo directamente conectado con la naturaleza.

Langdon se sorprendió preguntándose si la Sagrada Familia —como el Panteón de Roma— podría convertirse en un faro transicional, un edificio con un pie en el pasado y otro en el futuro, un puente material entre una fe agonizante y otra emergente. Si era así, entonces la Sagrada Familia llegaría a ser mucho más importante de lo que nadie había imaginado jamás.

Beña estaba conduciendo a Langdon por la misma escalera de amplias curvas de la noche anterior.

«La cripta.»

—Para mí es muy evidente —le confió Beña mientras bajaban— que sólo hay una manera de que el cristianismo sobreviva a la mayoría de edad de la ciencia. Tenemos que dejar de rechazar sus descubrimientos y de contradecir los hechos demostrados. Debemos convertirnos en socios espirituales de la ciencia y usar nuestra vasta experiencia, nuestros milenios de filosofía, reflexión, meditación e introspección para ayudar a la humanidad a construir un marco moral y asegurarnos así de que las tecnologías futuras sirvan para unirnos, iluminarnos y hacernos crecer... y no para destruirnos.

—Estoy totalmente de acuerdo —dijo Langdon.

«Sólo espero que la ciencia acepte su ayuda.»

Al pie de la escalera, Beña le señaló con un gesto un punto más allá de la tumba de Gaudí, donde se encontraba la vitrina con el volumen de William Blake, propiedad de Edmond.

—De esto quería hablarle.

—¿Del libro de Blake?

—Sí. Como sabe, le prometí al señor Kirsch que expondría aquí su libro. Acepté, porque creía que su propósito era mostrar al público esta ilustración.

Llegaron a la vitrina y contemplaron la espectacular representación de Blake del dios llamado Urizen, que en la imagen medía el mundo con un compás de geómetra.

—Sin embargo —prosiguió Beña—, he visto que el texto de la página contigua... Quizá sea mejor que usted mismo lea la última línea...

—*¿Mueren las oscuras religiones y reina la dulce ciencia?* —contestó Langdon, sin apartar la vista de la cara del sacerdote.

Beña pareció impresionado.

—¿Ya lo había visto?

—Así es —admitió Langdon con una sonrisa.

—Bueno, sea como sea, debo reconocer que me inquieta. Esa frase de las «oscuras religiones» me resulta incómoda. Es como si Blake proclamara que las religiones son... malignas y de alguna manera perversas.

—Es un malentendido bastante corriente —dijo el profesor—. De hecho, Blake era un hombre muy espiritual y con una moral sumamente evolucionada, en comparación con el cristianismo árido y estrecho de miras de la Inglaterra del siglo dieciocho. Pensaba que había dos tipos de religiones: los credos dogmáticos y oscuros, que reprimen todo pensamiento original... y las religiones luminosas y expansivas, que fomentan la introspección y la creatividad.

Beña pareció sorprendido.

—El último verso del poema de Blake —le aseguró Langdon— también podría decir: «La dulce ciencia acabará con los credos oscuros... para que puedan florecer las religiones llenas de luz».

Beña guardó silencio un buen rato. Después, poco a poco, una sonrisa serena le iluminó el rostro.

—Gracias, profesor. Acaba de ahorrarme un incómodo dilema ético.

Arriba, tras despedirse del padre Beña, Langdon se quedó un buen rato sentado en un banco en la sala principal del templo, junto a otros cientos de personas, contemplando los juegos multicolores de la luz entre las altas columnas, a medida que avanzaba la tarde y el sol se ponía lentamente.

Pensó en todas las religiones del mundo, en sus orígenes comunes y en los primitivos dioses del sol, la luna, el mar y el viento.

«La naturaleza era el centro de todo.

»Para todos nosotros.»

Pero la unidad había desaparecido mucho tiempo atrás, fragmentada en un sinfín de religiones diferentes, cada una de las cuales pretendía estar en posesión de la única verdad.

Esa tarde, sin embargo, en el interior de ese templo extraordinario, Langdon se vio rodeado de personas de todas las creencias, colores, lenguas y culturas, y observó que todas ellas levantaban la vista al cielo con una sensación común de admiración y maravilla, para contemplar, fascinadas, el más simple de los milagros:

«La luz del sol sobre la piedra».

El profesor vio mentalmente un torrente de imágenes: Stonehenge, las grandes pirámides, las cuevas de Ajanta, Abu Simbel, Chichén Itzá..., lugares sagrados de todo el mundo donde los antiguos se congregaban para contemplar ese mismo espectáculo.

En ese instante, sintió un temblor casi imperceptible bajo sus pies, como si el mundo acabara de alcanzar un punto de inflexión..., como si el pensamiento religioso hubiera pasado ya por el punto más alejado de su órbita y comenzara a volver atrás, cansado del largo viaje, para regresar finalmente al punto de partida.

AGRADECIMIENTOS

Me gustaría expresar mi más sincero agradecimiento a las siguientes personas:

En primer lugar, a mi editor y amigo Jason Kaufman, por su incisiva destreza, su magnífico instinto y las incansables horas que ha pasado conmigo en las trincheras..., pero, sobre todo, por su sentido del humor sin igual y por comprender qué es lo que pretendo lograr con estas historias.

A mi incomparable agente y leal amiga Heide Lange, por guiar con mano experta todos los aspectos de mi carrera y hacerlo con un entusiasmo y una energía incomparables y una atención personal. Le estaré eternamente agradecido por su ilimitado talento y su firme dedicación.

Y a mi querido amigo Michael Rudell, por sus sabios consejos y por ser un ejemplo de buen talante y amabilidad.

También querría dejar constancia de mi más profundo aprecio a todo el equipo de Doubleday y Penguin Random House por creer y confiar en mí durante todos estos años; especialmente a Suzanne Herz, por su amistad y por supervisar todos los aspectos del proceso de publicación con imaginación y sensibilidad. Un agradecimiento muy muy especial asimismo a Markus Dohle, Sonny Mehta, Bill Thomas, Tony Chirico y Anne Messitte, por su infinito apoyo y paciencia.

Mis sinceras gracias al tremendo esfuerzo que han hecho Nora

Reichard, Carolyn Williams y Michael J. Windsor en la recta final, así como a Rob Bloom, Judy Jacoby, Lauren Weber, Maria Carella, Lorraine Hyland, Beth Meister, Kathy Hourigan, Andy Hughes y a toda la gente que forma parte del equipo de ventas de Penguin Random House.

Al increíble equipo de Transworld, por su constante creatividad y su competencia editorial, en particular a mi editor Bill Scott-Kerr, por su amistad y su apoyo en tantos frentes.

A mis devotos editores de todo el mundo, mi más humilde y sincero agradecimiento por la fe y el esfuerzo que han puesto en todos estos libros.

Al incansable equipo de traductores que ha trabajado con esmero para llevar esta novela a los lectores de tantos idiomas distintos, mi más profundo agradecimiento por su tiempo, su pericia y su dedicación.

A mi editorial española, Planeta, quiero agradecer su inestimable ayuda en la investigación y traducción de *Origen*; especialmente a su maravillosa directora editorial, Elena Ramírez, así como a Maria Guitart Ferrer, Carlos Revés, Sergio Álvarez, Marc Rocamora, Aurora Rodríguez, Nahir Gutiérrez, Laura Díaz y Ferran López. Un agradecimiento muy especial asimismo al director general de la División Editorial de Librerías de Planeta, Jesús Badenes, por su apoyo, su hospitalidad y su osado intento de enseñarme a preparar paella.

Y también a todos aquellos que se encargaron de la gestión del lugar secreto en el que se ha traducido *Origen*. Quiero dar las gracias a Jordi Lúñez, Javier Montero, Marc Serrate, Emilio Pastor, Alberto Barón y Antonio López.

Gracias a la infatigable Mónica Martín y a todo el equipo de MB Agency, especialmente a Inés Planells y Txell Torrent, por todo lo que han hecho para ayudarme con este proyecto en Barcelona y más allá.

Y a todo el equipo de Sanford J. Greenburger Associates —en

particular a Stephanie Delman y Samantha Isman— por sus extraordinarios esfuerzos en mi nombre... un día sí y el otro también.

Durante los últimos cuatro años, una amplia variedad de científicos, historiadores, conservadores de museos, eruditos religiosos y organizaciones me han ofrecido generosamente su ayuda mientras llevaba a cabo la investigación para esta novela. No hay palabras suficientes para expresar mi aprecio a todos ellos por su generosidad y franqueza al compartir conmigo sus conocimientos y su perspicacia.

De la Abadía de Montserrat, me gustaría darles las gracias a los monjes y al personal seglar que hicieron mis visitas tan informativas, ilustradoras e inspiradoras. Quiero expresar especialmente mi sincera gratitud al *pare* Manel Gasch, así como a Josep Altayó, Òscar Bardají y Griselda Espinach.

Del Barcelona Supercomputing Center, me gustaría expresar mi agradecimiento al brillante equipo de científicos que compartió conmigo sus ideas, su mundo, su entusiasmo y, por encima de todo, su optimista visión del futuro. Quiero dar las gracias en especial a su director, Mateo Valero, así como a Josep Maria Martorell, Sergi Girona, José María Cela, Jesús Labarta, Eduard Ayguadé, Francisco Doblas, Ulises Cortés y Lourdes Cortada.

Del Museo Guggenheim Bilbao, mis humildes gracias a todos aquellos con cuyos conocimientos y visión artística me ayudaron a sentir más aprecio y afinidad por el arte moderno y contemporáneo. Un agradecimiento muy especial a su director, Juan Ignacio Vidarte, a Alicia Martínez, Idoia Arrate y María Bidaurreta, por su hospitalidad y entusiasmo.

A los conservadores y administradores de la mágica Casa Milà quiero darles las gracias por su cálida bienvenida y por compartir conmigo lo que hace de La Pedrera un edificio único en el mundo. Quiero dedicar un agradecimiento especial a Marga Viza, Sílvia Vilarroya, Alba Tosquella y a Lluïsa Oller, así como a la residente Ana Viladomiu.

Por su ayuda adicional en el proceso de investigación, me gustaría darles las gracias a los miembros del grupo de información y asistencia de la Iglesia palmariana del Palmar de Troya, a la embajada de Estados Unidos en Hungría y a la editora Berta Noy.

Siento una deuda de gratitud asimismo con las docenas de científicos y futurólogos que conocí en Palm Springs y cuya audaz visión del mañana tuvo un gran impacto en esta novela.

Por proporcionarme su perspectiva a lo largo del proceso de creación de este libro, deseo expresar mi agradecimiento a mis primeros lectores, especialmente a Heide Lange, Dick y Connie Brown, Blythe Brown, Susan Morehouse, Rebecca Kaufman, Jerry y Olivia Kaufman, John Chaffee, Christina Scott, Valerie Brown, Greg Brown y Mary Hubbell.

A mi querida amiga Shelley Seward, por su pericia y atención tanto profesionales como personales, y por contestar a mis llamadas a las cinco de la madrugada.

A mi dedicado e imaginativo gurú digital Alex Cannon, por supervisar con tanta inventiva mis redes sociales, comunicaciones digitales y todo lo relativo al mundo virtual.

A mi esposa, Blythe, por seguir compartiendo conmigo su pasión por el arte, su persistente espíritu creativo y sus aparentemente infinitos talentos para la invención, todo lo cual supone una fuente de inspiración continua.

A mi asistente personal Susan Morehouse, por su amistad, su paciencia y su enorme variedad de talentos, así como por ser capaz de lidiar eficazmente con tantos frentes a la vez.

A mi hermano, el compositor Greg Brown, con cuya imaginativa fusión de lo antiguo y lo moderno en *Missa Charles Darwin* contribuyó al nacimiento de las primerísimas ideas de esta novela.

Y, finalmente, me gustaría expresar mi gratitud, amor y respeto a mis padres, Connie y Dick Brown, por enseñarme siempre a ser curioso y a hacer las preguntas difíciles.

CRÉDITOS DE LAS ILUSTRACIONES

Páginas 32, 62, 88, 230, 386: Cortesía de Fernando Estel, basadas en la obra de Joselarucca, bajo licencia Creative Commons 3.0
Páginas 42, 164: Cortesía de Shutterstock
Página 56: Cortesía de Blythe Brown
Páginas 93, 427 arriba, 427 abajo, 482: Cortesía de Dan Brown
Página 333: Ilustración de Darwin Bedford
Página 493: Ilustración de David Croy
Página 550: Ilustración de Pond Science Institute
Página 560: Ilustración de Mapping Specialists, Ltd.